沉河艳后

胡灵皇后  （下）

宋其蕤 著

内蒙古人民出版社

下部　临朝称制

第十章　夺宫初政

1.胡充华运筹帷幄精心部署　广平王大闹皇宫妄想入主

嗵！嗵！嗵！

高皇后还处在黎明前的熟睡中,突然被一阵又一阵猛烈的砸门声惊醒过来。出了什么事？高皇后的心不安地跳了起来,她急忙坐了起来。宫女过来给皇后披上貂皮袍。

"出了什么事?"她惊慌地问当值宫女和女官。最近,不知为什么,她总感到有些心惊。自从高肇带兵出京伐蜀,她就感到不安,眼皮总是跳个不停。虽然京师里依然有自己手握大权的叔父高聪和堂兄高猛,但是她还是担心。

女内司和内侍从院里慌里慌张地跑进寝宫。女内司见高皇后便号啕大哭起来。高皇后的心一时纷乱如麻。

"出了什么事? 出了什么事?"她连声问着,声音颤抖起来。

"皇帝驾崩了!"内侍哽咽着说。

"什么?!"高皇后一阵头晕目眩,倒在床上。宫女急忙上来挽扶着,呼喊着,把高皇后从半昏迷中喊了过来。

"什么时候?"她流着眼泪呻吟着问。

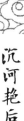

"夜里子时。"内侍问答。

"怎么现在才来禀报?"高皇后立起眉毛,厉声问。

内侍看看女内司,嗫嚅着:"禁内戒严,无人可出入通报消息!"

"新皇帝即位了吗?"高皇后一边盘问着,一边挪着身子准备下地。司衣女官忙上来给皇后穿衣。

"当即就宣布即位了!"女内司呻吟般地回答。

"岂有此理!居然不禀告中宫!"高皇后的眼泪已经干涸,此时,她已经没有悲痛,只有愤怒。这样不合礼仪的做法掩盖着什么叵测用心呢?

"去找广平王元怀,告诉他皇帝驾崩,让他立即入宫!"高皇后吩咐着。

高皇后立即换上丧服,带着人,去咸阳殿吊唁皇帝。

广平王元怀刚刚起身走出寝宫,在院子里慢慢走动。大雪初霁以后,清晨的空气分外新鲜,他要趁着大晴天在院子活络活络筋骨。这些日子他身患疾病,一直休养在家。

门子带着皇后承欢宫内侍进来。

"什么事?"元怀见皇后大清早派人前来,很有些惊异,

"皇后娘娘让奴婢前来禀告王,皇帝驾崩,请王火速入宫!"

元怀愣怔在院子里,任寒风吹拂着。皇帝怎么就驾崩了?他才三十三岁啊!元怀脑子里飞快思索着:怎么会呢?前几天入宫问安,见他虽然呼噜气喘,不过老毛病复发,年年冬天都会犯上几天,未见得就能要命啊?是不是有人谋害主上?是不是有人趁舅父高肇不在皇帝身边而趁机下了毒手?

元怀越想越觉得皇帝突然驾崩非常可疑。

元怀即刻换上丧服,抱病乘车进宫。见皇帝母弟元怀进宫,守卫无人敢拦,元怀径直来到太极前殿西庑,一进门便号啕大哭,哀恸禁内。

元怀一边大声哭号,一边大声呼喊着:"侍中、黄门、领军,你们都给我出来!出来!"

于忠和侯刚急忙出来见他。元怀一边哭号一边说:"我要亲自上殿哭大行啊!你们让我入见主上啊!我是主上同母亲弟,你们不能阻拦我去见大行皇帝啊!"元怀站在西庑,跺着脚,直着嗓子哭喊着。他的哭喊声那么响亮,真有些惊天动地。

于忠和侯刚面面相觑，不知所措。宫内群官都愕然相视，没人敢过来劝阻。

元怀一边哭，一边向殿上跑去。他不相信皇帝好好的就会驾崩，他一定要亲眼去看看皇帝，要亲自去辨明皇帝死因。

在大殿上祭拜大行皇帝的高皇后听到元怀哭喊，立刻走了出来招呼元怀："怀弟，你可来了！你快去看看皇帝吧！他怎么说崩就崩了呢？"说着，便一屁股坐到地上，蹑地唤天地大声痛哭起来。

元怀见高皇后出来招呼，便向大殿冲去。他要与高皇后互相声援、互相支持，以形成一种压倒众人的气势，以便控制眼下的局面。否则，舅父不在，他与高皇后可能会陷于被动不利局面，任人宰割。

"站住！"一声大喝，猛然响在大殿前，好似一声晴天炸雷一样在人群上空炸响。元怀愣怔了一下，不由不停住脚步。

待中崔光神色凝重，披麻缟服，手持丧杖，走出大殿。他举着丧杖站在大殿门口，拦住元怀去路。大声质问着："广平王为何在此喧哗？"

元怀又大声哭喊着："我是大行皇帝母弟，我要上殿亲见大行皇帝一面！"

崔光厉声高喝："此乃大行皇帝面前，何容你这般胡闹！大行皇帝灵前，只容太子、皇子守护，亲王也不可造次！当年汉光武初崩，太尉赵喜横剑当阶，把那些前来的亲王全部推下台阶。想广阳王不会不知。我乃守护大行皇帝的赵喜，任哪个亲王也不许上殿哭闹！有崔光在此，谁也不得上殿！"

崔光辞色甚厉地说完，以凛然不可侵犯的姿态用杖顿地，威严地喝道："光对所有亲王一视同仁！不管谁来，光必将效仿赵喜于此！"

元怀被崔光的大义凛然的威风所慑，他收敛住声泪，惶惶不安地看着崔光，不知该如何动作。

群臣都小声议论着，有称赞崔光的，有议论元怀失礼的。

元怀见崔光理义有据，不敢继续哭闹，他呆呆地站着。

崔光见震慑住元怀，也换了和缓的语气，以好言劝着元怀："王通礼知史，望王在国丧期间维护国朝安定，不要失了王爷风度！"

元怀瞅了瞅高皇后，高皇后也被崔光威风所震慑，只抽泣着被宫女搀扶起身，不敢再行哭闹。

沉河艳后：胡灵皇后

元怀无奈,只好向崔光施礼道歉:"侍中以古事裁我,我不敢不服。"说完,慢慢退了回去,带着自己的随从回府去。

崔光这才松了口气,急忙赶回东堂。

崔光走进东堂。胡充华见崔光进来,摇了摇怀抱中的小皇帝元诩。"皇帝,起来,起来,崔光大人前来拜见陛下。"胡充华微微笑着,既亲热又不失高高在上的皇帝亲娘的身份。

崔光急扔掉丧杖稽首,跪在地上以头久久碰地,行九礼中的大礼。

眼睛微微肿胀的胡充华微笑着代皇帝行令:"皇帝,快让崔大人起来,赐坐崔大人!崔大人劳苦功高,快快请坐!"伺候皇帝的内侍中刘腾、王温等,全都聚集在东堂忙着伺候新皇帝。

胡充华与皇帝元诩在东堂召见崔光、于忠、侯刚等人密谋大事。新皇即位之初,能不能保持国朝政局稳定,是压倒一切的大事。能不能保住小皇帝的皇位,胡充华心中无数,不敢掉以轻心。

胡充华握着元诩的手,微笑地看着坐下来的崔光,询问外面情况:"崔卿,谁在前殿哭喊?"

崔光行礼回答:"广阳王元怀想上殿哭拜,被臣喝退。"

胡充华轻轻皱了皱眉头,用略带忧郁的眼睛看着崔光,又看着于忠说:"皇帝大行,国朝大丧,而新皇年纪幼小,这安顿人心、保证国朝稳定乃当务之急。诸卿乃国之栋梁,国之中流砥柱,诸卿以为该如何处置?"

崔光说:"当务之急,乃效仿祖制与古事,首先大赦天下,保证天下稳定。"

胡充华点头:"崔卿所言极是。请崔卿立即拟写大赦诏书。"

崔光领命,自去拟写诏书。

胡充华注视着于忠。她知道,眼前这掌握着宫禁兵权的领军将军于忠,更是保证新皇皇位稳固的中流砥柱。小皇帝和她的命运,可以说都在他的掌握之中。

一定要笼络住于忠,借助他的力量保障小皇帝坐稳天子宝座。胡充华想,于忠率领着东宫侍卫羽林,已经禁闭了宫禁,他能够控制朝政局势,能够避免各种宫廷政变。

胡充华在自己那明亮的、夺人魂魄的目光里注进更多的深情和期望，语重心长地说："于卿，国朝安危系于卿身，卿以为眼下还要做哪些大事以维护安定呢？"

于忠诚惶诚恐地回答："感谢充华娘娘的信任。臣以为要保障国朝安定，眼下最主要是防范宗王兵变，还要立即调高肇大将军回京，否则拥十万重兵的他可以据州谋反。他那里谋反，还会引发其他州哄闹起事。所以，一定要立即诏他回朝！"

"他要是不回来呢？如之奈何？"胡充华担忧地问。

于忠咬牙说："这由不得他！立即把他的全部家眷拘禁起来，诏他按时回朝，若不回来，杀他全家！"

胡充华点头："与我不谋而合。只有如此，方能征他回来！皇帝，现在就下诏吧？"胡充华低头看着元诩，轻轻地拍着他的手背，笑着说。

元诩穿着丧服，正百无聊赖地坐着，母亲和师傅大臣所说的那些他似懂非懂，他很想起身走动走动，可母亲的手握着他，让他不敢乱说乱动。他稍微一动，母亲就会用力握他一下，示意他老实坐着。不到六岁的他，只知道自己现在是大魏皇帝，母亲说，皇帝得有皇帝的规矩，得像个皇帝样子。他不知道什么是皇帝的规矩，什么是皇帝的样子，所以，他得老老实实听从母亲教导，要不，母亲总是偷偷威胁他说，别人会抢走他的皇帝宝座，他就做不了皇帝。别看他年纪幼小，他却知道当皇帝的威风，他当然不想让别人抢走他的皇帝宝座。做皇帝多好啊！一呼百诺，想干什么就干什么，谁都得向他磕头行礼。

怕别人抢走皇帝宝座的元诩听话地坐着，自己鼓捣着玩自己的不浪鼓和布老虎，没有听到胡充华说话。

胡充华用力握了握元诩的手，拍了拍他的脸颊："皇帝，跟你说话呢！"

元诩看着母亲："阿娘，说什么？"

"我问你，要不要下诏？"胡充华只好又重复了一句。

"下什么诏？"元诩好奇地问。

胡充华压低声音在他耳边说："你就说朕同意。快说！"

元诩眨巴着眼睛看着胡充华。胡充华用稍微严厉的眼睛看着他，又催促着："快说朕同意。说啊！"胡充华又用力握了握他的手。

沉河艳后：胡灵皇后

元诩无法，只好嘁着嘴说："朕同意。"

于忠冷眼看着小皇帝和胡充华母子，心里想着，新皇帝不过一个五六岁的小儿，他懂什么呢？是不是要取而代之呢？这问题从清晨一直萦绕在他心头，挥之不去。以他现在的实力，他可以控制宫禁，宣布自己当皇帝。但是，接踵而来的宗室王爷、朝廷大臣、镇守六镇的虎狼将军，怕是要群起攻之，一定会置他于死地。他不敢也不能轻举妄动。何况他还要维护自己四世忠良的名誉，不能让自己家族的荣誉毁于一旦，毁于自己手中，不管他如何憎恨大行皇帝元恪，他也不能宣布废掉小皇帝元诩，那样做无异于自掘坟墓、自取灭亡。

于忠虽然很忠心，但是在他的内心深处，他与高肇一样向往拥有重权，向往拥有控制皇帝宫禁的大权。能像高肇一样控制皇帝，不也是很好的选择吗？为何非得做皇帝不可呢？做高肇第二，不也是明智的选择吗？

于忠又偷眼看了看上面的小皇帝和他的母亲胡充华。他一定能够控制这小皇帝和他的母亲。他很快就可以居于领袖地位，决策下令，指东画西，运筹帷幄，他将是第二个高肇。

既然如此，何必一定要铤而走险呢？于忠终于拿定主意，不再想入非非。

"于卿，皇帝陛下同意卿的表奏！"胡充华见于忠似乎有些走神，急忙以皇帝的名义提示着他。胡充华知道，于忠一门忠良，四世盛名，他即使有野心，也不敢在眼下有所举动，他不敢铤而走险。胡充华断定于忠眼下还是可以信赖的。但是，人心隔肚皮，还是要防患于未然的好。胡充华脸上带着若有若无的似笑非笑的表情，定定地看着于忠，心想是不是应该再找一两个亲王来辅弼皇帝以制约他呢？

于忠回过神来，急忙说："臣下现在就派人去带高肇全家进宫！"于忠走出东堂，到外面去部署他的命令。

"阿娘，我想睡觉。"皇帝元诩打着呵欠依偎到母亲胡充华的怀里，他感觉有些困倦，有些昏昏欲睡。

"再等一会，再等一会。"胡充华扶起元诩，让他坐直身体。胡充华一放手，元诩又歪到她的怀里，眼睛都睁不开。

拟好诏书的崔光走了过来："充华娘娘，大赦诏书拟就，请娘娘和皇帝过目。"

崔光把诏书呈上,胡充华并不亲手去接,她微笑着示意王温去取。王温取了过来,双手呈给胡充华。胡充华推着元诩:"诩儿,坐起来,听阿娘给你读。"她用力拍着元诩的腿,把他从昏昏欲睡中弄得清醒过来。元诩打起精神坐正身体,看着胡充华。胡充华朗朗读了起来:

"朕运承天休,统御宸宇。明两既孚,三善方洽,宜泽均率壤,荣泛庶胤。其赐天下为父后者爵一级,孝子、顺孙、廉夫、节妇旌表门间,量给粟帛。天下犯律之人,悉行赦免,十恶者不赦。"

元诩被母亲弄醒过来,睁着明亮的眼睛看着母亲朗读,同时又咯咯地笑着玩弄自己手中的不浪鼓和布老虎,诏书的话他一句都听不懂。

胡充华读完,看着元诩,问:"诩儿,这诏书你看行不行啊?"说完,胡充华用力握了握儿子的手,在他耳边小声提示着:"把诏书拿到手里看看。听话!"

元诩笑着看了胡充华一眼,从她手中抓过诏书,倒着拿了起来,左看右看,上看下看。胡充华用力握了握他的手:"说朕同意。"

元诩听话地重复着:"朕同意。"

胡充华夸赞地拍了拍元诩的脸颊,压低声音说:"乖娃,以后就这么做,这才像个皇帝的样子!"她接过诏书,交给王温,对崔光说:"皇帝以为可行,依此下发吧!"

于忠从外面走回东堂,向胡充华禀报:"禀报皇帝陛下,一切都安排好了。请陛下下诏,宣高肇立即回京!"

胡充华想了想,征询地问崔光:"崔卿,我看还是以皇帝名义写信给高肇以及征南将军元遥,向他们通报讳言,以告凶问。这样才不容易引起他的怀疑。于将军可专派羽林接他回京。我以为这样更为稳妥。"

崔光点头,心下佩服,这充华娘娘头脑如此机敏明白,这安排果然更加稳妥,得到凶信,不怕高肇不按时返回京师。

胡充华看着于忠和崔光又说:"我以为,应该及早安排亲王入宫哭拜大行皇帝,然后安排他们朝见新皇,一方面表示安抚,另一方面也可以考察宗室亲王对新皇的态度。卿等以为如何?"

崔光说:"娘娘所言极是,臣下这就安排亲王入宫哭拜,然后朝见皇帝陛

沉河艳后:胡灵皇后

417

下。亲王德高望重，有他们拥戴才能保证国朝安定。不过，臣下尚有些担心，万一亲王有不轨之心，会不会发生不测？"

于忠摇头："有臣下周密安排，谅他们不敢！"

胡充华说："大行皇帝仓促，未来得及安排身后大事。皇帝幼冲，尚须亲王辅政。诸卿以为，哪位亲王忠诚可靠有谋略，可堪此大任？"

于忠对胡充华突然提出这建议感到有些吃惊。干吗要亲王辅政？皇帝有他和崔光辅弼就足够了。他正想表示不同意见，崔光已经开口说话："臣下以为，任城王元澄是亲王中辈分最高的亲王，他德高望邵，可堪此重任。另外高阳王元雍是皇帝叔祖，这两年为八座之一，也可堪重任。"

胡充华笑着问于忠："于卿以为如何？"

于忠不便表示反对，只好答应："崔大人提议不错，臣下没有异议。"

胡充华想提议清河王元怿，只是两位大臣并未提及，她也不好驳崔光，便笑着问元诩："皇帝，诏高阳王元雍入居西柏堂决庶政，诏任城王元澄为尚书令，百官总己以听二王，如何？"说完，她用力握了握元诩的手。

元诩立即明白阿娘用意，他看了看母亲，笑着大声说："朕同意！"

"二位可有异议？"胡充华笑着问，先看了看崔光，又特意把目光转到于忠脸上多停留了一会，审视着他的表情。于忠脸上很平静，她放心了。

"没有异议！"崔光和于忠大声说。

胡充华长出了口气："好，立即派车接亲王进宫！"

2.小皇帝接见宗室稳定皇位　胡充华赏封亲王笼络国戚

皇帝驾崩、新皇连夜即位的消息在天亮以后传遍京师，也传到任城王元澄的府邸。回京庆贺元旦的任城王元澄非常震惊，也非常忧虑，他坐在厅堂的圈椅里，一边饮浆酪，一边沉思。皇帝突然驾崩，时事仓促，而新皇冲幼，高肇拥重兵于外，万一率兵举事，国朝危若累卵。

任城王元澄在元恪初年，因擅自囚禁王肃而被咸阳王、北海王元祥联合奏他擅禁宰辅，免官归。当时高肇专权，他害怕高肇间构招来祸患，便终日昏饮，以表示他没有野心。后来被外放为平西将军、梁州刺史，又转为镇北将军、定州刺史。在定州，他蠲免赋税，赏罚分明，减公园之地分给无业贫口,甚得百姓拥戴。不久,他母亲孟太妃丧,他居丧毁瘠,当世称之。

他现在是宗室中辈分最高的王,是不是应该在这关键时刻,帮助皇帝一把?该怎么做呢?他不过是外臣而已,不能进宫去面见皇帝。元澄唉声叹气,满面忧伤。

该去见见高阳王元雍。他想,高阳王元雍是皇帝元诩的叔祖父,关系最近,最有辅政的可能。

元澄换上丧服,正要登车去高阳王府见元雍,家人进来通报,说皇宫派车来接王爷入宫哭拜大行皇帝。

元澄不敢耽搁,急忙出门上车进宫。

高阳王元雍一大早也知道了这惊人的消息。他心中乱糟糟的,难受中掺杂着忧虑和担心。皇帝驾崩,会不会引起国朝混乱?虽然新皇已经顺利登极,可高肇拥重兵在外,会不会带兵回来抢夺皇位?

如何才能防范高肇谋乱呢?小皇帝怎么能控制住局势呢?他要立即进宫去见皇帝,去见于忠和崔光,他是皇帝的叔祖父,不能置之度外。

元雍派家人去叫清河王元怿,他信任清河王元怿。这小子虽然年纪不大,但是敢说敢干,敢于当面顶撞高肇,又是皇帝的亲叔叔,是值得信赖的忠诚的宗室亲王。

元怿匆匆赶到高阳王元雍府上。元雍见到元怿,叔侄先是痛哭,然后元雍便直接问元怿:"你看眼下局势如何?"

元怿对元恪的死并不感到突然,其实他一直在等待着皇帝凶信的到来,他相信,元恪服用了那几副大补方剂,早晚会归天的。所以他一直在想这问题,他早就有清晰的想法。

"我以为要争取充华娘娘的支持,让亲王辅政。否则,皇帝总是受控于于忠和崔光,对元氏皇朝总归不利。"

元雍点头:"争取充华娘娘,让她提议你我辅政。如何?"

元怿摆手摇头:"叔父德高望重,辅政自是人心所向。侄儿年轻,难以服众。何况我弟兄三人,提了我,那元怀未必心服,他仗势着是大行皇帝同母亲弟,又有高皇后和高肇当后台,必然要闹事。我以为不能让他位居辅政,否则如何除去高肇?叔父若得辅政,一定要想方设法先除高肇!"

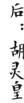

沉河艳后:胡灵皇后

元雍点头，对元怿的分析心服口服。这时，家人来报，说宫禁派车来接王爷入宫哭拜大行皇帝。

元怿说："我和叔父同去，我们一定要想法见到皇帝和充华娘娘。"

亲王们都来到太极前殿，等着哭拜大行皇帝元恪。亲王虽说都是元氏皇帝宗室，但是经过一百多年的繁衍，各支之间来往并不密切，二十多个亲王中，只有任城王元澄、高阳王元雍和清河王元怿、广阳王元怀几个来往密切。

崔光缞服持杖，神色庄重地走出大殿，宣亲王上殿哭拜大行皇帝。

任城王元澄辈分最高，他率领着亲王按照辈分大小鱼贯进入太极前殿。太极前殿里，青烟缭绕，国乐悬而不作，新皇帝元诩缞服跪在大行皇帝梓宫侧，高皇后以及所有嫔妃都缞服跪在皇帝身后。

任城王元澄等王爷一见大行皇帝金龙缠绕的梓宫，号啕大哭着扑通跪了下去，匍匐爬行向前，一个个哭得上气不接下气。大哭之后，崔光让王爷们起身到东堂歇息。

皇帝元诩在内侍王温、刘腾、于忠等人的伺候下，站了起来。一站起身，元诩就急忙一把拉住母亲的手，生怕母亲离开他。

胡充华笑着，赞赏地拍了拍儿子的脸颊。确实是个听话的孩子，她叮嘱他不管到哪里都要拉着母亲的手，让母亲陪伴在他身边。这叮嘱他一刻都没有忘记，总是让胡充华寸步不离地与他在一起。

高皇后见王温、刘腾等伺候着皇帝向太极殿走去，她也想挪步跟过去。皇帝驾崩，她就是皇太后，应该与皇帝在一起，担负起辅政的责任。

于忠却拦住了她："娘娘请留步！"于忠不卑不亢地说。

高皇后勃然大怒："于忠，不得无礼！皇帝御太极殿，皇太后难道不应该跟着一起去吗？"

于忠微微冷笑着："皇帝不是还没有举行册封大礼吗？皇太后还没有封呢，等封了皇太后以后再说吧。"

高皇后满脸通红。"胡充华！你等等！"高皇后扬手大声喊着。

胡充华听到皇后的喊声，她正要回头，王温、刘腾却一起说："充华娘娘，不要回头，只管继续走。"

胡充华拉着元诩继续慢慢地往太极殿走去。

元怿一直注意地看着皇帝和胡充华,见王温和刘腾引导着他们走出太极前殿,他急忙闪避在一旁等着。胡充华和元诩从他身旁经过,他闪身上前一边给皇帝行礼,一边小声对胡充华说:"娘娘,请留步,小弟有几句话说。"

胡充华看到元怿,心头不免又轻轻跳动起来,这年轻英俊的小叔子,总能撩拨起她心头的涟漪。胡充华平静地微笑着,眼睛直直地望着前方,故意放慢了脚步,小声说:"请讲,我听着呢。"她又故意拉了元诩一把,让他站住脚步。"皇帝,你怎么不走了?"她提高声音说。

元怿急忙说:"新皇登极之初,要安排两个王爷主持大局才好。"

胡充华满含深情地扫了元怿一眼,急忙掉转目光看着皇帝,小声问:"王爷以为谁合适?"

"高阳王、任城王。"元怿说完,匆匆而去。

胡充华感动地看着元怿的背影。元怿不为自己谋取利益,是个值得信赖的人。胡充华拉了拉元诩登上太极殿台阶,要立刻宣布高阳王和任城王的任命!虽然崔光和于忠没有在一会儿举行的拜见会上宣布辅政王,但是她一定要想办法在拜见会上出其不意地宣布这任命。她虽然信任崔光和于忠,但是她要显露出自己雷厉风行的决断能力。她不能完全让于忠和崔光所控制!

胡充华拉着皇帝元诩的手上了太极殿。

太极殿坐落在三层高的白石基座上,高大、肃穆、庄严。太极殿为重檐庑顶,黄色琉璃瓦镶绿色琉璃边,屋脊上蜿蜒着金龙,站着各色神兽,朱红大柱金龙缠绕。白石基座围着雕刻精美的白石栏杆,雕刻的龙、凤、龟、麟四神兽栩栩如生,象征和平的盒子花瓶莲花穿插在基座上,伸出基座的东西南北的四个龙头张着口,作为流水的水口。正面的白石基座,有三道台阶,正中雕刻着九龙的通道是皇帝专用御道,左右供大臣上下。王爷在右,大臣行左。

胡充华拉着皇帝元诩的手,让元诩走在中间通道上,她踏上右面台阶,母子二人手拉手登上太极殿,等着接受王爷朝拜。

太极殿里,金碧辉煌。正中高台基上放置着皇帝的檀木宝座,精雕细刻

沉河艳后:胡灵皇后

421

着九龙,包着金箔,金光灿灿,耀人眼目。

　　脱去衰服换上皇帝冠琉龙袍的元诩像放出笼的小鸟般在太极殿里跳着,一边这里那里摸着,这里那里看着,一边喊着阿娘,让胡充华紧跟着他。王温和刘腾上前要搀扶皇帝元诩上宝座,元诩却急忙跑到胡充华身边,紧紧拉着胡充华的手不放开。王温和刘腾互相看了一眼,做了个无可奈何的手势,让胡充华拉着元诩并排坐到宝座上。

　　换去衰服的任城王元澄领着一班宗室王爷,前来朝拜新皇。崔光和于忠也带着几个官员来到太极殿,立在皇帝宝座下。

　　元澄和元雍等鱼贯走进太极殿,趋步来到皇帝宝座前,撩开袍扑身倒在皇帝宝座前行大礼,口里称皇帝陛下万岁。

　　胡充华看着一班匍匐在宝座下的王爷,微微地笑了,她伏身到元诩耳边小声对元诩说:"让王爷们起身。"

　　元诩脆生生地大声喊:"王爷,阿娘说让你们起身。"

　　王爷们忍不住想笑,可是又不敢笑,全都听话地站了起来。

　　胡充华又与元诩交头接耳说了几句话,然后抬起头,明澈的眼睛看着王爷们,朗朗地说:"各位王爷是国朝栋梁,皇帝至亲,皇帝需要王爷们拥戴,需要王爷们协力襄助。为表皇帝对王爷们的感谢,皇帝诏赏各位王爷帛百匹,增邑百户!"

　　王爷们急忙又扑身倒地拜谢:"谢皇帝恩赐!"王爷们惊喜感激的声音回荡在太极殿里,发出嗡嗡的回响声。

　　"他们怎么又跪下了?"元诩看着倒下去的王爷们,咯咯笑着问胡充华。

　　胡充华握了握他的手:"让王爷们起身。"

　　"王爷们,起来吧。"元诩响亮地喊。

　　王爷们站了起来,垂手恭立在皇帝宝座前。

　　胡充华又说:"太尉、高阳王元雍属尊望重,皇帝诏高阳王元雍即时入居西柏堂省决庶政!任城王元澄明德茂亲,诏为尚书令,总摄百揆。百官总己以听于二王!"

　　高阳王元雍和任城王元澄互相看了一眼,这任命太出乎他们意料。

　　元怿微笑着看着胡充华,向胡充华顽皮地眨了眨眼,表示对她的感激。

　　胡充华发布皇帝诏令时,明澈的目光从王爷的脸上扫过,虽然没有故意在元怿脸上停留,却一直关注着元怿的神色,她看到元怿明亮的目光闪烁着,看到元怿微笑调皮的眨眼,感到脸颊有些发热。这元怿,真顽皮!她有些嗔怪地想。

王爷们听到胡充华颁布的皇帝诏命,都很兴奋,他们互相交换着满意的眼色。

于忠很惊异,他看着崔光,用眼光询问原因,他们没有让胡充华宣布任命诏令啊。以他的意思,这诏命要放到大行皇帝大葬以后,为什么胡充华却立刻假传皇帝诏命呢?

崔光故意掉转目光,没有回答他的疑问。新皇帝幼冲,需要宗室王爷辅政,这没有什么不合规矩的地方。崔光并不以为胡充华宣布诏命有什么不妥。

胡充华用眼角扫过于忠和崔光的脸。她微笑着说:"太子太傅、侍中崔光,领军将军于忠,呵护皇帝有功,皇帝诏,赏赐崔光、于忠帛百匹,赐开户,仪同三司!侯刚,赏封武阳县开国侯,封邑一千二百户。"

崔光急忙拉了拉还在愣怔着的于忠,于忠醒悟过来,与崔光一起跪下谢恩。此时,于忠心中充满了对胡充华的感激,那点不满倏然消失。

侯刚更是受宠若惊,一个善于鼎俎的御厨,多年来进馔出入宫禁行走在皇帝身边,如今混到封侯赏地,可真是祖坟冒青烟三生有幸了。

3.高皇后妄图反扑无可奈何　　于将军清除异己毫不手软

太极殿上听着胡充华宣诏,吏部尚书王显很是不满意。任命高阳王元雍和任城王元澄,这任命完全是于忠的意见,并没有征求中宫高皇后的恩准,怎么就能宣诏呢?中宫是当然的皇太后,皇太后才有权宣诏!一个充华夫人,有什么资格代皇帝宣诏?

不成体统!不成体统!王显愤愤不平地想。需要立刻禀报中宫高皇后!

刚一退朝,王显就拉着中常侍、给事中孙伏连一起去见高皇后。

王显,字世荣,原是南朝人,其祖父在世祖南讨时被俘,迁徙于平城,王显从小学习医药,明敏有决断。文昭皇太后怀元恪时,梦为日所追逐,化为

沉河艳后：胡灵皇后

龙而缠绕太后，文昭皇太后惊悸，遂成心疾。文明太后敕召太医徐骞和王显等为后诊脉。徐骞说是微风入藏，宜进汤加针。王显却说："案三部脉非有心疾，将是怀孕生男之象。"后来果然如王显所说。文明太后见他医术不同寻常，便召为侍御师。自幼患羊角风的元恪，就是由他疗治，所以得元恪信任，慢慢升了官职。东宫建立后，元恪命他做东宫詹事，照顾东宫太子的一切生活起居。延昌二年秋，以营疗之功，封卫南伯，任命为御史中尉。

做御史中尉以后，王显牢记高肇嘱托，从严吏治，弹劾官吏，恃势使威，很为百官畏惮。元恪崩，他为吏部尚书虽然不过几天，但是他已经决心以自己的力量来维护朝廷，维护礼治，捍卫国朝。在他眼里，文昭皇太后特别亲切，对文昭皇太后的兄长、侄女有特别的感情，对他从小诊治的元恪皇帝更是忠心不渝。高肇是元恪皇帝的亲信，高皇后是元恪皇帝大礼册封的皇后，应该是国朝的中流砥柱，他要尽力维护高皇后和高肇利益。维护高皇后和高肇，就是忠心于先皇元恪，他不能容忍眼下这种混乱的不讲礼法的局面。

王显来到于忠面前，严词厉色质问："刚才宣布的任命得到中宫允诺了吗？禀告中宫了吗？"

于忠甩开王显的拉扯，很是生气，他厉声说："皇帝诏书难道还要禀告中宫吗？古来有此道理吗？"

"怎么没有这道理？皇帝幼冲，皇太后主持国事，这是国朝故事，难道于将军忘记了吗？文明太后故事也忘记了吗？"王显嘲讽地说。

"何来皇太后？什么时候封了皇太后？"于忠冷笑着反问。

王显一时语塞。"我这就去禀告皇太后。"他拉着孙伏连就走。

于忠看着王显的背影，嘿然冷笑："请便！"

中宫高皇后正在自己的承欢宫里大发脾气。新皇即位以后，似乎并没有把她这皇太后放在眼里，她是大行皇帝亲自册封的中宫皇后，当然是现在的皇太后，皇帝幼冲，难道不该她皇太后主持国朝政事吗？可是，胡充华却傍靠着自己是小皇帝的亲生母亲，与小皇帝同进共退，俨然以皇太后自居，这怎么能不叫她生气？

不行！她决不能放弃自己的皇太后地位，决不把大权拱手让给他人！她要把朝政控制在自己手里！

高皇后不信自己斗不过胡充华。

女内司来禀报,说吏部尚书、御史中尉王显和中常侍、给事中孙伏连请求见皇后。高皇后微露喜色,连声说请。王显和孙伏连进来,给高皇后行礼,高皇后赐座。"二卿何事求见?"高皇后笑口吟吟地问。

王显说:"胡充华娘娘刚刚在太极殿宣诏,任命高阳王元雍入居西柏堂,任命任城王元澄为尚书令,命百官总己听命于二王。太后可知此事?"

高皇后咬牙切齿:"岂有此理! 她胡充华凭什么宣诏? 中宫尚未批准此任命,她凭什么公开宣布?"

王显说:"既然中宫太后不知,这诏即属无效。臣下来与太后商榷新朝任命。任命早日下达,方可稳定百官人心。"

高皇后点头:"卿言有理。按照国朝旧制,要先委任录尚书事以总理朝政。这录尚书事以谁为好?"

王显当即说:"当然是高大人莫属。"

孙伏连也附和着:"高大人德高望邵,协理朝政多年,录尚书事自然属高大人。"

高皇后微笑着点头。

"还需确定两个侍中,以辅助录尚书事。"王显又说。

孙伏连急忙说:"臣下以为,侍中以高猛与王显大人为宜。"

高皇后点头:"好,就此下皇太后令,任命高肇为录尚书事,高猛与王显为侍中,总理朝政!"

孙伏连急忙提笔拟写皇太后令。

高皇后又说:"我们要把内朝主要官员一并确立下来,撤换一些不可靠人员。王卿,可有官员名单?"

王显拿出侍中、黄门名单,一个一个地与高皇后商议,最后确定了一个内侍名单。

"这散骑常侍于晖、步兵校尉于景可是于忠亲属?"高皇后指着于晖的名字问王显。

"是的,是于忠弟兄。"王显回答。

"一门皆在朝廷内行走,易于结党营私,专权揽政,怕是不好。"高皇后轻轻地说。

"于景此人在高平为镇将时，贪残受纳，百姓怨愤。本官正想弹劾于他。"王显皱着眉头说。

"立即免去于景职务！"高皇后厉声下令。

"我这就去召集百官，宣布太后令！"王显站了起来。

王显与孙伏连走出中宫，王显便去传令召集百官，孙伏连要先行方便，离开王显走进茅厕。从茅厕出来，一个小黄门带着几个羽林禁军等在那里。"于将军有请孙大人。"小黄门笑着说。

孙伏连浑身颤抖起来。

"于将军请我何事？"孙伏连胆战心惊，声音抖抖地问。

"去就知道了。"小黄门还是笑着回答。

"回于将军，我有紧要事情需要处理，一会再去。"说着，他拔腿就想跑开。羽林禁卫却已经上来团团围住了他。

"走吧。"小黄门冷笑着："王显大人也在那里等你呢。"

孙伏连随禁卫来到西柏堂。高阳王元雍、领军将军于忠和崔光都在那里。

于忠一见孙伏连，大喝道："你和王显去中宫干什么？还不从实招来？"

孙伏连支支吾吾，不想说。于忠使了个眼色给禁卫，禁卫军士上来，扬起胳膊，噼啪左右开弓打得孙伏连眼冒金星，疼痛不堪。

"说不说？"于忠冷冷地问。

禁卫军士扬起刀，明晃晃的刀锋在他眼前闪烁着。孙伏连双腿不由自主地哆嗦起来："我说，我说。我们去中宫商定官员名单。"

"太后准备委任什么人？"于忠紧紧追问。

"以高肇为录尚书事，以王显和高猛为侍中。"孙伏连不敢隐瞒，急忙全盘托出。

"奶奶的！"于忠怒骂道："还想任用高肇老贼以残害国朝啊？有我于忠在，别想！把他拉下去！"

高阳王元雍和崔光看着于忠，问："王显已经去召集百官，我们该怎么办？"

于忠冷笑着："交给我吧。我这就带人去看他如何动作！"

王显在式乾殿上等待百官，百官稀稀拉拉的来了没有几个。原来，于忠已经封锁了式乾殿，后到的百官都被羽林虎贲挡了回去。

百官怎么只来了这么几个？王显有些着急，他焦急地在门口徘徊，等着百官来。已经到来的十几个常侍、黄门也开始感到有些不安，互相低声议论着，有人借口出去叫人，溜了出去。

王显见久候不来，生怕来的这些又一个一个走掉，想着还是先宣布太后令的为好。太后令一旦宣布，朝臣就必须听命，高肇等人的地位也就确定下来，不好再更改了。

王显扬起手，大声喊："诸位，听我宣布太后令。"

"等等！"一声雷霆般吼叫响在大殿门口。

王显愣怔在原地。于忠带着一队羽林禁卫走进大殿，一边走，一边大声说："有大臣弹劾王显，作为御医在为大行皇帝侍疗中未能尽到呵护责任，致使先皇猝然而崩！王显罪行昭著，执之禁中，皇帝诏削爵位！"

于忠话音刚落，几个彪形羽林禁卫呼啦一下围了上去，抓住王显的胳膊，把他反手捆绑起来。

王显瞠目大声呼喊："冤枉啊！于忠所说纯属血口喷人，纯属残害忠良！全是于忠老贼自己策划的阴谋啊！"

"闭嘴！再喊我宰了你！"率领羽林禁卫的直阁将军低声威吓着。

王显还是奋力挣扎，声嘶力竭地呼喊，希望能够有同僚见义勇为、仗义执言上来为他申冤："冤枉啊！我冤枉啊！先帝尸骨未寒，你就残害先帝忠良啊！"

王显号叫着，他那垂死的恐惧的声音在大殿里回响，大殿里却死一样沉寂，官吏各个低头，不敢看大殿上发生的情景。那些善于见风使舵、明哲保身的官吏，谁都怕自己遭受牵连！

直阁将军用刀镮猛然撞击王显腋下，王显扑通倒在地上，口中喷出一股鲜血，痛苦地呻吟着，在地上翻滚，再也喊不出声。

"带走！"于忠挥手，羽林禁卫架起王显。把他送进右卫府。在场的官员噤若寒蝉，大气都不敢出。

王显在右卫府痛苦挣扎一宿，他这时又回想起当年他为布衣时，一个为他相面的沙门说他后当富贵，叮嘱他切勿为官吏，为官吏必败。他一直牢记

沉河艳后：胡灵皇后

沙门的话,虽然兢兢业业恭谨小心一生,多次推辞皇帝任命,却因为先皇突然驾崩,事起仓促,新皇即位需要吏部尚书和御史中尉,于忠和崔光仓促之间任命他,没想到,刚刚为吏部尚书不过两天,他就得到如此下场。为官吏必败!沙门的警告真是警世良言!可惜他没有听从沙门的劝说,贪图富贵,多年奔走在朝廷里,钻营巴结,到头来一场空,白白搭上性命!

王显后悔莫及,长吁短叹,痛苦地挣扎着,巴望希冀着能够从死亡线上挣扎出一条生路。

东方天光露出晨曦,王显吐出最后一口微弱的气息,命归西天,成为新皇帝登极不到两天于忠清除异己的第一个牺牲者。

4.恶贯满盈高肇送命　处心积虑于忠除奸

西柏堂里,元雍正靠在椅子上闭目养神。这十几天的情形,总在眼前晃动。延昌四年(公元515年)的春正月,叫人难忘。正月丁巳夜,元恪崩,新皇即皇帝位。戊午,大赦天下。己未,征西讨东防诸军。庚申,诏太保、高阳王雍他入居西柏堂,决庶政。又诏任城王澄为尚书令,百官总己以听于二王。接着,己巳,勿吉、达般、地豆和、尼步伽、拔但、佐越费实等诸国遣使朝献。

元雍入居西柏堂这十几天来,他没有清闲一天。现在,他正谋划着什么时候给大行皇帝举行大葬。可是,高肇没有回来,这大葬显然不能举行。一是高皇后不允许,她坚决要等高肇回来哭拜以后才能举行大葬。二是于忠也不同意,他也坚持要高肇回来之后大葬。于忠担心皇帝大葬会引起高肇怀疑,打草惊蛇,使高肇拥重兵于外而叛离朝廷。

"高肇快到了没有?"于忠来到西柏堂见元雍,问。

元雍入居西柏堂省决庶务,朝中一切大事都要他省决。但是,元雍也清楚,省决庶务,还是首先要得到于忠同意方可。于忠掌握禁军,皇宫全在他的掌握之中,这利害关系元雍很清楚。

"刚才得到探报,高肇已经入关。"

"好!"于忠拍手大笑。

"你准备如何处置他?"元雍看着于忠,压低声音问。

"一回京就除去他!"于忠咬牙切齿,无比仇恨地说。

"他一回来,就要立刻叫他去哭拜大行皇帝,不能给他一点闲暇,不能容他去拜见任何人。"元雍思忖着说:"他专权十几年,朝廷内外,自有许多死党,万一串联起来,麻烦就大了。"

"是的!王爷所言不错。要立刻派羽林禁卫到驿亭去迎接他,把他控制在羽林手里,不让他与任何人交通,不允许他见任何人。然后直接带他进宫哭拜大行皇帝,哭拜以后,引他到一个地方,事先埋伏壮士,等他一进来便立即拿下,让他没有任何机会布置反扑。你看如何?"

"好!于将军谋略过人,布置精密,无懈可击。就这么办!"元雍叫好。

"还要准备诏书以暴其罪恶,宣布处置。我们要让百官无话可说!"于忠补充着。

"这由我来办!"元雍微笑着。"不过,他的党羽遍及朝廷内外,又有驸马都尉高猛,还有他的侄女高皇后,我们这么除掉他,会不会引发叛乱啊?"元雍皱着眉头,有些忧虑地问。

于忠断然挥手:"不怕的!把高猛撵出皇宫,让他带家人到驿亭去迎接高肇,以后不许他进宫。这高皇后嘛,只要瞒着她,不要让她知道消息,她能干什么?至于那些死党,不过是阿谀逢迎之辈,依附权势无非想得到一些恩惠和利益而已,各个比鬼都精明,各个是墙头草,最识时务,树倒猢狲散,才没有人为高肇卖命呢!"

"也是。"元雍点头,"一切听于将军安排。"

从蜀地通往洛阳的途中,高肇一行正急急赶路。自从接到京城新皇帝的报丧书信,高肇就立即动身起程回京。听到元恪驾崩的消息,高肇哭晕几次。外甥皇帝怎么会驾崩呢?他离开京师的时候,他还是好好的啊,虽然有些呼噜气喘,但也不过是老毛病,年年冬天如此,决不会要命的。是不是有人谋害皇帝?他猜度着,可也猜不出个名堂。从一切征象看,不像有人谋害,否则,就不会有皇帝亲笔书信来向他报信。

要不要回京呢?他也曾犹豫。他拥重兵在手,如果不回京,即使京师发生变故,他也可以自保。可是,他的家眷亲人全在京师,如果他违抗诏命,肯定会连累他们的。一门老小啊!他不忍心。

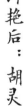

沉河艳后:胡灵皇后

高肇决定还是跟随使者回京。侄女已经成了皇太后,谅回京不会有什么危险!他安慰自己。

一路上,高肇忧心忡忡,朝夕悲泣,他既为外甥元恪英年早逝感到伤心难过,也为自己前途感到担忧。不过十几天工夫,高肇已经明显地憔悴衰老下来。

高肇行至函谷关,所乘车的车轴突然断裂,车子歪倒在路边。高肇心头一惊,急忙下车查看。果然又是车轴断裂。这不吉祥的预兆让高肇惊出一身冷汗。几个月前,他出京师过函谷关,车轴就发生了断裂,当时他并不在意,而甄琛却惊慌得要命,一连声地惊呼着。如今返回京师,怎么又断裂车轴呢?是不是预示着前途凶险呢?

高肇惶惶的,换上另一辆车,继续向洛阳赶去。

来到洛阳城外几十里处的瀍涧驿亭,天色已经昏黄,高肇准备在这里歇息过夜。来到驿亭,早有于忠派来的羽林军在那里等着迎接他。高肇到了驿亭,步兵校尉于景率领的羽林军便团团包围住驿亭,不得任何人出入。

高肇侄子高猛带着家人来到驿亭迎接高肇,被羽林军挡在驿亭之外。高猛本想在驿亭把朝廷的情况报告高肇,与他商量出对策再迎接他回朝。可惜,他晚了一步,让于忠抢在前面。

高猛懊恼地跺着脚,无计可施,眼睁睁看着高肇被羽林军士前呼后拥地保护着,连夜送着进京。

高肇被羽林军士直接送进皇宫,让他换上衰服去哭拜大行皇帝元恪。

高肇号啕大哭着匍匐上了太极前殿,长跪在元恪梓宫前,哭拜奉丧。一路颠簸,憔悴疲惫不堪的高肇哭倒在元恪梓宫前。

随着高肇再行哭拜的百官又例行公事,哭拜一番。

高肇哭梓宫完毕,在百官前被刘腾引入西廊舍人省。

清河王元怿、任城王元澄以及诸王看着从他们面前走过的憔悴衰老的高肇,互相交换着眼色。

老贼,你的末日到了!清河王元怿偷偷捅了捅元澄,小声说:"他快完蛋了!"

元澄冷冷一笑:"恶贯满盈,恶有恶报!"

"不是不报,时候未到!时辰一到,一切都报!"好佛的元悦说着偈语。

同僚窃窃私语着。

昏昏沉沉、一无所知的高肇随着刘腾走进西廊舍人省。高阳王元雍和于忠在舍人省里等着见高肇。

高肇见到元雍，眼泪又涌了出来。元雍见高肇憔悴衰老的样子，突然感到有些怜悯，他一时竟不知道说什么好。

于忠不满意地瞪了元雍一眼，冷然笑了几声，说："高大人辛苦了。来人！"他猛然大喝一声。

舍人省里冲出十几个壮士，一拥而上，把高肇按倒在地，反手捆绑起来。

高肇惊慌失措，却依然厉声喊叫着："你们要干什么？我乃当朝一品重臣，大行天子舅父，你们想干什么?!"

于忠冷笑着："你残害忠良，恶贯满盈！今天就是你的末日！"

高肇呼喊着挣扎着："我是大行皇帝的舅父，又是公主驸马！还是皇太后的伯父！你们不能这样待我！"

于忠咬牙切齿地说："高肇老贼！你残害我于家两口，此仇不报，非丈夫！不管谁也救不了你！你的末日来临了！"

高肇厉声疾呼："没有皇帝诏书，你不能私自用刑！"

于忠冷笑着："刑书未及，你还是先行自尽。如果你先行自尽，我保你亲属平安，决不殃及他人，包括你的儿子兄弟！要是你不识时务、不肯就范，偏要死硬对抗，我将杀你全家鸡犬不留！"

高肇看着元雍，责备着说："高阳王你难道能容忍青天白日如此残害皇帝至亲？大魏王朝有没有律法？"

元雍突然勃然大怒，猛然拍案而起："你不配说律法！你残害我宗室王亲，哪个讲律法了?!"

"我要见皇太后！我要见皇太后！"高肇声嘶力竭，拼命喊叫着，希望有人听到能传话给皇太后，让皇太后前来拯救他的性命。

于忠挥手，羽林军士一起动手，几个彪形兵士按住他的背，两个彪形羽林掐住他的咽喉。高肇拼命挣扎了一会，终于挣扎不动，慢慢地松开了手，又最后挣扎一下，胳膊耷拉下来，头歪在一边，不再动了。高肇的脸色青紫，眼珠几乎迸出眼眶，嗓子里发出一声奇怪的咕噜声，尖锐地响了一下。一切

沉河艳后：胡灵皇后

都安静下来。

羽林士兵把瘫软的高肇扔到地上。于忠上前仔细查看了一番,确认已经死了,狠狠地踢了他一脚:"老贼!你也有今天!"

元雍有些惊骇,他看着于忠,问:"怎么处理他?"

"晚上用布裹了从侧门送回他家!现在向百官宣诏,暴其罪行!"说完,于忠仰天哈哈大笑:"老贼,你也有今日!"于忠笑着流出了眼泪。几年的卧薪尝胆,他终于为父亲和妹妹报仇雪恨。

元雍命令刘腾到外面向百官宣读诏书。

刘腾朗朗地诵读起元雍代皇帝拟写的诏书,诏书说:

"罪人高肇,弄权朝廷,残害忠良,构陷亲王,当政期间,恶贯满盈,罪恶滔天,民怨沸腾。今正法以谢天下。刑书未及,便至自尽,自余亲党,悉无追问。削除职爵,葬以士礼。"

承欢宫里,高皇后听说高肇被赐死,哭得天昏地暗,死去活来。

"你们怎么能这么对待先皇亲人啊?你们太没良心了!先皇尸骨未寒,你们就动手残害他的亲人了!"高皇后在中宫哭喊着,诉说着。

可是,任高皇后在中宫哭喊也无济于事。

失去高肇靠山的高皇后突然感到自己是那么孤单,地位那么危殆,要是不赶快想想办法,也许马上就会失去皇太后的地位。

高皇后大哭了一会,收拾起自己,派人去请崔光。接到高皇后口信的崔光本不想来,但是他又不好意思太驳高皇后面子,左右推脱不过,只好前来拜见高皇后。

崔光宅心仁厚,见高皇后哭得两眼如桃子似的,自己也眼睛发酸,心中发堵。

"太后要节哀顺变。"崔光声音抖抖地说。

高皇后未曾开口说话,眼泪就如断线的珍珠,扑嗒扑嗒地滴落下来,她极力控制着自己的情绪,终于还是按捺不住,哽咽以至泣不成声。

"太后,这是怎么了?太后要保重身体啊!"崔光眼泪汪汪,不知所措地安慰着。

高皇后抽泣一阵,终于收敛悲声,擦着红红的眼睛,泪光莹莹,对崔光说:"崔卿,哀家以后可靠谁啊?"

女内司把小公主抱了过来交给高皇后,高皇后搂住小公主建德,这眼泪又止不住流了下来。

崔光安慰着:"太后,不要太难过。太后有什么话说,尽管说,只要崔光能够办到一定全力以赴。"

高皇后搂着小公主,抽泣着对崔光说:"崔卿看我孤儿寡母,要是不能得到合法地位,以后这日子该怎么过啊?"

崔光明白了高皇后的心思,她是在担心不能封皇太后啊!崔光急忙说:"太后过虑了。太后乃先皇册封之皇后,这皇太后地位谁也夺不去的!"

高皇后擦了擦眼泪,些微露出些笑意:"崔卿德高望重,知史知礼,以古事大礼行事,即使于忠也不敢违逆。有崔卿做主,哀家心里才有些安慰。"

崔光非常感动,信誓旦旦地向高皇后表明心迹:"太后放心,有我崔光在,这皇太后位置就不会属于别人!"

高皇后眼泪汪汪站起身,抱着小公主向崔光鞠躬:"崔卿,请接受哀家一拜。"

崔光慌忙站了起来,惊慌失措,又是摆手,又是摇头:"太后,不要折杀老臣,不要折杀老臣啊!"

除掉高肇以后,二月甲戌朔,皇宫举行盛大仪式,给大行皇帝上尊号,谥大魏第七代皇帝元恪为宣武皇帝,庙号世宗。甲午,举行国葬,葬洛阳景陵。

5.崔光陈大礼保皇后　　元怿见充华送喜信

大葬以后,国朝当务之急,是封后宫皇太后。皇太后封了,这国朝才能够安定稳固下来。

封谁为皇太后呢?元雍在西柏堂召集任城王元澄、清河王元怿、元怀以及于忠、崔光等人一起商议。

"当然是封胡充华了!"于忠首先说话。

"为什么?"元怿调皮地笑着问,其实这也是他的想法,不过他不方便首先说出来,所以明知故问。

"那不是很明白的吗？胡充华娘娘是皇帝的亲娘，皇帝坐卧行走离不开他阿娘一步，不封胡充华为皇太后，如何哄住皇帝啊？"于忠笑着说。

大家都哄笑起来。

元怿拍手："说得好，说得好。为了哄住皇帝，只有封胡充华娘娘为皇太后！"

元怀拍案而起："不行！一个充华嫔有何资格封皇太后？皇太后历来是皇后升任的！皇太后只能尊国朝旧制，封给高皇后！"

元怀为舅父高肇的死深为难过，可是，为了保护自己，他又不敢说什么。幸好还有高皇后的呵护，他才能参与西柏堂议事。他一定得保住高皇后的皇太后位置，保住高皇后，就是保住他自己。

元怿笑着："五弟不必发怒。高皇后虽是世宗皇帝正式册封的皇后，可毕竟不是皇帝亲娘，皇帝能不能听从她的教导呢？若是不听她的话，帝后之间发生分歧与争执，两宫不和，怕是不利于国朝安定啊。大魏走到今天，保持安和稳定应该是当务之重。朝内不稳，人心浮动，怕是不利于大魏江山。"元怿语重心长地劝说元怀。

元怀并没有被元怿劝说得改变主意，他梗着脖子瞪着眼睛，反驳元怿道："皇帝年纪幼小，皇太后的话他一定会听的。当年高祖不是听文明太后的吗？"

元澄摇头笑着："那可不一样。高祖从小跟着文明太后长大，文明太后像慈母一样照看、养育着高祖，高祖才那么孝敬和服从文明太后教导。皇帝已经六岁，从小没有与高皇后在一起，现在怎么会听从、服从她呢？果如清河王所说，帝后争执两宫不合，叫百官臣子如何举措？"

于忠冷峻的脸上现出些微的笑意，他对元雍点点头，示意元雍做出决断。

元雍急忙点头，他清了清喉咙，正要说话，崔光却慢条斯理地开口："高阳王爷，老臣尚有话说，不知当说不当说？"

元雍对崔光极为尊敬，他急忙应诺："好，好，请崔侍中讲。"

于忠心中有些不大情愿地斜了崔光一眼，并没有说话。这老古董又要搬出什么前朝故事来教训人呢？他一肚子汉朝古事和周朝礼仪，动不动就用古事和礼仪来压制人。于忠不大满意地想着，却也不敢太违拗崔光。崔光处处占着古事和礼仪,可谓理直气壮,反驳他不是太容易的。

崔光咳了一声,捋着须髯,慢条斯理地说:"封皇太后是国朝大事,不可不慎。太后为一国之母,秉道怀德,母仪家国,垂训四海,宣教九宗,老臣以为,封皇太后宜率遵礼仪。考周汉以来,未见嫔妃为太后者。今若一意孤行,必坏周礼,毁国朝威仪。老臣以为,封皇太后,宜尊古制,方可上邀祖宗,下对百姓。"

老古董! 于忠心里责备,出口便是周汉古事! 难道就不能变通了吗?高祖连拓拔祖宗都不要了,也没见你拿什么古事来约束他啊!

元雍面露难色,看着崔光,喃喃地说:"崔大人言之有理,言之有理! 古事周礼不可偏废! 不可偏废!"

元怿尴尬地笑着:"崔大人一肚子古事周礼,小子不敢乱说话了!"

元怀高兴地说:"崔大人以古事周礼教训,谁敢不服?"

元雍见风向转了,为难地看着于忠,用眼睛询问他的意见。于忠不耐烦地一挥手:"既然崔大人说不合礼,那就按照合礼的办法办吧! 不过,这胡充华还是要封个高于充华嫔的身份,以便她呵护皇帝啊!"

"那是,那是。"崔光见于忠没有坚持他自己的意见,心里高兴,其实,他刚才虽然侃侃而谈着古事周礼,心里也还是七上八下,担心自己忤逆于忠意见而见罪于眼下着炙手可热的于忠。他急忙附和着于忠的话:"可以封胡充华娘娘为皇太妃,这身份可以让她呵护皇帝了,"

"你们大家的意见呢?"元雍看着在场的每一位人,征询着。

"就这么办吧。"元怿痛快地说。虽然胡充华没有被通过为皇太后,先封个皇太妃也是相当荣耀的了。他为胡充华感到高兴,脑海里浮现出那美丽动人的眼睛和两个装满笑意的酒窝。

该去把这好消息告诉她。元怿悄悄地想。不知为什么,他现在很想见到胡充华。

"四弟来了。"胡充华听说元怿来访,急忙走出来迎接。见到元怿,她从心里高兴,脸颊上的酒窝流淌出真心喜欢的笑意,让她的脸更加生动,更加容光焕发,更加朝气勃勃,也就更加流光溢彩。

元怿呆呆地看着这张如此生动美丽充满青春活力和朝气的脸,一时竟

忘了自己是谁,到了什么地方。

"四弟!"胡充华娇嗔地提高声音又喊了一声。

元怿这才从愣怔中清醒过来,他英俊的脸一下子涨红起来。"小弟给充华嫂娘娘请安。"他低下头,慌乱地行礼,企图掩饰自己的失态。

元怿英俊的脸膛上的红晕让胡充华莫名兴奋起来。她的心有些急速地跳动,她也不由自主地感到脸颊发热。

"四弟请坐。"胡充华些微有些慌乱,她疾步转回身,害怕元怿看到她的脸红,坐回坐榻。

女内司春香为元怿搬来椅子,元怿落了座。他的心里乱纷纷的,一时不知道说什么好。

胡充华已经从慌乱中摆脱出来,她平静地微笑着,让自己的目光静静地注视着元怿,努力不流露出内心的激动和惶惑。

"四弟光临,何事见教啊?"胡充华平静地带着甜蜜而略微调皮的笑意问。

元怿急忙说:"小弟来祝贺充华嫂娘娘,八座已经同意封你为皇太妃了。"

"是吗?"胡充华用充满惊喜的声音和语气问。不过,她的心里微微一沉,感到有些失望。她期望的可不是皇太妃的封号。

"皇太后呢?可是高皇后?"她笑口吟吟地随便问了一句。

"是的。"元怿的目光离不开她那甜美的脸,不过,他不敢让自己的目光在她的脸上停留过久,旋开了目光,望着别处说。

胡充华一时无话可说。

元怿急忙解释:"大家原本提议封你为皇太后,可崔光说不合周礼和古事,大家不敢反驳,便同意了高皇后为皇太后的提议。"

胡充华嫣然一笑,平静地说:"崔大人知史知礼,无人可比。封皇太后为大事,不可失礼。行事不合礼制法度,难以服众。高皇后为世宗皇帝正式册封之皇后,按照大礼,确实应该封皇太后!国朝有皇太后主理,我就放心了!"说完,胡充华甜甜地笑着,由衷地感到高兴一样。

元怿敬佩地看着胡充华。她的豁达,她的宽容和心胸广大,叫他更加仰慕这与他年龄相仿的皇嫂。

胡充华关心地看着元怿,问:"四弟,你还没有娶妃吗？四弟该考虑娶个继妃以充后室了。"

元怿急忙摆手:"小弟感谢皇嫂的关心,可小弟实在不想娶什么继室!小弟眼下这么着挺好。"

胡充华摇头,大眼睛深情地望着元怿:"四弟,这可不好。我有个小妹,已经到了许配人家的年纪,要是王爷不嫌弃,由嫂子做主许配给你,如何？"

元怿开心地笑了,他顽皮地眨着眼睛看着胡充华:"你是不是想一女许两家啊？你忘了,我可没忘,世宗已经把你那小妹许给元英的儿子元叉了。我听说,元叉不久就要来迎娶她。"

胡充华不好意思地笑着摇头:"你看我这记性。这元叉,我好像印象不深,你哪天带他来见见我。"胡充华突然想到这么一个理由,可以再见到元怿。

元怿高兴地答应了。他也意识到,这是一个再次进后宫见胡充华的大好机会。他的心欢快地跳着。

送走元怿,胡充华无理由地兴奋了许久。等这莫名的兴奋过去以后,她才开始冷静地思考着元怿带给她的好消息。

没有封皇太后,叫她有些失望。不过,封为皇太妃也还是叫令她高兴,不是每个嫔妃都能封皇太妃的。世宗皇帝这十来个嫔妃,不只封她一个吗？

想到这里,胡充华又高兴起来。她安慰自己说,有一个皇帝儿子,还怕当不了皇太后吗？皇帝的亲生母亲早晚会是皇太后的！她笑了。

"春香。"胡充华喊。春香应声走了出来。

"我们去拜见高皇后,向她贺喜。"胡充华笑着。

春香小心翼翼地问:"娘娘,合适吗？奴婢觉得高皇后不大欢迎娘娘啊,还是不去讨那个没趣吧。"

"什么话!"胡充华白眼瞪了春香一眼:"她是皇后,这礼数我是一定要尽到的。再说,她眼下心情不好,去看望看望她还是应该的。我们姐妹一场,我还是很心疼她的。"

春香嘟囔着:"娘娘好心眼,未必得到好报。这些年,奴婢看她见了娘娘总没好脸色,这些日子,那脸色更难看了,鼻子不是鼻子,眼不是眼的。"

沉河艳后：胡灵皇后

胡充华笑了:"这也难怪嘛。我的儿子做了皇帝,她心里自然不好受了。算了,不要计较了,这礼数还是要尽到的。走吧。"

"不去看皇帝陛下了? 他大概已经睡醒了。"春香说。

"先不管他,太傅会教他习字的。我们回来再去看他。"

"那他看不到你,又要哭闹了。"

"让他哭吧。"胡充华笑着:"娃子哭哭也没什么。"

高皇后抱着建德小公主在宫里闷坐着。元雍八座那里正在商议封谁为皇太后,这结果她到现在还不知道。元怀那小子也不来给她报个信,真叫她心焦。

建德小公主在她怀里咿呀唱着童谣:"小老鼠,上灯台,偷油吃,下不来。扑通扑通摔下来。"

唱完一支儿歌,她搂着高皇后脖子口齿不清地喊:"阿娘,唱,唱。"

高皇后低头亲着女儿的脸蛋,把她抱起来让她站到自己腿上,笑着:"阿娘教你唱风来了,雨来了。好,跟我唱。风来了,雨来了,雷公背个鼓来了。"小公主站在高皇后腿上跳着蹦着,咿呀地唱,母女俩嬉笑着唱着童谣,高皇后心里的烦闷一时也消散了。

"皇后姐姐好兴致!"胡充华清脆地笑着走了进来,见高皇后与女儿玩得那么开心,一边大声说,一边给皇后行礼,又喜滋滋地说:"妹子给皇后贺喜来了。"

高皇后的脸立刻垮了下来:"我有什么喜事可贺的?"

胡充华好像没有看到高皇后阴沉下来的脸,一点没有听出高皇后声音里的厌恶似的,依然灿烂地笑着,爽朗地说:"皇后还没听说吗? 明天要举行册封皇太后大礼了。姐姐做了皇太后,以后可是不得这么清闲轻松了!"

高皇后的脸色一下子晴朗起来:"真的? 封我做皇太后了?"

"那还有假? 不封皇后为皇太后,还封谁啊?"胡充华甜甜地笑着,从皇后怀里抱起建德公主,亲着她的嫩脸蛋:"小公主,让我亲亲。"小建德公主也不认生,搂住胡充华的脖子笑。

高皇后心里的一块石头落了地。封了皇太后,她在国朝的位置将是至高无上的,她即将成为第二个文明太后掌握大魏大权,将凌驾于皇帝之上来统治大魏,她将炙手可热。但是,眼前这皇帝的亲生阿娘胡充华会不会妨害她呢?高皇后心里嘀咕着。这个女人不可等闲视之。高皇后偷偷窥视着胡充华,胡充华正亲热地抱着建德公主。

"让我抱吧,不要累了你。"高皇后从胡充华怀里接过建德公主,抱在自己怀里。

"皇帝呢?"高皇后问。

"还在睡午觉呢。"胡充华还是站着,高皇后没有让她坐下,她就这么站着与高皇后说话,老实地执行她作为嫔妃的礼节。

"一会我抱着建德公主去看看他,建德公主老是吵着要去找哥哥玩。"高皇后故意说。她做了皇太后,以后可是要与皇帝一起坐朝的,难道还会限制她去看望皇帝不行?

胡充华一惊。皇太后以后要与皇帝经常在一起,当她突然意识到这一点时,她突然产生出一些担心。胡充华平静地笑着:"太傅在那里等着呢,皇帝醒了以后要习字,怕是他们不准许皇后去探望。"

高皇后冷笑着。等封了皇太后,看你们怎么找借口限制我去看望皇帝?我一定要让他亲近我!

胡充华看到高皇后的冷笑,她的心头平添了几分忧虑。

6.皇太后迫不及待害充华 忠大臣齐心协力保太妃

二月庚辰,尊皇后高氏为皇太后。第二天,皇太后带着人员到西柏堂见元雍,过问官员任用,要求按照她与王显等商议出的名单委任官员。

元雍有些为难,他说,委任官员要与尚书令元澄商议才行。

高太后面露愠色:"我这太后到底有没有省决朝政的权力?国朝皇太后哪位不能参与朝政决策啊?高阳王你说说看!连乳母皇太后都可参与决策,我这堂堂正正的皇太后难道还不能参与朝政决策?"

元雍讨好地赔着笑脸,一个劲地告罪。"皇太后息怒!皇太后不还没有临朝听政吗?皇太后一临朝,微臣就立刻禀报一切大事与皇太后!"

皇太后生气地说:"叫任城王元澄来西柏堂议事!"

尚书令元澄急匆匆来到西柏堂,拜见皇太后,元雍把皇太后意思说了一

沈河艳后:胡灵皇后

遍。任城王元澄也有些为难。这委任官员固然是他尚书令的职责,可是,眼下是特殊时期,将军于忠显然控制着朝政,如果任命不通过他,恐怕后果堪忧。他支吾着说:"太后有令,理应执行。可尚须皇帝下诏,皇帝眼下还在睡觉,恐怕得等候一些时辰。"

元雍知道元澄在拖延时间,也附和着说:"任城王说得不错,皇帝尚在睡觉,马上下诏暂时还做不到。太后不如先把这委任名单放下,等皇帝过来,再行下诏。太后以为如何?"

高太后看出他二人在拖延时辰,却也没有别的办法,只好说:"好吧,就依卿等意思。不过,不能拖延过久。朝臣都在眼巴巴等着任命呢!一朝天子一朝臣,新天子即位,不立即任命各级官员,如何稳定人心?"

"是,是,不会拖延过久的,请太后放心。请太后放心!"元雍和元澄唯唯诺诺地答应着。

皇太后刚走,元雍急忙派人把于忠请来,把皇太后的名单给他过目。于忠看着名单,名单上还是以高肇旧人为多。于忠愤愤不平地想,刚刚给你个皇太后,你就迫不及待地弄权干预朝政了!怎么?以为当了皇太后,就可以凌驾于我之上了?也过于性急了吧?成也萧何败也萧何,你不懂吗?

于忠把纸拍在桌子上,厉声喊:"这名单不合适!需要重新拟订!"

元雍看于忠愤怒得涨红了的脸,心中有些紧张,他看了看元澄,与元澄商量着说:"我看也不合适。尚书令意见呢?"

元澄点头:"高肇旧人过多,这不利于国朝安定。我同意重新拟订人员名单。"

元雍说:"好吧,让于将军和我们一起重新商议委任官员名单。"

于忠用指头点着那名单说:"你们看,中人王温等都委以重任,还封什么公伯侯,倒是我们这些安定社稷的功臣,反倒什么奖赏也没有!当年,世宗皇帝已经特许优转我为车骑大将军,她皇太后居然不执行世宗遗志!你们说,这何以服人?如何叫功臣不寒心?"

元雍懂得于忠暗示,急忙说:"于将军说得对,安定社稷之忠臣重臣,应该予以最高嘉奖!我提议,不但要给于将军以封赏,还要给以最高赏赐,开户,封地,封爵。"

于忠心里挺美气,对元雍更亲近了许多。他笑着摆手:"我不是专为自己讨封赏,我是看皇太后这名单封赏不公。安定社稷之重臣也非我一人,二位也在其列,另外像崔光、刘腾、侯刚等人也各有功劳,大家都该封赏才是。"

"极是,极是。"元澄见于忠把自己也划入安定社稷之重臣行列,心中很是高兴,急忙附和着。

元雍心里直骂:真他娘的会装相!会唱高调,明明是为自己牟利,却还口口声声宣称是为国朝为别人!以为他于忠世代忠贞,原来也不过是为自己牟利而已!人不为己,天诛地灭!真真一个伪君子!

元雍心里这么骂,嘴上却只管说:"于将军果然公道!公心!公平!于将军你看,如何赏封安定社稷之重臣呢?"元雍笑着问。

于忠想了想:"我以为,除了赏未开府的开府以外,还要封公侯,还要每人官升一级,赏赐钱物。对,把高祖以用度不足所减去的百官之禄的四分之一悉还百官,人进一级。天下百姓蠲免绢布一匹以外的八两棉麻!"

元雍看着元澄,元澄掉转目光。

元雍见元澄不表态,自己不敢反驳,急忙表示同意:"同意于大人所言。我提议,封于大人为常山郡开国公,食邑两千!"

于忠喜笑颜开地推辞一番,欣然接受,笑逐颜开地推了元雍一把,说:"高阳王如此厚待,叫我感激不尽!我提议,高阳王进位以为太傅、领太尉,司空、清河王怿为司徒,任城王、尚书令元澄仪同三司!"于忠志得意满,神气活现,在西柏堂发布命令。

元雍喜气洋洋,不过他听到于忠没有提到广平王元怀,就小心试探着问:"骠骑大将军、广平王怀,作为皇叔,是不是也该任命为三公呢?"

于忠恨恨地说:"广平元怀与高肇沆瀣一气,不可任命!"

元澄小心翼翼地提醒于忠:"元怀与皇太后关系亲密,若不任命元怀,万一高太后生气,横加干涉,怕节外生枝。于大人是否再行斟酌?"

于忠沉思默想了一会。两个王爷都为元怀说情,他不能太驳王的面子。"好吧。那就任命广平王元怀为司空。"

元雍见于忠让步,很是高兴,立即命令秘书丞拟写诏书,让天下百姓和百官同享皇帝赏赐,以维持国朝安定!

新皇即位的第四天,癸未,发布诏书,太保、高阳王雍进位以为太傅、领太尉,司空、清河王怿为司徒,骠骑大将军、广平王怀为司空。任城王、尚书

沉河艳后:胡灵皇后

令元澄仪同三司。加封于忠为车骑大将军,常山郡开国公。

做了皇太后,高莺莺气焰立刻嚣张起来。

"走,我们去看看皇帝!"皇太后对女内司说。她首先要去看望皇帝,以后,这小皇帝需要在她的监护下处理政事,他应该一切听从于她!

高太后带着随从一大早来到式乾殿。

皇帝元诩的寝宫里,元诩刚睡醒,打着哈欠大睁着双眼赖在床上不起床。侍中刘腾、侯刚与内司、黄门等内官,主衣、梳头等内侍与宫女,在皇帝龙床前站了一排,却没有谁能让这任性的小皇帝听话地起床。

"不起,就是不起!"小皇帝元诩在床上翻滚着,踢着脚,尖声喊叫着。

式乾殿的守卫大声通报着:"皇太后驾到!"

寝宫里的人全都在关注着皇帝,谁也没有听到外面的喊声。

皇太后带着人走进皇帝寝宫。见刘腾等人依然围在皇帝床前,没有过来接驾迎接她这至尊的皇太后,怒火已经升上她的心头。

"这是干什么啊?"皇太后冷峻的声音从刘腾身后响起。刘腾一激灵,回转过头:"太后大驾,奴婢该死!"刘腾说,急忙跪下向太后行礼。其他人都齐齐跪下接皇太后大驾到来。

皇太后摆手:"都起来吧。"她来到皇帝龙床前,侧身坐下,竭力弄柔了自己的声音:"陛下,该起床了。"高太后稍微伏身床上,轻声地温柔地呼唤。

元诩瞪着骨碌碌转的眼睛,光着屁股,仰面朝天,踢腾着两脚,正等着阿娘来抱他唤他起床。蓦然听到陌生的呼唤,心里很不舒服。元诩转过脸瞪眼看着呼喊他的人的脸。这是一张陌生的脸,这脸那么阔大,那么苍白,在他眼里,这脸是那么可怕。元诩嘴一咧,哇哇哭喊起来:"我要阿娘,我要阿娘!"

高太后一边伸手去抱他,一边温柔地哄着他:"皇帝不哭,我是皇太后,也是你的阿娘!来,让太后抱抱!"

元诩哭喊着满床翻滚:"不!我不要太后!不要太后!我要阿娘,我要阿娘!"他扑腾着脚乱踢乱蹬。

侯刚急忙上来哄,被元诩一脚踹到肚子上,疼得他龇牙咧嘴,却不敢呻吟。别看这元诩年纪小,蛮劲还不小,被他踹一脚,侯刚半天喘不过气来。

高太后拉住他的手，还试图劝说他："皇帝，听话，听话！听太后的话！来，让太后抱你起床！"

"不！不要你抱！我要阿娘抱！"元诩只是哭喊着踢腾着。

高太后哄着，威吓着，各种方法都使尽了，元诩还是哭喊着要阿娘。

高太后恼羞成怒，她愤愤跺脚，说："哪有皇帝风范？真不像话！都是充华嫔所惯！"

刘腾笑着上来为高太后出主意："太后，是不是去叫充华娘娘过来？皇帝每日都要让充华娘娘看着起床。"

"不能任着他的性子！不去叫他娘！我倒要看他能哭喊到什么时辰！"说完，高太后恼怒地拍着床，看着元诩哭喊。

"我倒要看看你能哭到什么时辰！没见过这么不听话的娃！"高太后恶狠狠地瞪着元诩，恶声恶气地说。

元诩在床上翻腾哭喊得更加起劲："我要阿娘！我要阿娘！"他扑腾着双脚双手，一不小心，一脚踢在高皇后的眼睛上。高皇后的眼睛被元诩踢得酸痛，流出了泪水。

"你这娃子！"高皇后恼怒之极，她站了起来，拽住元诩的腿，扬起巴掌啪啪打在元诩的屁股上："我让你再闹！"

元诩一下子被高皇后震住，不敢再哭闹，他把手指放在嘴里，呆呆地看着满脸怒容，显得很是面目狰狞和凶恶的高皇后。

刘腾和侯刚心痛得想上前劝阻，却又不敢。

"小小年纪，如此不听话，将来如何治理朝政！"高皇后怒喝着："当了皇帝还像个吃奶娃一样闹着要娘！哪像个皇帝！你娘要是死了，看你怎么办！"高皇后呵斥着。

刘腾听到这话，心里打了个冷战。什么意思？是不是要向胡充华下毒手啊？这可怎么好？要不要禀报胡充华，提醒她小心高太后？

刘腾看着满脸怒容满脸杀气的高太后，打了个冷战。侯刚也看着刘腾，互相交换着意味深长的眼色。

起床以后，宫女为胡充华梳洗打扮之后，她便带着春香兴冲冲向式乾殿走来。这是她每日清晨要做的第一件事，她要来式乾殿招呼儿子元诩起床，

然后和他一起用早膳。

胡充华来到宫门前正要抬脚向里走，却被宫门左右侍卫拦住："充华娘娘，太后在里，你不能进去！"

胡充华愣住了。她每日都要亲自伺候皇帝起床，不然他会哭闹得一塌糊涂。果然，里面传出元诩尖锐的哭叫声："我要阿娘！我要阿娘！"

"你们听，皇帝哭闹呢，我得进去哄他。让我进去吧，皇太后对付不了他！他任性着呢。"胡充华心里隐隐作痛，儿子的哭喊让她心痛得很。

"不行！太后有令，不许充华娘娘进去！"侍卫并不通融，脸无表情地说。

元诩尖锐的哭喊声一阵一阵传了出来。

"你们看，皇帝正哭着呢，只有我能安抚他，让我进去吧。这样哭闹下去，会哭坏皇帝身子的！"胡充华心急火燎，继续央求着侍卫。

侍卫冷着脸，横枪挡在门口，不肯让开。

刘腾从皇帝寝宫走了出来，正好看到胡充华和春香，他急忙走了过来。"充华娘娘早安。"

胡充华一把拉住刘腾的手："刘侍中，皇帝他怎么啦？"

刘腾苦着脸小声说："皇帝哭喊着要充华娘娘呢。又踢又闹，谁都哄不了，连皇太后的话也不听！"

"那让我进去吧！我去哄他。"胡充华说着，抬脚就要迈进大门。刘腾急忙伸开胳膊挡住胡充华去路："充华娘娘，慢！"他回头看看，急忙出了宫门，拉着胡充华走到一边，压低声音说："充华娘娘赶快离开这里，千万不要让皇太后看见你！皇太后正生气呢，她见到娘娘怕是更招惹起她的愤怒，充华娘娘还是暂且避一避的好。"

"我去帮太后安抚皇帝，太后不会怪罪的！我还是要进去。"胡充华执拗地说着推开刘腾。

"充华娘娘，万万不可！"刘腾还是死死挡住胡充华的去路，苦苦哀求着："娘娘听我一句劝，万不可单独去见太后！先回昭阳宫去，以后万不可单独出宫！娘娘，听奴婢一句劝！"说完，刘腾回过脸，厉声呵斥春香："春香，还不赶快带充华娘娘离开这里！"

春香是个聪明伶俐的女子，见刘腾这么严词厉色，知道一定有严重情况，她急忙上前拉住胡充华，拽着她离开式乾殿："娘娘，我们还是先回宫去吧。"

胡充华见刘腾一脸焦急和张皇,也意识到什么,听话地跟着春香离开大门,她一边走一边依依不舍地回头张望,她似乎还能听到元诩尖利的哭喊声。

"快走吧!"刘腾频频挥手。

春香小声劝说着胡充华:"我们还是快些离开这里,你看刘侍中的神色多张皇,怕是有什么万一。皇帝那里也没什么,哭就让他先哭一会,哭不坏的。我们快走吧。"

胡充华只好随着春香离开式乾殿回自己的昭阳宫去。

回到昭阳宫,春香安排胡充华用早膳。胡充华一边用早膳一边思谋着刚才的情景。她问春香:"你说,刘腾叮嘱我不要单独见太后,是什么意思?"

春香嗫嚅着:"奴婢不敢说。"

"你这死女子,咋的回事?有什么不敢说的?我让你说,你也不敢说?"胡充华沉下脸来。

春香急忙解释:"娘娘不要生气。奴婢只是揣摩刘侍中的话,他似乎在向娘娘暗示着什么危险。可能他听到什么风声,才这么说的。"

胡充华白了春香一眼,稍微笑着:"这还像个话!以后不要对我藏头露尾的,我讨厌那种聪明!"

"是,娘娘。"

"你说,是不是皇太后流露出些什么意思,让刘腾看了出来,他才那么张皇着阻挡我进去啊?"

"奴婢看是这么回事。"

"那我倒要好好想想,看该怎么防着太后,"胡充华眨着大眼睛,沉思着自言自语:"不过,她在明处,我在暗处,她是太后,我不过一个充华嫔,怎么能防住她呢?"她放下筷子,站了起来。

"娘娘不再吃一些?"春香问:"娘娘没有吃多少啊!"

"吃不下去,撤了吧。"胡充华走回寝宫,她要认真想个对策,不能这么被动地躲着藏着防着,防不胜防,必须要改变这种局面才好。

既然皇太后已经显露出加害于她的心思,何不利用这点呢?也许,这正是攻破皇太后加害的最好办法。以攻为守,方可保全自己!

胡充华立刻有了办法。

"去叫中庶子侯刚来见我。"胡充华对春香说。

中庶子侯刚,急忙来见胡充华。

"充华娘娘传我?"中庶子侯刚拜见胡充华。

胡充华低头坐在坐榻上,点点头却不说话。侯刚垂手恭立在胡充华面前等着胡充华张口说话。

胡充华还是不说话,双手绞着一个帕子,然后用帕子擦着眼睛。

侯刚惊异地看着胡充华:"娘娘哭了,可是为哪般呢?"

胡充华抬起红红的眼睛,幽怨地瞥了侯刚一眼。侯刚有些心痛,胡充华娘娘可是一个爱笑的爽朗的人,今天这是怎么啦? 遇到什么为难的伤心事情了? 他愿意为充华娘娘赴汤蹈火。想当初,他不过胡国珍府中一个善于烹饪的厨子,得胡国珍举荐,才得以进皇宫做了胡华妇的御厨,后来在胡华妇的举荐下做了世宗皇帝的尝食典御,因为忠心勤勉得到世宗喜爱,不断升迁。后来又是胡华妇举荐,他进东宫做了太子中庶子。对胡华妇的这些大恩大德,他时刻铭记在心,怎么能不尽心尽力效忠于胡充华呢?

侯刚战战兢兢地问:"充华娘娘,发生什么事情,令娘娘如此伤心?"

胡充华又用帕子擦了擦眼睛,长长地叹了口气,才慢慢地说:"我刚才去式乾殿,被太后拒之门外。中常侍刘腾说,太后异常恼怒于我,怕是不能见容,故此伤心。我一直视太后如同亲姐姐,以为我的儿子就是太后的儿子,不成想太后反倒见疑。我担心以后朝不保夕,故此叫你来,想让你传话于我父亲,让他老人家进宫来见上一面。"说完,胡充华已泣不成声。

侯刚又惊异又忧虑,他看着胡充华语无伦次地说:"充华娘娘,先不要伤心。太后尚未动手,还是有办法可以挽救。微臣现在就去见于忠大人,请他想个万全之策。"

胡充华摇头:"于大人固然忠实皇帝,可皇太后权力高于皇帝,他又有什么办法可想呢? 还是替我传话我父亲,让他赶快来见上一面的好。"

侯刚焦急万分,他连连摆手:"娘娘不必如此,不必如此。于大人一定有挽救的办法。我这就去见他,禀报此事。"

侯刚抬脚要走,胡充华又叫住他:"不要说是听我说的。"她叮嘱着侯刚。

侯刚来到右卫府,于忠正在右卫府与几个属下坐着说话。这些日子,他感到轻松了不少,除了高肇,报了他的家仇,他现在居于一人之下万人之上,正处在呼风唤雨的得意之时,他怎么能不趾高气扬?

于忠见侯刚来,挥手斥退下属,问:"中庶子何事来见?"

侯刚急忙把胡充华说的话转述了一遍。

于忠沉郁地听着,没有说话。"你听谁说的?"过了一会,他阴沉着脸问。

"刘腾大人说的。臣下早晨也曾亲眼所见。"

于忠还是不置可否,侯刚也不敢追问,呆呆地站着。

"你先下去吧,等我想出办法再行通知于你。"于忠挥手。侯刚唯唯诺诺,退了下去。过去同在东宫,他和于忠同列,现在他可是不敢再以东宫同事看待于忠了。

侯刚带来的消息叫于忠震惊。

于忠并不喜欢皇太后,以他之见,根本就不该封高皇后为皇太后,可是崔光以周礼古事来教训,他不敢违背,只好答应下来,违心地同意封高皇后为皇太后。现在皇太后要加害皇帝亲娘胡充华,可如何是好?是不是趁此时机废除皇太后?这念头闪过于忠的头脑。可他转念一想,又否定了自己的想法。皇太后才封了不过几天就废掉,会招惹大臣说三道四。

还是先与崔光商量商量再说,再说这皇太后可是崔光执意要封的,先看看他的态度再行定夺。于忠拿定主意。"去传崔光大人来见!"于忠大声喊。

崔光急急赶来见于忠。于忠把皇太后要加害胡充华的事情加以渲染,说得有鼻子有眼,好像快要发生一样。

崔光沉吟着:怎么会这样呢?这事有多少真实性呢?会不会是有人不喜欢皇太后而故意制造谎言来加害皇太后呢?他抬头正要张嘴询问消息来源,突然看到于忠忧郁的眼光正逡巡在自己的脸上,那阴沉怀疑的目光正盯着他的脸,好像在观察在揣摩着他的心事。

崔光的心一紧:于忠正在怀疑自己参与了太后的阴谋。可不是,皇太后可是自己执意主张封的,如何能不引起于忠的怀疑呢?如果不向于忠表明态度,这于忠恼怒起来,会不会加害自己和自己的家人呢?

崔光又偷眼瞥了一眼于忠,于忠阴沉的脸上闪露着凶气。

崔光咽回自己的询问。

沉河艳后:胡灵皇后

447

"崔大人,可有什么高招啊?"于忠略带讥讽的语气问。

崔光额头上冒出细密的汗珠,他擦了擦额头,急忙说:"老夫以为,宜置胡嫔于别所,严加守卫,理必万全,计之上者。"

于忠点头,"暂时如此,不过,要立刻封胡充华以皇太妃,皇太后就不能加害于她。崔大人以为如何?"

崔光点头:"老夫同意于大人提议。不过,这皇太妃的加封,暂时不宜进行。需假以时日。不知于大人可否同意?"

于忠笑了笑:"假以十天半月尚可,若假以时日过久,怕是不行。"

崔光也笑着:"老夫说假以时日,同于大人意见相和,最多两旬,一来可以充分准备,二来大臣不会有异议。"

"好吧,就如崔大人所言。别置胡充华之事交与侯刚亲自安排。"

侯刚喜滋滋地赶回昭阳宫,把于忠和崔光商量的办法告诉胡充华。胡充华这才放心,听任侯刚秘密地安置她的居所。

高皇后怎么也不能让皇帝元诩听她的话,这元诩见了她就又哭又闹。恼羞成怒的高太后知道,胡充华不除,这元诩是断然不会听命于她的。胡充华不除,皇帝永远不会亲近她高太后,她如何可以假皇帝以令天下呢? 看来,这胡充华不能留!

高太后心里怀着鬼胎,等着机会见胡充华。她的如意算盘是,只要胡充华单独来见她,她就趁机赐死于她,然后向外宣布她的暴卒。生米做了熟饭,谁能奈何于她这皇太后? 皇宫里这类事情多的不胜数,她早就见怪不怪,早就观摩学会了。

可是,一连等了多日,既不见胡充华来拜见她,也不见胡充华去式乾殿见皇帝,她多次派人去昭阳宫找胡充华,却也是找不到。胡充华像失踪了一样。

这一天,高太后烦恼地坐在宫里,她派出去的一个女官气喘吁吁地跑了回来:"启禀太后,女婢打听出了胡充华的下落。"

高太后嚯地站了起来:"她在哪儿?"

"她现在住在西游园!"女官满脸兴奋地说。

"消息确实吗?"高太后冷然地问。

"确实,确实!刚才于忠和刘腾几个人带着皇帝从式乾殿出来,女婢便悄悄跟在他们后面,见他们进了西游园。我等他们进了园子以后,凑到园子守卫那里,问皇帝进进去干啥,那侍卫不小心说漏了嘴,说胡充华娘娘病了,皇帝进去探望。"

高太后冷笑着:"怪不得我这些天到处找她不见,原来藏到西游园里去了。一定是在凉风殿住。"

高太后赏赐了这个女官,又命令另一个女官:"去打探着,见皇帝一出来,就赶快来报告我。我也要去探望探望这生病了的胡充华娘娘!"

过两个时辰,那女官气喘吁吁跑了回来,禀报说皇帝一行已经出了西游园。

"走,我们去探视充华娘娘!"高太后把准备好的一包椒盐揣进袖子里,带着随从去西游园。

西游园门口侍卫见皇太后驾临,不敢阻挡,放太后进去。

住在西游园的胡充华,刚送走皇帝一行。于忠和刘腾等人,每日都带着皇帝来西游园见她,这消息一直紧紧瞒着宫里人。住在西游园凉风殿,她很安心,在这里有于忠派的亲信羽林的保卫,她不再担心皇太后会加害于她。

胡充华歪在卧榻上,拿起几上的一部书,翻开到昨晚阅读的书页,读了起来。这是大臣张彝为世宗皇帝撰写的《历帝图》。这部《历帝图》,上起元庖犠,终于晋末,凡十六代,一百二十八帝,历三千二百零七年,杂事五百八十九,合成五卷。她还记得张彝上书说:"脱蒙置御座之侧,事复披览,冀或起于左右,上补未萌。伏愿陛下远惟宗庙之忧,近存黎民之念,取其贤君,弃其恶主,则微臣虽沉沦于地下,无异乘云登天矣。"当时世宗极力对她称赞这张彝的忠心,对她称赞这部《历帝图》,并且把书交给她,让她闲来阅读。

胡充华知道张彝,张彝撰写了《历帝图》以后,又用几年时间周历于齐鲁之间,遍驰于梁宋之域,询采诗颂,收集撰写风雅颂七卷,上呈说:"伏愿昭览,敕付有司,使魏代所采之诗,不湮于丘井。"

胡充华静静地阅读着《历帝图》,昨天夜晚,她一直秉烛读到半夜,受了些风寒,清晨起来感到头疼、咳嗽,急忙派人报告皇帝,皇帝便前来探望,叫她感到很是慰藉。

沉河艳后:胡灵皇后

449

胡充华翻了个身,侧卧在卧榻上,继续津津有味地阅读《历帝图》,那些贤明帝王的创业史和治国方略深深吸引住她,她读得很用心,耳边似乎响着张彝那"远惟宗庙之忧,近存黎民之念,取其贤君,弃其恶主"的叮嘱。

突然,春香慌里慌张跑了进来:"娘娘,不好了,皇太后带着人进园来了!"胡充华心里咯噔一下,放下书慌忙坐了起来:"这下坏了。你赶快想办法出去报告于忠大人,让他来解救我!快去啊!"胡充华见春香还愣怔在原地,催促着。

春香这才抬脚要走,胡充华急忙喊住:"不要走前门,从后门出去!"春香慌张得浑身簌簌发抖着向后面走,胡充华又呵斥住她:"你这么慌张,如何能走出去? 给我镇静下来!"

春香用力抑制住自己哆嗦着的心,深深吐了口气,快步走出凉风殿的后门,向西游园小门跑去。

胡充华这里让自己镇定下来,重新躺到卧榻上阅读着《历帝图》。

一群杂沓的脚步走进凉风殿寝宫。

"好清闲啊! 胡华妇!"高太后故意高声叫着胡充华最早的称呼,想给胡充华以难堪,以此来羞辱她。

胡充华放下书本坐了起来,笑嘻嘻地看着皇太后,脸颊上的两个圆圆的酒窝里装满了亲热甜蜜的笑意,亲热地招呼着:"皇太后来了,小妹身体不适,未能起身迎迓太后,请太后见谅。"她幽雅地站了起来,给皇太后行礼。

皇太后冷笑着:"你现在是皇帝的亲娘,眼睛里哪还有我这皇太后啊? 若是有我这皇太后,还要我来给你请安? 你说说,你多少天没有去给我请安了?"

胡充华的脸上立刻浮现出一脸的委屈和可怜:"皇太后说到哪里去了? 妹子可是一日不敢忘记礼数,早就想给太后请安,只是身体实在欠佳,动弹不得,实在是无法给太后请安。皇帝把我安置在这里,就是想让我清静清静,早日恢复健康。"

皇太后见胡充华拉出皇帝来压她,心里更是气愤得难以自已,她怒喝着:"好一个无礼的胡充华! 给我拿下!"高太后挥手招呼着自己的随从。几个羽林拥了上来,想捉拿胡充华。

胡充华后退一步,柳眉倒竖,以手指着几个羽林大喝:"我看你们谁敢动我！我可是当朝天子的亲生阿娘！你们不想活了！是不是?！我看你们哪个胆敢动我一下?！"

羽林士兵愣怔在原地,不敢上前。

皇太后怒喝着:"我是当朝太后,我命令你们上前捉拿这个目无法纪的女人！她谋反太后,罪该万死！"

高太后从袖子筒里拿出椒盐,厉声命令着:"当朝太后令,罪人胡充华谋反皇太后,令其自尽！当即执行,不得有误！"

胡充华凛然站在高太后对面,义正词严地指斥着高太后:"高太后,你这样是搬起石头砸自己脚！没有好结果的！太后若是宽厚宽容一些,慈悲为怀,我们姐妹可以从容相处,平和相处的！你做你的皇太后,我做我的皇帝亲娘,互相不干涉,不是很好吗? 何必要这样你死我活剑拔弩张的?"

高太后冷笑着:"我早就领教过你的计谋了！你会跟我平和相处? 你骗谁啊? 不是你欺骗于我,你何至于活到今天? 你早就该以子立母死的故制赐死了！今天我就是代国朝行使祖宗故制！"

胡充华故意拖延着时间,她嫣然笑着:"皇太后这么说毫无道理,永不杀含孕,这是世宗皇帝亲自下的诏书,皇太后这么做不是公然违抗先皇吗? 这也是死罪啊！"

皇太后被胡充华辩驳得无言可对。她恼羞成怒,亲自上前,拉扯着胡充华,要把椒盐往她嘴里塞。

胡充华决不想这么着被皇太后弄死,她拼命地挣扎着,与皇太后撕扯在一起。羽林侍从谁都不敢上前,即不敢去帮助皇太后,也不敢去帮助胡充华,只是呆呆地站着,一动不动地看着两个身份尊贵的女人互相拉扯在一起,互相打斗在一起。

"我让你这个死女子违抗皇太后诏令！"皇太后拉扯住胡充华的头发,把她的发髻扯了下来,胡充华一头黑发立时披散在肩膀上,好似黑色的瀑布。高太后的头发也被胡充华拉扯得披头散发。两个披头散发的女人拉扯在一起,抱成一团,打得不可开交。

高太后怎么也无法把椒盐塞进胡充华的嘴里。

两个年轻的女人就这么撕抓着,互相对峙。

沉河艳后：胡灵皇后

沉河艳后：胡灵皇后

春香慌慌张张跑出西游园，向闾阖门外的右卫府跑去，她知道于忠大人总在那里当值。还没有跑到出闾阖门，就看见对面御道上走过来两个英俊的年轻人，正兴冲冲地边走边说笑。春香惊喜发现，其中一个好像是清河王元怿。

春香疾步迎了上去，果然是清河王元怿！春香灵机一动，扬手挥舞着大声喊："清河王，清河王！"

清河王元怿带着元叉进宫，是要去见胡充华，没想到在御道上听到一个女娃喊他。元怿见一个女官模样的女子喊他，奇怪地站住脚步，等着她过来。

"春香，何事喊我？"他认出胡充华的女内司春香，加快脚步迎上去。

春香不认识元叉，她拉过元怿到一边，焦急地说："快去救胡充华娘娘，皇太后去西游园，恐怕要加害娘娘，我这去找于大人，怕时辰来不及，怕娘娘凶多吉少！王爷，快想办法救救娘娘！"春香已经焦急地哭了起来。

元怿说："你去找于忠大人，我和元叉去救胡充华娘娘！"说着，元怿疾步朝西游园跑去。元叉也跟在元怿后面跑着。

两个青年很快跑进凉风殿。

高太后和胡充华还在互相撕扯着，一个拼命想把手里的椒盐塞进对方嘴里，另一个紧紧闭住嘴唇，竭力躲闪着，互相拉扯在一起。

"住手！"元怿大声喊着，与元叉一起冲上去，各自抱住一个女人。

两个披头散发的女人呼哧呼哧喘着粗气，还想挣脱有力的胳膊继续撕打，却谁也挣不脱那年轻小伙子的有力臂膀。

胡充华看见紧紧抱着自己的是元怿，她"哇"的一声扑在元怿怀抱里失声痛哭起来。她把说不尽的委屈都哭了出来，哭得天地失色。

元怿张着双手，不知所措，看着扑进自己胸膛里痛哭着的胡充华，又是心疼，又是怜悯。

高太后见元叉抱着自己，恼怒地挣脱开来，扬起巴掌，"啪"的一声给了元叉一个响亮的耳光！"你敢这么对待皇太后！"她怒喝着。

元叉捂着发热的脸，赔着笑脸："皇太后不要生气，小弟不过一时情急，才出此下策。万望太后原谅饶恕！"

于忠已经带人赶来。"不像话！"他怒喝，"来人，把皇太后拘拿起来！"

"大胆于忠！哀家是当朝皇太后！你不能这么对待国母！"皇太后柳眉倒竖，一手叉腰，一手指着于忠，怒喝道。

于忠冷笑："我能把你扶持上皇太后宝座，也就能颠覆你这宝座！你当你是谁啊！你当还是高肇时代呢！来人！把皇太后囚禁在承欢宫里不许她外出一步！"几个羽林军士上来，把皇太后拖了出去。皇太后尖利地喊叫着。

"充华娘娘，让你受惊了！"于忠上来慰问胡充华。

胡充华已经离开了元怿，正独自站在一旁垂泪。听得于忠慰问，她抬起婆娑的泪眼，可怜楚楚地看着于忠，泪眼里汪着深情，轻轻地叫了一声："于大人！"这泪珠便又如纷飞的春雨落了下来。

这一声深情的呼唤，表达了无尽的感谢，道出无言的深情，正像受了委屈的人见到最亲的亲人一样。于忠的心被深深震撼了。

于忠搓着双手，不知如何安慰胡充华。

胡充华擦去脸颊的泪水，又说："感谢于大人，感谢清河王！这个年轻人是谁啊？"她迷蒙泪水涟涟的眼睛，看着元叉，问元怿。

"他是江阳王元继的长子元叉。"元怿急忙介绍。

胡充华展颜一笑："原来这就是江阳王元继的儿子元叉啊！好英俊的小伙子，怨不得先帝屡屡夸奖于你！"

元叉听得胡充华夸奖，很是得意，不由自主挺起胸脯，志得意满地笑着问："听说娘娘想见我，不知有何事见教？"

胡充华怕冷落了于忠和元怿，先对他们嫣然笑了笑，才回答元叉："我想先见见自己的妹夫嘛。"大家都笑了起来。

于忠看了看凉风殿，对胡充华娘娘说："这凉风殿现在冷清一些，不宜久居。充华娘娘还是返回昭阳宫居住的好。我保证皇太后以后不能加害娘娘，娘娘还是还宫吧！"

"算了，我就住在这里吧。"胡充华说。

"也好，娘娘就暂且住在这里，我马上命令将作重修娘娘寝宫。为娘娘修建一个更好的宫室居住。不过，我还得调羽林来保卫娘娘，以防不测。"

元怿看了看元叉，笑着对于忠说："于将军放心，我和元叉在这里护卫，充华娘娘不会有事的。"

胡充华含情脉脉地看了元怿一眼，这一眼让元怿浑身都燥热起来，他浑

沉河艳后：胡灵皇后

453

身上下有一种异样的感觉,他觉得自己从此离不开胡充华,从此以后,他会心甘情愿为胡充华赴汤蹈火,为胡充华粉身碎骨。

7.废太后出俗入尼禁金墉　胡充华遂心如愿尊太妃

刘腾、侯刚等护着皇帝元诩来西游园探望母亲胡充华。胡充华搂抱着元诩痛哭失声。"皇帝啊,娘差点就再也见不到你了!"

元诩见母亲满脸泪水痛哭不止,自己也跟着母亲哭了起来,母子俩抱头大哭。

哭了一会,元诩用自己的小手擦去母亲脸颊的泪水,问母亲:"阿娘,你为啥说差点见不到我了?"

胡充华摇头:"为娘差点被太后用椒盐毒死!"

元诩勃然大怒:"太后如此歹毒! 竟敢毒害我阿娘! 你们! 你! 你!"元诩指着刘腾,又指着侯刚、元怿,说:"你们去把那太后打死! 为我娘出气!"

刘腾急忙说:"皇帝陛下息怒! 微臣立刻去禀报高阳王和任城王,他们自会妥善处置!"

刘腾急匆匆来到西柏堂见元雍,向元雍报告了刚才的事情。元雍搔着头皮:"这可怎么好? 如何处置皇太后? 怎么能处置皇太后呢?"

刘腾眨着眼睛,小心翼翼地建议:"高阳王何不请于忠大人一起商议呢? 于忠大人一定有良策。"

高阳王元雍心里说:什么事情都要让于忠做主,他不是成傀儡了? 可是,不请于忠来,他敢自行决策吗?

元雍点头:"去请于忠大人。"

于忠一进西柏堂,就说:"皇太后毒害皇帝生母胡充华,王爷看如何处置?"

元雍笑道:"本王正是请将军前来商议此事。"

于忠大手一挥:"废了算了。"

元雍笑着:"将军办事干脆利落,可是,也要顾忌大臣议论啊。总要遮掩一下,不要暴露宫闱内幕才好。"

于忠搔着头皮:"也是。还是王爷考虑周全。以我之见,还是请胡充华娘娘拿主意的好,她能想出个周全办法。以后,这后宫之事就全凭她做主了。"

"也好。还是让刘腾过去与她商量的好。"元雍巴不得把这叫他为难的事情推到其他人身上呢。

"不过,依我的意见,还是要先给胡充华封个封号。王爷看,可以封她什么呢?"

元雍想了想:"皇太后还在,她要封,也只能封个皇太妃了。于将军看如何?"

"也好,先封个皇太妃,名正言顺。"

几天以后,己亥,皇宫里一片喜气洋洋。这一日,皇帝元诩穿着缠绕金龙的袍服,头戴皇帝冠琉,在国乐声中拉着母亲胡充华的手,慢慢登上庄严雄伟的太极殿。今天,他要亲自宣诏,尊他的母亲胡充华为皇太妃。

胡充华盛装华服,坐在皇帝身旁,紧紧拉着皇帝的手,听太常卿向站在殿里的百官大声宣读皇帝尊她为皇太妃的诏令。

胡充华微微笑着,脸上虽然是一片平和,可是,仔细看去,她的眼睛里流露着喜悦,还有得意,不仅有雄心壮志,还有一些肃杀之气。

尊为皇太妃,她的地位明显又进了一步,她现在就是后宫中仅仅次于皇太后的第二号人物。做了皇太妃,她又成功地向皇太后宝座迈进一大步!皇太后已经被于忠囚禁在承欢宫,失去了皇太后的权力。在元怿、于忠等人的极力干预下,崔光也不敢再搬出什么古事和周礼,同意几天以后出皇太后于皇宫。

怎么出皇太后于皇宫呢?最好寻找一个冠冕堂皇的理由,最好能够让皇太后主动辞让皇太后的身份而不露宫闱变故的痕迹。

做了皇太妃的胡太妃思忖良久,终于想出一个非常高明的办法:逼迫皇太后出俗为尼,像瑶光寺的废后冯媛一样。这是一个最为妥善的办法。

胡太妃派人从瑶光寺把自己的姑母胡国华请到宫中。胡国华见到自己的侄女已经被尊为皇太妃,十分高兴,一见面,就恭喜她的荣升。胡太妃请姑母坐下,自己挨着姑母,把自己的想法给姑母说了说。

"那好办。"胡国华爽快地说。"高太后原本就信佛,我去把厉害给她讲

沉河艳后:胡灵皇后

清楚,她一定会答应出俗为尼的。"

"那好。我们这就去。"胡太妃起身,带着胡国华和随从前来承欢宫见皇太后。皇太后正搂着建德公主,哄着她睡觉。多日不见,高太后已经憔悴了许多,脸色黄黄的,黑着眼圈,神色黯然。

胡太妃心中涌上一些同情。原本多好的姐妹,如今不得不同室操戈,不得不你死我活地争斗。她叹了口气,压下心中涌上的怜悯,让自己冷静下来。你可不能同情她可怜她,她可是曾经想要你死的!她在心里告诫自己,极力压下心头涌起来的怜悯。

胡太妃冷着脸,站到高太后面前。高太后抬眼看了看胡太妃,又垂下眼睛。胡太妃冷笑着问:"太后别来无恙?"

高太后眼皮不抬,一句话不说。

胡太妃又问:"太后对今后可有打算?准备如何安排生活?"

高太后冷冷地说:"成则王败则寇,任你们发落。"

胡太妃笑了笑:"太后说的什么话?我为太后着想,希望能够给太后安排一个体面的归宿。太后可曾想过出俗为尼?我以为这是太后最好的出路和归宿,当年高祖废皇后在瑶光寺生活得很好,你是知道的。"

高太后惊慌地抬眼看着胡太妃,把怀抱中的女儿抱得更紧一些:"不,我要与女儿在一起。我不出俗入尼!"

胡太妃冷冷地说:"你的女儿是先帝血脉,要留在宫内教养。其他嫔妃,一律出宫!而你,谋害本宫,罪不容赦!"

"不!我不离开女儿!"高太后尖锐地喊了起来。

"两条路任你选,一是自尽,二是出俗入尼!"胡充华说完,转身离开高太后。

胡国华见胡太妃离开,知道是轮到她出面的时候了,她走上前,坐到高太后身边,拉着建德公主的手,款款劝说着高太后:"太后,你是聪明人,出俗入尼是最好的选择。蝼蚁尚且偷生,何况太后金枝玉叶!出俗入尼,侍奉佛祖,过平静日子,难道不比自尽好吗?太后莫要执迷不悟!"

高太后抱着女儿哀哀地痛哭。

胡国华微闭眼睛,双手合十,为太后诵念着经文。

高太后哭了一阵,抬起泪眼婆娑的眼,看着胡国华哀哀地说:"去转告胡太妃吧,哀家同意出俗入尼!"

胡充华尊为皇太妃的第五天,清晨,太阳照着皇宫。胡太妃特意起了个早,用过早膳,在女官、内监、侍卫的簇拥下,来到承欢宫前送废太后高莺莺,她的结拜姐妹。决定出俗为尼的废太后,今天离开皇宫徙御金墉。

前后做了不到一个月的皇太后高莺莺一身女尼装束,不施粉黛,素面显得更加憔悴,不过二十五岁年纪的人,好似中年女人一样。短短一个月里攀上顶峰又猛然跌落深谷,大起大落的欢悲体验,人间最为悲哀的冷暖炎凉,使她身心交瘁,陡然衰老了许多。

雍容华贵的胡太妃迈着轻快的富有弹力的步伐快步走到废太后面前,笑着说:"太后不要伤心,太后亲近佛祖,出俗为尼,也算得其所,遂心愿。"

废太后哭得天昏地暗,头都抬不起来,她紧紧搂着刚刚三岁的建德公主,泣不成声。建德公主见阿娘哭泣,自己也跟着哭泣起来。

胡太妃从废太后怀里抱过建德公主,说:"太后不必难过,我会替太后照顾建德公主的!我很喜欢她呢。她就是我的亲生女儿。"说着,她用手温柔地擦去建德公主脸颊上的泪珠,亲了亲她的嫩脸蛋,笑着说:"皇帝哥哥很喜欢你呢,去跟皇帝哥哥玩吧。"

元诩过来,拉住建德公主的手,说:"跟我玩踢毛毽去。"建德公主想起与这个小哥哥一起玩的情景,立刻跳下地,拉着元诩的手,笑着喊着走到一边去。

废太后伸出双手哭喊着:"娃儿,娃儿,你回来,让阿娘再抱抱你,再亲亲你!"可是建德公主已经和元诩手拉手跑到那边,根本没有听到她凄惨的喊声。

"太后,算了,你看娃多高兴,何必让她过来陪着你哭呢。你放心,我会替你照顾好她的。以后,她就是我的女儿!"胡太妃兴高采烈地说,"我这可是儿女双全了!"

废太后呜咽着,什么也说不出来。

女官和内监过来拉住废太后,拖着她上了车。

四匹白马拉着的车辚辚开动,向金墉城滚去。

金墉城,在洛阳西北角,瑶光寺北,魏明帝所建,城里东北角有魏文帝建

沉河艳后:胡灵皇后

造的百尺楼,年代虽然久远,形制却如初年一样,高祖在金墉城里建的光极殿,重楼飞阁,高出金墉城墙,从外面望去,就像在云端一样。

三月阳春天气,垂柳碧绿,桑树繁茂,槐花盛开,莺歌燕舞,蜂蝶翻飞,一派春光明媚。车上,做了不到一个月皇太后的废太后压抑不住的抽泣时时传出车厢,洒在路途上。车轮滚滚,向又叫光极门的金墉城门奔去。以后,她将被以女尼的身份孤独地被幽禁在那里,难以走出一步。

9.揽大权于忠干政　忧篡权元雍串联

延昌四年(公元515年)三月,辛巳,司徒高肇至京师,以罪赐死。萧衍宁州刺史任太洪率众寇关城,益州长史成兴孙击破之。己亥,尊胡充华为皇太妃。宕昌国遣使朝献。三月甲辰朔,皇太后出俗为尼,徙御金墉。

第二天,在皇太妃的提议下,皇帝下诏进宫臣位一级。这是接着乙丑进文武群官位一级之后第二次晋级,在三天内连续晋两级,可是亘古没有先例的事情。第一次晋级,是于忠欲惠泽百官来巩固自己地位的举措,这第二次晋级是皇太妃惠泽百官笼络人心的举措。朝内外百官一片欢欣鼓舞。

但是,国内并不平静。夏四月,传来梁州氐人于沮水反叛的消息,元雍、元澄和于忠命梁州刺史薛怀古破反氐,五月甲寅,南秦州刺史崔暹击破氐贼,解武兴围。两次叛乱,都很快平息,也算有惊无险。

到了六月,沙门法庆聚众反于冀州,杀阜城令,自称大乘。消息传到京师,引起朝内外的震动。

沙门法庆,原本胡人,当冀州刺史萧宝夤要为冀州胡人造册以防其作乱的时候,同冀州胡人一样,法庆感到非常愤怒,他想了个办法,想聚集众人与官府对抗。法庆派自己的亲信私下散布说,他是天神再世,具有无边法力。他劝说渤海人李归伯,说跟从他以后可以成仙得道,可以全家升天。本来就非常渴望得道升天的李归伯,非常相信他的话,立即让全家从法庆为大师,而且还招率自己的乡人一起跟随法庆,推举法庆为主。法庆任命李归伯为十住菩萨、平魔将军、定汉王,自号"大乘"。法庆号召部下随从,杀一人者为一住菩萨,杀二人者为二住菩萨,杀十人者为十住菩萨。他又配制了一种迷狂药,让他的弟子服用。信徒服用以后,迷乱狂暴,什么人也不认识,连父子兄弟夫妇都不相识,唯以杀人为事。法庆的名声越来越大,影响越来越广。冀州胡人纷纷投靠他,做了他的信徒。不久,他便聚集千余众人。法庆率领着服了迷狂药的信徒起事杀了阜城县令,破渤海郡城,杀害官吏。刺史萧宝夤派遣长史征讨,结果败于枣城。长史战没。法庆的势力更加强大,队伍发展到万人,在渤海屠城灭寺舍,斩戮僧尼,焚烧经像,号称新佛出世,要除去旧魔。

法庆率领着万人队伍浩浩荡荡向附近郡县进攻。

元雍得到信报,很是惊慌,立刻禀报皇帝元诩和皇太妃,召集王爷和八座商量对策。

元雍和于忠去面见皇帝,禀报他们的决策。

皇帝元诩坐在殿中皇帝宝座上,皇太妃紧紧地靠着小皇帝坐在他的右边。

"禀报陛下,禀报皇太妃娘娘,冀州沙门法庆聚集信徒谋反,经微臣及八座议论,决定召假右光禄大夫元遥为征北大将军,攻讨法庆。"

"谁是元遥啊?"皇帝元诩眨着黑黑的像皇太妃一样好看的眼睛,回头看着母亲,脆脆地问。

皇太妃微笑了,她扑扇着眼睛:"卿可否给皇帝介绍一下元遥?我想他对元遥没有多少印象。"皇太妃把自己那水汪汪的大眼睛闪烁在元雍和于忠的脸上,让他们个个都能感觉到那信任的、热情的目光的照耀。

于忠回答道:"元遥是景穆王八子子推的六世孙,字太原,曾以左卫将军身份从高祖南征,赐爵饶阳男。后因母丧,请忧在家。现领护军。"

皇太妃点头。她低头看着皇帝元诩,问:"皇帝还有什么不明白的地方尽管问。大臣有义务回答皇帝问题。"

元诩摇头:"朕没问题了。"

皇太妃笑着说:"皇帝没有问题,我倒有一问题,不知该问不该问?"

元雍和于忠异口同声:"太妃尽管问。"

"卿授予他什么官职呢? 一定要给予令他满意的官职他才会心情舒畅去征讨反贼的。"皇太妃微笑着,语气和缓地问,一点也不盛气凌人。

元雍和于忠互相看了一眼,于忠回答:"皇太妃所言在理,我们委任元遥为使持节、都督北征诸军事,率步骑十万征讨。"

沉河艳后：胡灵皇后

459

皇太妃说："我看不如把那个假字去掉，委任他为左光禄大夫。皇帝陛下，同意与否？"

皇太妃说完，紧紧握了握元诩的手，皇帝元诩看了母亲一眼，急忙说："朕同意。"皇太后又轻轻握了握元诩的手，以示赞赏。

元雍和于忠急忙说："遵旨，微臣立刻去拟写诏书。"

皇太妃拉着皇帝元诩的手，微笑着静静地看着元雍和于忠继续禀报他们的部署。

于忠等元雍禀报完毕，谦恭地看着皇太妃，微笑着问："太妃可有他令？"

皇太妃微笑着，黑亮的眼睛脉脉含情地看着元雍，又看着于忠，柔声说："卿等安排甚佳，我无异议。"

于忠心里赞叹：多美丽的皇太妃啊。一个小皇帝，一个美丽的太妃，他多愿意天天看着这幅美丽的画一样的景象啊。他忠心拥戴这样一个小皇帝和这样一个美丽的又有头脑的皇太妃！

"崔光呢？卿以为该赏封什么呢？他好像一直没有得到皇帝赏封呢。"皇太妃含笑，看着于忠元雍等柔声问。

自从救了皇太妃以后，于忠、崔光、侯刚和刘腾，都成为太妃最喜爱和最信任的人。但是元雍入居西柏堂，与尚书令元澄一起，借增修国史为名，让崔光还史任，诏崔光还领著作。

元雍见皇太妃没有忘记崔光拥戴功劳，只得认真想了一会，说："崔光为国朝巨儒，学问渊博，臣以为可封他为博平县开国公，食邑二千，领国子祭酒，仪同三司。"

皇太妃笑着点头。

八月的一天，洛阳的天气很热，元雍在西柏堂里正汗流浃背地审阅元遥送来的表奏，向朝廷禀报他破法庆的经过。

他一边阅读，一边拍案称赞。元遥果然能干，不孚众望，他率领着步骑十万到冀州，马到成功。元遥率领十万步骑赶到冀州以后，法庆相率攻元遥，元遥大军掩杀，法庆的乌合之众便做了鸟兽散，法庆和他的妻子亲信等趁着夜色逃跑，元遥紧紧追掩，擒法庆并其妻尼惠晖等，一并斩之，传首京师。后擒拿李伯归，戮于都市。

顺利攻破法庆谋反，这是元雍在新皇登基以后的第一个政绩，很让他兴奋。

这时，侍郎来报，说左仆射郭祚与度支尚书裴植前来拜见。

元雍正想与人分享这喜悦，让侍郎放二人进来。

郭祚，字季祐，太原晋阳人，祖父以二女妻崔浩，其父受崔浩株连被太武帝处死。他逃窜在外，从小孤贫，姿貌不伟，涉历经史，习崔浩之书，尺牍文章见称于世，弱冠为州主簿。高祖时，举秀才，对策上第，拜中书博士，转中书侍郎，迁尚书丞，为官清正勤勉，得高祖重视。世宗时，为尚书右仆射。

郭祚为尚书右仆射，见魏宫一直沿用过去规矩，令、仆、中丞以上皆有引马骑卒传呼开道入宫门，一直行到马道。他觉得这么做很不恭敬，于是对世宗建议改变此规矩。世宗采纳他的建议，下诏：

"御在太极，驺唱至止车门；御在朝堂，至司马门。"驺唱不入宫，自此开始。因为这个建议，郭祚给世宗留下好印象，便以本官兼东宫太子少师。

度支尚书裴植，字文远，少而好学，纵览经史，善谈义理，喜好释典。此人性格怪诞，性非柱石，所为无恒。时而激昂慷慨积极参与朝政，时而颓废声称隐居山林。现在，正是他激昂慷慨要参与朝政大有作为大展抱负之时，他扬言："非我须尚书，尚书亦须我！"狂放之态可拘。他已经多次上表弹劾大臣，诋毁一些大臣说他们是华夷异类，不应位百世衣冠之上。这些表奏引得原本不是华人的元雍、于忠等人大为恼火，不敢呈给皇帝阅读。

元雍见二人来见，便放下手中的表于一旁，请他们坐下。

"二为大人何事来见？"元雍笑着问。

郭祚看了看裴植，裴植神色庄重，他起身拜了拜，又落座，说："殿下，我二人如骨鲠在喉，不得不说。"

"请说吧。"元雍笑着。

裴植神色更加庄严，他双目圆睁，看着元雍，直言不讳，开门见山："殿下，不以为眼下又有高肇再世吗？"

元雍警觉，欠了欠身："大人何故出此言？"

郭祚插话："裴大人所言，老臣也有同感。若不让此人出朝，殿下必将大权旁落！"

元雍知道他们所指，也不挑明，故意问："依你们的意思，该如何处置？"

沉河艳后：胡灵皇后

裴植激昂慷慨地说："调离朝廷，出为州刺史，谅其无法控制朝政。"

说到这里，黄门元昭拿着一沓表奏走了进来，他是为于忠前来送一些表奏，同时再取一些表奏过去给于忠阅读。于忠和元雍每日交换着来审阅大臣表奏。元昭用好奇询问的眼光注意打量了郭祚和裴植一眼，走到元雍面前，放下手中的表奏，又拿走桌子上一沓元雍审阅过的表奏，急忙退了出去。

这两个人找元雍谈什么呢？他们建议高阳王出谁为州刺史呢？元昭思忖着，故意在门外翻阅着手中的表奏滞留着，一边倾耳听着里面的谈话。

郭祚见元昭出去，接着裴植的话说："殿下，眼看着眼下他已经完全控制朝政，不及早想办法，将来可是贻害无穷啊。高肇前车，不可不鉴啊。"

裴植又说："眼看他挟皇帝行事，满朝文武大臣，敢怒不敢言。如此下去，尾大不掉，贻害国家啊！"

元雍只是沉吟不说话。

元昭不敢停留，急忙离开西柏堂，匆匆向于忠那里赶去。

于忠在他的府台里阅读各种表奏。

黄门元昭拿着一沓表奏进来，他把表奏放到于忠的桌子上，看着于忠，小心翼翼地问："将军大人，天气这么热，是不是先歇息一下？"

于忠抬起头，揉着自己的眉心，说："也好，歇息歇息。"

"来人，上茶！"元昭喊。

侍卫端来凉茶，元昭小心地捧起茶杯放到于忠面前。于忠慢慢啜饮着菊花凉茶。元昭拿起大蒲扇为于忠慢慢地扇着。

"于大人，微臣刚刚去高阳王那里，见郭祚与裴植二位大人在。"

元昭小心翼翼挑起话题。

"哦？他们去为什么事情？"于忠警觉地挑起眉毛看着元昭问。

"微臣也不是很清楚，只是听得只字片语，他们二位好像在建议高阳王出什么人为州刺史。"元昭看着于忠的脸色，小心地说。

"出谁？"于忠已经变了脸色，脸上已经堆积起一些怒意和阴郁。

"臣下没有听清楚。臣下出去以后，在外面有意滞留片刻，听郭祚说什么，高肇前车，不可不鉴。裴植说此人已经挟皇帝以令天下，如若不出，尾大不掉，贻害无穷！"

"这不是说我吗？"于忠"啪"地把手中茶杯摔到地上，站了起来怒喝着。

元昭急忙安抚："于大人息怒，这到底说谁，微臣也没有十分听清楚，这只字片语，也未必可靠，请于大人息怒！"

于忠攥着拳头，砸在桌子上，把桌子上的笔墨纸砚、笔洗、笔架等全都震了起来，一个碧玉笔架弹了起来，掉在地上摔得粉碎。

"这还不明白啊！这是撺掇高阳王出我啊！郭祚！裴植！你们是活腻味了！"

"大人准备怎么办？"元昭小心地询问。

"你立刻去找人，让人上表弹劾裴植和郭祚，等表上来以后，我再行定夺。"于忠阴沉着脸对元昭说。

"坐什么罪名呢？"元昭抬眼小心看着于忠请示。

"蠢货！这还用问吗？你没听说过，欲加其罪，何患无辞？你不会随便让他们找个罪名？真笨！"于忠极为不满地瞪了元昭一眼。

元昭赔着谄媚的笑脸："大人教训极是。微臣这就去办。"

"不要走漏风声！"于忠又提高声音叮嘱着。

"微臣明白，请大人放心！"元昭答应着，急忙退了出去。

第二天，于忠便得到一份表奏，这表奏弹劾裴植阴谋废黜皇帝。

于忠立刻请尚书令元澄去拷问此事。

元澄上表说："梁州刺史羊祉告裴植的姑表兄弟皇甫仲达，说皇甫仲达受裴植所指使，诈称受皇帝诏，率合部曲，欲图领军于忠大人。但臣多方考问，皇甫仲达皆不认罪。但是众人都指证皇甫仲达之罪行。说皇甫仲达公然在京称诏聚众，煽惑都邑，骇动人心。金紫光禄大夫尚书裴植，身居庙堂高位，为禁司大臣，募集人众，见亲属谋反，竟无愤怒之心。虽然众人见证无见裴植，但都说是裴植所指使。根据国朝法度律例，在边合率部众不满百人以下，身犹尚斩，何况他们？皇甫仲达与裴植，皆应死刑。不过，裴植亲率城众，附从王化，依律上议，唯恩裁处。"裴植原为南朝萧宝卷的臣属，后开城门纳国军，投诚魏。

接着，就有奏表弹劾郭祚，说郭祚聚众谋反，同裴植共相勾结串通，谋害朝廷重臣。

于忠立刻以皇帝名义拟诏,说:"凶谋既而,罪不合恕。虽有归化之诚,无容上议,亦不须待秋分也。"

于忠立刻派禁中羽林去捉拿裴植和郭祚。裴植见羽林来捉,知道自己大难临头,他神态自若,对儿子说:"我死后,要为我剪落须发,穿法服,以沙门礼葬我于嵩高之阴,不得违背我的遗志。"

五十岁的裴植和六十七岁的郭祚同时遇难。

去了裴植和郭祚,于忠便开始对付元雍。但是,他清楚,去除高阳王不能像去裴植、郭祚一样草率,必须借助皇太妃和皇帝来达到他的目的。

10.揽大权于忠谋害朝臣　施小计太妃升任太后

于忠去见崔光,向他商讨去除元雍的办法。

崔光虽然在拥戴皇帝即位中起了最大作用,可是他修养到家,生性谨慎,不狂妄自大,也不敢太擅权。所以,虽然现在位高权重,却还是平和谨慎,处世待人并不咄咄逼人。

崔光热情周到地请于忠在厅堂坐下,送上茶水。

"于大人,何事见教啊?"崔光慈眉善目地笑着问于忠。

于忠神色冷峻,目光凌厉,他皱着眉头看着崔光:"崔大人可知晓裴植、郭祚之事?"

崔光捋着花白须髯:"老夫听说一些。"

"你可知道谁是主谋?"于忠目光炯炯逼视着崔光。

崔光摇头:"老夫不大清楚。"

于忠曜地站了起来,提高声音严厉地说:"始作俑者,乃高阳雍啊! 他居然敢挑唆朝臣与于某作对! 崔大人,你说可气不可气?"

崔光小心翼翼地看着怒气冲冲的于忠,笑着迎合道:"是有些可气!"

于忠把拳头砸在桌子上,把一杯茶水泼洒不少。"不是有些! 而是非常! 他高阳雍以为他是谁啊? 以为他入居西柏堂就可以与于某作对了?!他这是不知天高地厚! 他忘了,他入居西柏堂是谁的建议?"

崔光见忠如此愤怒,也不好劝说,只是笑吟吟地听他发泄。这于忠脾气暴烈,现在正是大权在手之时,谁都惧怕他三分。崔光也不敢与之争锋。

于忠继续诉说着:"他元雍对我于某人的好处不但不图答谢,反而以冤报德,我于某咽不下这口气!"

崔光见于忠停下来,急忙插嘴问:"于大人想怎么办?"

于忠又一拳砸到桌子上:"杀了他!"

崔光惊慌地看着于忠,频频摇头:"于大人不可造次,不可造次!"崔光站起来,拉住于忠:"于大人,坐下说话,坐下说话,站客难打发啊!"

于忠笑了笑,坐了下来。崔光见于忠露出些笑脸,又小心翼翼地说:"于大人万不可采用极端办法。元雍身为王爷,不是可以随便杀的。万一惹怒大臣,万一让皇帝生气,可是得不偿失啊!"

于忠虽然跋扈,可也很敬畏眼前这位学问渊博、德高望劭的国朝大儒,他瞪着牛一样的眼睛,反问着:"真的杀不得?"

"杀不得!"

"真的?"于忠还是不甘心。

"真的! 否则后患无穷!"崔光固执地坚持自己看法,一点不退让。

于忠叹口气:"本想寻求你的支持,可崔大人却阻挠着。你可是胳膊肘往外拐了!"

崔光摇头:"不是老夫不支持你,老夫这可完全是为大人着想,怕大人鲁莽从事,坏了大事! 若大人不信我的话,你去试探试探皇太妃的意见,看她意图如何,看她是不是支持你? 依老夫愚见,她不会同意你刚才的想法!"

"好吧,我去试探试探皇帝和皇太妃的意见。要是他们支持我,我就要依自己的想法行事了!"于忠雄赳赳地站起了起来,准备告辞。

"那当然,皇帝与皇太妃同意,老夫怎么敢坚持自己的看法? 任凭于大人行事!"崔光笑着送于忠步出大厅。

于忠从崔光府出来,便进宫去见皇帝和皇太妃。皇太妃见于忠,很热情,灿烂地笑着,用亲昵的语气让他坐到自己对面。"于大人何事来见?"她一边问一边猜度着于忠来访的用意。

可是为高阳王元雍而来? 皇太妃明亮的眼睛在于忠脸上巡睃着想。

侯刚向她禀报过于忠矫诏杀裴植和郭祚的事,对刚发生的郭祚和裴植的死有所了解。他对于忠矫诏虽然有些不大满意,却也并未放在心上。杀

沉河艳后:胡灵皇后

465

两个大臣以去除自己心头之患，此乃人之常情，她一笑置之，没有理会侯刚对于忠矫诏之举的不满唠叨。水至清则无鱼，人至察则无徒，古人教导不可不遵循啊。她必须以自己的宽宏大量去笼络于忠，没有于忠，她将一事无成。

于忠看着皇太妃年轻的充满生气的脸，不敢接触她那亮晶晶的像潭水一样的眼睛，他闪烁着自己的目光，说道："微臣前来拜见太妃娘娘，向太妃禀报高阳王元雍结交串联郭祚、裴植，图谋不轨。高阳王辜负皇太妃和皇帝陛下信任，私结私党，朋比为奸，是可忍，孰不可忍。微臣以为，此风如不杀，不利国朝长治久安。特来禀报太妃娘娘与皇帝陛下，请示处置。"

皇太妃脸上还是那一副甜甜的笑容，两个酒窝里盛满了甜甜的笑意，她不能立即表示自己看法，她需要了解于忠的真实想法，然后迎合他的想法做出自己的决策。

"卿以为如何处置合适？"皇太妃闪烁着亮晶晶的目光反问。

于忠正等着皇太妃这句话，他要用自己的想法来影响皇太妃，左右皇太妃。于忠立刻侃侃陈述己见："微臣以为，鉴于高阳王元雍之大悖举动，应效裴植、郭祚，杀无赦，以儆效尤！"

皇太妃闪动目光看了一眼于忠，于忠正雄赳赳气昂昂地坐着，等待她的答复。

杀元雍？亏他想得出！新皇刚刚即位便杀皇室成员，百官如何想？杀郭祚、裴植，已引起百官议论纷纷。这于忠怎么这么残暴，一掌权就要大开杀戒？皇太妃沉吟着。

"怎么样？皇太妃？微臣建议可行否？"于忠睁着牛似的大眼，一眨不眨地看着皇太妃，想用自己咄咄逼人的目光逼迫皇太妃说可。

皇太妃还是微笑着，平静地看着于忠。她的目光柔和平稳，带着笑意，带着深情，带着安抚，带着无所畏惧，她直直地看着于忠。于忠突然感到心慌，在皇太妃那沉静的目光的逼视下，他有些招架不住，急忙闪过眼睛，不敢再逼视皇太妃。

皇太妃见于忠微微掉转目光，这才微笑着与于忠商讨："于大人的建议不错，元雍指使郭祚、裴植，果然可恶。不过，已经杀了裴植、郭祚，以儆效尤，再杀元雍，怕是宗室不答应。新皇刚刚登基，还是要以仁恕笼络人心为好。我以为,元雍可以暂时先免去所有官职,以王归第,以观后效! 不知于大人以为如何?"

皇太妃说得很平静,语气很是和缓,并不咄咄逼人。但是于忠却听得心里惶惶的。他觉得,皇太妃说得非常决断,没有给他一点商量的余地,他只能表示服从。

皇太后微笑着看着于忠的脸,观察着他的反应。杀了元雍,朝政大权全落入于忠手中,于忠大权独揽,势必会形成一人专权局面。她决不能同意于忠杀元雍! 可是坚决不同意于忠的决定,会不会激起他的谋反呢? 如今,禁内羽林宿卫全掌握在他手中!

只好先选择这么个折中办法! 皇太妃想,先安抚住他,不如此,无法保障自己和皇帝元诩的地位。

皇太妃依然甜甜地笑着看着于忠问:"免去元雍官职,卿以为会不会激起宗室王爷的反感?"

于忠眼睛一瞪:"微臣以为没有谁敢说个不字!"

皇太妃摆手:"话不是这么说的。即使没有人敢说不,我们行事也要占住理的好,尽量要让宗室王爷心服口服才好啊。于大人以为如何?"皇太妃平静地缓缓地说:"让宗室反感总归不大好。宗室人数那么多,势力那么大,如若结成一体与大人闹腾起来,虽然于大人力量更大,总归要乱了朝纲,不是吗? 这可是要毁坏于家几代几世的英名啊!"

于忠翻着眼睛,一句话也说不上来。皇太妃这几句不紧不慢、不卑不亢、不硬不软的话语,绵里藏针,柔中带刚,让他无话可对。

"是,是,太妃教训极是。"于忠连忙谦恭地说。

皇太妃笑着摆手:"哪里是教训? 我不过是想提醒于大人而已。我想,还是要把元澄、元愉、元怀几个王爷叫来,先安顿安顿,才可以下诏的。这样就万无一失了!"

于忠惊诧地抬眼看着皇太妃,连声赞叹着:"太妃高明! 太妃果然高明! 微臣敬服,五体投地!"

皇太妃轻轻地笑出声来:"于大人不要笑话我! 于大人四代忠臣,满门忠良,国家股肱,朝廷栋梁,大魏安定可要仰仗于大人啊! 皇帝幼冲,尚不能独立支撑国家大厦,我也年轻更事不多,一切都要仰仗于大人。万望于大人

沉河艳后：胡灵皇后

精忠报国,护卫国家朝廷安危!"

于忠感动得不知道说什么好,他起身拜了又拜,宣誓般地对皇太妃说:"太妃请放心,为国家朝廷安危,为保卫皇帝和太妃,我于忠一定不遗余力,赴汤蹈火,粉身碎骨,在所不辞!"

皇太妃笑着站了起来:"于大人的这番话,可否看作是向天地盟誓之誓言?"

于忠举起右手,攥成拳头:"皇太妃尽可放心,这就是我于忠向皇太妃、向天地盟誓效忠之誓言!"

皇太妃走到于忠身边,握住于忠的手,轻轻地替他放了下来,她呵呵地笑着:"盟誓干什么啊?于大人一腔热血,一颗红心,谁看不到呢?于大人,我相信你,皇帝相信你的忠诚!你就按照我们刚才商定的办法行事吧。王爷那里,由我来说服!"

于忠心潮起伏,激情澎湃,他看着皇太妃激动地想:一定要尽全力辅佐这皇太妃!

皇太妃明亮的眼睛转了几转,叹口气,又说:"不过,我担心王爷能否听从我之劝说,我不过一个皇太妃而已!国朝尚无皇太妃主事之故事呢。"

于忠笑着:"皇太妃就是国朝皇太后,太妃不必顾虑,王爷会听从太妃教导的。"

皇太妃轻轻叹了口气:"毕竟不是皇太后,名不正言不顺啊!"

于忠急忙安慰说:"太妃不必过虑,这太妃变成太后,也就是早晚事情。等微臣把眼下几件麻烦事情妥善解决后,微臣不日即便安排封皇太后之事,请太妃放心!"

皇太妃微笑着点头。"去请元澄、元怿、元怀等王爷入宫见皇帝吧,让我们快刀斩乱麻处理完元雍的事。"

元怿等人接到诏,急忙进宫,在司马门下车进宫。

元怿心里怀着说不出的喜悦,他渴望见到皇太妃,听说皇太妃传唤,他的心欢快地跳了起来,一直跳个不停。

元怿入宫,拜见了皇帝和皇太妃。皇太妃见到元怿,也是很欢喜。这英俊的青年王爷总是出现在她的梦中,与她亲密地在一起,让她总是激动欣喜地醒了过来。

皇太后含情脉脉地看着元怿，笑着问："几日不见四弟，还怪想的。"

元怿急忙说："小弟也想念太妃呢。"

"真的?"皇太妃惊喜地扬起眉毛，目光迸出两道明亮的光，如同两道闪电的电光，照亮了皇太妃的眼睛和脸庞，元怿眼前立即出现一位笼罩在金光中的女神。

"当然是真的了。小弟思念太妃，真是茶饭不思、辗转反侧、夜不成寐了。"元怿目不转睛地看着皇太妃，忘情地说。

皇太妃的脸热了起来，红晕染上她的脸颊，让她搽了胭脂的脸更加娇艳红润。她有些羞赧，极力掩饰自己的慌乱，随口问："任城王、广平王为何还不到呢?"

元怿心里欢快地跳动着，皇太妃的慌乱和羞赧透露了她的心思。她也喜欢自己呢。元怿不敢继续挑逗，极力压抑着自己的喜悦，尽量平静地回答："他们马上就到。不知太妃召我们入宫有什么事情商议?"

皇太妃也平静下自己的心情，微笑着说："叫王爷来，是想与王爷商议关于高阳王的事情。于将军表奏高阳王包庇郭祚、裴植谋害国朝重臣，他出面弹劾高阳王，请求免高阳王官职，还请求褫夺高阳王王爵。我想与诸位王商议，看准不准他的表奏。"

元怿看了看皇太妃，说："小弟愚见，于将军表奏言过其实。高阳王包庇郭祚、裴植，虽然有罪，但褫夺王爵，也太过严厉。国朝规矩，只有谋反才可褫夺王爵，他毕竟没有谋反。尽多免官归第即可。"

皇太妃点头。

这时，任城王元澄和广平王元怀一起进来拜见皇帝和皇太妃。皇太妃请王爷入座，便开门见山地把召他们来的用意讲了讲。

"事关宗室王爷，皇帝和我想听听各位王的说法。希望各位王敞开心扉，畅所欲言，不要有所顾忌。高阳王的命运可是攥在你们的手心里啊。要是你们同意于将军的看法，皇帝和我只能准于将军表奏，免高阳王官职与爵位，撵出皇城，以庶民身份另择安身之所。如果诸王不同意此处置，皇帝和我就可以另行拟写诏书。"皇太妃甜甜地微笑着，看着各位王爷，缓缓地说。

各位王都沉思着掂掇着皇太妃的一番话，一时没有明确想法要说。元

沉河艳后：胡灵皇后

怿看了看元怀,元怀总是顾虑于忠因为他是高肇的外甥而找他的麻烦,经常有意无意地顺从于忠的主张,元怿看着元怀正眼巴巴地看着皇太妃似乎想说话。

不能让元怀抢先表示赞同于忠表奏。元怿想着,咳了一声,把刚才的话重复了一遍。

任城王元澄当即附和元怿:"陛下,太妃!老臣以为清河所说不谬。老臣以为,免官即可,褫夺爵位属过当。"

"五弟的看法呢?"皇太后笑眯眯地看着元怀问。元怀虽然是高肇的外甥,但毕竟是世宗元恪的亲弟弟,她还是像对待元怿一样对待元怀。

"我同意,我同意。"元怀急忙说。

"既然如此,我以为可以免高阳王元雍一切官职,以王归第。皇帝以为如何?"皇太后笑眯眯地看着身旁的皇帝元诩,紧紧握了握他的手。

"朕同意!"元诩从昏沉沉的无聊中清醒过来,脆生生地说。

皇太妃甜甜地笑着,看了看元澄,又把温柔的目光移到元怿脸上,缓缓地说:"我还有一事相求诸王援手。"

元澄笑着:"皇太妃请讲,不必如此客气。"

皇太妃不好意思地笑着:"我都不知道从何说起。"她稍微停顿了一下,把温柔的目光移回元澄,缓缓地说:"于忠将军、崔光大人等人提出要给我上皇太后尊号,让我感到很是为难。依我的名号上皇太后尊号,好像不合国朝规矩。另外我性本柔弱,也恐怕难以担当此大任。可我多方推辞,但于忠与崔光大人说,皇帝幼冲,国朝无皇太后主事不利国朝安定,劝我千万以国朝利益为重。这让我左右为难。诸王皆是皇帝与我之至亲,请你们为我拿个主意。"说完,皇太妃把自己诚恳的眼光灌注在元澄脸上。只要元澄开口同意,元怿自然附和,元怀也就无法说不了。

元澄看了看元怿,元怿还是笑着,眼光里一片灿烂。元澄又看了看元怀,元怀的眼光有些游移。

皇太妃又款款地说:"还有一事。高阳王免官以后,皇帝和我准备任命三王为三公,以后朝廷大事有三公担当。"

"感谢皇太妃的厚爱。"元澄笑着说,"皇太妃尊为皇太后,确实乃国朝形势所逼。皇帝需要皇太后扶持,国朝大事须皇太后决策。为国家利益,皇太妃也不必推辞,国朝非皇太后不可啊!"

"是啊。国朝须皇太后不可。"元怿与元澄交换了个眼色,也笑着说。国朝有皇太后做主,就不必担心朝政大权被异姓篡夺,皇太妃毕竟是元姓一家人。"是吧?五弟?"元怿笑着问元怀。元怀急忙答应。

"既然诸王都这么说,看来我不能推辞了?"皇太妃笑得更加甜蜜,她端坐着,深邃的目光从元澄脸上移到元怿脸上又移到元怀脸上,反问了一句。

"不能推辞! 不能推辞!"三个王爷异口同声说。

"那好,我就答应于忠将军和崔光大人了。"皇太妃心满意足地拉着皇帝站了起来,准备退回后殿歇息。

"可说完话了!"元诩大喊一声从座位上跳了起来,甩开母亲的手,跳下宝座,一溜烟跑回后殿去了。他早就坐不住,在座位上左拧右拧的,怎么也安生不下来,不是因为手被母亲握住,他早就跳起来跑回后殿与妹妹建德公主玩耍去了。他很喜欢建德公主,建德公主也很喜欢他,兄妹二人每天都要在一起玩耍一会。

皇太妃朝王爷笑了笑:"你们瞧这皇帝,猴性猴性的。"

元怿见皇太妃要走,他真有些恋恋不舍,他突然灵机一动,急忙上前一步说:"太妃娘娘请留步,元叉让小弟问问皇太妃,什么迎娶太妃妹子? 他有些等不及了。"

皇太妃笑着,对元怿说:"过几天吧,让他做好准备。"

"太好了,我这就去告诉元叉,他一定高兴坏了。他可是望穿秋水啊!"元怿意味深长地看着皇太妃,说了句一语双关的话。

皇太妃飞了元怿一个媚眼,目光里满是赞许、夸奖和鼓励。

元怿的心欢快地跳着,心满意足地与元澄、元怀一起离开。

八月乙亥,领军于忠矫诏杀左仆射郭祚、尚书裴植以后第二天,传诏免太傅、领太尉、高阳王雍官,以王还第。

第三天,丙子,尊皇太妃为皇太后。己卯,吐谷浑国遣使朝献。

三天以后,在西游园宣光殿,由崔光、于忠主持,皇帝为皇太妃举行尊封皇太后大典。百官聚集宣光殿,国乐高悬,高奏国歌《真人代歌》,上叙祖宗开基所由,下及君臣废兴之踪迹,凡一百五十章。宣光殿里的铜鹤、铜龟,青

烟袅袅,散发出檀香香味,崔光代替鸿庐卿高唱着赞辞,举行着盛大的尊封大典。

皇太后穿着金凤缠绕的太后服装,戴着皇太后冠冕,在刘腾和侯刚的搀扶下,一步一步登上高基,站到皇帝元诩面前。元诩按照崔光事先教的话,朗朗大声说:"大魏天子皇帝元诩尊国朝规矩,尊皇太妃为国母皇太后!"皇太妃低头,接受了皇帝授予的皇太后宝册,慢慢走到皇帝右边,与皇帝并肩站在基台上接受百官朝拜。

太乐高奏,管弦齐鸣,宣光殿上一片欢腾。百官在崔光的率领下齐刷刷跪了下去,行稽首大礼,口称皇太后万岁万岁万万岁!

好像为了庆贺似的,庚辰,萧衍定州刺史田超秀率众三千请降。

戊子,宣光殿,又是国乐高悬,国歌《真人代歌》高奏,百官聚集。皇太后盛装冠冕,高坐于宣光殿宝座上,等着皇帝朝见。

皇帝元诩穿着龙袍,头戴皇帝冠琉,在刘腾、侯刚等引领下,来到宝座下,行稽首礼,元诩看着高座上雍容华贵的母亲,行跪拜礼,按照侯刚的教导清脆地说:"儿皇帝元诩朝拜圣母皇太后,敬祝圣母皇太后万岁!万岁!万万岁!"

皇太后微笑着,脸颊的酒窝里盛满笑容,端坐着,接受皇帝的朝拜。从今以后,她就是大魏第一人,要君临天下了。

第十一章　君临天下

1.皇太后施仁政恩惠朝臣　清河王宣大誓辅佐太后

太尉元怿奉皇太后令到崇训宫见皇太后。按照皇太后的意思,崇训宫依然设在西游园,由于忠重新修建,把西游园改名为西林园。当时太妃不愿回昭阳宫,他便下令在西游园改建了一个最好的宫室给皇太后居住。皇太后揽政以后,按照汉朝习惯,命名揽政太后宫为崇训宫。皇太后贪西林园好风景,他也觉得让皇太后与皇帝分开居住是件好事。作为领军,同时领皇帝宫和太后崇训宫禁卫,可以隔离皇帝与皇太后,以便更好驾驭控制小皇帝和皇太后。

皇太后对这安排心满意足。单独居于后园,她不是可以随心所欲吗?

皇太后见元怿来,高兴之极,笑着说:"四弟位居三公之首,从今天开始入居西柏堂协助我处理国朝大事。"

皇太后在皇帝朝拜以后,立即发布几大诏令。首先,她以皇帝名义发布大赦天下诏,以显示自己对天下百姓的关怀。接着,她拟写了第一号任令,任命司徒、清河王怿进位太傅,领太尉;司空、广平王怀为太保,领司徒;骠骑大将军、任城王澄为司空。

为了感谢于忠和崔光的支持,庚寅,她发布了第二号任命令,任命车骑大将军于忠为尚书令,特进崔光为车骑大将军,仪同三司。

临朝称制亲揽万机的皇太后一下子感到自己肩头担子的沉重。大魏命运系于自己一身,她该怎么办呢? 她要以文明太后为榜样,效仿文明太后的做法。第一,紧紧控制住皇帝,让他时时处处听命于自己。第二,要笼络住几个心腹大臣,特别是宗室王爷,让他们忠心耿耿辅助自己。第三,要尽量

沉河艳后：胡灵皇后

任用亲人亲信,坚决排除异己。当年文明太后就是依靠以上三点控制朝政几十年。她比文明太后更加聪明睿智,依照文明太后的做法,她一定可以像文明太后一样牢牢控制朝政几十年,她一定可以坐稳这皇太后宝座。

皇太后开始按部就班地实施自己的大计。今天召见元怿就是第一步。

元怿拜谢皇太后厚爱,他现在雄心勃勃。皇太后这么重视他,他一定要不遗余力辅助皇太后治理好大魏河山。祖先开创这大魏基业多不容易,他不能眼看着大魏江山一日比一日衰落。他要忠心辅助皇太后和侄子元诩重振大魏雄风!

皇太后笑眯眯地看着元怿,看着元怿英俊年轻的面容,心潮起伏。以后,她能够和元怿朝夕相处在一起,想起来就叫她激动。"四弟,这大魏国朝全靠你的匡辅,希望四弟与我戮力同心,助我一臂之力。"太后闪烁着幽深、黑亮、充满深情的眼睛,含情脉脉地说。

"请太后放心,微臣元怿当殚精竭虑匡辅太后和皇帝,一切朝政大事,微臣都会忠心耿耿去秉公处理!"元怿看着皇太后,激动地说。

"我可是把半壁河山都放心交付四弟了! 你可是我最信赖的左膀右臂!"皇太后看着元怿,又说。

元怿激动得不能自已,他脸色通红,站了起来,又"扑通"一声跪了下去,他挺直身体,望着空中,举起右手:"我,元怿,向天神发誓,竭心尽力,辅助太后,若有二心,天打雷轰!"

皇太后激动地扑进元怿的怀抱,她紧紧地拥抱着元怿:"有四弟的誓言,我放心多了! 四弟,你太好了!"

元怿紧张得不知所措,他浑身颤抖着,不知道该如何是好。皇太后趁机亲了亲元怿的脸颊,咯咯笑着:"瞧把四弟紧张的。我可是失态了!"说着,她从元怿怀抱里站了起来,拉着元怿:"你起来吧,不必发誓,不必发誓!"

元怿握着皇太后的手,心里蓬蓬跳着。他轻轻地抚摩着皇太后柔软滑腻的手,浑身热血沸腾,他感到自己几乎难以抑制那神秘而热切的欲望。

元怿低下头,轻轻亲了亲皇太后的手。

皇太后咯咯笑了起来。她已经成功地俘获了元怿,今后她要依靠元怿来君临天下,她相信元怿的忠心和才干。

皇太后收敛了自己的笑声,坐回座位,微微红着脸看着元怿:"四弟,今日召你来,想问问你,看眼下我这太后还要做些什么以树立皇太后威仪。"

元怿坐到自己座位上,收敛了自己的心情,想了一会,说:"微臣以为,太后还须显示出对宗室的关心和爱护,对一些失去王爵的宗室,是不是可以恢复他的本国,以笼络宗室之心?宗室这些年被高肇专权迫害,很有些寒心呢。"

皇太后深深点头:"我同意。你看,可以先复哪些宗室本国呢?"

元怿寻思着,这第一个复国该给哪个宗室呢?他多想给元愉恢复本国王爵称号啊。可是他不敢。元愉坐谋反罪,虽说是给高肇逼地的走上谋反,可谋反的罪行已经既成事实,无可平反。他也想给叔父元勰、元祥的儿子复国,可元勰和元祥的长子都投奔南方萧梁了。他不敢先提出给他们复国。该给谁复国呢?元怿突然想到元叉的父亲元继。元叉已经迎娶了皇太后的妹妹,何不先讨皇太后欢心,提出复元继本国呢?皇太后喜欢以后,也许以后会慢慢同意为三哥元愉,为叔父元勰、元祥等宗室的儿子复国。

元怿笑着说:"我以为,可以先恢复前江阳王元继本国王爵。"

"为什么?是不是因为他的儿子元叉娶了我的妹子?请三弟说说理由。"

元怿笑了,略微顽皮地看着皇太后说:"太后是不是怕小弟假公济私欺蒙于你啊?所以要申述理由?"

皇太后沉静地笑了笑:"我不喜欢被人蒙骗,不管什么事情,我一定要清清楚楚地知道原因。你可记住啊!不要想欺蒙于我!否则,我不会原谅你的!"皇太后的语气冷静,但里面的威吓是很清楚的,元怿心有所动。

元继,字世仁,袭封江阳王。他是道武皇帝六子京兆王黎的过继孙子,京兆王黎的儿子根早薨无子,显祖以南平王霄的第二子元继为后。元继在世宗时期为青州刺史,因为贪虐,强占民女为奴婢,被御史中尉弹劾,坐免官爵。

元怿笑着道:"元继为太后妹夫元叉之父,这是理由之一。不过,这不是主要理由。当年他不过纵容家奴强占良家民女为妻,被御史中尉弹劾而坐免官爵,宗室以为处罚过重,人心不平。现在正是恢复其本国之时,以显示皇太后对宗室的眷顾,收复宗室人心。"

皇太后笑了:"好,依你之见,我同意恢复元继江阳王本封。"

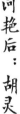

"临淮王之后元彧多次上书请求恢复本封,不知太后能否允许他袭本封呢?"元怿试探着问。

"元彧?临淮王之后?"皇太后转着眼睛回忆宗室各支人员,还是没有想起这元彧是哪个。得叫宗正卿给缮写一份皇宗室谱录才好。皇太后想。

元怿急忙解释:"元彧,为太武皇帝四子谭之重孙,字文若,少有文才,崔光大人曾经对人称赞他说,黑头三公,当此人也。他与元熙及从兄安丰王延明三人,以宗室博古文学齐名。写过许多为世传诵的美文。性至孝,侍奉双亲尽礼,自经远离,则不进酒肉,容貌憔悴,见者伤心。他现在寄食相州魏郡,生活潦倒。"

"我说呢,怎么没有一点印象。"皇太后的脸上闪过一丝同情和怜悯:"可怜见的,寄食相州。原来一直没有在朝廷为官啊。"皇太后说着,突然拍了拍手:"我想起来了。于忠也提过此人的本封,还提出要委任他御史中尉呢。"

"对,就是他,我把他的奏表给于忠大人过目。于忠大人是尚书令,我想让于大人给他个朝廷官职。"

"好吧,准予本封,复他临淮王爵位。不过,这封地还一时解决不了,还得寄食相州魏郡,等于忠大人准予他的御史中尉职务再行商议。"皇太后平静地说,但语气断然,没有任何商量余地。

元彧后来被于忠批准被委任为御史中尉,朝廷派仪仗队去相州魏郡迎接他回朝廷上任。但是不谙时务的元彧到京以后,并不去拜见于忠,还对人说什么他之所以任职,是朝廷叙伦所为,是他作为临淮王分内的职务。此话传到于忠耳朵里,于忠大怒:"好一个不知好歹的家伙!你以为你是谁呢?我叫你这个临淮王当不了御史中尉!"

于忠去见元怿,说:"元彧虽然风流倜傥,只是无骨鲠之威,中尉之任,恐非所堪,不若换人。"

元怿不得其原因,也不敢太违逆于忠,只好听任于忠免去元彧的御史中尉之职。元彧乘兴而来,又单车灰溜溜回到相州自己的居所。

这时,内侍中刘腾和尝食典御元叉来请皇太后用膳。元叉迎娶皇太后之妹,便进皇太后宫做了皇太后身边最亲近的尝食典御,与刘腾一起在皇太后身前身后行走。

元怿急忙起身告辞。皇太后微笑着挽留:"我还有一些事情与太尉商议,请太尉留下与我一起用膳吧。"

元怿不敢推辞,谢过皇太后,在刘腾和元叉的引领下去用膳。

晚膳以后,皇太后还是不放元怿回府。

她选择在西游园宣光殿居住,原本就有自己的用意。这里远离后宫,远离皇帝,她可以随意接见她想见的人。

皇太后与元怿一起用过晚膳。殿外满月朗照,月色如水,把庭院里照得如同白昼,树影斑驳,摇曳不定,变换着形状。

皇太后看着蓝天明月,轻轻靠到元怿肩头,她拉住元怿的手抚摩着,轻轻地说:"如此美丽的明月夜,四弟可是要多陪我一会。"

元怿的心怦怦直跳。他渴望着亲近他仰慕的皇嫂,却又害怕与皇太后有更亲密的接触。虽然他知道在他的祖先鲜卑的习俗里,小叔子继婚嫂子是非常正常的事情。可是,现在他已经不是鲜卑人了,他已经是完全汉化了的大魏皇朝的元氏宗室成员,他们已经完全遵行汉人的礼教约束,遵行汉人的习俗文化,他不能让自己有任何超越礼教规范的举动。

元怿小心翼翼地试图离开皇太后。可是皇太后却紧紧拉着他的手,不让他离开。"你怕什么呢? 这里只有我们俩。"皇太后在元怿耳边轻轻地说,她温润的气息吹拂着元怿的脸颊,她温热的嘴唇轻轻触动着元怿的耳郭。

元怿的呼吸急促起来,心跳得更加欢快。

皇太后似乎感受到元怿的激动,她自己也激动起来。血液欢快地在全身奔流,她的心怦怦跳了起来。皇太后更紧地靠在元怿的身上。

元怿四下看看,庭院里果然只有他们两人,头上朗月太明亮了,元怿生怕月亮里的嫦娥、吴刚会看到他的行径,他紧紧拥抱着皇太后,走到高大的挂花树下,让浓密的枝叶遮住了月光。无可奈何的月亮透过枝叶,洒下斑驳稀疏的光影,好奇地窥探着。

元怿把皇太后紧紧拥抱在自己的怀里,他热切地亲吻着皇太后。元怿一边疯狂地亲吻着皇太后,一边喃喃着:"阿姐,我喜欢你,我喜欢你!"

皇太后任元怿迷狂般地亲吻抚摩着她,有些慌乱,也有些羞涩。叔嫂偷情,毕竟是有些难为情的。

"我们进去吧? 好不好?"元怿呻吟起来,他哀求着皇太后,一边紧紧拥

沉河艳后:胡灵皇后

抱着她向寝宫走去。

"不!"皇太后从狂热中清醒过来,站住脚步小声说。

"为什么,阿姐?让我们进去吧!"元怿哀求着。

"不行!现在还不是我们亲热的时候!"皇太后坚定地推开元怿,语气已经十分冷静和坚决。

元怿惶惑不安地放开皇太后,手足无措地站着,想看看皇太后的脸色。皇太后的脸隐没在树影的黑暗中,让他怎么也看不分明。

"为什么啊?你不是说只有我们俩人吗?"元怿无力地呻吟着。

皇太后怕冷了元怿的心,她拉住元怿的手抚摩着说:"我还立足未稳,万一传出去,会坏事的。等我大权在手,别人奈何不得的时候,我们才可以放心大胆在一起。"皇太后声音里透着笑,透着冷静,透着机谋。

"阿姐现在不是已经大权在手了吗?皇太后的地位已经确立了啊!"

"皇太后的地位虽然已经确立,可并没有临朝称制啊。"皇太后轻轻地笑着,轻盈的声音蕴涵着极大的决心,她继续小声说:"只有像文明太后那样临朝称制,才算大权在手,别人才奈何不得。眼下我这皇太后没有临朝,大权依然在皇帝手里,可皇帝能决定什么大事呢?朝权其实不还是落在于忠、崔光等人的手里吗?他们依然可以操纵朝政,他们可以驾驭皇帝,也能驾驭我这皇太后,我这皇太后还是得听他们摆布调遣!"

元怿握住皇太后的手,小声说:"阿姐说得对!阿姐想得也周全和长远。皇太后必须临朝称制亲揽万机,才算大权在手!"

皇太后拉元怿走出树荫,站到月光下:"这就是我的想法。只有临朝称制才能够保证我皇太后地位,否则,我可能像高太后一样轻易被宗室、被朝臣提议废掉的。皇帝年纪这么小,他还不是任人操纵摆布?四弟,你说呢?是不是这样?"皇太后又亲昵地把脸颊靠在元怿的肩头,亲热地反问。

元怿轻轻拍了拍皇太后的脸颊:"你说该怎么办?"

皇太后抬起脸,深情看着月光下显得苍白的元怿的脸,说道:"这就是我留下你不让你走的原因。我想听听你的高见,让四弟帮我解决这个大难题,帮我早日实现临朝称制的想法。"

元怿沉默着,思考着皇太后提出的要求。能不能办到呢?他在心里踌躇。他是三公之首,应该具有这个能力,只要他建议皇太后临朝称制,估计元澄和元怿不敢有异议。可是大权在握的于忠会同意吗？八座会同意吗？

"怎么，叫四弟为难了？"皇太后娇嗔地问，但是语气里已经透露出一些不满。

"不是，不是，小弟只是在估计着有没有人反对。"元怿急忙解释，他担心皇太后生她的气，讨好地握住皇太后的手，轻轻抚摩着。

"估计能不能通过啊？"皇太后的语气又欢快轻松起来。

"差不多。三公一定都拥护，只怕八座中有人反对，比如于忠于大人。"

皇太后咯咯笑了起来："你放心！于大人会坚决拥护的！"

"这就好，这就好。皇太后宽心，小弟明日就召集三公八座，商议皇太后临朝称制之事！"

皇太后想了想，摇头说："我以为这样不够妥当，此事由你直接提出不属上策。最好的办法乃是让一些官员先联名上奏，然后由你召集三公八座商议为好。你以为呢？"

元怿赞叹着："皇太后果然高明！皇太后临朝称制乃人心所向，自然会有官员联名上奏请求此事的。我得到百官奏请，即可召集三公八座商议，此事越快越好。"元怿微笑着，亲了亲皇太后的脸颊："阿姐，小弟告辞了！"

皇太后扑到元怿怀抱里，热烈地亲着元怿，喃喃地说："有四弟辅助，我这心就安定多了！我不会忘记你的好处的！"

皇太后下诏复前江阳王元继本国王爵；恢复元彧的国封，为临淮王。宗室王与其家族全都为太后这举动叫好。

皇太后接连颁布的几大措施，让大臣和宗室对皇太后感恩一片。两天以后，有百官和宗室分别上奏请求皇太后临朝称制。

三公之首太尉元怿召集三公八座，商议着请皇太后临朝称制。于是，在群臣奏请下，皇太后于延昌四年（公元 515 年）九月乙巳宣布临朝称制，亲揽万机。

为了更好向百姓显示皇太后和皇帝恩泽，皇太后代替皇帝下诏安抚百官和百姓。诏曰：

> "高祖革礼成治，遗泽在民。世宗纂承丕业，圣德昭远。朕以冲孺，属当宝图，洪基至重，若履冰薄。王公百辟群牧庶官，皆受遇先朝，宠荣

沉河艳后：胡灵皇后

479

自昔，宜各勉崇，共康世道，戮力竭诚，以匡辅不逮。其有怀道丘园、昧迹版筑、山栖谷饮、舒卷从时者，宜广戋帛，缉和鼎饪。有能谠言直谏、济世益时者，在所以闻，当待以不次之位。孝子、顺孙、义夫、节妇，表其门闾，以彰厥美。高年孤独不能自存者，赡以粟帛。若因饥失业、天属流离，或卖鬻男女以为仆隶者，各听归还。比冀方未肃，徐城寇扰，将统久劳，士卒疲敝，并遣抚慰，赐以衣马。缘边州镇，固捍之劳，朔方首庶，北面所委，亦令劳赍，以副其心。其有先朝舅事寝而不举、顷来便习不依轨式者，并可疏闻，当加览裁。若益时利治、不拘常制者，自依别例。其明相申约，称朕意焉。"

为了向百姓显示皇太后恩泽，皇太后又下令开仓赈济饥民，下诏抚慰高年孤寡，减免一些州郡赋税。

一时间，朝廷上下，百姓官吏，都对皇太后感恩不尽，称颂不已。皇太后在最短时间里树立起她的威仪。

皇太后胡小华在世宗元恪驾崩以后短短八个月的时间里，完成了人生转折的三大步，从充华嫔升为皇太妃，又从皇太妃升为皇太后，不到半个月便宣布临朝称制，在二十四岁的年纪成功登上大魏权力顶峰。从今以后，大魏便是她的家国，她要运用自己的心计智慧来统治大魏皇朝，她可以在大魏皇朝里随心所欲，叱咤风云，她要按照自己的喜好来谱写大魏皇朝崭新的一页历史了！她是何等自豪和得意啊！

2.任用亲人鸡犬升天　排斥异己防患未然

皇太后宣布总揽万机以后，高昌、库莫奚、契丹、邓至、勿吉、高丽、吐谷浑、高车诸国陆续遣使朝献。

临朝称制的皇太后运筹帷幄。谁是她依靠的主要力量呢？皇太后在宣光殿后殿里沉思着她的执政大政方针。世宗皇帝依靠外戚高肇疏远宗室，引起宗室普遍不满，她不能步世宗后尘。她要接受世宗教训，既要招揽亲信重用私亲，还要得到宗室的支持依靠宗室成员维持自己统治。她既要笼络宗室，还要重用自己的亲属，比如自己的父亲，过继兄弟，以及妹夫元叉。亲人毕竟是亲人，打虎亲兄弟，上阵父子兵，谁能比亲属更忠心更可靠呢？世宗信任高肇,不就是因为高肇是他的亲舅舅吗?

笼络人心最好的办法莫过于封官。让自己的亲信掌握大权,占据重要位置,给那些自己想笼络的人和那些向自己表示忠心邀宠的人以高官,何愁他们不死心塌地地为她奔走卖命?

九月初九,重阳日,皇太后和皇帝在宣光殿后殿设宴召见父亲胡国珍、继母梁氏、弟弟胡祥、姑母胡国华,以及过继兄长僧洗和妹子、妹夫元叉,这是她的家宴,她要与家人欢聚一堂。

僧洗,是胡国珍哥哥胡真的儿子,从小过继给胡国珍。他笑着问皇太后:"太后已经临朝称制,不知太后给父亲、母亲以什么礼物啊?"

皇太后笑着:"赐父亲安定公甲第一所,赏帛布千匹,绵千担,谷千斛,奴婢百名,车马十乘,牛百头。如何?"

僧洗笑逐颜开:"谢皇太后厚赏。"

已经被外孙皇帝元诩封为安定公的快八十岁的胡国珍白发苍苍,一部雪白的须髯。他搂抱着皇帝外孙元诩,爷孙二人欢笑不断。元诩撒娇,非要坐到外爷的腿上,让胡国珍抱着他。胡国珍轻轻阻挡着正拽着他须髯的元诩,呵呵笑着说:"赏那么多东西干什么啊?我这一把年纪,哪里需要那么多钱财啊?"

皇太后笑着:"这里面还有我给母亲、弟弟祥和姑母的赏赐,阿爷你可不能中饱私囊啊!"

祥,就是胡祥,为皇太后继母梁氏所生,今年刚刚十三岁,顽劣不堪。他正把着一块鸡腿大啃着,弄得满手满脸油腻。

"我有个妹子刚十二岁,与祥年龄相当,不知岳父大人可否容纳?"元叉笑着问胡国珍,胡国珍晚年得子,对祥宠爱有加,事事依着他顺着他。皇太后对这一点很是不满。她经常呵斥、威吓着弟弟祥,让他遵守规矩。

胡国珍捋着雪白的长须,说:"亲上加亲,当然好了。我同意这门亲事。"

皇太后笑着:"夜叉,"她亲昵地叫着元叉的小名:"你晚了一步,我已经把清河王的女儿长安县公主许配给祥了。"

元叉摇头苦笑:"那我就不敢与清河王争锋了。"

皇太后笑着:"你也不必懊恼,把你妹子许配给我的堂弟虔,如何?"

"行啊!"元叉慨然应允。他一定要与皇太后结为更亲密的关系,他已经

把自己的一个妹妹许配给侯刚长子侯祥，与侯刚结下亲密关系。

皇太后举杯："今日为九九重阳日，为我们全家团聚一起来庆贺！我祝父亲母亲身体健康！"

大家都欢呼着向胡国珍和梁氏祝贺。

元叉举杯，对皇太后说："皇太后临朝称制，已经称朕称诏，皇太后该好好赏封自己的家人了。有了家人的支持，皇太后才如虎添翼啊！"

皇太后点头："我正这么思谋呢。"她转过脸对父亲胡国珍说："父亲，我准备让你进宫与清河王元怿、广平王元怀等王一起入居门下，同廙参决庶务。"

胡国珍推辞说："谢皇太后恩德。可为父年纪已高，怕是难于担当此等大事。还是不要勉为其难吧。"

元叉笑着："岳父大人不必推辞。太后这么安置，一定有她的理由。王爷掌握朝政，会不会心怀不轨？有岳父大人为太后看守，太后不是更放心吗？"

皇太后笑着用筷子指点着："你小子可真精明啊。一眼看穿我的心思！以后，你们都是我的耳目和左右臂膀，要经常为我留意各种人的行动。"

元叉得意地说："太后你放心，我是太后的第一耳目，我元叉最忠心于太后，最值得太后信任。"

皇太后心有所动，这元叉可是一个值得信赖的心腹啊。

胡国珍笑着，颤巍巍地指着元叉："我看你小子最滑头，最不可靠，你可不要说一套做一套！害太后大事！"

元叉嬉皮笑脸，对胡国珍行了个礼："岳父大人你老放心，我元叉一定说到做到！明日我就去见任城王元澄，向他暗示太后的意图，让他出面举荐重用岳父大人！"

胡国珍颤巍巍地摇着白发苍苍的头："我这么大岁数了，还想望什么啊？有这么出息的女儿，我就心满意足了。太后要是能给你的兄弟们谋个一官半职，我就可以放心闭眼了。"

皇太后看着继母梁氏笑着说："看阿爷说的什么话啊。兄弟赏封还不是我的一句话，用得着你老人家这么可怜巴巴的嘱咐？你放心，兄长和弟弟我都会妥善安排的。只是祥以后不许那么顽皮，不能一天到晚想着玩耍，要好好读书收心!"皇太后看着十三岁的胡祥,严厉地教训着。祥急忙靠到母亲身上。

继母梁氏不好意思地看了看胡国珍,脸上流露出一丝不快。

元叉急忙打岔,说:"姑母半天没有说话,来,姑母,我敬你一杯!"

姑母胡国华这才笑着说:"我正琢磨着提议太后建立一座永宁寺呢。"

"这提议好。"喜好敬佛的胡国珍笑逐颜开,急忙插嘴附和着妹子的提议。"北京永宁寺可是文明太后所建啊! 它保佑着国朝的永远安定。"他意味深长地看着女儿皇太后,笑着说。

"既然姑母提议,我明日就下诏在皇宫外建一座永宁寺,来保佑国朝永远安宁!"皇太后放下筷子,爽快而断然地说。

"我亲自去替你监督建佛像。"雅好佛事的胡国珍笑着说。

梁氏笑着拍了拍胡国珍的手背:"看把你能的。也不看看你的岁数? 不怕累坏一把老骨头?"

元诩在胡国珍腿上坐得有点不舒服,从胡国珍腿上下来,又爬上母亲的膝头,皇太后搂着元诩说:"皇帝,坐到你的座位上吧。"

"不嘛,我要让阿娘抱。"元诩哼唧着撒娇。

祥用指头划着自己的脸蛋羞着元诩:"还是皇帝呢。哪有个皇帝的样?"

元诩扯着皇太后的袖子撒娇:"阿娘,你看老舅,他坏!"

梁氏急忙呵斥着儿子元诩:"不得无礼!"

大家都开怀大笑起来。太后的家宴其乐融融。

第二天,任城王元澄在元叉的暗示下,奏皇太后:"安定公属尊望重,亲贤群瞩,宜出入禁中,参咨大务。"

皇太后审阅,立即下诏,曰可。乃令安定公胡国珍以侍中、光禄大夫名义入决万机。不久,皇太后又下诏以安定公胡国珍为中书监、仪同三司。皇太后觉得父亲年老体衰,每日进宫太劳累,又让崔光找到故事根据,拟诏说:依汉车千秋、晋安平王故事,给安定公步挽一乘,自掖门至于宣光殿得以出入,并备几杖。

于是,安定公胡国珍与清河王元怿、广平王元怀入居门下,同厘庶政。

皇太后安顿好自己的父亲,便思谋着给自己的已经去世的母亲追封。

沉河艳后:胡灵皇后

她的亲生母亲去世已经十几年了,该如何追封呢? 追封以后会不会有人说三道四呢?

皇太后做事都要名正言顺,她请来崔光征询。崔光乘步挽于云龙门出入,这是皇太后特许的荣誉待遇。

"崔大人,近来无恙?"皇太后甜甜地笑着,迎接崔光。

崔光急忙上前跪拜:"老臣崔光给太后请安。祝太后玉体安康!"

"崔大人请起。看座!"

内监刘腾着小黄门给崔光搬来绣墩,崔光落座,看着皇太后问:"太后,老臣屡屡上表请求逊位,不知太后可曾看到?"

皇太后笑着摆手:"我请卿来,不谈此事。朕是想请教卿一个问题。卿学问渊博,一肚子故事,熟知周礼,我想知道追封过世多年母亲,可有古事依据,有无礼数可考?"

崔光捋着花白的须髯,认真思忖着。过了一会,他慢慢开口说:"老臣以为,太后欲追封生母,乃人之常情,未有悖礼之处。"

皇太后微笑着:"卿以为追封什么称号呢?"

"老臣以为可以用秦太上君。"崔光急忙回答。

"好,这封号响亮,就用秦太上君!"皇太后拊掌笑着说。

崔光得到皇太后夸奖,很是高兴,他轻轻地笑着,连眼睛都眯缝起来。虽然他上表请求辞去官职,以免招致树大招风的祸患,可是,能够得到临朝称制的皇太后的欢心,还是他心里最大的愿望。

"秦太上君当初过身,埋葬草率,卿以为可否依古事增广陵墓?"皇太后又笑眯眯地问。

崔光急忙搜索头脑中的汉魏古事,两汉各代皇帝和太后的古事他都烂熟于心。崔光终于从头脑中搜索到可以用来支持皇太后增广其母坟墓规制的理论根据,他微笑着,得意地捋着花白的须髯:"太后毋庸担心,汉代已有先例。汉高祖母开始谥曰昭灵夫人,后为昭灵后,薄太后母曰灵文夫人,皆置园邑三百家,长丞奉守。今秦太上君未有尊谥,陵寝孤立,即秦君名,宜上终称,兼设扫卫,可以购置园邑三十户,立长丞奉守。另外,还可以上尊谥曰孝穆。"

"太好了。有汉高祖古事所依,我这么做就名正言顺了。我要为秦太上君起茔域建门阙立碑表,让母亲的陵寝像个样子,以告慰她抚养之恩。"皇太后笑逐颜开,高兴地连声夸赞着:"多亏崔大人学问渊博,通古博今。"

崔光说:"老臣明日上表,表奏此事。"

皇太后眨着明亮的眼睛,深情地看着崔光说:"崔卿,等皇帝到开蒙之时,我要举你和安定公一起授皇帝经,你可不要再推三阻四的啊!"

崔光起身,跪拜皇太后的恩赐。崔光现在感到安心了,这些日子他已看出王爷正在联合起来准备废黜于忠,他正在积极想办法以自保,所以,他屡屡上表请求辞职。看来,他是不会受于忠的牵连了。

皇太后让元叉来见元怿。

"太后传你进宫呢!"元叉笑嘻嘻地来到西柏堂,对正在阅读一些表奏的元怿说,还意味深长地眨了眨眼睛。

元怿打了元叉一拳,不敢怠慢,急忙放下手中的笔起身跟着元叉来到崇训宫。元叉已经升任散骑常侍,负责皇太后禁卫和管理皇太后日常生活。他的老婆,皇太后的妹子,已经封新平郡君,拜女侍中,紧紧跟着皇太后,管理皇太后日常生活。

皇太后已经示意元叉换了一些羽林禁卫。羽林见是太尉元怿,急忙行礼放行。

元怿来到崇训宫,女内司春香领着元怿来到皇太后东堂。皇太后在这里等着见元怿。元怿以君臣大礼拜见皇太后以后,坐到皇太后面前。女内司春香让宫女内监茶水点心伺候,完毕之后急忙带着宫女内监告退。春香轻轻掩上门。

元怿见宫门轻轻掩上,就迫不及待地起身,他一把抱住皇太后,急切地亲吻着她:"你可传我来见你了。想死我了!"元怿急急地说。

皇太后红着脸轻轻推开元怿。"先谈正事,先谈正事。"

"这就是正事,这就是正事。"元怿不肯放手,涎着脸,哀求着皇太后。

"不行,现在还不是时候!"皇太后断然说:"你以为我临朝称制已经万事大吉了?还远远没有呢!"皇太后用力推开元怿,正色说:"你快给我规规矩矩的,不然我可生气了。"皇太后的脸色看着看着就冷了下来,眼睛里温柔甜蜜的笑意已经消失殆尽,只闪烁着冷峻和威严。

沉河艳后:胡灵皇后

元怿急忙放手,收敛了自己的神情,恭手立在皇太后面前。

"这就对了!"皇太后嫣然一笑,点着下颏:"坐下说话啊。干吗这么垂手恭立的,像个小黄门似的!"说罢自己竟咯咯地笑了起来。

元怿这才松了口气,尴尬地苦笑着坐了下去。"太后传小弟来,何事见教吗?"元怿怯生生地抬眼看着皇太后那流露着娇媚又流露着威严的眼睛问。

"我想与你商量商量高阳王元雍和于忠的事情。"皇太后笑吟吟地看着元怿,与刚才又判若两人。

"我这里有几个大臣上的表,你看看。"皇太后把几张黄纸交给元怿。

元怿接了过来浏览着,原来是表奏弹劾于忠的。元怿心里一喜。他和元澄、元雍早就在私下里议论,以为于忠专权,难免重蹈高肇覆辙,可是,碍于皇太后情面,他们谁也不敢向皇太后提出这看法,如今安定公胡国珍公然启奏,请求撤换于忠领军职务,去除他总领禁卫的权力。

元怿抬眼看着皇太后,兴奋地问:"太后同意吗?"

皇太后笑着:"我要先征求三公八座你们的意见啊。要是你们同意,我当然只好同意了!"

元怿激动地一挥拳头:"我们当然同意了。不如此,难免重蹈高肇覆辙!"

皇太后白了元怿一眼:"看太尉得意忘形的样子!如果让于忠得到消息,怕是难以顺利进行!"

元怿急忙收敛自己,正正神色,尽量让自己变得庄严稳重。"以太后之见,该如何处理?"

皇太后略带不满地斜睨元怿:"看你,不是请你来想办法吗?怎么又来问我?"

元怿不好意思地搔着头皮:"太后远见卓识,小弟自愧不如,当然还是请教太后高见为好!"

"挺会拍马屁的!"皇太后咯咯地笑着。皇太后的笑声清脆,充满活力和朝气,很有感染力。皇太后一大笑,脸上便像笼罩着灿烂阳光一样辉煌。元怿禁不住发起呆来。

"你发什么呆啊?"皇太后用手在元怿的脸前晃了晃,嗔怪地说。

元怿醒悟过来,情不自禁地赞叹着:"皇太后的笑声太动听了。"

"看你,又来了。正事还没说完呢。"

"是,是,小弟告罪。请太后接着说。"

"要出其不意,现在拟令,明日发布,先免于忠领军将军之职,夺去他守卫禁中的大权。"皇太后显然成竹在胸,冷静地说出自己的看法。

"让谁代替他领军将军护卫禁中职务呢?"元怿问:"此人一定要可靠忠诚才好。"

"让元乂替代。"皇太后断然说。

"好,我这就去拟写太后诏。"元怿笑着站了起来。

"还是叫令吧。"皇太后微笑着纠正元怿的话:"崔光说《周礼》规定,皇帝为诏,太后为令,还是遵从大礼的好。"

元怿笑着:"太后谦虚。这周礼规定是指未临朝称制的太后,凡临朝的太后皆该称朕称诏,文明太后当年故事。"

皇太后摆手:"算了,何必那么斤斤计较呢?还是按过去一样,称我称令算了。让皇帝称朕称诏吧。"

元怿微笑着:"听太后的。小弟告辞了。"

于忠居于门下,又总禁卫,正是踌躇满志得意非凡的时候。杀了郭祚、裴植,让高阳王元雍除官归第,百官噤若寒蝉,谁也不敢再对他说三道四。皇太后对他感恩戴德,小皇帝听命于他。他于忠,眼下是国朝说一不二的人物,像当年高肇一样,把大魏朝政紧紧地掌控在自己手心里。

威风八面的于忠正在东堂里坐着,等着部下黄门元昭前来呈送各类文书供他审阅处理。皇太后虽然已经临朝听政,但是朝政大权还是控制在他手中。皇太后居住崇训宫,离皇帝宫有段路程,他作为崇训宫和皇宫禁卫领军,不得他的许可,即使太后也不大容易见皇帝一面。而他随时可以见皇帝,可以随时向皇帝禀报政务,可以随心所欲以皇帝诏书形式发布各种诏令,挟天子以令诸侯,他正扮演着像当年曹操的角色。

于忠舒服地靠在椅子后背上,轻轻敲击着扶手,闭目养神。

门吱扭一声开了。

谁这么无礼,居然可以不在门外大声通报,就擅自闯了起来?"谁啊?

这么无礼?!"于忠懒怠睁眼,大声呵斥着。

"于大人,好舒服啊!"一个声音轻佻地说着,带着些嘲讽。

谁吃了豹子胆,胆敢这么跟老子说话?!怒火腾地窜上于忠脑门,他睁开眼睛,大喝一声:"什么人?!"于忠坐起身来,瞠目寻找来人。

"于大人,是我!"元叉嬉皮笑脸凑到于忠面前。

"是你!"于忠扫了他一眼,冷冷地说:"你就这么不懂规矩?!"于忠挖苦着:"怎么跟我说话?"

元叉冷笑着:"我来传达皇太后诏令,怎么不懂规矩?"

"皇太后诏令? 什么诏令? 我怎么不知道?"于忠奇怪地问。他是尚书令,按理说,皇帝太后拟的诏令都要经过他手啊。他怎么会不知道呢?

元叉冷笑着:"皇太后令,解于忠侍中、领军、崇训宫卫尉,止为仪同、尚书令。听清楚了没有? 这是皇太后令!"元叉晃动着手中的黄绢纸,在于忠眼前晃了几晃。

于忠愕然,呆坐在椅子上半天动弹不得。惊愕与愤怒塞满了他的头脑,叫他一时什么也不能想。

"来人!"元叉大声喊。几个羽林校尉进来。"本领军将军命令你们搀扶于大人离开东堂!"元叉威严地命令。

于忠愤怒,想抗议,可是眼前几个羽林校尉已经团团把他围了起来,昨天还听命于他的羽林校尉转瞬间已经服从了新的领军将军的命令。于忠知道,一切已经晚了,他已经大势已去,只有乖乖地听命于元叉,放弃自己领军将军和崇训宫卫尉的职务,否则,连尚书令和仪同也将失去。

于忠颓然站了起来,苦笑着对元叉说:"皇太后果然厉害! 佩服! 佩服!"他在羽林校尉的簇拥下离开东堂。

于忠颓丧走在御道上,拖着沉重的步伐慢慢地向皇宫大门走去。他多不情愿离开皇宫啊,可是后面有羽林校尉在跟随着他,有元叉在监督着他,他无法在皇宫滞留。巍峨的皇宫大门就在眼前,他只要走出这大门,就意味着他控制朝政的日子永远结束,就意味着他想做高肇第二的野心的破灭。走出这皇宫,也许就是他于家一代繁盛的终结。想他于家一门四代忠良,出了一皇后,四赠三公,领军、尚书令、三开国公,多么显赫多么贵盛啊! 难道就此完结了吗?

皇太后啊,皇太后!你可不能如此无情啊!于忠悲叹着一步一步走出皇宫大门西掖门,专门供大臣百官出入的皇宫大门。

以王归第的元雍在城南津阳门外三里御道西豪华的府邸里听歌伎弹琴以消遣。他的继室博陵崔氏,陪伴在他的身边。自从元雍归第,她总是小心翼翼地跟随着他,想着法子为他解闷,调节他的心情。元雍的元妃卢氏死了以后,他便纳了这年轻漂亮的崔氏。元雍当时有心封她为正室,可是,世宗皇帝因为崔氏号为东崔,地寒望劣,很长时间不允许,直到他驾崩前不久才同意封崔氏为正室。崔氏贤惠美貌,很为元雍喜爱。为了给元雍解闷,崔氏特意从市场上买来几个歌伎,让她们为元雍唱歌弹琴跳舞,娱乐高阳王。

高阳王忘情地看着弹琴其舞。歌伎各个姿色美貌,身材窈窕,穿着薄如蝉翼的纱衣,露出一抹鲜红的胸衣,低低的胸衣上露出半个雪白的弧形乳房,颤巍巍地在半敞的纱衣里闪动,让元雍看得神迷意驰。

他最喜欢其中两个歌伎,一个叫修容,另一个叫艳姿。他眯缝着眼,一边听一边想,一定要把修容、艳姿收房做他的侍妾。

这时,门子来禀报,说元怿前来拜访。元雍高兴地站了起来,挥手让歌伎停止歌唱,自己亲自到前院里去迎接元怿。元怿来,一定有重大事情,要不,他才没有闲暇来看望他这叔父呢。

"叔父好舒坦好惬意啊!"元怿一边作揖一边笑着说,"小侄远远就听到府上歌声婉转,琴音嘹亮,定是叔父在尽情娱乐啊!"

元雍笑着揽住元怿的肩膀,引着进厅堂。"叔父不是闷得慌,才自娱自乐嘛。"他拍着元怿的肩头:"你无事不来。今天来叔这,可是有大事发生?"

"算你猜对了。"元怿笑着,"我来告诉叔个大好消息。"

元雍惊喜地看着元怿,催促着:"快说,快说,什么大好消息?"

"你猜猜。"元怿故意卖关子,顽皮地笑着,不肯立刻说出来。

"好,让我猜猜。"元雍眨巴着眼睛思忖了一会,说:"是不是他被解职了?"

元怿拊掌哈哈大笑:"还是叔父老辣,一猜就准!"

元雍眉头紧皱:"这原是我的心病,自然总是往这上想。快说说详情。"

元雍拉元怿就座,让家人上茶。元怿呷了口清茶润了润喉咙,才把事情

沉河艳后:胡灵皇后

原委详详细细告诉元雍。

"幸亏这胡国珍敢于仗义执言,要不谁敢说呢?皇太后对于忠那么信任那么感恩戴德。"元雍叹息着。

元怿说:"于忠不过只被解除领军将军和崇训宫卫尉职务,依然是尚书令,还是大权在握。"

元雍摇头:"他是秋后蚂蚱,没几天蹦跶了。失去领军将军和崇训宫卫尉,就意味着他大权在握的结束!"元雍激动地在厅堂里走来走去。

"叔父赶紧准备出山吧。"元怿笑着:"有叔父出山,我们几个王就能一心一意好好辅佐皇太后和皇帝,让大魏江山越来越繁荣昌盛。也许还可以实现高祖统一大江南北的遗愿呢。"说到这里,元怿兴奋得双眼炯炯放光。

元雍只是摇头:"高祖遗愿怕是实现不了,南方萧梁占据半壁河山,以江为天堑,这是很难攻破的。不过,恢复元氏江山的兴盛,还是我辈力所能及。我这就给皇太后上表,请求她的宽恕,争取恢复官职。"

元怿点头:"你要快一些。任城王和御史中尉都在准备弹劾于忠,你这里再来一表,就会让于忠倒台快一些。"

元雍送走元怿,立刻着手构思自己的表奏,这表奏,既要向皇太后诚恳地检讨自己的罪行,还要顺便攻击于忠的专权罪行。

元雍在书房里踱来踱去,深思熟虑。

不久,元雍的表到了皇太后手里。元雍首先向皇太后承认错误,做了一番深刻的自我检讨,讨伐了自己的六大罪状,同时攻击于忠罪行。他说:

"见诏旨之行,一由门下,深知不可,不能禁止,是为一罪。于忠身居武司,禁勒自在,限以内外,朝谒简绝,皇后寝食,所在不知,社稷安危,而臣亦不预,出入柏堂,尸立而已,此为二罪。于忠任情进黜,迁官授职,多不经旬,斥退贤良,专纳心腹,威震百僚,势倾朝野。臣见其如此,欲出忠为雍州刺史,在心未行,反为忠废。忝官尸禄,辜负恩私,为三罪也。惧怕权势,屈从于忠,交恐为祸,望颜赏封,为四罪也。让于忠横干宫掖,为五罪。先帝登基十七年,朝廷贵士,不戮一人。而陛下践祚,年未半周,杀仆射、尚书,如夭一草,是忠秉权矫旨,擅行诛戮,臣知不能救,为六罪。"

元雍最后诚惶诚恐地说:"臣位荷师相,年未及终,难恕之罪,显露非一,

沉河艳后:胡灵皇后

何情以处,何颜以生,虽经恩宥,犹有余责,谨反私门,伏听司败。"

皇太后被元雍深刻的检讨深深感动了。人非圣贤,孰能无过? 元雍入居西柏堂兢兢业业,夙夜勤劳,有目共睹。至于罪行,正如他在表里所说,全是因为于忠专权,他无可奈何而已。

皇太后沉思着,该如何安置元雍呢? 是立刻任命他,还是等彻底结束于忠在朝内干政局面以后再任命呢? 经过考虑,她决定还是先解决于忠再说。

于忠被解除领军将军以后,又过了十天,皇太后在崇训宫召集门下侍官,专门考察于忠作为尚书令的政绩和口碑。

皇太后坐在崇训宫大殿的宝座上,全体中书省门下侍官站立在宝座前,等着皇太后问话。

皇太后面容严肃,两颊上的酒窝消失了,她用沉静却蕴涵着不怒自威神色的目光,平静地注视着前面,谁也不看。

大殿上寂静一片,大家的心都吊在半空,紧张地猜度着皇太后集合他们的用意。可是,谁也猜不透,这气氛就更加紧张。

皇太后沉默了足够的时辰,才吐出了几个缓慢地拉着长腔的字:"叫你们来是为了考核官吏。"她收回目光,锐利的目光慢慢扫在面前侍官的脸上,在每个人脸上停留一下,旋转一圈。

侍官把头深深埋在胸前,不敢接触皇太后那锥子般尖锐的目光,那聪睿明亮的似乎可以洞察他们心底秘密的目光。

皇太后接着说:"于忠位于端右,声听如何?"

侍官轻轻嘘了口长气。原来不过是考核于忠,他们松了口气,提在半空的心慢慢落到胸腔里。于忠虽然还是他们的顶头上司,但是已经日薄西山,气息奄奄,他们从于忠失去领军将军和崇训宫卫尉中,已经清楚地窥视和分析出皇太后对于忠的态度。他们那为官多年锤炼出来的敏锐目光已经敏锐、清楚地捕捉到于忠的前途,他们那为官多年锻炼出来的灵活脑筋已经明晰地分析出于忠的未来。于忠已经失去皇太后的宠爱,不再能够主宰他们的命运,他已经成一堵快要倒塌残垣破墙,可以任他们一起来推倒了。

刘腾抢先说:"于忠不称厥位。"

元叉也说:"百官议论纷纷,说他飞扬跋扈。"

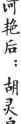

沉河艳后:胡灵皇后

这两个人的开头，就像给乐队演奏定下调子高低一样，侍官纷纷附和，于忠各种劣形劣迹都被一一揭发出来。

皇太后不动声色地倾听着，脸上的神情越来越严厉。等侍官把该说的都说完以后，皇太后吁了口长气，缓慢沉郁地说："没想到，于忠声听如此之差！真辜负我和皇帝的信任。既然如此，出于忠使持节、都督冀定嬴三州诸军事、征北大将军、冀州刺史。着领军将军元叉宣令！"

"是！"元叉大声回答。

其实，以元怿、元雍的意见，是要剥夺于忠一切赏封，褫夺他全部官职，然后交有司问罪。可是于忠几次上表哭诉他的功劳，哀求皇太后看在辅佐皇帝登极的功劳上，外放他到州，他愿意在州为朝廷效犬马之劳。皇太后也难于忘怀于忠的好处，便答应了于忠的请求，下了这样的令。

十二月辛丑，皇太后命以高阳王元雍为太傅、侍中，领司州刺史令，增加元雍封地一千户。同时任命宗室元昭代替于忠出任尚书令，元匡出任御史中尉，封御史中尉元匡为东平王。

在统摄万机不到三个月的时间里，皇太后凭借自己的聪明、谋略、魄力和决断，顺利完成了权力的转换，清洗了朝中的异己势力，任用了值得信任的人员，组成了忠于她的人马班子。

3.总揽万机皇太后专权　祭祀圜丘胡充华显威

延昌五年(公元516年)的正月元日，旭日普照在洛阳城里，城里各坊到处是劈劈啪啪燃放爆竹的声音，到处锣鼓喧天，各种杂耍杂技都在街头和乡村表演着庆祝新年。十万余户洛阳人喜气洋洋，庆祝着新年到来。

洛阳皇宫里，到处挂着喜庆的灯笼，燃放着爆竹。新年伊始，照旧历要在太极殿举行国宴，君臣共庆新年元旦。太极殿上，瑞香缭绕，丝竹阵阵，百官都聚集在太极殿前，等待拜见皇太后和皇帝，然后举行一年一度的国宴，君臣共庆新年。

大臣倾听着乐队奏的国乐，都惊喜地发现，今年的国乐与以往不同，它更加清脆婉转和悠扬，显得更加欢快和喜庆。新朝新气象，连飨宴的音乐都改了，大臣互相交换着欣喜的目光，静静等候皇太后和皇帝来临。

乐队轮番演奏着《清商》组曲，这是由根据旧曲改编的《明君》《圣主》《公莫》《白鸠》以及来自江南的吴歌、荆楚四声组成，起名《清商》。

皇太后和皇帝在金石乐曲声中走出太极殿，皇太后携着皇帝元诩，微笑着登上宝座。百官在鸿庐司卿的大声礼赞声中，齐刷刷地跪倒在地，高呼着皇太后万岁万岁万万岁，皇帝万岁万岁万万岁！盛装冠冕的皇太后与皇帝携手高高举起，向百官致意。百官在音乐声中步入太极殿，按照班次落座。

皇太后微笑着，向百官发表新年贺词。皇太后宣布，新年改元为熙平元年，新年要大兴浮屠，号召百官和百姓潜心向佛，要让佛光普照大魏山河，要让佛祖保佑大魏江山兴盛繁荣，保佑百姓丰衣足食。

皇太后宣诏以后，鼓乐大作，皇太后和皇帝与百官欢宴开始。皇太后和皇帝高高坐在正中的台基上，在尝食典御和女内司春香的亲自照料下用膳。

皇太后倾听着乐队演奏的音乐，会心地笑了。为了更好显示新年盛况，皇太后特意命令新年演奏新厘定的国乐国舞。现在演奏的音乐就是崔光等人厘定的新的国乐、国舞。

皇太后读《书》记住这样几句话："诗言志，声依永，律和声，八音克谐，神人以和。"当年姑母教她弹琴，让她懂得音乐的重要意义。《周礼》说："圜钟为宫，黄钟为角，大蔟为徵，沽洗为羽，雷鼓、孤竹之管，云和琴瑟，云门之舞，奏之六变，天神可得而降。函中为宫，大蔟为角，沽洗为徵，南吕为羽，雷鼓、孤竹之管，空桑之琴瑟，咸池之舞，奏之八变，地示可得而礼。黄钟为宫，大吕为角，大蔟为徵，应钟为羽，路鼓、阴竹之管，龙门之琴瑟，九德之歌，九磬之舞，奏之九变，人鬼可得而礼。可见协三才，可以宁万国。"

皇太后记得当年自己反复诵读过的那段话："凡音，宫为君，商为臣，角为民，徵为事，羽为物，五者不乱则无怗懘之音。宫乱则荒，其君骄；商乱则陂，其官坏；角乱则忧，其民怨；徵乱则哀，其事勤；羽乱则危，其财匮乏。奸声感人，逆气应之，逆气成象而淫乐兴；正声感人，顺气应之，顺气成象而和乐兴。先王耻其乱，故制雅颂之声以道之，使其声足乐而不流，使其文足论而不息，使其曲直、繁瘠、廉肉、节奏足以感动人之善心而已，不使放心邪气得接。乐在宗庙之中，君臣上下同听之，莫不和敬；在族长乡里之中，长幼同听之，莫不和顺；闺门之中，父子兄弟同听之，莫不和亲。"

这就是古人谆谆教导的立乐之方，这些话给皇太后留下深刻的印象，从

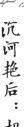

沉河艳后：胡灵皇后

那时起，她就明白音乐的重要性，开始重视音乐。此时，她回想起太常卿和崔光给她讲述的大魏国律定国乐的全部进程。

魏国国乐，初定于天兴元年（398年），太祖拓拔珪诏尚书吏部郎邓渊定律吕，协音乐。追尊皇曾祖、皇祖、皇考诸帝，乐用八佾、舞皇始之舞。皇始舞，太祖所做，以明开大始祖之业。后更制宗庙音乐。皇帝入庙门，奏《王夏》，太祝迎神于庙门，奏迎神曲；乾豆上，奏登歌；曲终，下奏《神祚》，嘉神明之飨。皇帝行礼七庙，奏《陛步》，以为行止之节；皇帝出门，奏《总章》，次奏《八佾舞》，次奏送神曲。孟秋祀天西郊，兆内坛西，备列金石，乐具，皇帝入兆内行礼，咸奏《八佾舞》；孟夏有事于东庙，用乐略与西郊同。太祖初，冬至祭天于南郊圆丘，乐用《皇矣》，奏《云和之舞》，事讫，奏《维皇》，将燎；夏至，祭地祇于北郊方泽，乐用《天祚》，奏《大舞》之舞。正月上日，飨群臣，宣布政教，备列宫悬正乐，兼奏燕、赵、秦、吴之音，五方殊俗之曲。凡乐者乐其所自生，礼不忘其本，掖庭中歌《真人代歌》，上叙祖宗开基所由，下及君臣废兴之踪迹，凡一百五十章，晨昏歌之，时与丝竹合奏。郊庙宴飨亦用之。

天兴六年冬，诏太乐、总章、鼓吹增修杂技，造五兵、角抵、麒麟、凤凰、仙人、长蛇、白象、白虎及诸畏兽、鱼龙、辟邪、鹿马仙车、长趫、高絙百尺、跳丸、五案以备百戏。大飨设与殿庭，如汉晋之旧。

高宗显祖无所改。到太和初，高祖诏中秘，并访吏民，有能体解古乐者，与之修广器数，甄立名品，以谐八音。于是，方乐之制及四夷歌舞，稍增列于太乐，比过去壮丽许多。

以后，高祖又命新制国乐，但因为迁都洛阳，一切仓促，改制国乐也就停了下来。世宗时期，高肇也上表请求重新修订，世宗诏刘芳、崔光、郭祚等参定国舞名及鼓吹曲名。刘芳厘定了一些曲调和国舞，上书请求批准。世宗诏准新舞，其余乐曲依旧，同时废止一些鼓吹杂曲。

皇太后还是不满意这些国乐，她总揽万机不久，就下令诏崔光等人着手改定国乐，以便在新年开始使用。她希望新年新朝有迥然不同过去的新气象，她要让新朝出现歌舞升平的新面貌。

皇太后微笑着边吃边欣赏着音乐声中那些翩翩的舞蹈。这些舞，既有太祖初年的《皇始之舞》，也有高祖的《文始》《五行》，赞颂皇魏四祖三宗，更多是为歌颂太后新编制造的音乐、歌曲和舞蹈。

皇太后看得心花怒放。

元诩也看得笑个不停，他特别喜欢那些杂技，踩高跷，叠罗汉，蹬盘子，变戏法，都让他看得兴高采烈。"看那个！"他指着站在罗汉顶尖上的人惊呼着。一个汉子站在几丈高的秆子上，向上抛着亮晃晃的钢刀，又一把一把地接在手中。

皇太后虽然屡屡低声呵斥着让他不要忘了他的皇帝身份，可总不起作用，他还是不时地指东指西，呱呱不停地说着笑着、嚷着，声音清脆而响亮。

大宴之后，要进行祭圜丘大礼。皇太后召集三公与门下省礼官、博士到崇训宫议事。皇太后笑着说："祭圜丘在即，按说应该皇帝主祭，可皇帝年纪幼冲，我实在担心他难以完成主祭大任。我有个想法，想亲自主祭，不知可行与否，特请各位来议论。"

门下省的礼官和博士都你看我，我看你，不知如何回答才好。

周礼规定，祭圜丘者天子。如今皇太后提出主祭，可是大悖周礼的啊！博士、礼官沉默着，谁也不敢说话。

圜丘在伊水之南，高祖南迁时建立。圜丘建立以后，高祖彻底废除鲜卑西向祭祀的传统，改为周礼的圜丘祭祀。

皇太后提出亲自祭祀圜丘，这可是亘古所未有的，何处寻找先例故事呢？过去皇魏祭拜天地都是依照鲜卑旧礼，由萨满太师主祭，连文明太后当政也没有敢改变这先朝惯例。高祖南迁以后，废除鲜卑一切旧礼，废除鲜卑祭祀，以为淫祀，在伊水南建立圜丘，依照周礼祭祀，这周礼上规定是皇帝主持祭祀，没有皇太后主持祭祀的规定。

著作郎袁翻沉默了半天，终于按捺不住，站起身说："微臣窃以为，殿下提议有所不适。夫洁其流者清其源，理其末者正其本，既失之在始，皇代乘乾统历，得一驭宸，自宜稽古则天，追踪周孔，岂可不依礼制？祭圜丘乃国朝头等大事，岂可不守古制，以震怒亵渎天地？"

尚书考功郎阳固，耿直敢言，他接着袁翻的话头说："微臣窃以为，殿下提议不可，愿殿下三思而行之。"

皇太后看着阳固，想起关于阳固一些事情。

当年，世宗委任群下，不甚亲览，好桑门之法，高肇以外戚干政，寻衅王

沉河艳后：胡灵皇后

495

爷,使宗室大臣相见疏薄,阳固作《南、北二都赋》以讽谏,多次上书劝谏世宗要"揽权衡,亲宗室,强干弱枝,以立万世之计"。东宫未立,阳固又上表恳谏:"当今之务,宜早正东宫,立师傅以保护,立官司以防卫,以系苍生之心。"

世宗末,御史中尉王显起豪宅,宴请同僚属下,问阳固此宅如何,阳固对曰:"晏婴廉洁,流称于今。丰屋生灾,著于《周易》。此盖同传舍耳,唯有德能卒。愿公勉之。"王显默然。过了几天,王显又问他:"我作太府卿,库藏充实,你以为怎么样?"阳固冷然一笑说:"不怎么样。公收百官之禄四分之一,州郡赃赎悉入京藏,以此充实公之府库,不算多。聚敛之臣,正如盗臣,有何值得夸耀!"王显从此记恨于他,不久就找了个借口免了他的官职。免官以后,阳固潜心著作,写了《演颐赋》以阐明幽微通塞,针砭时弊,一时广为流传。爱才的元怿前不久才恢复了他的官职。

祭圜丘谁主祭不是一样的?周礼没有规定?周礼没有规定的事情多着呢。不都改变了吗?书读多了无想象,迂腐之极!不懂一点变通!博士,越读书越迂腐!皇太后心里一一辩驳着。

皇太后竭力掩饰着心头不悦,端坐着没有说话。可崔光还是看出皇太后的不满。他有些焦急,想寻找出史册中的古事来为皇太后寻找理论根据,可是一时匆忙,搜肠刮肚,也想不出什么古事。

皱着眉头想了又想,崔光终于开口说:"周礼上有夫人与君交献之义,代行祭礼,太后提出代祭不为逾礼。"

皇太后稍微露出点笑意,朝崔光点头,慢慢说:"我想出个办法,你们看行不行?用帐幔围住,让我在帐幔里面观三公行事,如何?"

袁翻正要说话,崔光抢先说:"皇太后这个提议行行。老臣记得汉代有此先例,不过老臣一时想不出具体朝代,请给老臣些时间,让老臣翻检汉书,寻找出古事依据。"

"好!"皇太后眉开眼笑,答应了崔光请求。

崔光急忙回到府中,把《史记》《战国策》《尚书》《汉书》《后汉书》等各种史籍全都翻检出来,堆在地上桌子上。皇太后提出主祭要求,他就该为皇太后寻找出理论根据来说服那些表示反对的百官。如果找不出古事为依据,那些熟读周礼,以周礼为行事依据的礼官博士如袁翻、张普惠之流的汉人官吏一定会连连上表,抨击皇太后做法不合礼制,让皇太后难堪。

崔光叹口气,看着满屋满地丢得乱七八糟的书册,摇着花白的头。翻遍史籍,他还是没有找到根据。

崔光毫不气馁,他相信凭借自己渊博知识,一定可以为皇太后找出根据。崔光坐到地上,耐着性子一遍又一遍仔细翻检着《汉书》《后汉书》,以及一些野史、笔记、逸事。

"有了!"崔光惊喜地大喊一声,得意忘形,全然没了大儒的持重风度。

功夫不负有心人,崔光终于在堆积如山的史书里找到可以成为皇太后主祭圜丘的古事根据了!汉和帝的皇后邓绥,在不满一岁的皇帝登基以后为皇太后,她曾经以帐幔围,主持祭祀。

多好的依据啊!崔光笑了。邓太后在位二十年,君临天下,总揽万机,还算是个开明有作为的太后,以后自己要时时处处以邓太后古事为皇太后寻找行事依据。

皇太后有了崔光找来的理论依据,喜不自禁。法驾出行,皇太后带领百官宗室到位于伊水南的圜丘,效仿着邓太后,以帐幔围起,在里面亲自主持着国朝最盛大庄严的礼仪,祭祀天地。

祭祀圜丘之后,皇太后要集中精力部署一次反击南梁萧衍挑衅的军事行动。南梁大约以为大魏皇太后临朝,软弱好欺,从去年冬天开始,南梁萧衍不断派其左游击将军赵祖悦进偷袭占据夹石。夹石若是失守,则意味着萧衍军队将从中路逼近寿春,意味着南军要侵占大魏国土。

皇太后要显示出太后威力给萧衍一点教训。太尉元怿派定州刺史崔亮假镇南将军,率诸将征讨,但是崔亮出兵以后,与将军李崇不和,并未获取胜利。

皇太后与元怿等商量,决定派李平为镇军大将军,为行台,节度讨夹石大军。李平是国朝内公认的具有军事才能的大将,世宗时为御史中尉,只是因为平元愉又同情元愉受到高肇和王显嫉恨,被高肇除官,以后便闲居在家。不久前,被元澄、元怿举荐,诏复其官爵,为中书令。李平高明强济,不过性情急躁。

皇太后决定先召见李平。李平来到宣光殿,皇太后特意赐座。李平心中很是感动。皇太后微笑着说:"李将军智勇双全,为朝廷肱骨,此次派李将

军征讨赵祖悦,希望旗开得胜,不要辜负皇帝和我的一片苦心!"

李平急忙站了起来,向太后盟誓:"太后请放心,微臣一定在月内将赵祖悦全军俘获!"

皇太后微笑着用手势让李平坐下:"为酬谢李将军当年平定冀州功勋,任城王和清河王提议赏封将军,我已经准奏。诏封李将军为武邑郡开国公,食邑一千五百户,缣二千五百匹,任命为吏部尚书,加封抚军将军。诏李将军长子李奖为通值郎随从出征。将军以吏部尚书本官使持节、镇军大将军、兼尚书右仆射为行台,节度诸军,东西州将一以禀之,若有乖异不从,以军法从事!"

李平听了皇太后的封赏诏,感动得扑倒身子向太后拜谢。皇太后这么重用,一定要为皇太后赴汤蹈火,肝脑涂地!

此次大战一定要获得全胜,这是皇太后最坚定的意志。这是她总揽万机的首次战争,是她树立她威望的重要时刻。

李平出发前,皇太后带领着元怿、元澄等人,又亲自登门看望,赐李平缣帛百段,紫衲金装衫甲一领,赐李奖缣布六十段,绛纳袄一领。父子重列,拜受家庭,观者都十分羡慕。

李平父子怀着誓死胜利的决心带领队伍出发到夹石。

祭完圜丘以后,皇太后的地位和权势完全巩固,国朝一片歌舞升平。

皇太后放眼自己统治的大魏,不由她不欣喜。大魏疆土东到渤海,西到天山,北到武川,南到大江,拥有司州、定州、冀州并州等二十多州一百一十多个郡,五百多县,和六镇,有二百多万户上千万百姓,秦吞海内,割裂都邑,混一华夷,中经汉兴晋一统,几百留年来,以魏最大,一国一家,遗之度外,只有萧梁。户口之数,是晋之太康①的两倍。如此广袤的疆土,如此众多的人口,都臣服于她的脚下,怎能让她不感到得意和自豪呢?

二月末,前方传来捷报,镇军大将军李平和镇南将军崔亮克夹石,斩萧衍大将、豫州刺史赵祖悦,传首京师,尽俘其众。

皇太后在宣光殿召见凯旋的李平、崔亮、李崇一行。

---

①太康:西晋武帝司马炎年号,公元280至289年。

李平一进宣光殿,皇太后走下座来迎接李平。"李将军辛苦了!"皇太后满面春风,满脸灿烂,大声说。

李平趋步上前,扑倒在皇太后裙裾前磕头朝拜:"臣李平叩见太后,祝太后圣安!"

皇太后笑着复身下去,亲手搀扶起李平:"李将军请起,请起!"

皇太后赐座李平,自己也坐回座位,满脸笑容地看着李平,询问着经过:"李卿给我们讲讲平夹石经过吧。"

李平昂着头,说了说经过。李平带领军队赶到夹石,连夜视察夹石内外,发现对方虚实所在。他召集崔亮和李崇,严厉命令他二人的水陆军队并进,在规定的日子一起发动进攻。李崇和崔亮害怕,不敢不从。经过连日频频作战,屡破敌军。同时,他又部署安南将军在下蔡建桥,以抗拒敌军的后援。这样,赵祖悦得不到后援,只有死守孤城。此时,李平又分部分兵力进攻,派崔亮督陆军兵攻打城西,派李崇水军击其东南,水陆一起鼓噪发动进攻,南北夹击。赵祖悦守外城的将士见魏军势众,便相率归附。赵祖悦率领其余众虽然固守城南,但人少力单,终于没有抵挡住李平水陆通夜进攻,南北夹击,李平大军于天明攻进夹石,斩赵祖悦。

皇太后听罢李平讲述,高兴得眉开眼笑。"李卿智谋双全,果然不负众望!赏李卿金装刀杖一口!以功迁尚书右仆射,加散骑常侍!"

皇太后又说:"李崇破夹石有功,以本官加使持节、开府、北讨大都督!宣李崇入殿受赏!"

刘腾大声宣李崇入殿!

宣光殿外,等着召见的崔亮和李崇,互不理睬,各自站着。

李崇,字继长,顿丘人,文成元皇帝李氏第二兄之子。世宗时,为扬州刺史,延昌初为侍中、车骑将军、都督江西朱军事,扬州刺史。李崇为刺史,深沉有将略,宽厚善御众,在州十几年,常养壮士数钱,寇贼侵边,所向摧破。号"卧虎"。南梁萧衍很嫉恨他,曾经多次使用反间计离间世宗对他的信任,但是都未成功。李崇紧紧守护着扬州,替世宗守卫着南边。

当南梁赵祖悦突袭占据夹石以后,他分遣诸将,与之相持,秘密制造船舰三百多艘,教练水战,准备与赵祖悦一战。后来,南朝屡派军队增援赵祖悦,加上许昌令南引南军,他难以对抗,他屡次上表朝廷请求支援,从秋天一

沉河艳后:胡灵皇后

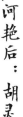

直到冬天，上表十多次，朝廷才派崔光支援。崔光到了夹石，盛气凌人，不懂装懂，胡乱指挥，他不服气，与崔光相乖。李平到夹石以后，命他的部下乘斗舰百余艘，配合崔光水陆并举合攻夹石，他不敢违抗李平命令，不得不配合崔亮进攻。虽然取得大捷，但是二人嫌隙已深，互相并不服气，各自站着，等待皇太后召见，谁也不想搭理谁。

听到刘腾宣布，李崇斜睨崔光一眼，得意扬扬地进殿受赏。

崔亮在殿外惴惴不安地走动着，等待着皇太后的召见。进去见太后的李平会不会向太后弹劾他的不听节度呢？皇太后诏他带兵去支援夹石，并且以玺书给他，希望他能够平夹石，解淮堰。可是由于李崇的不相配合，他未能大破夹石。李平节度李崇水军出动，夹石才破。崔亮怕李平居功，就偷偷违背李平节度，自称有疾，自行提前回京。回来以后，他向皇太后禀报了平夹石的经过，皇太后大悦，进号镇北将军。

殿内，皇太后宣布了对李崇的嘉奖。

"宣崔亮入见！"皇太后对刘腾说。刘腾宣崔亮入见。崔亮跪拜，皇太后正要发话，宣布赏赐，李平却恭身前进，对太后说："臣有表奏，请太后准奏。"

皇太后和蔼地说："准奏，你说吧。"

李平拿出写好的表，朗朗读了起来：

"臣以萧衍将游魂境内，犹未收迹，仍有贼将尚往梁城，令都督崔亮权居下蔡，别将即往东岸，与亮接势，以防桥道。臣发引向堰，舍人至，奉敕更有处分，而亮已辄还京师。按亮受付东南，推毂是托，诚应忧国忘家，致命为限。而始届汝阴，盘桓不进，既到寇所，停淹八旬；所营土山攻道，并不克就。损费粮力，坐延岁序。赖天威远被，士卒愤激，东北腾上，垂至北门；而亮迟回，仍不肯上，臣逼以白刃，甫乃登陟。及平夹石，宜听处分，方更肆其专恣，轻辄还归。此而不纠，法将焉寄？按律'临军征讨而故不赴者死'，又云'军还先归者流'。军罢先还，尚有流坐，况亮被符令停，委弃而反，失乘胜之机，阕水陆之会？缘情据理，咎深'故留'。今处亮死。上议。"

崔亮一听，惊吓得浑身发抖，他扑通一声跪到太后宝座下，大声哭喊："太后圣明！臣崔亮冤枉！臣克夹石，功劳首屈一指，他李平贪天功据为己有，冤枉微臣！太后圣明，请予明察！"

皇太后收敛笑容,看着崔亮,严肃地问:"李平所奏,全是诬陷?"

崔亮不敢辩解,支支吾吾,含混其词。皇太后明白崔亮理亏,她冷冷地看着崔亮:"崔卿无话可说,可见自知理亏。大敌当前,作为朝廷重臣,理应为国捐躯,以报效朝廷。你却不听节度,私自归还。确实罪大恶极,理应严惩不贷!"说到这里,皇太后声高色厉,目光定在崔光脸上。

崔亮趴伏于地,簌簌发抖。

皇太后停顿了一下,声音稍微和缓一些,接着说,:"亮为臣不忠,去留自擅,既损威令,违我经略。虽有小捷,难免大咎。但我摄御万机,不能如此恶杀,可特听以功补过! 免去殿中尚书等一切职务,以观后效!"

崔亮连连叩头,感谢皇太后赦免之恩。

皇太后对李平说:"兵士浴血奋战,为国捐躯,理应得到优恤。诏属下检点人数,为捐躯者造册,凡是扬州夹石、荆山、新淮兵士战没者,追给敛财,复一房五年;若无妻子,复其家一人两年。身被三创,赏一阶;虽一创而四体废落者,亦同此赏!"

皇太后夹石一仗,用人合适,指挥得当,获得大捷,很受百姓和百官称道。她赏罚分明、恩威并用,朝臣很为佩服。

4.用尽心机皇太后笼络 沐浴爱河清河王通奸

寝宫里,皇太后揽镜自照。

西域进贡的琉璃镜子里,照出一个年轻美貌的女子,她唇红齿白,她秋波横转,顾盼自如,她一头乌发,浅浅一笑,两颊的酒窝里便溢出令人心醉的甜蜜。镜子里的丽人就是她,大魏的皇太后。她这么年轻,这么美丽,拥有整个天下,她想干什么就干什么,谁也不能限制她,谁也不能约束她,今后,她要尽情享受她作为皇太后的权利和好日子了!

夹石大捷让皇太后对自己治理国家的能力有了更大的信心。当皇帝治理朝政原来并不难,只要能笼络住几个能干又忠心的重臣,朝政大事都能够处理得妥妥帖帖。这更坚定了她的执政方针:外朝以宗室成员为基本依靠势力,内朝以亲属为心腹。外有元怿、元澄、元雍,还有父亲胡国珍,内有元叉、刘腾等内官,她有什么不放心的呢?

想到元怿,皇太后对着镜子里的自己微笑起来。英俊的元怿的身影出现在她的面前,元怿那甜蜜温柔的恳求声响在耳畔:"阿姐?"

皇太后的脸微微发热,她的眼睛闪闪发光。

镜子里的皇太后光彩照人,连她自己看着都动心。只是一身素衣,显得暗淡了些。这么年轻,干吗老是一身孝服,让自己如此暗淡没有光华呢?该是修饰修饰自己的时候了!皇太后对着镜子浅浅一笑,决定脱去孝服。

"春香,"皇太后对春香说:"着主衣为我准备一些彩衣和首饰,我要打扮打扮了!"

春香笑着说:"太后这么年轻,这么漂亮,该穿些彩衣戴些首饰,打扮打扮自己了!"

是时候了!皇太后对自己说。没有任何顾忌,她该好好享受了!她想干什么就干什么,谁也不能阻止她!她费了那么大的心机和努力,不就是为了博得个人上人的地位和权力吗?现在不享受更待何时?

"我去后园射箭,你去请清河王元怿进宫!"皇太后对春香说。

清河王元怿在西柏堂审阅各种表奏,李平、崔亮大破夹石,俘获俘虏数千,他正在准备着分俘虏给百僚以做奖赏。另外,皇太后命令修建永宁寺,这修建永宁寺的工程,也需要他过问。百官纷纷响应太后诏令,都在大建寺院,他不能落后也准备再建一所,这也需要他操心。

女官春香笑着进入西柏堂,清河王元怿见春香来,知道是皇太后差遣。

"皇太后有请清河殿下。"春香笑着。

元怿高兴得推开椅子站了起来:"我这就与你同去!"

春香笑着:"殿下还是稍等一会,等婢女先回去禀告皇太后。"

元怿笑着点头。春香急忙告辞。

元怿勉强静下心来处理了几份表奏,约莫着春香已经回到西林园皇太后宫,这才慢慢踱出西柏堂,向西林园走去。

元怿步入西林园,便听到园里欢声笑语一片,其中那最脆最亮最甜的,就是皇太后最富魅力的笑声。

元怿绕过一片翠竹假山石,来到湖边。皇太后正与女侍中胡玉华,她的妹妹,以及春香等女官、宫女练习射箭。

元怿闪身在假山石后面,偷眼窥视着。

皇太后一身箭装,粉红锦绣的窄袖小袄,立领镶边,淡绿色的百褶裤,足蹬橙黄色鹿皮高腰靴,利落极了。一头乌云似的黑发绾在头顶,梳了个好看的卧堕发髻,发髻上插着绢花和紧钗,把她粉白的瓜子形的脸庞映衬得更加白里透红。因为运动,皇太后的脸更加红润,眼睛更加明亮,额头上还沁住细密的汗珠。这时的皇太后,艳丽得叫人不敢看,又不能不看。

元怿站在假山石后面只是发呆。

胡玉华射了一箭,箭歪歪扭扭地飞了出去,落在靶心以外。

"臭手!"皇太后咯咯笑着:"看我的!"她把箭搭到弓弦上,用戴着玉扳指的中指拉开了弓弦,弓弦如满月似的瞄准着靶心,只听蓬得一声,弓弦上的箭嗖的一声飞了出去。飞箭正中红色靶心。

"好箭法!"

"好!"

女侍中胡玉华和女官宫女拍着巴掌,齐声喝彩。

"好箭法!"假山石后传来男人的喝彩声。元怿拍着巴掌从假山石后走了出来。

春香向女侍中胡玉华使了个眼色,胡玉华笑着向皇太后说:"太后,我们告辞了。"她领着众女官和宫女进入长廊,回到宫里,留下太后和元怿。

皇太后笑着:"四弟,陪我射箭,如何?"

元怿不敢放肆,先恭敬地行了君臣礼,才笑着说:"小弟不胜荣幸。太后箭法,果然了得,真乃巾帼豪杰,箭法不让须眉啊!"

皇太后飞了个娇媚的笑眼给元怿:"如今国运兴隆太平,战事不多,连宗室弟子都屡弱起来,弱与骑马射箭。想当年太祖们征战天下,不仅男人骑马射箭武艺精湛,连后妃也都能跨马射箭打仗。我们原本马上取天下,如何能够忘了祖宗传统呢!我啊,是想以自己行动来带动宗室弟子,恢复我大魏祖宗传统。"

元怿笑着:"太后想法果然不同寻常。迁都以来这几十年,祖宗的传统失却了不少。太后这装束我已多年不曾见到了!"

"我不过是偷偷在这园中穿穿玩的。高祖下诏禁止穿戴这鲜卑装束,我也不敢公然违抗。不过穿来玩玩罢了。这装束对于骑马射箭还是很适合

沉河艳后:胡灵皇后

503

的。"皇太后笑着，又飞了元怿一眼："你可不要揭发我啊。让崔光等老臣知道，又该上表说我不遵祖制了！"说完，皇太后开心地咯咯笑了起来。这笑声像跳下山涧岩石的小溪，潺潺、脆脆、欢快、跳跃。

"你射一箭，让我看看你的箭法。"皇太后把弓弦交给元怿。

元怿接过弓弦，试着拉了一下，笑了："这弓弦是专为太后准备的，我用着太软，没劲。"

"春香，去取大马，给清河殿下使用。"皇太后喊春香。

春香跑着回宫，取来一张硬弓。

元怿搭弓瞄准靶心，他满满拉开弓弦，箭平稳地飞了出去，稳稳扎在红色的靶心。

"好箭法！"皇太后跳跃着，拍着巴掌，大声喊。她兴奋得脸色发红。元怿不仅文雅，好为诗作赋，闲暇时与袁翻、阳固等一班文人博士一起吟诗弄文，这射艺也非同凡响。

皇太后给元怿一个赞赏的眼光。

元怿调皮而得意地看着皇太后："怎么样？还行吧？不算输给太后吧？"

"再射几箭比试比试。"皇太后不服输，又拉弓射了几箭，箭箭都落在红色靶心上。

"厉害！厉害！真是好箭法！"元怿像个调皮的少年郎似的喊着，跳跃着。在皇太后面前，他已经忘乎所以，忘记了他的身份地位和年龄。

"看你的了！"皇太后掠了掠散到眼前的一绺黑发，调皮地笑着，激着元怿："我看你比不过我，非输给我不行！"

元怿不服气，他拉开弓弦，搭上箭，瞄也不瞄，飕飕连射了五箭，箭箭都扎在红色靶心上。

元怿站在皇太后面前，看着她，并不说话，只是目不转睛地看着。皇太后的脸红了，从脸颊红到白皙的脖子。

"怎么了你？这么看着我干什么啊？"皇太后娇嗔地说，稍微扭转了一下身体，低垂下目光，不敢再接触元怿那火辣辣的、喷发着不可抗拒热情的眼睛。

元怿有些神迷心痴。眼前没有什么皇太后，只有一个年轻的、渴望得到男人抚爱的、美丽动人的女子，一个热情单纯的天真可爱的女子！

痴迷中元怿伸出双臂。皇太后的心怦怦地跳着，她不由自主地向元怿靠了过来，慢慢地倒到元怿有力的双臂中。

皇太后闭上眼睛，等待着元怿火热的亲吻。元怿小心翼翼地用嘴唇轻轻触着皇太后火热的柔软的双唇，生怕亵渎了他心中至爱的女子。

皇太后不再抗拒，她像一个婴儿一样，任由元怿把她抱着来到湖边的凉风殿里。

凉风殿的寝宫里，熏香散发着令人昏昏欲睡的香气。

元怿把皇太后轻轻放到卧榻上。

皇太后紧紧闭着眼睛不敢看元怿，她的心扑扑直跳，心里慌乱得不知如何是好。是继续拒绝元怿的进一步亲热，还是接受他所有的爱抚，皇太后的心在挣扎着。一年来的孤独，她心底里无时无刻不在渴望着男人的爱抚，但是，她毕竟是皇太后，是一国之主，如今与小叔子的亲热使她感到很有些难为情。

皇太后想挣脱元怿的拥抱，可是她浑身没有一点力气，她挣不脱元怿坚强有力的臂膀。皇太后想推开元怿，可是她却浑身无力，抬不起胳膊。

元怿看到皇太后没有决断的拒绝表示，他放心了。他把皇太后轻轻放在卧榻上，轻轻抚摩着她的脸颊，轻轻亲吻着她的嘴唇。

皇太后被元怿的抚爱弄得激动起来，她的心战栗着，浑身的血液都奔涌起来。她忘却了她的身份地位，心里只剩下一种渴望一个欲念，那就是紧紧拥抱她爱的男人，与她喜欢的男人化为一体。

皇太后依然闭着眼睛，双手摸索着，急急地为元怿解着衣服。

元怿的心狂跳起来，他多日渴望的一切就要实现了！元怿为皇太后解开小袄的纽扣，露出里面鲜红的绣着鲜艳丹凤朝阳绣花的抹胸。元怿伏身在皇太后白皙丰满的胸脯上，气息咻咻。

皇太后春心荡漾，她已经忘乎所以，一切都置之度外，她只渴望着、激动着，紧紧抱住元怿。两个渴望已久的男女终于实现了合二为一。

元怿舒展四肢，大汗淋漓地躺在凉风殿的卧榻上，感到从未有过的震撼和舒畅。皇太后完全不同于他的妻子和侍妾，她是那么大胆那么热情，那么会迎合他，这叫他无比畅快无比惬意，浑身上下毛孔都舒张开来，浑身血液

沉河艳后：胡灵皇后

奔涌。他精疲力竭地躺着,回味着那种说不出的畅快和激动。

皇太后软软地蜷缩着元怿的身旁,她也是大汗淋漓,也是精疲力竭。元怿给予她的欢快也是空前的,是元恪从不可能给予她的。元恪软塌无力,好不容易激动起来,又难以维持长久。而元怿雄赳赳气昂昂,生气勃勃,精力充沛,像个勇敢的战士一样,热情激动,持久不泻,让她抽搐兴奋,让她体验到一种从未体验过的激情洋溢,体验到那种全身心的激动,全身心的渴望得到满足的抚慰。

"你真棒!"皇太后在元怿耳边低语。

"你也不错。"元怿笑着侧过身来,抚摩着皇太后滑腻丰腴的身体,他欣赏着侧身而卧着的皇太后身体的美妙曲线。

皇太后羞涩地紧紧抱住元怿,钻在他的怀里,静静享受着无限的温存,享受着她爱着的男人给她的甜蜜。

"以后,我们天天来此幽会,行吗?"皇太后在元怿耳边小声问。

元怿扳过皇太后的脸,在她的脸上额头上嘴唇上连连亲吻着,他悄声说:"小弟当然愿意天天来此与太后幽会,可是,国朝事务繁多,小弟怕耽误了国事。大魏繁荣还得太后操心啊!"

皇太后用指头划着元怿的脸颊:"还有高阳、任城和广平王呢,不如让高阳再入居西柏堂,再任用几个王爷,分担你的事务,帮你处理国事如何?"

元怿抱住皇太后,笑了起来:"我们这样商谈国朝大事,可是别出心裁。太后想新起用谁呢?"

皇太后亲了亲元怿:"我得起来穿好衣服再谈国朝大事。"她坐了起来,穿好衣服,坐到卧榻上,拉着元怿:"你也起来吧。"元怿哼唧着,还赖在卧榻上不肯起身。皇太后用力把他拉了起来,帮他披上衣服。元怿只得一边动手穿衣服,一边说:"有安定公作中书监,已经为我分担了许多庶务。安定公德高望重,足智多谋,办事稳妥,足以信赖。"

皇太后笑着:"不过,我父亲年事已高,这中书监之职又过于琐碎劳累,太尉可不要累坏他老人家啊。"

元怿急忙说:"哪里。小弟经常劝安定公休息,可安定公勤勉,经常伏案劳作,不肯歇息啊。"

"看来要重新找一个人换去他中书监之职。四弟,你看谁合适呢?"

元怿想了想,便推荐自己的弟弟元悦:"我以为汝南王元悦可以重用。"

皇太后笑道:"四弟果然内举不避亲啊。到底是同母兄弟,你忘不了提拔自己的弟弟啊。"

元怿不好意思地笑着:"其实他不是最佳人选,他只喜欢佛法,不大愿意过问庶务。不过,我以为还是让他参与朝政的好,毕竟是高祖子,宗室近支啊。"

"好,有合适位置一定忘不了他!"皇太后爽快地说。

5.调戏圣尊太后恼羞　大开杀戒元怀找死

熙平二年(公元517年)的春天,是皇太后总揽万机的第二年,也是皇太后总揽万机的第二个新春,皇太后又一次大赦天下。并且派大使巡行四方,问疾苦,恤孤寡,黜陟幽明,安抚天下。但是,天下还是没有因为皇太后的仁政而安定下来。大乘教法庆逆贼的残余势力在法庆夫妻死了以后,依然秘密活动聚结,终于又聚结成一股势力,煽动信徒攻打瀛州,太尉元怿派瀛州刺史宇文福讨平。

这一天,太保、司徒、广平王元怀进宫,要亲自去面见皇太后,向皇太后禀报御史中尉元匡考定权衡百官的情况。

元怀在舅父高肇死以后,总是惴惴不安,害怕皇太后不信任他。从一年多的情况看,皇太后还是很信任他的,在皇太后眼里,他还是先帝世宗皇帝元恪的亲兄弟,皇太后委任他为太保司徒,以三公身份与元怿、元澄一起秉掌国朝大权。

元怀对皇太后怀着深深的感激,他暗地里也下决心要好好辅佐皇太后治理好朝政,以报答皇太后不计前嫌的信任。

元怀有个毛病,见了漂亮女人便想入非非,难以抑制自己激情荡漾,当年他调戏元愉宠妾,也不过是他的本性所致。现在年龄大了一些,这本性并没有多少改变,依然经常在朝廷内外调戏百官夫人、女儿和宫里的宫女、女官。

对女人有特殊敏感的元怀早就在觊觎皇太后的美貌。但是,一想到皇太后的地位和权势,他不得不压抑着自己的欲望,不敢流露出一点轻佻和

沉河艳后：胡灵皇后

507

轻慢。

元怀怀着莫名的激动进宫去见皇太后。他早就想寻找个借口去见太后，可中书监安定公胡国珍总不给他这机会。今天中书监胡国珍身体不适没有进宫当值，元怀正好有一些公务要向皇太后禀告。

元怀带着一些文书匆匆进入西林园。

禁卫见是司徒元怀，不敢阻拦，让元怀长驱直入。

崇训宫里静悄悄的，春日的西林园春色满园，莺歌燕舞，春草碧绿，吐出绿芽的垂柳飘拂，牡丹已经含苞，西林园里生机盎然，到处是暮春的美好景象。

元怀顾不上欣赏这满园春色，满园的姹紫嫣红，他的心里充满了一种欲望，一种渴望见到皇太后以从那里得到一种安慰的欲望。

皇太后不在崇训宫里，崇训宫里静悄悄的。侍卫说，太后带着女官、宫女到后园去射箭了。

元怀微笑着，快步向后园走去。

后园湖畔，女官和宫女散在花丛柳树下，各自干着自己的事情，女官有的玩斗草，有的跳绳，有的踢毽子，有的在玩五子棋，也有玩樗蒲的。宫女有的在扫院子，有的浇花，有的在侍弄花草。

元怀在假山和树荫花丛的掩映下，慢慢接近凉风殿。他知道，皇太后经常在凉风殿里歇息，他希望能够独自见到皇太后。

女官和宫女谁也没有发现元怀。皇太后在午休，她们也都各自放松了自己，谁也没有看到偷偷摸了进来的元怀。

元怀摸进凉风殿。

凉风殿的寝宫里，静悄悄的。侍寝的宫女和春香都歪在一边熟睡了。俗话说，春困夏乏秋瞌睡，姑娘们春天都发困。

元怀蹑手蹑脚，绕过宫女和春香，进了寝宫。

寝宫卧榻前，透明如蝉翼的帷帐低垂，卧榻上皇太后正酣睡。

元怀眼睛都发直了。

一袭金黄的绣着龙凤的夹被盖在皇太后身上，一双白皙丰腴的胳膊搁在金黄的被子上，像莲藕一样。金黄的夹被一角掀开，露出皇太后只穿着粉红的绣着丹凤朝阳绣花抹胸的雪白的胸脯。

沉河艳后：胡灵皇后

元怀的心狂热地跳起来,他一步一步慢慢走向卧榻。元怀伸出手,轻轻地轻轻地掀开纱帐,生怕惊醒熟睡中的皇太后。

皇太后依然静静地躺着,春日的困倦让她睡得十分香甜。

元怀站在卧榻前,欣赏着熟睡中的皇太后。皇太后的脸颊上染着浅浅的红晕,双唇鲜红饱满湿润,微微张开着,好像正在渴望着情人亲吻一样。

元怀的心狂跳起来,他感觉自己浑身的热血奔涌起来。

元怀慢慢地移动到卧榻上,躺到皇太后身边,他轻轻地亲吻着皇太后的富有吸引力的嘴唇。

皇太后动了一下,元怀惊吓得差点滚到卧榻下。感觉到亲吻的皇太后并没有清醒过来,她的眼皮非常沉重,怎么也张不开眼睛。她伸出双臂,紧紧抱住元怀,喃喃了两下:"四弟,四弟。"便又沉沉熟睡过去。

元怀在皇太后的双臂拥抱中一动不敢动。但是元怀的欲望已经不可遏止,他像一头饿狼一样快捷地退去自己的裤子,猛然扑到皇太后的身上。

皇太后终于感觉到身边男人的动作,她还没有睁开眼睛,只是咯咯笑了起来,模糊不清地喃喃:"四弟,你急什么啊?昨天不是刚来过吗?怎么又来了?"

元怀并不答话,只是努力着,想尽快做完一件事。

皇太后被元怀粗鲁的动作弄得完全清醒过来,她慢慢睁开眼睛,四下看了看,这才看见身边的男人。

"是你?!"皇太后惊诧多于惊慌,她用力推着元怀,"你想干什么?!滚开!"

被欲火烧得迷乱了的元怀已经忘却了一切,眼前的女人只是一个让他发狂的尤物,他一定要做完那件事情才能平静。元怀不顾一切,继续紧紧抱着皇太后,把皇太后的两手死死地压在床上。

皇太后愤怒得满脸通红。她想喊叫,门外就是女官,就是宫女,就是侍卫,只要她一喊叫,就有女官侍卫冲进来把这胆大妄为、鬼迷心窍、色胆包天的元怀拿下。

皇太后正要喊。

可是,她马上冷静下来。不能喊。这么一张扬她的脸面以后往哪里放?大臣嘴上不敢说,私下该如何耻笑她?让元怿听说,元怿该如何看待她?

沉河艳后:胡灵皇后

皇太后莞尔一笑，她用嘴唇抚摩着元怀的脸颊，亲了他一口，娇嗔地说："瞧把你急的。这么猴急猴急的，怎么能尽兴呢？你先松松手，让我动弹动弹。"皇太后笑着又亲了亲元怀的嘴唇。

元怀的心狂喜不已，皇太后果然好男色。不仅喜欢元怿，也喜欢我啊。可惜原来自己并不知道。

元怀笑着松开双手："那你就动弹动弹吧，看你要换个什么位置？"说着从皇太后身上下来。

皇太后一跃而起，她猛然飞起一腿，照着元怀裆下一脚踹去。元怀"哎呀"一声，滚到地上，双手抱着下腹疼得呻吟起来。

皇太后把元怀的裤子扔给他，低声呵斥道："快给我穿起来！"

元怀此时已经完全清醒过来，他已经清楚地记起面前这女人的身份、地位和权势，他忍住钻心的疼痛，浑身颤抖着，急急忙忙穿上裤子。

"出去！怎么进来的怎么出去！"皇太后穿上衣服，压低声音威严地喝令着。

元怀捂着肚子，慢慢地走出寝宫。寝宫门口，春香和宫女还在熟睡。

元怀走出寝宫，一头栽倒在地上。

皇太后走到寝宫，见春香和宫女还在熟睡，她上前去朝宫女左右开弓扇了几个大嘴巴，宫女被打倒在地上。她又揪住刚刚清醒过来还懵懂着不知道发生什么事情的春香的头发，把她揪了起来，左右扇了几个大嘴巴。

"来人！"皇太后厉声喊。侍卫跑了过来。

"把这死婢子拖出去乱棍打死！"皇太后指着宫女。根本就不知道发生什么事情的宫女被几个侍卫架着向宫外拖去，宫女凄厉地哭喊着，声音越来越小。

春香扑倒在皇太后面前，抱着皇太后的双腿哭喊着请求饶命。"太后，饶了奴婢，饶了奴婢！奴婢再也不敢睡觉了！"

皇太后浑身还在簌簌发抖，她一脚踢开春香，喊："拉下去抽她二十鞭！"侍卫拖走春香，呼啸的鞭声，春香凄厉的叫声，立刻响在凉风殿上空。

皇太后走了出来，来到躺在地上的元怀面前，大惊失色地喊着："这不是司徒广平王吗？他这是怎么了？怎么晕倒在这里啊？来人！"女官、侍卫听到皇太后喊声，纷纷赶了过来，围拢在太后身边。

皇太后一脸着急之色，她对侍卫校尉说："司徒得了急症，快用辂车送司徒大人回府！"

女侍中胡玉华领着一些女官从前面匆匆赶来，她看着侍卫抬着的司徒元怀问："太后，司徒发生什么事情了？"

"得了急症。"皇太后冷冷回答，她拉过妹子胡玉华，小声说："告诉元叉，送椒酒到他府上，立即赐死！"

胡玉华想问问原因，可一看皇太后铁青的脸色和紧闭的双唇，咽回了自己的问话。她看了周围的情形，也明白了事情的大致原委。

元怿听说元怀被皇太后赐死，虽然诧异，却也有些幸灾乐祸。想起元怀仗恃高肇权势残害三哥元愉，元怿的气就不打一处来。除高肇时，他也曾想与元雍商议，让元怀以王归第，不让他在朝内任职，可皇太后以为新皇刚登基要重用宗室，要向朝臣表明她的宽宏大量不计前嫌而重用元怀，他当然不敢有异议。现在皇太后突然大开杀戒，根本不与三公八座商量便赐死元怀，其原因他并不明白，不过却感到很是快意。

元怀自己找死，死有余辜。元怿暗想。

"太后，司徒位置空缺，请太后及早任命，以减轻我的负担。"元怿对皇太后建议。

"太尉以为谁可任此重任呢？"皇太后甜甜地笑着反问。

"安定公德高望重，任此职是众望所归。"

"好，听太尉建议。"皇太后咯咯笑了起来。

元怿想到不久前向太后建议起用弟弟元悦的建议，小心翼翼试探着问："太后任命安定公，可否同时任命元悦呢？"

皇太后略一思忖，笑了。只任命安定公，朝臣难免心生异议，以为皇太后唯亲是举，同时任命元悦，朝臣就无话可说了。她心里窃笑元怀，幸亏他自寻死路，否则自己还无法这么快提升父亲安定公。

夏四月，皇太后下令任命中书监、安定公胡国珍为司徒公，特进、汝南王元悦为中书监、仪同三司。

6.亲登讼车为民申冤　大施仁政与民生息

　　皇太后兴高采烈携皇帝出城到白马寺过盂兰盆节,这一天,京师各寺院都要设斋予以庆祝。三公太尉元怿,司徒胡国珍、太师元雍都随着皇太后法驾出行。从四月八日到伊阙石窟寺去庆祝浴佛节以及参加为世宗建像的石窟开工到现在过去了三个月,她都一直没有出宫去游玩,皇太后早就感到有些烦闷,正好借盂蓝盆节的庆祝出外一游,玩一玩,散散心。

　　一轮圆月高挂蓝天上,淡淡的白云在蓝天上飘荡,真正是月明星稀的满月之夜。皇太后坐在辂车里,从车窗里望了出去,她想起自己当年背诵的曹孟德的古诗,便推了推身边的元诩,笑着问:"诩儿,你学过曹孟德写月夜的诗吗?"

　　元诩依偎在阿娘的身边,非常惬意地哼唱着。自从母亲总揽万机以来,他已经很难见到阿娘。阿娘国事繁忙,很少有空闲去探望他。他得在中宫开讲进学,被太傅太师等约束着,不能随意去探望阿娘。今天要回姥爷家过节,阿娘才把他接到她身边。依偎在阿娘温暖的身边,嗅着阿娘熟悉的喷香的气息,元诩感到无比幸福。

　　元诩停止自己的哼唱,用心想了一会,高兴地喊了起来:"阿娘,我想起来了。"

　　皇太后却不满意地哼了一声:"又忘了? 礼官师傅没有给你开讲吗? 叫我什么?"

　　元诩愣怔了一下,才想起师傅讲的:"陛下要尊称皇太后为圣母太后。"

　　元诩不大情愿地改口:"圣母太后,我背给你听。"

　　皇太后笑了,夸赞地拍了拍元诩的手。元诩趁机抓住阿娘的手,不肯放松。他朗朗地背诵着:

　　"月明星稀,乌鹊南飞,绕树三匝,何枝可依? 山不厌高,水不厌深。周公吐哺,天下归心。"

　　皇太后抚摩着元诩的手,温柔地说:"曹孟德这《短歌行》是你先祖世祖太武皇帝最喜欢的诗,听说世祖太武皇帝经常吟诵。你还小,不明白这诗里的抱负与慷慨豪迈气概。我看你没有背诵完整。你给我从头诵起。"

皇太后兴致勃勃地与元诩一起背诵起曹孟德的《短歌行》。

"对酒当歌，人生几何？譬如朝露，去日苦多。"

元诩紧紧依偎着皇太后，大声背诵着，清脆的童音飞扬在皎洁的月光下。

辂车辚辚，行使出城东建春门，出建春门外几里，便是谷水。谷水清澈，水波荡漾，绕过洛阳，在这里流入阳渠。再往前行，便是一道长长的石桥，石桥建于东汉阳嘉四年，石桥桥头高高屹立着四根石柱，上面雕刻着精美的图案和铭文，"汉阳嘉四年将作大匠马宪造"几个大字非常清晰。石桥南，月光下矗立着一所高大院落，院落里黑乎乎的，没有灯光，没有人影，也没有声音。高大门楼的飞檐已经断落，大门的鲜艳颜色已经脱落，在月光下露出一片一片的惨白。院落里高大房屋的瓦脊上，瓦沟里，长着茂盛的瓦楞草，一群麻雀栖息在里面，听见人声，便叽叽喳喳叫着从屋脊上飞起，在月光下飞来飞去。门前的高大浮屠，在月光照耀下显得黯然没有光华，看来已经许久没有人来修茸它了。

辂车后骑马的元怿看着月光下破败不堪的明悬尼寺，一阵悲凉涌上心头。彭城王元勰的这府邸总叫元怿触目惊心。十年前，彭城王在世，这里多繁盛啊，冠盖如云，车马来往，人声鼎沸。

一定要给彭城王元勰叔平反，让他的儿子能够复国继承爵位。元怿想。

法驾和车队在石桥上停了下来。皇太后和百官要在这里放河灯过盂蓝盆节。

皇太后携着皇帝元诩下了辂车，在刘腾、元叉、女侍中胡玉华和女内司春香等陪同下，在三公八座的簇拥下，慢慢步下石桥，来到阳渠边上。阳渠边已经专门为太后放河灯修了长长的石板阶梯，太后拉着元诩下到水畔。

清澈的谷水静静地流淌在月光下，水面上倒映着蓝天和明月，水面照着月光，明灭闪烁，浮光跃金。

皇太后接过春香递过来的特大的龙形河灯，这龙灯，金光灿灿，行色生动，燃烧的蜡烛光，更增添了它的金光。皇太后弯腰蹲到水边，把龙灯慢慢放到水面上。太常寺卿高唱着："皇太后放灯了！"

一时，百官和法驾队伍一起高声呼喊起来："皇太后万岁！万岁！万万岁！"呼喊声在月光下飘荡在田野上空，回荡在邙山山间。

沉河艳后：胡灵皇后

513

烛光明灭的龙灯从皇太后手里滑了出来,浮到水面上,慢慢地荡漾着离开皇太后,在水波间飘飘荡荡,慢慢向下游飘去。

元诩笑着喊着:"龙灯漂走了!漂走了!"

"该你放了!"皇太后推了推兴高采烈的元诩。

刘腾捧过另一只大龙灯交给元诩。元诩学着阿娘的样子蹲到水边,把闪烁着烛光的龙灯放到水面上。太常寺卿又高声唱了起来:"皇帝放灯了!"百官和侍卫又一起高呼:"皇帝万岁!万岁!万万岁!"

元诩蹲在水边,看着自己的龙灯尾随着母亲的龙灯在水波里荡漾着,慢慢向下游漂流。太常寺卿大声礼赞:"佛祖保佑大魏兴隆!"百官一起唱和。这呼喊惊飞了河对岸栖息在一片树林里的鸦雀,它们叽叽喳喳地飞出树林,在月光下飞向远处。

太常寺卿喊:"百官放河灯了!"

百官捧出各自的灯,点燃了蜡烛,涌向水边,欢笑着嬉闹着,把自己的灯放到水面上。阳渠水面上立刻漂浮起闪烁明灭的各色各样的河灯,有绯红墨绿相间的西瓜灯,有粉红的荷花、桃花、杏花灯,有石榴、橘子、花红、仙桃灯,五彩的公鸡、雪白的天鹅、鸽子在水面荡漾,马牛羊,各色仙人,寿星、菩萨、罗汉都穿着鲜艳的彩衣,形象逼真地站在水面上摇曳,在水流水波间漂荡。烛光照亮了水面,又倒影在水中,让水面上和水里的影互相映衬,明明灭灭,闪闪烁烁,交相辉映。

皇太后像小姑娘一样咯咯地笑着,拍着手,与皇帝元诩一起争论评选着最好看的河灯。生性就好玩的皇太后从没有这么开心过,从没有这么尽兴,这么不受任何约束过。

百官也都拍手喊叫着,指画着,理论着,互相争辩着。谷水阳渠畔一片欢声笑语。

百姓听说皇太后和皇帝到阳渠放灯,也都扶老携幼,陆续从城里出来,聚集在禁卫以外的河边渠畔,一边放自己的灯,一边等着看皇宫官家的灯。看到皇太后和皇帝的龙灯漂漂荡荡沿着水波漂过来的时候,百姓都欢呼起来。

皇太后听到百姓的欢呼声,她笑了,无比开心地笑了。国泰民安,这正是她治国的最高愿望。

第二天，皇太后与皇帝拜太庙，渡完七月十五的盂蓝盆节。皇太后玩得很是尽兴。连续两天的游玩祭拜，叫她感到有些疲劳。

下午，皇太后在崇训宫歇息，春香说刘腾请见。

皇太后他进来。

刘腾说："臣曾向太后陛下禀报宫中车驾为先朝建造，多已破敝。根据太后陛下诏令建造新车，新车已经造好。特来禀报太后。"

皇太后笑着："刘卿办事利落，难得难得。你说说，这新车规格如何？"

得到皇太后夸奖，刘腾心情舒畅得很。他向皇太后详细阐述着新车规格："禀报皇太后，周礼说，王后有五辂，《汉舆服制》说，阅三代之礼，或曰殷瑞山车，金根之色，殷人以为大辂，于是始皇做金根之车，汉承秦制，御为乘舆。太皇太后、皇太后皆御金根车，加交络、帷裳，非法驾则乘紫杉车，云文画辕，黄金涂五末，左右副马，驾三马。金根辂，后法驾乘之以亲桑；安车，后小驾乘之以助祭；山并车，后行则乘之，入阁舆，后出入阁、宫中小游，则乘之。皇后乘云母安车，驾六马。臣今依古制，参校秦汉，考之两晋，采诸图史，验之时事，以为宜依汉晋。今后国朝车制如下：法驾出行，则御金根车，驾四马，加交络帷裳；御云母车，驾四马，以亲桑；非法驾则御紫杉车，驾三马；小驾着御安车，驾三马，以助祭；小行则御甘杉屏车，驾三马以哭公主、王妃、公侯夫人；宫中出入，则御画扇辇车。"

"好，以后出行，就依此规格。对，当年我建议世宗建申讼车，这车还在吗？"皇太后猛然想起旧事，看着刘腾问。

"回太后，那车还在。只是两年闲置，有些破败。"刘腾恭敬地回答。

"重新修整修整，明天我要乘申讼车出宫。要与民同乐，也要了解民间疾苦嘛。"游玩归来，皇太后的心情特别好，她又想起了旧事，想起当年自己提议的那个让世宗了解民情的好办法。

"是，奴婢这就去办。"刘腾恭敬地回答。

"刘腾，你建造的寺院竣工了吗？命名了没有？"皇太后想起另外的事。笑着问。

"回太后，还在建造中，请太后赐名。"乖巧的刘腾随机应变。

"叫长秋寺，如何？"皇太后思绪敏捷，立刻想出一个名字。

"感谢太后赐名，奴婢所建寺院就以长秋寺为名。"刘腾喜笑颜开。

沉河艳后：胡灵皇后

515

　　"永宁寺建造得如何？何时可以竣工？"皇太后想起她下诏建造的永宁寺,问刘腾。

　　"回太后,永宁寺建造工程已经过半,明年可以竣工。"

　　"百官建造寺院的热情如何？"皇太后又询问。

　　刘腾眉飞色舞地回答:"回太后,自从太后提出大力推广佛教提倡百官百姓大力营造浮屠迦蓝以来,百官和百姓热情高涨,积极响应太后号召,城里城外处处可见建造好的和正在建的迦蓝浮屠。奴婢稍微计数了一下,城里城外有迦蓝浮屠几千处呢。连内官宫人也集资建了几处。"

　　"是吗？内官监人都建了什么迦蓝？"

　　刘腾思忖了一会,扳着指头一边数一边说:"城中有昭仪尼寺,在东阳门内一里御道南,与导官署和太仓相临。寺里有雕工极佳的一佛二菩萨,浴佛节要抬着出游到景明寺的。城东有龙华寺,是宿卫虎贲羽林所立,在建春门外阳渠南。御道北建阳里有璎珞、慈善、晖和、通觉、因果等十余个寺院,多是百姓和士兵建造供奉的。石桥南道有景兴尼寺,也是朝中监宦所立。寺里有去地三丈高的巨大金像辇,上施宝盖,四面垂着金铃、七宝珠、飞天伎乐,做工十分精美。准备在永宁寺完工时的四月七日,与龙华等几个寺院举行佛宝大巡游,丝竹杂技,一起表演,供百姓瞻仰。"

　　说到这里,听得津津有味的皇太后忍不住插话:"好主意。永宁寺竣工,明年四月八浴佛节,举行京都寺院佛宝巡游,让国朝过一个最为热闹大型的浴佛节,以发扬光大佛法三宝。"她的眼睛熠熠闪光,面前似乎出现了当年随世宗到景明寺观看浴佛节的盛况。

　　"对,除了让各寺院抬出自己最精美的佛像菩萨以外,还要诏各地伎乐丝竹杂技艺人集合京师,为百姓表演各种艺伎,以娱乐百姓!"皇太后补充说。

　　刘腾急忙恭维赞扬:"太后好主意! 太后爱民如子,与民同乐,施仁政于百姓,百姓真是三生有幸!"

　　皇太后摆手笑道:"算了,别拍马屁了! 接着说,宫人还建造那些寺院？"

　　刘腾眨巴着灵活的眼睛,扳着指头继续向太后介绍:"东阳门外还有魏昌尼寺,有百官所立的正始寺。"

　　听到这里,皇太后笑了:"这是前朝正始年间百官立的寺,我知道的。寺

沉河艳后：胡灵皇后

院里还立着百官捐款数目石碑,上面镌刻着侍中崔光施钱四十万,陈留侯施钱二十万,自余百官各有差,少者不减五千以下。"

刘腾故作惊讶状,夸张地提高声音惊呼:"太后好记性,好记性。果然如此。"他顿了顿,看了看太后的脸色,太后眼睛炯炯放光,看来并没有厌倦他喋喋不休的介绍,他放心了,继续讲:"城南至尊之地,不容宫人亵渎。城西有王典御寺,是王桃汤王温大人建的。"

"是尼寺还是僧寺?"太后笑着问。因为根据刚才刘腾介绍,阉官建立的寺院大多为尼寺,所以太后这么问。

刘腾明白太后问话的意思,有些不好意思地回答:"是僧寺。"

皇太后笑着自言自语:"这王温倒有些英雄气概,别人皆建尼寺,唯独他建僧寺。看来你也该效仿王温,建个僧寺,不要只建尼寺。"

"是,是,奴婢接受太后教诲。"刘腾急忙说。

"王温现在何处?"皇太后关切地问。世宗驾崩,在东宫做给事和尝食典御的王温,当时也很配合元诩即位的。

"被任城王外放为钜鹿太守,加龙骧将军。"

"还是调他回来,在崇训宫做个中常侍吧,我挺想念他的。"皇太后说:"你把这意思传达给太尉,着他办理。"

"是,奴婢立刻照办!"

"京城内外,寺院有没有千所啊?"皇太后很感兴趣地询问刘腾。

"回太后,京都东至七里桥,西抵张方桥,从东到西二十里,南临洛水,北到邙山,南北十五里,十万九千多户,庙社宫室府曹以外,方三百步为一里,里开四门,有寺一千三百六十七所。另外,北邙山还有冯王寺、齐献王寺等,京东石关有闲居寺领军寺,嵩高山中有栖禅寺道场寺,上有中顶寺、东有升道寺。京南关口还有石窟寺灵岩寺,京西有白马寺照乐寺等,奴婢一时也说不出它们的准确数目。"

皇太后眉开眼笑。她大兴佛法三宝的号召果然厉害,百官百姓竞相响应。京都有这么多佛寺,佛法三宝深入人心,佛祖庇佑百姓和国朝,她还有什么不放心的呢?她统治下的大魏一定会走向繁荣富强,走向昌盛稳固。

"太后,奴婢还有个建议,不知当说不当说。"刘腾眼巴巴地看着皇太后的脸,挤出一脸谄媚。

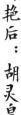

沉河艳后：胡灵皇后

皇太后挥挥手:"你就说吧,别那么啰唆好不好?你不知道我不喜欢弯弯绕?"

"是,是。太后豪爽,奴婢知道。奴婢陪太后视察石窟寺时就想说,可是当时人多,说话不方便。奴婢以为,应该在伊阙石窟寺另行开凿一新石窟,为太后建造一座雕像,以颂扬太后恩德!"

皇太后微笑着:"这建议我倒是爱听。只是我还年轻,对国朝没有什么建树,这彪炳千秋的歌功颂德,我还承受不起。暂且还是免了吧,还是暂且依世宗诏先把高祖和文昭皇后的雕像与石窟营造完毕。再说,我已经诏准你的建议,已经又增加世宗一窟,这工程就更巨大了,不知还要耗费多少时间和人工啊。"

皇太后总忘不了当年随世宗视察石窟寺时摔死石匠的惨状。听说这工程已经死了上千石匠和士兵了。四月八日,她去石窟寺参加僧人的浴佛节,去参加世宗石窟的开工仪式,看到高祖和文昭皇后的两尊石像已经从山体中分离出来,两个石窟已经就绪,可世宗的石窟恐怕又要十来年才能竣工,如果再增加一座自己的雕像,不知还要花费多少人工和钱财。工程太巨大了。

皇太后轻轻摇头,又重复了一遍:"算了,以后再说吧。"

刘腾见皇太后并不是假惺惺的拒绝,便不敢再坚持己见。作为长秋卿,他希望这工程越大越好,工程越大,朝廷划拨的经费才越多,他才越有可能从中抠出一些中饱私囊。他正在营建寺院,正在营建豪华府邸,都需要从这石窟寺的营造中为自己弄更多的钱物。他向皇太后建议为世宗营造石窟,又来建议建造辂车,其根本用意都在于此。

九月辛酉,吐谷浑国遣使朝贡。丙寅,诏曰:"察讼理冤,实维政首;躬亲听览,民信所由。比日谅暗之中,治纲未振,狱犴繁广,嗟诉骤闻,虽曰司存,每多诬壅。曾是寡德,实深矜慨。自今月望,当暂出城闉,亲纳滞枉。主者可宣诸近远,咸使闻知。"皇太后下诏,布告全国,她要亲御申讼车为民申冤了。

刘腾为皇太后修整了申讼车,皇太后亲御申诉车出宫,她要效仿世宗皇帝亲理百姓的申讼。申诉车到达之地,不论百官还是百姓,都可以亲自拦截或投递申讼状。

太后知道,百姓打官司难,有些冤案难以得到申诉。她亲御申讼车出巡,让百姓申诉冤案,可以取信于民。夏日好时光,乘申讼车出去,她也可以散心,同时又可以观民风,看望她的子民,让百姓百官知道她的爱民心,树立她在百姓心目中的威仪,一举数得,何乐不为?

造型特殊的申讼车在羽林前后护卫下出了云龙大司马门,慢慢绕向宫殿南方,然后绕向西北,最后由宫西的千秋门进入西林园崇训宫。

皇领军元叉派羽林禁卫保护着皇太后的申讼车来到城南,羽林军已经组成了戒备森严的人墙,把百姓挡在人墙外面。

申讼车停在几重羽林军士围成的空地里面,皇太后要在这里等着接见向她申冤的百姓。

女官胡玉华和女内司春香也在申讼车里伺候着皇太后。皇太后传话给胡玉华:"诏谕百姓,皇太后亲御申讼车,有冤屈欲申,上前来!"

元叉用洪亮的声音晓谕圈外的百姓。羽林军士外的百姓越来越多,大家都挤在人墙外面,伸着长长的脖颈,一个个像被提起来的鸭子一样望里面张望,都想一睹皇太后的尊容和皇家威仪。

元叉又一次喊话,向百姓晓谕皇太后诏令。百姓挤挤攘攘的,这里涌了过来,那里涌了过去,波浪似的,你推我搡。羽林士兵不得不用手中的长枪敲打着过于拥挤的人群,让人群保持相对静止。

百姓在世宗年间见过两次出行的申讼车,也听传说世宗在申讼车上惩罚了强占百姓土地的一个王爷。现在听说皇太后亲御申讼车出宫,一传十,十传百,百姓纷纷从城里城外赶来看。人聚拢得越来越多,有人递上申讼状纸,羽林兵士递交给元叉。元叉亲自交到申讼车里的太后手中。

太后展开状纸浏览,原来这是一个叫刘景晖的罪人的父亲投递的申讼状,申讼状为他年仅九岁的儿子申冤。刘景晖为延陵人,九岁,被县令以妖言惑众罪名投入牢狱。

皇太后浏览之后,叫来元叉,把申诉状交与他,生气地说:"九岁黄毛小儿,乳臭未干,何来妖言惑众?全是贪官污吏无中生有构陷生事之举!无凭无据,便打入死牢,太草菅人命!着有司立即释放!不得有误!着有司警告延陵县令,不得滥用权力,草菅人命!"

元叉当众向大家宣告太后处理。百姓听了,群情激荡,都大声呼喊起来:"皇太后万岁!万岁!万万岁!"

一个小姑娘蓬散着头发,衣衫褴褛,哭喊着在人群里面冲撞着,左冲右冲,怎么也挤不进来。

皇太后隔着车窗看到了,便招手让元叉过来,她指着在人群里冲撞的小姑娘,对元叉说:"把那个女娃拉进来,看来她有冤情申诉。"

元叉大声喝喊着,让羽林士兵把小姑娘带出人群,小姑娘冲到申讼车前,扑通一声跪倒地上,哭喊着:"太后圣明!太后要为小女做主!"说完便号啕大哭。

皇太后从车窗里看着跪倒在地上的小姑娘,心里升起一缕同情。这小姑娘面黄肌瘦,蓬头垢面,衣衫褴褛,几乎遮蔽不了身体。看来已经流落在外很久很久了。

"女娃,不要哭,说你的冤情吧。"皇太后隔着车窗和蔼地对小姑娘说。

小女娃抽噎着诉说:"一个大官建寺院强占了我家土地,我阿爷和阿哥与他们理论,被这大官的随从打死,他们又放火烧了我家房屋,把我阿娘和一个小弟弟活活烧死在房子里!我从外面挑野菜回家,家里一个亲人都没有了!乡亲说太后申讼车出宫,让我来申讼!请太后给我做主!给我父母兄弟报仇!"

"有这等事?!"皇太后勃然大怒,她拍着面前的几低声怒喝:"真不像话!"

"这大官是谁? 你知道吗?"皇太后温和地问。

小姑娘哆嗦着说:"我说不上来。"

皇太后为难地说:"你不知道那大官的姓名,我如何为你处置那人呢?"

这时,人群里响起几个人的声音:"汝南王! 汝南王!"羽林去找喊叫的人,却不知道是谁。

皇太后听到这喊声:汝南王?

皇太后恼怒地想,几年前与世宗亲御申讼车出外,百姓也是申诉王爷强占民房土地打死百姓,如今又是同样的事情。这皇宗王爷怎么就这么欺压百姓?

皇太后沉着脸,对春香说:"把这女娃带进宫,找个扫院子、洗衣服一类粗活做,看她多可怜!"春香答应着,急忙下车,把女娃扶了起来,把她安置到后面一个羽林士兵的马上,让羽林带她回宫。

百姓见皇太后如此仁慈,又不禁聒噪起来:"皇太后万岁! 万岁! 万万岁!"

皇太后对元叉说:"着御史中尉元匡审理此事,若事情属实,立即免汝南王元悦的一切官职,以王归第,以观后效!"

"是!"元叉答应着。

这时,又有一个两个人拉扯着一个小儿冲进圈里,请求见皇太后申诉。

元叉怕太后劳累,吆喝着让他们离开:"去! 滚回去! 今天到此为止,以后再来! 以后再来!"

那两个人拉扯着不肯离开。

皇太后隔窗看了看,她心情正好,并未感觉劳累,既然已经出来,不如听完这两人的申诉再走。

"元叉,就让他们说罢。"

两个百姓见皇太后允诺,急忙跪到太后车前,争相抢着申诉。

"小民苟泰,有子三岁,遭遇兵乱走失,一年多没有音信。上月小民经过此人家,发现我儿在他家。问他索还我儿,他不但不给,反而把我告到郡里,说我讹诈。太后圣明,请太后为我申冤!"

另一个年纪大一些的人连连磕头,大声喊着:"太后圣明! 小民秦伯申诉! 此儿实乃我儿! 苟泰诬告。我有邻人为证!"他向后面招手,过来几个乡邻,愿意做证。

皇太后隔窗看着那两个人,对春香说:"去把那小儿叫到车上。"

春香下车,把那小儿拉到车上。皇太后细细打量着这孩子,与外面的两个男人做着比较。皇太后无可奈何地轻轻摇了摇头。孩子太小,看不出他长得像谁。

皇太后看着妹子女侍中胡玉华,又看了看春香,笑着问:"你们可有办法?"

她们都摇头。皇太后明亮的眼睛转了几转,笑了笑,她对春香小声说了几句。春香笑了。春香拉着小儿下车,对元叉说:"皇太后有令,既然两人都说此儿为他亲生,只好一人一半,既令命羽林士兵分割。"元叉拉过小儿,交

沉河艳后：胡灵皇后

521

与羽林士兵。

苟泰听闻,放声大哭,连声呼喊:"太后圣明!小民不要了,小民不要了!"

秦伯跪在地上,面露喜色,得意地抬头看着苟泰。

春香对皇太后使了个眼色。皇太后厉声喝道:"大胆秦伯,拐带他人小儿,还敢在此聒噪!拉下去,重责四十大板!把小儿交与苟泰!"

秦伯哭喊着被打四十大板。苟泰连连磕头感谢皇太后圣明,带着小儿欢天喜地地走了。周围看热闹的百姓又齐声高呼起万岁。

元叉怕太后劳累,急忙命令队伍护送着申讼车向千秋门方向行进。

沉河艳后:胡灵皇后

第十二章　穷奢极欲

1.太后改年求瑞祥　寺院庆祝保永宁

皇太后醒来,躺在床上,久久不愿起身,夜里的梦境还清晰萦绕在她的心头,叫她回味无穷,难以忘怀。

梦境中,她和元怿并肩来到洛水畔。洛水滔滔,水波激荡,清澈的水里游弋着各种鱼。她兴致勃勃,慢慢走下水去,碧绿的水草缠绕着她,她那荷花色彩的裙裾在碧波里荡漾,平展开来,像荷花般浮在水面上,碧绿的水草在粉红色的裙上摇曳荡漾。

元怿站在岸边,一脸灿烂的笑容看着她,朗朗吟诵起曹植的《洛神赋》:

"余从京域,言归东藩。背伊阙,越轘辕,经通谷,陵景山。日既西倾,车殆马烦。尔乃税驾乎蘅皋,秣驷乎芝田。容与乎阳林,流眄乎洛川。于是精移神骇,忽焉思散,俯则未察,仰以殊观:睹一丽人,于岩之畔。乃援御者而告之曰:尔有觌于彼者乎,彼何人斯,若此之艳也?

御者对曰:臣闻河洛之神,名曰宓妃,然则君王所见,无乃是乎?其状若何?臣愿闻之。

余告之曰:其形也,翩若惊鸿,婉若游龙。荣曜秋菊,华茂春松,仿佛兮若轻云之蔽月,飘飖兮若流风之回雪,远而望之,皎若太阳升朝霞,迫而察之,灼若芙蕖出渌波。秾纤得衷,修短合度,肩若削成,腰如约素,延颈秀项,皓质呈露,芳泽无加,铅华弗御,云髻峨峨,修眉联娟,丹唇外朗,皓齿内鲜,明眸善睐,靥辅承权,瓌姿艳逸,仪静体闲,柔情绰态,媚于语言,奇服旷世,骨像应图,披罗衣之璀灿兮,珥瑶碧之华琚,戴金翠之首饰,缀明珠以耀躯。践远游之文履,曳雾绡之轻裾,微幽兰之芳蔼兮,步踟蹰之山隅。于是忽焉

沉河艳后：胡灵皇后

523

纵体,以遨以嬉。左倚采旄,右荫桂旗,攘皓腕于神浒兮,采湍濑之玄芝。

余情悦其淑美兮,心振荡而不怡。无良媒以接欢兮,托微波而通辞。愿诚素之先达兮,解玉佩以要之。嗟佳人之信修,羌习礼而明诗。抗琼珶以和予兮,指潜渊而为期。报眷眷之款实兮,惧斯灵之我欺。感交甫之弃言兮,怅犹豫而狐疑。收和颜而静志兮,申礼防以自持。

于是洛灵感焉,徙倚彷徨,神光离合,乍阴乍阳。竦轻躯以鹤立,若将飞而未翔,践椒塗之郁烈,步蘅薄而流芳。超长吟以永慕兮,声哀厉而弥长。尔乃众灵杂遝,命俦啸侣,或戏清流,或翔神渚,或采明珠,或拾翠羽。从南湘之二妃,携汉滨之游女。叹匏瓜之无匹兮,咏牵牛之独处。扬清袿之猗靡兮,翳修袖以延伫。体迅飞凫,飘忽若神,陵波微步,罗袜生尘,动无常则,若危若安,进止难期,若往若还。转眄流精,光润玉颜,含辞未吐,气若幽兰。华容婀娜,令我忘餐。

于是屏翳收风,川后静波。冯夷鸣鼓,女娲清歌。腾文鱼以警乘,鸣玉鸾以偕逝,六龙俨其齐首,载云车之容裔。鲸鲵踊而夹毂,水禽翔而为卫。

于是越北沚,过南冈,纡素领,迴清阳。动朱唇以徐言,陈交接之大纲,恨人神之道殊兮,怨盛年之莫当。抗罗袂以掩涕兮,泪流襟之浪浪。悼良会之永绝兮,哀一逝而异乡。无微情以效爱兮,献江南之明珰。虽潜处于太阴,长寄心于君王。忽不悟其所舍,怅神宵而蔽光。

于是背下陵高,足往神留,遗情想像,顾望怀愁。冀灵体之复形,御轻舟而上溯。

浮长川而忘反,思绵绵而增慕。夜耿耿而不寐,沾露霜而至曙。命仆夫而就驾,吾将归乎东路。揽騑辔以抗策,怅盘桓而不能去。"

元怿的声音浑厚略带着嗓音,她被那声音迷惑住了。"四弟,你诵读的是哪位诗人的诗作啊?"

"曹植的《洛神赋》啊,这是黄初三年,曹植朝京师,还济洛川,想到古人有言说斯水之臣,名曰宓妃。他感宋玉对楚王神女之事,遂作斯赋。这赋写得美极了,我从小就会背诵。太后就像曹子建笔下的洛神一样美丽!翩若惊鸿,婉若游龙!皎若太阳升朝霞,灼若芙蕖出绿波。"元怿无限向往地看着她,忘情地说:"小弟像曹子建一样,思绵绵而增慕。夜耿耿而不寐,沾露霜而至曙。余情悦其淑美兮,心振荡而不怡。无良媒以接欢兮,托微波而通辞。"

元怿的表白,让她的心欢快地跳了起来,她向元怿招手:"过来。"元怿正要向她走过来,突然惊呼起来:"神龟!神龟!"她顺着元怿手指的方向忘去,一只金光灿灿的大龟划动着四脚,正从碧波中向她慢慢游来,金龟昂头挺胸,频频向她点头,小眼睛灼灼放光,好像在向她微笑。

她欢呼着,向金龟跑去。金龟向她点头三次,奋力深长脖子,向她摇摆三次,微笑着慢慢沉入水中,消失在滔滔江水中。

元怿大声诵读着:"神龟虽寿,犹有竟时。腾蛇乘雾,终为土灰。老骥伏枥,志在千里。烈士暮年,壮心不已。盈缩之期,不但在天。养颐之福,可得永年。"

她嗔怪地看了看元怿:"你又没有到暮年,如何背诵曹孟德此诗?老气横秋的!"

元怿笑着:"神龟引发的联想而已。神龟出现,可是瑞祥之兆啊!"

她拍着手,咯咯笑着:"神龟出现,瑞祥之兆,我们改年号为神龟如何?"

"好啊!"元怿欣然同意,"以神龟为年号,定象征国朝瑞祥!"

"好,我明日以皇帝名义下诏,改年号为神龟!"

正月以来,她已经以皇帝名义下诏抚恤百姓,"眷彼百龄,悼兹六极。京畿百年以上给大郡板,九十以上给小郡板,八十以上给大县板,七十以上给小县板;诸州百姓,百岁以上给小郡板,九十以上给小县板,八十以上给中县板;鳏寡孤独不能自存者,赐粟五斛、帛二匹。"乙酉,加特进、汝南王悦仪同三司。但是国朝还有秦州羌反,幽州大饥,民死者三千七百九十九人,虽然诏刺史赵邕开仓赈恤,可还是令她不安。另外,一连两个月不下雨雪,也叫她担忧。国朝一定要稳定,稳定是压倒一切的重要之举。

国朝与周遭国家的关系还不错,从二月开始,嚈哒、勿吉、宕昌、疏勒、久末陀、末久半、吐谷浑、舍摩国、蠕蠕、高丽、高车、高昌诸国,开始遣使朝献,这年年的朝献将一直持续到五月。

皇太后坐在床上,把梦境愣愣地想了一遍,对春香说:"叫太尉来,我要下诏改年号为神龟元年。"改年号,是可以维持国朝稳定的大计,她应该改一次年号了。这神龟可以庇佑她的国家祥和安宁。

二月己酉,皇帝诏以神龟表瑞,大赦改年。熙平三年改为神龟元年,即

沉河艳后:胡灵皇后

525

公元 518 年。

为了祈求佛祖保佑国朝国泰民安，皇太后接受父亲胡国珍的建议，准备派遣大臣和比丘僧到到西域求取佛经。她已经征得敦煌人宋云与崇虚寺比丘僧惠生前往西域，待准备就绪以后她将亲自接见他们，送他们出发。

但愿这些措施能够保佑她的国家国泰民安！

神龟元年(公元 518 年)暮春，永宁寺竣工。四月七日，法驾大备，皇太后与皇帝出宫到永宁寺视察。

新建的永宁寺位于阊阖门南一里御道西，东面是太尉府，西对永康里，南界昭玄曹①，北靠御史台。阊阖门前御道东有左卫府，府南有司徒府。司徒府南为国子学，国子学南有宗正寺，寺南有太庙，庙南有太尉府，太尉府以南依次是将作曹、九级府和太社。

法驾吹打着，羽林士兵举着刀枪旗扇伞，威风凛凛地卷出阊阖门，皇太后和皇帝元诩各自乘坐在崭新的金光灿灿的新辂车上，向永宁寺滚去。

法驾停在永宁寺南门前。永宁寺四周被蓊蓊郁郁、枝叶茂盛的高大青槐环绕着，正是槐花怒放的时候，青槐的碧绿枝叶里，开放着一簇一簇的槐花，雪白与碧绿相映成趣。雪白的槐花散发着诱人的清香，引来一群一群的蜜蜂，在枝头飞舞，嘤嘤嗡嗡的，很是好看又好听。掩映在绿色槐树里永宁寺的红色围墙，仿照皇宫围墙建造，安放着短椽，覆盖着黄色琉璃瓦。

皇太后在春香和胡玉华的搀扶下走下辂车，皇帝元恪也在刘腾和元叉的搀扶下下了车。皇太后端详着永宁寺。她熙平元年十月下诏开始奠基的寺院经过一年多营建，终于落成了！她无比高兴和欣慰。文明太后在北京建永守寺，保佑国朝永远安宁，她在洛京建一所更大的更气派的永宁寺，来祈求佛祖对大魏的庇佑。

皇太后走到高大门楼前，指着立在门前的奠基石刻问刘腾："这就是挖出三十二座金人的地方吧？"

刘腾趋步上前，满脸堆笑回答："回太后，正是这里。佛祖恩眷我大魏皇朝，特意赐三十二座金人于我大魏。"刘腾眼睛骨碌碌地转着看了看站在一

①昭玄曹：主管僧尼事务的官府。

旁的将作大将，二人会意地微笑了一下。

皇太后甜甜地笑着。她亲自奠基的国家寺院，同北京永宁寺和世宗的景明寺一样，应该享受最高殊荣。为了报答佛祖赐予三十二座金人的恩眷，她特意诏命大建此寺，特意拨了更多的银两。其实，这挖出三十二座金佛，不过是负责建造寺院的刘腾为讨皇太后欢心，事先埋在那里的把戏而已。

皇太后和皇帝元诩凝视着永宁寺高大的南门。南门门楼三重，通三条阁道，离地二十丈高，形制如皇宫端门。门上彩画着云气、仙人、灵草等图案，鲜艳夺目。拱门站着四个力士，四只狮子，金箔银线和珠玉装饰其上，光彩耀眼，华丽堂皇。

"一共几个门？"皇太后问身后的父亲司徒胡国珍。他昨天带人亲自来永宁寺，仔细视察过。安定公、司徒胡国珍为了让皇太后女儿视察满意，他多次亲临永宁寺，去检查永宁寺竣工后的各项工作。安定公胡国珍笃信佛教，是个虔诚的信徒。虽然已经八十高龄，却身体强健，有时还能跨马踞鞍。虽然女儿依汉车千秋等故事，特意赐他步挽一乘，自掖门至于宣光殿得以出入，但是他宁愿拄杖步行，以强健身体。现在虽然位居司徒高位，依然喜欢步行。

"共四个门。东西两门门楼两重，装饰同南门一样。北门不设门楼，像个乌头门。"胡国珍笑着回答。

皇太后观赏着永宁寺高大巍峨的南门，欣赏着门上的彩画装饰，抚摩着拱门前的力士和狮子。"不错，不错。"她满意地笑着对司徒胡国珍和太尉元怿说。

皇帝元诩跳跃着，跑到狮子前，抚摩着石刻的狮子，转动着狮子嘴里的石球，玩个不停。

"进去吧。皇帝。"皇太后招呼着元诩。

元诩跑过来拉住皇太后的手，与皇太后肩并肩走进永宁寺。

一进寺门，高大巍峨耸入云霄的一座木制浮屠便屹立在眼前。

"好高大啊！"皇太后惊诧地喊。

这是座九层浮屠，架木建造而成，高九十丈。浮屠上有金刹，高十丈，顶尖离地一千尺。在离京城百里以外，行人就可以看到这高耸入云的永宁寺浮屠金刹。金刹上有金宝瓶，可容二十五斛。宝瓶下有承露金盘十一重，周

沉河艳后：胡灵皇后

527

匝皆垂挂着金铎，又有四道铁锁，引金刹向浮屠四角，锁上也垂挂着金铎。金铎大小如石瓮。浮屠共九级，角角都垂挂着金铎，合共有金铎一百三十个。浮屠有四面，每面开三门六窗，门窗朱漆耀眼。门上各垂挂五行金铃，共有五千四百个。浮屠上还有精致的雕刻，铺着金环，做工精妙，殚土木之工，穷造型之巧，巧夺天工，技压京师所有浮屠。

"走，我们上去看看。"皇太后拉着皇帝元诩的手，兴高采烈地说。

皇太后和皇帝在刘腾的导引下，沿着浮屠内的木梯，慢慢登上浮屠。

一个年轻太后，如此登高，像什么样子呢？走在后面的大儒崔光心里说，可是他距离皇太后太远，无法向皇太后进谏。回去写表奏吧。崔光想。

皇太后拉着元诩的手，上到浮屠顶部。

皇太后站在浮屠顶端，被金灿灿的承露金盘晃了眼睛，金盘在初夏的阳光下放射着耀眼的光芒，照亮了浮屠每一个角落。金瓶也是金光灿灿，让人睁不开眼睛。清风吹来，金铎与金铃齐鸣，叮咚铿锵，响彻四围。要是高风永夜，清风徐来，金铎铿锵，金铃叮咚，宝铎金铃和鸣，响动京师，十余里外可闻。

皇太后极目远眺，只见远处洛水与伊水如两条飘荡的淡蓝色绸帛，穿过绿色田野。

元诩高兴地喊："真凉快！真好看！"

皇太后见他得意忘形的样子，拉了他一下，给了他个责备的白眼。元诩丧气地噘起嘴。

皇太后收回目光，俯视着洛京，只见皇宫尽收眼底。皇宫的每个宫殿，都历历在目。元叉指点着皇宫里的建筑，对皇太后说："那是西林园，那是崇训宫，那是显阳殿，那是太级殿。宫中各处都历历在目，怕是有歹人登临偷窥宫禁。"

太尉元怿也插话说："以后最好不要让人登临，以保障宫禁安全。"

皇太后点头。

皇太后与皇帝下了浮屠，皇太后转身对身后紧紧跟随的父亲胡国珍说："父亲，你不要跟着走了吧，还是歇息去，你昨天已经奔波了一天，不要太过劳累了。"

胡国珍摇头："我能走动的。"

"太后，请放心，我会照顾好安定公的。"胡国珍身后的那个随从说。皇太后朝他看了一眼，这是一个身材高大魁梧的参军，长得鼻直口方，浓眉大目，很是英俊。

　　"他是谁?"皇太后问父亲胡国珍。

　　"他叫郑俨，我的一个参军。"

　　皇太后点点头，对郑俨说："你可要仔细照看好安定公！否则我拿你是问！"说着，又仔细看了他一眼，记住了这英俊后生的长相。郑俨，她心里默念了一下。

　　皇太后不好拗父亲意思，只好任他继续陪同自己向寺院里面走去。

　　浮屠北有佛殿一所，是按照太极殿形状建造的。高大的佛殿里陈列着丈八金像一躯，中长金像十躯，绣珠像三躯，金织像五躯，玉像二躯。这些佛像做工精巧，巧夺天工。皇太后和皇帝在佛像前焚香，瞻仰了佛像。

　　佛殿后面便是各僧房楼观一千余间，全是雕梁画栋，粉壁青瓦，蔚为壮观。寺院里，到处种植着松柏椿榆，槐柳杨桑，青葱扶疏。阶墀过道两旁，不是丛竹，便是香草鲜花，布列井然，方位形状都很精致讲究。

　　皇太后和皇帝在永宁寺里各处走了一遍，已经感到疲累。

　　元怿上前，小声劝说着皇太后回宫。

　　元又狠狠地剜了元怿一眼。他现在对元怿是越来越不满了。皇太后甜甜地笑着，向刘腾说："起驾回宫吧。"

　　明日四月七日，又是各寺院抬佛像集合，准备在八日接受皇太后散花而后大巡游的日子。她不能太劳累自己了。今年僧人巡游改在永宁寺，开光后的第一次浴佛节，其隆重热闹是可想而知的。

　　四月八日是佛的生日。洛阳诸寺设斋，以五色香汤浴佛，共作龙华会，以为弥勒下生之征。浴佛又称灌佛，以都梁香为青色水，郁金香为赤色水，丘隆香为白色水，附子香为黄色水，安息香为黑色水，以灌佛顶。以铜为佛像，黄金涂身，穿着五锦彩衣，由僧人抬着从永宁寺到阊阖门，在阊阖门前等着皇太后散。按照太后令，今年的表演活动特别热闹隆重，来到京师表演的杂技队伍特别多样，足够热闹，足够百姓大饱眼福。

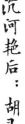

沉河艳后：胡灵皇后

2.严父故去太后伤心　破例赏封大臣无奈

"什么？父亲病了？"皇太后惊慌地站立起来，急忙向崇训宫外走。弟弟胡祥拦也拦不住。

皇太后乘坐小行的甘杉屏车，驾三马，带着太医在羽林侍卫护送下出阊阖门向司徒府驶去。一进府门，参军郑俨就抢上前来搀扶皇太后下车。皇太后看了郑俨一眼，认出这英俊的小伙子，她对他点点头，心里动了一下。

安定公胡国珍躺在寝房里。他的夫人梁氏、继子僧敬、女婿元叉和女儿胡玉华围绕着站在床边。

继母一见太后，眼泪就止不住流淌下来。她哽咽着说："他就是执拗不听话。初五就有巫觋占卜，说将有凶，不让他出去，劝他做厌胜之法。他偏不听，还说什么，生死有命，吉凶也有定分，唯修德才能禳之。看，这不应验了？"

胡国珍呵斥道："向太后说那些废话干什么？我不过劳累而已。"

"你看，他还犟呢，都这个样子了，还死犟！"梁氏委屈地看着皇太后抱怨着。

皇太后轻轻拍了拍继母肩头，说："你不要着急，我这里带着太医前来。太医会医治好父亲的。父亲果然是劳累的，初六去视察永宁寺，初七跟我游永宁寺，初八又在阊阖门站了大半天，与我一起观看寺院抬佛游行，看我散花。"

皇太后侧身坐到父亲病榻上，握住父亲的手，看着太医给父亲号脉诊治。

太医号过脉，安慰司徒和皇太后说："安定公脉象还行，只是过于劳累，又受了些热，虚火上升，阴阳失调，用几剂药，便可恢复，并无大碍。"

太医走了以后，皇太后守在父亲病榻前，亲自服侍着胡国珍用药。胡国珍催促她回宫："你回去吧，宫内有许多事情离开你不行的。"

皇太后摇头："父亲卧床不起，还有什么大事比服侍父亲重要呢？"

胡国珍叹息道："我这一辈子有你这闺女可真是修了大德。我好造化啊！有这么孝顺的这么能干的闺女！"

"阿爷,你歇息吧,不要说话了。"皇太后伺候着胡国珍服了药,握着他的手,看着他沉沉入睡。

十二日,胡国珍的病势沉重起来。他烧得一嘴燎泡,浑身火炭似的,怎么也退不了烧。皇太后心如火焚,把宫中太医全部叫来,可也还是没有让胡国珍的高烧退下来。

皇太后让元叉从华林园冰窖里运来冰块给胡国珍退烧。冰块使胡国珍从昏沉沉中清醒过来,他握住一直陪伴在病榻前的皇太后的手,颤巍巍地说:"我大限已到,心中有数,你不必悲伤。为父已经八十整,够高寿了。"他喘息了一阵,又挣扎着说:"我还想有几句话嘱咐你。"说着,已经喘息成一团。

皇太后泪如泉涌,哽咽着说:"阿爷,你歇息吧,不要说了,等痊愈之后再叮嘱女儿不迟。"

胡国珍摇着满是白发的头:"不行,不说我不瞑目。你是大魏国主,你可要当好大魏这个家啊!你母子要善治天下,以万人之心治理天下,不要只是看大臣的脸色行事。"

皇太后唏嘘不已,频频点头。

"你要以仁治国,以德治国啊。"胡国珍又补充了一句。

皇太后泪眼婆娑,频频点头。

胡国珍拉着儿子胡祥的手,把胡祥的手交给皇太后握着:"我唯有这一子,他年龄还小,还不懂事,你要替我好好照顾他,我死后你不要像过去一样以威仪压他。"

皇太后哽咽着点头答应父亲的嘱咐:"阿爷你放心,我会善待祥弟的。等大服以后,我就为他迎娶清河王的女儿长安县公主。你老放心。"

胡国珍喘息着点头:"这我就放心了。"说完,慢慢闭上了眼睛,安详地微笑着沉入无边的黑暗中。

皇太后擦拭着眼泪,强忍住心中悲痛,小声呼唤着胡国珍:"阿爷,阿爷。"昏沉中的胡国珍听得太后呼唤,用力挣扎着睁开已经有些散光的眼睛看着眼前模糊的面容。

"阿爷,身后愿意归葬何处啊!"皇太后大声呼喊着问,这是个不得不问的重要问题,一定要征求阿爷自己的意愿。

沉河艳后:胡灵皇后

胡国珍无神无光的眼睛扫着眼前的亲人，挣扎着说："回归旧乡安定，与你祖父葬在一起！"

皇太后泪眼婆娑，频频点头，伤心哽咽得说不出话来。

胡国珍闭上了眼睛，他的灵魂正在慢悠悠地飘荡出肉体，向冥冥之中飞去，他握着儿子胡祥和皇太后的手慢慢地松了开来。

屋子里响起号啕哭声。安定公、司徒胡国珍薨。

皇太后哭得痛不欲生。

憔悴的皇太后勉强抑制住自己的悲痛，在安定公府邸召集元怿和崔光，以商量胡国珍的归葬地。她要以最隆重最豪华的礼仪安葬父亲胡国珍，以表示她对父亲的悼念。

胡国珍要求归葬北地，这给皇太后出了个难题。自高祖孝文皇帝迁都洛阳以后，下诏禁止宗室和朝廷官员北葬，身后一律留葬洛京。可父亲临终遗言却要回葬安定故乡，该怎么办呢？不遵守父亲遗言，将永远感到遗憾和难受，遵从父亲遗言，又怕百官议论。

皇太后看着元怿和崔光，征求他们的意见。

元怿心痛地看着憔悴的皇太后，不知道该如何表态。看皇太后的意思，很想遵从胡国珍遗愿，送他归葬安定。可是，这葬地选择非同小可，有违祖制，定会招来百官反对。他为难地搔着脖子，沉默着。

崔光拈着须髯沉思了一会，抬头看着皇太后，说："太后殿下，安定公曾与老臣聊天说过，祖上已经有多人葬于洛京，他百年后愿意陪葬天子山陵。至于安定公临终遗言，乃病重之迷乱言语，不足为凭，请太后遵从安定公前言，依律留葬洛京。"

"对！对！"元怿醒悟过来，急忙附和着崔光的话规劝皇太后："崔大人所言不差，臣也曾听过安定公说过类似言语。请太后遵从安定公前言为妥。"

皇太后点头："便依崔卿所言。让大鸿胪寺在邙山选择山陵安葬安定公。不过，我公远慕二亲，与我思念父母一样啊。不能满足他的愿望，让他葬在父母身边，总是憾事！"说完，又掩面而泣。

元怿安慰着："太后殿下要节哀顺变。一会三公八座九卿博士等都要来商议为安定公上封号、建寺等有关大事，请太后节制哀思。"

皇太后点头,擦拭去眼泪,竭力压制住心中的哀痛,接受三公八座九卿博士的拜见和慰问。

　　"请卿等辩论上安定公封号。"皇太后擦着眼泪,对前来的三公八座等大臣说。她起身回到后面,半躺在卧榻上静静听着前面激烈的论辩。

　　崔光德高望重,便首先发言说:"老臣以为,可上太上秦公。"

　　元澄特意邀请来的专心坟典的羽林监张普惠,并不畏惧皇太后和各高官,立即发言予以反驳。他站起身,侃侃而谈:"微臣以为,故侍中、司徒胡公,怀道含灵,实诞圣后,载育至尊,母仪四海,功德无量,功余九锡。故以褒嘉朝廷,极圣尊之至爱,宪章天下,亦无不可!而'太上'之称号,窃以为不可。何故?《易》称……"

　　张普惠开始引经据典,侃侃而谈。元澄微微苦笑着想:这家伙,真是说他胖他就喘,不过以为他懂坟典,曾经纠正过自己葬母礼仪方面的不足而夸奖过他,也就顺便邀请他来参与,谁知他便这么大胆地大放厥词,果真以为自己可以做坟典专家了!

　　元澄急忙打住张普惠的夸夸其谈,问:"汉高作帝,尊父为太上皇,今圣母临朝,赠父为太上公,求之故事,非为无准。且君举做则,何必循旧?"

　　张普惠毫无惧色,立即应答:"天子称诏,太后称令,故周臣十乱,文母预政之故。所以,窃以为不可相比!"

　　元澄急忙辩驳:"前代太后亦有称诏,圣母不过想存谦光之义表谦光之心,何得以诏令之别,来阻止太后行天下之孝?废严父之孝?"

　　张普惠回答:"后父太上,自古未有,前代母后难道不想尊崇其亲?王何以不远谟古义,而近顺今旨?微臣不懂太后何故谦于称诏,而不谦于太上?窃愿圣后终一生之谦光。"

　　太傅、太尉元怿看张普惠这么咄咄逼人,毫不相让于任城王,便加入辩论:"有古书说'足下,今之太上皇也。'何况只封个太上公呢。"

　　张普惠转向元怿:"殿下所引古书,微臣读过,那不过是郑注尚书,非为正经。不知道殿下怎么会以此诘难微臣?"

　　这时,御史中尉元匡对身旁的崔光说:"今者太上公名同太上皇,意思相类。只是不学不敢论辩是非。"

　　张普惠听到这么一个支持他的声音,惊喜地说:"中丞既然怀疑相似,怎

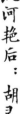

沉河艳后：胡灵皇后

533

么不正是非呢？难道想三独吗？"

元匡尴尬地笑笑，没有说话。

廷尉少卿、才子袁翻见无人说话，才发言说："周官说，上公九命，上大夫四命，命数虽不同，同为上，何必以为上者皆乃至尊呢？"

张普惠见冒出袁翻这么根葱，便厉声责问袁翻："礼有下卿上士，何止大夫与公？但今天所说的，是以太加上，二名双举，不得混为一谈！雕虫小艺，或许得到一些称赞，但来此炫耀，恐怕还不足道！"

袁翻被张普惠讥讽得满面通红，默然不敢再开口。

元澄有些看不下去，看着张普惠责备道："谏诤之体，各言所见，至于用不用，还要取决于是否应时。卿向答袁少卿，声音何苦那么高厉呢？有理不在言高！"

张普惠正色回答元澄说："所言若是，宜见采用。所言若非，害怕罪及。是非须辩，不是为了比高低。"

元澄不高兴地说："朝廷刚开不讳之门，来广开忠言之路。卿今天只是为辩明事理，说什么忧虑罪罚！真是的！"他白了张普惠一眼，对大家说："大家表决吧，以为可以上太上秦公封号的，请举手！"

大臣呼啦啦把手都举了起来。

"还是去禀告大家意见，请太后决定吧。"元澄让元叉去请示太后令。

皇太后一直静静地躺在后面，听前面的辩论，见元叉来问，便说："张普惠虽然没有理屈词穷，但并未得到臣等赞同。辩论已了，准予臣等意见，封安定公为太上秦公。"

皇太后对元叉说："你告诉张普惠，朕已召卿与群臣对议，往复多次，辩论结果已出，大家皆不赞同卿之看法。朕所行，乃孝子之志，卿之所陈言，乃忠臣之道。群公已有公议，卿不得再诘难！若再说三道四，朕将严惩！"

元叉发现，皇太后突然一反过去自称"我"的习惯，开始用"朕"自称。他稍微有些吃惊，但是并不形于色，只是平静地听着太后吩咐。

皇太后突然改换称呼，是刚才听张普惠论辩时萌生出的恨意。我一贯自称我，称令，称殿下，想给臣下以亲近平易和谦恭的样子，没想到张普惠居然以此作为反对封亡父太上公称号的借口！真正岂有此理！以后决不在臣下前自谦了！该出手时就出手！

她想起父亲临终教诲:不要看臣下脸色行事!

元乂出,向大家转告皇太后之言。张普惠脸色苍白,叩谢过后说:"微臣感谢太后!微臣辜负太后,请求辞还!"

太后让大臣歇息一个时辰,走了出来,与臣下商议为太上秦公建立寺院的地址。

大臣见太后亲自出来听取意见,个个精神抖擞,都争抢着发言,想在太后面前表现表现,以博得太后欢心。

有人说建在城中,马上有人反对,说出种种理由驳斥这说法。有人说建在城西,又马上有人反对。大臣热烈发言。

一直没有说话的元雍主张选在城南。

元乂反对,说:"四夷馆在城南,城南多夷人,风俗杂沓,怕是不妥。"

四夷馆,是高祖为安置东南西北各夷国前来投靠国朝的人才而专门开辟的馆舍,建在城南宣阳门外四里洛水永桥外。

洛水南北两岸,尚未落成的华表耸立,上面雕刻着冲天而飞的凤凰,高二十丈。永桥以南,圜丘以北,伊水洛水之间,夹着御道,东面便是四夷馆。一叫金陵,二叫燕然,三叫扶桑,四叫崦嵫。路西也有四夷里:一叫归正,二叫归德,三叫慕化,四叫慕义。南边吴人投靠归来的,居金陵馆,三年以后,赐宅归正里居住。北夷归附的,住燕然馆,三年以后赐宅归德里。东夷归附的,居扶桑馆,三年以后赐宅慕化里。西夷归附的居崦嵫馆,三年以后赐宅慕义里。十几年来,从葱岭以西,至于大秦国①,各路归附来的夷人已经多达万户,来经商的商贩,来往于洛阳与各国之间,在这里设市买卖。外夷奇珍异宝,器皿用具,衣服首饰,甚至瓜果食品,也都罗列市面,供洛阳魏人挑选买卖。这里很是繁华,操着各种语言,穿着各种奇装异服,长着白的、黑的、红的面孔,蓝的、黄的、黑的、各色眼睛和各色头发的夷人,在这里出出进进。青青的槐树桑树,茂密的榆树柳树,长满街道两旁,栽种在各家院落里。

元雍听到元乂这么说,笑了,他看着元乂说:"你的话叫我想起一个叫荀子文的孩子。"

元乂疑惑地问:"荀子文是谁?"

<hr>

①大秦国:指东罗马帝国。

元雍拈着须髯说："我的住宅北面是中甘里，中甘里有个颍川①孩子叫荀子文，不过十三四岁，聪明有辩才。他听说广宗②人潘崇和在城东昭义里讲《春秋》，于是就提着下裳面北听潘崇和讲课。座中有个赵郡士子李才，问荀子文家住何处，荀子文说城南，李才颇不以为然，讥诮地说：'为什么要住城南呢？城南有四夷馆，不是与夷人同列了吗？'荀子文笑着说：'国阳胜地，卿何怪也？若言川涧，伊洛峥嵘。语其旧事，灵台石经。昭提③之美，报德、景明。当世富贵，高阳、广平。四方风俗，万国千城。若论人物，有我无卿。'李才无以对。潘崇和拍手称绝说：'汝颍之士利如锥，燕赵之士钝如锤。果然不为虚言。'诸位以为荀子文之回答如何啊？"

太后稍微笑了笑，说道："果然一个聪明伶俐的孩子，回答真妙。国阳胜地，伊洛峥嵘，灵台石经，昭提之美，万国千城。说得真好！就在城南景明寺南建秦太上公寺，追鞯先父秦太上公！"

接着，便是大鸿胪寺卿亲自主持的各种葬仪。皇太后下令为胡国珍举行国葬。皇帝元诩小功服，给东园温明祕器、五时朝服各一具，衣一袭，赠布五千匹，钱一百万，蜡千斤。大鸿胪监护丧事。朝廷举哀于太极东堂。又诏自始薨至七七，皆为设千僧斋，令七十人出家，百日设万人斋，二七人出家。皇太后还宫，成服于九龙殿，就寝于九龙殿寝室。

接着，是各种追封仪式，追崇假黄钺、使持节、侍中、相国、都督中外诸军事、太师、领太尉公、司州牧，号太上秦公，加九锡。葬以殊礼，给九旒銮辂，虎贲、班剑百人，前后部羽葆鼓吹，温凉车；谥文宣公。赐物三千段，粟一千五百石。

然后，太后迎亡母太上君神枢还第，与胡国珍合葬。赠物同胡国珍一样。等胡国珍神主入庙，又诏太常权给轩悬之乐、六佾之物。

皇太后葬父，前后折腾多半年，整个神龟元年，都以皇太后葬父为中心，花费的钱财与人力不计其数。

神龟元年十月十五，皇太后率领着宗室以及胡家全体，浩荡来到宣阳门

---

①颍川：今河南许昌。
②广宗：今河北危县东。
③昭提：寺院。

536

外,参与秦太上公寺的落成以及举行为秦太上君追福的盛大佛事活动。

将作大将和刘腾监督着日夜建造,五个月的时间在宣阳门外景明寺南一里,修建起两座秦太上公寺。西寺,皇太后所立,东寺,为皇太后妹子所立。时人号之双女寺。

皇太后下了金根车,端详着两座并门而立的寺院,她的妹子胡玉华走上前来,站在她的身后。寺院面洛水,里面林木扶疏,葱翠蓊郁。各有五层浮屠一所,高五十丈,素彩描画着各色图案,与景明寺一样绚丽。

"太后陛下,满意吗?"胡玉华问。

"不错。"皇太后颔首回答:"具有景明寺的规模,也算对得起亡父了。"

这时,郑俨走了上来拜见皇太后。

"你不是太上公参军郑俨吗?"皇太后问。

"是的,小人郑俨现在守护太上公寺。"他英俊的脸上现出幸福的笑容。皇太后认出他,叫他很是高兴。

"好好照顾太上公!"皇太后看了他一眼,微笑着说。

郑俨忙不迭地答应着,朝太后甜甜地笑。皇太后诧异地想,这郑俨英俊魁梧,没想到笑容还这样甜。

皇太后走进寺院,西寺和东寺都集合着几百僧人和女尼,正在为秦太上公追福,磬钹和僧人的唱念正紧。

"每月的八、十四、十五、二十三、二十九、三十这六日,全要举行这样规模的追福,"太后看着昭玄曹监说:"到时朕派宫中黄门前来监护,送斋戒赏赐。"

昭玄曹监答应着。

皇太后在浮屠前追荐,等追福结束,她乘车去报德寺,这是高祖为冯太后追福所立的。皇太后进去上了炷香,又乘车出来,向东面去。报德寺东,有龙华寺和追圣寺,龙华寺为广陵王元羽生前所立,追圣寺为北海王元详生前所立。

皇太后来到宣阳门外四里的浮桥上。架在洛水上的浮桥为永桥,南北两岸有华表,举高二十丈,华表上精雕细刻着凤凰冲天的美丽图案。这是为纪念和庆祝太后临朝而刚刚落成的。

皇太后走下车,望着精美的浮桥和华表,心情很是激动。这时,谒者仆

射兼中书舍人,被人比作司马相如的常景上前来,宣读他为太后修永桥和华表所做的辞赋《洛汭颂》:

"浩浩大川,泱泱清洛。导源熊耳①,控流巨壑。纳谷吐伊,贯周淹亳。近达河宗,远朝海若。兆唯洛食,实曰土中。上应张柳,下据河嵩。寒暑攸叶,日月载融。帝世光宅,函夏同风。前临少室,却负太行。制岩东邑,峭垣西疆。四险之地,六达之庄。恃德则固,失道则亡。详观古列,考见丘坟。乃禅乃革,或质或文。周余九列,汉季三分。魏风衰晚,晋景凋曛。天地发辉,图书受命。皇建有极,神功无竞。魏篆仰天,玄符握镜。玺运会昌,龙图受命。乃眷书轨,永怀保定。敷兹景迹,流美洪模。袭我冠冕,正我神枢。水陆兼会,周郑交衢。爰勒洛汭,敢告中区。"

皇太后虽然不能全部听懂,但是她也懂了个大半,总是赞颂洛水和朝廷的,这她听了出来。

皇太后叫人赏赐了常景。

皇太后放眼南边,永桥南,就是圜丘,圜丘和永桥之间是御道,东有金陵、燕然、扶桑和崦嵫四夷馆,西有归正、归德、慕化和慕义四夷里,住的都是四方来归的官员。吴人来归,先处金陵馆,三年以后赐宅归正里。景明元年萧宝夤来降,封会稽公,为筑馆于归正里。后萧宝夤晋爵为齐王,尚南阳长公主,便耻于与夷人同列,令公主求世宗允许他入城居住,后赐宅于永安里。金陵馆被百姓称作吴人坊。

皇太后指着远处的集市,说:"那就是著名的鱼市吧? 洛水大鲤鱼,比牛羊还贵。是不是啊?"元怿、元雍等都笑着说是。

皇太后突然想起什么,说:"我要去看看我的白象。"原来,当年乾陀罗国胡王进献的大白象,养在乘黄曹,可是大白象不老实,经常坏屋毁墙,走出附近,逢树就用鼻子连根拔起,看见墙就推倒,百姓惊怖,竞相奔走,大声号叫,坊里街道一片混乱。皇太后只好下诏,把它弄到城外的动物坊来喂养。皇太后真想念乘坐大白象的情景,可惜她现在不好在大庭广众下去乘坐。

元雍和元怿都劝说着:"太后陛下,天色不早,还是先回宫吧。"

①熊耳:熊耳山,在河南卢氏县南。

皇太后只好恋恋不舍地上车回宫。

3.天象不吉太后忧虑　废后当祸高氏禳灾

改年号为神龟，并没有给皇太后带来吉祥瑞气，从四月到八月，流星屡次出现在河鼓，让皇太后忧心。到了八月，观天象，又看到有大流星出河鼓，西北流，色赤黄，至北斗散灭。河鼓，鼓旗之应，流星出之兵出，入之兵入。流星三出河鼓，占官以为是兵乱之年。果然，先传南秦州氐反，接着传来河州民却铁葱聚众反，自称水池王。

从去年开始，这天象就屡现凶气。先是，太白犯岁星，年底，月犯岁星。天象呈现强盛之阴而凌少阳之君，预示着：始由内乱干之，终以威刑及之。然后又是荧惑犯房。占官说："天下有丧，诸侯起霸，将相杀戮。"果然，先是仪同三司于忠薨，接着是安定公司徒胡国珍薨。

大流星出河鼓之后，接着是大流星起织女，东南流，长且三丈，光明照地。占官说："王后忧之，有女子白衣之会。"

皇太后一听，脸色变得惨白。白衣之会，不是死亡吗？王后忧之，不是预示着王后死亡吗？

皇太后惶惶不可终日。她请来一个自称是能禳灾的高僧惠怜来为她想办法。惠怜自称能咒水饮人治疗百病，在都城外的寺院里发水治病，每日有上千病人去向他要水就医。皇太后听说以后，下诏给他衣食，让他在城西之南一个寺院安身，以治疗百姓。皇太后曾经召见他几次，想让他给父亲胡国珍治病。但是元怿却不相信这个高僧，他对皇太后说："臣闻大凡懵惑众之科者，皆礼艳妖淫之术，汉末有张角，亦是以此术荧惑当时。他所言所为与今之惠怜无异。若是任惠怜行事，皆眩诱生人，生黄巾之祸，使天下生灵涂炭数十年间。所以请太后大明居正，防遏奸佞。"

皇太后听从元怿谏言，约束了惠怜，禁止他以咒水治疗病人。不过，惠怜还是得到间进皇宫的荣耀。

皇太后想起惠怜。惠怜生得一表人才，相貌堂堂。他有匈奴血统，来自西域，面色白皙，鼻高目深，大而亮的眼睛微微发蓝，散发着诱人光彩。他健壮高大，腿长背阔，浑身散发着健壮男性的魅力。

沉河艳后：胡灵皇后

539

皇太后把惠怜叫到西林园,向他询问如何禳灾消除大流星犯织女的王后凶气。

惠怜把炯炯目光定在皇太后脸上,把皇太后看得有些发窘,她轻轻咳嗽了一声,声音里充满威严。惠怜知道自己失态了,急忙垂下目光,双手合十,说:"小僧有个良方,可解太后忧心。"

皇太后一听,眉开眼笑,也就不再怪罪他的无礼,催促着:"请大师说来朕听听。"

惠怜微笑着,故意弄出一脸的温柔和可爱,以吸引皇太后的目光。他心里暗暗藏着个秘密愿望,希望自己能够得到皇太后的垂青,能够像元怿一样成为太后的相好。

"太后可曾听说过,道家有种叫替罪当祸的禳灾吗?"

"你还懂道家?"皇太后吃惊地看着惠怜。

"太后陛下见谅,小僧多少知晓一些道家道义。"

皇太后看着惠怜,问:"替罪当祸?什么意思?"

惠怜尽量让自己笑得灿烂与甜蜜:"替罪当祸,就是找一个与其身份相同的人,让他担当替罪承受惩罚,以解天象。"

皇太后若有所悟,慢慢地、深深地点着头。"打赏惠怜大师!送大师!"皇太后对春香说。

惠怜没有得到皇太后特别眷顾,虽然觉得有些遗憾,不过一见太后送他的大堆钱物,便又眉开眼笑起来。皇太后果然大方,一赏赐就成百上千,成千上万!

送走惠怜沙门,皇太后对春香说:"去瑶光寺,传诏给太后高氏,说朕准予她明天出寺看望她的母亲五邑君。"

神龟元年九月的一天,太后高氏在瑶光寺里与她的师父废皇后冯媛一起于佛堂礼佛诵经。这婆媳两代寡妇,正是同病相怜,在瑶光寺还算知己,能够说到一起。

高氏对废皇后冯媛发牢骚:"我想去探望一下母亲五邑君,听说她病了,当今太后却怎么也不应允。我看望母亲,难道不是人之常情吗?"

废皇后冯媛已经白发斑斑,在寺院住了二十年,她已经心静如水。她微

沉河艳后:胡灵皇后

微闭着眼睛,盘腿坐在蒲团上,捻着佛珠,心里默念着经文,没有接答高氏的话。

高氏现在已经明显地衰老了,比冯媛还憔悴。她在金墉城被幽闭了几年,然后进瑶光寺跟着废皇后冯媛做徒弟。

高氏见冯媛不理睬她,自己好没意思,只好闭上眼睛诵经。

冯媛诵完经文,慢慢站了起来,她要到园子里走一走,活动活动经络。生命在于运动,在于自己保养,她还想多活几年,好亲眼看着大魏结局。她总觉得,大魏的气数已经快完结了,大魏收场的时候快到了,她想看着这收场。她的姑母文明太后为大魏繁荣呕心沥血,又赢得什么呢?

高氏见冯媛起身,也慌忙起身,说:"阿娘,我陪你走走!"

冯媛笑着:"说多少次了,这里没有什么阿娘,你怎么就是记不住呢?叫我师父好了。"

高氏改口:"师父,小尼陪师父走走。"

"走吧。"

师徒二人走入瑶光寺园子。园子里还是那么青葱一片,冯媛与高氏来到菜地,为一片青葱的韭菜拔草。

高氏最不喜欢干这农活,见冯媛总是干得津津有味,很是奇怪。冯媛也是金枝玉叶,生在驸马王侯家,享不尽的荣华富贵,进宫便是高祖皇后,即便进入瑶光寺,也是上等供给,却总喜欢干这等事情。

冯媛看了高氏一眼,冷冷地说:"一起干吧。能在这里侍弄这些青菜,就是你我的好造化。只怕有一天,你想干还干不成呢。"

高氏叹口气,不大情愿地蹲了下来拔草,她没情没绪地拔了几棵草,又想起刚才的话头,叹气问废皇后:"师父,我想出寺去看看母亲,她为什么不答应呢?"

废皇后冯媛头也不抬,很专注地拔着韭菜地里的野草,说:"依我之见,你哪里也不要去,就待在这瑶光寺里。"

"为什么?"高氏停下手中的活,奇怪地问。

"安全。"冯媛简短回答,继续向前挪动着。

高氏怔怔看着冯媛背影,不知道说什么。

一个小尼快步走过来,对高氏说:"刚才宫里来人传皇太后诏,皇太后允

沉河艳后：胡灵皇后

许你明天回去看望五邑君。"

高氏高兴地站起身："师父，小尼回方丈去准备准备。"

冯媛停住拔草，看了看高氏，面无表情地说："去吧，是需要准备准备了，出远门，总得收拾收拾。"

第二天清晨，高氏早早起床，梳洗一番，兴高采烈，临出门前蓦然想起，应该先去与师父道别，却见冯媛已经来到她的门前。

"师父！"高氏笑吟吟地喊着施礼，"师父起这么早干什么？"

冯媛笑着："来送送你，也不枉我师徒一场。"

高氏笑着说："小尼明天就返回寺院，何劳师父远送？"

冯媛慢慢地摇头；"出门便是离别，离别即要送行。师徒一场，还是送一送的好。何况你这是出远门。"

冯媛说得凄凉，高氏有些惊愕地看着师父，不大明白她的话，正想详细询问询问，冯媛却急忙掉头，挥手说："走吧，车在外面等候着呢。"

冯媛送高氏上车，车轮慢慢滚动着离开瑶光寺。

废皇后冯媛摇着花白的头，目送着高氏离去。刚刚三十出头，即将失去性命，冯媛觉着有些伤感。她难免又感慨起来。所有这一切，不都是渴望权力和高位的结果吗？种瓜得瓜，种豆得豆，这全然是因果。想她自己当年那么兴盛的冯氏家族，如今在哪里呢？一切如过眼烟云。前几年还不可一世的高氏家族，如今又在哪里呢？世上还有什么比权势富贵更不可靠的呢？

冯媛不禁想到当今太后胡充华。她又能够煊赫几时呢？盛极必衰，这是颠扑不破的真理。她相信当年她哥哥不相信的这说法。她曾经跟胡国华和胡充华姑侄说过，可是她们谁都不以为然，还是汲汲于权势，汲汲于富贵。显赫的权势地位，不过过眼烟云，瞬时而逝，可世人总以为他是巍巍乎高山，可以永远屹立永远不败。

高氏必是一去不返。聪明睿智的她，已经猜到高氏的下场，可她自己竟然还浑然不觉。可怜啊！废太后叹息着，冷然微笑着，最后看了看高氏远去的车。

高氏的今日，也就是胡氏的明天。废皇后冯媛冷然一笑，转身走入瑶光寺，心里已经一片淡然，全然忘却了刚才看到和想到的一切。

高氏回到五邑君府邸,当夜暴亡,第二天送高氏回瑶光寺。

一个月以后,皇太后以女尼礼仪葬废皇太后高氏。

4.射箭比武太后鳌头独占　参观左藏百官丑态尽出

神龟二年正月,皇太后已经从丧父的哀痛中恢复过来。持服与守孝结束以后,皇太后于神龟二年(公元519年)春正月丁亥,以皇帝名义发布诏书说:

> "朕以冲眇,篡承宝位,夙夜惟寅,若涉渊海。赖皇太后慈仁,被以夙训。自临朝践极,岁将半纪,天平地成,四海宁乂。天道高远,巍巍难名,犹以捴揽自居,称号弗备,非所以崇奉坤元,允协亿兆者也。宜遵旧典,称诏宇内,以副黎蒸元元之望。"

从此,皇太后开始称诏,自称朕,百官称陛下。皇太后称诏、称朕、称陛下以后,更强化了皇太后专政。

为了庆贺皇太后称诏、称朕、称陛下和守制结束,皇太后在西林园举行射箭比赛与大臣齐乐,宗室王公与内外大臣都聚集西林园。

初夏的西林园,牡丹含苞待放,垂柳满树碧绿,柔嫩的枝条在春风中飘舞,槐树桑树满树繁花,引来蜜蜂翻飞,西林园里一片盎然生机。

虽然有羽林士兵殴打张彝父子的事件发生,但是皇太后依然兴致勃勃,玩性不减。

射箭靶子树立在湖畔,皇太后穿着葱绿箭袖小袍,足登鹿皮高腰靴,粉红的百褶裤塞在高腰靴子里,头上挽着卧堕髻,在女官与宫女的簇拥下走出凉风殿,来到湖畔。宗室大臣拜见皇太后。皇太后坐到观看比赛的高台上,笑着说:"朕今日观看诸卿射箭,请诸卿表演自己的射艺。前十名朕有重奖!"

比赛开始,宗室王爷先射。刚被任命为司徒的任城王澄,走上前来第一个射。三公中他的辈分最高,元怿让他先射。五十三岁的元澄已经没有当年的勇猛,拉弓感到很有些吃力,好不容易拉开弓,射出的箭却是摇摇摆摆,飘飘忽忽,落在靶心之外。

元澄叹了口气:"年纪大了,不中用了!"

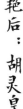

沉河艳后:胡灵皇后

元怿笑道:"叔公说什么啊？叔公还正当年呢!"

元澄摆手:"比不得当年了。年龄不饶人啊!"

刚封为司空的骠骑大将军、仪同三司、京兆王元继,元叉的父亲,雄赳赳走了上来,他现在正是红运当头,父子都手握重权,连走路都透露出得志的张狂形态。他站在射箭台上,蓬蓬弹了几下弓弦试了试它的硬软,调整着脚步和姿势,站出一个赳赳武夫的样子,他用力拉开弓弦瞄准靶心。箭飞了出去,却落在靶心之外。他连着又射两箭,一箭不如一箭,一箭落在靶心外,一箭干脆就没有上靶。

皇太后微笑着摇头:看姿势还挺像样子的,没想到也是银样镴枪头!

元怿开怀大笑起来,他大声对皇太后说:"看叔公这架势,我以为这头魁非叔公莫属了。没想到,叔公也有看走眼的时候!"

元继被元怿当众嘲笑,很是尴尬,他干笑两声,走下射箭台。元叉看到父亲被元怿当众嘲笑,心里很是气愤,瞪了元怿一眼。

接着是元怿登台。元怿年轻,把弓弦拉得满月似的,三箭都射中靶心。大臣和羽林军士都鼓掌叫好。

元叉不服气,元怿一走下射箭台,他就抢在东平王、御史中尉元匡的前面,跳上射箭台。"看我的!"他向皇太后大声喊。元叉果然好射功,他稍微瞄准了一下,就飕飕射了三箭,同元怿一样,箭箭落在靶子的红心里。

周围一片叫好声。

元叉得意扬扬地扫视着左右,向元怿投射去得意而且充满挑衅的眼光。

元怿在那边招呼元匡、元熙、元顺等人,他拍着元熙的肩膀安顿着说:"你要沉住气,不要慌张,好好射。"元熙是南安王元英的儿子,于忠的女婿,很得元怿喜欢。元怿只忙着安顿元熙,并没有注意到元叉那恶狠狠的眼光。

任城王元澄拦住东平王、御史中尉元匡,谈论着关于有大臣弹劾儿子元顺的事。元澄对元匡怂恿大臣弹劾儿子元顺十分不满,正说服元匡让他网开一面。元匡黑着脸,什么也不说。元澄甩手而去。

宗室与大臣的射箭比武之后,元怿和元叉一起走到皇太后座前,请皇太后射箭。皇太后站了起来,由春香搀扶着走下看台,来到射箭台前。元叉正要上前搀扶太后登台,元怿却已经伸出强健的臂膀,皇太后娇嗔地瞥了元怿一眼,抓住他的臂膀登上射箭台。

元叉捕捉到皇太后飞给元怿的那一眼，那是充满深情厚谊的目光，他心里酸溜溜的很不是滋味。但是他并不甘心落在元怿后面，跳上射箭台，抓起弓弦，恭身递给皇太后，向皇太后献了他的殷勤。

元怿看元叉有些失态的举止，便呵斥着："领军休得无礼！我这里专备太后弓箭，不用你那个！"他又小声呵斥道："你想让太后出丑不是？太后怎么可以用这硬弓呢？简直是猪脑子！"

元叉没想到，自己当着皇太后的面遭到太尉元怿如此一顿臭骂，脸臊得红成了猪肝，他不知所措地看着太后，希望太后出面解救他的困窘。谁知太后见元叉献殷勤遭到元怿责骂，觉得有趣和好玩，竟捂着嘴咯咯笑了起来。元叉更是恼怒得不知道如何是好，他扔下弓箭，跳下射箭台，钻到人群里去。

元怿白了元叉一眼，厌恶地说："谁叫你来了？瞎起哄！"元怿递给太后一个小弓，让羽林在射箭台前安放一个针孔式靶子，大声喊："现在请太后陛下射针孔！"

大臣都静了下来，屏气看太后射针孔靶子。所谓针孔式靶子，是一个中间洞穿的靶子，孔洞至少有圆饼子大小。元怿这么做，既不让太后在大臣面前像男人一样拉弓射箭，又让太后能够炫耀自己射箭技艺。

皇太后甜甜地笑着，拿过弓，心闲气定地搭上了箭。这两步开外的针孔式箭靶，她有完全的把握箭箭穿孔！

嗖嗖嗖，三箭飞了出去，箭箭穿过针孔，落在靶子后面。

满园子大臣欢呼起来："圣母太后万岁万岁万万岁！"

太后高兴，立刻下诏奖赏参加比赛的宗室大臣。前三名奖励绢帛千匹，骏马百匹。其余每人奖励绢帛一百匹，骏马十匹。

射箭比赛之后，西林园摆开千人大宴，君臣一直吃喝到晚上。

晚上元怿在西林园侍寝。因为守制，皇太后整整一年没有接近男色。这一晚，太后与元怿缱绻殷勤，不可言状。

第二天，皇太后和元怿一直睡到红日高照。用过午膳以后，皇太后想来想去，不知道该如何打发时光。虽然有元怿身边殷勤，可是她还感觉到心里空落落的。

去哪里玩一玩，闹一闹呢？越来越喜欢热闹的皇太后思谋着。

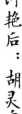

沉河艳后：胡灵皇后

"四弟，你说，我们到哪里玩一玩呢？"皇太后歪在元怿的怀里，娇滴滴地问。

"去永宁寺登浮屠观洛阳，如何呢？"元怿问。

皇太后摇头："快别说登浮屠了，你难道忘记崔光的奏表了？"

元怿苦笑着："老腐儒，老古董，没办法。登一次浮屠，居然被他看得如此严重。真是少见多怪！"

"是啊，那表写得不错呢。在这里。"皇太后从几上抽出崔光的表，模仿着崔光的声音读了起来：

"伏见亲升上级，驻跸表刹之下，祗心图构，诚为福善。圣躬玉趾，非所践陟，臣庶惶惶，窃谓未可。按《礼记》：'为人子者，不登高，不临深。'古贤有言：策昼矢于庙堂，大人蹶于中野。《汉书》：上欲西驰下峻坂，爰盎揽辔停舆曰：'臣闻千金之子不倚衡，如有车败马惊，奈高庙太后何？'又云：上酎祭宗庙，出，欲御楼船，薛广德免冠顿首，曰：'宜从桥，陛下不听臣，臣以血污车轮。'乐正子春，曾参弟子，亦称至孝，固自谨慎，堂基不过一尺，犹有伤足之愧。永宁累级，阁道回隘，以柔懦之宝体，乘至峻之重峭，万一差跌，千悔何追？"

读到这里，皇太后咯咯笑了起来："不读了，不读了，下面还要引经据典阐述登临之害，连篇累牍，真够啰唆的。"她把崔光的表放回远处，继续说："照他所说，做人君就什么也不能干了，不能御楼船，不能骑马，不能登高，不能登山，这人君当的有什么意思呢？真是老腐儒之论！"

元怿笑着："我这里还有他的另一表奏呢。不过我怕破坏太后兴致，一直没有给太后陛下。"

皇太后笑着娇媚地斜了元怿一眼："那倒不必，我的气量还是蛮大的。不管他奏什么，我都能读下去。为什么事表奏？"

"为太后后园射箭之事。"元怿笑着说。

"你读给我听，看他如何引经据典陈述厉害。"说完掩嘴又咯咯笑了起来。

元怿拿出崔光上的表，朗朗读了起来：

"孔子云：'士志于道，据于德，依于仁，游于艺。'艺谓礼、乐、书、数、射、御。明前四业，丈夫妇人所同修者。若射、御，唯主男子事，不及女。

古之贤妃烈媛，母仪家国，垂训四海，宜教九宗，可秉道怀德，率遵仁礼。是以汉后马邓，术迈祖考，羊嫔蔡氏，具体伯喈。"

读到这里，皇太后咯咯笑着插话说："下面还是引经据典吗？略去，略去，我懒意听他罗列古人，之乎者也，佶屈聱牙，难于理解。"

元怿抬头看着皇太后笑着解释："下面是他的谏言。"

"那就接着读吧。"

"伏惟皇太后含圣履仁，临朝阐化，肃雍恺悌，精徽齐穆，孝祀通于神明，和风溢于区宇。因时暇豫，清暑林园，远藐姑射，眷言矍相，弦矢所发，必中正鹄，威灵遐畅，义震上下。文武慑心，左右悦目，吾王不游，吾何以休？"

听到这一连串的褒扬之美辞，皇太后心花怒放，咯咯笑了起来："腐儒还挺会拍马屁的嘛！接着读。"

"太后可别得意得太早，下面大概就是不大中听的话了。"元怿笑着看了看太后，又接着朗读：

"不窥重仞，安见富美。天情冲慊，动容祇愧，以为非蚕织，事存无功，岂谓应乾顺民，裁成辅相者哉。臣不胜庆幸，谨上妇人文章录一帙，其集具在内，付愿以时披览，仰裨未闻。息弯挟之劳，纳闲拱之泰，颐精养寿，栖神翰林。"

皇太后又咯咯笑着："这话还不算太难听，不过是委婉谏朕不要弯弓射箭而已。妇人难道就不能射御？这是谁的规矩？"皇太后扬起眉毛，很天真地问元怿。

元怿笑着摇头："小弟不知，男女有别是世俗之见，约定俗成吧。"

皇太后甜甜地笑着："什么约定俗成？朕就不信那一套，朕就是要效仿文明太后，革旧布新，朕才不管这些迂腐的礼教呢！男人能干的，妇人为什么就不能干？真是岂有此理！"

元怿赞叹："太后魄力惊人啊！"

皇太后一拍额头："我们说了半天，却忘了最重要的事情。去哪里玩啊？说来说去，也没定下来。"

元怿眼睛看着窗外，想了一会，他转过眼睛，深情地看着皇太后说："司徒说，下午让我去看看仓房，不如太后先亲临左藏，然后游玩华林园，如何？

沉河艳后：胡灵皇后

547

太后也该亲自过目左藏藏物啊!"

"这主意不错。朕应该看看皇宫有什么库藏。对,我们就去左藏! 然后去华林园!"

皇太后带领内眷、三公、八座与官员亲临左藏去观看左藏库存。左藏在华林苑外,广厦连片,有粮藏,帛藏,武库,还有各种器具库藏。

皇太后牵着建德公主,率领着公主、太妃以及三公等大臣来到帛藏。高大宽阔的帛藏仓房里,堆积着如山似的各种锦帛,各种绢麻,各种布匹,叫人眼花缭乱,目不暇接。

皇太后在堆积如帛山的仓房里走着,看着,摸着,心里别提多高兴,多得意。大魏如此富庶,藏库里的粮食帛绢堆积如山,十几年都吃不完用不完,这全是她皇太后的功劳! 库藏充实,仓廪富足,她什么都不必担心了。

皇太后抚摩着滑爽细腻的锦绢,笑着问建德公主:"你想不想要这些绢帛?"

刚十来岁的建德公主笑着说:"女儿当然想要,只是不知阿娘是否赏赐女儿?"建德公主就是废皇后高氏的女儿,高氏入金墉入瑶光寺落发为尼,女儿就留在皇太后身边,做她的女儿抚养。皇太后很喜欢这建德公主。

皇太后亲昵地摸了摸她的脸颊,笑着说:"只要女儿想要,朕就赏赐于你。你自己去搬,喜欢什么就搬什么。"

元叉笑着插嘴:"皇太后如此偏心,只赏女儿,不赏我们啊?"

皇太后环顾了一下群臣,见他们各个眼睛都散发着贪婪垂涎的欲火,各个都眼巴巴地望着她,看来都是在等待她的恩赐。

皇太后嫣然一笑,大声喊着说:"朕赏赐诸卿绢帛,你们自己去搬,能搬多少就搬多少,反是能够搬到藏外的,都算朕的赏赐!"

太后话音一落,公主、太妃、驸马,三公八座大臣百余人,全都拔步一窝蜂奔向绢帛,你挤我拥,争相搬抢着绢帛。有人扛起三两匹,有人扛起十来匹,争抢着向库藏外跑去。跑到藏外,放下绢帛,赶快跑步返回库藏,去搬运第二趟。大臣来来往往,有的已经跑了三趟,汗流浃背的,依然不肯罢休。

小建德公主只抱了一匹最鲜艳的织锦跑回皇太后身边,笑着对皇太后说:"阿娘,我最不贪心,只抱这一匹。你看那些大臣多贪心啊! 阿娘,你看,

沈河艳后:胡灵皇后

548

那个人！对！就是那个！快摔倒的那个！"建德公主响亮地喊着，指点着给皇太后看。

皇太后一看，乐了，她咯咯地笑了起来。原来是陈留公李崇正脚步踉跄、东倒西歪地往大门走去，左右肩上各扛着上百匹绢帛。

"哎哟，陈留公真有劲，他扛了二百匹呢！"皇太后惊呼起来。

站在皇太后身后，没有参与这抢夺战的元怿也哈哈笑了起来："果然大力气！"

"阿娘，看那个，那个，扛得与这个一样多！"建德公主拉住太后的手，指点着喊。

元怿顺着建德公主的手指方向看去，看见另一个左右双肩扛着上百匹绢帛的人，正吃力地向大门走。"是章武王元融。"元怿撇着嘴不屑地说："也那么贪心！"

"阿娘！阿娘！那个人跌倒了！跌倒了！"建德公主拍手大笑："跌倒了，跌倒了！他爬不起来了！"

皇太后掩住嘴，轻轻地咯咯地笑。李崇正在一大堆绢帛下挣扎，试图挣脱绢帛的重压爬起来，可是就是爬不起来。

"去帮他一把。"皇太后笑着对身后的羽林侍卫说。一个羽林侍卫过去，帮着李崇搬开压在他身上的绢帛，不屑地说："大人就少搬几匹吧。"

李崇爬了起来，刚一挪步，哎哟一声喊了起来，脸面痛苦地扭曲着，龇牙咧嘴呻吟着捂住腰眼，原来他的腰扭了，疼得不能动弹。他看着地上一大堆绢帛，又心痛，又腰痛，不知道怎么才能把它们搬出去。

皇太后见他那副可怜样，笑着对李崇说："卿别担心，这些都算朕赏赐你的。帮陈留公搬出去！"皇太后命令羽林士兵。羽林士兵招呼来另一个士兵，两个人扛的扛，抱的抱，吃力把李崇搬出来的一大堆绢帛搬运到仓外。

这时，建德公主又笑着喊："那个也快跌倒了！瞧！就是那个！"

章武王元融一瘸一拐，正扛着二百匹绢帛挣扎着走出大门。走出大门，这二百匹绢帛就是他的了！脚扭伤算什么呢？值！

公主太妃等女眷，也各个头发蓬松，衣衫歪扭，抱着，背着，扛着，拖着，脚步踉跄，吃力地向大门走去。长乐公主抱着二十匹绢帛过来，对皇太后嫂子笑着说："看我只抱二十匹，不像他们那样贪得无厌。"

沉河艳后：胡灵皇后

崔光一手提一匹绢走了过来。

皇太后惊讶地问："崔卿，你怎么才拿两匹啊?"

崔光恭敬地回答："老臣只有两手，一手拿一匹，已经足够了!"

皇太后心里赞叹：这崔光，果然君子。君子者，特别在小事上严格约束自己，越是小事，越是独处，越是以礼以道约束自己。古人教训慎独，确实太对了!

帮助李崇把绢帛扛出仓门的羽林士兵是个喜欢编押韵顺口溜的家伙，他一边走一边自言自语地编着："陈留、章武，伤腰折股。贪人败类，秽我明主。"他笑着对同伴说："还挺顺口的! 你说一遍。"同伴跟着他说了几遍。以后，这顺口溜就在城里到处流传开来。

皇太后看着左藏里闹哄哄的景象，非常开心。她就喜欢这热闹祥和繁荣的样子，就希望看到这种热闹祥和的局面。

"去请皇帝御华林园参加晚宴。"从左藏出来，皇太后对刘腾和元叉说。皇帝在读书，没有皇太后应允，是不能参与这些游乐活动的。刘腾和元叉急忙去请皇帝元诩。

皇太后带着领着百官进华林园。皇太后先带领着大家在华林园里漫步，欣赏华林园美丽风光。夕阳照射在华林园的海面上，波光闪烁，浮光跃金，半湖瑟瑟，半湖鲜红。

皇太后与众人慢慢来到华林园都亭曲水，这里已经摆下百桌，等着开宴。都亭曲水在华林园太液池上，曲桥通向都亭，临水靠山，风光旖旎。百桌摆在都亭里，山珍海味，珍馐佳肴，美酒琼浆，极尽奢华。

皇太后入座，笑着对大家说："今天是家宴，诸位不必拘谨，敞开胸怀海吃海饮，朕喜欢诸位作诗以助酒兴。吟诗不出者罚酒!"

皇帝元诩在刘腾、元叉、侯刚等人的簇拥下来到都亭。他先拜见了皇太后。来到华林园，元诩欢喜雀跃，喜笑颜开，他已经有些日子没有见着皇太后了。群臣拜见了皇帝，行过大礼，各自就座。元诩紧紧挨着皇太后坐了下去，亲热地拉住皇太后的手，轻轻地抚摩着。

皇太后并没有感觉到元诩的抚摩，她正沉浸在群臣簇拥和欢呼崇敬的喜悦中。三公元澄、元怿、元继相继向皇太后敬酒。

皇太后笑着说："朕先吟诗一句作为开始,从皇帝开始,你等各自接续。"

皇太后略加沉吟,大声吟诵："化光造物含气贞。"

元诩怔怔地看着皇太后,他正等着皇太后询问自己的情况,可皇太后没有顾上问候元诩,只等着他续诗。

元诩半天没有作声。侯刚急忙上来伏身在皇帝耳朵边说了一句:"恭己无为赖慈英。"元诩急忙重复着:"恭己无为赖慈英。"

皇太后这才对元诩亲昵地笑了笑,拍了拍他的手。元诩的诗句恭维了她,叫她心里喜欢。皇帝无为赖慈英,说得多好啊,皇帝年龄小,不依赖慈英还能依赖谁呢?

元诩心情好了起来,阿娘的亲热抚慰了他孤独的心灵。每日里跟师傅读书,听师傅讲解那些味同嚼蜡的经书,他总是感到烦闷,希望能够同阿娘亲热亲热,向阿娘倾诉倾诉心里话。可是,见一次阿娘却很难很难,多次请示都得不到阿娘批准。阿娘都忙什么呢? 他经常感到好奇。

华林园的宴会又是持续到深夜。

5.游历山川太后嬉戏　不识时务老臣屡谏

"你为什么不行姑嫂之礼?"文昭皇后站在床前,沉着脸,指着皇太后说:"你做我的媳妇,可从没有尽媳妇之礼,你就不怕我降祸于你吗?"

皇太后猛然惊出一身冷汗,急忙辩解着:"太皇太后婆母休得见怪,媳妇并非不行妇道,而是无缘见婆母之面,未能执扫箕之礼,还请婆母见谅。"

文昭皇后还是沉着脸,说:"我虽然神主入庙,可居屋依然卑局,距离高祖又远,你难道就不能给我改建改建吗?"说完,倏然消失。

皇太后冷汗淋漓,惊醒过来。原来她梦见了世祖元恪的生身母亲文昭皇后高氏,她未曾谋面的婆母。

皇太后回想着梦境。文昭皇后高氏托梦给她,要求改建陵寝,要求迁葬,她敢不照办?

文昭皇后乃世宗元恪的生身母亲,生元恪、元怀和长乐公主,被幽后冯莲以子立母死赐死于迁洛阳的路途中。高祖谥号昭仪,葬于城西长陵东南。因为迁都仓促,陵制卑局。世宗元恪践祚,就起山陵,追尊配飨,号终宁陵,

沉河艳后：胡灵皇后

置邑户五百家。这些她是知道的。难道文昭皇后对她的山陵依然不满意吗？

皇太后怔怔地想了半天。改建文昭皇后陵墓，对她自己以后营建山陵大有益处。有文昭皇后山陵规格做先例，她不是可以大肆营建自己的山陵了吗？有文昭皇后山陵做先例，大臣就不能对她将来大规模营建自己的山陵说三道四了。

皇太后清晨起床以后的第一件事，便是下诏改葬文昭皇后。

诏书说："文昭皇太后尊配高祖，祔庙定号，促令迁奉，自终及始，太后当主，可更上尊号称太皇太后，以同汉晋之典，正姑嫂之礼。庙号如旧。"

司空任城王元澄命将作大将元顺和刘腾亲自兴建文昭皇后陵墓，迁文昭灵榇于长陵兆西六十步。

发掘终宁陵时，下挖数丈，挖到梓宫时，见文昭皇后梓宫上盘着一条黑色大蛇，长丈余，头上有个清晰的王字，大蛇蛰伏在梓宫上，一动不动。

人们惊呼，大蛇还是一动不动地盘在梓宫上。

皇太后亲为丧主，亲自主持全部仪式，亲奠亲酹。返回皇宫，亲自到太极殿哭，各种仪式都由皇太后做主，皇帝元诩均不参与。

改葬了文昭皇后，皇太后心里还是不安宁。是不是借机上嵩高山礼佛，为文昭皇后和自己祈福呢？皇太后灵活的头脑想。

九月，金秋送爽，天高云淡，皇太后通过元怿传出诏令，说皇太后要在九月九日率领步骑万余登嵩高山过重阳节，礼佛祈福。

崔光听闻，急忙上表说：

"伏闻明后当亲幸嵩高，往还累宿。銮游近甸，存省民物，诚足为善。虽渐农隙，所获栖亩，饥贫之家指为珠玉，遗秉滞穗，莫不宝惜。步骑万余，来去经践，驾辇杂还，竞骛交驰，纵加禁护，犹有侵耗，士女老幼，微足伤心。秋末久旱，尘壤委深，风霾一起，红埃四塞。辕关峭险，山路危狭，圣驾清道，当务万安。乘履涧壑，蒙犯霜露，出入半旬，途越数百，飘曝弥日，仰亏和豫。七庙上灵，容或未许；亿兆下心，实用悚栗。且藏蛰节远，昆虫布列，蛆蠕之类，盈于川原，车马碾蹋，必有残杀。慈矜好生，应垂未测，诚恐悠悠之议，将谓为福与罪。厮役困于负檐，爪牙窘于赁乘,供顿候迎,公私扰费。厨兵幕士,衣履败穿,昼喧夜凄,罔所覆藉,监帅驱捶,泣呼相望。霜旱为灾,所在不稔,饥馑荐臻,方成俭弊。为民父母,所宜存恤,靖以抚之,犹惧离散,乃于收敛初辰,致此行举,自近及远,交兴怨嗟。伏愿远览虞舜,恭己无为,近遵老易,不出户牖。罢劳形只游,息伤财之驾,动循典防,纳诸轨仪,委司责成,寄之耳目。人神幸甚,朝野忻悦。"

皇太后阅罢,随手置之于几上,对元怿说:"看这老腐儒,又来唠叨了。朕效仿先世举行秋猎,劳他唠叨这许多废话。无非是说此举劳民伤财而已。国朝多年不举行游猎,军队士兵已经不会打仗了。朕此举不过是历练军队而已,值得他大惊小怪!"

什么事他都要上表阻拦,做了太傅,只要给皇帝讲好经就行了,管那么多干什么?皇太后不悦地想。

前些日子,她频繁出入王公宅第,为笼络王公感情,他崔光也上表说什么:"诸侯非问疾吊丧而入诸臣之家,是谓君臣为虐。"抱怨她"丰厨嘉醴,罄竭时馐","且及日斜,接对不惓,非谓顺时之游"。还替士兵诉苦,说:"左右仆侍,众过千百,扶卫跋涉,袍钾在身,蒙曝尘日,涣汗流离,致时饥渴,餐饭不赡,赁马假乘,交费钱帛。人称陛下甚乐,臣等至苦。"教她"天下为公,亿兆己任,专荐郊庙,止决大政,辅养神和,简息游幸。以德为车,以乐为御。"真要按照他说的,这皇太后还做他干甚?万人之上的人上人,连游幸都不能自主,这皇太后做的还有什么乐趣呢?

"不理他!"皇太后对元怿说。这个崔光和元澄,都是些好管闲事的家伙,经常上表对国朝事情说三道四,不由她不厌烦。

九月初,天高云淡,已经收割的田野上铺了一层薄薄的白霜。皇太后幸临嵩高山的队伍卷出京城,向东南方向的嵩高山开去。队伍浩浩荡荡,旗幡招展,兵器在暮秋的阳光中闪烁着耀眼光芒。法驾仪仗前呼后拥,鼓吹喧嚣,惊天动地行进在秋天已经收割的田野上。皇太后金碧辉煌、高大宽敞、可坐可卧的金银根车后,几十辆大小不等、装潢不同的车辆分别乘坐着夫人、九嫔、公主等皇室内眷,车辆后,王公大臣乘马跟随着。车轮辚辚,马蹄声声,中原大地上滚动着皇太后游幸的庞大队伍。

沉河艳后：胡灵皇后

沿路司州各郡县官吏，早就列队等候在沿途大路边，等着拜见皇太后大驾。已经升任河南尹的郦道元率领着郡守官员以及属下阳城、康城和颍阳三县的官员等待在境内大路边上。他们已经在此等待了三天，谁也不敢离开路边。他们在阳城郡内刚刚收割的田地里为皇太后搭建了大片临时房舍做行宫，供皇太后及其属下在此驻跸歇息。

自从郦道元为阳城县太守上表弹劾汝南王元悦以后，这些年，王公大臣到嵩高山拜佛或游玩路经阳城时，都小心翼翼，不敢胡作非为，怕阳城县令郦道元弹劾他们。阳城郡的百姓也算没有太遭人祸，郦道元也被举荐升迁为阳城郡郡守。司州刺史、高阳王元雍曾多次向吏部尚书推荐过郦道元，朝廷又升他为河南尹。

郦道元与属下站在大路边，伸长脖颈向洛阳京师方向张望。终于看到西北方向大路上扬起一团一团黄尘，大家松了口气，可马上又紧张起来。

“皇太后驾临，快些准备！”郦道元向部下发令。

官员们整理衣冠，士兵们集合起来，等着迎接皇太后。

左卫将军奚康生带着一队羽林宿卫作为前卫跑在最前面。来到郦道元的地方，马也不下，大声喊着传达太尉的命令：“太尉命令阳城郡郡守，立刻搬迁行宫到嵩高山下，不得有误！”

郦道元急忙令士兵动手拆卸木板房屋，以赶在皇太后到达山脚时驻跸。士兵们被校尉和官长驱赶着，连跑带颠，把拆卸下的木板装上牛车，赶着运向新地点。

“他娘的！早不说好！”一个士兵嘟囔着。正巧校尉过来，扬起手中皮鞭，劈头盖脸地朝他抽去：“你敢骂皇太后？找死啊！”那士兵被抽打了一皮鞭，急忙跑向远处。

郦道元看着眼前这乱哄哄的场面，心里也很恼火。原来得到的命令是在这大路边安放行宫，供皇太后歇息，谁知临时改变主意，叫他们这里无法应付。

郦道元沉着脸，指挥着士兵和百姓加紧拆卸装运。士兵和征调来的百姓汗流浃背，气喘吁吁，浑身沾满尘土。一大片田地被人来人往践踏得狼藉一片，不成样子。

可怜这村庄的百姓了！他想。这样的田地如何能再种庄稼呢？怕是废了。

郦道元叹了口气。

皇太后在嵩高山下的行营里歇息了整整一天,浑身的疲乏已经消失殆尽。九月初八凌晨,春香伺候着她起床用膳。

带领着巡逻士兵在营地前后整夜巡逻,生怕遭遇不测的左卫将军奚康生眼睛通红,过来请示出发的时辰。

皇太后神采奕奕,说马上动身。步挽、乘舆、马匹、羽林、车辆,都已经准备停当,等着皇太后与夫人、九嫔、公主、王公等登山。

皇太后先来到少室山阴,到少林寺参拜佛祖。少林寺是高祖于太和十九年(公元 495 年)在嵩山少室山阴的幽谷茂林中依山辟基,为西域沙门跋陀诏立的一个寺院。跋陀,有道业,深为高祖孝文皇帝所敬重。后来,达摩也来到此地讲经修行,他曾在少林寺一个山洞里盘膝静坐默念面壁修行九年,传说他的影子映入石壁,显现人的轮廓,这个山洞就被称为达摩洞。

皇太后进入达摩洞,虔诚地跪拜了达摩佛祖留在石壁上的影像。

皇太后一行又来到"嵩高灵庙之碑"前礼拜。皇太后饶有兴致地欣赏着这块有名的石碑。这是太安二年(公元 456 年),文成帝在文明皇后的建议下于嵩高山刻立的,它高九尺、宽三尺,碑首浅雕蟠龙,额下凿着一个圆孔。石碑旁边就是孝文帝建立的嵩阳寺。冯太后的侄孙子冯亮就隐居在这寺院里。皇太后环视着眼前的嵩阳寺,想起隐居的冯亮,便问元怿:"冯亮还隐居在这里吗?"

元怿点头。皇太后看着嵩阳寺嵩阳寺,思忖了一会说:"这冯家有功我朝,还是再给他修建一所寺院的好,就叫嵩岳寺吧。"

"是,臣回朝立即照办。"

"对,修建嵩岳寺的时候,一定要建造一座高塔。这个塔不要用木料,要全用青砖造,建它个十五层高,建出个特别的样子来。城里的寺塔大同小异,已经没什么看头了。你们看能不能想出个新花样?比如建成十个角,十二个角的?一座十五层的青砖塔,十二个角,又方又圆,屹立在这嵩高山,那才才显得巍峨挺拔,俊俏秀丽啊!"太后调皮微笑着,一边观看着嵩阳寺,一边说。

沉河艳后:胡灵皇后

555

元怿搔着头皮："太后所见极是。不过,寺塔全用砖建造,恐怕难度太大,这砖怎么才能砌得那么高呢?"

"那有什么难的?臣听说民间工匠用糯米汤拌黄泥砌砖,几百年都不会倒呢!"奚康生大声说。

"好,这不是有办法了嘛。不妨让工匠试试。"太后妩媚地斜睨着元怿。

"是,臣立即照办。"元怿走上前,轻轻搀扶住皇太后,帮助她走下嵩阳寺台阶。

皇太后登上嵩高山,率领着嫔妃、公主、大臣拜了各处寺院和佛祖,她突然发现山头山洼的林木之间还隐藏着许多小庙小寺。"那是什么寺庙?"太后指着一个小小的寺院问元怿。

元怿摇头说:"臣不大清楚。"

奚康生回答说:"回太后,这是百姓自己建造的各种庙宇,供奉着各种他们自己的神,什么土地神、水神、山神等,名堂多着呢,谁也说不清楚到底都是什么神。"

"这还能行?"皇太后紧紧皱起眉头:"在嵩高山从文成帝时期,就是皇家祭祀佛祖的圣地,怎么能容忍百姓建什么淫祀庙宇?各路神仙都在嵩山占领地位,这佛祖怎么办?留立即下诏,禁止嵩高山一切淫祀,只许佛祖和胡神在嵩高山上落脚!"

"是!臣立即命令拟写诏书!"元怿毕恭毕敬地回答。

这时,皇太后回头看了看她的随从,只见元悦的妃间氏在一个使女的搀扶下,蹒跚艰难地走着。皇太后停下脚步,等她走了上来,惊讶地询问:"你这么年轻,步履何以如此艰难?"

间氏见太后询问,面色通红,喃喃地说:"回圣母太后,没有什么,没有什么,只是妾自己不小心崴了脚踝而已,不劳太后费神。"

使女面色愤愤不平,小声对间氏说:"夫人你就把真相说给太后吧。"

间氏瞪了使女一眼,呵斥道:"婢子不得乱说。"

皇太后见她主仆二人行色慌张,好似有什么隐情,便追问道:"到底是怎么回事,你就直说了吧!有什么事,朕给你做主!"

间氏见太后关爱备至,很受感动,她眼睛含满泪水,连声感谢太后关心。

使女见间氏还在迟疑,很是气恼,她不管间氏眼色,兀自对太后说:"都是王爷捶挞的结果!"

皇太后大惊失色:"什么?广平王捶挞王妃至此?"

"可不是,太后陛下请看,"使女说着捋起间氏衣袖,间氏胳膊上青一块、红一块、紫一块,有的地方疮疤尚未痊愈,露出鲜红的伤口。

"王妃臀部这样的创伤更多,一动就流血。"使女放下间氏的衣袖,又补充说。

皇太后的眼睛暗淡下来,她的心气恼得微微发颤。广平王亲近佛祖,听说是断酒肉粟稻,只食麦饭,以修炼自己,却原来如此残暴。这佛道修到哪里去了?难道佛心都喂了狗不成?

皇太后和蔼地对间氏说:"跟我进去说话。"她转过脸,谁也不看,大声喊:"传汝南王元悦来见朕!"

元悦听说皇太后传,急忙跑来见太后。

皇太后沉着脸坐在高座上,妻子间氏坐在下手。元悦心里发慌了。"陛下叫臣?"他惴惴不安地拜见太后,小心地问。

皇太后指着间氏问:"你认识她吗?"

元悦赔着笑脸:"陛下玩笑,臣怎么会不认识她?她是臣的妻子间氏嘛。"

皇太后对间氏说:"站起来走两步给他看看!"

间氏诚惶诚恐地站了起来,步履蹒跚地走了几步,终于熬不住疼痛,歪倒到座位上,脸都痛得扭曲了。

"她这是怎么了?"皇太后冷冷地看着元悦问。

元悦嬉皮笑脸地说:"谁知道她是怎么了?这个女人事情多,不是这疼就是那痒,经常装神弄鬼的!"

"你给我闭嘴!"皇太后猛地拍着扶手,厉声呵斥道:"你自己造的孽,还敢在朕面前胡言乱语!她身上的伤是怎么回事?谁捶挞的?你说!"

元悦见太后恼怒,吓得急忙收敛表情,恭身拜礼:"太后息怒。臣真的不知,臣绝房中多日,妃住别第,故此不知。"

皇太后曜地站了起来,叉腰怒指元悦:"你还敢狡辩!不是你捶挞至此,难道是她自己伤了自己吗?朕警告你,以后再行杖妃,朕褫夺你王爵称号!"

元悦见太后盛怒,不敢再行狡辩,垂手立在皇太后面前,老老实实接受

沈河艳后:胡灵皇后

557

皇太申斥。

太后对内司春香说："回去以后下诏诸亲王和三蕃，其有正妃疾患百日以上者，皆遣奏闻。若有犹行捶挞，就削封位！"

元悦颇不服气，小声嘟囔着："刘昶次子刘辉还不是一样打我二姐蓝陵长公主？他公主都敢打，我为什么就不能打我的老婆？"

皇太后耳朵尖，一下子便听到元悦的嘟囔。"什么？刘昶儿子刘辉打蓝陵长公主？可有此事？召人来问！"皇太后立刻找来内侍询问。

内侍告诉皇太后，刘昶子刘辉轻浮淫荡，经常背着公主淫婢女，一次，刘辉私自淫公主的一个婢女使其有了身孕，蓝陵公主得知以后，勃然大怒，竟把婢女鞭笞至死。她剖开婢女腹，取出胎儿，又用草装婢女腹部，赤裸着放到刘辉的床上。刘辉于是愤恨，经常与公主打骂。

"诏公主回宫，允许离婚，削除刘辉封位！"太后冷着脸说。

皇太后在嵩高山尽兴欢乐，登高，插茱萸，饮菊花酒，在嵩高山上痛痛快快地度过重阳。

太后与元怿在嵩高山行宫里歇息，俩人玩握槊。这种来源于北方的游戏传入宫中时间并不长，却深得宫中喜欢。世宗元恪也曾酷爱玩握槊。面前设高几，画着各种图案，把棒槌形的不同颜色和形状的握槊置其上，互相攻击，不同的握槊级别不同，相遇以后大吃小，以孤子为输。

奚康生前来报告，说得到京师信报，说瀛州民刘宣明反，已攻掠瀛州城池数座。皇太后正紧张地注视着高几上的握槊枰，元怿的握槊大大超过她的握槊数目，她有些着急。虽然她知道元怿终会让她赢，可眼下她还是有些气急败坏。

"去，去！别来烦朕！"奚康生刚开口说了一句，皇太后便挥手赶他出去。

"太后，左卫将军报告说，瀛州民刘宣明反，已攻掠城池数座！"元怿怕太后没有听清楚奚康生报告，急忙又重复了一遍。

皇太后不耐烦地随口说："他家物，随他去！"皇太后的眼光继续盯在枰上，寻找着可以进攻元怿的握槊。

奚康生叹了口气，怏怏离开太后行宫。

元怿无心继续玩，他故意把自己的握槊送到太后握槊前，尽让她吃掉，匆匆结束了这酣战。

"太后,我们已经出宫十天了吧?"元怿小心翼翼地试探着问。

"是吗?没有吧?我才觉着出来三五天呢!"太后笑着,也斜着眼睛,妩媚地看着元怿,脉脉含情。

元怿小心翼翼地看了看皇太后容光焕发的脸,笑着说:"太后,明日起驾回宫吧。离宫时间久了,怕是不妥吧?"

皇太后笑着说:"有什么不妥的?皇帝在禁中,能有什么不妥?还是多住两天的好!朕还没有尽兴呢。"

元怿不敢再多说,找了个借口出去,找来奚康生,详细询问了情况,就在山头上部署了剿灭刘宣明的军事行动。

任城王元澄近来身体不好,没有跟随太后上嵩高山游历。从跟着太后葬父以来,忙碌劳累几个月,他这身体便支持不住,只好在家卧床将息调养。可是,他人躺在床上,脑子却闲暇不下,他又在琢磨国朝情势。国朝虽然表面上还算繁荣稳定,但是,他作为司徒,也还是看到国朝许多弊端。凡是他看到的,他都要秉笔直书,向皇太后上表谏言。眼下,他又有新的忧虑。

自从太后葬父以后,大魏京城与各州郡,又一次掀起一个大建寺院、大修浮屠的热潮。从京师到州郡,从城里到郭外,随处可见建好的,正在建的,和圈了地准备建的浮屠和寺院。百姓荒废了自家土地建,官员占用百姓土地和公用土地建,皇帝太后建,王爷三公建,大臣内监监,羽林士兵建,王妃宫女建,全国上下,掀起热潮。好逸恶劳之人,犯罪之人,贫困之人,不管是否真的信仰佛祖和佛道,都纷纷入寺院为僧为尼,以求朝廷和官员供养。这建寺之风不杀,将会越演越烈,必将使国藏越来越空虚。

元澄自言自语:"如此下去,非国之福也。"

元澄又想到,太后为营造国朝繁荣,大兴土木,大建寺院宫室,又数为斋会,耗资巨大,施舍物动辄以万。削夺百官事力,费损库藏。加之皇太后随意赏赐身边左右,日有数千。如此下去,库藏必将越来虚空,百姓疲于土木之功,金银之价为之踊上。长此以往,国朝如何?

不行!他不能袖手旁观!

想到这里,元澄躺不住,他从床上爬起来,披上衣服,来到书房,喊来苍

头为他研磨。尽管他的表奏被太后采纳的很少，可是，他还是尽到他的本分和职责，他要再一次上表皇太后，谏皇太后节制寺院营造，谏言朝廷抑制民间大肆建寺院浮屠之风。

元澄伏案，提笔唰唰写了起来。

他历数国朝里大建寺院的情况："比日私造，动盈百数。或乘请公地，辄树私福；或启得造寺，限外广制。如此欺罔，非可稍计。"

写到这里，元澄停住笔，抬起头一边思索一边在砚台里蘸着墨汁。历数建寺现状，叫他感到心痛，他皱着眉头，痛心地写了下去：

"都城之中及郭邑之内检点寺舍，数乘五百，空地表刹，未立塔宇，不在其数。自迁都以来，年逾二纪，寺夺民居，三分且一。"

寺院多，造成什么恶果呢？元澄分析说：

"今之僧寺，无处不有，或比满城邑之中，或连溢屠沽之肆，或三五少僧，共为一寺。梵唱屠音，连檐接响，像塔缠于腥臊，性灵没与嗜欲，真伪混居，往来纷杂。下司因习而莫非，僧曹对制而不问，其污染真行，尘秽练僧，薰莸同器。"

写到这里，元澄感到愤怒。僧人众，僧人良莠不齐，祸患无穷，他历数着：

"往在北代，有法秀之谋①；近日冀州，遭大乘之变。皆初假神教，以惑众心，终设奸诡，用逞私悖。"

元澄在砚台了蘸着墨汁，荡着毛笔，认真思索着解决办法和建议。这时，元澄的三儿子元顺走了进来。

"阿爷，你身体不适，不在床上躺着将息，怎么又到书房来？阿爷，你又要写什么啊？"元顺说着，走到书桌前伏身到桌子上看。

"阿爷，你又要上表啊？这节制佛寺营建的表不是已经上过了吗？太后不纳，你有什么办法？"元顺抬起头，幽怨地看着元澄："阿爷，你写了那么多表奏，提那么多好建议，可太后总是不纳，你何苦还要自讨没趣呢？"元顺拉了把椅子，坐到阿爷元澄身边，心疼地说。

元澄叹了口气："那还是要写。连我们这些宗室王都不关注国朝大事，

---

①法秀之谋：见宋其蕤《中华第一女皇：文明太后》

那还有谁会关心着大魏啊？百官可只想着吃朝廷拿朝廷啊。"

元顺说："这太后也不知道到底听谁的，好像挺重用阿爷，可是阿爷那些表奏却总是不采纳。阿爷表奏利国济民所宜振举者十条，条条都是治国良策，一曰律度量衡，公私不同，宜一之；二曰宜兴学校，三曰宜兴灭继绝，各举所知，广纳人才；四曰五调之外，一不烦民，不乱征收，以加重百姓负担；五曰临民之官，皆须黜陟，以赏罚分明；六曰逃亡代地，去来年已久，若非伎作，任听即住；七曰边兵逃走，或实陷没，皆须精简；八曰工商世业之户，复征租调，无以堪济，今请免之，使专其业；九曰三长禁奸，不得隔越相领，户不满者，随近并合。十曰羽林虎贲，边防有事，暂可赴战，常年戍边兵士宜应派遣蓄兵替代。这些建议，哪条不是治国良策啊？全都是针对时弊的！"元顺说得有些愤激起来。

元澄微笑着："这你可说错了。这表啊，太后阅了之后，发下去让百僚议论，事有同否。像兴学校一条，不是就采纳了？这太学、四门学，不是太后下诏兴办了吗？我对太后处理这次表奏还是满意的。"

"可你那些表奏呢？太后理睬了吗？阿爷你建议改革中郎将带兵制、重新选任八镇重镇守将、重修警备之严、严禁滥罚滥杀等表奏，有几项诏准呢？特别是阿爷表奏，请求朝廷强国自备，以实现先帝高祖一统天下的表奏，太后采纳了吗？"元顺颇不服气，瞪着眼睛与元澄辩论。

元澄摇头笑了。这小子就好抬杠，从小就是个杠子头，将来要吃亏的。他喜欢这儿子，可惜他是侍妾所生，不能继承他的爵位。元澄一共有五个儿子，其中老大老二早夭，这老三又非嫡子，将来继承他爵位的只能是老四，继室冯氏所生的元彝。

元澄爱昵地戳着元顺的额头："杠子头！谁说那些表奏没有照准？我奏高阳王元雍滥用私刑，滥杀他的奉朝请韩元昭、门下录事姚敬宾一事，不是得到太后照准，不是付高阳王元雍于廷尉推究了吗？"

元顺发出不以为然的哧声："廷尉推究了吗？也没见高阳王受到处罚啊？那两个可怜鬼不依然白白送命了吗？以后高官王公滥杀部下和百姓的事情恐怕还会层出不穷的！"

元澄默然。

元顺见自己驳倒父亲，心下难免沾沾自喜，他得意地斜睨了父亲一眼，

沉河艳后：胡灵皇后

见元澄神色凝重,赶紧转换话题:"阿爷,下面让儿子替你写,如何?"

元澄笑道:"也罢,我伏案久了,难免脖颈酸痛,你来替我写。不过,还是我口授,你抄写,我总不放心你措辞语气,你那太过激烈的措辞,更难被皇太后接受采纳。"

"好吧。"元顺无可奈何地说着坐到父亲座位上,蘸着毛笔,等着父亲口授。

元澄思索着,提出他的建议。他说,都城之中的粗糙寺院,可改建;郭外寺院,如果属于自己买地,可让其转卖作他用;如果是官地,即令交还官府;今后不许在坊内随意建塔建像,以免妨害里内通巷。僧不满五十的寺院,小就大寺。今后造寺,须得满五十僧,且要昭玄量审,奏听乃立。

元顺对父亲元澄的文才很是佩服,他一边抄写,一边禁不住诵读着表奏中的精彩句段。"章台丽而楚力衰,阿宫壮而秦财竭,存亡之由,灼然可睹。愿思前王一同之功,蓄力聚财,以待时会。"

元澄捻着须髯微笑着想,但愿皇太后能够体会他忧国忧民的一片赤诚之心,采纳他的建议,刹住大兴土木之风,刹住大建寺院大兴佛教之风,采用强国富民的治国策略,让大魏越来越强盛,以实现高祖一同中土的宏图大业。

元澄知道,自己身体越来越不好,精神远不如以前,他也许看不到这一天,但是,他还是要竭尽忠诚。

事与愿违,皇太后并没有采纳他的谏言,大建寺院、大修浮屠之风,始终没有得到遏止,反而越来越烈,以至让国库空虚,百姓贫瘠。

元澄感到深深的失望。

6.小皇帝思念母亲大发脾气　皇太后幽会情人淡忘母爱

元诩在宫中百无聊赖地听侍讲贾思伯讲《杜氏春秋》,讲《周礼》。这个侍讲贾思伯,虽然少已明经,却因为连年为官,学业早已荒废,现在崔光推荐他为侍讲,他只好夜里请儒生为他讲解经书,白天他再来给元诩讲授。现蒸热卖,难免照本宣科,让元诩听得十分厌烦。

今天,他要给元诩讲解明堂。因为朝中对太后下令建明堂的做法议论不一,他想通过他的讲解来阐述自己的立场,来影响皇帝。他摇头晃脑地开讲,他要把明堂的来历、作用、规制等都讲给这八九岁的小皇帝听:

"按周礼考工记云,夏后氏世室,殷重屋,周为明堂,皆为五室。郑注云,此三者,或举宗庙,或举王寝,或举明堂,互言之,以明其制也。若然,则夏殷之世已有明堂矣。唐虞以前,其事未闻。戴德礼记云:明堂凡九室十二堂。蔡邕云:明堂者,天子太庙,飨功养老,教学选士,皆于其中,九室十二堂。按戴德撰记,世所不行。且九室十二堂,其于规制,恐难得厥中。周礼营国,左祖右社,明堂在国之阳,则非天子太庙明矣。然则礼记月令云:四堂及太室皆谓之庙者,当以天子暂配享五帝故耳。又《王制》云:周人养国老于东胶。郑注云:东胶即辟雍,在王宫之东。又《诗大雅》云:邕邕在宫,肃肃在庙。郑注云:宫,谓辟雍宫也,所以助王。养老则尚和,助祭则尚敬。"

贾思伯按照昨晚儒生给他讲的内容写下的讲稿,引经据典,照本宣科,侃侃而谈。

元诩听得头昏脑涨。贾思伯的声音在他耳边嗡嗡作响,他的思绪却信马由缰,驰骋在广阔的天地里。

他有些思念他的母亲。自从母亲做了皇太后总揽万机住进了崇训宫,他就很少见到母亲。侯刚无微不至地照顾着他,他的身边仆从如云,宫女保姆内监侍从,簇拥着他,但是他还是感到孤独。见不到母亲,他心里总难受,说不出的难受。有时候,他去找建德公主玩耍,有时候,侯刚带着建德公主来玩,这时候,他才感到少有的愉快高兴和轻松。

贾思伯的声音依然在元诩耳边喋喋不休地聒噪着:

"蔡邕论明堂之制云:堂方一百四十尺,象坤之策;屋圆径二百一十六尺,象乾之策;方六丈,径九丈,象阳阴九六之数;九室以象九州;屋高八十一尺,象黄钟九九之数;二十八柱以象宿;外广二十四丈以象气。"

元诩突然站了起来,双手捂住耳朵,大声吼了起来:"朕不要听讲! 朕不要听讲!"

元诩冲出座位,跑到院子里,站在院子当中跺着脚大发脾气。早知道当皇帝这么痛苦,他就根本不要当这皇帝!

贾思伯侍讲以及侍读冯元兴都惊慌失措地尾随着元诩跑了出去,侯刚

沉河艳后:胡灵皇后

563

也同黄门内监等跑出去安慰皇帝。元诩站在院子当中，跺脚喊叫着："我要见阿娘！我要见阿娘！"

侯刚急忙上前抚慰元诩："陛下，陛下，请不要哭闹。臣这就去见太后，去见太后！"

元诩喊着："不，我自己去！"说着拔脚就要走。

侯刚等急忙拦住元诩："陛下不可造次！太后有令，陛下去见她一定要先禀报不可！请皇帝稍候片刻，臣这就去禀报太后，请太后过来。"

"陛下，什么事？"领军将军元叉见院子里喧哗，急忙跑了过来问。

"我要见阿娘！"皇帝元诩见姨夫元叉跑过来，急忙迎了上去，一头扑在元叉怀里哭喊着。元诩很喜欢姨夫元叉，因为姨夫会想法子逗引他高兴。

元叉笑着说："这好办，让侯刚大人去请太后和你姨过来。"

皇太后与元怿正搂抱在一起，如胶似漆，滚在床上，喘作一团。

亲热过后，元怿又是一身大汗，疲惫不堪，他伸展四肢，仰面朝天。皇太后意犹未尽，还呻吟着，不肯从元怿身下下来。

元怿笑着翻身，把皇太后掀了下来。皇太后咯咯笑着捶打着元怿赤裸的胸膛，又扑到元怿身上，咬着他的乳头。

元怿把皇太后搂在怀抱里，让她枕在自己的胳膊上，慢慢地抚摩着她赤裸光滑的胸脯。

"皇帝近来学习怎么样？"元怿问。

"我有些日子没有过去看他。太傅说正在开讲六经。"皇太后漫不经心地说。

"谁给皇帝讲经？"

"不知道。我没过问，有他姨和姨夫元叉管着呢。"皇太后继续玩弄着元怿的乳头。

"可要给皇帝找些好侍讲才好。"元怿随口说。

"中宫会安排的。"

"太后也要过问一下的好。"元怿揉搓着皇太后丰腴的胸脯随口说："那元叉自己不爱习经，不学无术，小心他带坏皇帝。"

"你不喜欢元叉？"皇太后警觉地问。

"不是我不喜欢他,这是他父亲元继说的,宗室都知道的事。我还是很喜欢他的,他聪明,能干,会讨人欢心。但是,就是有些过于乖巧,巧言令色,行事诡秘,不可委以重任。"

皇太后心里有些不大痛快。元怿这是怎么了?怎么就说起元叉的坏话了?

元怿见皇太后沉吟,知道他说的有些出格,急忙打住话头,亲着皇太后的脸颊:"别生气,我不过说说而已。"

皇太后坐了起来,边穿衣服边说:"我可是全心依靠宗室弟子的,只是你们不要搞窝里斗,互相说坏话!"

元怿唯唯诺诺答应着,不敢辩解。

侯刚来到崇训宫,找到春香,请她禀报太后。春香为难地说:"太后正在小憩,不好打扰的。"其实,她知道,太后此时正在凉风殿里与元怿欢会,她可是不敢去打扰的。

侯刚无奈,看着春香:"陛下哭闹着要见太后,你还是进去禀报太后一声,陛下多日没有见到太后,情绪坏得很啊!"

春香意味深长地看着侯刚,小声说:"侯大人,真的不行。清河王在里面,太后谁也不见的。你是知道的。奴婢不敢!"

"女侍中在不在?让她去见见陛下也好。她总是陛下的亲姨。"

春香摇头:"胡侍中眼下不在宫里,等一会她来了我转告她,让她过去一趟。"

侯刚只好转回中宫去禀报皇帝元诩。

焦急地等在宫门前的元叉见侯刚无精打采归来,急忙上前询问:"伯父,见到太后了吗?"

侯刚摇头。

"太后和谁在一起?是不是元怿?"元叉压低声音问。

侯刚摇头:"不知道。大概是吧。"

"怎么样?太后来了吗?"刘腾也过来听消息。见侯刚一脸失望沮丧的样子,他明白了原委,长叹一声:"怎么跟陛下交代呢?他在那边眼巴巴地等着见阿娘呢!"

沉河艳后:胡灵皇后

侯刚唉声叹气，元叉很愤愤不平地小声说："怎么能连自己的亲生儿子都不管不顾了呢？"

三人正无计可想，元诩从寝宫跑了出来，欢快地喊着："阿娘来了吗？我阿娘在哪儿？"他冲到侯刚和元叉面前。

刘腾急忙上前抱住元诩，温柔地笑着安慰他："侯大人刚刚从太后那里回来，太后正在小憩，等一会过来探望陛下。陛下还是先跟奴婢去练习射箭吧。太后可是吩咐过的，让陛下学会射箭。"

元叉也笑着抚慰元诩："对，陛下去练射箭吧。射箭很好玩的！"

元诩嘴一撇，跺脚哭喊着："不！你们尽蒙哄我！阿娘不要我了！她不要我了！"

刘腾拉着元诩的手，安慰着："陛下不要哭闹，谁说太后不要陛下了？她不过在小憩，过一会就来看望陛下的。"

"不！你们骗我！你们骗我！"元诩拉住刘腾手，哇得一口咬在他的手背上："我让你骗我！我让你骗我！"鲜血从刘腾手背上流了下来。刘腾疼得龇牙咧嘴，连连甩着手。

元诩还不解恨，又用脚踢着刘腾，哭喊着："我让你骗我！我让你骗我！"

侯刚上前劝解，被元诩扇了一巴掌。元诩继续哭闹着，蹦跳着，又踢又打，把刘腾折腾得够受。

元叉仗着自己是元诩的姨夫，阴沉着脸，一把拉住元诩，威严地呵斥着："陛下，不许胡闹！再闹，我告诉你阿娘去，看她不教训你！"

元诩翻着白眼，看了看元叉。元叉脸色阴沉，一脸威严，他有些胆怯，哭闹声慢慢低了下来，终于转成低声哭泣，停止了撕打刘腾。

元叉拍着元诩的头教训着："陛下是大魏天子，怎么能像不懂事的小孩子一样哭闹不休呢？皇帝天子要像皇帝天子的样子！再这么胡闹，我可是要让太后惩罚陛下了！"

元诩脸颊上挂着泪珠，抽噎着问："太后为什么不来看我？也不让我去看她？我想见见她！"

元叉换了温和的语气把元诩拉进自己的怀抱，轻轻抚摩着他的头发说："太后总揽万机，事情繁忙，一时抽不出身来看望陛下。不过，她会让你姨替她来看你的。你看，那不是你姨来了吗？"

女侍中胡玉华笑吟吟地走了进来。"陛下,姨来了。"她甜甜地呼唤着,走到元诩面前,张来手伸开双臂:"过来,让姨亲亲。"

元诩扑进胡玉华的怀抱,抱着胡玉华的脖颈,把自己的脸紧紧贴到胡玉华的脸上,蹭来蹭去。"姨,我想你!"他在胡玉华耳边轻轻地说。

胡玉华紧紧抱住元诩,抚摩着他,亲着他,喁喁说着亲热的话语。

元叉挥手,让侯刚和刘腾都退了下去。

胡玉华抱着元诩,坐到卧榻上,一边温柔地爱抚着他,一边和他说着闲话。元诩的心情慢慢平静下来,不再哭闹。

沉河艳后:胡灵皇后

第十三章　逼宫夺政

1.羽林殴打张父子　太后安抚诸武人

神龟二年（公元519）二月，阊阖门南面御道东的太尉府邸，高大宏伟奢华，堂廊环绕，曲房连接，垂柳飘拂，花蕊被庭。原是北海王元祥府邸的太尉府，现在住着太尉元怿。

太尉府对着御道西的永宁寺，府邸西面是司徒府，东面有大将军高肇府邸，现在是领军将军元叉府。

元怿在太尉府邸后面新建立了一座景乐寺，建有佛殿和浮屠。这是一座尼寺，有女尼多人。每到六斋日，女尼念经做佛事，又歌又舞，景乐寺里歌声绕梁，舞袖翩跹，丝竹婉转，谐妙入神。得以入观者，无不以为至天堂。

元怿正在太尉府里读温子升刚写就托人送来请元怿指正的搞衣诗。

温子升是太原人，晋大将军温峤的后人，先是广阳王元渊的门客，在马坊教奴子读书。常景偶遇，欣赏他的才华，向元渊深推荐。熙平二年（公元517年），东平王元匡选拔御史辞人，八百多人前去应聘，温子升脱颖而出，被元匡选中入御史台为郎。当年二十二岁。以后，御史台中的弹劾文章皆出自他手。闲来无事，温子升更喜欢舞文弄墨，吟诗作赋，与常景、张普惠、邢邵等人唱和，也与几个喜欢舞文弄墨的王们交换诗赋文章，共相切磋，增长技艺。

元怿拿着温子升的诗作，在厅里走来走去，吟诵着这首《捣衣》诗：

"长安城中秋夜长，佳人锦石捣流黄。

香杵纹砧知近远，传声递响何凄凉。

七夕长河烂，中秋明月光。

耶翁塞边绝候雁,鸳鸯楼上望天狼。"

元怿大声吟颂着,一边细细体味着它的意境和诗意。

"好! 有诗味! 有意境!"元怿击掌叫绝,他喜欢诗里化绮丽、热闹为凄清、哀怨的意境。

一个侍卫慌里慌张跑了过来,大声喊:"王爷,不好了,羽林军造反了!他们包围了御史台!"

"什么? 羽林军造反?"元怿噌地站住脚步,把手中的诗篇扔在地上,拔脚往外跑。长史校尉等侍从急忙一窝蜂地跟了出去。

元怿跳上马背,向阊阖门御史台奔去。

御史台一片狼藉,外面并没有羽林军。元怿跳下马,进了御史台,向里面的官员询问原因。

原来,这是张彝父子惹的祸。

张彝为六朝老臣,深受崔光敬重。张彝搜求史书,决心要编纂一本《历帝图》。他苦心经营,用数载工夫编成《历帝图》敬献给世宗皇帝元恪。他上表说:"脱蒙置御座之侧,事复披览,冀或起于左右,上补未萌。伏愿陛下远惟宗庙之忧,近存黎民之念,取其贤君,弃其恶主,则微臣虽沉沦于地下,无异乘云登天矣。"

编完《历帝图》以后,张彝周历于齐鲁之间,遍驰于梁宋之域,询采诗颂,收集撰写风雅颂诗篇,结名为《诗集》,也上呈给皇帝元恪,他说:"伏愿昭览,敕付有司,使魏代所采之诗,不湮于丘井。"

世宗元恪生前很喜欢《历帝图》这部包罗历代帝王业绩的大书,它起元庖犧,终于晋末,凡十六代,一百二十八帝,历三千二百零七年,杂事五百八十九,合成五卷。

《诗集》也很得世宗皇帝元恪喜欢。

受世宗元恪的影响,皇太后也把这两部书置之案几,经常翻检。

张彝对朝廷一片忠心,但是他对一些政事有自己的看法。特别是对武人,他甚为轻视,经常与两个儿子在家里议论。受父亲影响,他的任御史台司空祭酒和给事中的二子张仲瑀,不久前上封事,说武人四肢发达,头脑简单,不识读写,不懂礼仪,不应该列在清品,选拔时不应该提拔为官。

这消息不知被谁泄露出来,羽林非常震怒。羽林原来大多是鲜卑子弟,

569

多来自六镇,担负保卫皇宫重任,历来享有很高的权力,受特殊和优厚的待遇。南迁以后,他们的地位大不如北京,朝廷越来越重视汉人士子,越来越讲究门第、门阀,越来越重用那些南来的汉族贵族。而他们,世代为国朝流血流汗的鲜卑子弟,却越来越多地沦落为纯粹的兵士,不再具有特权和优越性。本来就心有怨气的羽林士兵,突然听到这样的消息,叫他们怎么能不愤怒?

羽林中郎将尔朱世隆,字荣宗,北秀容人,原为契胡人,世代为酋帅。登国初,其高祖羽健为领民酋长,率契胡武士一千七百人从驾平晋阳,定中山。论功拜散骑常侍,太祖以其祖居北秀容,诏割地方三百里封为世业。他的叔父新兴,继为酋长,家世豪富,财货丰盈。国度迁洛以后,高祖特意准许他冬朝京师,夏归部落。每入朝,便带许多名马送王公朝贵,王公朝贵也回送珍玩。前不久,他以年老请求传爵位于儿子尔朱荣,尔朱世隆的从兄。司空元继奏明圣上,获批准。

羽林中郎将尔朱世隆,对张彝父子的封事极为不满,从右卫将军奚康生那里得到这个消息以后愤愤不平。不是武人流血,何来今日大魏天下?这些文人却想贬低武人功劳,简直令人发指。

从高祖迁都洛京,时光已经流逝了二十一年,高祖孝文皇帝强制推行汉化已经大见成效。不管是宗室王公,还是朝廷内外臣属,不管是鲜卑还是其他胡人,都已经彻底汉化了,他们生在洛阳、长在洛阳的子孙已经抛弃了鲜卑语言、鲜卑习俗。越来越多的汉人士子进入彻底汉化的大魏朝廷为官,汉人文官在朝廷的势力越来越大,朝廷内外涌动着一股潮流:贬抑武官,张扬文官。其中,张彝父子就是突出代表人物。

作为胡人的后代,尔朱世隆和他的弟兄以及尔朱荣几个堂兄弟,还是保持着胡人和鲜卑人传统,虽然祖先是胡人,可他们都自认自己家族是鲜卑,他们对大魏这些年抛弃祖先的做法很是不满,对朝廷重用汉人文人的做法尤其生气。

尔朱世隆拍案而起:"张彝父子算什么东西?居然上这样封事来诋毁我武人?没有武人能有大魏吗?"

羽林校尉也是代人后裔,见中郎将兄长如此激愤,也被激怒起来:"是啊!没有武人,哪来他张彝的高官厚禄?去找他评评理!"羽林校尉捭掇着

沉河艳后:胡灵皇后

尔朱世隆。

"对！去找张仲瑀评理！"尔朱世隆跳了起来，抄起一杆长枪往外走。羽林校尉跳出院子，大声喊："弟兄们！跟中郎将走啊！去找张仲瑀评理！"

羽林士兵呼啸起来，呼啦一声跟着尔朱世隆向外涌去。羽林宿卫以及武官听说张彝父子排抑武人，早就气愤异常，众口喧喧，谤骂盈路。有尔朱世隆出头，自然都踊跃相随。羽林虎贲几千人，呼啸着来到阊阖门，然后又一起来到尚书省诟骂，要求张彝长子、尚书郎张始均出来见他们，但是张始均不敢出来，从尚书省后门溜了出来跑回家。群情越来越激愤的羽林见张始均迟迟不露面，情绪越来越高涨，越来越激昂，有些士兵开始以瓦石击打公门。

尚书省上下畏惧，莫敢讨抑。羽林士兵中有人遂持火，掳掠道中薪蒿，以杖石为兵器，直奔张彝府第，他们冲进张家，把张彝从堂上搜到院子里，扑拥而上，有的捶，有的踢，有的拽头发，有的厉骂，有的随意砸着堂上家具。一时间，羽林士兵极意捶辱张彝，唱呼嗷嗷，不绝于耳。打了一阵，羽林士兵依然觉着不解气，便持火焚其屋宇。

羽林士兵冲来的时候，张彝让张始均兄弟赶快逾北墙逃走，他以为羽林士兵不敢对他一个老人动手。藏在院外的张始均听到羽林暴打父亲，于心不忍，又返回来救其父，他跪在院子当中，向羽林士兵哀求，请求他们饶过父亲性命，他愿意代替父亲接受他们的一切惩罚。

愤怒的羽林士兵扑了过来，把张始均踏倒在地，有的踢，有的捶打，有的踩踏，把张始均殴击得遍体鳞伤。羽林士兵还是觉得不解气，几个士兵上来，抬起张始均，大家呼喊着把他生投之于烟火中。张始均号叫着，挣扎着，哀求着，被愤怒的羽林士兵扔进熊熊大火之中。火舌腾得升腾起来，淹没了张始均。火舌舔舐了张始均，火堆上冒出蓝、绿、青、紫各色火焰，散发出强烈的腥味，发出吱喇喇的焚烧油脂的声音。

羽林士兵围着火堆，喊着叫着笑着，跳跃着，指手画脚，兴奋得无以名状。大火燃烧着，发出噼啪的音响。

尔朱世隆见张始均被烧死，觉得解了气，这才率领着羽林士兵，呼啸着，欢呼着，离开张彝府邸。

太尉元怿带着人马赶到张彝府邸，羽林士兵已经呼啸而去，火势也被扑

沉河艳后：胡灵皇后

灭。元怿看着被火烧得一片狼藉一片乌黑，还冒着白烟的张宅，命令自己的侍卫救人。殴打得不成人样的张彝，在地上呼号着，挣扎着。

"我的儿子啊!"张彝哭嚎着。元怿急忙让侍卫在火中寻找。侍卫在还冒着白烟的灰烬中扒出张始均，已经被烧得不成人样，"及得尸骸，不复可识，唯以髻中小钗为验。"张彝爬到尸骸前，在灰烬中找到儿子发髻上的一支小钗，大声号哭了几声，便没了气息。

张彝"仅有余命，沙门寺与其比邻，舆至于寺。远近闻之，莫不惋骇。"元怿急忙送张彝到寺院，让沙门救治。张彝清醒过来，还特意口占左右上启以表忠心，说:"一归泉壤，长离紫廷，恋仰天颜，诚痛无已。不胜眷眷，力喘奉辞，伏愿二圣加御珍膳，覆露黔首，寿保南岳，德与日升。亡魂有知，不忘结草。"张彝遂卒，年五十九。

元怿对此，非常愤怒，命令右卫将军奚康生追究凶犯，尔朱世隆找出当时投张始均于火堆中的八个人，元怿命令当即斩首，以平息事件。

闹事的羽林有几千人，能继续追究吗？而且还牵涉到北秀容的尔朱氏家族。

元怿回到太尉府，一直在思考着。

几千羽林士兵纵火为凶，能穷诛群竖吗？稍一不慎，再激怒羽林，后果不堪设想。

羽林士兵闹事，活活烧死张始均、殴死张彝，叫他极为震惊，叫他意识到武官的怨气到了多么严重的程度，若此种局面不改，州郡一旦发生谋反，后果可是太可怕了。羽林大多来自六镇，若是六镇响应羽林，国朝可要危险了。

元怿又想到尔朱世隆。尔朱世隆显然是此次暴乱的直接参与者，但是他不敢追究他的责任，任尔朱世隆推出八个士兵做替罪羊。尔朱世隆的家族是北方豪族，伯父为酋领，在六镇中很有影响，追究尔朱世隆难免引发强大的尔朱氏家族的不满，他更担心引发六镇将士的不满。

元怿沉思着，谋划着对策。若提拔官吏再一味重用文官，一味讲究学历出身，连南方来的士子都可以封高官，这怕是引起武官、武人更强烈不满。

元怿站了起来，他要去见皇太后，去向皇太后商议改变局面的办法。

元怿来到西林园。正遇司徒任城王元澄抱病前来,他脸色黄黄的,精神委顿。

元怿急忙上前:"叔祖,你病体好些了?"

元澄摇头:"还是不大好。可事关重大,不得不行。"

"叔祖是为羽林之事吧?"

"是啊,事态严重,坐不住啊!"任城王元澄叹气。这时,东平王元匡也匆匆走进西林园。

"都是他!"元澄不满意地看着元匡说:"这尚书令怎么当的,闹出这么大的乱子!真是无能!"

元匡走了过来,拜见太尉和司徒。元匡与元澄同辈,都是景穆王之孙,元澄为景穆皇帝十二子云的长子,元匡为第十子广平王洛侯的过继儿子,他们都比元怿高三辈。

元怿亲切地招呼元匡:"叔祖,可是为羽林而来?"

元澄瞪了元匡一眼:"都是你惹的祸!"

元匡见元澄当着晚辈元怿的面不客气地指责他,这火气腾得就升了起来。原本就对元澄一肚子不满,现在一下子喷发出来。"怎么是我惹的祸?我惹什么祸了?我早就上表请求安抚羽林,是你见了我的表就压。我上表要求重新审核官吏,要把那些诓骗和买官职的人弄出来,你偏偏不同意!不是你纵容张彝父子,怎么会有这事情发生?你还来指责我!你凭什么指责我?"

元澄一把抓住元匡的衣襟,愤怒地喊着:"不是你是谁?张仲瑀难道不是你的部下,他上封事还不是受你撺掇和指使?你还不认账!"

元匡见元澄抓着他的衣襟,还指责他指使,气更是不打一处来,他抡起胳膊,朝元澄扇了过去:"我叫你诬陷我!"

元澄被元匡一巴掌扇得脚步踉跄,后退了几步,眼看着就要摔倒,元怿疾步上前搀扶住摇晃着的元澄。

"叔祖,你这是做什么啊?他有病,你不是不知道!"元怿呵斥着元匡。

元匡怒气冲冲,指着元澄咆哮:"别以为你是司徒,就可以任意行事!老子我不吃你那一套!我那棺材还放在寺院里,高肇我都未曾惧过,难道怕你不成?"

沉河艳后:胡灵皇后

元澄站稳身体，还想与元匡争论，被元怿拉着推着向太后九龙宫走去，一边劝说着："叔祖身体不好，千万不要动怒。"

元澄咬牙切齿："这事没完！他元匡这般狂妄嚣张，我发誓要让他受到惩罚！"

元怿还是百般安慰："叔祖且不可意气用事！大家都是宗室王，一脉相承，为国朝着想，还是互相担待的好！"

元澄不答，心里正酝酿着奏东平王元匡的表奏，罗织着他的罪名。

元怿、元澄来到九龙宫，皇太后在尝御典史徐纥和春香的侍奉下，刚刚用完早膳，正歪在卧榻上翻检张彝编纂的《诗集》。这些天是太后每月的特殊日子，身子倦怠慵懒得很，每日要睡到日头三竿高才能起床。用过早膳，她还是觉得困倦，又歪在卧榻上，却又睡不着。张彝父子的惨剧她已得到禀报，这事件叫她既震惊又难过。张彝三世老臣，父子忠心耿耿，却落得如此凄惨的下场，真是叫人不敢相信。

春香来报，说太尉和司徒来见。皇太后说快请，强自坐了起来，春香帮她整理了衣服和发髻。

皇太后揉了揉太阳穴，刮了刮眉骨，拍了拍脸颊，扫去脸上的疲倦和慵懒，换上甜甜的若有若无的微笑，弄出容光焕发和神采奕奕。

元怿和元澄快步走了进来，向太后行礼叩安。

"臣元怿请皇太后圣安！"

"臣元澄请皇太后圣安！"

皇太后微笑着："二位王赐坐！"

待元怿和元澄落座以后，皇太后稍稍收敛了笑意，声音略微有些沉痛，问："二位可是为张彝父子而来？"

元怿看了看元澄，点头："太后圣明。臣正是此来见太后。"

皇太后的眼睛已经充满了泪水，声音哽咽地说："朕为张彝饮食不御，乃至首发微有亏落。悲痛之苦，以至于此。"她指着榻上的书卷："这是张彝撰述的《历帝图》和他收集的风雅颂七卷，朕放置于榻左，无事时翻检，也算对张彝怀念。"

皇太后这么有情，元澄和元怿都深深地被感动了。

元怿说了几句安慰的话，然后把话题引向他所关心的事情上。"臣已经处置闹事的羽林士兵八人，可以慰藉张彝父子和汉官情绪。但是，如何妥善抚慰羽林和六镇将士，还须与太后商议。"

元澄也说："清河所言不谬，臣也为此忧虑。羽林闹事，需慎重处置，以防激变。羽林士兵现在人心惶惶，担忧太后进一步追究事态参与者。"

这时，东平王元匡在外面求见太后，太后准见，元匡进来叩礼之后坐于元怿、元澄下手，听他们奏事。

元怿继续说："臣以为，参与士兵众多，不宜一一追究。至于汉官汹汹，要求严惩其头领，臣以为不可。"

元匡插嘴说："臣以为，汉官汹汹者，据说有盗官窃阶之徒，虚报出身门第，买出身门第，虚报学历，诸如此类。臣以为，需取景明元年以来内外考簿、吏部除书以及中兵熏案，放置于诸殿，案校其中窃阶盗官之人。"

元澄见元匡插嘴，大为不满，他立即驳斥道："臣窃以为，景明以来，群官三经考课，五品以上，引之朝堂，亲决圣目；六品以下，例由敕判。自世宗晏驾，大宥三行，所以荡除故意，与物更始。东平所议，以为不可。时间太长，人数众多，难于一时考课明白。窃阶盗官者有，毕竟少数，不能以少引起多数官员恐慌。如此不是乱上添乱吗？"

皇太后点头。

元匡不敢再说。

元怿继续自己的话题："臣以为，张彝事件只可采用安抚方略，以重礼安葬张彝父子，以重赏抚恤家属，以此安抚汉臣文官。再以大赦参与事件之羽林士兵，以安抚其心，安抚其家属之心。以防六镇不稳。"

元澄和皇太后都频频点头。

皇太后问："听说事件之组织者实乃北秀容尔朱氏子弟，可是实情？"

元澄回答："回太后，是实情。尔朱世隆参与并且指挥其事。"

皇太后明亮的大眼睛闪过一丝忧虑，目不转睛地看着元怿问："太尉准备如何处置于他？只处置八个士兵，朕恐怕难以平息汉官文官愤怒。"

元怿急忙说："这是臣要奏请太后决议之重要事项。尔朱世隆参与并指挥此事不假，可要惩处他恐怕不妥。"

"为什么？难道不该惩处元凶吗？"皇太后睁着明澈的眼睛，不解地问。

元怿迟疑了一下，还是说出自己的真实想法："太后明鉴，尔朱世隆为北秀容酋领尔朱荣的从弟，臣以为惩处尔朱世隆难免引起尔朱荣及其家族的不满。尔朱荣手握重兵，镇守北地，若是万一不测，不是因小失大吗？"

元澄插话："清河所言，鞭辟入里。请太后明鉴。"

元匡也点头称道。

"依卿之见，如何处置？"皇太后把灼灼目光投在元怿脸上，微微笑着问。

"以臣愚见，大赦尔朱世隆，不予追究。同时赏封北秀容酋领尔朱荣，恩准他袭其父亲爵位，然后诏进宫内为直寝将军。"元怿断然说。

"司徒以为如何？"皇太后转过脸征询元澄意见。

元澄深思之后，郑重回答："臣以为可行。"

"东平王以为如何？"皇太后又看着元匡问。

元匡也说同意。

"那好吧。请太尉发大赦诏，赦免参与张彝事件之全体羽林将士，永不追问。诏尔朱荣进京，赐爵。"皇太后对太尉元怿说。

元澄想了想说："如此措施安抚羽林尚有不足。羽林将士与武官闹事，起自选拔升职之重用汉官文官而排抑武官，此事不决，怕是将士武官依然难以心服。"

元匡嘴一撇："武官就是武官，不识书计，何以入选清品？"

元澄瞪着元匡："不是你这想法，何来张仲瑀之封事论调？根源皆源于东平！东平不去，武官升职无望！"

皇太后不满地斜了元匡一眼："怎么这么说？无稽之谈！休得再言！"元匡被呵斥得噤若寒蝉。

元怿看着元澄："叔祖所言不谬。臣窃以为，由皇太后下诏，以后官职选用，应文士武人，一视同仁，不得歧视。"

"这要改换吏部尚书才行。"元澄斜了元匡一眼，看着皇太后，自言自语。

皇太后思忖了一刻，看着元澄："司徒以为何人可为吏部尚书呢？"

元澄不假思索地说："臣以为崔亮可行。"

"请司徒拟诏，诏崔亮为吏部尚书，诏武官得以依资入选。"皇太后决断地说。她又看了看东平王元匡，稍带歉意地说："东平王暂时委屈。吏部尚书予崔亮，请东平王做好交接。"

崔亮得到皇太后诏,起任吏部尚书。前年与李崇争功不成,丢掉官职,差点丢掉性命,蒙皇太后恩赐,只免了官职,以观后效。他勤恳恭谨,在任城王麾下奔走,得到任城王元澄信任,加上从兄崔光的斡旋,以及侍中刘腾的推荐,很快官复原职。现在居然得到升迁,做了吏部尚书。

年纪已经不年轻的崔亮决定忠实地执行太后"选举文武兼顾,武官得以依资入选"诏令。年纪大了,只求平安稳妥保住官职,千万不要再生事端以免丢官卸职。不求有功,但求无过,不求继续高升,只求保持现有官位。崔亮这么决策自己以后的为官之道。

可是,应选之官多职少,叫崔亮有巧妇难为无米之炊的苦恼。好在崔亮聪明,与他的从兄崔光一样计谋过人。经过几天苦思冥想,终于想出个办法,上奏格制,请求批准。崔亮想出的高明办法就是"以停解日月为断"。说得通俗一点,这规定就是:以官员任职时间为升迁标准,时间到了规定期限,便升职、转任或不再升职。四十以上便失去升任资格。此是最省事最稳妥的办法,也最不会招致怨言,又最容易实行的规定。

崔亮的外甥司空咨议刘景安写信给崔亮,规劝崔亮说:

"殷周以乡塾贡士,两汉由州郡荐才,魏晋因循,由置中正。谛观在昔,莫不审举,虽未尽美,足应十收六七。而朝廷贡秀才,止求其文,不取其理;察孝廉唯论章句,不及治道;立中正不考人才行业,空辨氏姓高下。至于取士之土不溥,沙汰之理未精。而舅属当权衡,宜须改张易调。如之何反为停年格以限之?天下士子谁复修厉名行哉!"

崔亮读着外甥书,冷笑着:"孺子懂什么?"他提笔给外甥回信:

"汝所言乃有深致。吾乘时邀幸,得为吏部尚书。当其壮也,尚不如人,况今朽老而居帝难之任?当思同升举直,以报明主之恩;尽忠竭力,不为贻蕨之累。昨为比格,有由而然,今已为汝所怪,千载之后,谁知我哉?可静念吾言,当为汝论之。

吾兼、正六为吏部郎,三为尚书,铨衡所宜,颇知之矣。但古今不同,时宜须异。何者?昔有中正,品其才第,上之尚书,尚书据状,量人授职,此乃与天下群贤共爵人也。吾谓当尔之时,无遗才,无滥举矣,而汝犹云十收六七。况今日之选专归尚书,以一人之鉴照察天下。今勋人甚多,又羽林入选,武夫崛起,不解书计,唯可弯弩前驱,指踪捕噬而

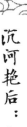

沉河艳后:胡灵皇后

577

已。武人至多，官员至少，不可周溥。设令十人共一官，犹无官可授，况一人望一官，何由可不怨哉？吾近面执，不宜武人入选，请赐其爵，厚其禄。既不见从，是以权立此格，限以停年耳。"

崔亮此举大开有魏选任"贤愚同列，泾渭无别"之先河。

史书说："魏之失才，从亮始也。"从崔亮以后，甄琛、元徽等后任吏部尚书，都假公济私，利其便己，皆踵崔亮而行。史书说："有识者知国纪之将坠矣。"

2.争风吃醋元叉嫉妒太尉　　选贤任能元怿得罪权臣

元叉在皇帝元诩那边，心里却老是想着西林园。今天，趁皇帝元诩在听侍讲和太傅崔光讲经，便抽空出了中宫，由中宫后门进入西林园。

九龙殿里，静悄悄的。元叉蹑手蹑脚，来到宫门前。元叉从自己老婆胡玉华那里知道皇太后与清河王元怿关系不同寻常，虽然这传言在朝廷内外广为流传，可都没有真凭实据。他作为太后的妹夫，一心一意维护太后的权威，所以，他并不相信这传言。

元叉现在是一门隆荣，他的父亲江阳王元继在司徒胡国珍薨后，后委以司徒，元继竭力推辞，推荐崔光。之后为司空，加后部鼓吹。他频频上表辞让，不许，转太保。皇太后下诏："王位高年俗，可依齐郡王故事，朝讫引坐，免起拜伏。"

元叉来西林园，怀着一肚子鬼胎。皇太后的美色令他垂涎。虽然胡玉华是太后妹子，但由于不同母，胡玉华远不如皇太后妖艳漂亮。加上胡玉华多次怀孕生孩子，早就失去姿色。而他慑于皇太后的威严，一直不敢娶妾，早晚守着胡玉华，他是越来越感到厌烦。

听说皇太后宠幸元怿，他嫉妒又羡慕。能不能让皇太后宠幸自己呢？他近来常做这样的想象。按长相，他不比元怿差，也是高大、魁梧、英俊，他应该能够得到皇太后的宠幸啊。如果能够得到皇太后宠幸，他元叉可以替代元怿做太尉，也可以替代元澄做司徒，那才神气呢。万人之上，一人之下，那权势才叫煊赫呢。

元叉进入九龙宫，女内司春香、尝食典御徐纥正忙着准备皇太后午膳。

"左卫将军来了。"春香招呼着。

"太后呢?"

"太后正在审阅表奏。"春香说,"将军要见太后? 我这就去禀报。"

元乂摆手:"你忙你的吧。我自己进去,皇帝有事要我见太后。"

春香点头。

元乂径直进入内殿。

皇太后端坐在桌子后,正在阅读一堆表奏。这是门下省送来的重要表奏,需要皇太后亲自批示。

皇太后看得聚精会神。她正阅读着元澄上的表,弹劾东平王元匡罪行三十条。

元乂蹑手蹑脚走了上来。元乂走到皇太后身边,正要行礼拜见,却被皇太后阅读表奏时的神情所深深吸引住。

皇太后一手支颐,微微偏着头,目光专注在桌面展开的纸张上,丰满鲜红的嘴唇微启,眉头微蹙,整个神情显得那么圣洁,那么静谧,好像他曾经看过的晋朝画家顾恺之的女神画像一样。

元乂呆愣愣地站在原地,尽情欣赏着皇太后。

皇太后猛然抬头,看到元乂正骋目忘情地注视着自己,脸微微一红,嗔怪地说:"你这夜叉,鬼头鬼脑溜了进来,也不言声,吓了朕一跳。"

元乂涎皮涎脸地笑着:"小弟正在欣赏洛神呢!"

皇太后扑哧笑了,两颊的酒窝圆圆的乘满甜蜜,好像溢出来似的,叫元乂心里痒痒的,几乎想扑上去舔它一舔。元乂极力控制着自己的冲动和欲望,不敢造次,他知道元怀的真实死因。

皇太后笑着说:"你来有什么事? 是不是皇帝又想朕了?"

元乂献媚地笑着:"不是皇帝想太后,是小弟夜叉想太后了。"说着直往皇太后脸前凑。

皇太后抓起一张奏表,朝元乂的脸扑扇过去,笑着说:"瞧你这模样! 真好似一个想偷腥的馋猫! 正经点!"太后脸色稍微一沉。

元乂急忙收敛嬉皮笑脸,双腿一并,直直站在皇太后面前:"遵旨! 小弟夜叉叩见皇太后!"他随即做了个鬼脸,扑倒身子跪拜。

皇太后忍不住咯咯笑了起来:"你这淘气鬼! 玉华也不管教管教! 起来

沉河艳后:胡灵皇后

579

吧。玉华生孩子,还好吧?"皇太后关切地问。

元叉站了起来:"还好,只是大女儿近来身体不大好,经常闹病。"

皇太后关切地说:"那可要找太医好好诊治诊治。"

元叉问:"太后何时得以闲暇,皇帝陛下想过来与太后说说话。"

皇太后轻轻皱了皱眉头:"他不用心读书,说什么话啊? 再说,朕近日很忙。你看,这是司徒奏御史中尉的表,要朕亲批的。你说,该如何处置?"

元叉想了想,说道:"东平王元匡失职,导致张彝父子惨死,应予惩处。"

正说着,元怿走了进来。元怿前来向太后禀报八座议论元匡罪行结果。元澄奏元匡罪状三十余条,廷尉处以死刑,皇太后诏付八座议。

元怿见元叉站在皇太后面前,与皇太后相距不过一尺,感到有些吃惊。他诧异地看了元叉一眼。元叉意识到元怿的不满与责备,急忙后退了一步,垂手恭立。

皇太后看见元怿,黑眼睛一下子亮了起来,深黑的眸子里闪烁着两朵灿烂的光焰,照亮了她的整个脸面与整个人。她的嘴角漾起微笑,那是一种从内心深处流淌出来的喜悦,是想压抑也压抑不住的,是想伪装也伪装不了的真情的自然流露。

元叉扫了皇太后一眼,他感到极端的震惊,皇太后恍若换了个人似的,变得那么容光焕发,那么动人,那么神采奕奕。刚才的皇太后虽然高兴,可与现在比起来,是多大的不同啊!

元叉的心因嫉妒而感到阵阵疼痛。他瞥了元怿一眼,那眼光是阴郁仇恨的。

元怿又没有发觉元叉的目光,他已经被皇太后深深地吸引了,他的目光只灌注在皇太后的脸上,眼睛里只有皇太后那张妩媚娇艳的脸庞。

皇太后与元怿四目深情地注视着。

元叉轻轻地咳嗽了一下。皇太后与元怿从忘情中回过神来。皇太后低垂下眼睛,轻声问:"太尉有事吗?"

"臣向太后禀报八座议论元匡。八座以为,元匡为御史中尉以来,弹劾高肇及其同党有功,虽有罪三十余条,尚不足死,八座议论,因元匡弹劾高肇及其同党有功,特加原宥,以削爵除官论处。太后若无异议,请太后下诏。"

皇太后笑着说："朕阅任城王表奏，觉得任城王有些意气用事。准八座高见。元匡除御史中尉，谁可代之？"

"臣以为侯刚可代。"元怿想起老臣侯刚，便向太后推荐。他这推荐里，包含着良苦用心。

元怿近来越来越察觉元叉与刘腾、侯刚关系过于紧密，有结党营私之嫌，他一直在计谋着如何离间这几个人。虽然元叉把自己的妹子许给侯刚长子侯祥为妻，侯刚与元叉有密切的亲戚关系，但是元怿依然觉得可以把侯刚拉出元叉圈子外。他现在就是想用自己的举荐来笼络侯刚。

皇太后点头。

元怿又说："臣尚有一事起奏太后陛下，徐州刺史一职空缺，请太后推荐合适人选。"

"吏部举荐谁？"太后望着元怿问。

"吏部尚书崔亮举荐元法僧。"

"卿以为如何？"

"臣以为不可。元法僧虽为宗室，但贪婪成性，徐州为南陲，必任忠贞可靠之人。"元怿看了看元叉，凛然说。元怿知道元法僧是元叉向崔亮举荐的，可为国朝利益，他还是当着元叉的面直截了当说出自己看法，一点不想隐瞒。

皇太后知道这元法僧，为益州刺史，因为暴虐贪婪，民不聊生，致使举州反叛，幸亏太尉元怿派大将傅竖眼平叛及时，才没有酿成大祸。元怿本想严厉治罪于他，无奈元叉与元继父子相继为之说情，太后不好意思驳其情面，转为兖州刺史。为什么又想调任徐州刺史呢？

元叉见元怿这么直截了当地驳他的面子，心里很是恼怒。他傲慢地看了元怿一眼，便转向皇太后，说："太后，这元法僧是小弟及为父所荐，请太后给小弟与为父一个面子，准予元法僧为徐州刺史。"

皇太后为难地看了看元怿，又看了看元叉，不知道如何决断。

元怿急忙说："太后，臣之见，不可调元法僧为徐州刺史。徐州与南萧衍地土相接，地势重要，须选用忠贞、可靠、能干、贤良之人！元法僧贪婪，他不合适！"

元叉冷笑一声："太尉何故贬低宗室？本是同根生，相煎何太急啊！"

元叉立眉倒竖,厉声说:"你怎么这么说？怎么是相煎何太急啊？为国朝着想,难道不对吗?"

皇太后急忙劝说:"二位不要争吵,暂且让元法僧到徐州上任,如果不称职,再换人也行。"皇太后笑着对元叉说。

元怿不敢坚持己见,他在心里埋怨着太后:你总是偏袒这元叉,难道你看不出,他越来越恃宠骄纵了吗？太后啊太后,你可别养虎为患啊!

元叉见皇太后同意了他的看法,得意扬扬地瞥了元怿一眼,示威地朝他做了个蔑视的鬼脸。

皇太后笑着:"瞧这夜叉,又得意忘形了!"

元怿正色说:"你可不要得意忘形! 若是贻误国朝,我不会放过你的!"

元怿轻蔑地发出嗤嗤声,没有说话。

皇太后为了舒缓二人的对立仇视情绪,笑着对元怿说:"侍中刘腾见朕,说若是兖州刺史空缺,请求安排他的养子。太尉看如何?"

元怿看着太后:"刘腾也对臣说过。臣曾侧面了解过,吏部说在考课中他的养子位居下品,在郡贪虐,又无才能,臣以为暂时不能擢拔。"

皇太后说:"也罢,刺史要保一州平安,是个重要职位,不可随意。以后找个闲差给他做做吧。"

"是。"元怿恭谨地回答。

3.太后奸情败露　皇帝恼羞成怒

元叉离开西林园,一边走一边思谋着元怿刚才的话。看来元怿对自己已经产生了不满,这元怿会不会在太后面前进谗言构陷他父子呢?

人心隔肚皮,元怿经常与太后在一起,关系那么亲昵,谁知道他会不会说自己什么坏话? 坏话说多了,太后一定会对他失去好感。

这元怿,总归是他的威胁! 元叉恨恨地想。

元怿不除,怕是没有他元叉的好日子过。你看他在太后面前那猖狂样,根本不把他元叉放在眼里! 得想个办法!

元叉一边走一边用心思谋。

元怿最强有力的支持者元澄和胡国珍都已去世,现在的元怿已经势单力薄,是采取行动的时候了。

最好挑拨皇帝对太后的不满。皇帝已经对太后不满,但是还没有引起太大的愤恨。怎么才能引起皇帝对太后最大愤恨呢?元叉想。

只有让皇帝撞见太后的丑事,那十岁的元诩一定会极为痛恨太后和元怿。快十一岁的孩子,什么都懂了。学了周礼,被崔光等灌输了一肚子礼义廉耻的儒家教义,他早就有了自己的想法和看法,早就懂得廉耻。与元怿通奸的事情若是被他亲自撞见和发现,他会打心底里蔑视自己的母亲,打骨髓里仇视元怿。到那时候,他元叉再略施小计,看谁能出面保他元怿性命?

元叉禁不住微笑起来。他这人,虽然读书不行,但是脑子还是非常够用,在宫禁里玩弄些伎俩还是非常在行的。元叉心情舒畅地继续沿着自己的思路思忖着。

元怿现在还在九龙殿,看样子他今天肯定不会离开那里,太后一定要与他缱绻一番。三十如狼,四十如虎,虎狼年纪的太后正如饥似渴,她不会放元怿走的。如果此时让元诩到西林园九龙殿去,那……

想到这里,元叉乐了,他猛地一拍自己的脑门,得意地笑着加快了脚步,一路小跑向中宫式乾殿去。

"陛下,陛下!"元叉跑进式乾殿,也不管崔光正在给皇帝讲经,便大声喊着。

崔光极为不满,他白了元叉一眼,却也不敢多说一句,自己收拾了书本,向元诩施礼,带着贾侍讲、冯侍读等退了下去离开大殿。侯刚送了出来。

"陛下,皇太后要你去见她呢!"元叉眉飞色舞,兴奋异常。

"真的?"十岁的元诩一跃而起,他抓住元叉的袖子惊喜地问:"姨夫,这是真的?阿娘要我去见她?"

"是的,是的。她说她很想你呢,要你过去和她住一宿呢!"

"走,跟我去见太后!"元诩拉着元叉的袖子,就往外走,元叉好像很为难的样子,推辞着:"皇帝陛下自己去吧,臣去不合适。对,让侯刚陪陛下去!"元叉见侯刚进来,笑着对元诩说。

"你们都跟朕去!"元诩高兴地说。

元诩蹦跳着向中宫通往西林园的门跑去。元叉看了看侯刚,急忙带人跟了上去。

洪阿艳后:胡灵皇后

元诩跑进西林园，他顾不上欣赏西林园姹紫嫣红的满园景色，径直向九龙殿跑去。

元诩跑进九龙殿。九龙殿里静悄悄的。每当元怿来，春香就会带领着全部女官、内侍监和宫女避在旁殿里，皇太后不喜欢有人在附近打扰她。

元诩心里高兴得很，能见到阿娘了，多好啊。此时，他感到天气好像特别好，虽然他没有心情环顾园中的景色，可是他觉得身边的树特别绿，花特别红，鸟儿的啼鸣特别清脆特别婉转好听。可是，他顾不上停下脚步来欣赏这西林园的良辰美景，他要赶快去见阿娘！多长时辰没有见到阿娘？一个月，两个月，还是三个月？他记不清楚了，在他的印象里，好像已经几年没有见到阿娘一样。见不到阿娘，他感到很不痛快，很不舒服，没有阿娘的抚爱，他的心里好像老有一种得不到满足的遗憾在咬噬他的心一样，所以，他常常发脾气，常常暴躁，常常鞭打他的下人，常常哭闹。哭闹得太厉害，他还会口吐白沫，抽搐着昏厥过去。可是，刘腾、元叉、侯刚等人，却紧紧瞒着太后。

元诩的心欢快地跳跃着。"阿娘！"他小声喊了一声，又急忙捂住嘴。不能喊，要给阿娘个惊喜！

元诩放慢脚步，轻手轻脚，摸进九龙殿。

九龙殿里香气缭绕。门口两只亮晃晃的青铜丹顶鹤香炉里，正喷吐出袅袅檀香和沉香的香味。

外殿没有见到阿娘。元诩轻手轻脚，摸进内殿。

内殿里，黄色锦缎帷幕低垂，遮挡着卧榻。

元怿来见皇太后，禀报了有关事情以后正要告辞，太后却挽留住他。皇太后正在特殊时期，心里渴求很是强烈。元怿经常进园，可她见了元怿就不想让他走，非要亲热一番不可。

元怿自然不想推辞。午膳过后，就与太后携手进九龙殿内殿歇息。

"今天来个什么花样？"太后艳笑着问，揽住元怿的肩头，乜斜着眼，色眯眯地看着元怿。

元怿笑了："大白天的，算了吧。"

"不嘛！"皇太后在自己心爱的人面前，像个小姑娘似的撒起娇来。

元怿顿时心花怒放、心旌摇荡、心猿意马起来，他顶受不了皇太后这般模样。"好,好,依你,全依你。你说吧,你说什么花样我们就什么花样。"元怿揽住皇太后柔软的腰肢,坐到床上。

元怿动手为皇太后解衣宽带,他动作非常轻柔,生怕惊了太后的兴致,坏了太后的心情。好在太后在这种时候脾气和性情都非常好,非常放浪也非常随意,不拿任何太后架子,使他刚开始与太后交往的忐忑消失殆尽。

元怿欣赏着皇太后赤裸的胴体,啧啧称赞着:"太后真美,真像曹子建笔下的洛神! 不,比洛神还美。"

皇太后被元怿夸赞地不好意思,她捂住元怿的脸,拉下帷幕,一头钻进元怿怀抱里,嘻嘻哈哈地游戏着,互相挑逗着,慢慢进入那最为销魂的时刻。

"阿娘!"元诩拉开明黄色帷幕,兴奋地喊。

听到他的喊声,阿娘一定会惊喜地从床上坐起来,笑着说:"诩儿来了,阿娘想死你了。来,过来,坐到阿娘身边。"然后,自己就爬到床上,搂住阿娘亲一口,就势钻进阿娘温暖柔软的怀抱里,与阿娘好好亲热亲热。他已经好久好久没有被阿娘抚摩过,也没有抚摩过阿娘那滑爽柔软的手背了。

元诩带着一脑子这样的想象,惊喜欢快地挑起帷幕。

元诩愣怔在原地,他被眼前的景象震住了。一个全身赤裸的男人站在地上,紧紧贴在他全身赤裸的阿娘身上,阿娘还高举着双腿。

元怿回头,看见元诩,四目相对。

元怿惊慌地叫了一声,急忙抓起夹被盖在皇太后身上。

元诩小脸通红,他愤怒地指着元怿,大声喊着:"叔,你们在干什么?!"

元怿慌忙扯来衣服围到自己腰上,惊慌失措地说:"没干什么,没干什么!"

皇太后在夹被下露出半个脸,对元诩说:"诩儿,你先出去一会! 等一会我再给你解释。啊? 先出去一会,好不好?"皇太后哀求似的对元诩说。

"不! 我不出去! 我要太尉四叔先向我解释清楚,你们在干什么!"满怀兴奋和喜悦前来见阿娘的元诩的这般情景,一下子恼怒到极点。他虽然不大清楚他们在干什么,但是他本能感到,他们一定是在干一件极不光彩、极见不得人的丑事,看他们赤身裸体的样子,能干什么好事?!

元诩拉开帷幕,从地上捡起元怿的衣服,大声吼着:"你赶快给我穿上衣

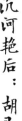

沉河艳后：胡灵皇后

服！我不要见你的光屁股！"

元怿尽管是太尉，是十岁元诩的四叔，可眼下他在这小孩子皇帝面前战战兢兢，急忙穿起衣服。

皇太后也趁机穿上衣服，从夹被下坐了起来，继续劝说着元诩："诩儿，不许胡闹！听阿娘的话，让你四叔走，阿娘给你解释！"

"不！我一定要听他解释！让他说，他光着屁股在干什么？他是不是在欺负你？说啊！你！"元诩尖声喊叫着，凄厉响亮的声音飞出九龙殿。

随着元诩来到九龙殿前的元叉和侯刚都听到这喊声。元叉朝侯刚冷笑了一声。小声说："伯父，有好看的了！"

侯刚只是摇头。

过了一会，元诩怒气冲冲从里面跑了出来，一边跑，一面大声喊："我再也不要见到你们！再也不要见到你们！"

"诩儿，不要这样！不要这样！"皇太后紧跟着从内殿跑了出来，大声喊着。

元诩头也不回，向园门跑去。

元叉幸灾乐祸地看了一眼垂头丧气站在内殿门口的元怿，急急跟了上去。侯刚朝皇太后匆匆行了个礼，也紧跟着跑出去追皇帝。

4.收买奸佞宋维栽赃　诬陷忠臣元怿获罪

元叉与侯刚百般安慰着痛哭流涕的元诩，元诩只是大喊："我要杀了他！我要杀了他！"

侯刚不敢火上浇油，只是想法安慰他。

元叉却故意明知故问："陛下要杀谁啊？臣去替你杀他！"

侯刚瞪了元叉一眼，小心呵斥着："你别火上浇油，好不好？"

元叉并不理会侯刚的责备，继续问元诩："谁欺负陛下了？让姨夫给你报仇！"

元诩抽抽搭搭地哭了一阵，慢慢平静下来。他呆呆地坐着，想着心事。过了好一会，他才看着元叉，问："姨夫，我是皇帝，是不是？"

"当然了，陛下是皇帝！"元叉笑着回答。

"那我要废除太尉元怿,行不行?"元诩眼巴巴地看着元叉,小心翼翼地问。

元叉与侯刚小心翼翼地交换了个眼色,侯刚急忙说:"陛下不可这么说,太尉忠心为国,国朝少不了他! 再说,现在是皇太后临朝听政,皇帝陛下尚未亲政,不好废除太尉职务的! 皇太后不会答应的!"

听到侯刚提到皇太后,元诩立刻变得激愤起来,他拍着腿喊:"我是皇帝,我是皇帝! 我说了算!"

侯刚好言好语,继续劝说着:"陛下千万不要使性子! 陛下年龄还小,现在亲政还管不好国家。等陛下长大一些,皇太后自然会让陛下亲政的! 到那时,陛下想干什么就干什么! 想杀谁就杀谁!"

元叉冷笑着不说话,他的脑子里正在盘旋着一个主意。

"不! 我现在就要亲政!"元诩直着嗓子喊叫着。

"陛下,千万不要使性子啊!"侯刚吓得脸色苍白,搓着手,不知如何安抚这任性的小娃子皇帝的好。

侍中刘腾听到前殿喧闹,急忙跑过来看情形。见皇帝元诩在大发脾气,他急忙上前来安慰。皇帝元诩倒还听他的话。

元叉见皇帝停止喊叫,便笑着问:"皇帝陛下想干什么?"

元诩咬牙切齿,从牙缝里挤出几个字:"我想让元怿死!"他说得那么阴森可怖,令侯刚和刘腾都颤抖了一下。

元叉安慰着皇帝元诩:"皇帝陛下不必操心,此事交给臣来办。好不好? 陛下还是继续好好读书,臣自会为陛下安排!"

元诩点头:"我相信姨夫的话!"他阴沉着脸,眼睛沉郁而凶狠,全然换了个人似的。

元叉知道自己的计谋成功了,元诩已经对元怿和他的母亲产生了刻骨铭心和不共戴天的仇恨! 小小年纪,仇恨种子已经落入心田,惊人迅速地成长起来。

可以动手了! 元叉暗喜。

元叉、侯刚和刘腾,终于把元诩安抚得平静下来,让他睡了觉。

元叉来到前殿,正遇到通直郎宋维。

沉河艳后:胡灵皇后

宋维，字伯绪，前朝重臣宋弁的长子。少袭父爵，自员外郎迁给事中。前些年，他谄媚依附高肇，高肇被除，他出为益州龙骧将军府长史，却一直称病不行。太尉元怿因他为名臣之后，见他生活困顿，特意宽宥举荐为通直郎。又举荐他的弟弟宋纪为参军，让弟兄二人有了生活保障。

宋维见元叉过来，急忙上前，协肩媚笑："将军大人，通直郎宋维问候大人。"

元叉见宋维协肩媚笑，想起他当年依附谄媚高肇情景。此人无行，诱以利，必能为己所用！

元叉换上一副亲热的笑脸："是通直郎宋维啊！通直宫中，辛苦了！辛苦了！"

宋维见元叉如此亲热地招呼自己，受宠若惊，激动地连声说："谢大人！谢谢大人关心！小官本该如此！"

元叉上来拍着宋维的肩膀，亲热关切地问："通直郎干了几年了吧？想不想升迁啊？"

宋维激动得眼泪都快流了出来："两年多了，怎么不想升迁啊？当然想了，只是没有大人提携。"

元叉哈哈笑了起来："怎么没人提携呢？本将军就看中你老实勤恳，忠于职守，又是名臣之子，本将军有意提拔于你。不知你愿意不愿意啊？"

宋维激动地心都颤抖起来，他惊喜地看着元叉，简直不相信自己的耳朵。他声音抖抖地问："将军所言，可是真的？"他眼巴巴地看着元叉，像一条眼巴巴等待主子赏赐的狗。

元叉又是一阵哈哈大笑："看来你不相信我的话，我可是说话算话的君子，从不大话诓人。你去问问满朝文武，我答应哪个人的事没有办成？"

"那是，那是。将军是谁啊？将军要帮人办事，没有办不成的。"宋维真心实意地恭维着说。

"晚上，到我府上，我与你商量一件大事。要是办成了，你弟兄的荣华富贵可比你父亲宋弁！"

"是，我去，我一定去！"宋维谄媚，笑得满脸开花。

晚上，元叉果然在西阳门内御道南永康里府上等待着宋维的来访。

不久前，元叉扩建他的府邸，在后院中掘出一口旧井，并且挖掘出一块石铭，石铭上说这里原是汉朝太尉荀彧的住宅。元叉很是高兴，以为这是天意，上天在预示着他将要飞黄腾达，将要做太尉。

元叉自此萌发了更大的野心。太尉应该是他元叉的，而不应该是元怿的。所以，元叉下决心要取而代之。

宋维缩头缩脑，畏畏葸葸地走进元叉府邸。

宋维虽然出生在豪门大户里，他的父亲宋弁在高祖孝文皇帝时为尚书令，很受高祖器重，被高祖临终时委以宰辅。可是父亲宋弁死后这二十多年里，他却活得很是窝囊和屈辱。虽然袭了父亲的爵位，人死茶凉，失去靠山，他这个纨绔子弟没有任何高升的本事，只能任个小官，连糊口都感觉艰难。父亲宋弁生前就不看好他这两个儿子，曾失望地对族弟说过："维性懒散，又奸险，而纪有头无脑，蠢笨没有智慧，终于要败坏我的名声和家业。"宋维曾多次去求见父亲老友李崇、郭祚、游肇等人，请求他们关照，提携个高官厚禄。可他们都说他性险无才，不予提携。幸亏他机灵聪明，依附高肇，高肇不嫌弃，给他个给事中官做，还算混得有头有脸。可惜高肇塌台，他也受牵连，被贬斥外放个长史。他称病不行，待在家里无事可干，这日子拮据得难以维系。好在太尉元怿看在死去的父亲的面子上给了个通直郎，才算有了糊口俸禄。可惜这通直郎官职太小，叫他不满意。只要有人许他高官厚禄，他愿意为那人做任何事情。

宋维来到元叉府上。他环视着元叉这座极为豪华富丽的豪宅，不住嘴地啧啧赞叹："大人府邸仅逊于皇宫，在京都可屈居第二。"

元叉得意地哈哈大笑着："哪里，哪里。太尉府、司徒府、司空府，还有太保元雍府，侍中刘腾府，都不相上下。"

元叉让宋维坐下，苍头送上清茗。元叉随意问了问宋维的家庭，便把话头引入正题。元叉笑着对宋维说："白天我问你想不想得到提携，你说当然想。以我的地位，到吏部尚书那里说句话，崔尚书没有不答应的。只是，我需要你为我做件事情，这事情做成了，高官厚禄随之而来。不知道宋公是否愿意帮我一个小忙？"

宋维睁大眼睛，急切地说："大人哪里话？我宋维愿意为大人赴汤蹈火！只是不知道大人要小官干什么。"

沉河艳后：胡灵皇后

元叉把椅子向宋维身边拉近一些，放低声音说："我听说你有个弟弟在太尉府为参军，可有其事？"

宋维点头："是的，下官小弟宋纪确实为太尉府参军。"

元叉颔首："这就是了。有人告发说太尉属下私下谋议，欲谋逆立元怿。你去找你弟弟问问，可有此事？若有此事，你与我详细报来。明白了没有？"元叉意味深长地紧紧逼视着宋维。

宋维生于官宦，又为官多年，从小耳濡目染官员行事，对官员伎俩早就谙熟之极，对官员说话的暗示、提醒、威胁、利诱等各种言外之意领会得极为准确。他立刻明了元叉的用意：元叉想利用他和他的弟弟，为太尉元怿罗织一个谋反的罪名！

宋维惊愕了！他张嘴结舌，呆呆地看着元叉，一句话说不出来，头脑里却像开锅水一样翻腾着。元怿可是他弟兄俩的恩人，是元怿在他弟兄走投无路的时候伸出援助之手，拉了他们一把，让他们做了朝廷官员，衣食无忧。他能出面诬陷元怿谋反，让他的恩人遭受灭门之灾吗？

元叉见宋维呆愣地翻着白眼，一句话不说，心里恼怒起来。他脸色一沉，目光马上凝聚起阴冷的光。

"你不愿意，是吧？那就算了，等于我什么也没说！"元叉阴沉着脸站了起来，大声喊："来人！"

几个全副武装的羽林士兵跑了进来。元叉说："送通直郎出府！"

宋维立刻意识到元叉想干什么。元叉是皇宫左卫将军，他担负着护卫皇宫安全，随便找个理由，就可以置他一个小小通直郎于死地，也许这一声"出府"就是送他上西天的口令！

想到这里，宋维浑身颤抖起来，他哆哆嗦嗦地站了起来，连连向元叉施礼："将军息怒！将军息怒！下官并没说不愿意啊！下官愿意，愿意！"

元叉冷笑一声："真是敬酒不吃吃罚酒！去吧！"他对羽林士兵挥手。

宋维擦了擦额头上一层豆大的汗珠，等着元叉的进一步吩咐。元叉换了口气，说："通直郎，坐下吧。刚才受惊了吧？"说完，又是几声得意地哈哈大笑。

宋维惊悸未定，颓然落座在椅子上，还在簌簌发抖。

元叉笑着说："其实此事并不难办。只要让你弟弟说几个人名给你，你出面检举揭发一下，就大事完结。以后的事情全与你无关。"

宋维结结巴巴地问："有司一定会追问我这消息来源，我和我弟弟不都是同案，该同坐吗？"

元叉笑着拍了拍宋维肩膀："这你就放心，我会向太后保举你们无事的！揭发有功，胁从不问嘛！"

宋维无可奈何，已经上了贼船的他是想下也下不来，只好听任元叉摆布，为元叉作伥残害忠良了。

不久，宋维向有司揭发，说太尉府司染都尉韩文殊与其子谋逆，拉拢部下起事，要拥立元怿为皇帝。

左卫将军元叉立刻禀报皇帝元诩。

十岁的元诩惊讶地问元叉："太尉会谋逆？不可能吧？"他已经忘记那天他自己对元怿的愤怒。

元叉眼睛一瞪，提高声音说："小娃子，什么话？怎么不可能？有人都告上来了，还说不可能？"

皇帝元诩被元叉牛样的眼睛瞪得有些发怵，他急忙讨好地问："姨夫，你说怎么处置？"

元叉急忙换上笑脸，谦恭地说："臣听陛下诏令。陛下不是想让他死吗？诏令臣带人去抓他，臣立刻去抓他！"

元诩这才想起那天的情景，对元怿的愤怒又升腾起来："对！我下诏，去抓他！把他抓起来！"元诩拍手跳脚地喊。

元叉立刻说："臣遵旨！"

元叉带领羽林士兵千人来到太尉府邸，把太尉府邸团团围住。元叉带着羽林校尉尔朱世隆进入元怿内宅找元怿。

元怿因为大权在握，又深得皇太后宠爱，怕生诽谤，便舍太尉府邸的一大半建立了浮屠和寺院，自己经常住在西殿，谢绝一切亲戚朋友的来访，一心一意处理国朝政务。这些天，因为西林园撞见皇帝，他心情很不好，精神沮丧，在府邸休养。

听得外面喧哗，元怿从内室走了出来，遇到元叉和尔朱世隆，元叉讥笑

沉河艳后：胡灵皇后

591

地看着元怿，说："太尉，陛下诏臣前来搜查王府，说王府隐藏谋逆之人！"

元怿愤怒地说："何来此谣言？谁人谋逆？"

"宋维和他弟弟宋纪告发韩文殊父子谋反。请交出韩文殊父子。"

元怿冷笑着："韩文殊乃王府一个低级军官，他能谋反吗？你们尽管去捕他。"

元叉和尔朱世隆便指挥着羽林士兵四处搜捕，把太尉府邸搜了个鸡飞狗跳墙，也没有找到韩文殊。原来宋纪因兄长宋维坚持要通过诬陷韩文殊父子以陷害元怿，总觉良心不安，偷偷告诉韩文殊真相，韩文殊父子已经远遁他乡了。

元叉与尔朱世隆没有找到韩文殊父子，对元怿说："既然韩文殊父子失踪，请太尉与我们走一遭。"

元怿想，身正不怕影斜，心中无鬼，跟他走一遭又如何呢？太后一定会赦他无罪的。

"走就走！"元怿气昂昂地跟随元叉出了太尉府邸。元怿的侍妾和子女都跑了出来，哭喊着，拉着元怿，不让他走。元怿安慰着自己的亲人："没什么，我去去就会回来的。"

元怿一进宫，就被元叉囚禁在宫中别馆，置羽林士兵紧紧看守着。

元怿眼巴巴地等着皇太后过问他的事情。但是，他不知道，皇太后此时正把自己关在嘉福后殿，谁也不愿见。皇太后被元诩这么一闹，精神也很不好。为了平息事件，皇太后把自己关在西林园嘉福后殿，每日参佛礼佛，谁也不见。

元叉严禁任何人走漏消息给皇太后。

元叉禁闭了元怿，却也不敢把元怿怎么样，韩文殊父子远遁，没有证据。元叉操纵下，有司判韩文殊父子大辟，但是抓不到人，有司的判决不过一纸空文，无法落实。

元叉暂时拘禁元怿于别馆。

5.再生事端元叉谋害元怿　又行奸计阉人祸患朝廷

拘禁元怿已经两天，元叉还是无法操纵八座坐实元怿的罪行。万一太后亲御前殿,知道他私自拘禁元怿,那可如何是好?必须立刻想办法除了元怿!

元乂来到刘腾府。刘腾老奸巨猾,肯定奸计多,办法多。元乂知道,刘腾对元怿也是恨之入骨。元乂把元怿在太后面前说他义子坏话,并且拒绝安排他义子为兖州刺史的情况转告刘腾以后,刘腾对元怿生出一肚子仇恨。

刘腾,字青龙,平原人氏(今山东平原县东南),小时坐事受刑,补小黄门,高祖时为大长秋卿、太府卿,现为皇帝中常侍,早晚伺候着皇帝元诩。皇太后临朝后,又封他为长乐县开国公,食邑一千五百户。

刘腾恭谨勤勉,内外大小琐碎的事务,只要交付于他,他都勤勤恳恳任劳任怨,完成得让上下都满意。太后信任,诏他主持营建太上公和太上君寺。

刘腾府邸在西阳门内御道北的延年里,东有太仆寺(掌管皇帝的车)、寺的东面有乘黄署(掌管马匹),再东有武库署,原来是魏国相国司马昭府库,再东是阊阖宫门。他的府邸与官署相连,一里路中间,廊屋俨然,高大庄严。

元乂端详着刘腾的府邸,看着眼前耸立着的刘府大门,高大庄严,朱漆灿烂,三进五间,重檐歇山顶,绿色琉璃镶边,黄琉璃瓦覆盖,飞檐斗拱,屋脊上站着彩色烧陶的各色瑞兽,瓦当烧出着美丽的花纹。大门两侧的青砖墙上雕刻着各色人物花卉鸟兽图案,异常精美。门前方砖墁地,站立着巨大的石鼓和一对白色石刻石狮。这大门像皇宫乾明门一样高大,美丽,宏伟。

元乂摇头,感慨地说:"这刘老倌,一个阉人,比王爷都气派!"与刘腾府邸相比,元乂觉得自己的府邸还是不够豪华。"以后还得再改建改建自己的府邸,要超过他才好。"元乂微笑着想。

元乂进了刘腾府邸大门,一边欣赏着他院子里的金银莲花,一边走进凉风堂。

凉风堂,高大宏伟,三重檐的歇山顶,五进五间,像轩光殿一样,挂着绸缎帷幕,摆放着金银器皿,珊瑚玉器。这凉风堂是刘腾避暑的处所,里面凉风习习,阴凉清爽,整个夏天没有蚊蝇,堂面长着万年长生树,像汉上林苑的树木一样。

看着凉风堂的豪华陈设和高大屋舍,元乂又摇起头来,自言自语:"这刘老倌,真比王爷气派!"他的父亲元继,这些年虽然不断改建扩建府邸,不断

沉河艳后:胡灵皇后

增加财富,可其豪华程度还是赶不上这刘腾。元叉自己比起刘腾,更是差得太远了。

元叉知道刘腾喜欢在凉风堂,这里冬暖夏凉。

元叉走上凉风堂,就看见刘腾舒服地躺在躺椅上,几个使女丫鬟围着他,捶腿的捶腿,捶腰的捶腰,把他伺候地舒舒服服。元叉大声喊着说:"刘公,你可真会享福啊。"

刘腾睁开眼睛,看着元叉,让丫鬟把自己搀扶起来,让进元叉。"左卫将军啊,什么风把你吹到寒舍来?"刘腾打着哈哈,分宾主坐下。

丫鬟送上清茗,刘腾端起茶盅,揭开盅盖,拨弄了一下浮在水面上的茶叶,呷了一口,微笑着问元叉:"将军何事造访寒舍?"

元叉笑着:"刘公素来聪明,还猜不出小子造访的缘由吗?"

刘腾哈哈大笑起来:"我就喜欢你小子的聪明和直爽。是不是为太尉而来?"他放下茶盅,眯起眼睛,稍微凑近元叉问。

"是啊,向刘公讨锦囊妙计来了。若是不能坐实他的罪行,待太后御前殿追究起来,不是无计可施了吗? 若是太后下诏释放他,以后他还不报复于我?"元叉把自己的顾虑一股脑说给刘腾。

刘腾见元叉诚心来请教,也就不再装腔作势,把自己的想法全都兜了出来。

"这两天,我一直在想此事。如你所说,此事不能久拖,必须赶在太后御前殿之前办妥。"刘腾眯缝着小眼睛,用尖细的女人似的声音说。

"刘公,你看如何是好呢?"

刘腾抚摩着自己光溜溜的女人似的下巴,转动着眼睛想了想,说:"依下官之见,一不做二不休,还是彻底解决的好。"说到这里,刘腾用力挥了手,做了个恶狠狠的手势。说起元怿,刘腾就愤怒。过去,他对元怿还感觉亲切,可是自从听元叉把那天在皇太后面前的情况以后,他对元怿充满仇恨。

元叉点头,小声说:"我也有此意,只是不知该怎么办好。"

刘腾付身到元叉身边,在他耳边嘀咕了半天。元叉的脸由疑虑到惊讶到眉开眼笑。

"高! 实在是高!"元叉听完刘腾的悄悄话,竖起大拇指,大声赞叹着:"刘公果然高明! 姜还是老的辣啊! 就这么办!"元叉说着站起身,想告辞离去。

刘腾却拉住他的手："将军难得来寒舍一次，还是先去看看我的寺院，然后我们一起进宫去。"

"好!"元叉爽快地答应着。

刘腾带着元叉，来到他的长秋寺。

长秋寺，就在刘腾府邸后面，也在延年里，西阳门内御道北一里。

元叉和刘腾来到寺门，寺北是一片碧绿的荷花池，碧绿的荷花叶映衬着粉红色的亭亭玉立的盛开的含苞的花朵，非常美丽。

"这个池叫濛汜池，夏天有水，冬日干涸。夏天长满睡莲，开满荷花。"刘腾向元叉介绍。"这里原来是晋时的金市。洛阳在晋时，有三市，大的为金市，在宫西，马市在大城东。洛阳市在大城南。这里就是那最大的集市，金市。"刘腾颇为得意地说。

刘腾领着元叉走进寺院大门，迎面便是一座三层宝塔，上有金盘灵刹，光耀城内。

元叉啧啧称赞："不错，不错啊。"

走进庄严高大的大殿，里面有佛祖如来像，作六牙白象负释迦在虚空中，庄严的佛像，全用金玉雕刻制造，做工之异，做工之精，可以说是巧夺天工。

元叉仔细端详着这佛像，他笑着问刘腾："刘公，四月七日，此像是不是被请出来，参加游行?"

"是啊。"刘腾得意扬扬地炫耀着，"这佛像在洛阳城是独一无二的，每年都要参加浴佛节的大巡游! 由形状像鹿的两角辟邪和狮子导引，来到市街，参加百戏表演。佛像后面，有人表演吞刀吐火，有人在马背上腾挪跳跃，又有人攀缘五彩缤纷的彩幢，在绳索上表演。各种诡异奇巧的杂耍，平常见不到。佛像停留的地方，经常围观如堵，争相拥挤，互相踩踏，甚至发生践踏至死的事情呢!"刘腾说得满脸骄傲。

两人正说着，突然听到后面传来一阵女人的艳笑声。元叉狐疑地看着元叉问："你这寺院里养有女尼?"

刘腾摇头："我这不是尼寺，哪里养女尼啊。"

"那怎么有女人的笑声？还笑得如此淫荡?"元叉知道，刘腾是唯一一位建造僧寺的阉人，京城的阉人建寺，全部建尼寺。这也算刘腾的英雄气概，曾得到太后嘉奖。

刘腾也满心狐疑，却不知如何解释。他其实已经听出那艳笑的女人身份，但是他不敢相信，更不愿相信。

"走吧，我们回宫吧。"刘腾急忙拉着元叉走。

还没容刘腾和元叉离开，大殿后门便进来一个僧人和一个女人，二人亲密地互相推搡着，一看就是在打情骂俏。

"官人?"那女人看到刘腾，脸腾得红了，一个白皙的脸一下子成了关公的枣红脸。那僧人也惊吓得怔在原地。

刘腾的脸纸一样白。

聪明的元叉立时明白了事情的全部原委。这便是刘腾老婆，被皇太后封为巨鹿郡守。元叉暗笑:阉人娶妻的下场只能是当乌龟!

刘腾知道自己妻子经常来长秋寺礼佛，但是他不知道，妻子说是礼佛，实际是来私会相好男人的。这男人是寺院的僧人，原本是他老婆在家时青梅竹马一起长大的恋人，见自己的恋人被刘腾强行娶去为妻，一气之下削发为僧，也来到洛阳寺院。后打听到刘腾建长秋寺，多方托人，进了长秋寺做沙门。从此以后，得以与恋人团聚，也就忘记了寺院的八戒清规。作为阉人老婆，这女子这些年也过得很苦，虽然锦衣秀食，不愁吃穿，只是那色性折磨得人难以忍受。夜晚，任刘腾折腾，却如行在沙漠里的饥渴之人望着海市蜃楼一样，自己的要求一无满足，反而更为饥渴难耐。当她在寺院里见到自己青年时期的恋人，正如烈火干柴，两人谁也离不开谁。

刘腾恶狠狠地上前抓住老婆，劈面扇了她左右几个耳光!

那僧人见刘腾动手打他的相好，这心里疼的什么似的，一时着急，忘了自己的身份和刘腾的身份，扑了上来保护恋人。刘腾飞起一脚，把那僧人踢出几步之外，僧人挣扎着爬起来，被刘腾又一脚踢翻在地。

刘腾还是怒不可遏，他抽出腰间佩剑，手起刀落，明晃晃的刀刃朝僧人脖子砍去。僧人一声惨叫，一股鲜血喷涌出来，喷洒到佛像上。刘腾老婆一声尖叫，倒在地上晕了过去。

刘腾扔了佩剑，转身离开寺院，回前府更换衣服。

元叉摇头,跟在刘腾身后,匆匆离开。

刘腾和元叉回到皇宫,立即按照计谋召见主食中黄门胡玄度和胡定列,这二胡皆为皇太后本家本宗,原是胡国珍府上厨子,特意被皇太后诏进宫,安置到皇帝身边做主食。

刘腾见二胡来,满脸堆起亲热的笑容。他对二胡说:"我知道你二人对皇帝和太后忠心耿耿,现在皇太后想请你们帮忙。"

二胡受宠若惊,连声说:"公公哪里话,有什么吩咐只管说,我弟兄二人定会照办!"

"好,有你们这话,皇帝和皇太后将来一定重赏你们二位!"刘腾笑嘻嘻地说,"我听说元怿用重金重位收买二位,要二位在御食中放置毒药以谋害,以便自己为皇帝。你们要向皇帝禀报此事!"

二胡互相看着,心下诧异:这不是无中生有的诬陷吗,这会让元怿掉脑袋的!

刘腾见二胡迟疑着没有说话,他马上阴沉了脸,拉长语调"唔"了一声,催促他们表态。

二胡你看我,我看你,明白了他们别无选择。今天这事,他们愿意要做,不愿意也得做,否则,他们的小命则休。二胡忙不迭地说:"是,是,小人具告。"

"走,我们去见皇帝!"刘腾得意地笑着。

皇帝元诩在寝宫里歇息。这几天他心情极为不佳,不管醒着还是睡着,脑海和眼前满是皇太后和元怿赤裸裸的肉体在晃动,叫他感到十分恶心。

刘腾进去见皇帝。

"陛下。"刘腾谄笑,十分慈祥和蔼,"老臣刚听闻一个令人震惊的消息,不知当不当讲?"

元诩坐了起来,百无聊赖地抱住一个大布老虎,玩弄着一些虎符、节令、号牌、玉玺等需要他熟悉的帝王物件,他郁郁寡欢地说:"你就说吧,啰唆什么?"

刘腾恭身往前凑了凑,说:"主食黄门胡玄度和胡定列向臣告密,说太尉元怿许他们以高官厚禄,以及金帛等物品,让他们在御食里秘密下毒,毒害

沉河艳后:胡灵皇后

597

陛下,以便将来自己取而代之!"

"什么?!"元诩喊了起来,"大胆元怿! 我尚无追究他之罪行,居然又想毒害我! 传左卫将军来!"

左卫将军元叉适时跑了进来:"陛下,何事传唤微臣?"

元诩扑到元叉怀抱里哭喊着:"姨夫,元怿想谋害我!"

"这还了得?!"元叉大惊失色,装作一无所知的样子愤慨地说,"是可忍,孰不可忍! 陛下,臣这就替陛下召集大臣,传唤元怿,让公卿议罪,看他有何话说?"

元诩点头:"好! 立即召集九卿议元怿之罪!"

刘腾和元叉高兴得互相看了一眼,元叉说:"臣这就去带元怿!"

刘腾笑说:"臣去传唤大臣!"

刘腾和元叉走出宫外,刘腾对元叉说:"你派人传唤元怿,带人等在含章殿后等他出来。他一出来,立即拿下带到含章东省,我派人传公卿去议罪!"

"皇太后那里如何? 万一走漏风声,她来前殿,不是前功尽弃吗?"元叉说,"你得先去关闭永巷门,隔绝太后!"

"好! 我这就去!"刘腾答应。元叉带着亲信羽林校尉侯祥与奚难向含章殿后奔去。侯祥是侯刚长子,娶元叉妹子。奚难是右卫将军奚康生的长子,娶侯刚的女儿。

6.元叉逼迫太后逊位　皇帝登临前殿亲政

"七月了。"元怿站在皇宫别馆的窗户前凝望着蓝天,自言自语。几片黄色的杨树叶子在蓝天间飘飘荡荡,飞落到宫殿的黄色琉璃瓦上。秋天来了,秋雁快要南飞了,元怿有些忧虑地想。他被元叉禁锢在这别馆里已经好几天,他每天都在盼望着皇太后诏令来放他出去。

皇太后难道不知道自己的处境吗? 她为什么迟迟不出来解救他呢?

元怿感到奇怪。自己一个堂堂太尉,一个王爷,又是皇太后的心腹,为什么突然之间就能失去一切大权,被人禁锢在这里失去自由呢? 过去以为大权在握,现在才知道这大权不过像冰山一样不可靠。

元怿叹了口气,心绪乱得像一团麻。他又想起自己的妻子和儿女,感到一丝内疚。为了国朝,他居住于皇宫西殿的时间多,回家居住的时间少,连女儿出嫁,都没有太多过问。看来还是该回家多住住的好。毕竟是自己的家啊! 可是,当他这么强烈的思念家与亲人的时候,却不知道自己什么时候才能回家。

元怿又深深叹了口气,沮丧地坐回桌子前,随意翻开一卷书,却一个字也看不进去。他怀着强烈的希望期盼着,期盼着皇太后派人来解救他。

不会被元叉禁锢得太久,皇太后会很快下诏恢复他的地位! 元怿在座位上舒展着身体,伸了几下胳膊,信心百倍地对自己说,安慰自己那越来越不宁静的心。

侯祥带着几个羽林走进大门,他来到元怿面前,略微施礼,很傲慢地对元怿说:"皇帝陛下诏传你去显阳殿见驾!"

元怿心头一喜:皇太后终于下诏了! 他喜不自禁,立刻站起身迈步出门,向显阳殿跑去。

元怿进宫,走到含章殿后,遇见元叉带着三十多人过来,元叉雄赳赳气昂昂迈步进徽章东阁。徽章东阁是放皇太后和皇帝玉玺的高度机密室,只有太尉元怿得以入。元怿厉声呵斥着:"大胆元叉! 你想干什么? 你想谋反不成?"

元叉冷笑着:"元叉不反,正想擒拿欲反之人!"元叉朝身后宗士羽林直寝挥手:"把大胆谋反元怿拿下!"宗士羽林一拥而上,把元怿包围起来。

元怿怒喝着:"大胆元叉! 你想干什么? 我奉皇帝诏进宫见驾,何罪之有? 你竟敢私自捆缚朝廷重臣?"

元叉冷笑道:"我也是奉皇帝陛下之诏,特来捉拿谋反乱臣贼子!"

元怿挣扎着喊:"你不能这么诬陷宗王! 我要见皇太后! 带我去见皇太后! 皇太后会相信我的清白!"

元叉冷笑着:"见皇太后? 怕是难了! 带他进东省去!"

元叉命令宗士羽林把元怿带进含章殿东省,派几十名士兵紧紧看守,自己径直往含章殿。

含章殿上,公卿肃立着,他们被刘腾叫来,并不知道为什么事情,一个个板着面孔沉默地等待着。

沉河艳后:胡灵皇后

元叉雄赳赳气昂昂地走进含章殿,右卫将军奚康生带着羽林包围住含章殿,把守在大门。

元叉站到高台上,大声宣布说:"今朝请各位公卿前来会议元怿谋害皇帝罪行!"

话音一落,下面公卿各个愕然,互相交头接耳,叽叽喳喳地议论起来。

"太尉谋反?"

"谋害皇帝?"

"什么时候?"

"怎么可能呢?"

公卿们一脸诧异愕然与狐疑。

元叉提高声音大声说:"元怿收买主食黄门,让主食黄门胡玄度和胡定列在皇帝御食里下毒!有胡玄度和胡定列供词为证!容不得诸位怀疑!如有人怀疑,请站出来!"元叉凶狠阴郁的目光扫着下面公卿。

公卿你看我,我看你,谁也不敢说话。大殿里一片死寂。

"既然诸位无疑问,请公卿会议处置!"元叉喊。

"谋害皇帝,罪当极刑!"侯刚大声说。

元叉得意地看着公卿,厉声追问着:"公卿之见,如何?"公卿都纷纷低下头,谁也不敢与元叉目光相遇。

"诸位默然,即是同意侯大人提议!好!我即将公卿会议禀报皇帝!"元叉冷然地扫视了公卿一眼,昂首挺胸走下高台,正要带着人离开大殿。

"请将军留步!"一个晴朗浑厚的声音大声喊了起来。元叉心头一震,这是何人,如此大胆?他站住脚步。

一个须发皆白的老人昂然走出人群,脸上堆着笑容。游肇!元叉认了出来。

游肇,前朝重臣,被高祖封为三老的游明根之长子,字伯始,高祖孝文皇帝赐名肇。幼为中书博士,高祖初为内秘书侍御中散。后为太子中庶子。世宗元恪时,为廷尉卿。高肇得势,以游肇与己同名,欲令其改名。游肇说:"愚名为高祖所赐,不可改易。"秉志不从,令高肇厌恶又无可奈何。世宗元恪嘉其刚直,迁为侍中。皇太后临朝,迁中书令、光禄大夫,加金章紫绶,相州大中正,又徵为太常卿,迁尚书右仆射。

沉河艳后：胡灵皇后

"游大人，何事见教啊？"元叉冷淡然而恭谨地问。这老头子为官清廉守正，外表宽柔，内里刚直，不为权势所动，学问又好，治《周易》《毛诗》，尤精《三礼》，撰写《易解集》《冠婚仪》《白珪论》，诗赋表启七十五篇，皆流行于世，深受士子官员景慕。这个老头子，软硬不吃，皇帝即位大肆赏封，从崔光以下公卿都加封邑，公卿各个欢天喜地接受，封游肇文安县开国侯，邑八百户，游肇说："子袭父位，今古之常，因此获封，何以自处。"独独不受。

面对这么个六十九岁的老头子，元叉也不敢太张狂。

游肇精神矍铄，腰板笔直，脸上浮着慈祥宽容敦厚可亲的笑容，走到元叉面前："将军，老夫失礼了。老夫以为，处置元怿之决断有些草率，请将军慎重为之。"

"何以见得草率？"元叉不悦地问。

游肇慢条斯理地说："元怿为皇帝亲叔，忠心辅政人心皆知，两个主食黄门说他下毒谋害皇帝陛下，尚未经有司靠实。还请将军送二胡进御史台考问，待落实以后再行会议。不知将军意下如何？"

元叉冷笑了一声："有司已经靠实，不必再行审问。"

游肇坚持说："有司靠实，而尚书省尚未靠实。老夫为尚书右仆射，可以代将军审问。请将二胡交与尚书省，由老夫考问。一切靠实，再行会议处置元怿办法不迟！"

元叉一时语塞，不知如何应付这固执的老头子。

"也好，也好。"元叉不置可否地支吾着，急忙抬脚向外走。

"老夫等待将军送二胡到尚书省！"游肇在后面大声说。

"老家伙，活得不耐烦了！"元叉压低声音，对身边的右卫将军奚康生说："除了他，省得他碍事！"奚康生顺从地点着头。

第二天，游肇出门，正要上车到府台办公，迎面一辆马车呼啸狂奔而至，撞倒游肇的车马，游肇走避不及死于车轮下，享年六十九岁。

皇太后在九龙殿歇息了两天，感觉精神好了许多。

两天以来，一直没有见到元怿等大臣前来禀报，她心里有些奇怪。元怿是不是因为被皇帝元诩撞见，感到不好意思来见她呢？可是，为什么也不见其他大臣前来禀报呢？

沉河艳后：胡灵皇后

　　皇太后在尝食典御徐纥的伺候下用了早膳，由春香和主衣给换了衣服，打扮得容光焕发，神采奕奕，带着随从出了九龙殿。七月的天气真好，虽然有些炎热，可一阵一阵的凉风吹来，让人心旷神怡。

　　皇太后上了金根步挽，羽林拉着向通向前殿的永巷门走来。皇太后一行来到永巷门，宽大厚实鲜红的永巷门却紧紧关闭着。

　　羽林校尉上前敲门。

　　"这是咋的回事？"皇太后惊讶地问崇训宫卫尉卿、北宫中侍中成轨。

　　成轨也懵然不知所措。这永巷门的关闭是由中宫领军将军元叉直接管辖的，他并不知情。

　　成轨上前帮着敲门，那边寂然无声。

　　皇太后恼怒了。"这是怎么回事？！快去找元叉来问个清楚！"

　　"请太后先回宫歇息，等奴婢去找人开门！"成轨簇拥着太后又回到九龙殿，然后就带着人急忙向西林园正门去，想出了西林园再进中宫。

　　皇太后回到九龙殿，独自坐到卧榻上气呼呼地生气。这些奴婢，什么事都不知道，真不像话！

　　成轨惶惑不安地走了回来，禀报说西林园园门被元叉派的羽林军紧紧关闭起来，怎么叫也不给开门。

　　"元叉？"皇太后惊讶地问，"元叉他想干什么？"

　　成轨慌乱地说："听把守西林园的羽林军士说，元叉已经囚禁了太尉元怿，正召集百官会议元怿谋害皇帝的罪行呢！"

　　"什么？！"皇太后曛地站了起来，提高声音尖声喊着，"元叉想干什么？他这是在谋反！走！朕去见他！"说着，就往外走。

　　成轨哭丧着脸说："太后，他已经封闭了园子，我们谁也别想出去了！"

　　"反了！反了！"皇太后愤怒地喊着，跺着脚，挥舞着手命令成轨："带羽林给朕冲出去！"

　　成轨小声说："羽林都被元叉调走了，奴婢还以为是正常换班，并没在意。现在园子里只剩了不到十个羽林！"

　　皇太后脸色惨白，一屁股坐回坐榻上，双手掩面哭泣起来。她这才意识到，元叉在她不知不觉的时候发动了政变。

　　皇太后捶打着坐榻，哭天抢地："天啊，这是怎么回事啊？我养虎自啮，长虺成蛇啊！真是报应啊！"

元叉来见皇帝元诩。

见元叉满面笑容的样子，元诩急忙上前拉住元叉的手，高兴地问："姨夫，事情办得如何？捉拿住元怿了吗？"

元叉笑着说："陛下尽管放心，不仅捉拿了元怿，还召集了公卿会议元怿下毒罪行，公卿群情愤慨，众怒难犯，公卿全体一致公议，极刑处置元怿！"

"好！太好了！这才大快我心！"元诩拍手跳脚，笑着喊着。

"请皇帝下诏吧。皇帝下诏，马上就处置元怿！"元叉说。

"好，我这就下诏！诏秘书中丞，为我起草诏书！"元诩笑着对进来的刘腾说。

元叉想，这里私自处置了元怿，皇太后迟早会知道此事的，万一皇太后追究起来，皇帝元诩挡不住皇太后责问，全都推到自己头上，那可要麻烦大了。干脆一不做二不休，不如趁此大好机会，一并让皇帝亲政，把朝政大权牢牢掌握在自己手里！

想到这里，元叉笑着问皇帝元诩：

"皇帝陛下，姨夫让你正式亲政，代替太后临朝听政，你愿意吗？"

"当然愿意了。可太后呢？她愿意吗？"元诩天真地笑着回答。

"皇太后说她累了，身体不好，想在西林园好好歇息休养几年，她说皇帝已经长大了，该是亲政的时候了。"

"是吗？那太好了。"元诩跳着蹦着。

"皇帝陛下同意亲政了？"元叉笑着说，"那就请皇帝陛下以皇太后的名义下诏吧。"元叉惊喜地说。

"等秘书中丞来一并拟写诏书。"元诩说。

"好！臣等奉皇帝于前殿，向百官宣布皇帝亲政的大好消息！"侍中元叉与中侍中刘腾一起，在右卫将军奚康生与侯刚等人的簇拥下，来到显阳殿，向百官宣布皇太后诏书。

皇太后诏书说：

"魏有天下，弈叶重光。高祖孝文皇帝，以英圣驭天，徙京定鼎。世宗宣武皇帝，以睿明承业，廓宁区夏，而鸿勋未半，早已登遐。乃令车书

沉河艳后：胡灵皇后

弗同,鲸寇尚炽。幼主稚弱,凤纂宝历,曾是宗佑,莫克祗奉,朕所以敬顺群请,临朝总政。帝年已长,久思退身,所以往岁殷勤,具陈情旨,百官内外,已照此怀。自此春来,先疾屡发,药石摄疗,莫能善瘳,夏首及今,数加动剧,便不堪日理万务,巨细兼省。帝齿周星纪,识学逾跻,日就月将,人君道茂,足以抚绥万邦,谐决百揆。朕当率前志,敬逊别宫,远惟复子明辟之议,以自绥养,实望群公逮于黎庶,深鉴斯理。如此,则上下休嘉,天地清晏,魏道熙隆,人神庆悦,不其善欤?"

当元叉代表皇帝朗朗诵读了皇太后逊位诏书,大殿里一片死一样的寂静。刘腾见百官愣怔,急忙带头高呼:"皇帝万岁!万岁!万万岁!"

百官这才醒悟过来,急忙随着刘腾高呼万岁。

这是神龟三年(公元520年)七月丙子,三天以后,元叉与刘腾一切准备就绪,带着皇帝元诩临前殿,元服加冕,大作国乐,燎表祭天,宣布大赦,改神龟三年为正光元年,内外百官人人进位一等。

7.忠心元怿受迫害无辜遇难 愤怒元熙起义兵枉自送命

七月丙子这天晚上,元怿还被关在含章殿东省,他孤零零地坐在椅子上,双手抱头,苦苦思索着这些天发生的事情。他实在想不明白,为什么突然发生这么多变故,为什么突然之间他手握的重权全都消失了?他这才明白皇宫政变的残酷。虽然从小就目睹与经历过叔父辈的多次政变,见过叔父咸阳王、北海王和彭城王的悲惨下场,也见过哥哥京兆王元愉的可悲下场,但还抱着侥幸心理,以为自己赤诚忠心,又有皇太后垂怜,可以施展自己的抱负,可以把国朝带向国泰民安,风调雨顺,可以任用贤能,抑制小人奸佞,保朝廷平安。却没想到,不过三十四岁的年纪,还是被奸佞所害。

元怿唉声叹气。他已经意识到自己的时辰不多了,元叉不会放过他的。虽然不想死,可是也并不怕死,只是这大魏江山怕是难以重新振兴了!可怜祖先抛头颅洒热血好不容易挣来的这大好河山,又被自己的子孙葬送了!

元怿想起彭城王元勰的感慨:"灭大魏者,大魏子孙也!"果然如此。这元叉是葬送大魏的第一罪人!

元怿愤怒地想着,靠在椅子上慢慢地沉睡了。

元叉带着羽林摸进屋子,用绳子套在元怿的脖子上,几个人用力一拽,元怿只发出一声沉重的叹息一样的气息,便离开了人间。

七月的夏风吹拂着宫殿,树梢发出阵阵瑟瑟的声音,为这三十四岁的宗室王爷元怿惋惜,为拓拔元氏宗室最后一个优秀子孙送行。

元怿死,元怿的部属、门吏和子女都害怕惹祸上身,谁也不敢去元怿丧所哭临,独有一个人,他身穿丧服来到元怿丧命的地方,放声大哭,跪拜祭奠。他就是被元怿任命为从事中郎的阳固,他痛哭良久,才悲伤地离开。他怀念元怿,敬重元怿。

有人听说以后,感慨叹息着说:"这才是君子啊!古来君子也不过如此而已!"

史书上记载:"朝野贵贱,知与不知,含悲丧气,惊振远近。夷人在京及归,闻怿之丧,为之劈面者数百人。"

"清河王元怿被元叉杀害?"安西将军、相州刺史元熙拍案而起,"贼元叉,他想干什么?他唯恐天下不乱,他是不是想颠覆大魏江山啊?"元熙在自己的府邸里愤怒地咆哮喊叫着。他手中展开着弟弟通直散骑侍郎、羽林监元略从京都刚送来的密信,看了几行,就暴跳起来。

"阿爷,少安毋躁,还是耐着性子看下去,看叔还写些什么。"他的长子景献、次子仲献急忙上来安慰着元熙。

元熙又继续读起四弟元略的密信。四弟元略接着向他报告了另外一些惊人的消息。元略在密信里说,元叉为了彻底消灭元怿势力,已经开始在朝廷内进行大清除,他们弟兄几人都被元叉视为元怿势力列入清除之列,元略自己已经被废黜贬到怀朔镇为副将,不日即将动身,而得到密报说元叉正派人前来相州和南秦州捉拿为刺史的元熙与三弟元诱!

元熙愤怒得浑身颤抖着。

元熙,字真兴,南安王元桢之子元英的二子,好学,俊爽有文才,元英顾虑他轻率浮动,难于成就大事,忧虑他非保家之主,常想废他世子地位,立老四元略,只是因为元略不受,宗议不听,才没有实行。元熙是于忠的女婿,于忠当政时,一年内屡次升迁。元熙弟兄与元怿亲近,元怿也喜欢元熙弟兄。

元熙在相州州治邺城府邸里暴躁地走来走去。元怿被害,皇太后被幽

沉河艳后：胡灵皇后

禁,皇帝幼冲,这大魏可是要被元叉操纵。元叉什么东西?居然可以操纵大魏江山?居然要加害他弟兄?

怎么办?元熙走来走去。看来只有一条路了!那就是走前任京兆王元愉的路了!元熙想。

这相州,原为冀州一部分,反于冀州的京兆王元愉被平以后,分出邺城周围一块,成立了相州。

元熙想起元愉,元愉当年就是因为高肇迫害走投无路而据邺城反,他元熙是不是应该效仿元愉起兵,为元怿报仇,为自己寻找一条生路呢?

元熙右手拳砸在左手掌心里,喊着:"不反是死,反也不过一死!不反还待何时?!"

元熙的夫人于氏听得前面厅里有大声喧哗,走了出来,见元熙一脸愤怒,急忙询问:"官人,出何事了?"

长子景献上来小声把事情原委讲给母亲听。于氏浑身颤抖着哭了起来:"这可如何是好啊?"

元熙跺脚:"只有这一条路了!与其坐等元叉派人来害我等,不如上表称反!也许还有一线生机!"

于氏哭着拉住元熙的胳膊:"不行的!官人!反不得的!官人难道忘记元愉教训?胳膊总是拧不过大腿的!官人,你不能走这条路啊!你忘了那个梦了吗?"

元熙几个月前做了一个梦,那时任城王元澄还没有薨,元熙梦见有人对他说:"任城当死,死后二百日外,君亦不免,若其不信,试看任城家。"元熙梦中回头看任城王府邸,只见任城府邸,四面墙崩塌,一堵也不剩。元熙从梦中惊醒,心里很是不舒服,便把这梦境告诉了于氏。

元熙摇头,当初离京来相州州治邺城的时候,似乎就有些预兆,正是夏七月天,其日却大风寒雨,冻死二十多人,数十匹驴马。

可是事已至此,又有什么办法?

元熙暴躁地甩开于氏,喊着:"不反又能怎么样?他元叉想置我弟兄于死地,我能逃脱吗?只有这一条路可走了!我现在就写表声讨元叉!"

于氏哭着,还想继续劝说,元熙却冲进书房,"哐当"一声关上了门,开始构思他的表文。于氏痛哭得连头都抬不起来。两个儿子一左一右搀扶着母亲回到后边，他们也都哭得如泪人似的。

才思敏捷的元熙不久就写好他的表文。

"臣闻安危无常，时有休否。臣早属休明，晚逢多难。自皇基绵茂，九叶承光，高祖、世宗，徽明相袭。皇太后圣敬自天，德同马邓；至尊神睿纂御，神鉴烛远。四海晏如，八表归化。二领军将军元叉宠藉外亲，叨荣左右，豺狼为心，饱便反啮。遂使二宫阻隔，温情阁礼，又太傅清河王横被杀害。致使忠臣烈士，丧气阙庭，亲贤宗戚，愤恨内外。妄指鹿马，孰能逾之？王董权逼，方此非譬。臣仰瞻云阁，泣血而生，以细草不除，将为烂漫。况又悖逆如此，孰可忍之？臣忝籍枝萼，思尽力命，碎首屠肝，甘之若荠。今辄起义兵，实甲八万，大徒既进，文武争光，与并州刺史、城阳王徽，恒州刺史、广阳王渊，徐州刺史、齐王萧宝夤等，同以今月十四日俱发。庶仰凭祖宗之灵，俯罄义夫之命，扫翦凶顽，更清京邑。臣亲总三军，星迈赴难，置兵温城，伏听天旨。王公宰辅，或世著忠烈，或宿佩恩顾，如能同力，剪除元叉，使太后至尊忻然奉对者，臣即解甲散兵，赴谢朝阙。臣虽才乖昔人，位居蕃屏，宁容坐观奸丑，虚受荣禄哉！"

元熙一挥而就，打开门，招呼长史柳元章，让他立即把声讨元叉的表文抄写多份，派人上书朝廷和京师各台，同时送达并州、恒州和徐州，以联络这几个州的刺史共同起事。

长史柳元章看到这表文，内心已经哆嗦成一团。

元熙要起兵声讨元叉，这不是以卵击石自取灭亡吗？他元叉宣布起事，朝廷必将派大军围剿，像当年围剿元愉一样。这魏郡，这邺城，必将又一次遭受血洗和空前劫难。他一家老小都在邺城啊！

怎么办呢？柳元章的心里像开锅的水一样上下翻腾着。

如何避免这空前劫难？如何拯救邺城父老乡亲亲人呢？柳元章一边抄写一边思忖。

元熙派人送表上京以后，立即在邺城召集军队粮草马匹车辆，一边联络其他几个州刺史，积极准备起事。

邺城官吏百姓听说刺史元熙要起兵声讨元叉的消息，人心惶惶，内外恐怖。当年元愉给邺城带来的灾难还清晰地留在邺城人的心头。邺城，是个

沉河艳后：胡灵皇后

多灾多难的城市啊！虽然曾经有过辉煌，曾经作过曹魏、晋和北燕的国都，可是这百多年来，多次被洗劫。慕容垂围邺半年，饿死百姓无数；元愉据邺反，又被世宗派军血洗火烧。好不容易刚过了十几年稳定的好日子，这刺史元熙又一次让邺城面临劫难！

百姓害怕，担心，愤怒，纷纷向太守诉说。

柳元章找到别驾游荆和魏郡太守李孝怡等几个平素相好的人，一起商议相州邺城眼下的情势。魏郡太守李孝怡沉痛地说："我不能眼看着邺城百姓遭受血洗！我作为魏郡邺城的太守，要保住百姓和邺城！"

别驾游荆也说："是啊。元叉幽禁皇太后，与我们何干？我们不能白白做他们争权夺利的牺牲！我不想让我的兵士去送死！"

柳元章压低声音说："我们一定得拯救我们自己和我们的亲人！你们说，该怎么办？是不是听任元熙起事？"

游荆咬着嘴唇："不行！我们要制止他！"

"对！制止他！先下手为强！"魏郡太守李孝怡轻轻地说。

柳元章沉思着："事情宜早不宜迟！我们要尽快动手，否则，等元叉发大兵来围剿的时候，我们也就无能为力了！"

"是的！柳兄所言极是！要及早动手！趁朝廷尚未派大兵来剿，也要趁其他州尚未动作，趁元熙尚未出发前动手为好！"游荆说。

"今晚动手如何？"柳元章看着别驾游荆和太守李孝怡说。

"好！今晚动手！"游荆拍了下大腿，"今晚元熙不在军营，要回府邸，正好动手！"

"好！"柳元章站了起来，与游荆和李孝怡击掌为盟，"我们于亥时动手！"

元熙带着长子、次子回到府邸。今天已经是宣布起事的第十天了，可是还未得到其他三个州的消息。城阳王元徽、广阳王元渊，齐王萧宝夤都是信得过的人，也都是受皇太后隆恩的刺史，应该会同意与他一起起事的。可为什么还不见他们的回信呢？

元熙心中忐忑不安。仅凭他一个州的势力，恐怕难于与元叉代表的朝廷大军相抗衡。

元熙回到府邸，看见夫人于氏拥着最小才两岁的儿子叔仁还在流泪，他不耐烦地呵斥着:"你尽管哭泣个什么啊? 天塌下来,有我顶着。"

于氏哽咽着:"我怕你顶不住啊!"

元熙厌烦地挥手:"去睡觉吧! 别想那么多了! 事已至此,怕也没有用了!"他进了书房,想写几封信给京师的朋友,像袁翻、李琰等几个文友。离京赴邺的时候,他们五六个人一起在河梁为他饯行,大家唱和作诗告别。眼下这情势,也许今生没有见面的希望,他想写信给他们以告别。

元熙拨亮了灯台里的灯芯,在笔洗里润了润笔,蘸着砚台里的墨汁,提笔在纸上写了几个字:"弟如面",正准备往下写去,突然听得院子里一阵鼓噪,好像有几百个人冲了进来。他扭头向院子看去,只见院子冲进许多兵士,手举火把,齐声鼓噪着喊:"捉拿叛逆元熙!"

元熙心中一惊,抄起身边的腰刀,跳到大厅里,高声呼喊着儿子和卫兵:"起来! 快起来! 出事了!"

他的长子景献与次子仲献听到父亲的喊声,都握着刀带着三四十个卫兵从里面跑了出来,父子三人带着兵士冲进院子里,与来人格斗起来。

柳元章、游荆和李孝怡见元熙父子三人冲了出来,命令兵士围上来。元熙的几十个兵士很快被缴械,元熙父子三人被兵士紧紧捆绑起来。

"带走!"柳元章命令自己的兵士。有的兵士还想继续在元熙府邸里烧杀抢掠一番,被柳元章呵斥制止。柳元章让士兵把元熙父子三人带进太守衙门的高楼上,紧紧看管起来,一面紧急上表给朝廷禀报,请求朝廷对元熙的处置。

元熙和儿子被关闭在高楼上,知道已经了无生还希望。他请求柳元章给他带来笔墨纸砚,他要在临死前写完给朋友的告别信。元熙不怕死,他见过太多的死亡。当年他随父亲元英南征北战,杀人如麻,有时为多赢得朝廷封赏,还经常随意杀死无辜,多增首级,以为功状。

元熙在高楼里,写完他的那封绝笔书:

"吾与弟并蒙皇太后知遇,兄据大州,弟则入侍,殷勤言色,恩同慈母。今皇太后见废北宫,太傅清河王横受屠酷,主上幼年,独在前殿。君亲如此,无以自安,故率兵民建大义于天下。但智力浅短,旋见囚执,上惭朝廷,下愧相知。本以名义干心,不得不尔,流肠碎首,复何言哉! 昔李斯忆上蔡黄犬,陆机想华亭鹤唳,岂不以恍惚无际,一去不还者乎?

今欲对秋月，临春风，藉芳草，荫花树，广召名胜，赋诗洛滨，其可得乎？凡百君子，个敬尔宜，为国为身，善助名节，立功立事，为身而已，吾何言哉！"

元熙写完这封给全体朋友的信，又提笔写了两首诗，一首给亲人告别：

> 义实动君子，主辱死忠臣。
>
> 何以明是非，将解七尺身。

另一首给朋友：

> 平生方寸心，殷勤属知己。
>
> 从今一销化，悲伤无极已。

写完，元熙把笔掷在桌子上大声喊："来人！"看守他的士兵跑了进来。

"把这交给柳元章，请他代为交给我的家人和朋友！"

柳元章跟随元熙多年，毕竟还稍微念及情分，他按照元熙的请求，把信与诗交给元熙想要交的人。时人阅读以后，甚为叹惋。

京城元叉得到相州柳元章等人的报告，立即派尚书卢同前来，斩元熙和他的三个儿子于邺城街市，传首京师。于氏和最小的儿子叔仁得以获全，母子徙朔州。

元熙起事时，他在南秦州的弟弟元诱，已被元叉斩于岐州。

正要赴朔州上任的元略，得知元熙起事失败，靠旧友为获筏帮助逃过盟津，跑到上党，后偷跑到江左，投靠南朝梁萧衍。

孝昌初，皇太后反正，诏叔仁母子归京师，还其财宅，袭先爵，任征虏将军、通直散骑长史。

元熙起事的时候，元叉身边也发生了谋杀元叉事件。元叉禁卫军中有个千牛备身的军官，名胡虔，字僧敬，是太后伯父胡真的长子，听说太后被元叉幽禁，非常愤怒。

胡僧敬军队驻扎于城北大夏门外的阅武场。阅武场辽阔，建有供皇帝和皇太后阅武的高楼。阅武场外是大片的碧绿的苜蓿地，夏天到来，一片紫色，蜜蜂嗡嘤，景色很是优美。

胡僧敬把手下一个叫张车渠的相好备身小军官叫来，向他说了朝廷内的巨变。

"什么？幽禁太后？"张车渠牛一样的大眼流露出无比的愤怒，"谁干的？"

"元叉！"

"我们想办法去解救太后！"张车渠毫不犹豫地说。他一直记得太后带着皇帝到阅武场阅兵的盛况。那一天，张车渠被指定为太后和皇帝表演角抵，又表演他的拿手武艺抛掷大刀。张车渠武艺了得，经常在城北大夏门外阅武场和附近的禅虚寺里与羽林、马僧表演角抵，掷戟与抛百尺树。张车渠抛掷大刀，可出楼一丈，经常取得第一。阅舞那一日，有太后和皇帝观看，他更是拿出浑身解数，大喊一声，把一把亮晃晃炫人眼睛的十几斤大刀向空中抛起，大刀晃悠着向蓝天飞去，高出高楼两丈多，阅兵场上刹那间掌声、喝彩声雷鸣般响了起来。太后特意把张车渠叫到高楼上，笑吟吟地问了他的姓名，夸赞了他的武艺，还让人打赏了他许多帛。那天，张车渠心潮起伏，激动得泪流满面，哽咽不止。好多天都难以平静下来。

多美丽、多可亲的太后啊，怎么能让元叉幽禁他呢？一定要把她解救出来！

张车渠立即串联了几个备身小军官，约定半夜摸到元叉住处行刺，杀死元叉，解救太后。

其中一个备身叫尔朱仲远，他来自北秀容，是尔朱世隆的兄长，虽然颇懂书计，却好吃懒做，胆怯卑劣，来到京师宿卫队伍，却并没有得到重用。他一直思谋着弄个高官，可是苦于没有机会。听到这消息，他知道机会来了。只要他把这消息偷偷告诉给元叉，元叉一定会感激他的救命之恩而大大提拔他。

尔朱仲远偷偷跑到元叉那里，把这惊人的消息一五一十告诉了元叉。

元叉立即带人抓捕了胡僧敬和张车渠及其同谋，杀了张车渠几个备身。胡僧敬由于元叉妻子胡玉华的哭啼求情，得元叉饶恕不死，贬徙到远处。

太后反政以后，徵胡僧敬为吏部郎中。

沉河艳后：胡灵皇后

第十四章　韬光养晦

1.太后幽闭心犹不甘　康生怜悯情尚难堪

春天来到洛阳,来到西林园。

一队从南飞回的大雁嘎嘎叫着,飞过西林园上空。长空雁叫,惊醒了躺在九龙殿寝宫的卧榻上,脸色苍白憔悴的皇太后。她抬起头,倾听着大雁的越来越远的叫声。

大雁回来了,春天来了。皇太后急忙坐了起来,摸索着穿上鞋,来到窗前。她推开九龙殿的窗户。

外面已经是红日高照,湛蓝湛蓝的晴空下,又一队回归的南雁排着一字形和人字形的队伍嘎嘎叫着从南方向大河北飞去,一队雪白的鹤也嘎嘎叫着,排云而上。

春天来了,春天来了。皇太后凝神地望着蓝天红日白云,两行眼泪又静静地顺着脸颊流了下去。她遥望着碧蓝天空里越飞越远的大雁,凝望着蓝天白云出神。什么时候,她才能像大雁和白鹤一样恢复自由呢? 可以走出这紧紧关闭着的九龙殿,到园子里去晒太阳,去花丛中散步呢?

她被幽禁在西林园北宫,被元叉派去的羽林宿卫紧紧把守着,任何人不得随意出入西林园,至今已经六七个月了。半年多的囚禁时间里,元叉不仅不让她走出九龙殿一步,而且连衣食也不能充分按时供给。皇太后和她的十几个随从、宫女过着半饥不饱的日子。

七个多月的幽闭生活,她差不多天天以泪洗面。元怿死了,她被赶下皇帝宝座,还被幽禁起来,她能不哭吗? 思念元怿,她哭;回忆临朝的辉煌岁月,她哭;吃不饱,她哭;冬天寒冷,她经常被寒冷冻醒,她更要哭。她哭得脸色苍白而浮肿，哭得眼睛通红，头发蓬乱，面容憔悴得好像老了三十岁。刚三十多岁的她好像已经成了六十岁的老妇。可是，在她的哭泣中，春天已经悄悄回到她的身边，看大雁飞了回来，万木兴荣，蛰伏地下的昆虫也都蠢蠢欲动，正要开始新的繁衍生息。

皇太后回身走到梳妆台前，打开菱花琉璃镜匣，掀起遮盖琉璃菱花镜的金黄色帛，她已经许久没有照过镜子了。皇太后面前的菱花镜里，一个头发蓬乱、面容苍白、浮肿，衰老的女人面孔吓了她一大跳，琉璃镜子差点跌落到地上。镜子里是她吗？是那个神采奕奕嘴角经常挂着甜甜的笑意，脸颊上经常泛着两个装满笑意的酒窝的皇太后吗？

皇太后急忙放下镜子，不敢再看。

镜子的那个女人不是她，她不应该是那种模样！春天来了，春天带来希望，带来生气，带来明媚，带来阳光，她也该从沮丧中恢复过来，在春天里打起精神，重新面对眼前的情势。留得青山在，不怕没柴烧！自己还这么年轻，依然有许多机会。皇太后天天自言自语。

"春香！"皇太后大声喊。

在侧殿里的春香听得皇太后呼唤，急忙跑了过来。

"太后叫奴婢？"

"来给我梳头换衣！"皇太后微笑着说。春香惊讶地看着太后，半天没有省过神。

"怎么？没有听见我说话？"皇太后提高声音责备着春香。

春香惊喜地连声说："听见了！听见了！奴婢这就给太后梳头！"春香树起菱花琉璃镜，照着太后。太后从沮丧、伤心和失望中恢复过来，春香心里好喜欢啊！这半年多天气里，任她和成轨等人怎么劝说，也不能止住皇太后的眼泪，也不能让太后提起精神。她着急，她难过，却又束手无策。

"太后梳个什么发髻？"春香伏下身，柔柔地问太后。

"梳理个最时兴、最好看的发髻！"皇太后笑着说。

"那就梳理个卧堕髻吧！"春香说着，动手解开皇太后那乱蓬蓬的发髻，一边说，"太后梳卧堕髻最娇媚、最好看，太……"她突然闭住嘴，不敢再说下去。

皇太后心里叹息了一声：是啊，太尉清河王元怿最喜欢她这发髻，说她

与洛神一样美丽妩媚。

皇太后在镜子里看着春香,笑着问:"我还有过去那么好看吗?"

"有,有!"春香急急地说,"一会给太后擦上粉和胭脂,皇太后还是同过去一样年轻漂亮!真的!不信太后就等着看奴婢给太后收拾!"

春香麻利地给太后梳好卧堕髻,插上金钗,戴上凤冠,又给太后搽粉涂抹胭脂。镜子里出现了一张娇媚漂亮年轻的脸,一张依然楚楚动人的脸孔。

"看,太后!"春香惊喜地拿起镜子,让太后仔细端详着镜子里的丽人。"是不是同过去一样漂亮动人?太后?"春香得意地问。

皇太后对着镜子里的漂亮人笑了,笑得很甜。

"太后,来更衣!"春香拉着太后更换衣服。春香把皇太后最喜欢的那套粉红嫩绿衣裳穿了起来,皇太后果然又如洛神一样漂亮。

皇太后起身,在琉璃镜子前轻盈地旋转了一圈。她还是像过去一样翩若惊鸿,她的心情一下子好多了。

皇太后在九龙殿里翩翩走着,让自己的心情慢慢、慢慢好起来。

得想想办法,皇太后对自己说:不能让元叉一直把自己禁闭在九龙殿里,她要想办法先走出九龙殿到园子里走动走动,以强健自己的身体。

皇太后走到九龙殿门口,从紧紧关闭的大门缝里望了出去。两个守卫羽林抱着竿长枪无聊地走来走去。

皇太后招手让春香过来,小声说:"去拿樗蒲和握槊过来。"

春香和另一个宫女春玉搬来几凳,摆放好樗蒲和握槊。

皇太后故意高声招呼着春香:"春香,来我们下握槊!"

伶俐的春香一直在为太后担心,西林园风光正好,可惜太后既出不去又没有一点心思去观赏姹紫嫣红。春香知道太后在为元怿之死而难过,在为自己失去权力被幽禁而伤心。眼看着皇太后憔悴下来,春香和小宫女春玉心里难过得要死。一定要帮助太后度过这艰难的日子。春香和春玉暗自商量着。除了每日想办法叫太后高兴,她们还积极想办法。可惜元叉看守得太严,她们根本走不出九龙宫一步。见太后今天精神这样好,春香知道太后已经有了自己的行动打算,她非常高兴。

春香把自己清脆喜色的声音提得高高的,故意向太后撒娇发嗲:"太后,让我先走嘛!"

太后咯咯笑着:"就让你先走! 反正你赢不了我!"

"谁说我赢不了太后? 我一定赢太后!"春香的声音越发娇媚诱人,也越发响亮地传到门外守卫的耳朵里。

抱着长枪无聊地走过来又走过去的两个士兵同时走过来,凑到门缝上,往里张望。

里面,太后和春香你来我往,嘻嘻哈哈,说笑着,把握槊走得乒乒乱响,发出清脆诱人的声响。

两个士兵终于忍耐不住,把门缝推得更宽一些,从门缝里向里张望。阳光射进大殿,照在太后和春香的握槊盘上。

"谁赢了?"一个士兵好奇地问。

太后和春香意味深长地对视一眼,太后向外面努努嘴,春香提高声音,清脆响亮又非常甜蜜娇媚地回答着:"是守卫哥哥在问我吗?"

"是啊。"守卫心花怒放:"我问你和太后谁赢了?"

"还没分出胜负呢!"春香娇滴滴地回答:"守卫哥哥,你来帮我下,好吗?"

两个守卫你看看我,我看看你,一个征询另一个:"要不开开门进去看看?"

"给上面知道怎么办?"

"不会的,他们又不来。这么多日子了,你见过谁来过?"

"也是,只有右卫将军奚康生偶然来转转。好吧,就开开门,让她们稍微透透气,晒晒太阳。"

"我们哪来的锁钥啊? 都是中常侍刘腾大人亲自掌管的。"另一个士兵抱怨着。

"刘大人近来身体不好,他把锁钥给了右卫将军,右卫将军嫌每日过来麻烦,就暂时给我掌管。"另一个守卫说着"哗啦啦"从腰间掏出一串黄灿灿的钥匙,打开大门上的铜锁。

一道强烈的阳光涌进大殿,皇太后和春香被强烈的阳光炫耀得睁不开眼睛,不约而同抬手遮挡住强烈的阳光。

两个卫兵急忙凑到握槊盘前观看结局,果然势均力敌,还分不出胜负。

沉河艳后:胡灵皇后

春香笑着，娇滴滴地说："卫兵哥哥，你们说我该怎么走啊？"

两个卫兵争抢着出主意，一个说这么走，另一个说那么走，互相争执不休。

太后咯咯笑了起来："看这两个弟兄都是喜欢下握槊的。要不，你们来替我下，让我到外面晒晒太阳。一个秋天和一个冬天都没有见到阳光了！"

两个士兵同情地看着皇太后，说："好的，好的。太后就在这门前走动走动，可别走远了，要是让上面知道，我们俩的吃饭家伙可能不保！"

太后点头："放心吧，我就在大殿前面坐坐。春玉，给我搬个椅子！"

春玉搬来椅子，搀扶着太后坐到大殿门前的台基上。暖融融的太阳晒着太后，把她那半年来冻僵了的心慢慢地温暖过来。她抬头望着蓝湛湛的天空，看着蓝天下一队又一队北飞的大雁，嘎嘎地叫着、笑着，变换着人字形、一字形队伍。蓝天下时而飞翔着一群白鹭、白鹤，时而又飞来一群麻雀，时而又掠过一群乌鸦，呱呱叫着，聒噪着静谧的天空。

皇太后放眼望着园子里，垂柳笼烟滴翠，牡丹姹紫嫣红，蜜蜂在花丛间嗡嗡飞翔采蜜，蝴蝶在花丛上下翻飞觅伴。皇太后感到体力和精力都慢慢充溢了全身，青春回到她的体内，信心回到她的心灵。她不能就这么下去！她要像文明太后那样，韬光养晦，以便能够东山再起！

皇太后微微地笑着，眯缝着眼睛，靠在大椅子上，在暖融融的阳光中静静地睡着了。

身后，春香和两个守卫一边下握槊，一边发嗲地与他们打情骂俏，让两个守卫欢喜得手舞足蹈、心花怒放。

右卫将军奚康生带着人巡查到西林园。他有几日没有来巡查，刘腾生病以后不能亲自监督，他也慢慢懈怠下来，对西林园的监视和巡查不那么严了。他走进西林园，西林园里春光明媚，阳光灿烂，满眼姹紫嫣红，碧波荡漾，翻红泛绿，满园子关不住的春色叫他心情舒畅得很。

奚康生微笑着向九龙殿走来。

他突然站住了脚步，眼前的景象叫他震惊。坐在椅子上熟睡的皇太后似一尊女神似的，美丽、安详地在阳光下熟睡。这景象那么美丽，那么动人，叫他不敢挪动脚步。

金色的阳光照着盛装的皇太后,照在皇太后白皙红润的脸颊上,她那又黑又密的略带弯曲的长睫毛微微抖动着,看来是被灿烂的阳光照射的,脸上挂着甜甜的、幸福的、满足的笑容。

奚康生怀着崇敬的心情呆呆地望着还在熟睡的皇太后。过去从没有机会这么近、这么久地端详过皇太后,从没有发现皇太后这么美。过去出现在朝臣面前的皇太后,总是一身素淡衣装,总是高高坐在龙椅上,一脸威严。眼前的太后,盛装浓抹,像一个普通女人一样坐在阳光里晒着太阳,任他端详。眼前的太后,那么美丽亲切,那么平易近人。

奚康生的心被深深打动了。

皇太后感觉到前面有人,她想睁开眼睛,但是她又实在不想睁开眼睛,她想尽情享受阳光的温暖,想再享受享受几个月都享受不到的充满花香和阳光气息的清新空气。

皇太后的眼睫毛抖动了几下,依然没有睁开眼睛。

奚康生不忍心打搅皇太后的酣睡,他蹑手蹑脚,绕过太后,进到九龙殿。两个守卫正与春香嘻嘻哈哈地下着握槊,一个长大的黑影落在他们的面前。

守卫抬头,"哎呀"一声,扑倒身子跪在奚康生面前。"将军饶命! 将军饶命!"他们浑身颤抖着,叩头如捣蒜似的,向奚康生告罪。

春香见是右卫将军奚康生,也行了个礼,急忙替两个侍卫求情:"将军不要怪罪他们! 是奴婢恳求他们开门,恳求他们放太后出去晒晒太阳。元叉已经整整关了太后七个月,该让太后出去透透空气、晒晒太阳了! 太后可是皇帝陛下的亲娘,要是太后有个好歹,皇帝陛下追究起来,怕是连元叉也担待不起,何况他人呢? 这两个侍卫哥哥明白事理,懂得这个道理,便打开门,让太后出去晒会太阳,也算不上大事吧?"

奚康生心情不错,听这长相漂亮的宫女小嘴吧唧吧唧说了这么一大通道理,感到很有意思,他笑了:"你说完没有? 你叫什么?"他伸手抬起春香的下颌,端详着她:"长得挺不错嘛! 小嘴还挺能说的。"

奚康生放下手,对两个跪在面前的侍卫说:"起来吧,看在这漂亮姑娘为你们求情的面子上,本将军不追究你们了!"

"那我替这两位哥哥谢谢将军!"春香向奚康生施礼。

"我也替这两位兄弟谢谢将军!"奚康生身后响起一声甜甜娇媚的声音。

沉河艳后:胡灵皇后

奚康生急忙回头。皇太后微笑着站在门口，笑着对他说话。

"皇太后!"奚康生扑通跪了下去，向皇太后行叩头大礼。

"起来! 奚将军请起!"皇太后双手搀扶着奚康生。

皇太后细腻的手搀着奚康生粗糙的长满老茧的手，奚康生的心战栗起来，这战栗立即传遍全身，他浑身上下燥热，一种莫名的激动荡漾在他全身。

奚康生颤抖着声音说："让皇太后受委屈了!"

一句话说得皇太后感动得眼圈发红，泪水流到她的脸颊上。

奚康生见引起太后难过，更加着急，又更心痛，他结结巴巴地说："太后赎罪! 奚康生该死，不能保护太后!"

皇太后抽泣着说："有奚将军这句公道话，我就感激不尽了!"

奚康生眼圈也红了，他小声说："请太后安心，将来奚康生一定想办法救太后!"

皇太后点头。

奚康生转身对两个侍卫严厉地呵斥命令着："今天的事情，谁也不许传出去! 传出去小心你们的脑袋!"两个侍卫急忙点头答应。奚康生又说："以后就打开大殿，让太后在园子里走动!"

春香高兴地看着奚康生："奚将军真是好人! 我要每天祷告，求佛祖前保佑奚将军全家老小平安!"

奚康生伸手拧了春香脸颊一把："这女娃真会说话。"

皇太后笑着："要是奚将军喜欢春香女娃，以后我把她送将军作个侍妾，如何? 这女娃跟了我许多年，年纪也老大不小了，也该给她找个好人家了。老女不嫁，可要踏地唤天了!"

"看太后说的!"春香羞涩地红了脸，扭捏而娇嗔地说，白了奚康生一眼。

奚康生心花怒放，急忙向太后道谢，再向太后表明自己心迹："请太后放心，奚康生这就去想办法说服皇帝，让他前来探望太后。"

"那我更要感激奚将军了，我可是日思夜想着见见他啊，已经七个月没有见他一面了。"说到这里，皇太后的眼圈又红了，晶莹的泪水溢满她的眼眶。

2.母子相见太后悲心　宴席起舞康生救主

奚康生兴冲冲地走出西林园,恰遇元叉被前呼后拥着从御道上走过来。元叉见奚康生,大声喊:"右卫!"

奚康生知道这是元叉喊他,对这不恭敬的称呼满肚子不高兴,却也不得不赔着笑脸上前施礼见过。

"里面怎么样?没什么异常吧?"元叉朝西林园努嘴,问。

"没啥,一切如常。"奚康生赔着笑脸,敷衍着元叉。他知道,根本不能向元叉透露自己的打算,否则极端诡诈的元叉立刻会加强防备,使他无法实现自己的计划。

"那就好。还要加强防守,不能让人出入西林园!好!我们走吧。"元叉凛然命令着奚康生,然后对其他人说。

"将军哪里去?"奚康生问了一句。

"去宴请蠕蠕汗王阿那瑰。"元叉随便回答。

奚康生见元叉一行远去,这才急忙来到中宫。中宫卫士见是右卫将军奚康生,行礼放行。奚康生来到皇帝元诩的寝宫,刘腾、侯刚都不在皇帝身边,只有崔光和冯侍讲在大殿里为皇帝讲孝经。元叉、刘腾等安排皇帝明日赴国子学讲孝经,他们需要先帮皇帝熟悉讲稿。

奚康生径直走进大殿,崔光和侍讲停了下来。

"右卫将军有事吗?"皇帝元诩问。

"皇帝陛下,容臣禀报皇太后情形。"奚康生并不寒暄,开门见山。

元诩看了看周围,没有见到元叉、刘腾等人,急忙问:"阿娘怎么样了?她身体还好吧?"

奚康生从元诩关切询问的声音里听出元诩对母亲的思念,他急忙用一种哀伤沉痛的语调说:"太后身体不大好。她思念陛下成疾,希望能够见陛下一面。她说,只要见陛下一面,就死而无憾了!"

元诩的眼圈红了,他惊讶地喊了起来:"阿娘病了?那我要去见见阿娘!"元诩说着,站了起来。

奚康生和崔光都急忙劝阻着:"陛下不可莽撞。陛下要三思而行。否

沉河艳后：胡灵皇后

则,不仅不能见到太后,反而会连累太后!"

元诩颓然地坐回座位。十二岁的他已经明白自己目前的处境和地位,虽然自己是个皇帝,可一切大权都握在姨夫元叉手中,元叉和身边的刘腾、侯刚互为支援,形成一股包围掌控他势力,他人小势单,一切事情都要由他们说了算。像探望太后这样重大的事情,不经过元叉的批准,是绝对不行的!

元诩流下眼泪,喃喃自语着:"这可怎么好啊?这可怎么好啊?"

崔光和奚康生小声交谈了几句,崔光点头:"奚将军,这事交给我安排。我会想办法的!"

奚康生抱拳作揖,感谢崔光的帮助。

崔光神色黯然地说:"我们这些作臣子的,也是没有办法啊!只要有点办法,我是会帮助皇帝见见太后的!"

崔光走到元诩身边,小声安慰着元诩:"皇帝陛下,你要学会控制自己的情绪,喜怒不要形于色,陛下要一如往常,好像没有发生任何事情一样。等明天临国子学讲孝经以后,一切会妥善解决的!"

元诩急忙擦干眼泪,深深地点了点头。这几个月,他也思念母亲,可是每次向元叉提出见母亲一面,元叉总是瞪着眼睛威吓他:"你不想当皇帝了!?你不怕你阿娘出来抢走你的皇位?"吓得他不敢再多说什么。

为了见母亲一面,元诩决心听老臣崔光的话,在元叉面前什么也不提起。

第二天,满朝文武大臣,从三公到刘腾、元叉、侯刚等大队人马随皇帝来到国子学,国子学的博士、国子学士早就坐满国子学大殿,静静等待着皇帝亲临国子学讲孝经。皇帝为国子学博士和学士讲孝经,已经成为国朝传统,从高祖孝文皇帝一直持续到现在。元诩也不得不尊奉这祖先做法,硬着头皮来对那些比他年长得多的博士讲经。

元诩在元叉和刘腾的搀扶下登上高高的讲台,台下博士、学士早就黑压压地跪了一大片。"皇帝万岁!万岁!万万岁!"博士学士们叩头三呼。

元诩按照崔光的教导,双手向下按了按,清脆地喊:"起身!"

国子学博士、学士齐刷刷地抬起身,盘腿坐在地上,静静地等待着皇帝讲解孝经。

元诩看着下面黑压压的人群,想着这些人都是年纪比他大得多的博士,都是饱读子经史诗的饱学之士,心里未免慌张起来。不过,再看他们诚惶诚恐端坐着动也不敢动的恭敬模样,所有的胆怯和慌张都一扫而空。他是皇帝,是握着下面所有人生死荣辱大权的至高无上的君主,他放个屁下面都得喊万岁,都得照办,他怕谁?

元诩威严地清了清喉咙,开始按照崔光和侍讲给他准备的讲稿讲了起来;可是,越讲他脑子越糊涂,越不知道自己在讲什么,讲到哪里。

下面静悄悄的,只有他清脆的声音在大殿里回响。

元诩讲了一个时辰,觉得自己已经把讲稿全部讲完了。他威严地看着下面,提高声音问:"你们听懂了吗?"

"听懂了!"大殿里响起雷鸣般的回答声。

"记住了吗?"

"记住了!"大殿里又山崩海啸般的回答着。

元诩高兴地笑了起来。他正要起身退位,见崔光在下面朝他努嘴递眼色,他这才意识到自己还不能退位,还要与博士对话讨论讨论。

元诩微笑着,心情非常舒畅,他问:"朕讲完了,哪位有问?"

下面静默了许久。突然,在黑压压的人群里响起一个洪亮的铜钟般的声音:"请问陛下,亲娘在世,隔绝两地,久而不见,算孝不算孝?"

这声音是那样洪亮,把所有的人都震住了。

皇帝元诩看了看元叉,又看了看刘腾,小声问:"姨夫替朕回答!"

元叉正恼怒地在人群里寻找发问的博士,可惜下面黑压压的一片,博士学士们都低着头,他无法从中辨认出发问的人。

见皇帝指名要他回答,他有些气恼,却也无计可施,只好向博士说:"如果情况如实,应该说不孝。"

此话一出,下面哗然。

又有一个声音大声喊:"隔绝人母子,可是忠?"

博士们一起喊着回答那问题:"不忠! 不孝!"

国子学的博士明明是针对他的。元叉愤怒得满脸通红,不知道如何应付这场面。

沉河艳后:胡灵皇后

博士学士一起喊了起来:"不许隔绝母子! 不许隔绝母子!"

皇帝元诩转过头,天真地问元叉:"姨夫,他们是不是在说你啊?"

元叉满脸通红,小声呵斥着元诩:"不得胡说!"和刘腾慌张地搀扶起元诩下了讲台,狼狈回宫。

正光二年(公元 521 年)三月甲午,元叉和刘腾迫于压力,不得不安排皇帝元诩进西林园拜见皇太后。

元诩领文武百官到西林园朝见皇太后。

得到皇帝要来西林园拜见的消息,太后兴奋异常,她感觉到她的努力和反抗正在一点一点发生效用。她要继续努力,持之不懈。

皇太后精心打扮了一番,她穿得很是素净,脸上不施一点脂粉,白黄的面庞,显得很是憔悴瘦弱。她在春香和春玉的搀扶下,一步三摇,慢慢地、慢慢地走出九龙殿。她走得如此艰难,步履如此沉重,如此弱不禁风,让每一个大臣看着都难过心疼得想掉眼泪。

元诩疾步上前,扑倒在太后的脚下:"太后! 阿娘!"他轻声地喊着,眼泪一下子涌了出来。

太后弯下身,紧紧抱住元诩,声音抖抖地喊着儿子:"诩儿,想死阿娘了!"说着,太后已经泪流满面泣不成声了。

元诩紧紧拥抱住太后,像小时候一样,把头深深拱进母亲温暖的怀抱,母子二人抱头痛哭。大臣都控制不住情绪,纷纷落泪。

母子二人痛哭一番,宣泄尽心头的悲苦和思念,太后抬起婆娑泪眼,端详抚摩着元诩的脸颊,笑着自言自语:"诩儿长大了,长高了,人却瘦了。"她心疼地抚摩着元诩的脸颊:"看这脸上的棱角都出来了。"说着,眼泪又扑嗒扑嗒连串往下掉。

元诩也流着眼泪端详着母亲,伸出手抚摩着母亲的脸颊,呻吟似地说:"母亲可是瘦多了!"

太后苦笑着:"几个月来连饭都吃不饱,能不瘦吗?"

"什么? 他们不给母亲吃饱?"元诩惊讶地高声喊,"这是怎么回事? 刘腾!"

已经病了很久的刘腾迈着细碎的步子弓腰趋步上前:"陛下!"

"可是你负责太后膳食？你为什么不精心照顾太后？让太后吃不饱？"元诩看着刘腾堆着谄媚、讨好、恭顺笑容的脸，恨不得扇他几个耳光。他抬了抬手，看到元叉的阴沉的目光，没敢抬起手。

"是，奴婢疏忽，奴婢疏忽。奴婢一定改过，一定改过！"刘腾恭顺得像只狗，叫元诩无法接着申斥下去。

太后生怕得罪刘腾，急忙在旁边打圆场："诩儿，不关刘腾事，都是那些下人狗仗人势！"

"阿娘，我们去宣光殿吧。"元诩拉着母亲的手，亲热地说。

宣光殿已经摆好了宴席，母子携手共入。

奚康生跟在后面，看着皇太后与皇帝母子团聚，心里喜洋洋的。看着皇太后与皇帝紧挨着落座，动了心思。今日也许是难得的除掉元叉解救皇太后的最好时机，该怎么办呢？奚康生与众大臣按部就班落座，冷静地观察着宴席局面。

随皇帝见皇太后，元叉并没有带许多心腹羽林，尔朱世隆也没有进入大殿，元叉眼下单独坐在右手，身边是崔光等臣。多好的时机啊！奚康生的心跳了起来。

鼓吹丝竹轮流奏着宴会音乐登歌、鼓吹曲与阿干之歌，庭院里有角抵、麒麟、凤凰、仙人、长蛇、白象以及辟邪、鹿马仙车、长跷、缘橦、跳丸等百戏表演。皇太后与皇帝元诩并肩坐在正中，一边吃，一边交头接耳，倾诉着几个月以来的心里话。

酒酣之际，百戏表演结束，文武舞开始。舞女舒缓长袖，在音乐声中翩翩而舞。奚康生站了起来，拿着剑跳到中间，与舞女同场起舞。

右卫将军奚康生，本是元叉得力干将，情同手足，在废太后中为元叉出了大力，故此由右卫将军升为抚远将军、河南尹，仍领右卫将军。可是，他渐渐看出元叉的狼子野心，讨厌元叉的专横跋扈。

奚康生在舞娘中上下翻舞着一把银剑，慢慢向皇太后面前靠了过去。皇太后拉着元诩的手，还在与他低声交谈，并没有注意到跳舞的舞娘和奚康生。

奚康生心里焦急，他希望皇太后能注意到他的暗示，趁机劝皇帝下诏捉

沉河艳后：胡灵皇后

拿元叉。只要皇太后下诏,他就立刻冲到元叉面前,一剑结果他的性命!

奚康生在皇太后前跳跃腾挪,向太后瞪眼,骋目,做出各种示意。

皇太后依然低头与元诩窃窃私语,依然没有留意到跳舞的奚康生。奚康生心中着急,他用脚急速地踩着地,敲打出响亮急速的节拍。他在示意太后动手除去元叉啊!

皇太后微笑着,拉着元诩的手,只顾与儿子嘘寒问暖。多日不见,她太想念元诩了。

奚康生见不能引起太后的注意,便又旋转着舞到元叉面前,把一把银剑上下左右舞得如出水蛟龙,令人眼花缭乱,目不暇接。

"好哇!"座中有人喝彩。

奚康生一步一步逼近元叉,银剑剑头直指元叉咽喉,猛然向元叉刺去。元叉急忙闪避开,腾得站立起来,抽出佩剑,拨开奚康生的剑,厉声喝问着:"你想干什么? 停!"

奚康生急忙收剑,笑着说:"为将军助兴,舞得高兴以至忘形,请将军见谅。"

元叉冷着脸坐回座位,继续饮酒。

太后意识到什么,可惜奚康生已经被元叉呵斥着退了下去。

奚康生擦着满头大汗,坐回座位。

傍晚,宴会结束了。皇太后还是紧紧抓住元诩的手不肯放松。侯刚上来请求元诩大驾回宫,皇太后突然大声说:"诩儿,咱娘俩久未相见,今日难得相会,今晚留在阿娘宫中,与阿娘好好拉拉话。走,跟娘到九龙殿去。"

侯刚急忙说:"回太后,至尊已经朝见完毕,嫔御在南,如何留宿? 请至尊立即起驾回宫!"

奚康生走上来,大声插嘴:"至尊乃太后之子,在母亲处留宿一夜,也无可厚非。侯大人,何必横加干涉?"

侯刚被奚康生质问得张口结舌,无话可答。

太后见状,急忙拉着元诩下堂向九龙殿方向急急走去。

奚康生在后面大声唱了起来:"万岁! 万岁! 万万岁!"

大臣也都跟随着高声喊唱着,送太后和皇帝。太后与元诩在大臣的喊唱中进入九龙殿,奚康生手持刀剑紧紧跟随在太后身后,保护着皇太后和皇帝顺利进入九龙殿。

皇太后和皇帝刚登上阶陛,一队羽林宿卫冲了过来,拦住皇太后和皇帝的去路。奚康生奋力砍杀了几个,终因势单力薄被羽林士兵捉拿捆绑起来。

光禄卿贾粲上来,施礼对太后说:"陛下,前面大臣惊恐不安,非陛下亲临难以镇定,请陛下辛苦一趟。"

皇太后不知是计,放开皇帝的手,转身跟贾粲走了回去。趁此机会,贾粲扶着元诩从宣光殿东出了西林园,进入永巷门,元诩一进永巷门,永巷门便立刻又被大铁锁紧紧锁住了。

皇太后失望地看着紧紧关闭了的园门,怅惘叹息了许久。

奚康生被元叉处死。

3.藏钩西林园不问天下事　韬光九龙殿未露心中志

元叉安排皇帝到西林园朝见了一次皇太后,算是平息国子学博士的纷纷议论,可是奚康生事件叫他惴惴不安了许久。为了避免再出现奚康生事件,他依然下令关闭永巷门和西林园,依然隔绝皇帝与皇太后的来往,只是不再把皇太后幽闭在九龙殿,允许太后在西林园里走动。

皇太后知道时机未到,也就安心住在自己宫中,每日按时起居,经常在园里玩耍,活动筋骨,保持自己的健康。

元叉并不放心皇太后。这一日,他派遣女侍中胡玉华,皇太后妹妹,去西林园探望皇太后,观察并试探皇太后的心意。

胡玉华对元叉这样对待姐姐感到气愤,却又不敢违抗他的意旨,元叉把她的弟弟胡祥弄在他身边做质,她不敢不听他的话。

胡玉华来到西林园。

皇太后见妹子前来探望,很是高兴。她多想向妹子询问些朝政情况啊,可是她知道,她不能向妹子询问任何有关朝政大事。元叉派妹子来,无非是想试探她,无非是想来看她有无东山再起的野心,来刺探她行踪,看她在西林园的举动和心思。她不能在妹子面前流露出一星半点自己的心意,她要用自己的行动麻痹元叉。

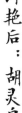

沉河艳后：胡灵皇后

皇太后高兴地欢笑着,拉着妹子来到湖畔,让妹子看满园子的美好景色。

春香过来,对皇太后说:"太后,到玩藏钩的时辰了。太后,今日玩不玩了?"

"玩,怎么不玩? 来,妹子,我们一起玩吧。"皇太后兴致勃勃,笑容满面,对胡玉华说。

藏钩是汉代兴盛和流传开来的一种游戏。传说汉武帝外出巡狩,见一地有青光笼罩。东方朔说一定有贵人,汉武帝派人去找,果然在一户人家中发现一个绝色女子,美貌堪称绝代佳人。这绝代佳人从生下来一直双手握拳,无论谁也掰不开。汉武帝来到女子面前,轻触女子双拳,女子双拳豁然舒展。后来此女子入宫,受到汉武帝无比宠幸,名钩弋夫人。后人效仿钩弋夫人握拳,以猜握拳中藏物作为嬉戏。

晋人周处对藏钩来源则有另一解释,他在《风土记》中说:腊月这天,人们用清醇美酒祭祀先祖,为了表现对先人的恭敬,在献祭品时,妇人要把手中的顶针戒指等物品藏起来,于是便有了藏钩之戏。

"来,我们一起玩吧。"皇太后拉住胡玉华的手。她一定要通过胡玉华,让元叉对她完全放心。

"你和你的随从一组,我和春香、春玉一组,我们藏,你们猜。"皇太后兴高采烈地说,挥舞着手中的金钩。

"太后,你怎么能玩这种民间百姓的游戏呢?"胡玉华扬起眉毛,非常惊奇地问。

"怎么? 这游戏不好吗?"皇太后笑呵呵地反问,"我和她们每日都要玩啊。不然,我在西林园干什么呢?"皇太后灿烂地笑着,非常开朗。

"来吧,别啰唆了,人多更好玩。"说着,皇太后拉着春香和春玉坐了下来,三个人把手放在面前,互相压在一起。"看好,我们可要开始藏了。"皇太后说着,和春香、春玉一起摇晃着双手,把金钩传来传去。

胡玉华和自己的随从都目光炯炯地盯着她们的手,看着那金钩在六只手里飞快地传递来传递去,眼花缭乱。金钩飞快地传递了几个回合,六只纤细的手一时拳握了起来。

"猜吧,在哪只手中?"皇太后狡黠地看着胡玉华,笑着催她猜。

胡玉华和婢女商量了半天,指着一只手:"这里。"

春玉张开左手,左手空空。

"那只。"胡玉华又指着一只手。

春香张开右手,又空空的。

"只能猜三次!"皇太后得意地喊。

"你左手里!"胡玉华也来了兴致,高兴地喊着,一把抓住皇太后左手,以防她转移金钩。皇太后假装被猜中一样,死不松手。胡玉华用力掰开皇太后左手,皇太后哈哈笑着松来手,还是空空的。

"奇怪,我眼看着传到这只手里,怎么就没有了呢?"胡玉华好奇地看着皇太后,"到底在谁的手里?"

春香张开左手,金钩金光灿灿地躺在她的掌心里。

"换过来,你们藏,我们找。"皇太后笑着,"我敢说,我们一下就能猜中!"

胡玉华和婢女学着太后样子,也快速传递着金钩。"猜吧。藏好了。"胡玉华和婢女一起握起拳头。

春香看了看太后。太后一指胡玉华左手:"这里。"胡玉华不敢松手,皇太后哈哈笑着:"我说吧,你不会玩的。我们天天玩,才练出火眼金睛。以后天天来跟我玩,如何?"皇太后笑着对胡玉华说:"你来我真高兴,你不知道,我多闷啊。我们玩藏钩,玩樗蒲握槊,还玩跳绳、弹棋,玩投壶,玩得可高兴了,不过,就是想儿子。你呢,儿子大了吧?哪天带着来,让我看看!"说到这里,皇太后眼圈红了。她掩饰着自己的心情,故意转过身,不让妹子看见自己的眼睛。

胡玉华心头一热。元叉真是太过分了,隔绝皇太后母子又有一年多的时日了。

"阿姐,是不是想至尊了?"胡玉华扳过皇太后的肩头,关切地问。

"怎么能不想呢?儿子是娘身上掉下的肉啊!"皇太后抛开不好意思,干脆承认自己的心思。"有些日子没见他,不知他身体咋样?长高了没有?生日快到了,也不知道能不能亲自给他过个生日?"

胡玉华说:"阿姐,不要难过,我来想办法说服夜叉,让你母子见上一面。"

"真的?"皇太后惊喜地问。不过,她立刻暗淡神色,颓然地说:"妹子不

沉河艳后:胡灵皇后

627

用费心了吧。夜叉疑心重，他总害怕我们母子见面对他不好，要是连累了你，我心里不安啊！算了！算了!"皇太后连连摆手。

"这母子见上一面，有什么呢？太后，让我来安排。"胡玉华豪爽地说。

"果真能见上一面，我心里就更无牵无挂了。"

"太后，你也不问问朝中事情？你一点也不关心朝廷了?"胡玉华又好奇地问。

"不在其位，不谋其政。我问那劳什子干啥？我现在一身轻松，何苦自找烦恼？朝中事跟我有啥干系？那是皇帝和大臣的事情。我现在只想活得快活。"皇太后呵呵笑着说，又快活地转过脸问："春香，你说，我们玩什么啊？投壶还是跳绳?"

听了胡玉华回来转述皇太后的情形，元叉完全放心了。皇太后已经在长期的幽闭中失去了野心和志气，她已经没有能力东山再起了。

元叉志得意满，正光以来，幽闭皇太后，这朝廷大权全部落在他的手中。正光元年十月，他任命只会吃斋念佛的广怀王元悦为太尉公，以太师高阳王元雍为录尚书事，加后部羽葆、鼓吹、班剑三十人，任命司空、京兆王元继他的父亲为司徒。元叉总勒禁旅，决事殿中，朝政大事全掌握在他的手里。

"我答应太后，让她见陛下一面，你看何时可以安排?"胡玉华问元叉。

元叉手一挥，不耐烦地说："以后再说吧。"

"可我已经答应太后了!"胡玉华嘟囔着，"隔绝母子，总归叫人说三道四。母子见见面，有什么呢?"

"有什么？事情多了!"元叉瞪着胡玉华，"上次出了奚康生，差点坏了大事，你难道全忘了不成?"

胡玉华搂着孩子，轻轻地解释："彼一时，此一时，现在情形已经大不一样，太后与外界早就失去任何联系，官人在朝中地位完全巩固，还有谁敢帮太后啊？官人干吗那么多疑?"

"你别啰唆好不好?"元叉厌烦地说，"我几天才回家一趟，一回家就要听你这么多啰唆！真烦人!"

"嫌我烦了，是不是？当年你怎么不烦我？非上赶着娶我不行?"胡玉华嚯地站了起来，拉着孩子要向后面去。

元叉急忙拉住胡玉华："我还没有抱抱孩子呢!"元叉抱起两岁的儿子,坐到椅子上,与儿子亲热。

"你想念儿子,太后也只是想念儿子,将心比心。"胡玉华也转过来坐到元叉身旁,颇为伤感地说:"你已经夺了她的权力,何苦不让她见见儿子面呢? 太不近人情了吧?"

"你知道个啥? 女人头发长见识短。她要是与皇帝见面,要是唤起母子情,那皇帝至尊还会听我的吗?"元叉盛气凌人地教训胡玉华。

胡玉华有些生气:"我头发长见识短,我什么也不懂! 不过我懂得感恩图报! 不想想你原来是个什么东西? 不想想是谁把你提拔到如今的位置上! 你知道人们私下叫你什么?"

"叫我什么?"元叉黑着脸恼怒地逼视着胡玉华。

"叫你白眼狼! 当年不是我嫁了你,太后怎么会提拔你一个黄门侍郎? 现在倒好,不仅夺了皇太后的权,还幽禁了她,连她母子都不让相见! 你还算不算人?"

元叉虽然跛扈,却挺惧内。这胡玉华生的也算美貌,性情还极为泼辣,与元叉结婚以后,一直在太后身边为官,仗恃着太后势力,对元叉管束极严,长期以来,元叉对她百依百顺,久而久之,这元叉便极为敬畏这胡氏。虽然在胡玉华的指责下,元叉百般气恼,却也无可奈何。

"你说咋办?"元叉气馁地问。

"我说,你让皇帝隔三岔五去西林园向太后请安,去探望探望太后,以尽儿子孝道! 你总不能让皇帝再背负着不孝的骂名吧?"

"也罢。反正她现在已经没有能力复辟了,皇帝去探望她几次也没有什么关系。"元叉暗自想。

"好吧,我答应你!"元叉无可奈何地叹了口气说。

元叉与儿子亲热一会,便急忙离开府邸回宫,他要去召集大臣商议送蠕蠕汗王阿那瑰回归蠕蠕。

4.元叉专政乱朝纲　大臣腐败坏国事

元叉来到显阳殿东省,参与会议的公卿到了一些,还有多人尚未按时到

沉河艳后：胡灵皇后

达。元叉环视了到位的人数,很生气。司空、高阳王元雍,尚书元渊等都还未到。

"不等了,不等了,再派人去催请!我等先议!"元叉阴沉着脸,宣布说,"蠕蠕汗王阿那瑰投诚已经一年多,他请求回归蠕蠕。诸位公卿以为如何?请各自发表高见!"

公卿沉默着,各自思考着这重大问题。

蠕蠕汗王阿那瑰的蠕蠕汗王丑奴的弟弟。蠕蠕汗王丑奴宠信一个叫地万的女人,说她能为汗王丑奴找回他丢失的儿子祖惠。蠕蠕汗王丑奴于是在大泽中设帐屋,斋戒七日,祈请天上。一宿之后,祖惠出现在帐屋里,说是从天上回来的。汗王丑奴大喜,大会国人,号地万为圣女。汗王丑奴宠爱年轻漂亮的地万,信用其言。过了几年,祖惠年长,对其母说,他一直住在地万家,不曾上天,上天之说是地万教唆。其母具告丑奴。丑奴不信。地万听说她的阴谋被祖惠揭穿,很是害怕,就在丑奴面前大说祖惠坏话。听信地万挑唆的丑奴暗中杀了儿子祖惠。正光元年,丑奴母亲和阿那瑰母亲派一个叫李具列等人私自吊死地万。汗王丑奴见自己心爱的女人被害,勃然大怒,派人去杀李具列,走投无路的李具列起兵与丑奴母亲一起,大败丑奴,并且杀死丑奴,立丑奴之弟阿那瑰为汗王。阿那瑰当汗王不过十日,蠕蠕内部又有人起兵率数万众讨伐阿那瑰,阿那瑰大败,带着他的弟弟、二叔等人直奔洛阳而来投奔。

一年多以前蠕蠕汗王阿那瑰来归,正是元叉幽闭皇太后之初,元叉把蠕蠕汗王阿那瑰来归看作是对他掌控朝政的庆祝。阿那瑰来归,象征着魏的强大,象征着他元叉的威仪。元叉亲自安排,派他的父亲元继到北中,侍中崔光到近郊,等待迎接蠕蠕汗王阿那瑰。小皇帝元诩亲临显阳殿,引五品以上清官、皇宗、藩国使者等列于殿庭,王公以下及阿那瑰等人,在庭中北面而立,谒者引王公以下升殿,阿那瑰位于藩王之下,又引将命之官及阿那瑰弟和二叔位于群官之下,派遣中书舍人曹道宣诏以示慰劳。之后,阿那瑰跪拜,向皇帝元诩表示自己愿意"轻身投国,归命陛下"。大宴之后,看阿那瑰似乎有话要说,皇帝元诩按照元叉的提示诏阿那瑰说话。阿那瑰起身,向元诩跪拜以后说:"老母在彼,万里分张,本国臣民,皆已迸散,陛下隆恩,有过天地,求乞兵马,还向本国,诛剪叛逆,收集亡散。陛下慈念,赐借兵马。老母若在,得生相见,以申母子之恩;如其死也,即得报仇,以雪大耻。臣当统临余人,奉事陛下,四时之贡,不敢缺绝。"皇帝元诩听了阿那瑰的请求,说:"知道了。"下诏封阿那瑰位朔方郡公、蠕蠕王,赐以衣冕,安置在燕然馆,以后赐宅归德里。

阿那瑰在归德里住下,并不安心,屡屡上书请求借兵回归蠕蠕报仇雪恨。他通过尔朱世隆,向元叉屡屡送金银财物,终于说动元叉为他举行一次会议,商议他回归之事。

元叉扫视着在场的各位公卿,微微笑了笑,催促说:"各位,请畅所欲言,畅所欲言。"

公卿都默默地沉思着,各自思考着自己的看法。

录尚书事、高阳王元雍完全忘记下午会议蠕蠕汗王阿那瑰回归的事情,他正在城南津阳门外三里御道西的别墅里与歌姬欢会。

高阳王元雍越来越不喜欢与他的继室崔氏在一起。元妃卢氏几年前薨,他娶了博陵崔氏,这崔氏年轻貌美,很得他的欢心。本想让朝廷封为妃,可博陵崔氏世号东崔,地寒望劣,好不容易才诏准。可崔氏生了几个孩子便没有了当初模样,又胖又蠢,叫元雍越来越厌恶。加上这些年他经常夜宴召妓,前后百多人,越来越疏离崔氏。现在,为了避免崔氏抱怨,他干脆关崔氏于后院,没有他的允许,连子女都难见一面。

自从正光元年(公元520年)被元叉委任为丞相,赐给羽葆鼓吹、虎贲班剑百人,元雍便位居高位,总摄内外,与元叉同决庶政。他岁禄万余,粟至四万,人臣极贵,富兼山海。他城里城外几处宅第,不断扩建修葺,豪华得无与伦比,几乎可以与帝宫相媲美,"白壁丹楹,飞檐雕栋,楼阁轩榭,窈窕连亘",史书上如此记载。他有仆人六千,妓女五百。宅第到处是隋侯珠子照耀日光,绸衣在风中飘舞。外出从骑开道,仪仗成行,铙鼓齐鸣,箫声荡漾。入则歌姬舞女,击筑吹笙,翩翩舞动,丝管低回,连宵尽日。府邸里,竹林鱼池,花果园木,如禁苑一般布置,芳草如茵,珍木遍园。

元雍在书房里与爱姬修容、艳姿一起欣赏新来的歌姬徐月华弹箜篌。徐月华弹着明妃出塞之歌。她弹得哀怨,唱得更加让人动容。

元雍左边搂着爱姬修容,右胳膊抱着艳姿,听着徐月华的歌喉与箜篌。

沉河艳后：胡灵皇后

修容与艳姿都是蛾眉皓齿,容貌倾城。

"卿卿,月华的明妃曲唱得不比你的绿水歌差啊。留她了!"元雍对修容说。

修容见元雍夸奖徐月华,心里有些不高兴,便噘起小嘴。元雍大笑,顺便亲了修容一口。右边的艳姿趁势也跟着元雍夸奖着徐月华。她自己歌喉不怎么样,只能靠她的动人舞姿来吸引元雍,元雍最喜欢看她跳火凤舞。这一对歌姬舞女,宠冠元雍诸妾。

徐月华结束了自己的歌唱和弹奏,收拾起箜篌。

"走,用膳去。"元雍揽着修容、艳姿,对徐月华说。

元雍带她们来到餐厅。只见方丈大的桌面上摆放了满满的一桌子佳肴美味。海陆珍馐,南北佳味,全摆放在桌面上。

徐月华心里大大惊叹:高阳王爷果然像京师人们传说的那样,一食必以数万钱为限。她曾在陈留侯李崇府上演唱,听李崇对人说:高阳一食,敌我千日。李崇为尚书令,仪同三司,也富倾天下,童仆千人。但李崇性节俭,几乎类于齐啬,恶衣粗食,食常无肉,止有韭茹、韭黄。

元雍见徐月华有些愣怔,哈哈笑起来,指点着桌面的菜肴,问徐月华:"本王的饭食还算丰富吧? 与陈留侯府李令公的一食十八种相比,如何?"

徐月华微笑着:"李令公每餐二菜,韭茹、韭黄,何来十八种啊?"

修容和艳姿都掩口吃吃笑了起来。她们知道元雍的这个笑话,不过她们不能抢在高阳王之前说,高阳王对他自己编制的这个笑话特别中意,一有机会就要向人展示炫耀一番。

元雍仰面哈哈大笑起来:"二九不是一十八吗?"

徐月华莞尔一笑。

苍头跑进来报告:"王爷,宫里派人来请,元叉将军请大人参与议事!"

元雍懊恼地一拍脑门:"糟了! 忘了这重要事情!"他急忙推开歌姬,站起身:"备车!"他大声呼喊,匆匆换上官服,向皇宫急驰而去。一定要挨元叉的责备了! 一路上元雍惴惴不安地想。他同大多数官员一样,也总是害怕失去元叉的欢心而失去高官厚禄。

元雍乘车直入大司马门,急驰向东堂。这是他的特许之一,可以乘车出入大司马门。

谏议大夫张普惠终于按捺不住自己那好实话实说的脾性和谏议大夫的职务,在大家还沉默的时候说话了:"臣以为,阿那瑰投命皇朝,抚之可也,决不可放虎归山,更不可以我兆民之财以资天丧之虏。"

听了张普惠的话,公卿纷纷低声议论起来。

元叉阴沉着脸,炯炯目光扫视着在场的各位,说:"谏议大夫张普惠所言,乃无稽之谈。蠕蠕与皇朝本同源,唇亡齿寒,焉得见死不救?放阿那瑰回归北地,正为皇朝北陲安稳。北有阿那瑰蠕蠕,何惧高车、氐、羯、山胡等骚扰?"

张普惠又上来他的犟劲,直直看着元叉反驳道:"侍中此话差矣。蠕蠕如虎似狼,如今走投无路才来归,如果一旦送兵与他回归,他元气恢复,必将自食其言,当年教训不可不记取。"

元叉白了张普惠一眼,正要说话,元雍急急进来,一边走一边抱拳向元叉道歉:"侍中见谅,雍来迟一步。"

元叉斜睨了元雍一眼,冷冷地说:"高阳王贵人多忘事,总是迟到。"

元雍见元叉不高兴,落座以后急忙解释:"雍已准备多时,缜密思忖过,不会误事的,不会误事的。"

"噢?那高阳王的高见是什么?叉愿意洗耳恭听。"元叉笑了。他知道元雍虽然身居录尚书事的丞相高位,不过跟屁虫一个,不过还是听他调遣而已。

元雍确实已经从侧面打探过元叉对放归阿那瑰的看法,知道元叉已经接受阿那瑰百金财礼答应放阿那瑰回归。他何苦要跟元叉作对呢?难道他不想当这录尚书事了吗?他才不那么傻呢。放归就放归吧,关我屁事?

"老夫经过缜密思忖,周密考察,以为放归阿那瑰对巩固皇朝北地边陲有极大裨益,有阿那瑰在广袤蠕蠕地区为汗王,北地高车、氐、羯、杂胡各部,断不敢轻举妄动,我北地边陲自此无烽烟征尘,何乐而不为呢?"

"好!"元叉拊掌赞叹,"录尚书事果然深思熟虑,把阿那瑰回归北地,分析得头头是道,鞭辟入里!诸位还有何高见呢?"

聪明的公卿你看我,我看你,又全都看着元叉,一齐微笑着摇头。他们谁都明白这会议不过形式而已,元叉早就有放归阿那瑰之意,谁愿意去忤逆这专横元叉的意愿去自讨苦吃呢?这些以明哲保身为原则的官僚心中何曾

沉河艳后:胡灵皇后

真正有过国家利益？

过了些日子，皇帝元诩发布诏书放还阿那瑰一行五十四人，辞行时，元叉安排皇帝元诩临西堂接见阿那瑰及其叔伯兄弟五人，升阶赐座，诏赐阿那瑰马具、弓箭、衣帽、绸帛、粮食、牛羊、牦牛、骆驼、马匹、帐幕、用具等大量物品，使空手来归的阿那瑰满载而归。同时诏怀朔镇都督，简锐骑三千，由都督亲自率领护送阿那瑰出境。

5.宗室荒淫大厦将倾　朝政疲弱元魏渐衰

当元叉派去的差人到达广阳王元渊府上叫元渊去参加朝议的时候，元渊并不在自己的府上，他正在城阳王元徽的府上，与元徽的夫人于氏私会。

城阳王元徽的妻子于氏，为于忠侄孙女，前皇后于小华的堂侄女，生得美貌妖艳，与元渊曾经家宴上相遇，见元渊膀大腰圆，身材魁梧，长相非常迷人，一双微微发蓝的大眼睛，鼻直口方，面容白皙，不禁心旌摇荡，心猿意马，对这位还带着鲜明鲜卑拓拔家族长相的年轻王爷频频暗送秋波。

这王爷元渊自是风流成性，立刻捕捉到于氏的秋波，在宴席上与于氏眉来眼去，隔座勾勾搭搭，不久便在府邸幽会。元渊回到京师，便忍耐不住去见于氏。于氏约他在城阳王元徽入宫会议朝政时在府邸相见。

元渊一高兴，忘记自己也被邀请参加会议，兴高采烈去元徽府幽会。

广阳王元渊，字智远，广阳王元嘉长子，元嘉薨后，袭广阳王爵。后拜肆州刺史，止息劫盗有政绩，又为恒州刺史，在恒州，多所受纳，私家有马千匹，他一定要取百匹。元叉和元雍征他回京，想任他为殿中尚书，虽然还未行拜，却已知会让他以殿中尚书身份参与今日之朝政会议。

羽林回到东堂报告，说广阳王元渊出门会城阳王元徽去了。

大家一听，都哄堂大笑起来。这睁着眼睛说的大瞎话叫大家忍俊不禁。

元雍笑着打趣元徽："广阳王不是去私会城阳王妃了吧？"

元徽红着脸辩解："高阳王瞎说什么啊？"

话虽这么说，城阳王元徽心里却七上八下忐忑不安起来。他曾隐隐约约听到侍妾的一些风言风语，说于氏在外面有个相好的。他的妻子于氏年轻美貌，有几分狐媚风骚，看人的眼光迷离朦胧，总含着几分脉脉深情似的。

难道真如传言？真与元渊有瓜葛？

元徽坐不住，趁大家不注意，溜出东堂，匆忙向府邸赶回。

城阳王元徽，景穆王十二王长寿之孙，字显顺，世宗时，袭城阳王爵，先后任凉州并州刺史，后授辅国将军，加度支尚书。正光初，元叉和元雍任命为吏部尚书，加侍中，又为卫将军，拜尚书左仆射等重要官职。

元徽回到府邸，急忙向后院去。后院里静悄悄的，丫鬟、苍头见主人不在，都躲在屋子里偷懒。元徽心里很是生气，他来到于氏居住的小院。一进园门，就听见里面传出吃吃的笑声，笑声淫荡。

元徽一脚端开房门冲了进去，一把撩起低垂的帷帐，床上躺着一对赤裸男女，正是元渊与于氏。元徽抓起椅子，向元渊砸去。于氏惊叫着，抱着元渊翻滚到一边，元徽的椅子砸在床上。

元徽举起椅子又想砸去，被跳了起来的元渊一脚端倒在地。元渊把衣服扔给于氏，自己迅速披上衣服，蹬上裤子，虎视眈眈地看着元徽，警惕地防备他下手。

元徽气急败坏地爬了起来，指着元渊说："你小子等着！"他转身跑了出去，立刻骑马赶回皇宫东堂。

元雍、元叉等会议阿那瓌事后并没有离开东堂，还在东堂里随意谈论着阿那瓌及蠕蠕事情。

元徽气急败坏冲了进来，大声喊着："高阳王，你要为我做主啊！"

元雍吃惊地看着元徽问："发生什么事情？叫城阳王如此气急败坏？坐下说话，坐下说话！"元叉起身拉着元徽坐了下去。

"元渊那畜生，他，他……他……"元徽气愤得无法把事情全部说出口。

"他怎么了？"元雍关注地看着元徽气得发白的脸，追问着，其实他心里已经明白了个八九分。

"是不是妃子与元渊幽会？"元叉笑嘻嘻地问。

元徽双手掩面，羞臊得无地自容。"你们可要严惩元渊！"他呻吟般地说。

"不像话！"元雍心里笑嘴上骂，"这元渊真不是人！兔子不吃窝边草，他怎么连这也不懂？竟敢勾引宗室老婆！不像话！不像话！"

沉河艳后：胡灵皇后

635

"立刻召集宗室会议其罪！"元叉说。

元徽抬头看着元雍和元叉，咬牙切齿地说："我发誓，一定让元渊死！他不死，我这吏部尚书就无法继续干了！"

元雍劝着："城阳王不要意气用事，让宗室会议过后给元渊定罪，我看他虽然有罪，也不至于死嘛。"

元叉也劝说着："城阳王消消气。宗室会替你给元渊定罪的！我看，免了他的殿中尚书，还是让他回恒州为刺史如何？"

元雍急忙表态："这主意不错，还是让他回恒州去，眼不见心不烦，让他再无机会接近你的于妃。如何？"

元徽见两个最有权势的上司意见一致，自己不敢坚持，只好点点头，勉强同意了。他心里狠狠地想：元渊，咱们没完！

元叉走出东堂，看了看天色。日头还高高挂在西方半天，天气还很早，他一时竟不知道哪里去。他不想回家，不想见胡玉华，不想听她唠叨，他需要刺激，需要更多更年轻更漂亮的女人与他作乐。

元雍拍了拍元叉的肩膀，问："去哪里寻点乐子啊？"

元叉摇头笑着说："我可没有高阳那般风流啊，除了妻妾，没有其他女人作陪。听说高阳夜夜有新女人作陪，号称一天一个新女人，不是歌姬，就是舞女，是不是啊？风流成性高阳！"

元雍打了元叉一拳："领军不可瞎说。要不我们出城去探望河间王元琛，他从秦州回京养病。"

"好，顺便看看，他给我们带回什么好马了没有？真希望他能给我弄几匹汗血宝马！走！"元叉来了兴趣，拉着元雍就走。

元雍和元叉登上元雍装饰华丽的车，带着羽林侍卫出西阳门，向王子坊奔去。

马车飞奔，御道边闪过排排绿树，闪过白马寺，宝光寺，法云寺。元雍指着路边法云寺，问元叉："领军来过法云寺吗？"

元叉摇头："听说过，却没有进去过。"

"你真应该进去看看。这西域乌场国胡沙门昙摩罗立的寺院与其他寺院大不相同，里面全是胡人装饰，白的红的，金的玉的，光辉灿烂，交相辉映。

一长六尺高的佛像以鹿苑真容为本，神光壮丽。寺院里，到处栽种花草，果木茂盛，覆盖庭院。京师里好胡法的人都踊跃找昙摩罗受持。听说这里的秘咒特别灵验，咒枯树，能让枯树生枝发芽，咒人能让人变驴马。见的人没有不惊悸的。不过，听说在这里修炼要比在我们寺院里苦得多。"元雍心情好，详细向元叉介绍。

马车滚过法云寺。"那里是临淮王元彧的府邸吧？"元叉指着一片辉煌高楼。

"是啊。当年他不亲自去拜谢于忠提携，被于忠报复，不得不单车返魏郡。元熙事件以后，将军调他回京师，迁侍中，他高兴得不得了。瞧这才几年，府邸已经如此豪华了。"元雍笑着说。

"是啊，文弱这人文才好，又性爱林泉，看重宾客，经常在府邸宴请，春风拂动，花树锦蔟，弹琴唱歌，觥筹交错，很是惬意呢！早上到南馆宴饮，夜晚在后园请才俊文士吟诗作赋，快乐得很。"

"听说一个叫张斐的才秀作诗夸奖他的园林，异林花共色，别树鸟同声。他一下就打赏了那才秀锦绣蛟龙锦、绛绸、紫绫几十匹，出手大方着呢。"元雍叹息着说。

"可不是，现在可是一改当年寄食魏郡的孤寒了。"元叉微笑着说："你看三元(年月日的头一天为三元)肇庆，他头顶金蝉耀眼，腰间佩玉叮当，负荷执笏，迤逦行走御道，多神气啊！"

"那还不是将军委任他为卫军将军的缘故啊。他去向你表示过感谢吗？"元雍问。

元叉微微点头，转过目光望着马车窗外。窗外正闪过御道南的洛阳大市，大市上熙熙攘攘，摩肩接踵，里面高楼耸立，豪宅连片。

"那里有调音、乐律二里，里内之人，丝竹讴歌，天下妙伎出焉。一会进去看看？"元雍指着大市南面，笑着问元叉。

"高阳府中歌姬，是不是来自那里？"元叉好奇地问。

元雍笑而不答。过了一会，他又说："这里有个田僧超，善吹箎，能为《壮士歌》《项羽吟》，征西将军崔延伯很喜爱他，每次出征回来，都要召他去府上吹箎。每次出征前，也要召他来到出征的队伍前给队伍吹壮士歌，以壮行色。"

637

元叉笑着:"既然如此,何不征他入伍?"

"崔延伯不想征他入伍,他上有老,下有小,全靠他吹笳养活。"

元叉沉默了。沙场裹革,古来征战几人回?

"你看那阜财、金肆二里,"元雍又指着大市北的连绵十里的林立高楼说,"层楼对出,千金比屋,重门启扇,阁道交通,叠相临望。富人穿金戴银,连奴婢都锦绣绸帛,神龟中我表议禁止奴婢衣金银锦绣,不得衣绫绮缬,不得以金银为钗带,不得珠玑金玉,犯者鞭一百。虽立此制,竟不施行。有令不行,有禁不止,国朝忧患啊!"

元叉笑了:"高阳言重了。这大市里多是我们宗室至亲开办的商铺贾号,哪能禁止呢?"

元雍大吃一惊:"什么?宗室在这里开办商铺贾号?"

"是啊,你不知道?我以为你也开办了呢。不仅宗室开,连一些官员也办商铺贾号,以工商赚钱。"元叉笑着。

元雍想,官吏经商,百害而无一利,既与民争利,导致百姓贫穷,又易诱发官吏权钱交易,导致腐败滋生,不利于朝廷威望和稳定。必要时该上表请求停止。

元雍想到这里,试探地问:"领军可有商号?"

元叉摇头:"我没有闲暇打点,父亲倒是开了几个小铺,多少赚了点钱。听说这王子坊多数都有商铺的。不信,你去看看河间王元琛的家当,就知道了。"

元雍沉默了。

元雍和元叉来到王子坊,这王子坊,从延酤里以西,到张方沟以东,南临洛水,北达邙山,东西二里,南北十五里,并名为寿丘里,因为皇帝宗室多居住于此地,民间喜欢称王子坊。

王子坊是帝族王侯外戚公主居所,他们擅山海之富,居川林之饶,争修园宅,互相攀比竞赛斗富,所以里面高楼林立,园林连片。

"崇门丰室,洞户连房,飞馆生风,重楼起雾。高台芳榭,家家而乐;花林曲池,园园而有。莫不桃李夏绿,竹柏冬青。"《洛阳伽蓝记》这样描述。

"到了。"元雍指着高大的朱红门楼。

元雍和元叉下了车,仰望着元琛府邸的高门朱户,不由啧啧赞叹起来。果然气派,这大门的高大宽阔,足以媲美高阳王元雍和京兆王元继的府邸,与刘腾和元叉也不相上下,难分伯仲。

河间王元琛,字昙宝,幼时聪明可爱,高祖很喜欢他。世宗时,拜定州刺史,他的妃子是高皇后的一个本家妹子,高肇时代凭恃高皇后和高肇势力,在州贪纳,御史中尉弹劾,皇太后诏他回朝,生气说:"元琛在州,惟不将中山宫来,自余无所不至,何可更复叙用?"于是废于家。

太后被幽禁,他高兴得很,认为自己东山再起的时机已到,不是去找元雍说情,就是找刘腾联络。把在任上搜刮的民脂民膏,屡屡送刘腾、元雍,前后送金宝巨万。刘腾被元琛的诚意所感动,屡次在元雍和元叉面前替他说情。元雍和元叉便任命他为秦州刺史。到了秦州任上,依然聚敛成性,求所无厌,百姓叫苦不迭。前不久因为生病,才从秦州回京师养病。

元雍和元叉走进大门,高大的厅堂耸立眼前,厅堂额题大匾写着文柏堂,形如皇宫中的徽音殿。

元叉摇头说道:"这小子果然贪婪,他与你斗富呢。看这文柏堂,是不是超过你文竹堂的规模?"

元雍看着文柏堂里琳琅满目的金银玉器,看着炫目耀眼的家具陈设,不断摇头。连庭院里的一口井都是碧玉做栏,金子做罐,五色丝绦做绳,令不知奢华为何物的元雍头一次感到心痛。

元雍环顾周围,见堂上无人,对元叉说:"我们去后园吧,我猜他一定在后园与妓女作乐。"

元雍和元叉穿过层层圆门、方门、菱形门,走过左一条回廊右一道曲桥,迤逦辗转,来到后园。后园里,一泓碧池波光荡漾,一座三层高的雕梁画栋木楼耸立在湖畔。

"你看,这是模仿西林园凉风殿建造的。"元叉指着木楼,"还有名字呢,哦,上面题写着,'迎风馆'。"他仰望着大门上方的额匾读。

迎风馆,装饰得金碧辉煌,门窗上下,青钱环绕,金龙衔玉带,玉凤吐金铃,几树枝叶繁茂的柰树和李树环绕着迎风馆,把它们的青枝绿叶探进高楼的朱户里,让楼上的人伸手可以摘去柰果李子吃。

楼上传来婉转的歌声和清脆丝竹伴奏。

元雍和元叉快步登上三楼。三楼四面临风，窗户洞开，清爽的风吹了进来，叫人感到无比清爽。元叉半躺半坐，倚靠在躺椅上，左右各揽一个打扮妖娆娇媚的青年女子，半闭着眼睛，欣赏着面前歌伎的演奏。几个相同打扮的女子坐在窗户台上，嘻嘻哈哈摘着奈树李树的果子吃着玩。一个歌姬吹着簏（一种竹子制的吹奏乐器），曲调婉转清扬的《陇上声》和《团扇歌》很动人。

"河间，你可真会享受啊！"元雍登上三楼大声喊。

元琛吓了一跳，睁开眼睛，见是元雍和元叉驾到，推开身边的女子，跳了起来，抱拳拱手谢罪："不知高阳王和领军大驾光临，有失远迎，请二位见谅。"

"朝云，领她们先下去吧。"元琛对吹簏的歌姬说。歌姬收拾起乐器，吃吃嬉笑着褰裳随朝云下楼去。

元叉见歌姬下楼，笑着问元琛："河间，你有多少这样的歌伎伎人啊。"

"不多，不多。"河间王元琛嬉皮笑脸地看着元雍："也不过三百来人吧。比起高阳王上千的歌伎不过是小巫见大巫罢了。"

元叉嗑着牙花子啧啧叹息："真不得了！养三百多歌伎，还说不过三百来人！真佩服河间魄力！"

元琛笑着："领军将军不要小看这些歌伎啊！她们也不是白吃饭的！就说刚才那个吹簏的朝云吧，在秦州帮了我大忙。"

元雍笑着问："帮什么大忙？不就是伺候你吗？难道她还能上前线杀敌帮你降伏敌人不成？"

元琛惊讶地看着元雍："高阳果然了得，料事如神！朝云就是帮我降伏了谋乱的羌人啊。秦州羌人屡屡作乱，我这秦州刺史屡讨不平，我就命令朝云假扮贫苦老妇，吹簏去乞讨，众羌人听了她吹的《陇上声》《团扇歌》都哭了，互相议论着：我们为什么要背井离乡来山谷中做贼寇呢？头领便领着部众投降归顺。秦州百姓说：快马健儿，不如老妪吹簏。你们看，这朝云不是为朝廷立了大功了吗？我还想上书请求朝廷表彰她呢！"

元雍看了看元叉，苦笑着摇头。元叉小声嘀咕着："荒唐！"

元琛指着环绕着的各种宝物陈设，对元雍和元叉说："高阳，领军，你们看，这是我从秦州收集到的一些宝物，还可以吧？"

元琛拉着元雍和元叉走到他的宝物陈列前,指着一排百十多金瓶、银瓮,百十多瓯盘槃盒,一排排水晶砵、玛瑙杯、琉璃碗、赤玉卮,说:"这些啊全是西域来的,中土没有。还宝贝吧?"

元雍点头应付着:"宝贝,宝贝。西域来的琉璃、玛瑙、水晶制品,做工奇巧得很,当然珍贵了。"

得到元雍的夸赞,元琛更来情绪,他殷勤地邀请元雍和元叉去看他的府藏。"高阳王,领军,二位来一趟不容易,不如跟我下楼到园子里去看看我收藏的好东西。"

元琛领着元雍和元叉下楼来到元琛的府藏,府藏里堆满各种物品,有金银珠宝,粮食谷物,兵器用具,更有各种绣缬、绸绫、丝彩、越葛、绢帛、雪罗、雾纱,还有大堆的钱币。

元琛看着元雍笑着说:"不恨我不见石崇,而恨石崇不见我。石崇见了我,是不是会气得砸了他所有的财富呢?"

元叉笑着说:"看了你的府藏,我这才明白章武王元融为何病了几天。我也都快气得吐血了,我想我回去也要大病三天!"

元琛惊异地问:"领军这是为何?"

元叉笑着:"章武王元融过去常说,只有高阳宝货多于他,谁知到河间这里一走,却瞻之在前,忽焉在后了!"

元雍笑着说:"这就叫山外有山天外有天嘛。"

元琛惊喜地问元叉:"章武果然气病了?"

元叉笑着:"那还有假?父亲京兆王去看望他,他亲口这么说的。父亲劝他,卿欲做袁术之在淮南,不知世间复有刘备也?他这才跳起来与父亲置酒作乐。"

元雍摇头,元琛却高兴得手舞足蹈:"真有意思。可以气倒章武,也算值得高兴庆贺。走!再跟我去看看我的马和犬!"

元雍砸了元琛一拳:"你这家伙是不是想再把我们俩眼气死啊?"

元叉听说看马,倒来了兴致,他拉了元雍一把:"走吧,高阳,反正来了,就去看看河间的好马吧。"

元雍和元叉随着元琛来到马圈,元雍和元叉几乎惊呆了。一大片马圈满满地关了上百匹马,一看就知道全是名贵品种。元雍看着银马槽和金环

沉河艳后:胡灵皇后

锁,不由又摇头:太奢侈了。他这丞相都尚未如此奢靡啊!

元琛兴高采烈、兴致勃勃,指着几匹金马槽喂养的马说:"高阳,领军,二位以为这是何处名马?"

元雍和元叉上前仔细打量着这几匹好马。元叉问:"可是来自大宛的大宛马?"

元琛得意地哈哈大笑:"领军果然好眼力。这是来自波斯和大宛的大宛马,那是两匹汗血宝马。他叫追风赤骥,他叫追风白骥,日行千里。"元琛上前,抚摩着追风赤骥的脸颊,那追风赤骥喷着鼻息,咻咻叫了一声,欢快地欢迎主人。

"那是霹雳,这是踏雪;那是黄风,这是惊雷。"元琛一匹一匹介绍着他的名马,"它们日行七百。"

元叉对元琛的汗血宝马发生极大兴趣。汗血宝马越来越少,他早就想求一匹,总未能如愿。虽然尔朱世隆和尔朱荣送他许多名马宝马,也声称有几匹是汗血宝马,可乘黄曹的官员却说不是,令他难免心怀遗憾。

元叉无心听元琛的介绍,又走回追风赤骥和追风白骥前,仔细端详着这两匹来自大宛波斯的大宛马。两匹马悠闲地在金马槽里吃着豌豆草料,悠然地咀嚼着。元叉凭自己的经验认定,眼前这两匹宝马确实是汗血宝马。

元叉微笑着对元琛说:"你一人有两匹汗血宝马,真的叫我眼气到要生病。到现在为止,我还没有一匹汗血宝马呢。高阳,你可有?"

元琛立刻明白元叉说话的用意,他媚笑着说:"既然领军喜欢,牵一匹过去吧。领军喜欢哪匹?是枣红的还是纯白的?"

"我喜欢纯白的追风白骥。"元叉笑着说。

"好,我这就叫人送追风白骥到将军府上。"元琛说。他又笑着问元雍:"高阳可看上哪匹宝马?"

元雍摇头,问:"河间可曾在大市上设铺面以经商贸易?"

元琛没有想到元雍突然冒出这么个问题,稍微愣怔了一下,点头承认:"是的,同其他宗室一样,我也在大市开了几间商铺,赚点小钱补贴家用。"

"这些都是商铺赚的小钱?"元雍用手划拉了一下。

"晋室石崇,乃庶姓,犹能稚头狐腋,何况我大魏天王,能不奢华一下?"元琛看着元叉笑着回答。

元雍一时不知说什么好。

元琛挽留元雍和元叉在他府邸过夜,元雍婉拒了,告别河间王元琛和元叉回府,元叉留在元琛处过夜。

元雍回到府邸,换了家居常服,回到后面。刚进园门,就听到几个儿女说话声,其中夹杂着女人的哭泣。一听到这哭声,元雍的气就不打一处来。又是那崔氏思念儿女,趁他不在府上,让儿女私自放她出来团聚,免不了一番哭诉。

元雍推开房门。如他所料,几个儿女围着崔氏,崔氏哭成一团。

元雍满头大火腾得燃烧起来:"谁叫你到前面来?!"元雍推开儿女,冲到崔氏面前,揪住崔氏蓬乱的头发,把她揪出座位,摔到地上。

"阿爷,阿爷,不要怪罪母亲,是我们想念母亲把她接出来的。"儿子扑到元雍面前,跪倒在地,向元雍为母亲求情。

几个小儿女也都跟随着兄长跪倒在元雍面前,为母亲求情。

"滚出去!回你们自己的房去!"元雍怒喝着,一脚踢开儿子。几个子女吓得战战兢兢地跑出房门。

元雍嘭地关上房门,一脚踹向崔氏,怒喝着:"你这贱女人!我一离家,你就出来哭诉,你就出来挑拨和离间我与儿女的关系!你这死女人!死婆娘!博陵贱崔!"元雍咆哮着,扬起拳头劈头盖脸砸向崔氏。

崔氏哭喊着在地上乱爬,躲避着元雍的毒打。

越打越起劲的元雍顺手抄起一把椅子,朝崔氏的头砸去。崔氏一声惨叫,头颅被砸开一个大洞,热血汩汩流了出来。

崔氏倒在地上,抽搐了几下,不再动弹。元雍踢了他一脚,咆哮着:"你装什么死啊?给我滚出去!"崔氏一动不动,头顶上的血流还在向外奔涌。

元雍这才意识到崔氏被他打死了。他心中"咯噔"一下,急忙蹲下去,用手指在崔氏的鼻子下面试了试气息。崔氏已经没了一点气息。

元雍站起身,在房里走了一会,抓来一些帷幕,把崔氏涌出来的鲜血擦干净,把她抱到里面的床上,盖上被子。元雍做了所有这一切,从容离开院子,起身到侍妾那里去。侍妾歌姬正等着他来娱乐呢。

沉河艳后：胡灵皇后

第十五章　东山再起

1.荒淫冶游不理政事　戒备松懈有机可乘

元叉自从探望了河间王元琛以后,想法发生了很大变化。与元琛相比,元叉觉得自己白活了,白白掌握了朝政大权。图个什么呢? 那么辛苦,每日居内宫兢兢业业为皇帝谋划国朝大事,远没有他的同宗人会享福,这样廉洁,这样勤谨,这样辛苦为什么呢?

人生在世,吃喝玩乐,他是不是该好好享乐享乐? 是不是该像元琛一样聚敛财富,像高阳一样出入歌舞场所风月之地,找一些漂亮女子玩一玩呢?

元叉觉得自己大彻大悟了,反正现在皇帝已经掌握在他的手中,他说往西,元诩不敢向东,他指鹿,皇帝就得说是马。既然如此,他不必花费太大心思在朝政上,该玩就玩,该享乐就享乐吧,人生能有多少年呢。人生苦短,及时行乐啊!

尝药次御徐义恭见元叉呆坐着,小心上来问候:"将军,可有心事?"徐义恭在前朝世宗,依附茹皓,茹皓败,他小心谨慎,未受牵连,世宗生病,他日夜服侍,世宗崩于他的怀中。太后临政,他依附元叉,为尝药次御,经常伺候在元叉前后,很得元叉欢心。

元叉回答:"有些发闷,一时想不出消遣办法。"

徐义恭笑着:"不如去调音、乐律二里,挑选几个漂亮姑娘来为将军歌舞,如何?"

元叉点头:"好,你去安排。"

徐义恭从调音、乐律挑了几个漂亮姑娘,带到元叉城外府邸。

这几个女子,见是伺候当朝最有权势的元叉,各个兴奋不已,都拿出浑身解数讨好元叉,歌舞调笑,按摩挑逗,无所不用其极,把元叉逗引得浑身燥热。干脆左搂一个,右搂一个,在一个床上苟且,大为淫宴,几近快活之能事。

元叉从没有享受过这样的快活。

他的好帮手司空刘腾身患重病起不了床,在府中修养,更没有谁可以劝说元叉。元叉沉溺于声色犬马的荒淫生活中,对政事越来越懈怠。

高阳王元雍马车长驱直入进司马门,突然看到一辆车进了司马门,向东堂方向驶去。元雍心里奇怪,这是谁的车? 在朝廷里,除了他高阳王元雍有此特权,还没有听说谁有此权力啊。

高阳王命车夫赶上去,他要看个究竟。

前面的车在东堂前停了下来,车上下来元叉。

高阳王急忙命令车夫停住车。元叉具有车进司马门的特权,他元雍无权干涉元叉。

元叉站在车前,车夫下了驭手座位。车夫掀开驭手座位下面的盖子,从里面钻出几个妖艳女子,一看就是歌伎、舞伎。

元叉领着他们匆匆走进东堂侧殿,那里是元叉宫中值班的住所。

高阳王元雍大吃一惊! 元叉胆大妄为到如此地步,居然可以光天化日之下带妓女入宫胡混! 这还了得?

"你怎么可以把下贱女子带进皇宫来?"元雍跳下车,赶上去,冲进东堂,厉声质问。元叉正左右各拥着一个年轻女子,嘻嘻哈哈地调笑着。

元叉见元雍进来搅了他的好事,心中不禁恼怒起来。近来,他对元雍越来越不满。元雍显然在越权行事。

高阳王元雍在拜访河间王元琛以后得知官员宗室办商铺与民争利以后,出于义愤,出于对国朝利益的维护,向皇帝元诩上了一道表奏,提出禁止官员和宗室经商,他罗列了官员经商的几大坏处,苦口婆心劝谏十六岁的皇帝元诩同意下诏禁止官员经商。高阳王元雍见元叉越来越荒淫,越来越无心政事,他便不动声色地利用他经常见到皇帝的机会,劝说皇帝同意他做了几件大事。高阳王在十六岁皇帝元诩的支持下,从正光三年末到正光四年春,做了这样几件大事:第一,正光三年十二月,他进行了人事调整,以太后

沉河艳后：胡灵皇后

的娘家侄儿、左光禄大夫皇甫度为仪同三司，以京兆王元继为太傅，明升暗降，剥夺了元继司空大权；以司徒崔光为太保，以汝南王元悦为太尉，他自己兼任司徒。第二，让御史中尉端衡，弹劾官员妄立碑颂，辄兴寺塔，宅第丰侈，开办店肆商贩等，以肃厉威风。在正光四年二月，以贪污削除章武王元融和河间王元琛的爵位，剥夺官职除名。第三，在正光四年二月，平反咸阳王元祥、京兆王元愉、清河王元怿，追封王位，以礼加葬。

三件事情，件件都是冲着他元叉来的。任命太后娘家侄子皇甫度，不是要逐步恢复太后党吗？他对平反咸阳王元祥和京兆王元愉没有什么不满，但是元雍坚持要平反清河王元怿，不就是直接向他元叉发起挑衅吗？

元叉不能任他高阳王胡作非为，他要反攻。

元叉冲元雍喊："高阳，你凭什么管我？我是皇帝姨夫，想怎么办就怎么办！你管不着！"

元雍还是心平气和地劝说元叉："将军，你总禁中大权，保护禁内安全。若私自夹带外人入宫，出了意外，谁能担当责任呢？还请将军自重，为官做则。"

元叉气恼地咆哮着："高阳，还是先管好你自己，再来教训我！"

元雍气恼地跺着脚："我这可是为你，为国朝着想啊！"

元叉从鼻子里哼了一声："谁知道你为谁着想？怕是在为你自己着想吧？是不是想把我排挤出朝廷，你自己大权独揽控制皇帝啊？"

元雍的脸一下子变白了！元叉是不是在打他主意？

元雍强忍住一腔怒气，对元叉说："我是来请将军去赴请西丰侯萧正德宴，不想与将军争执。将军请准备一下，宴席正等你我开宴呢。"

元叉和元雍来到西殿，大魏举行盛大宴席欢迎南梁西丰侯萧正德来归。

萧正德，是南梁皇帝萧衍的侄子，因为萧衍无子，便以正德为子，萧正德好不得意，以为萧衍必封他为太子以继承皇帝。可是，萧衍并没有封他为太子，只封他为西丰侯。满怀热情的萧正德大失所望，对萧衍私怀忿憾，偷偷逃过江左投奔大魏。

元雍举杯祝词，欢迎西丰侯萧正德来归。

元叉笑着问萧正德："卿于水厄知多少？"

萧正德惶惑地回答："下官虽生于水乡,而立身以来,未遭阳侯(水神)之灾。"

元叉哈哈大笑。元雍等也都笑了起来。萧正德被大家笑得很是尴尬,不知道自己哪里说错了。

元雍笑着向萧正德解释："领军将军所谓水厄,是指茗饮,他问你能不能饮茗。"

萧正德摸着脖颈呵呵笑着："下官饮茗,能饮一斗!"

元叉又大笑起来,说："听家父说,当年王肃投国,一饮一斗,号之漏卮,今日又来一个漏卮!"

萧正德恭谨地望着元雍,谦卑地说："下官过江投诚,还望大人多多关照。"

元雍说："国朝历来欢迎四方来宾,卿毅然来归,皇帝陛下大为嘉奖,请先在金陵馆住下,等皇帝陛下赏封,以后给阁下筑宅归正里。"

萧正德急忙起身离座拜谢,又问："下官敢问,同宗萧宝夤为何不见?下官带许多口信给他问好呢。"

元雍笑着回答："车骑大将军、尚书左仆射萧宝夤忙于国朝事务,一时不得闲暇,以后他会专程拜访的。"

萧正德不便再多问。

元叉低声问元雍："真的,他怎么不来欢迎他的亲人呢?"

元雍小声说："他不想见他。"

元叉默然。萧宝夤不愿意见萧正德,不愿意与江南萧梁有任何瓜葛,也是显示他对大魏一片忠心的表示。萧宝夤从景明初年逃过江来归,已经二十多年,朝廷对他优渥照顾,娶了南阳长公主,屡次委以重任。但是他总忘不了的深仇大恨,总想打过大江,去报他的家仇。可是,国朝两个皇帝并没有打过江去的愿望,他只能空怀壮志二十余年。

元叉对萧宝夤的"仇耻未复,枕戈待旦",总有些不大放心,他们担心他借魏国兵力去为报家仇。

元雍对元叉说："萧宝夤上表,对萧正德来归表示怀疑。"

"为什么?"元叉问。

元雍眼睛看萧正德与其他人敬酒应酬,便小声说："他说,萧正德来归,

沉河艳后：胡灵皇后

647

居心叵测，说他背父叛君，骇议众口，厥情难测。"

元叉默默地注视着萧正德，问："看来不能重用他了？"

元雍点头："是的，暂且安置在金陵馆闲居吧。智亮(萧宝夤字)之言，不得不听啊。"

元叉不满意地想：萧宝夤是你的妹夫，你自然听信他的话了。萧正德是南朝萧梁皇室成员，出身高贵，要是把自己的妹子给他，多好啊。元叉看着萧正德暗自想。

正光四年(公元 523 年)春天以后，大魏国朝开始动荡起来。正光四年二月，元叉竭力主张放归的蠕蠕汗王阿那瑰出尔反尔，没有尊奉他自己对大魏的诺言，亲自率队伍犯大魏北塞。

听到这个消息，朝廷内外哗然，百官不断上表上书请求弹劾元叉。在一片反对声中，生病在家的司空刘腾一命呜呼，使元叉更感到孤掌难鸣。

十六岁的皇帝元诩已经有自己的判断，虽然还是慑于元叉的权势不敢下诏追究元叉放归阿那瑰的责任，但是言语之间也流露出对元叉的不满和责备，一些大事更倚重元雍。元叉虽然生气，却也知道得暂时忍耐，何况司空刘腾在二月去世，更使他失去一条臂膀。元叉不得不稍微收敛了自己的狂态，分些大权给了元雍。

元雍派遣尚书左丞元孚为尚书，为北道行台，持节前去劝喻蠕蠕汗王阿那瑰。可惜，元孚无能，不仅不能劝说阿那瑰撤回兵力，还被阿那瑰俘获，阿那瑰挥军大肆驱掠塞外牲畜几十万头，抢夺百姓无数。一时间，塞外血雨腥风，北道颗粒无收，百姓饥馑，饿殍遍野。

消息传回洛阳，大怒的元诩诏骠骑大将军、尚书令李崇，率骑十万讨蠕蠕。李崇率领队伍出塞三千余里，耗了几个月，追不上北遁的阿那瑰，无功而还。

八月以后，朝廷内外笼罩着凝重的沮丧失望的气氛。为了安抚人心，元诩在元雍的建议下，追复元怿的清河王封号，诏侍中、汝南王元悦为太尉，入居门下，与丞相、高阳王元雍一起参决尚书奏事。

十一月，太保崔光薨。十二月，萧衍遣将寇边，皇帝诏崔延伯讨伐。

元叉更沉浸于荒淫奢靡的冶游之中，对朝政的关心疏懒多了。元雍派他巡查州郡的重任,让他离开京师一段时间。元叉不敢太违抗元雍,同时也想借巡查之机,去外面弄些财物,便乐颠颠地带着人走了。

2.太后俟机联络外面　妹子用心帮助家姐

春香搀扶着皇太后走出九龙殿,来到园子里散步。

初冬的西林园,已经满目萧索满目凋敝,光秃秃的树枝上栖息着成群的麻雀,叽叽喳喳叫个不停,在树枝上来回飞蹿。湖面上已经结了薄冰,在阳光下闪烁着刺眼的亮光。

皇太后看着西林园大门抱着枪靠在门框上打盹的守卫,低声对春香说:"我怎么觉着这些天守卫懈怠了不少。你觉出来了吗?"

春香点头:"我早就注意到了,只是还没来得及向太后禀报。我这些天正在试探着呢,前几天中午我试着向大门慢慢挪过去,守卫像没看见似的,还在那里丢盹打瞌睡。我走到他身边,与他拉呱了几句呢。"

"是吗?"皇太后惊喜地扬起眉毛,看着春香,拍了拍她的手背:"真是个有心计的女子! 你再过去试试。"皇太后拔下头上的一根金钗,递给春香:"去向他说,我病了,想见见妹子。看他能不能让你出去。要是让你出去,你就去元叉府邸,把胡玉华找来。"

春香接过金钗,笑着对皇太后说:"一定行的。我扶太后先回去殿里去躺下。"

春香搀扶皇太后回九龙殿。内侍成轨好奇地问:"春香,怎么这么快就回来了? 太后不在外面多待一会?"

春香焦灼地说:"太后病了。你快去前面请御医来。"成轨急忙向永巷门去叫门。

春香搀扶着太后回到寝宫,洗去太后脸上的脂粉,给太后额头扎上丝带,把她的发髻弄得蓬乱,扶着她躺了下去。

春香离开九龙殿跑着来到西林园大门。

"守卫哥哥! 守卫哥哥!"春香气急败坏气喘吁吁地喊。

守卫睁开眼睛,看到春香。"是你啊,春香姑娘,啥事啊?"他高兴地问。

"皇太后病了,她想见她妹子一眼。哥哥能不能去领军将军府上送个

沉河艳后: 胡灵皇后

649

信?"春香说着,把金钗塞进守卫手中。

守卫感觉到手中那凉凉的首饰的分量,为难地说:"我这里走不开的。"他想了想,凑到春香耳边:"这些日子,没有人来巡查了。刘腾大人薨了,侯刚大人不管,元叉领军已经一个多月不见面了,听说出京师去了。这里只有我日夜守卫。这样吧,我做主,放你出园,你快去快回。"

"那谢谢守卫哥哥了。我很快就返回来,哥哥放心。"春香朝守卫嫣然一笑。

守卫掏出钥匙打开西林园门,放春香出去。"你可要快点!小心不要叫领军将军看见!"守卫又叮嘱道。

春香出了西林园,飞快向元叉府邸跑去。

皇太后脸色蜡黄,躺在床上,额头上扎着一条丝带。

"姐,你哪里不美气啊?"胡玉华见了皇太后,扑到床边,抓住她的手,眼睛里噙着泪花问。

皇太后有气无力地说:"总算还见了妹子一面。"说着,这眼泪就如断线珍珠般成串落了下来。

胡玉华扑到皇太后身上,抽噎着说:"姐姐受苦了,都是妹子无能,让姐姐遭受这么大的苦难!"胡玉华紧紧抓住皇太后的手,抚摩着。她们虽然不是一母所生,年龄也相差十几岁,可姐妹情谊还是挺深的。

皇太后深情地抚摩着胡玉华的头发,安慰着:"与你无干系,这都是夜叉的主意!夜叉近来忙什么呢?"

胡玉华侧身坐到床边,满脸厌恶地摆手说:"不知道!不知道!他已经好几个月没回家了!听说被丞相派出去视察州郡了!其实不过是在外头寻快活!"

"原来这样!"皇太后叹息着,"可苦了你了。他什么时候回来?"

"不知道!可能要在外面过年!"胡玉华抱怨着,"他心中已经没有这个家了!"

"都是我不好,连累了你!"皇太后抓住妹子的手亲热地抚摩着,深深地叹息着,"想当年,他可不敢这么对待你!"

"都是他没良心!"胡玉华愤怒地说,"要是姐姐还是太后,借他个胆,他也不敢这么待我!"

"可不是!要我还是太后,看我不收拾他!我一定会下诏让他回家!我就不能容忍男人虐待老婆!"皇太后微笑着说,"当年广怀王虐待他的妃,被我教训过,现在不是改正了吗?现在是不是又犯了老毛病?"

"元悦现在任了太尉,老毛病又犯了不少,听说宠信一个叫丘念的美男子。不过虐待老婆的事还真没有听说过。"胡玉华又加了一句:"姐姐把他教训好了。"说完,胡玉华叹了口气,小声嘟囔着:"要是姐姐再临朝就好了。"

皇太后急忙掩住胡玉华的嘴,小声呵斥着:"妹子胡说什么啊!这话要是让夜叉听到了,还不要你我姐妹的小命!"

胡玉华咬牙切齿地说:"我算看透了元叉!要是姐姐能保证我和孩子的安全,我真希望能帮姐姐东山再起!他坏透了!"

皇太后温情地看着胡玉华,抚摩着她的手背:"快不要这么说!我早就没有了什么想头,只想能经常见见儿子,经常见见你,我们姐妹说说话,不像那几年那么寂寞,就心满意足了。元叉他再不好,也是你的夫君,女人可是嫁鸡随鸡,嫁狗随狗的!"

"姐姐,我的命就这么苦啊!以后,怕是没有我和孩子的好日子过了!他现在回家,不是摔打我,就是呵斥我!以后还不是像广怀王一样虐待我!"胡玉华流泪说,"对,也许像高阳王一样虐待死老婆呢!"

皇太后连连叹气,抚摩着胡玉华的手,连连责备着自己:"都是姐姐的不好,把你给了元叉。当年看他英俊儒雅能干,没想到现在变成这样!"

"姐姐!我帮你东山再起,如何?"胡玉华擦干眼泪,抬起眼睛看着皇太后,目光流露着坚定。

皇太后嫣然一笑,急忙掩住胡玉华的嘴:"不得乱说!你帮我东山再起?你是谁啊?你是元叉?他可是领军将军啊。只有他才能说这话!"

胡玉华左右看了看,压低声音说:"我可以进宫去见陛下,让他来看你啊。也许他来得次数多了,你们母子感情加深了,他可以帮你啊。"

皇太后沉吟着说:"我当然想见儿子了。你看我这身子骨,还不知能不能熬到见他一面啊?"皇太后说着,眼泪顺着脸颊流了下来。皇太后真的很想念儿子。被幽禁了四年多,元叉隔绝她母子。元诩今年十六岁了,她连儿子每年的生日都没有参加,还算什么母亲呢?

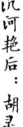
沉河艳后:胡灵皇后

胡玉华站了起来,轻轻拍了拍皇太后的手,安慰着说:"姐,你放心,我这就去见皇帝,请他来见你。趁元叉现在不在京城,赶紧安排。"

皇太后笑着:"元叉虽然不在京城,可他的耳目心腹众多,瞒不过他的。要是他们听说一点风声,只怕你要遭不幸的。还是算了。算了。"皇太后连连摇头摆手。

皇太后越是拒绝,胡玉华越是决心坚定:"姐,你不要担心。妹子知道该怎么办。妹子只是进宫探望皇帝,别人谁也不会怀疑的!"

"那好,就有劳妹子向皇帝说我病了,想见他一面,别的什么也不要说,来不来是他的事,让他自己做主。"

胡玉华点头。

3.皇姨深情劝说　皇帝幡然悔过

元诩在式乾殿听侍讲贾思伯和侍读冯元兴讲经,他听得昏昏欲睡。昨夜夜宴,他又饮了许多桑落酒,饮得醉醺醺的。他太喜爱饮酒了,自从元叉隔绝皇太后于西林园以后,元叉和刘腾都撺掇他饮酒,他慢慢地爱上这杯中之物。它使人飘摇欲仙,使人感觉到无比快活轻松,使人忘却一切烦恼忧伤。当他想念母亲的时候,刘腾便让尝食典御徐义恭端来美酒给元诩饮,元诩饮了美酒,飘飘欲仙,忘记了一切,也忘记了母亲。

元诩迷离双眼,耳边只听贾思伯说话的嗡嗡声。

侍读冯元兴见元诩以手支颐,眼睛迷离,知道元诩困倦了,急忙做手势给贾思伯。贾思伯停了下来,静静地等着皇帝元诩清醒过来。

元诩听不见耳边的嗡嗡声,睁开眼睛,看着贾思伯:"侍讲怎么停了下来?"

贾思伯急忙说:"微臣等待陛下指示。"

元诩挥手:"朕有些疲倦,卿等也歇息一刻吧。"说完,便歪倒在卧榻上,呼呼酣睡过去。

贾思伯和冯元兴乐得皇帝睡觉,也都倚靠在椅子里,闭目养神。

右卫将军侯刚听不到里面的讲话声,从外面进来查看,看见皇帝歪倒在卧榻上呼呼酣睡,他轻轻摇头。这个元诩算是被元叉和刘腾给带坏了。不学无术,又贪杯好饮,将来如何治理国家呢?

侯刚叹了口气,走出式乾殿。刘腾死了,元叉被元雍弄出京师巡查州郡,他自己现在有些六神无主,也不敢太驾驭皇帝。十六岁的元诩已经不再听他们的拨拉指使,他脾气暴躁,喜怒无常,经常乱发脾气,乱下诏书,叫属下无所适从。

自己还是收敛一些的好,侯刚在心里告诫自己。侯刚来到院子里,听到门口有女人说话声,他急忙走了过去。

"是女侍中啊!"侯刚看到胡玉华站在门口,正向一个新的羽林守卫说明自己身份。

"侯大人!"胡玉华嫣然笑着,"你的手下不许我进去见皇帝陛下啊! 你可是教导部下有方啊!"

"哪里,哪里! 这是新来的守卫,不认识领军将军夫人,皇帝姨母,你且莫怪罪于他!"侯刚眉开眼笑,拉着胡玉华进了大门。"不知夫人到,有失远迎。女侍中前来何事啊?"

胡玉华笑着说:"多日未见陛下,我这姨母想念他了,前来探望探望。"

侯刚压低声音说:"皇帝正在听讲经,听得有些困倦,歪在卧榻上睡着了。"

胡玉华说:"没关系,我进去看看,不吵醒他。"

侯刚不敢阻挡,把她领到式乾殿门前,闪身让开:"女侍中请进。"

胡玉华走进式乾殿。

贾思伯和冯元兴见皇姨进来,急忙站立起来,离开座位,施礼问好。

胡玉华挥手:"二位侍讲回去吧。皇帝陛下今天不听讲了。"二位不敢争辩,收拾了书本,告辞离开。

胡玉华脱去大氅,静静地坐在元诩身边,爱怜地看着元诩,等着他醒来。

元诩动了动,慢慢睁开眼睛,他酣睡了一个时辰,总算清醒过来。元诩打了个哈欠,翻身坐了起来。

"姨,你来了。"元诩看见胡玉华坐在床侧,高兴地喊。

"陛下,你可醒过来了。"胡玉华拉住元诩的手,心疼地摸着,"你这么睡,冷不冷啊?"

沉河艳后:胡灵皇后

元诩笑着:"不冷,一点都不冷。姨,有些日子没见你了。"

"可不是,有几个月没有进宫来看望陛下了。陛下身体好吧?"

"好,好。"元诩高兴地说。

"陛下最近没饮酒吧?"胡玉华关切地问。

元诩不好意思地一笑,没有回答。

胡玉华知道,元诩已经被元叉和刘腾等人引诱得上了酒瘾,难于戒掉,她曾多次劝说过元诩,可总是不见效果。都是那天杀的元叉,为了控制驾驭皇帝,故意引诱他饮酒。

胡玉华轻轻抚摩着元诩的手背,温柔地劝说着:"还是少饮酒得好,饮酒伤身体的。陛下可是要保重身体啊,看你阿娘一病不起,多痛苦啊。"

元诩抬起眼睛,惊异地问:"阿娘她病了?什么病?厉害不厉害?"

胡玉华见元诩流露出对阿娘的关心,很是高兴,她神情黯然地说:"听说很厉害,已经卧床不起多日,水米不进。我特意进宫来面见皇帝,看能不能得到皇帝陛下的恩准,进园去探望探望她。"

元诩的眼睛闪过一丝阴影,不高兴地嘟囔着:"这事是刘腾和姨夫管的,他们不让我去探望她。"

胡玉华轻声说:"可刘腾大人已薨,元叉又巡查外地,该找谁呢?难道皇帝陛下连这么点小事都不能做主吗?陛下是皇帝啊!皇帝可是说一不二的啊!"

元诩早就对控制驾驭他的刘腾和元叉有所不满。过去他年纪小,事事需要听他们调遣,现在他已经快十六岁了,已经是大人了,还要事事听大臣安排,他这皇帝算什么皇帝?是啊,他应该拿出皇帝的威严和权势,要开始自己做主,要行使皇帝大权!

"姨,我准许你去看望阿娘!"元诩说。

"好,这才像个皇帝样!不能事事让别人牵着鼻子走!"胡玉华抚摩着元诩的手,鼓励地说:"刘腾薨了,陛下那么隆重地安葬了他,也算对得起他。他可是大魏建国以来丧事最隆重最盛大的阉官了。再说你姨夫他也该听从陛下话的!"

元诩点头。

胡玉华说:"我明日就进园看望太后。陛下,可有话带给太后?"

元诩想了想说:"你让太后安心养病,我过几日也去探望太后。"

胡玉华笑着说:"太后一定非常想念陛下。要是早日见到陛下,她的病会好得快一些,比吃药还有用呢。"

"是吗?"元诩笑着问,"太后不责备我幽禁她?"

"怎么会呢?这又不是陛下的主张。太后那么聪明个人,还不知道这是谁的主意?她怎么会归罪陛下呢?她只是想念陛下,想得呕心沥血啊!"胡玉华沉痛地说,眼泪已经溢满眼眶。

元诩看着姨母胡玉华发红的充满泪水的眼睛,突然感到一阵难过,自己把亲生母亲幽禁在西林园数年,真的太过分了!一个饱读诗书孝经,还经常给太学学士和大臣讲孝经的皇帝,居然几年不去拜见母亲,算什么孝呢?可是,每当他提出去看望看望皇太后时,元叉、刘腾、侯刚等人总是说,太后出来会剥夺他皇帝位置,他们幽禁太后全是为了他能够一直当皇帝。

不,元诩想,元叉、刘腾、侯刚幽禁太后并不是为了他,而是为了他们自己,为了他们自己能够控制大魏朝政。瞧他们这些年多神气,比他这皇帝还神气!一天大一天的元诩越来越清楚地认识到元叉等人的嘴脸和险恶用心。

元诩试探着问胡玉华:"姨,你说,太后出来会不会剥夺我的皇帝位置?她会不会再临朝称制?"

胡玉华眼睛瞪得老大,惊异地说:"陛下怎么会有这样念头?这话可不能叫侯刚他们知道,否则他们会加害陛下的!"

元诩沉默了。

侯刚探头探脑,不断窥视皇帝和胡玉华的动静,胡玉华不敢再逗留,起身告辞,小声说:"陛下,你已经长大了,应该懂得是非了。以后遇事要自己拿主意,不能事事处处依附那些人。"她说着,把嘴向外面努了努。"另外,有些话不能让他们知道。"她又叮咛着。

"来人!"元诩喊朝外面喊。

右卫将军侯刚急忙进来:"陛下有何吩咐?"

"发放行牌给姨,朕准许她去探望生病太后!"元诩沉着脸对侯刚说。

侯刚为难地眨巴着眼睛,可怜巴巴地看着皇帝元诩:"陛下,这可是领军大人的权限,不属老臣管辖啊!"

沉河艳后:胡灵皇后

胡玉华笑了："侯大人可真恪守规矩！领军不在京师，对我这领军夫人都不能网开一面？何况这还是皇帝诏令！大人居然敢于不从！看来侯大人真的像外面人传言的那样，不敢不听领军，却斗胆不听皇帝诏！"

侯刚吓得急忙辩解："女侍中怪罪老臣了。老臣不是这意思，老臣怎敢不听皇帝诏令呢？老臣这就签发令牌！"

4.久别重逢母子叙旧　骨肉深情元诩觉悟

元诩第二天便带着百官去西林园探望太后。

太后蜡黄着脸，见了元诩，拉着元诩的手好一阵痛哭，哭得天昏地暗，百官流泪。

太后在九龙殿大殿见皇帝与百官。

太后见元诩，哭诉着数落着说："隔绝我母子，不让我与我儿往来，这算怎么回事？让我孤零零一人住在园里好几年，生病无人管，也无人问，我这么活着还有什么意思呢？不如让我死的好！"皇太后说着，猛然站了起来，向后面的墙壁撞去。幸亏春香眼疾手快，一把拉住皇太后，皇太后才没有一头撞上去。

元诩惊吓得浑身乱颤，他紧紧拉住皇太后的胳膊，扑通跪在皇太后面前，哭嚎着说："太后，都是儿臣不孝！太后千万不要自寻短见！"

皇太后偷眼窥了元诩一眼，知道儿子对她还是心存挂念的，她更大声哭喊着："活着没意思，又不让我死！我该怎么办啊！"

皇太后用力甩开元诩的拉扯，跺脚走到一边，哭诉着："或者让我落发出家吧！我将永绝人间，住进嵩高闲居寺为尼修道，永远不再与你们见面！幸亏先帝圣鉴，当年为达摩营建此寺让达摩修行，看来他老人家实在太有眼光，他鉴于未来，营建此寺正为我今日之用！"

太后一边哭诉，一边掏出一把早就准备好的剪刀，朝自己的头发剪去。慌得元诩急忙伸手去阻挡，还是阻挡不及，一绺黑发已经随着咔嚓一声剪落下来，飘然落到地上。

元诩哭号起来，他匍匐膝行到太后面前，抱着太后的双腿："太后，你不能这样啊！你不能这样啊！你这是用剪刀剪儿子的心啊！"

元诩哭着恳求太后不要再剪。大臣也都扑倒跪拜,叩头苦苦哀求太后。

太后厉声说:"我这样被隔绝,儿子也见不到,还是出家为好!"说着又抬手去剪。元诩扑过去,死死抓住太后的手。

皇太后叹息一声,对元诩说:"皇帝儿啊,你这样阻挡是没有用的,等你一走,我还是要落发上嵩高山的!我的心已经死了!我要效仿达摩在嵩高山面壁九年!"

"儿臣不让太后落发!儿臣不让太后落发!"元诩哭喊着:"太后若不回心转意,儿臣就不回前殿去!儿臣要与太后住在一起,一定要劝说太后回心转意!"

皇太后抱着元诩,哭成一团。

侯刚和内侍贾粲互相看了一眼,贾粲急忙举步上前:"陛下,时辰不早了,还是回前殿歇息的好!"

元雍看不惯贾粲的举止,他白了贾粲一眼,厉声说:"你没听见陛下说要留宿园中劝说太后吗?!退下去!"

贾粲被元雍呵斥,不敢反驳,急忙退了下去。侯刚正想开口,元雍却上前,威严地看着侯刚命令说:"右卫将军侯大人,请立即安排陛下留宿!"

元叉不在身旁,侯刚不敢违抗元雍,只好去安排留宿的护卫。

元雍看着侯刚的背影,轻轻地骂了一句:"狗仗人势!"

皇太后抬起婆娑的泪眼,朝元雍感激地点了点头。元雍心里一阵感动。太后这些年受苦了!

皇帝元诩紧紧拉着皇太后的手,在元雍和内侍的簇拥下,去西林园嘉福殿留宿。

皇太后坐在元诩的床边,拉着元诩的手,哭诉自己被幽禁这四年的经历。"你可知道,这些年我被关在西林园的日子有多艰难、多寂寞吗?"

元诩的心被皇太后一把鼻涕一把眼泪的哭诉揉得都快要碎了。生他养他的母亲,这几年被幽禁在西林园,刚开始连饭食都不够,饥寒交迫,他探望以后,虽然有所改善,可孤苦伶仃的寂寞却是谁也不能慰藉的。皇太后思念儿子,怀念亲人,她的苦楚谁能知道,谁给予关心呢?

元诩泪流满面,泣不成声。

沉河艳后:胡灵皇后

"太后，你说我该怎么办？"元诩哭着问母亲："元叉总是阻挠我放母亲出来。"

皇太后看着已经长成大人的儿子元诩，心疼地抚摩着他的手："你是皇帝，你都不知道怎么办，我又能知道该怎么办？他们幽禁我几年，我一无权力，二无人手，能怎么办？你要不帮阿娘，阿娘只有落发出家这一条路可走！"

元诩紧紧拉着母亲的手，反复说着："我不让母亲出家，我不让母亲出家！"

太后抚摩着元诩的手，抽噎着说："诩儿，你不让母亲出家，这心意为母领了。可是，若是继续幽禁为母在西林园，还不如让母亲出家的好，我实在不能继续过这种牢狱一样的生活了。"

元诩腾地站了起来，看着皇太后冲动地说："母亲，儿这就下诏解除母亲的幽禁！我这就带母亲出西林园！"

皇太后急忙按住冲动的元诩："诩儿，不可乱来！你若真心解除为母幽禁，此事须从长计议，否则，不但不能救我出去，也许还要连累你。若是元叉父子得知此事，一定不会善罢甘休！"

元诩搔着后脑勺，眨巴着眼睛，看着皇太后："那我该怎么办？"

皇太后拉元诩坐下来，柔声细语，向元诩教授办法。"元叉回来以后，你要像过去一样对他亲热，要向他报告一切事情，包括来看望我的情景，把见面的情景详细告诉他，让他对你没有一点怀疑。这样，他才会慢慢松懈下来，放松对你我的监视。以后再想办法。"

元诩睁着明亮的眼睛，看着皇太后，郑重其事地点着头，"我听母亲的。"

皇太后激动地把元诩拥进自己的怀抱，喃喃地说着："诩儿，你真是我的好儿子。"

年底，元叉从州郡回到京城，准备过年。一回到京城，他就得到侯刚等人的禀报，说皇帝已经探望过皇太后。

元叉大吃一惊。皇帝去探望皇太后，此事不可等闲视之，万一皇帝被皇太后感化，要放皇太后出西林园，这对他可不是好事情。一定要阻止皇帝再去拜访皇太后。

元叉进宫去见皇帝。元诩一见元叉,笑容满面迎了上来,拉住元叉,亲热地喊着:"姨夫,你可回来了。朕都快想死你了!"元诩姨夫长姨夫短地问着元叉外巡的情况。

元叉心里安稳了许多。皇帝一如往常,并没有受拜见皇太后的影响。

"陛下,听说陛下去了西林园?"元叉试探着问元诩。

"是啊。前些天我率领百官去了一趟西林园。内侍禀报,皇太后生病了,朕前去探望,没有什么不妥吧?"元诩还是笑容满面,颜面上没有任何改变,他看着元叉问。

元叉急忙说:"没什么不妥,没什么不妥。既然太后生病,陛下理应去探望。"

元诩笑着:"朕就知道姨夫开通,不会介意朕去探望生病的太后。可侯刚总想阻止朕,不知他是何用意?"

元叉支吾着,不知道该如何表态。

元诩笑着继续说:"朕在西林园住了一夜,也算对太后尽了点孝心。太后病得挺重,人消瘦了许多。朕还得经常去探望探望她,以显示朕的孝心。姨夫以为如何?"

"对,对,应该经常去探望探望。"元叉说着,探究的眼光盯着元诩的脸,研究着他脸上的表情,以确定他是否说谎。元诩的脸依然笑容灿烂,依然坦诚如初,显现不出任何撒谎的扭捏不安与愧疚。

"太后跟你说了什么没有?"元叉试探着问。

"说了说她的身体景况。她觉得自己病得很是严重呢,又哭又闹的,说要落发出家。"元诩皱了皱眉头,一脸的厌恶与不屑。

"还说了别的什么没有?"

"还说了别的什么没有?"元诩重复着元叉的问话,想了一会儿,眼睛一亮:"对,太后说,该给朕准备后宫后妃了,她让我转告姨夫。"

元叉微笑着说:"可不是,皇帝陛下已经十六岁了,该给陛下选后妃了。过了年,我就着手给陛下准备。"

元诩拍手:"那可是太好了,朕早就想有后妃伺候了。"

"没想到陛下小小年纪,也如此好色。"元叉开心地大笑起来,他已经完全放心,不再担忧皇帝看望太后会对他造成威胁。

沉河艳后:胡灵皇后

"食色,性也。朕怎么能不好色呢?"元诩嘀咕了一句。

5.洛水游玩元雍巧安排　密室策划元叉大失败

过了年,元诩得到元叉的准许,又进西林园去探望了皇太后一次。元诩从西林园出来,立刻把与太后见面的情景一五一十详细地说给元叉听,似乎毫无隐瞒似的。元叉越发放心了,也就渐渐放松警戒,允许元诩探望皇太后的次数多了起来。

三月,春天来了,天气好了起来,皇帝元诩向元叉提出带皇太后春游,让皇太后散散心,帮助她恢复健康。

沉溺于花天酒地的元叉想也不想,就一口答应下来。

皇帝元诩带着百官与太后出了洛阳,来到洛水边上。

皇太后在春香的搀扶下,走下金根车,来到洛水河畔。宣阳门外,洛水两岸,永桥桥头,春草碧绿,细柳低垂,满目芳草萋萋。桥下,清澈碧绿的洛水翻滚着波涛,发出汩汩流水声。皇太后放眼望去,眼泪涌上她的眼睛。几年前与元怿游洛水的情景历历在目,元怿诵读《洛神赋》的声音还在耳边回响,而今,却早已景在人非,此情只可追忆。

皇太后仰望高二十多丈的华表,华表上一对凤凰展翅高飞,直冲云天,那是当年为庆贺她临朝听政而建立的,是为歌颂她而建立的。如今这凤凰却像一只母鸡失去了展翅高飞的能力。

皇太后在心里叹息着,竭力掩饰着自己的心情。不能就此罢休! 皇太后轻轻咬住嘴唇,在心里叮嘱自己。不能放弃希望,要寻找一切机会,东山再起!

皇太后环视跟随皇帝身后的百官。

傲慢的元叉依然昂首挺胸,紧紧跟在元诩身后,殷勤地照看着。皇太后知道元叉不久前刚刚得到皇帝提拔,做了骠骑大将军和仪同三司,他正得意着呢。

其实,元叉心里很是惴惴不安。自从阿那瑰出尔反尔掠边以来,加上元法僧的反叛,皇帝元诩对元叉已经产生了许多不满,内外大臣多有非议和弹劾。元叉知道自己现在是众矢之的,故而有所收敛。父亲京兆王元继虽然

沉河艳后:胡灵皇后

已经提升为太尉,可他还率兵在外,尚未班师回朝。所有这些,让元叉感觉到一种潜在的危险正悄悄向他逼来。

元雍跟在元叉身后,面色冷峻。

皇太后的目光在元雍脸上停留了一下,给元雍一个意味深长的微笑。

皇帝元诩搀扶着皇太后登上龙船,龙船沿着洛水,溯流而上,向伊阙山石窟开去。

龙船开出,绕着洛阳向伊阙山方向驶去。船慢慢行使,看着天色暗了下来。高阳王元雍上前对皇帝元诩说:"陛下,天色已晚,请陛下与太后上岸,到老臣府邸歇息一夜,明日再行。"

元诩回头看着元叉,元叉游移地说:"臣以为还是到行宫过夜方便。"

皇太后微笑着对元诩说:"诩儿,为母有些疲累,还是就近下船的好!"

元诩点头:"那就到高阳叔府邸去吧,行宫还远着呢。传诏下船到高阳府邸过夜!"

元雍看了一眼皇太后,不动声色地轻轻眨了眨眼睛。

高阳王元雍心里很是高兴,他一定要趁这个大好机会见皇太后一面,与皇太后商量如何去掉元叉。元叉越来越专权,朝内政事懈怠,百官怨怒,将士不服。从阿那瑰掠边以来,边陲叛乱越来越多。正光五年三月,沃野镇破落汗拔陵聚众反,杀镇将,号真王元年,诏临淮王元于为镇军将军,假征北将军,都督北征诸军事讨伐。四月,高平酋长胡琛反,自称高平王,攻镇以响应拔陵。五月,临淮王元于败于五原,削除官职。六月,秦州城人莫折太提据城反,自称秦王,杀刺史。诏雍州刺史元志讨伐。接着,南秦州孙掩等人也据城反,杀刺史,以响应莫折太提。太提死,其子莫折念生代立,自称天子,号年天建,置立百官。诏吏部尚书元修义兼尚书仆射,为西道行台,率诸将西讨。不久,都督失利于白道,大都督李崇只好率众还平城。七月,凉州幢帅于菩提、呼延雄执刺史宋颖据凉州反。莫折念生派他的兄长莫折天生进攻陇东。八月,元志大败于陇东,退守岐州。八月底,南秀容牧子于乞真反,北秀容的太原王尔朱荣平叛。西北边陲烽烟四起,南边萧衍也趁火打劫,九月,萧衍派将攻占寿春外城,又派将寇淮阳。冬十月,营州人刘安定等人据城反。十一月,莫折念生攻陷岐州,执都督元志。贼众喧嚣尘上,朝野内外大惊。十二月,在元雍的建议下,皇帝元诩诏尚书左仆射、齐王萧宝夤为西

道行台大都督,率征西将军、都督崔延伯,率诸将西讨。

元雍还清楚地记得萧宝夤和崔延伯出行的情景。皇帝元诩在明堂设宴,亲自为他们饯行。崔延伯总甲兵步骑五万从京师出发,给京城朝野以希望,非常动人。洛阳西张方桥头,汉代夕阳亭前,集合着五万雄赳赳气昂昂的队伍,崔延伯身穿甲衣,头戴高高的危冠,腰间挂着长剑,威风凛凛,骑着皇帝元诩赠送的骅骝马,走在队伍最前面。队伍后面,是他特意征调入伍的乐师田僧超,正吹奏着雄壮的笳为队伍送行。胡笳声声,悲壮豪迈,让出征战士浑身热血沸腾。

派崔延伯果然不负众望,前不久便传来北道捷报,说崔延伯申令将士,身先士卒,冲锋陷阵,大破秦贼于黑水,斩获数万。天生退走入陇西,泾、岐及陇东悉平。

可是,这里刚平了莫折念生,陇西的万俟丑奴等又集众寇掠泾川。皇帝元诩诏崔延伯和萧宝夤率众会于安定,甲卒十二万,铁马八千,军威甚盛。

正光六年正月庚申,西北边陲此起彼伏反叛不断之时,南边的徐州刺史、皇宗室元法僧据州反叛,元法僧害行台高谅,自称宋王,号年天启,遣派其子元景仲归于萧衍。这消息简直就是晴天霹雳,让大魏内外震惊。

元法僧是元叉一手提拔起来的,得到元叉父子的重用。元叉不久前巡视徐州,在徐州与元法僧花天酒地,很是亲密地游玩了一些日子,可元叉前脚走,元法僧后脚反叛,这就像一记沉重的耳光打在元叉脸上,让元叉感到压力很大。朝臣弹劾元叉的奏表多了起来。被元雍由河南尹提拔为御史中尉的郦道元多次向元雍禀报,请求处理。元雍正准备向皇帝禀报,只是还没有找到合适机会。

一定要重振朝纲,元雍近来经常这么想。可是皇帝元诩懦弱无能,受元叉控制摆布,要重振朝纲谈何容易?只有除去元叉,重新让太后听政,才有可能改变眼下的朝政局面。

元雍心怀这想法以来,在这两个多月里已经私下着手做了些准备。首先,他让皇帝下诏,诏太傅、京兆王元继为太师、大将军,十二月派遣他率诸将出征。接着又任命带兵在外的京兆王元继为太尉。可是对元叉,他还不敢轻举妄动。

皇太后回头,看到元雍的眼色,心跳了起来。今天一定要利用这大好机会,说服元雍,让元雍帮助自己恢复权力。

元雍领着皇帝和皇太后向内园走去,元叉急急跟上来,元雍却拦住他,满脸堆笑地说:"将军请留步,你与右卫将军侯大人在园外护卫皇帝陛下和皇太后。"

元叉不放心地看着皇帝拉着皇太后的手走进园门,问:"里面安全吗?"

元雍笑着:"将军不必操心,老夫用全家性命担保皇帝陛下的安全。里面安全之至,连苍蝇都飞不进去,只要将军守好园门就是了。"

元叉不好与元雍争辩,只好服从元雍的安排,在园子外住下。

元雍笑着走进园子。

皇帝元诩与太后母子二人亲热地走进元雍的内宅。

元雍命令侍卫紧紧把守内宅门口,任何人不得入内。

晚膳以后,元雍把皇帝元诩和皇太后让进内室。元雍向皇帝元诩禀报近来大事,特意向皇帝元诩禀报了御史中尉郦道元的表奏。

"陛下,近来边陲反叛不断,内外朝臣都以为责任在元叉。御史中尉郦道元上表弹劾元叉,老臣不知道该如何处置,请陛下明示。"

元诩搔着后脑勺,惶惑地看着皇太后,不知所措。

皇太后明知故问:"弹劾元叉什么呢?"

元雍激昂慷慨地说:"弹劾元叉任人唯亲,不是他放归阿那瑰,哪有阿那瑰掠边引起这一连串的边陲反叛?他举荐重用元法僧为徐州刺史,而元法僧叛逆。他收受贿赂,卖官鬻爵。他阻塞言路,致使贪官当道,人才不举。他控制朝政,令太后幽禁。"

皇太后点头:"果然罪孽深重。皇帝,你以为呢?"

元诩目光暗淡,心情郁闷,他不得不承认元雍所说的事实。元叉确实令他失望。"既然御史中尉弹劾,不如拘来审讯如何?"元诩看着元雍,游移不定地说。

"不可!万不可轻举妄动!"皇太后急忙摆手:"这些年,元叉手握重权,羽翼丰满,党羽甚众,何况他的父亲元继手握重兵在外,如果这里拘禁元叉,元继会不会拥重兵反叛呢?万不可动元叉!"

元雍点头,皇太后中肯入木的分析,令他赞叹不已。皇太后依然头脑清

沉河艳后:胡灵皇后

晰，处事果断，非眼前这贪杯又懦弱的小皇帝可比。

"那该怎么办呢？"元诩游移地看了看元雍，又把目光定在母亲脸上。

皇太后想了想说："要想办法除去元叉领军将军之职，最好让他自行让出领军将军。然后要诏元继班师回朝，等他回朝，立即剥夺他的兵权。应该让丞相处理州郡公文，加大丞相的权力，以削弱司徒的权力。司徒元悦跟元叉太紧。"

元诩糊里糊涂地点着头，他并没完全听明白皇太后说的意思。

元雍看着元诩："老臣以为陛下仁慈宽厚，几年来受元叉左右，一时不好拉下脸责罚，情有可原。可是元叉不除，这朝政危机怕是不好解决，元法僧引起的叛乱若是在国内蔓延开来，南北呼应，国朝怕是危在旦夕！"说到这里，元雍把目光定定地注在元诩的脸上，注视着元诩的反应。"请陛下早做决断！"

元诩慌乱起来，他避开元雍的目光，求救似的看着母亲。

皇太后深深叹了口气："怎么会这样呢？大好江山，固若金汤，怎么可以让一颗老鼠屎给祸患了呢？皇帝，你说呢？"

元诩讷讷，无话可说。

元雍接着说："老臣以为，若是陛下请出太后临朝处理，必可一举置元叉于死地！"

皇太后看着元诩，笑着说："怕是皇帝舍不得手中权力，不肯让位给母亲啊！"

元诩满脸通红，喃喃说："有什么舍不得呢？母亲若是愿意临朝，儿就让给母亲，儿乐得清闲。"

"真的？诩儿说的可是心里话？"皇太后扬起眉毛，惊喜地问。

元雍在一旁敲打边鼓："君无戏言，皇帝陛下从不说大话诓人的！"

元诩说："要是儿有妃嫔伴随，儿愿意让位给太后，儿想好好玩个一年半载。"

皇太后笑了："可不是，诩儿已经十六岁，该大婚了。我已经选好几个妃子，明日就去迎进宫来。"

元诩高兴得手舞足蹈起来。"太好了，太好了。请太后明日就把她们迎进宫去！太后，她们是谁啊？"

皇太后笑着拍了拍元诩的手："看把你高兴的。有潘氏、胡氏、李氏、冯氏几个女娃，都漂亮得很呢。"

元诩跳了起来，对元雍说："丞相，快拿桑落酒来，朕要开怀饮几杯！"原来，晚膳元雍没有给他桑落酒饮，他一直难受得很。

元雍看了皇太后一眼，皇太后神色黯然地点点头。元雍急忙去叫人备酒。

"少饮几杯。"太后看着元诩，叮嘱着。

元诩口里答应，却不住地饮了一杯又一杯，很快歪在卧榻上呼呼大睡了。

皇太后满脸忧伤地看着儿子元诩，无奈地摇头。都是元叉，他一手毁了她和她的儿子！皇太后恨恨地想。

"明日让皇帝召见百官商议朝政大事，"皇太后对元雍说："你把对元叉的弹劾公布，然后逼迫元叉交出他的领军将军职务，先任命他为骠骑大将军、侍中、仪同三司。"

元雍点头。

6.皇太后东山再起摄政　奸佞臣举朝又遭弹劾

第二日，皇帝和皇太后回到皇宫，在显阳殿接见三公八座和元叉、侯刚等人。

元雍上奏，说："近日得到萧衍郧王元树从南方寄来的书函，不知太后与陛下可愿一闻？"

元诩蒙眬着眼睛问皇太后："元树何许人？"

皇太后说："元树是咸阳王元禧的儿子，在咸阳王被诛杀以后逃往南朝萧衍处，被萧衍封为郧王。他来信为何事？"

元雍说："元树虽然人在南朝，心却还在国朝，他对元法僧反叛的事感到非常气愤，他以为元法僧之叛罪在元叉，修书来弹劾元叉。"

皇太后扬起眉毛，故作惊讶地说："弹劾元叉？读来听听。"

元雍清了清嗓子，甩开元树书信，朗朗读了起来：

　　"魏室不造，奸竖擅朝，社稷近危。元叉险愿狼戾，人伦不齿，属籍

沉河艳后：胡灵皇后

疏远，素无问望，特以太后姻娅，早蒙宠擢。曾不怀音，公行反噬，肆兹悖逆，人神同愤。自顷境所传，皆云：叉狼心虿毒，藉权位而日滋，含忍谄诈，与日月而弥甚。无君之心，非复一日，篡逼之事，旦暮必行。"

读到这里，元雍停顿了一下，抬眼看了看皇太后和皇帝元诩的脸色。元诩的头已经垂了下来，看来他昨夜的酒意还没有完全清醒。皇太后推了推元诩，元诩抬起头，蒙眬着眼问："怎么不读了？朕正听着呢。"

元雍提高声音，大声读，他洪亮的声音在大殿里回响。

"元叉本名夜叉，弟罗实名罗刹，夜叉、罗刹，此鬼食人，非遇黑风，事同飘坠。呜呼魏境，离此二灾！恶木盗泉，不息不饮；胜名泉称，不入不为。况季昆此名，表能噬物，日露久矣，始信斯言。况乃母后幽辱，继主蒙尘，释位挥戈，言谋王室，不在今日，何谓人臣！诸贤或数世载德，或将相继踵，或受任累朝，或职居机要，或姻亲非他，或忠义是秉，见制凶威，臣节未申，徒有勤悴。"

元雍抬头，扫了元叉一眼，元叉满头大汗，浑身颤抖，可怜巴巴地看着皇帝元诩，张口想说什么。元雍再次提高声音大声地读：

"又闻自叉专政，亿兆离德，重以岁时灾厉，年年水旱，牛马瘟疫，桑柘焦枯，饥馑相仍，菜色满道，妖灾告谴，人皆叹息。边陲西北，羌戎陆梁；泗汴左右，戍漕流离。加以剖析忠贤，奸殄宗室，哀彼本邦，一朝横溃。今既率师，将除君侧。区区之怀，庶令冠履得所，大憝同必诛之戮，魏祀无忽诸之非。"

元叉见元雍读完，趋步向前，扑通一声跪在宝座下，大声喊着："陛下！臣冤枉啊！这元树叛逆大魏，他为萧衍讨伐我国朝，却要寻找冠冕堂皇的理由嫁祸于臣下！陛下，千万不要中元树和萧衍的反间计啊！臣下忠心耿耿，一片丹心，决无谋逆之心！"

皇太后冷笑着问元雍："元叉果然如元树所说吗？"

元雍说："元树固然有为自己寻找托词的嫌疑，不过，元叉确实罪恶滔天，有篡逆的可能。这里还有清河王元怿的中书舍人韩子熙和御史中尉郦道元的弹劾表奏，要不要读来一听？"

皇太后沉静地说："读吧。"

元雍清了清喉咙，朗朗读起韩子熙的奏章。韩子熙是元怿推荐的郎中令,字元雍,元怿被害,久不得葬,他为之忧悴,屏处田野,不出为官。人劝他,他总是说,王若不得复封,不得以礼迁葬,他誓以终身不仕。他早已写好表书弹劾元叉等人,只是没有机会上书。昨天元雍派人找到他,要来他的奏书。

元雍浏览着千字奏书,挑选着其中主要的内容,大声地读。

"故主太傅清河王,尽忠贞以奉公,竭心膂以事国,宋维反常小子,性若青蝇,污白点黑,谗佞是务,以元叉皇姨之婿,权势攸归,遂相付托,规求营利,共结图谋,坐生眉眼,诬告国王,枉以大逆。刘腾由私生嫌,私深冤怒,遂乃擅废太后,隔离二宫,诬王行毒。叉籍宠姻亲,恃握兵权,无君之心,实怀皂白。擅废太后,枉害国王,生杀之柄,不由陛下,赏罚之诏,一出于叉。名藩重地,皆其亲党;京官要任,必其心腹。中山王熙,本兴义兵,不图神器,戮其大逆,合门灭绝,遂令元略南奔,为国巨患。奚康生国之猛将,尽忠弃市。其余枉被屠戮者,不可胜数。缘此普天丧气,匝地愤伤。致使朔陇猖狂,历岁为乱,荆徐蠢动,职是之由。昔赵高秉秦,令关东鼎沸,尽元叉执权,使四方云扰。自古及今,竹帛所载,贼子乱臣,莫此为甚。"

元雍还要继续读下去,元叉已经暴跳如雷,他咆哮着喊:"这是捏造,这是诬陷! 臣下丹心一片,绝无半点反叛之心! 至于元怿被害,全是刘腾的主意,与臣下无关!"

皇太后听着韩子熙的上书,心里已经难受至极,不过,她还是竭力控制着自己,沉静地不动声色地听着元雍朗读。君子报仇,三年不晚,她已经等了五年,该是给元怿报仇的时候了!

皇太后看着元叉,问元雍:"高阳王,元叉果如韩子熙所言吗?"

元雍冷笑着:"老臣以为韩子熙所言不谬,臣不畏天下诸贼,唯虑元叉。何者? 元叉总握禁旅,兵皆属之;父率百万之众,虎视京西;弟乃都督,总三齐之众。元叉无心则已,若有其心,圣朝将何以抗? 元叉虽曰不反,谁见其心? 而不可不惧!"

元叉怒目看着元雍,恨恨地喊:"高阳王,你说话可要凭良心啊! 我元叉什么时候有二心啊? 你不能这么血口喷人啊!"元叉又转过脸,向元诩大声说:"陛下,臣跟了你这么多年,臣的一片冰心可鉴天地,请陛下为臣做

沉河艳后: 胡灵皇后

主啊!"

皇太后冷笑着说："既然如此,元郎若忠于朝廷而无反心,何故不辞去领军职务,以余官辅政呢?这样不就向大家证明你一片忠心了吗?"

元诩点头:"太后说的是啊,姨夫既无反心,何不按太后所言,辞去领军职务,不就证明姨夫的一片忠心了吗?"

元叉看了看元雍,元雍正冷笑着,撇着嘴,满脸不相信的神情看着他。

元叉倒吸了口气,知道自己已经被逼到绝路上,不答应太后的提议,他就无法证明自己的忠心。不证明自己无反心,今天怕是难以走出这大殿。

元叉急于表白自己的忠心,急忙喊着说:"陛下,臣下愿意辞去领军职务!"

皇太后咯咯得愉快地笑了起来:"元郎果然忠心耿耿,看来元树冤枉元郎了,高阳也误会元郎了!元郎一片耿耿忠心,既然他愿意以辞去领军职务来证明自己的忠心,我看可以成全他!皇帝,你说呢?把元叉领军职务给侯刚大人做,如何?"皇太后侧脸问元诩,又瞟了侯刚一眼。侯刚正在担心追究元叉会不会连累自己,见皇太后这么重用自己,激动不已,扑身跪下谢恩。

"朕同意。"元诩说。

"请皇帝陛下下诏吧。"元雍冷笑着。

皇太后甜甜地微笑着:"元郎一片忠心耿耿,虽然辞去了领军,可以加封侍中,任骠骑大将军,仪同三司。皇帝,同意吗?"

元诩急忙点头:"同意。请丞相宣门下拟写诏书。"

皇太后又说:"皇帝还有一诏,即请门下宣读。"

门下秘书丞上来,朗朗宣读:"丞相高阳王,道德渊广,明允笃诚,仪型太阶,垂风下国,实所以予违汝弼,致治责成,宜班新制,宣之遐迩。其州郡先上司徒公文,悉可改上相府施行,符告皆亦如之。"

司徒元悦心中虽然气恼,却也不敢反驳。元怿死后,他特意以桑落酒伺候元叉,得到元叉欢心,得以位居太尉、司徒高位,就任的那天,他到元怿府上找元怿的儿子索要元怿太尉官服和印绶,元怿的儿子居庐为父守孝,不肯出来见他,他居然口称皇帝旨意派士兵召元怿子,杖其百下,差点打死那瘦弱的孩子。宗室对元悦很是气愤。

皇太后又提醒皇帝元诩说:"皇帝,不要忘记下诏召京兆王回都,他的大都督一职由章武王元融替代。"

元诩一一答应着。

元叉看到皇太后有条不紊的安排，一切都明白了。他非常懊悔自己不该大意，不该让皇帝元诩与皇太后见面。如今，皇太后显然已经控制了皇帝元诩，他的好日子结束了。虽然加封侍中，仪同三司，可这明明白白的明升暗降，剥夺了他领军将军的禁卫大权，他再也不可能日日在皇帝身边行走，不能够继续控制皇帝。

元叉丧气地垂下头。

国朝局势依然险峻，萧衍遣其北梁州等将入寇直城，梁州刺史傅竖眼率众拒击，大破之，擒斩三千余人；是月，齐州清河民崔畜杀太守，广川民傅堆执太守刘莽反；破落汗拔陵别帅王也不卢等攻陷怀朔镇。萧衍不断派将入侵。

皇太后把她选中的几个女娃迎进宫中，操办了皇帝元诩的大婚，她把自己的侄女胡氏定为皇后，又定了充华世妇潘氏、李氏等。新婚的皇帝元诩每日沉湎于温柔乡里，与皇后、妃子玩乐得昏天暗地，从此更是不早朝。

正光六年(公元 525 年)夏四月，辛卯，皇太后临显阳殿，召见百官，宣布自己代皇帝摄政。

元雍亲自宣读皇帝的诏书。诏曰：

"朕以寡昧，凤承天历，茫若涉海，罔知所济，实凭宗社降祐之灵，庶勉幼志，以康世道。而神龟之末，权臣擅命，元叉、刘腾阴相影响，遂使皇太后幽隔后宫，太傅、清河王无辜致害，相州刺史、中山王熙横被夷灭，右卫将军奚康生仍见诛翦。从此以后，无所畏忌，恣诸侵求，任所与夺。无君之心，积习稍久；不臣之迹，缘事弥彰。蔽耳目之明，专生杀之柄，天下为之不康，四郊由兹多垒。此而可忍，孰不可忍！虽屡经赦宥，未容致之于法，犹宜辨证，以射朝野。腾身既往，可追削爵位。叉之罪状，诚合徽纆，但以宗枝舅戚，特加全贷，可除名为民。"

皇太后微笑着对身边的黄门侍郎徐纥说："当初元叉、刘腾向朕索要不死铁券，幸而没有给他们。"

被元雍任命为中书舍人的韩子熙听到皇太后的话，很不以为然，他对皇

沉河艳后：胡灵皇后

帝诏书处理元叉感到不满意，便笑着对皇太后说："太后陛下，事关杀活，岂计较过去？陛下过去虽然不曾予元叉不死铁券，今日为何还不杀他？留下他，终究为祸患啊！"

皇太后脸色凄然，她曾经答应过妹子胡玉华保全元叉性命的，她不忍心出尔反尔，不忍心让妹子守寡。

韩子熙又说："有人告元叉及其弟元爪谋反，说他们弟兄正结集党徒欲攻近京之诸县，欲破市烧郭以惊动内外。他先派遣其从弟率领六镇降户反于定州，又令人勾结鲁阳诸蛮侵扰伊阙，元叉兄弟做内应。这是元叉手书，已定起事日期。"

皇太后接过韩子熙递来的手书，浏览了一眼，慢慢垂下眼睑，久久说不出话。

韩子熙看了看元雍，元雍劝说："太后陛下，元叉罪行，业已靠实，岂容饶恕，以扰乱视听？"

黄门侍郎徐纥与元叉相善，他想给元叉说情，可是犹豫再三，不敢开口。

其他大臣也都请求太后决断，不可留下元叉这罪大恶极的祸患。

皇太后脸色忧伤，长叹一声，说："元叉罪有应得，不容朕容情了！赐死元叉弟兄于家！不过，还是追赠元叉侍中、骠骑大将军、仪同三司、尚书令和冀州刺史吧，也算朕不负对妹子之诺言。"

"刘腾呢？他可是害清河王的直接凶手啊！"韩子熙轻轻追问一句："难道就放过他不成？"

皇太后拍了下手，断然说："追夺刘腾爵位，发其冢，散露骸骨，没入资财，府邸家产赏赐高阳王！"

刘腾死于两年前的三月，当时皇帝送赙帛七百匹，钱四十万，蜡二百斤，追赠使持节、骠骑大将军、太尉公、冀州刺史。鸿胪少卿护丧事，衰经者四十多人。送葬时，全体阉官为义服，杖经衰缟者数百，朝贵送行，轩盖塞道，显赫之极，是魏以来阉官葬礼鼎盛之极。

"既然元叉赐死，元叉余党决不宽贷！"皇太后扬起眉毛，看着元雍，神色肃然地说："像那个诬告清河王的宋维，立即赐死邺城，那个追随元叉的侍讲冯元兴，免官回家！"

宋维不久在邺城赐死，灭门。被废的冯元兴，作诗一首表达自己的心情:有草生碧池,无根绿水上。脆弱恶风波,危微苦惊浪。

"马上下诏,褫夺侯刚一切职务和爵位!"在这之前,她已经让元雍出侯刚为冀州刺史,仪同三司。侯刚接到任命,刚刚喜滋滋地动身上任,还行进在路途中。

元叉同党,还有何人?

皇太后紧皱眉头思忖了一会。还有他!那个助桀为虐的太仆卿、中常侍贾粲,那个紧跟元叉的小人!怎么把他给忘了呢?该怎么处置他呢?皇太后思忖着:贾粲为内官,若是逼得他太紧,他若狗急跳墙使坏于内,怕是难以防范,还是先让他出宫的好。

"出贾粲为济州刺史!"皇太后冷笑着说。

贾粲在上任济州途中,被皇太后秘密派去的武卫将军杀于驿站内,资财没收于县官。

两个月以后,正光六年六月,临朝摄政两个月的皇太后下诏大赦,改年为孝昌元年(公元525年),文官升两级,武官升一级。

大魏又一次在皇太后的统治之下,开始了一个历史的新纪元。

沅河艳后:胡灵皇后

第十六章　骄奢淫逸

1.孤寂太后难耐寂寞　好色男人想望佳人

皇太后愉快地呻吟着,手捂住自己的下体,那一阵又一阵剧烈的抽搐令她神魂颠倒,令她心旷神怡。皇太后在欢乐的抽搐中呻吟着醒了过来,她伸出手摸索着,身边只有枕头,什么人也没有。刚才躺在她身上的那个面容英俊、身材魁梧的男人哪里去了?怎么就突然不见了?

皇太后睁开眼睛,眼前一片迷蒙的晨色,天还没有大亮。皇太后翻了个身,又一次摸索着宽大的床。他到哪里去了?那个给她这么大欢乐的男人呢?他是谁?

皇太后停止了摸索,她深深地失望了,像过去五年一样,身边依然空无一人,只有她孤身一人躺在这宽大的床上凝视着黑夜。

皇太后捂着自己发热的脸颊,努力回想着梦境中那给她莫名欢乐的男人的模样。他是谁?她不知道他是谁,但是她知道,那不是元怿。被幽禁的头两年,她每夜梦见的都是元怿,给她快乐的全是元怿。后来,元怿越来越少进入她的梦境。这一两年,元怿几乎不再出现在她的睡梦里,可是,那让她激动不已的梦境却出现了这么一个身材魁梧、面容俊俏的男人,这男人越来越频繁地出现。他是谁呢?怎么那么熟悉?她一定见过他,一定认识他。尽管他总是面容朦胧,形容模糊,但是皇太后断定她一定见过他。

远处,传来公鸡啼鸣,窗外的晨光越来越亮,皇太后在枕头上翻来覆去,再也无法入睡。梦境中虚幻的快乐虽然给她些安慰,可还是无法彻底疗治她的饥渴。那种刻骨铭心、震撼心灵的肉体的快乐让她向往不已。那梦境中的,元怿曾经给她带来的,那种魂魄激荡、全身洋溢的幸福和快乐让她朝思暮想,魂牵梦绕。五年了,她孤单地度过了五年时光,再也无法享受梦境中的快乐。

皇太后轻轻地呻吟起来。三十刚刚出头的她,不能继续在孤寂中生活,她应该有自己的欢乐,应该享有自己的幸福。她还年轻,她不能过没有男人的日子!秦始皇的母亲那么大年纪不还养情人吗?四十多岁的文明太后不还有李冲吗?为什么她就应该独守空房呢?

今后,她这堂堂的皇太后,想干什么就干什么,谁可以奈何她?她应该尽情享乐,尽情消磨自己的大好青春时光,三十岁了,再不享乐就没有机会了!她已经耽误了整整五年的时光,她要把失去的大好光阴补回来,加倍偿还回来!

皇太后在越来越亮的晨光中笑了起来。她望着发白的窗户,望着窗户上镶着的透明琉璃上透进的亮光,头脑一下子亮了起来。梦境中男人的面容夹杂在父亲的形象里出现在她的脑海。

是他!皇太后高兴地拍着床。不错,是他!是杨白华!皇太后猛地坐了起来。

杨白华不是刚刚被提升起来的后宫侍卫长吗?那个大眼睛的小伙子!对,应该就是杨白华!自从在侍卫队里见到他,胡太后就不由自主地被这身形魁梧健壮的大眼小伙子吸引住了。后来她才知道他叫杨白华,是著名大将杨大眼的儿子!她曾经几次单独接见杨白华,杨白华却如同傻瓜一样,对太后的挑逗浑然不觉,不知是真傻还是装傻,杨白华总是不肯接胡太后的媚眼秋波。昨晚太后让女官安排他进寝宫值班,他居然请假推脱了!

想到这里,有些沮丧的胡太后又躺了下去。

怎么办?是不是强行把杨白华叫进内宫,让他永远陪伴着自己?胡太后微笑着想:这又何尝不可?如今谁敢违抗她的旨意?谅他杨白华也没有这样的胆量!

对,就这么办!

"来人!"胡太后大声喊。

女衣官春香急忙跑了进来。"去传杨白华!"胡太后吩咐。

春香向外面的内监传达了太后的旨意。

过了不久,内监返回寝宫,在门口向春香招手。春香走了过去,内监伏

沉河艳后:胡灵皇后

673

在春香耳边小声嘀咕着。

胡太后撩起罗帐,不高兴地喊:"你们嘀咕什么? 杨白华呢,来了没有?"

春香挥手让内监退下,回到床前,一边搀扶胡太后坐起来,一边小心翼翼地回答太后的问话:"回太后,杨白华连夜跑到南面去了。"

"什么? 杨白华跑了?"胡太后惊愕地看着春香:"他跑什么? 为什么跑?"

春香心里好笑:还不是叫你给吓的。嘴上却说:"杨白华早就里通南边,太后不必想他了!"

胡太后摆摆手,让春香暂且退下,她的心里塞满惆怅和遗憾。杨白华怎么就这么不通人性呢? 难道他就不明白自己对他的一番好意吗? 真跟他阿爷杨大眼一样是个死心眼。杨大眼为官清廉,但是非常认死理,听说在蜀地为官,蜀地官民没有不怕他的。

杨白华啊杨白华! 胡太后呻吟着,看着窗外刚刚绿起来的杨柳,一团团杨花柳絮正在枝头飘荡,杨花,杨花,胡太后小声嘀咕,头脑里突然涌上一些零星句子:

"阳春二三月,杨柳齐作花。"

"春风一夜入闺闼,杨花飘荡入南家。"

这不是诗句吗? 胡太后心中一喜! 我能作诗了! 她大声喊:"春香! 用纸笔给我写!"

春香答应着,在桌子上铺开纸,从笔筒里抽出毛笔,在精致的砚台里蘸好墨汁,小心地问:"太后,写什么啊?"

"写诗!"胡太后兴奋地回答,把刚才想到的四句朗朗读了出来,让春香一句一句抄写在桑皮纸上。

胡太后翻身,双手支颐,躺在床上继续苦思冥想。"太后,下面写什么?"春香催问着。

一团杨花在地上飘滚,一双燕子在房檐下的巢里呢喃。胡太后突然来了灵感,她兴奋地又翻过身,仰望着天井,朗朗颂道:

"含情出户脚无力,拾得杨花泪沾衣。春去秋还双燕子,愿衔杨花入巢里。"

春香一边写,一边赞不绝口:"太后,好诗啊,真是好诗! 太后的文采超越朝里的文人了！"

"比文明太后的诗如何？"胡太后洋洋得意地问。

"不能比！不能比！文明太后的诗,不过是教化用的。太后这诗,才叫有文采、有含义呢！有情有景,又有比喻又有深情,真好,好极了！"

"写完了没？写完拿出去,给内监和宫女,让他们踏歌唱！以后我要常听！"

胡太后继续望着寝宫藻井出神。杨白华的面目还浮现在她的脑海里,这面容时而清晰,时而模糊,一时浮现,一时消失。杨白华的面容与许多侍卫年轻的脸面互相显现,互相变化,叫胡太后心情难以平静。胡太后试图挥去杨白华的面容,试图用其他的面容来替换他,可是杨白华的模样终究无法消失。杨白华的大眼睛总是闪现在她的眼前。该死的杨白华！胡太后低声骂着,又痴痴地想,难道就没有一个像杨白华的人吗？既然她不能忘怀杨白华,又得不到杨白华,找一个像杨白华的人不也是一个办法吗？

想到这里,一个面容突然跳到胡太后眼前。

对！是他！胡太后有些激动,一翻身坐了起来。父亲安定公府上的参军郑俨！怎么会把他忘了呢？

皇太后兴奋地大声喊："春香！"

春香急忙掀开薄纱帐："太后,要起床了？"一边说着,一边伺候太后穿衣。

"知会崇训卫尉卿成轨,朕要去太上公寺进香！"皇太后兴奋不已地说。

用过早膳,皇太后带着不多的随从,由崇训卫尉卿成轨导引着出皇宫宣阳门,朝南边的太上公寺驶去。

临朝摄政的皇太后容光焕发,兴奋地端坐在车上。如今她又大权在握,想干什么就干什么。她想干什么呢？治国？治国大事自有丞相元雍,有三公八座九卿,有文武大臣百官,用不着她太操心。她第一次临朝听政,不是全靠元怿吗？现在她有元雍,元雍像元怿一样可靠。

想到元怿,皇太后的心就难过得紧缩起来。五年了,她被幽禁在西林园里,身边只有春香几个宫女和内监伺候她,她是那么孤独,那么寂寞,那么需要男人的安慰,可是,她得不到。半夜,她会梦见元怿的温存,在元怿的温存

沉河艳后：胡灵皇后

675

中呻吟着醒来，可床上依然只有她自己。

皇太后渴望着能够给她安慰的男人，这男人在哪里呢？终于找到了这个人，这个曾经满目深情，炯炯注视着炙手可热的皇太后的男人，那个相貌英俊、身材魁梧的安定公胡府参军郑俨，一个长相很像杨白华的年轻男人。

皇太后抑制不住自己的兴奋心情，她不断催促着驭手，让驭手打马行得更快一些，她急于见到郑俨。

金根车停到高大豪华的太上公寺门前。寺院守卫和沙门主持听说皇太后突然驾到，全都慌忙跑了出来迎接，守卫参军郑俨更是惊喜得不能自己。

郑俨作为太上公寺的守卫参军，这些年一直忠心耿耿地替皇太后守卫着太上公寺。皇太后被幽禁，他非常难过，太后从兄、千牛备身胡僧敬与备身张车渠等谋杀元叉时，他也带领着一些士兵准备参与，可是还没等他带人赶到，谋反之事便被人告发，元叉带着羽林包围了胡僧敬和张车渠的驻地，张车渠等人被杀，胡僧敬被远徙边关，他只好又缩回太上公寺，安心护卫寺院。

郑俨随同寺院主持沙门，齐刷刷跪倒在皇太后脚下，响亮地呼喊着"皇太后万岁万岁万万岁"！

皇太后庄严地扫了一眼，她的心因喜悦而狂跳起来。那个跪在最后的身材魁梧的武士，正是她要寻找的郑俨。皇太后微笑着，把目光在郑俨的脸上稍做停留，便转了过去。她还惊喜地发现，郑俨那灼灼的目光里满是柔情蜜意。

皇太后抑制住自己的激动心情，不露声色地请大家起来。住持带领皇太后来到太上公浮屠前，为太上公上香。皇太后禁不住流了几滴眼泪。幽闭几年，她一直不能来给父亲上香。

郑俨看到朝思暮想的太后，止不住的激动。从在安定公府看到皇太后时起，他就被皇太后的美貌迷倒。他躺在床上，想入非非，心猿意马，可是，皇太后离他那么远，他可望而不可即。

为皇太后守太上公寺，曾给了他热切的希望，以为可以在太上公寺经常看到皇太后，不想元叉幽禁了皇太后，让他整整五年看不到太后一眼。今天，太后突然出现在太上公寺，他是多惊喜啊！一定要抓住这大好机会，与皇太后说上两句话，多看皇太后几眼。

郑俨紧紧跟在皇太后随从后面,注视着皇太后的一举一动,一颦一笑,贪婪地看着皇太后的面容身影。

皇太后在住持的陪同下在各位佛像前上了香,做了祷告,来到寺院客堂。皇太后落座到客堂主位,沙门送了清茗,皇太后看了看垂手站在院子里的护卫参军郑俨,笑着问住持沙门:"师父,这壮士可是秦太上公府派来的护卫?"

沙门急忙合掌回答:"回皇太后问话。此人正是秦太上公府邸派来的护寺参军。"

"此人人品如何?稳妥可靠吗?"

沙门主持连连夸赞说:"这参军忠诚可靠,日夜巡守,不敢有丝毫懈怠。几年来寺院未有任何事故发生。"

皇太后笑着对成轨说:"带他上来,朕要询问他。"

成轨恭身趋步下去,走到当院。"参军,太后叫你进去呢。"

郑俨正眼巴巴注视着客堂里的太后,听见成轨叫他,禁不住喜上眉梢,急忙随成轨走进客堂。成轨不放心地看了郑俨一眼,盛气凌人地命令到:"就在这门口站着,不要靠近太后。"

郑俨不敢放肆,按照成轨吩咐站到客堂门口,向太后跪拜。"参军郑俨拜见皇太后!"

皇太后端着茶杯,不在意的样子抬眼看了郑俨一下,又垂下眼睑,吹着茶杯里浮在水面上的茶叶,漫不经心地问:"你可是从安定公薨起一直守卫在这太上公寺?"

郑俨抬头,望着高高在上的皇太后,毫不胆怯地回答:"回太后问话,小将郑俨,跟随安定公多年,安定公薨,便来此护卫寺院,已经快六年了。"

皇太后点头,微笑着说:"难得你这么忠心。跟随安定公多年,也该犒劳犒劳你了。朕崇训宫需要一个当值散骑侍郎,不知你可愿意随朕去?"

郑俨连忙叩头:"谢皇太后恩典,小将愿意伺候太后!"

皇太后啜饮了一口清茗,放下茶杯,挥手说:"你起来吧,一会儿便随朕进宫去。"皇太后又与沙门寒暄了些闲话,赏赐予寺院沙门一些钱物,便站起身告辞。

"皇太后,皇太后!"一个男人喊着,冲破侍卫的拦截,从寺院大门跑了

沉河艳后:胡灵皇后

677

进来。

郑俨急忙跑过去，拦住那硬冲进来的男人。"你是何人？大胆妄为！"郑俨呵斥道。

"皇太后！皇太后！"那男人并不理会郑俨，还是扬手向客堂上站起身的皇太后大声喊着："我是清河王的门下舍人徐纥啊！清河王蒙难，小臣也遭受不白之冤啊！"

皇太后听他这么说，急忙挥手让郑俨放开他："让他进来说话！"皇太后重新落座在座位上，对成轨说。

成轨把那自称徐纥的男人带了进来。

"说吧，你是清河王的什么人？"皇太后看着跪在面前的男人，沉静地问。

"小臣名徐纥，字武伯，乐安博昌人，高祖时察孝廉，对策上第，高祖拔为主书。"徐纥知道机会难得，伏地侃侃介绍自己。

"小臣徐纥，世宗初为中书舍人，后迁通直散骑侍郎。太傅清河王以小臣文辞见称，收纳门下，主理文簿。清河王见害，小臣被元叉出为雁门太守，因遭母忧，解郡还乡。母忧除，入京请求复职。偶遇太后，略表忠心。"

皇太后抬头看了徐纥一眼。这徐纥虽然生的方脸大眼，不算难看，可满脸疙里疙瘩的，叫她不喜欢。不过，听他介绍说是元怿门下，立刻生出满腔的怜悯。既然是清河王元怿的门下心腹，为清河王主理文书，那文才一定不错，她需要一位忠心耿耿的文才好的中书舍人来总理门下诏命之事！

徐纥省略了他的另一些经历。世宗初年，他诡附赵修，及赵修诛，坐党徙北镇抱罕边陲。幸亏他意志坚定，虽在徙役，却不泄气，志气不挠。他谙熟大魏故事，知道徙边罪人可以捉拿逃役流兵五人而蒙赦免。徐纥说服五个兵士逃跑，然后又出面告发，亲自捉拿了这五个逃跑士兵，于是得到赦免回到京城。回到京城，他立刻投靠清河王元怿，因为文采出众，深得爱才的元怿的喜爱，被元怿推荐为中书舍人。可是，元怿被元叉谋害以后，他被元叉认作元怿同党出京为雁门太守。雁门地处北陲，天寒地冻，他借口母忧，跑回京城，千方百计投靠了元叉，大得元叉欢心。元叉父亲元继出征，以他为从事中郎。贪生怕死的他，又以母忧归乡里。归乡里以后，他日日窥视着寻找机会，希望能够巴结上一个大靠山，弄个一官半职。听到太后反政，他便动了心思,天天窥视着太后的举止,希望能够找到一个机会见到太后,向太后倾诉他与清河王的交情。苍天不负有心人,这机会终于被他找到了。

皇太后微微笑着:"既然如此,成轨,你就带他一起回宫吧。"

徐纥千恩万谢,爬了起来,退出去,站到郑俨身边。徐纥满脸挤出甜蜜的笑容,对郑俨说:"将军,请接受徐纥一拜,以后请将军多多关照。"

郑俨笑了:"本人郑俨不过参军而已,容太后见爱,正要随太后回宫。以后也请徐大人多多关照!"

"互相关照,互相关照!"徐纥满脸堆笑,抱拳行礼。

郑俨拍了拍徐纥的肩头,小声说:"对,我们都是新人,互相关照是必需的!"

回到宫中,皇太后任命郑俨为中书舍人、领尝食典御,昼夜禁中,左右不离皇太后身边。徐纥做中书舍人,总摄中书门下之事。"军国诏命,莫不由之。"《魏书》记载。

2.耿直大臣直言相劝　轻浮太后不纳忠言

皇太后又换了一身艳装,打扮得花枝招展,在女侍中春香、崇训卫尉卿成轨、中书舍人徐纥、常食典御郑俨的簇拥下来到东堂接见大臣。

今天,她要在这里接见殿中尚书、侍中元顺。

元顺,字子和,为任称王元澄的庶长子。从小聪明好学,初学王羲之小学篇数千言,昼夜背诵临摹,,半月之后,不仅文章倒背如流,且临王羲之书法已到神似境地。十六岁,就通解《杜氏春秋》。当时国家无事,国富民康,贵胄子弟,都喜好冶游,以朋游为乐,而元顺却喜欢读书,笃志爱古。他性情耿直,淡于荣利,好饮酒,解鼓琴,能长吟永叹,作诗为赋。世宗时,曾写了首很长很长的《魏颂》上给世宗皇帝。

想到见元顺,皇太后心中就感到发怵,她笑着对春香说:"这家伙,不知又会说什么不中听的话来。"

春香笑了笑。她也知道着元顺的脾性。

元顺耿直,什么也敢说,什么也不怕,经常叫人感到难堪。听说他小时候,就与高肇发生过冲突。当时他不过一个十一二岁的男孩,独自一人去拜

沉河艳后：胡灵皇后

访高肇,高肇门子见是一个孩子,便不肯与他通报,门子叱责他说:"去!小孩子家,来此胡闹什么?在座皆是贵客!"元顺眼睛瞪得铜铃一般,张目叱责门子:"呔!狗奴才!任城王儿,可是贱也?!"说完径直入内,直上登床。客人惊怪,责难他不懂规矩。他依旧傲然高声反驳,如熟视无睹。高肇笑着对宾客说:"瞧任城王这小儿,果有乃父家风。此儿尚且如此,何况任城王乎?"高肇不但没有责备,反而倍加尊敬。任城王元澄听说以后大怒,杖之数十以教训他。

皇太后知道元顺至孝,元澄去世时,他哭泣喋血,身自负土。二十五岁便生了一半白发。所以,皇太后提议任用他为殿中尚书。

想起元顺,皇太后皱了皱眉头。元顺叫她难堪的另一件事又涌上心头。

太后刚刚反政时,元顺与宗室在西游园侍坐,元顺对太后说:"臣昨日往看中山元熙家葬,非唯宗亲哀其冤酷,行路士女,见其一家七丧,皆为流涕唏嘘,没有不伤心难过的,大家都指责奸佞小人残害忠良。"

说到这里,元顺指着站在太后身后的胡玉华说:"陛下奈何以一妹之故,不追究元叉之罪?真让天下人失望之极啊!"元顺当时的指责,让皇太后十分难堪,无话可说!

这元顺,经常如此不管不顾。当政元叉任命他为黄门侍郎,其时元叉权势正盛,凡得到升迁者,没有不亲自携厚礼造门谢谒,他只是写了一封拜表,向皇帝表示他的拜谢,并不登门造诣元叉。元叉很是生气,见了元顺,责备说:"卿何谓聊不见我?"

元顺正色回答:"天子富于春秋,委政宗辅,叔父宜以至公为心,举士为报国,怎么能以举士为卖恩收买人心呢?责人私谢,不是收买人心的做法吗?岂不是辜负了天下厚望?我以为君子不齿于此!"一席话,把元叉说得脸红脖子粗,无言以对。

后来,元叉出元顺为恒州刺史,又不想授予他兵权,元顺请求元叉说:"北镇纷纭,逆乱不断,又是桑乾旧都,国之根本所在系。叔父假我以都督,我为国捍卫屏障。"元叉却推诿道:"此乃朝廷大事,非我所裁定。"元顺针锋相对,反驳元叉:"叔父既握国柄,杀生由己,自言天之历数尽在我躬,为何又说有朝廷了,非你裁定呢?"

元顺恃才傲物,如此得罪元叉,自不能居内,也是心怀郁闷,形于言色,

沉河艳后:胡灵皇后

经常纵酒欢娱,不大理政事。

元叉被赐死,皇太后诏元顺入朝为殿中尚书和侍中。回朝时亲友郊迎,祝贺他得以入朝为官,元顺却摇头说:"不患不入,正怕入而复出啊!"

元顺来到东堂拜见太后,他今日要向太后陈述关于广阳王元渊的一些建议。广阳王元渊上书数落太和以来六镇弊病,以为六镇人士多为旧门,累世守边,既没有得罪当世,却一辈子镇守边陲,一生推迁,不过军主,而与之情况差不多的人,只要回到京师,便可以得上品通官,在镇者则便为清途所隔,少年不得不从师,长者不得游宦。觉得没有出路的守镇将士,有人北投胡地,有人为匪人。而加之朝廷出一些庸才到八镇为镇将,这些人到六镇以后专事聚敛,更有些奸吏,犯罪配边,为镇将出谋划策,糊弄官府,政以贿立,贪官污吏沉灌,朋比为奸,祸患八镇。所以,元渊提出改镇为州,让八镇与州同列平等,以安抚八镇将士。可是,这些上书没有任何回音,广阳王元渊又托元顺亲自面见皇太后,向她陈述这些建议。

元顺拜见太后,太后让他起来说话,元顺站起来,这才看到面前高座上盛装的太后。元顺皱了皱眉头,不过,他还是要先说重要事情。元顺把元渊的建议重复了一遍。

"太后,广阳王建议改镇为州,让八镇与州同列平等,以安抚八镇将士,消弭变乱。"元顺简单扼要把改镇为州的益处说了说。

皇太后沉吟着。元顺所言听起来很有道理,只是实施起来不知有多少麻烦。是啊,这几年,边陲八镇不断发生叛乱,此起彼伏,按住葫芦起了瓢,如果改镇为州,可以消弭叛乱,何乐不为呢?

"诏丞相元雍,"皇太后对已任命为中书舍人、黄门侍郎,总门下诏命事的徐纥说:"请丞相责专人去八镇考察,然后商定改镇为州事宜。"

元顺见皇太后采纳了广阳王元渊的建议,心里很是高兴,他拜谢了皇太后。元顺看了看皇太后一身艳丽的打扮,突然冒出一句自己也没有想到的话;"太后这身打扮过于妖艳了,与陛下身份不合。"

皇太后愕然,脸上一阵红一阵白,很是不自在,她抑制着满心恼怒,勉强问:"卿何以这么说?"

既然话已说出口,元顺也就没有了顾忌,把他想说的统统说了出来。皇太后如此好装饰,如何母仪天下? 他早就想面诤太后,只是没有机会。今

沉河艳后:胡灵皇后

681

天,他就要把心中想的,全部说出来。

"《礼》曰,妇人夫丧,自称未亡人,首去珠玉,衣不被彩。陛下母临天下,年垂不惑,过其修饰,何以示后世?"

皇太后低头,满面通红,羞赧得无法抬头。徐纥想呵斥元顺,又怕遭元顺侮辱,不敢开口。

皇太后沉默许久,才勉强抬起眼睛看着元顺喃喃地责备着说:"朕把你千里迢迢诏回来,难道就是为了让你来羞辱朕吗?"

元顺急忙告罪:"陛下见谅,臣如骨鲠在喉,不吐不快,望陛下海量纳谏。陛下盛服炫耀,确实让大臣暗自讥笑,陛下若不畏天下所笑,何耻臣之一言呢!"

皇太后无言以对。这元顺!她在心里感叹着!真是拿他毫无办法!她真想反驳元顺说:皇帝可以后妃成群,为什么朕就不可稍微装饰一下呢?

不过,皇太后并不想与他辩论,这辩论对她毫无意义,她才不怕大臣议论呢!她想怎么穿就怎么穿,想穿什么就穿什么,她依然要穿自己想穿的衣服,妆自己喜欢的装饰!

皇太后良久才慢慢恢复了平素的镇定,她又问元顺:"听说广阳王与城阳王平素不和,可是真的?"

元顺说:"好像有此事。"

皇太后微笑了:"好像?元顺这么率直的人,怎么说话也吞吐支吾起来?是不是城阳王与广阳王妻子于氏相好啊?"

元顺讷讷,不好应承,也不好否认。

"朕要亲自为他们举行个和解宴会,让二人和解。国朝需要宗室戮力同心啊!"皇太后叹息着说。

元顺心里好一阵感动。皇太后还是记挂着国朝大事的!

元顺要和宗室成员一起去参加清河王元怿盛大的追悼仪式。皇太后为元怿安排了国朝近年来最为隆重盛大的葬礼,谥文献王,并且安置元怿图像于建始殿,以纪念她最亲爱的元怿。

宗正卿、鸿胪卿和廷尉卿三人同时执戟,走在队伍最前面,前部羽葆,高举着各种送葬旗幡跟在三卿之后,旗幡在风中飘扬,发出猎猎的声音。前部鼓吹,各个用力吹打敲奏着悲壮的送葬曲,手执班剑身穿甲胄的虎贲百人紧随其后。前部歌咏挽歌的六十四人一路哭唱着,呜呜咽咽。高大魁梧的羽林尉高举皇太后追赠的涂金黄钺,雄赳赳地走在中间,导引着八匹白马拉着的皇太后追赠的九旒鸾辂、黄屋、左纛、温凉车,车辆依次行进着。元怿的灵柩放在温凉车里,由他的儿子和韩子熙护送。后部羽葆、鼓吹、班剑羽林、挽歌,整整齐齐地跟在温凉车后,护送着元怿。两千多人的队伍一路鼓吹敲打着,送元怿入葬。

韩子熙哭得头都抬不起来。他在荒郊野外孤独地守着清河王的灵柩,守了整整五年,今日才算看到清河王被安葬。

元顺走在队伍后面,跟着送葬的亲人,一起流着泪。想起元怿,元顺就伤心,在所有亲王中,他最为敬重的就是清河王元怿。元怿才华横溢,处理国事稳妥干练,又忠心耿耿,虽然与太后有染,可有什么呢? 大魏国族人原来就有继婚习俗,只是迁都以来越来越汉化,越来越抛弃鲜卑习俗而已。

元顺回想当年元怿邀请元略弟兄、他以及常景、温子升等士子一起宴游的情景。酒到兴处,他们谈古论今。说到符坚,元略说符坚残暴,杀人太多。元怿却大发宏论,说符坚政治清明,很有韬略,并不如汉家史官所说。他说,汉家学者,对十六国评断多有偏颇,对非华族人国君的评判更多臆造,难免攻击多过赞扬。这番话很令元顺佩服,也很有振聋发聩的震撼,让他耳目一新。元怿又说,"大凡史官,喜欢渲染君王的暴行。永嘉以来二百余年,建国称王者十六国,国灭之后,观其史书,所记皆非实录,许多汉史官喜欢推过于人,引善自向。而士子,却又喜欢吹捧死人。活着平庸,死了以后,其墓碑铭志天花乱坠,莫不穷天地之大德,尽生民之能事,为君者皆为舜尧,为臣者全部伊皋。牧民之官,没有不是浮虎清官,执法之吏,没有一个不像埋轮弹劾贪官的东汉张纲。可惜,佞言伤正,华辞损实啊!"一席话,说得在座文人各个羞臊汗颜。

送葬队伍安葬了元怿,又在元怿建的冲觉寺里为元怿举行了盛大追福,造五层浮屠,与瑶光寺规模完全一致,高五十丈。

元顺参加元怿的葬礼,心中暗暗想,自己为官要以元怿为榜样,为政要尽量清廉,要尽自己的力量为大魏做事。元顺喜好读书,家中除了几千卷书以外,别无奢华资财,他不羡慕那些巧取豪夺、贪贿聚敛的同宗子弟。

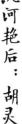

沉河艳后：胡灵皇后

3.宠幸奸佞太后荒淫　尽情享乐皇帝纵欲

"陛下,陛下!"郑俨轻轻呼唤着熟睡中的太后。太阳已经高高升起,一束强烈的阳光从窗户的琉璃上照射了进来,落在皇太后的帷幄上,闪烁着金色的光芒。

皇太后娇慵地哼了一声,并不睁开眼睛,她伸出白嫩的胳膊,搂抱住郑俨。郑俨就势在皇太后的嘴唇上响亮地亲了一口,说:"陛下,该起身了。阳婆都照进来了。"

皇太后慢慢睁开眼睛,又赶快闭上,一缕强烈的阳光穿过纱帐晃着她的眼睛。

皇太后不起身,郑俨也不敢动,皇太后枕在他的胳膊上。他又亲了亲皇太后,温柔地说:"陛下,起身吧。"

皇太后抱住郑俨,又亲热了一阵,才慢慢坐了起来。郑俨为太后穿上衣服,喊来春香给太后梳头。镜子里的太后,眼睛黑亮,两个酒窝盛满甜蜜的笑容,越发娇艳迷人。春香知道,这全是因为有郑俨伺候,皇太后才越发出落得鲜花一样娇嫩,神采奕奕,精神焕发。皇太后打扮起来,妖娆娇艳,看上去绝超不过三旬年纪。

"陛下越来越漂亮妩媚了。"春香一边给太后梳头,一边赞叹着。

太后笑着:"女人容易衰老,不打扮打扮,就更显老相,我可不想让自己变成个老太婆的模样。你要把我打扮得越年轻越好。什么未亡人,难道未亡人就该永远穿缟戴素?真是腐朽之论!"皇太后一想起元顺的话,就感到愤愤不平,忍不住要唠叨几句。

郑俨安排好皇太后的早膳,过来请太后用膳。黄门侍郎徐纥进来禀报,说李崇死了,丞相元雍问太后去不去吊唁。

皇太后稍一愣怔。李崇死了,可是国朝一大损失。前不久刚损失了崔延伯,现在李崇又去了。

想起李崇,皇太后眼前就出现了李崇六十九岁受诏出征讨伐阿那瑰的壮观场面和他那威武形象。六十九岁的李崇,戎服武饰,白发童颜,飘飘白髯,骑在她送的骓骝马上,身板挺直,神采奕奕,英武逼人,满朝文武称叹不已。此次出塞追赶阿那瑰三千余里，不及而还。

李崇为国朝屡屡出征，每次都志气奋扬，干力如少。去年三月，沃野镇破落汗拔陵聚众反，杀镇将，号真王元年。皇帝诏临淮王元彧为征北将军，都督北征诸军事以讨伐。但是，五月，便传来临淮王元彧大败于五原。皇帝元诩诏丞相、令、仆、尚书、侍中、黄门于显阳殿商议对策，皇帝元诩说："朕以李崇国戚望重，器识英断，意欲还遣崇行，总督三军，扬旌恒朔，保国金陵。诸位谓可否？"仆射萧宝夤说："李崇德位隆重，社稷之臣，陛下此遣，实合群望。"皇帝如此信赖，叫李崇大为感动，他有心接受皇帝诏命出征恒朔，为国分忧，可是，以他七十岁的高龄如何可以担负如此重任呢？李崇不得不向皇帝启请，说自己本该报恩，不敢推辞，但年届七旬，老疾衰弱，不堪敌场，更愿选任英贤，收功盛日。尽管李崇推辞，皇帝还是下诏，以李崇为北讨大都督，节度广阳王元渊北征，又诏李崇子光禄大夫李神轨随李崇出征。李崇到五原，安北将军大军已大败于武川白道，叛军合力攻打李崇，李崇与元渊力战，累破贼众，相持至冬，李崇退兵至平城。元渊上表弹劾李崇长史诈报军功，冒领奖赏，盗没军资。李崇坐免官爵，徵还，以后事付元渊。李崇回来以后，不久便遇元法僧叛乱，元雍禀报皇帝复李崇爵位官职，为徐州大都督，节度诸军事。可李崇已经生病，无法出征。

皇太后为李崇的死难过，对这么有功于朝廷的老臣，她一定要亲自去吊唁。皇太后站起身，对春香说："给朕换衣，朕将亲临李崇府邸吊唁。"

李崇府上，白帛挽幛从大门一直挂到内宅。李崇的儿子，员外常侍、光禄大夫李神轨听说皇太后亲自莅临吊唁，慌不择路地踉跄出奔来迎。李神轨衰绖功服，执孝杖，率领全家老小，跪迎皇太后。皇太后在成轨徐纥等人的搀扶下，来到灵堂前，洒洒祭奠。

李神轨匍匐于李崇灵柩前，号啕大哭。

李神轨为陈留侯李崇的二儿子，他一向善于钻营，高肇、刘腾、元叉，谁得势他投靠谁，历来受重用。所以，世人号之李锥。从给事中，迁员外常侍、光禄大夫，经常随同父亲李崇出征打仗，很有将领之气。

皇太后眼睛溢满泪水，弯腰伏身，搀扶起李神轨。皇太后对李崇很是熟悉，可对他这次子李神轨并无多少印象。

沉河艳后：胡灵皇后

李神轨见太后伏身搀扶，急忙爬了起来，垂首站在太后面前。太后安慰着说："陈留侯功德圆满，也算寿终，卿等节哀顺变，不要哀伤过度，伤了身子。卿等尚年富力强，国朝还要仰仗卿等效力！"

皇太后款款几句话，说得李神轨热血沸腾，激动不已。"臣感谢太后抚慰。亡父在天之灵感激太后亲临吊唁。太后日理万机，请太后不要久留。"李神轨抬起眼，感激地看了太后一眼，又急忙垂下眼睛。

李神轨的声音浑厚洪亮，具有一种说不出的魅力。太后感觉好像听到元怿的声音似的，她惊讶地打量着面前这重孝的李神轨。李神轨身材魁梧高大，身板笔直，两条长腿，长得鼻直口方，浓眉大眼，很是英俊。李神轨抬眼，眼睛放射出明亮的具有穿透力的光芒，深深打动了皇太后的心。李崇的儿子这么英俊！太后暗自赞叹着。

皇太后又说了些抚慰的话，对徐纥说："等陈留侯丧事办过，迁李神轨为给事黄门侍郎，与你共领中书舍人。此事着你办理。"

"是，陛下放心，臣自会办妥。"徐纥躬身回答太后命令，同时又悄悄翻眼看了李神轨一眼。你小子走运了。徐纥颇有几分醋意地暗想。但是他并不嫉妒，他知道自己没有郑俨和李神轨那样出众的容貌，不可能以容貌吸引太后，他不会有任何非分之想，他只想以自己的勤勉、顺从、善于逢迎和善解人意来换取太后的信任与重用。这他能够做到，他对自己的逢迎能力有足够的信心。

"李卿，早日办好陈留侯丧事，朕等着你早日进西林园为朕效力呢！"皇太后临走，又谆谆叮嘱着李神轨。

李神轨激动不已，扑通一声跪倒在地，感谢太后提拔和重用。

皇太后回到西林园，皇帝元诩带领着嫔妃、皇后前来拜见。侄女胡氏不过一个小姑娘，跟在皇帝后面，呆头呆脑，不知所措。皇帝紧紧拉着他最喜欢的潘妃，拜见皇太后。

皇太后看着元诩红红的脸颊和红红的鼻子，皱着眉头问："皇帝又饮酒了吧？"

元诩笑着摇头："回太后，儿没有饮酒。"

皇太后伸手拉过侄女胡氏，把她亲热地揽在自己怀里，抚摩着她的头发,亲热地问:"皇帝饮酒了没?"

元诩朝胡氏挤眉弄眼,示意她不要说真相,可小小年纪的胡氏还不懂这些,她惶惑不安地说:"皇帝陛下与新来的蜜多道人、谷会、绍达一起,又饮了个通宵。"

皇太后惊讶地扬起眉毛看着元诩问:"这蜜多道人、谷会、绍达,是何许人?"

元诩狠狠地瞪了胡氏一眼,讷讷地说:"蜜多道人会胡语,儿让他来教儿胡语。"

"那谷会、绍达呢?"太后冷着脸问。

"谷会、绍达为中宫鸿胪少卿。"

皇太后勉强抑制着自己的厌恶,皱着眉头说:"皇帝年纪轻轻,整日沉湎于酒色,可不是正道啊。谁让你私自请什么道人入宫,教授什么胡语啊?你学胡语干什么啊?国朝迁都洛阳,早就禁止使用胡语了,你学它做什么?我看,你还是早日把他们送出宫的好!"

元诩沉着脸,满脸不高兴地低头站立在一旁,并不说话。

皇太后见元诩垮下脸,禁不住生了气,她从鼻子里哼了一声,呵斥着元诩:"怎么?说你两句,你就不高兴了?垮下脸,给谁看啊?"

元诩翻了翻白眼,还是没有说话。

皇太后又教训说:"今日回去,就把那道人送走!宫里历来没有道人!谁知道他们能教你什么事情!"

皇太后又转过脸教训侄女说:"你是皇后,有责任辅助皇帝管理内宫,以后没有得到朕的许可,一律不许闲杂人员入内!"

皇帝瞪了小皇后胡氏一眼,小声嘟囔着:"多管闲事!"

皇太后呵斥倒:"说什么呢?你!"

"没说什么!"皇帝元诩不情愿地回答了一句,敷衍皇太后。

皇帝拉着潘妃回到自己的宫室,蜜多道人和鸿胪少卿谷会、绍达一起迎了上来。这蜜多道人,原是几年前名噪京城的咒水治病的高僧惠怜,他相貌堂堂,匈奴血统来自西域,面色白皙,鼻高目深,大而亮的眼睛微微发蓝,散发着诱人的光彩。他健壮高大,腿长背阔,浑身散发着健壮男性的魅力。当

沉河艳后:胡灵皇后

687

时皇太后把他叫到西林园,向他询问如何禳灾消除大流星犯织女的王后凶气。他给皇太后出了个主意,找人挡灾,于是废太后高氏便成了挡灾的替代,被胡太后赐死。这惠怜原指望能被胡太后青睐,进宫去享荣华富贵,可惜不久太后被幽禁,他进宫没了指望,于是离开京城,云游嵩高山,在嵩高山待了几年,又下山进京。为了掩人耳目,惠怜装扮成道人,自称蜜多道人,落脚于景明寺中。

皇帝元诩因为从小酗酒,快十六岁的男子依然不举,这情形只有他身边的内侍谷会和绍达知道。谷会和绍达心里着急,又不敢向任何人诉说,只好私下里到处寻找偏方神医,到各寺院里拜神求佛,寻求有异常本领技能的沙门、道人。蜜多道人能咒水医人,又会西域房中秘技,谷会、绍达如获至宝,把他秘密请进宫,秘密给皇帝元诩疗病,并且教授房中秘技。

经过蜜多道人的秘密疗治,元诩已经能够与妃子进行房事。但是,他就是不大喜欢与嫔妃亲热,更喜欢与密多道人鬼混。大婚以后,除了潘妃可以侍寝,其他嫔妃包括皇后,根本就无缘侍寝,他也从不幸临召见。这情形谁也不知道。

皇帝元诩见了蜜多道人,很是兴奋。他挥手让后妃散去各自回自己的宫室,自己携蜜多道人回密室去修炼气功,服食丹丸。

一进寝宫的密室,皇帝元诩兴致勃勃地问蜜多道人:"金枪不倒丸炼出来了吗?"

蜜多道人英俊的脸上现出讨好谄媚的神色,恭谨地回答:"回陛下,还需要七七四十九天,这金枪不倒丸方可炼成。"

"有用吗?"元诩好奇地看着蜜多道人问。

"有用,当然有用了。"蜜多道人色迷迷地说:"当年汉武帝服用了这金枪不倒丸,一夜可以御一百个嫔妃呢!"

"一百个?"元诩惊呼起来:"怎么可能啊? 一夜才几个时辰,他怎么能御一百个啊? 朕不相信!"

蜜多道人呵呵地淫笑着:"一百个,不过是说其多罢了,未必就一定是一百个。几十个也相当了不起啊。我们一般人一夜两次也就不得了了!"

元诩自言自语:"不得了,不得了! 几十个也不可能! 等朕服用了这金枪不倒丸,要是一夜不能御十次潘妃,朕非砍了你这妖道的脑袋不行!"

蜜多道人呵呵笑着,上前搀扶住元诩的手,轻轻抚摩着,讨好地说:"陛下不要这么执拗嘛。贫道不过稍微吹嘘一下而已。陛下舍得杀贫道吗?贫道还有许多秘技没有传授给陛下呢。"

元诩哈哈笑着,抚摩着蜜多道人的脸颊,亲昵地说:"朕当然舍不得了。杀了你,谁来教朕那些新奇的玩意?"

蜜多道人也呵呵笑了起来,俩人携手走进内室。不一会,内室里传出一阵阵淫荡的嬉笑声。

3.声色犬马太后玩乐　说古道今宋云出使

皇太后在郑俨的伺候下用过午膳,歇息了两个时辰,听到宫里大钟报了未时,起身后觉得很是无聊:"徐纥,今天丞相可有大事拜见?"她斜倚在卧榻上,让郑俨给她捏着肩膀,懒洋洋地问黄门侍郎。

徐纥急忙回答:"回陛下,丞相今天没有事情。"

皇太后看着徐纥,问:"朕已经委任李神轨为黄门侍郎,诏他袭了李崇陈留侯爵位,怎么还不见他人影?"

徐纥谄笑着:"回陛下,李神轨还在大服中,三年不能居官啊!"

皇太后沉了脸:"朕不是跟他说了吗?葬父之后便进宫来吗?怎么?还要大服三年啊?国朝急需用人,都像他一样以守丧为名,国朝大事如何处理?去传朕诏,限他一个月内除服进宫就职!"

徐纥答应着看了郑俨一眼。郑俨满脸不高兴,却也不敢说话。

皇太后问徐纥:"朕下诏让郡县捕捉老虎来与恹达国遣使进贡的狮子比试,不知可有老虎送来?"

郑俨眉开眼笑,急忙说:"臣正要禀报陛下,自从陛下下诏命靠近山林的郡县捕捉老虎送京师以来,各郡县十分踊跃,纷纷组织兵士、猎户进山林捕猎,巩县、山阳县并送来二虎一豹。陛下可要去看看?"

皇太后笑着扬起眉毛,两个圆圆的酒窝里洋溢着甜甜的笑意。她挥手示意郑俨停止按摩捶打,对春香说:"来,搀扶我下床。我早就听说老虎见了狮子一定伏倒,我们这就去园子看狮虎斗!"

成轨进来禀报,有两个沙门求见,一个说是白马寺沙门,要向太后进献

白马寺有名的甜榴，非要见太后不可。另一个是崇真寺沙门慧巆。成轨知道太后爱食甜榴，就带了他们来见太后。

太后说："那就让他们进来吧。"太后历来待沙门女尼不薄，凡是请求见她说法讲佛的，她一般都要亲自接见。

一个长相丑陋的沙门双手托着一个镏金大果盘，上面摆着鲜红鲜红的大甜榴，走了进来。

太后和颜悦色，让春香接过果盘，她拣了个大甜榴，一边欣赏一边说："白马甜榴，一实直牛。现在还这么金贵吗？"

沙门笑着："回太后，依然如此。"

"你叫什么名字？"太后从春香手中接过剥开皮的甜榴，抠出几个石榴子放进嘴里品尝着，随口问。

"回太后，小僧叫宝公。"

"宝公？"太后仰起眼睛，自言自语："在哪里听过这名字。"她略一沉思，笑了："朕想起来了。宝公，宝公，听郑俨说起过你，说你知过去、现在、未来三世，说你发言似谶语。对，他还说过，洛阳人赵法和请占当有爵否，你说了一句：大竹箭，不须羽，东厢屋，急手作。谁也不懂。过了十来日，他父亲故去，大家都说你占卜灵验。你给朕解解，你那谶语到底是何意思。"

宝公微笑着说："大竹箭者，苣杖。东厢屋者，倚庐。急手作倚庐，不是说家有丧事吗？"

太后拊掌咯咯笑了起来："果然灵验，果然灵验。大师，你看国朝局势如何？"

宝公合掌，微微闭着眼睛想了一会，说："把粟与鸡呼朱朱。"

皇太后重复着宝公的话："把粟与鸡呼朱朱。这是何意？请大师解释。"

宝公急忙合掌告罪："罪过罪过！天机不可泄露！天机不可泄露！贫僧不敢解释，到时陛下自明。"

皇太后不敢继续追问。

宝公不便久留，急忙起身告辞。宝公是来自北地秀容的僧人，与秀容有许多联系，听到秀容来人说到尔朱荣的情况，他觉得应该来向太后透漏点消息，却又不敢说得太明白，只好含糊地暗示了一些意思。可惜太后与她身边都没有人能够听懂他的谶语。

另一个沙门慧嶷走了进来:"崇真寺沙门慧嶷拜见太后陛下,陛下万岁万岁万万岁!"

"你见朕有何事?"太后笑吟吟地看着苍白脸色的沙门慧嶷问。

"小僧前来拜见太后陛下,想向太后讲述小僧的奇遇。"

"什么奇遇?"太后睁大眼睛,流露出强烈的好奇。

"小僧死后经过七天复活,在地狱里见过阎罗王检阅,因为错召又放还回来。"慧嶷伏地恭敬地说。

"是吗?有此等奇怪事情?赐座说话!"太后对郑俨说。郑俨搬来凳,让慧嶷坐下慢慢说。

慧嶷说:"小僧七日前,睡梦中,见到阎罗王差人来将小僧拘了去,来到阎罗王宝座前,已经跪着五个比丘。一比丘是宝明寺智圣,以坐禅苦行得以升天堂。一比丘是般若寺道品,以诵经四十卷涅槃,也升天堂。一是融觉寺昙莫最,讲《涅槃》《华严》。领千众人。阎罗王说:'讲经者心怀彼我,以骄凌物,比丘第一粗行。今唯让其试坐禅、诵经,不问讲经。'昙莫最说:'贫僧立身以来,唯好讲经,实不谙诵经。'阎罗王扔下饬令,让青衣人送昙莫最到西北门,投入黑屋。还有一比丘是禅林寺道弘,自云教化四辈坦越,造一切经,人中金像十躯。阎罗王反驳说:'沙门之体,必须摄心守道,志在禅诵。不干世事,不作有为。虽造作经像,正欲得他人财物;既得财物,贪心即起;既怀贪心,便是三毒不除,具足烦恼。也付有司。'依然被青衣人投入黑屋。又一比丘是灵觉寺宝真,自云出家之前,曾作陇西太守,造灵觉寺。寺成,弃官入道。虽不禅诵,礼拜不阙。阎罗王说:'卿作太守之日,曲理枉法,劫夺民财,假此作寺,非卿之力,何劳说此!'也付有司,青衣送之黑门。"

太后笑道:"阎罗王如何处置你呢?"

慧嶷说:"阎罗王审讯完毕,说贫僧乃错捉,令放贫僧归来。贫僧醒来,已是七日。自觉奇怪,特来拜见禀报太后。"

太后呵呵笑了起来,对郑俨、徐纥、李神轨说:"火速差人去查京师有无慧嶷所说寺院及比丘。"

太后笑着问慧嶷:"师父可是对眼下寺院状况有所不满,才编造如此故事来谏朕?"

慧嶷急忙起身,作揖行礼告罪:"陛下英明,贫僧不敢。京师内外有寺院

沉河艳后:胡灵皇后

一千三百六十多所,比丘、比丘尼数万,果真是良莠不齐。有的热衷讲经,在夸夸其谈中度人,也在夸夸其谈中捞取各种财物,其实本无信仰。有的原本是无赖、流氓、罪犯官员,种种原因剃度入寺,以为放下屠刀便可立地成佛,其实贼心不改,入寺以后并不尊奉三宝和戒律,三毒具在内心。有的托钵化缘,意在财物。种种现象,不一而足。贫僧以为,比丘贵在摄心守道,志在颂禅修身,言行一致,内外澄澈,才能发扬光大佛家经义。如今如此良莠不齐,鱼龙混杂,泥沙俱下,贫僧忧心忡忡!”

太后沉思着,频频点头。

慧嶷又说:“贫僧来见陛下,只是想引起陛下的重视,希望陛下能够整饬寺院与比丘现状,还寺院一个真正净土境界。”

“师父的心意朕明白了。师父去吧,朕会想办法的。”太后微笑着说。

慧嶷急忙行礼告辞而去。他苦心思索多日的进谏终于起了作用,叫他感到兴奋,他可以放心上白鹿山①去隐居修炼佛法了。

郑俨、徐纥、李神轨回来,一一向太后禀报,果然如慧嶷所说,城东有宝明寺,城内有般若寺,城西有融觉寺、禅林寺、灵觉寺,各自有智圣、道品、昙莫最、道弘、宝真等比丘,其出身行为也与慧嶷所说一般。

皇太后沉思了一会,说:“人既已死,虽则有罪,也不必追究了。上行下效,若要改变寺院僧人虚夸讲经之风,还得从朝廷内做起。宫中好广袖,天下广一丈。宫中好高髻,城中高三尺。你们说,是不是如此啊?”

徐纥、李神轨都一起附和着说:“是,是,是,太后英明。宫中所好,天下趋之。”

“你们说该如何整饬寺院风气呢?”

徐纥说:“若是宫内不养讲经僧,这讲经之风必然慢慢消退。”

“朕也这么以为。好吧,诏坐禅僧一百,常在内殿供养,讲经之事减免。”

此诏下达,洛阳比丘都专心禅诵,不再以讲经为能事。

春香上前,搀扶着太后下床,郑俨给皇太后穿上靴子,与春香一左一右,搀扶着太后向西林园狮子山走去。

———————————

①白鹿山:在今河南省辉县西。

恹达国遣使进贡的狮子关在西林园的狮子山里,被牢固的木栅围拢着。士兵抬来虎笼,小心地放进狮子围栅,抽开虎笼的门。虎豹慢慢走出笼子。

两只狮子卧在围栅里的石头山间,眯缝着眼睛睡觉。雄狮偶尔睁开懒洋洋的眼睛,警觉地看着围栅外面的人。突然,雄狮抬起头,抖了抖脖颈上的长毛,轻轻叫了一声。脖颈上没有长毛的雌狮睁开眼睛,懒洋洋地望了望四周。雌狮鼻子抽动几下,突然跳了起来,甩着尾巴,扬头咆哮起来。

刚刚从笼子里走出来的虎,听到咆哮,浑身颤抖着,闭拢眼睛,不敢抬头,再也无法挪动一步。

士兵只好把虎撵回笼子。

"虎怕狮子呢。"皇太后坐在狮子山外,笑着说。"去把那熊罴牵来,试试看它怕不怕狮子。"皇太后对成轨说。

成轨命令侍卫去牵园中的那头性子驯服的盲熊。虞人牵盲熊到来,盲熊刚走到狮子山的围栅旁,立刻不安起来,一股凶猛狮子的气味让它感到惊恐,它抽动着鼻子,四下嗅着,跳动着,拉着锁链,拼命后退,惊恐地号叫着。

太后拊掌大笑:"狮子果然厉害,老虎、熊罴全都怕它。"

狮子在笼圈里也是烦躁不安地走来走去,忽而抖动,脖颈上的长毛飘舞,威武雄壮。他时而发出一两声哀怨的咆哮,悠长深远,震荡在西林园上空。

太后看了看,说:"可怜见的,把野兽圈养起来,违反了它的本性,还是放归山林,让它们自自在在活在山林的好。明日下诏,禁止猎杀、捕捉虎豹等兽。这狮子还是送还本国吧!"

可是,太后不知道,她的仁慈没有救狮子的命。送狮子的人认为恹达国路途遥远,无法送到,又担心狮子逃逸伤人,便在路途中私自杀了狮子,而后返回洛阳。

有关官员弹劾他,要求以违旨论处。太后一笑:"哪能因为狮子来罪人的呢?"于是下令赦免。

皇太后来到嘉福殿,宋云在那里等着她。敦煌人宋云与崇虚寺沙门惠生,神龟元年(公元518年)十一月,接受她的诏命出使西域去求取佛经,走了几年,于正光二年(公元521年)二月才回到天阙洛阳。他们走了十五个

沉河艳后:胡灵皇后

国度，取回一百七十部大乘妙典，见识了许多异国风情和奇闻逸事。回到洛阳这几年，宋云和惠生致力于佛经的整理翻译，各自完成了《宋云家记》和《惠生行记》，把他们取经所经历的见闻详细记录下来。

宋云和惠生动身时，皇太后亲自接见，并且赠送五色百尺幡千个，锦香袋五百只，王公卿士幡两千个。

皇太后好奇心很重，她早就想召见宋云，让他给自己讲讲西域各国的奇闻逸事，她想听听西域国家的风土人情。可是，宋云忙于整理翻译佛经和撰写行记，一直没有闲暇。这些日子，他总算完成手头各种事情，才进宫来见太后，向她讲述自己的西域所见。

宋云四十多岁，清癯瘦削，几年的长途跋涉严重损害了他的健康，他微微驼着背，恭立在凉风殿，等着皇太后。他已经来过几次，按照经过顺序给皇太后讲了几个国度的情形。宋云口才很好，他栩栩如生的讲述，让皇太后听得兴趣盎然。

"今天从哪里讲啊？"皇太后歪到卧榻上，春香给太后背后塞了靠枕，让她舒舒服服地斜倚着听宋云讲述。

宋云坐到为他准备的坐墩上，开始给太后讲述。"前边已讲过赤岭、吐谷浑、鄯善、左末、末城，今天臣讲达捍弥城的情形。"宋云挪动了一下身子，让自己更正襟危坐。

"出末城西走二十二里，到捍弥城。城南十五里有一大寺，有三百多僧众。寺院里有金色佛像一座，高一丈六尺，仪容神态很好看，貌相闪闪放光，面向东方肃立。那里的老人传说，这像原本从南方腾空飞来，于阗国王亲自礼拜后载着佛像回国，走到半道困乏，于阗国王睡了一觉，醒来发现佛像不见了，派人去寻，发现佛像又回到原地。国王在那里造浮屠，封了四百户人家洒扫庭除，供奉守卫佛像。那四百户人家的人有病，只要用金箔贴在佛像身上对应处，立即痊愈。后人就在佛像旁边又建造了一座丈六像和众多大小不等的像，多至上千座，还悬挂张盖着上万的旗幡。其中还有我们大魏的呢！"

"是吗？"皇太后惊喜地问："都是什么年号的？"

"有太和十九年、景明二年、延昌二年的，还有一面幡是姚兴时期的。臣与惠生插上了太后赠送的神龟二年的五色幡。"宋云微笑着说。

"好,好!"皇太后赞许地点头。

宋云轻轻清了清嗓子,又接着说:"从捍弥城西走八百七十八里,到于阗国。国王打扮很奇特,头戴金灌,上面插着许多野鸡翎毛,头后挂着二尺长的生绢,阔五寸。威仪有鼓角金铮,有弓箭一副,戟二支,槊五张,左右带刀的侍卫,不过百人。那里的妇人,穿着与男人差不多,裤衫束带,乘马驰走。"

皇太后插嘴:"这不是与国朝初年我们的祖先差不多吗?"

宋云点头:"好像是差不多的装束。死者以火焚烧,收骨葬之,上面起浮屠。居丧者,剪发黥面,发长四寸以后,才如平常起居。唯有国王死不烧,要置之棺中,远葬到野外,立庙祭祀。"

"真有趣。"皇太后歪在卧榻上,郑俨给她轻轻捶打着后背。

"是啊,西域那么多国家,有那么多有趣的事情。"春香也听得兴趣盎然。

"陛下,要不要接着往下讲?"宋云看着太后,恭敬地问。他怕太后困倦和厌烦。

"讲,接着讲。"太后挥了挥手,微微阖上眼睛。

宋云接过春香递过来的清茗,呷了一口,润了润嗓子,继续讲了下去。

"十月之初,来到恹达国。"

宋云刚讲了这一句,皇太后睁开眼睛,笑着插话:"朕知道这个国,他送大魏两只狮子,我刚看过。你快讲讲,那里的情形如何。"

宋云笑着:"恹达国产狮子。恹达国土田肥沃,山泽弥望,百姓居无城郭,以毡为屋,随逐水草,夏天迁徙到凉快的地方,冬天迁移到温暖的地方,像大雁一样。他们没有文字礼教,阴阳运转,不知道年度,月不分大小,以十二个月为一年。受诸国进贡献,南至牒罗,北尽敕勒,东到于阗,西到波斯,受四十多个国家贡献。国王居大毡帐,方四十余步,周回以氍毹为壁。"

听到这里,皇太后又睁开眼睛,看着宋云:"这不又与国朝初年情形一样了吗?与敕勒、高车也相似啊。"

宋云点头:"是的,陛下所说不谬。这恹达国习俗与国朝初年确实有些相似。国王着锦衣,坐金床,以四只金凤凰为床脚。国王王妃也穿锦衣,长八尺多,垂地三尺,后面有宫女捧着。头带一个角,长三尺,上面有玫瑰花和五色珠子装饰。王妃出入,有侍从抬着,进入寝宫,就坐在金床上,金床设置在六牙白象和四只狮子上,金床上有团圆伞盖,下垂着。大臣妻子出入跟

沉河艳后:胡灵皇后

695

随着。"

"这恢达国真有意思。"皇太后笑着睁开眼睛,双手撑着床坐了起来,她感到有些疲累,想换个坐姿。

"我想起一件事,"徐纥趁机插嘴:"天阙城南慕义里,域胡人立的菩提寺里有个沙门叫达多,他就是来自恢达国。"

"是吗?你怎么想起他?"皇太后在春香和郑俨的搀扶下变换了坐姿,她盘起双腿,端坐在卧榻上。

"达多昨日给宫里送来一个人,说是个鬼,他说这鬼是他发冢时发现的,他看到那人被埋在下面,问那人,那人说他已经被埋葬了十几年。达多觉得怪异,认为他是个鬼,就带来送朝廷。"

太后微笑着问黄门侍郎徐纥:"上古以来,卿可听说过此事?"

徐纥说:"臣读史时曾读过一件类似事情。古书说,曹魏时有人发冢,得霍光女婿范明友家奴,他说起汉朝废立,与史书相符。看来古已有之,不算妖异。"

太后摇头:"怕终究还是装神弄鬼!既然如此,叫来问问他的姓名。死去十几年,一直被埋葬在地下,他何处饮食?你也先不要走,"太后掉过目光看着宋云说,"你也等着见见这新鲜事。"

宋云听从皇太后吩咐,不急于告辞,等着徐纥领那鬼来见太后。

徐纥把那人领到凉风殿,太后一见,大吃一惊。此人面色雪白,没有一点血色,真的像个死人一样。

"你叫什么名字?多大年纪?死去多少年?靠什么为生?"太后问了一串问题。

那人避开光线,释然下跪,说:"臣姓崔,名涵,字子洪,博陵安平人。父名畅,母姓魏,家在城西阜财里。死时十五,今满二十七,在地十有二年,常似醉卧,无所食。有时游行,或遇饮食,如似梦中,不甚辨了。"

太后半信半疑。"你下去吧。"她挥手对"死人"说。

"你差人到阜财里去查访查访,看有无此人所说的人家。"胡太后转向徐纥。

徐纥转身命令门下录事张俊到阜财里去查访。阜财里果然有崔畅,其妻姓魏。张俊问崔畅:"你有儿死了吗?"崔畅说:"有子息子洪,年十五而死。"张俊说:"你死去的儿为人所发,今日苏活,在西林园,主人派遣我来相问。"崔畅惊怖,急忙改口:"我实无此儿,刚才说的都是谬言。

张俊回到西林园向胡太后陈述全部。胡太后笑着说:"这般装神弄鬼,全是刁民骗人把戏。这死人不知为何人收买,为何事行骗。不过,此等小民,不必追究了,只送死人崔涵回去,看他崔畅如何动作。这是他撒谎之报应。"

崔畅听说太后把死人送上门来,在门前堆起火堆,燃起熊熊烈火,又手执利刀,他的老婆魏氏,抓一把桃枝,拦堵在门前。见崔涵来,崔畅挥舞着大刀,跳脚大声喊:"你不要过来! 我不是你父! 你不是我子! 快速离去! 快速离去! 要不我杀了你!"

崔涵进不了崔家门,只得快快离开,在京师游荡,常夜宿于寺门下,受人们施舍为生。崔涵怕见天日,不敢仰视,见日光则急忙走避,又畏惧水火兵刃,一见就避之不及。走路常走小路,走得很快,从不徐行。时人都说他是鬼。

洛阳大市北有奉终里,里内之人,多卖送死之具及棺椁。崔涵常对人说:"要用柏木做棺,不要用桑木做椽。"人问原因,他说:"我在地下,见过征发鬼兵,凡是柏棺就免于征发。有一个鬼说:我是柏棺,应免。主兵吏说:你虽是柏棺,桑木为椽,就不能免了。"于是,京师洛阳一时柏木为贵。

胡太后听说,笑着对徐纥说:"这一定是卖柏木棺者收买一个乞丐,让他装死人苏活,然后说了这么一番鬼话,帮助他卖柏木棺木。终究还是露了马脚! 当年白马寺那个装神弄鬼的沙门也是如此,你们忘了吗?"

"没忘,没忘,太后说的不是白马寺那个叫宝公的形貌丑陋的沙门吗?"徐纥急忙说。

"就是他。不是说他能知晓过去、未来、现在三世吗? 说出的话云遮雾罩的,好像全是谶语,谁也听不懂,可事后说都应验了,朕把他叫来验证,问他当世的事情,他说'把粟给鸡呼呼朱朱',你们看这是什么话? 谁能懂? 到现在也没有什么应验。至于广为流传的那个谣言:大竹箭,不须羽,东厢屋,急手做。谁也不懂,事后却说是应了事主父亲死的验,说大竹箭即苴杖,东厢屋是指丧者所居,预示其父亲死。全是穿凿附会! 一派胡言乱语! 如果家有喜事,朕看他也会穿凿出另一番意义来的!"

沉河艳后:胡灵皇后

697

"是,是,陛下高见!"在场的几个人一起说。

4.国难当头丞相敷衍　谗言入耳太后专断

元雍在东堂里翻检尚书省刚送来的成堆文书,全是告急文书,不是这里反叛,就是那里反叛,国朝形势大为不妙。自正光五年北边边陲乱事纷起以来,如燎原星火,引起四方边境不断乱事发生。从阿那瑰掠边以来,边陲叛乱越来越多,各地告急文书不断地送到丞相元雍面前。

元雍信手翻捡着。这里有:

正光五年(公元524年)三月,沃野镇破落汗拔陵聚众反,杀镇将,号真王元年。

四月,高平酋长胡琛反,自称高平王,攻镇以响应拔陵。

六月,秦州城人莫折太提据城反,自称秦王,杀刺史。接着,南秦州孙掩等人也据城反,杀刺史,以响应莫折太提。太提死,其子莫折念生代立,自称天子,号年天建,置立百官。

七月,凉州幢帅于菩提、呼延雄执刺史宋颖据凉州反。莫折念生派他的兄长莫折天生进攻陇东。

八月底,南秀容牧子于乞真反。

西北边陲烽烟四起,南边萧衍也趁火打劫,九月,萧衍派将攻占寿春外城,又派将寇淮阳。

冬十月,营州人刘安定等人据城反。

十一月,莫折念生攻陷岐州,执都督元志。

孝昌元年(公元525年)正月,徐州刺史元法僧据城反。

三月,破落汗拔陵别帅攻陷怀朔镇。

八月,柔玄镇人杜洛周率众反于上谷,号年真王,攻没郡县,南围燕州。

十二月,山胡刘蠡升反,自称天子,置百官。

十二月,诸蛮皆反。

孝昌二年,春正月,五原降户鲜于修礼反于定州,号鲁兴元年。

元雍推开面前一堆文书,站了起来。这些告急文书让他头疼。四方不宁,边陲乱事纷起,他真有些招架不住。他已经派出了所有能够派出的战

沉河艳后：胡灵皇后

将,真的已经无人可派了。

元雍揉了揉涨痛的太阳穴,抬起头,内侍走进东堂。

"什么?"元雍嚯地站了起来:"崔延伯战死了?!怎么回事?说说详情!"

来人说了崔延伯战死的情景。

崔延伯挥师出战,必让田僧超吹筛鼓舞士气,将士听到激昂慷慨的壮士曲,每个人都热血沸腾,斗志倍生,个个奋勇,争相冲锋,奋力拼杀,毫不胆怯。万俟丑奴招募善射的兵士射杀田僧超,让崔延伯悲惜哀痛,而失去田僧超,兵士士气大受摧折。崔延伯愤怒,复仇心切,没有禀报萧宝夤,便独自出战,结果被流矢射中,死于泾州西北当原城外。

大寇未平而主将崔延伯死,朝野惊惧,人心浮动。一定要设法稳定朝政局面!元雍想。

"皇太后呢?我要去见皇太后!"元雍问门下。

"皇太后去太上公寺进香,还没有回宫。"

"皇帝陛下呢?"元雍问。

"皇帝陛下还没有起身。"

元雍摇头。这么乱的局面要他独自承担,他怎么能承担得起呢?只好随他去了,天要下雨娘要嫁,他也奈何不得。

元雍转身回府邸。他想回府轻松轻松,和爱姬亲热亲热。不过,这几个姬妾已经让他开始有些厌倦了,需要有新人来替补,应该向太后请求赏赐几个新佳人才好。

该去见见太后了,元雍想着,抬脚向西林园走去。听说太后已经回到西林园,元雍急急忙忙赶了过去。

皇太后摄政一年多,这国朝局势并无多大改观,元雍已经灰心丧气。这大魏不是他元雍的大魏,何必那么劳力费心呢?今天他去见太后,并不是要向太后禀报国朝局势。

元雍来向皇太后讨要多纳几个姬妾的许可。皇太后严格要求宗室王爷按照皇室规矩娶妻纳妾,没有皇太后许可,王爷不得自行纳妾。

自从继妃崔氏在他一顿拳脚相加的捶打中死去,被他草草埋葬了以后,还没有得到太后应允娶继室。今天去见见太后,一来请求太后许诺,允许他

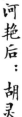

沉河艳后:胡灵皇后

再行娶继妃,另外他还想乞求太后再赏赐他几个新侍妾。修容等几个侍妾,早就让他心生厌倦,需要新人来填补他的府邸。皇帝居中宫,皇太后居西林园,各自享乐,他一个大权在握的丞相,不及时行乐,还待何时呢?

"眼下局势如何?"皇太后一边把玩着琉璃杯,一边询问元雍。

元雍想,他自己眼下都不愿意听属下禀报各地反叛的消息,皇太后又如何喜欢听这些让人烦心的事情呢?何不让太后欢喜,好批准自己的请求呢?

元雍笑着说,"太后威力无边,在太后光芒照耀下,边陲都老老实实顺从太后,眼下还没听说乱事发生。"

太后高兴得咯咯笑了起来:"看来他们还是惧怕大魏天子的!"

郑俨和李神轨不失时机地逢迎着:"太后威力无边!太后法力无边,四方哪敢不宾服啊!"

太后被几个人轮流吹捧得兴致勃勃,喜笑颜开:"是啊,朕摄政以来,萧赞来归,阿那瑰又称臣进贡,还帮助国朝大败破落汗拔陵,看来国朝江山固若金汤,几个作乱蟊贼休想动摇朕之大魏江山!"

萧赞归附,让太后心里特别高兴。这是她的威力,是她的胜利,虽然前有宗室元法僧反叛,叫百姓和百官为之寒心,可是这萧衍儿子萧赞的归附,也算给朝廷和皇室找回一个大面子,算扯平了。

萧赞,是萧宝夤兄长萧宝卷的儿子,字德文,本名萧综,归附以后,萧宝夤改名为赞。当初,萧衍灭萧宝卷全家,萧宝卷宫人吴景晖刚有身孕,她隐匿着没有让任何人知道,萧宝卷灭,她被萧衍纳入后宫,得到萧衍的百般宠爱。几个月后吴景晖临产生子,萧衍以为是自己的儿子,非常喜欢,封豫章王。长大以后,吴景晖把身世告诉了他,萧综白天谈笑如常,夜晚则痛哭不已,衔悲泣涕,结客待士,有归附大魏的心思。萧衍的儿子非常猜忌他,但是萧衍却很是爱宠。

孝昌元年三月,元法僧反叛投降南梁,梁朝皇帝萧衍任命萧综为南兖、徐州二州刺史,都督江北军事,镇守彭城。不久,大魏派安丰王元延明和临淮王元彧征讨徐州,萧综偷偷遣使到二王处密告归附之意。六月,皇太后摄政改年大赦,萧综深夜潜出,步行到元彧营帐投降。秋天来到洛阳,分别陛见太后与皇帝元诩。皇帝元诩允许他在馆驿为父亲萧宝卷举哀,追服三年。朝廷予以丰厚赏赐,授司空,封丹阳王,食邑七千户。为纪念皇太后反政,萧综的叔父萧宝夤改萧综为萧赞,以歌赞太后恩德。

"是的,是的。几个蚍蜉,怎么能撼动我大魏这风雨如磐的大树呢!"徐纥也急忙逢迎着皇太后,生怕叫郑俨和李神轨又抢了头功,让自己再次落在他们后面。

皇太后又爆发出一阵清脆响亮开心的笑声。

元雍见太后心情这么好,急忙向太后提出自己的请求:

"太后,臣之继室崔氏已经逝去,臣现在成鳏夫一个,请陛下可怜臣之处境,请求陛下赏赐几个女人于臣,以慰藉臣之孤单无依。"

太后咯咯笑着,她伸出手指戳着元雍的额头:"瞧高阳说得多可怜! 谁不知道你府上美女如云,要不然你老婆也不会年纪轻轻就死了。"

元雍诚惶诚恐,战战兢兢地回答:"太后明鉴,臣确实孤单,请太后可怜则个,就赏赐几个美女给臣吧。"

皇太后笑了一阵,对徐纥说:"既然高阳如此可怜,就赏赐他几个最美丽的宫女。此事你去办!"

徐纥不怀好意地笑着说:"臣领太后旨意。只是还请高阳说明,要哪几个宫女的好,臣以为高阳心中有数!"

元雍难为情地一笑:"徐侍郎说什么啊? 我哪里心中有数? 不过,要是太后陛下不介意,臣愿意要昭阳宫的几个女子!"

"果然心中有数!"太后嫣然一笑:"好吧,就把昭阳宫的几个宫女赏赐于你! 不过,你还是要先办丧事,等七七以后再来领取!"

元雍答应了。他喜滋滋地走出西林园,对自己的内侍阉人丁鹅说:"你这就去昭阳宫领那几个宫女回府,太后已经答应把她们赏赐给我了。"

丁鹅便去昭阳宫领人。元雍内侍丁鹅领着四五个年轻漂亮的宫女走过来,急忙上前询问:"丁鹅,你领这些宫女哪里去?"

丁鹅认得太后身边的黄门侍郎徐纥,站住脚步,恭敬施礼回答:"回大人,小人领这些宫女回丞相府邸。丞相说这是太后赏赐!"

徐纥说:"你先随我进西林园,待我禀报太后陛下得到允许,你方可领人。"

丁鹅不解地问:"请问侍郎大人,这是为什么? 丞相说已经得到太后陛下诏准了啊。"

沉河艳后:胡灵皇后

徐纥不高兴地说："太后确实同意赏赐丞相宫女,可是太后诏令是让丞相丧事七七后再来领人,谁让他这么迫不及待呢?"

丁鹅无法,只好随徐纥进了西林园。

徐纥进了皇太后寝宫,向太后禀报元雍领人的事情。

皇太后一听徐纥的禀报,立刻沉下脸:"元雍怎么这么无情?继室崔氏刚死,尸骨未寒,他就如此迫不及待地找新人取乐?这么不把女人当人看!不行!朕取消赏赐!送那些宫女回昭阳宫!"

徐纥出来,冷冷地对丁鹅说:"把她们送回昭阳宫吧!回去转告高阳王,太后陛下取消了给他的赏赐!"

丁鹅呆呆地看了看徐纥,乖乖地领着几个宫女转回昭阳宫,灰溜溜地回元雍府邸去禀报这丧气的消息。

郑俨见太后生气,急忙上前给太后抚摩后背。李神轨虽然不便像郑俨那样服侍太后,却也不敢没有一点表示,他见春香端来香茗,急忙上前接了过来,恭敬地端到太后面前,温柔体贴地说:"陛下,请饮茗。"说着,把茶杯送到太后唇边,双手捧着,弯着腰,等着太后饮用。

春香和徐纥识趣地走了出去,只留下郑俨与李神轨伺候太后。

太后抬眼,感激地看了李神轨一眼。李神轨的心都醉了,太后那眼里溢满深情厚谊,满是脉脉情深。李神轨得意地瞥了郑俨一眼。郑俨刚白了他一眼。

太后就着李神轨的手,饮了一口香喷喷的清茗,心情立时又好了起来。她推开李神轨的手,就势抚摩了一下李神轨那光滑的似女人纤细的手,说:"撤了吧。"

李神轨心花怒放,急忙撤回捧着的茶杯,放到托盘上。"陛下,要不要叫宋云来讲西域轶事了?"

"朕不想听了,还是你们陪朕说说话乐乐吧。"太后飞了个媚眼给李神轨。

郑俨急忙说:"臣陪陛下玩弹棋吧。"

太后摇头。

"玩樗蒲?"

太后又摇头。

太后正在女人的月事中，浑身乏力，心里总是有些不大舒坦，好像在渴望着什么，又说不明白到底想干什么，心中总像有个填不满的洞似的。

郑俨猜测着太后的心事，他趁李神轨不注意，凑到太后耳边小声说："陛下可是想素女事了？"

太后回头，娇嗔地唾了郑俨一口："呸！死郑俨！说什么呢你！"

郑俨淫荡地笑着，对李神轨说："你出去吧，我来伺候太后。"

李神轨有些不大高兴：凭什么你对我发号施令？凭什么就该我出去？我难道就不能伺候太后吗？他白了郑俨一眼，并不挪步。

郑俨轻手轻脚，从太后后面走到太后前面，给太后揉搓着肩膀，捏着胳膊、手背，一边发出淫荡的笑。他回头看李神轨还站在原处不肯离开，很是生气。"你怎么还不走？"郑俨提高声音说。

"陛下没有让臣走！"李神轨强硬地说。

"我让你走，你没听见吗？！"郑俨有些生气。

李神轨不说话，却走到太后背后，学着郑俨的样子给太后轻轻捶打后背。太后见二人互不相让，咯咯笑了起来："算了，都留下吧。大家一起乐乐也好啊。"

李神轨得意地看着郑俨："听见了吧？陛下说让我留下！"

郑俨不满意地瞪了李神轨一眼，换上一脸笑容："陛下让你留下，那你就留下吧。你说，我们玩点什么花样，让陛下乐乐？"

李神轨想了想："我们玩个新花样，如何？臣刚读过素女经，学得一新鲜花样，叫马摇铃，是三个人一起玩的。我们玩玩如何？"

太后笑着说："玩玩也不妨。"

李神轨便宽衣解带，郑俨嘻嘻哈哈笑着替太后宽衣。寝宫里一片淫荡的笑声。

孝昌二年春正月末，元雍又来见太后，禀报自己对中山五原降户鲜于修礼反于定州、号鲁兴元年事件的处理，他派长孙稚为假骠骑将军、大都督，北讨诸军事。

皇太后沉吟着没有说话。对元雍的安排，她没有什么看法，一切都依着

沉河艳后：胡灵皇后

元雍的主意行事。

黄门侍郎徐纥见太后没有说话，忍不住插嘴说："陛下，这长孙稚与侯刚为儿女亲家，当时很得元叉重用，几年间官职骤升，如今派他北讨，陛下以为可靠吗？"

李神轨也附和徐纥说："徐侍郎言之有理。这长孙稚怕不大可靠。"

这话提醒了皇太后，与元叉有所勾结，是她最为痛恨的。太后沉吟片刻，转了转漆黑的眼睛，看了看徐纥，又看了看李神轨："既然如此，不妨诏宗室王为都督，督察长孙稚军事，如何？"

"陛下英明！"李神轨与徐纥一起恭维。

"你们看诏哪个王为好？"太后微笑着询问她的这几个心腹。

"臣以为诏河间王元琛为大都督，御史中尉郦道元为行台。"李神轨说。因为郦道元在御史中尉任上，弹劾了不少贪官，其中包括李神轨的一些亲戚和朋友，李神轨正在计谋着如何把郦道元调离御史中尉职务，以重新安排一个他的相好为御史中尉。

元雍见皇太后身边这几个心腹互相唱和，互相支援，不由得有些生气。他急忙说："陛下，臣已经任命长孙稚为大都督，临阵撤换，怕是不合适。"

皇太后笑着安抚元雍："有什么不合适的？朕之诏令换人，他长孙稚敢抗拒吗？徐侍郎，立即拟写诏书，撤长孙稚的大都督，以元琛代替，火速派本使送达！"

元雍大吃一惊，撤长孙稚的大都督以元琛代替，不是自取失败吗？长孙稚带兵打仗有方，以他为大都督讨鲜于修礼胜券在握，如今改派元琛，一定会误大事的！长孙稚与元琛二人在淮南即生嫌隙，如何可以通力合作？真是糊涂啊！

元雍想再辩驳一下，他抬眼看着太后正要说话，太后却朝他摆手。元雍明白，太后不想听他解释，太后已经下诏，他的反对除了招惹太后反感，无济于事。他的极力辩驳，不过徒增太后厌恶罢了。

元雍咽回到口边的话，沉默了。

率领朝廷军队在定州中山的长孙稚，见到朝廷的诏令，非常吃惊：丞相元雍是不是糊涂了？怎么可以临阵撤换他的大都督职务呢？就算撤了他的大都督,也不该任命元琛啊!难道他们不知道元琛与自己有嫌隙么?大敌当前,主将不和,不是自寻死路吗?眼下大魏叛乱频仍,还经得起这种折腾吗?

长孙稚在主将营帐里走来走去,思虑着如何应对朝廷的诏命。

正光五年九月,长孙稚为扬州刺史,假镇南大将军,都督淮南诸军事。这时,萧衍派遣军队攻打寿春,长孙稚带领着自己那几个被萧衍将领称为"铁小儿"的儿子奋力抵抗,让萧衍军队久攻不下。不久,有人在朝廷进言,说长孙稚总强兵,为何不反击萧衍军队,是不是别有异图?朝廷派河间王元琛及临淮王元彧等都督声援作战,元琛到了寿春,立即决定决战,长孙稚以为天气下雨,不宜作战,需持重。元琛不听,立即命令决战,结果为贼所乘,元琛损失惨重。而殿后的长孙稚,没有遭到什么损失。元琛以为是长孙稚故意拖延贻误战机,导致失败。二人虽然一起遭到朝廷申饬,但是嫌隙已经种下。

长孙稚为眼下局势担忧。他应该向朝廷上表,申诉自己的看法,临阵换将,决非良策。只要朝廷不撤换他长孙稚,他长孙稚愿意与朝廷立生死状,以自己和几个能征善战的儿子的性命为担保,坚决打败和消灭鲜于修礼。

想到这里,长孙稚立即让长史动笔,向朝廷起草上表。

长孙稚派儿子奉表,请求撤回诏命,他说:"臣与琛同在淮南,俱当国难,琛败臣全,遂生私隙。且临机夺帅,非算所长。"

表送到元雍手里,元雍苦笑一下便搁置一边,不予理睬。皇太后下的诏命,他怎么可以提出异议呢?上次为宫女之事已经惹怒了太后,他才不想去招惹皇太后不痛快。不就是讨鲜于修礼吗?大不了失败罢了!有什么了不起?

三月,长孙稚与元琛前到呼沱河,长孙稚不想出战,而元琛求胜心切,不听长孙稚劝阻,一意孤行,仓促出战鲜于修礼。军队行至五鹿,长孙稚的大军被鲜于修礼伏兵所围困,而元琛坐观,并不去援助。待鲜于修礼大军赶来,大败元琛与长孙稚。二人还奔回朝。元琛与长孙稚全被除名,罢官免职。

鲜于修礼势力大增。

沉河艳后:胡灵皇后

5.郦道元弹劾贪官　皇太后包容奸佞

清癯的郦道元正在御史府邸里批阅文书,下面州郡送上来许多弹劾贪官污吏的文书,请求御史中尉严惩这些祸国殃民的官吏,为民除害。

郦道元自从被元雍提拔为御史中尉以来,已经亲手弹劾了许多贪官,甚至宗室王公。元雍十分重用他,他也雄心勃勃,一心想为国除害,为民除奸,决心不让贪官污吏为非作歹,祸患国家朝廷。

郦道元出任此职时间并不长,他是刚从八镇考察回来接任御史中尉的。受皇太后诏,他到八镇走了好长时间。从抚冥、柔玄、怀荒,到御夷、沃野、怀朔、薄骨律、武川一路走去,一个镇一个镇地考察,与守镇将士谈话,了解他们的生活状况,他们对朝廷的要求等。通过他的实地考察,给朝廷提供改镇为州的依据。八镇地处边陲,寒冷荒凉,生活十分艰苦,让他和随行吃了不少苦头,但是他对这趟官差还是很满意的,使他有机会能够亲自考察《水经》涉及的河流湖泊,让他能够最后完成对《水经》的注释,补充和完善《水经》这部古代名著。回来以后,他加紧对《水经》做补充和注释,眼下已经接近完成了。所以,他有时间也有决心在御史中尉这重要职务上多弹劾一些贪官污吏,忠于职守,为朝廷除奸。

可是,这贪官污吏怎么是越除越多起来呢?除了这个,又前仆后继,出来另外一些。有的州郡甚至是一窝贪官,蛇鼠一窝,官吏互相串通,共同贪污,一起受贿。

这是怎么搞的呢?郦道元深深叹了口气。他有些想不明白,这些官吏在考核时,各个申诉表白自己全心全意为国朝服务,全心全意为皇帝分忧,全心全意为百姓办事,为什么转过头,却贪污受贿,坑蒙百姓,无恶不作呢?他们都是饱读四书五经、口口声声礼义廉耻的高尚君子,怎么就说一套做一套呢?而且昧良心说大话时绝不脸红!

面前这些文书又是揭发州郡刺史贪贿事实的,郦道元数了数,有几十份。郦道元翻捡着,这里有告发定州刺史的,有告发章武王元融的,五花八门,什么都有。

郦道元翻捡着,一份文书引起了他的注意。他从中抽了出来,仔细阅读着。

"不像话!"郦道元啪地把那文书甩到桌子上,喊了一声。他还是感到非常愤怒,压抑不住,啪地拍着桌子站了起来,离开座位,背着手,在房里走来走去。

要不要上表呢?他在思忖着这问题。文书揭发司州刺史、汝南王元悦贪婪欺诈百姓,还揭发汝南王与长史丘念同行同宿的肮脏私情。郦道元知道这丘念,有几分姿色,仗恃汝南王的宠爱贪赃受贿,而且还插手选拔州官。汝南王元悦被元雍委以司徒,州官任用,多由丘念。怎么能容忍这么一对肮脏小人狼狈为奸,来危害朝廷清白呢?疾恶如仇的郦道元愤怒地想。

元悦在元叉时代,深受元叉重用,太后反政,虽然遭到些冷落,可毕竟是高祖亲儿,皇室直系,皇帝的亲叔,太后不忍心过于责备,依然官居高位。不久前,元雍又委以司徒,参与国事。

郦道元很是看不起这元悦。元悦与清河王元怿为一母弟兄,清河王被元叉所害,元悦却立即投靠元叉。元叉倒台,他又立即攀上郑俨、徐纥,极尽奉承之能事,无非是为了高官厚禄。这司徒任命,明是元雍提名,其实是郑俨和徐纥推举。

想起汝南王元悦,郦道元就感到气愤难平。元悦占了清河王元怿的景乐寺,耗费大量资材重新整修,然后召集各种奇巧杂技艺人在寺院表演,有飞空幻术,肢解驴子,把驴投入寺院井里。还有种枣得瓜的幻术,让士女看得神迷目呆。他还把奇禽怪兽赶到寺院大殿上,让它们在殿上、庭院里乱跑乱叫,把寺院弄得乌烟瘴气。这种亵渎神灵的行为,令人气愤,却没有人敢于干涉。

汝南王元悦在正光初年曾经宠幸一个叫赵逸的隐士,几乎成为京师的笑柄。这赵逸,自己说他与晋郭璞同代,郭璞预言他能活五百岁,现在才活了一半,不过二百多岁。元悦听了,很是羡慕,立即把赵逸请到府上,拜为义父,向他请教长生不老的秘方。赵逸住进元悦府以后,到处招摇撞骗,说古讲今,皇帝元诩还给了他一部步挽车,周游市里。在元悦处享受三年以后,赵逸逃逸。

要不要上表弹劾这汝南王元悦呢?郦道元看着手里的表,反复问自己。

一定要弹劾!郦道元把左手拳头砸在右手手心里,大声对自己说。贪

沉河艳后:胡灵皇后

707

官不除，国无宁日！贪官不灭，百姓没有好日子过！贪官污吏是国家蠹虫，他们在蚕食国家和百姓财产，他们是祸国殃民的最大祸首！一定要除！不除贪官，他这御史中尉不是尸位素餐了吗？如何对得起皇帝给予的这丰厚俸禄呢。

不过，要想个万全之策。

郦道元踱着方步，思谋着方法。

直接弹劾汝南王元悦，不仅不能惩处贪官，反而可能引火烧身。自身不保，何以为民除害？

拿丘念开刀！先弹劾丘念，法办丘念，去掉汝南王元悦身边的狐朋狗友，剁掉其左膀右臂，然后再想办法弹劾汝南王！

郦道元笑了，他捋着有些花白的须髯，回到座位上，提笔刷刷地写起弹劾表文。郦道元才思敏捷，笔走龙蛇，文不加点，一蹴而就，贪官丘念的罪行跃然纸上。

郦道元上表弹劾，同时命人拘拿丘念。

丘念听说御史中尉弹劾并派兵士捉拿，急忙躲进汝南王元悦府邸，请求汝南王的庇护。元悦让丘念住进王府，日夜不走出王府一步。

元悦见御史中尉郦道元上表弹劾自己和丘念，立刻进宫去见太后。

太后见元悦，和颜悦色地问："叔父前来见朕，何事见教？"

元悦跪拜太后，可怜巴巴地说："臣见陛下，只为恳求出面向御史中尉说情，饶恕臣之长史丘念性命。"

皇太后笑着："叔父堂堂朝廷王爷，难道就保不了自己一个长史的性命吗？说出来不怕叫人笑话！"

元悦恨恨地说："陛下有所不知，这御史中尉郦道元是个软硬不吃的家伙。臣多次托人上门，又是送礼，又是说情，可他就是不肯松口，坚决不肯饶恕丘念。臣也曾以官职要挟，可他仗恃着丞相重用，根本不怕臣之要挟，依然到处追捕丘念。"

"噢？还有如此硬气的御史中尉？"皇太后惊讶地扬起眉毛，连声赞叹着："佩服！佩服！"

元悦见太后夸赞郦道元，生怕太后不肯为丘念说情，他灵机一动，造出几句诋毁郦道元的谣言："太后还夸他呢！他十分傲气，谁都不放在眼里。

臣托人求情,他说什么太后说情他也不答应,何况尔等?陛下,看他多猖狂!"

皇太后微笑着,说:"此等刚烈脾性,朕倒是喜欢。不过,叔父的面子朕还是得给的。徐纥侍郎,去见御史中尉,传达朕之旨意,赦免丘念。"

徐纥急急去见郦道元。

郦道元在御史台批阅表奏,见太后身边红人黄门侍郎徐纥来访,不敢怠慢,急忙起身,恭敬地迎接徐纥。

"侍郎大人来,何事见教啊?"郦道元笑着问。

徐纥淡淡地笑着:"太后陛下诏中尉大人放过丘念。"徐纥并不寒暄,开门见山,传达皇太后旨意。

郦道元沉默了一会儿,目光炯炯地看着徐纥,强压着心头的怒火,慢条斯理地说:"这丘念,作恶多端,若是赦免了他,恐怕没有官吏会敬畏御史台的威严。他妖惑汝南王,以色相勾引宗室,他贪污受贿,横征暴敛,他插足官吏选用,从中收取贿赂,还假借汝南王的名义,招摇撞骗,污秽皇室盛名,坏汝南王名声。老夫实在不明白,对这样一个污浊卑鄙之小人,汝南王何故保他?老夫若是汝南王,一定要先杀他以谢天下!请侍郎禀告太后陛下,臣郦道元决心为汝南王除害,帮助汝南王洗刷被丘念败坏之声誉!臣之所以如此,完全是为维护汝南王!"

徐纥点头:"中尉的心意我明白了。我会替你禀告太后陛下的。"

郦道元送走徐纥,开始思谋如何捕获丘念。丘念躲在汝南王元悦府邸里不露面,他无论如何也无法捕捉他。拖久了,他也许就无法把他绳之以法了。不如将计就计,既然太后派人来说情,干脆把这消息放风播扬出去。

想到这里,郦道元笑了,一个妙计出现在他的脑海中。

郦道元传来御史台侍郎,让他带人到汝南王府邸,去向汝南王报告御史中尉准备赦免丘念的消息。侍郎走了以后,郦道元立刻又调来几个部下,让他们微服守候在汝南王府邸周围,等得意忘形的丘念一走出汝南王府的大门,立即抓捕他归案。

郦道元部署停当,静等抓这肮脏小人丘念。

果然不出郦道元的判断,元悦和丘念正在府邸里淫乐,御史台郎中传达

沉河艳后:胡灵皇后

709

达了御史中尉赦免丘念的公文，元悦得意地对丘念说："郦道元还是得听太后陛下的话吧？我就不信他敢跟太后抗衡。瞧，没事了吧？"

丘念高兴地一个劲感谢元悦："谢谢汝南王。汝南王再造之恩，我丘某绝不敢忘记！"

元悦轻薄地抚摩这丘念细腻的手和脸颊，说："不要说什么感谢不感谢了。你我谁跟谁啊？你知道我是离不开你的啊！"元悦哈哈笑着："只要你能让本王高兴，本王保你永远有享不尽的荣华富贵！"

丘念凑在元悦身边，谄媚地说："殿下放心，我丘念知道该怎么做。"

丘念任元悦轻薄了一会儿，讨好着对元悦说："殿下，我离家多日，今日想回去看看，晚上回府，不知殿下可允许？"

元悦痛快地说："你就回去吧，晚上早点回来，本王等着你！"

丘念得到元悦许可，得意地哼着小曲，摇头晃脑地走出元悦府邸。刚出大门，几个百姓打扮的人便从周围走了出来，慢慢向他围拢过来，把丘念团团围在中间。当丘念明白过来，想掉头往元悦府邸跑时，已经来不及了，御史台的官吏亮明身份，把丘念捕捉，五花大绑，送回御史台，投入囹圄。

元悦得到这消息，暴跳如雷："好你个郦道元！与本王作对！有你的好果子吃！"

6.皇帝心血来潮车驾亲征　太后勃然大怒自行部署

丞相元雍与司徒元悦，来见皇帝元诩，向皇帝禀报北边形势。形势越来越严峻，丞相元雍要让皇帝知道。

式乾殿寝宫里，皇帝元诩刚起身，还坐在床上发呆。他的宠妃潘妃半裸躺着，露出酥胸和白生生的胳膊，还没有醒来。

元诩起身以后，总要这么呆呆地坐半个时辰，然后才能下床。内监宫女都知道他的这个习惯，谁也不敢来打搅他。

元雍和元悦只好在外殿静静地等待着，他们要是不早点来，起床以后的皇帝怕是更难见到。他会与蜜多道人在密室里整整一天，谁也见不到他。

两个时辰以后，皇帝元诩终于走出内宫。

十八岁的元诩精神萎靡，鼻子红红的，脸色苍白，眼泡浮肿，两个眼圈黑黑的,十分醒目。

元雍和元悦见皇帝走了出来,急忙跪下磕头请安。

"起来吧。"元诩落座到椅子上,懒洋洋地说。

元雍和元悦站了起来,垂手立在元诩面前。

"这么早来见朕,何事啊?"

元雍说:"臣刚得到报告,说西部敕勒忽律洛阳反,东部敕勒牧子发兵响应。另外,又得报告,说朔州城人鲜于阿胡库狄丰乐据城反。"

元悦接着元雍禀报:"臣刚得到两报,都督李据为杜洛周所败,李据战没。北讨都督河间王元琛、长孙稚失利奔还。"

"啊?"元诩大惊失色,他瞪着一双大而无神的眼睛,呆呆地直直地看着前面,头脑里一片空白。他张着嘴,半天合不拢。

元雍见元诩又发了愣怔,急忙轻声喊着:"陛下,陛下!"

元悦说:"陛下不必着急,臣想会有办法的,会有办法的。"

元诩回过神,喃喃地自言自语:"怎么会这样? 怎么会这样? 这可怎么办啊?"

元悦专拣皇帝爱听的话说,安慰着皇帝元诩:"陛下不必惊慌。去年十二月,诸蛮皆反,陛下沉着冷静,大义凛然,发诏号令全国,鼓舞军民,一举获胜。陛下神威,如此乱民,不必忧虑!"

去年十二月,元诩下了一道很鼓舞士气的诏,诏曰:

"高祖以大明定功,世宗以下武宁乱,声溢朔南,化清中宇,业盛隆周,祚延七百。朕幼龄纂历,凤驭鸿基,战战兢兢,若临渊谷。暗于治道,政刑未孚,权臣擅命,乱我朝式。致使西秦跋扈,朔漠构妖,蠢尔荆蛮,氛埃不息。孔炽甚于泾阳,出军切于细柳。而师旅盘桓,留滞不进,北清悬危,南阳告急,将亏荆沔之地,以致瘠国之忧。今茅戟扼腕,爪牙叹愤,并欲摧挫封豕,剿截长蛇,使人神两泰,幽明献吉。朕将躬驭六师,扫荡逋秽。其配衣六军,分隶熊虎,前驱后队,左翼右师,必令将帅雄果,军吏明济,粮仗车马,速度时须。其有失律亡军、兵戍逃叛、盗贼劫掠伏窜山泽者,免其往咎,录其后效,别立募格,听其自新,广下州郡,令赴军所。今先讨荆蛮,疆理南服;戈旗东指,扫平淮外。然后奋七萃于西戎,腾五牛于北狄;躬抚乱离之苦,面临饥寒之患。尔乃还跸嵩宇,

711

饮至庙庭,沉璧河洛,告成泰岱,岂不盛欤！百官内外、牧守军宰,宜各肃勤,用明尔职。"

那诏书一下,内外振奋,皇帝亲征,蛊贼何足惧！将士、百姓热血沸腾,纷纷报名入伍参军,纷纷要求上前线。皇帝很快募集到一支不怕死的敢死队,要随皇帝出征。

见元悦提起此事,皇帝元诩精神一振,热血沸腾起来。他年轻力壮,奋发有为,几个蛊贼难道能动摇他大魏江山？笑话！看我元诩,比之高祖,一定不差,一定能横扫千军如卷席！

元诩一拍大腿,嚯地站了起来,挥舞着拳头高喊:"下诏全国,内外戒严！朕将亲自出征,横扫蛊贼！"

元雍和元悦大吃一惊,交换着慌乱的目光,愣怔着,张着嘴半天说不出话来。

"怎么？你们不相信朕能出征？"元诩得意地大声喊,走下座位,来到元雍和元悦的面前,歪着头,一脸嬉笑,挑衅地看着两个长辈大臣。

"不,不,陛下当然能率兵出征！"元雍口里说,心里却在暗笑:就你这么个酒鬼,还想车驾亲征？笑话！上次的亲自出征,结局如何？不是不了了之了吗？募集到的军队都派往前线,可皇帝元诩出征,却没了下文。今次再重演旧事,能起到鼓舞士气的作用吗？元雍拼命抑制住自己摇头的欲望。

"那就下诏吧！"元诩得意扬扬地背着手走回座位。"朕到东堂,诏公卿议车驾出征！"

"胡闹！"嘉福殿里的太后一拍桌子,站了起来。"皇帝车驾亲征？他能亲征吗？他以为他是高祖啊！不自量力！"

皇太后对前来报告消息的司空皇甫度大发脾气:"你怎么不阻止他？"皇甫度是她娘家小舅。

皇甫度讷讷,不敢辩解。

皇太后走到窗子前,望出窗外。西林园一片葱绿,碧海曲池里波光荡漾,浮光跃金,坐落湖上的二十丈高的灵芝钓台,云起梁栋。九龙殿前九条石刻巨龙喷吐水柱,九股引自阳渠的水,伏流从龙口中吐出,注入九龙灵芝池,形成西林园这碧海曲池。

西林园美好的景象平息了皇太后的愤怒。她微笑了。皇帝元诩不过意气用事，像上次一样，不过一时心血来潮而已，过一会，他就会完全忘了自己的豪言壮语。这内外戒严，就让他戒严去吧。元诩不会车驾出征。

　　皇甫度见皇太后微笑，猜测不出她的心思，惴惴不安地试探着："陛下笑什么呢？"

　　皇太后摇头："没什么。卿以为可以派哪位大臣北征？"

　　皇甫度说："河间王元琛与长孙稚失利奔回，皇帝已诏免官职。一时半会，不能再派他们北征。臣以为可以起用广阳王元渊，他带兵打仗很有方略。正光五年夏四月，高平酋长胡琛反，自称高平王，攻镇以应拔陵。五月，临淮王或败于五原，削除官爵。诏尚书令李崇为大都督，率广阳王渊等北讨。广阳王还是大建功勋的。"

　　"你们以为司空提议如何？"皇太后转脸问李神轨和徐纥，二人都点头。

　　"好，为朕拟写诏书，诏广阳王元渊，拜骠骑大将军，仪同三司，大都督，率都督章武王元融北讨！"皇太后对黄门侍郎徐纥说。徐纥立即拟写诏书。

　　"走，去看看准备车驾出征的皇帝！"皇太后冷笑着。

　　近来，她对元诩越来越不满，越来越生气。元诩虽然同意她临朝，却总不甘心彻底放弃皇帝权力，总时不时地背着她自作主张，叫她生气。不制止住皇帝这种自作主张的举动，以后她这摄政太后的权力还如何实施？

　　皇太后带着徐纥、郑俨、李神轨、司空皇甫度，出西林园到了东堂。东堂里，皇帝元诩正与丞相元雍、司徒元悦以及尚书令元顺等几个公卿商议车驾出征。

　　皇太后沉着脸走了进来。

　　元雍、元悦、元顺等慌忙站了起来，跪伏于地，拜见皇太后。

　　皇太后并不答礼，径自走到元诩面前。元诩急忙站了起来："太后，你怎么来了？"

　　"我怎么就不能来？"皇太后一屁股坐到元诩的椅子上，阴沉着脸，冷冷地说。

　　元诩不知道说什么好，只好小心赔着笑脸站到一边。

　　"你们这是在议事吧？"太后冷冷地问，谁也不看。

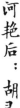

沉河艳后：胡灵皇后

713

"回太后问话，臣等正在商议皇帝陛下车驾出征呢。"元雍仰起脸，看着太后回答。这问题，只有他来回答最合适。

"混账！"太后猛然大喝了一声。元雍惊得哆嗦了一下，连元诩也轻轻抖了抖。

皇太后站了起来，一手叉腰，一手指着元雍喝道："谁说皇帝要车驾亲征？这么重大的国事，你们竟敢私自瞒朕，自行其是？"

元雍连连磕头，口称有罪，却不敢辩解。

元诩结结巴巴地插嘴："太后息怒。此事是儿臣决断的。北部敕勒反叛，若不车驾亲征，怕北地失守，若是亵渎金陵，儿臣罪该万死。"

皇太后冷冷地看了元诩一眼，一连串地反问着："你决断的？你跟我商量了吗？你眼中还有没有我这个太后了？这么大的事情，你能决断吗？"

元诩嘟囔着："我以为我能决断的！"

皇太后更加愤怒："你能决断！瞧把你能的！不是你的决断，能有元法僧反叛吗？不是你的决断，能有元叉专权吗？你决断！"

太后一连串的反问和指责叫元诩怒火上升，他瞪着喷火的大眼睛，猛然咆哮着："是的，都是儿臣无能！可你呢？这两年多不都是你决断吗？你平息了各地反叛吗？瞧瞧这两年，各地反叛如星火燎原，连接不断！你平息了吗？不是你决断吗？怎么这国朝越来越乱？不是你下诏要各州各镇进贡珍奇，才逼反了北镇了吗？！"

皇太后满脸通红，她没想到元诩能当着这么多臣子的面指责她。她浑身颤抖着，指着元诩，一句话也说不出来。

元雍、元悦和元顺，见皇帝和太后这么激烈地争吵，都惊慌得不知所措，一个一个趴伏于地，浑身颤抖，不敢抬头。

留在外面的徐纥、李神轨和皇甫度，听到里面激烈争吵，急忙走了进来。徐纥和李神轨上前搀扶住太后，百般安抚着让太后平静下来。太后坐到椅子上，气得浑身哆嗦个不停，眼泪止不住地往下流。

元诩要把自己满腹的话全都倾泻出来："儿臣已经十八岁了，难道还不能治理国家吗？文明太后临朝，也不过临到高祖成年。可你呢？总是抓住权力不放！什么事情你都不让我决断！你什么都要管！你管那么多干啥！这大魏可是元姓大魏！"

"皇帝陛下,就少说两句吧。"徐纥轻声劝说着元诩。

"滚!"元诩扬手,一巴掌打在凑过来达到徐纥脸上:"你算什么东西!也敢把你的狗脸凑过来!"

徐纥被元诩打得趔趄几步,捂住脸,不敢多说。

太后厉声喊着:"反了你!告诉你!有我在,你这小娃儿就别想决断国朝大事!元雍,下令撤销戒严!派元渊为大都督,出征北道!这是朕的诏令!立即下达!"太后扔出徐纥刚才拟就的诏书。

黄色诏书飘然落到元雍面前,元雍急忙捡了起来。

"立即下达!"皇太后又厉声喊着。

元雍爬了起来,求救似的看了元诩一眼。元诩苍白着脸色,浑身簌簌发抖,说不出一句话。元雍无法,只好跌撞地出了东堂,回到西柏堂,去部署下达皇太后诏命。

皇太后稍微调整了一下自己的情绪,用温和的语气对依然趴伏在地上的元悦和元顺说:"你们都下去吧。我和皇帝陛下还要再说说话。"

元悦和元顺急忙站起来退了出去,擦着满头大汗,匆匆离开东堂,各自回家。

皇帝元诩瞪了皇太后一眼,甩手跑出东堂。侍卫急忙簇拥着皇帝回式乾殿去。

皇太后独自一人在东堂怔怔地坐了许久。儿子的顶撞,让她伤心的独自流淌了一会儿眼泪。

7.妖道人蛊惑坏皇帝声誉　皇太后密计除元诩心腹

过了几天,皇太后决定到式乾殿看看元诩。自从在东堂争吵以后,皇帝元诩已经不到西林园拜见太后了。太后知道儿子元诩是头犟驴,犟脾气上来,谁也拉不转头,只有自己亲自去看望他,安抚安抚了。

皇太后无奈地叹口气,带着春香几个亲信,出西林园,去式乾殿看望皇帝元诩。

式乾殿守卫见太后驾临,不敢声张。太后径自进入式乾殿。前殿空无一人。人呢? 皇太后奇怪地想。"你们在外殿等着。"皇太后转脸对春香几

沉河艳后：胡灵皇后

个亲信说,自己抬腿向内殿寝宫里走,边走边说:"朕进去看看他。"

内宫里,潘妃懒洋洋地躺在寝宫床上,宫女来来往往端茶递水。

宫女见太后驾临,吓得都喊着太后陛下齐刷刷跪了下来。潘妃一骨碌爬了起来,滚下床,跪伏到地,磕头请安,连声说:"臣妾拜见太后陛下!臣妾拜见太后陛下!臣妾该死,不知陛下驾到!"

"起来吧。"太后冷冷地说。她斜了斜寝宫,不高兴地问:"又是你侍寝?"

潘妃惶恐地回答:"是的,陛下诏臣妾前来侍寝,臣妾不敢不来。"

"皇帝呢?"

潘妃满面惊慌,支吾着:"皇帝陛下到东堂去了。"

"是吗?"皇太后满腹狐疑,盯着潘妃的眼睛目不转睛地看着。潘妃簌簌地抖了起来。

"说吧,皇帝在哪里?"太后不动声色,冷冷地问。

潘妃不说话,只用眼睛瞄了瞄寝宫对面。皇太后走出潘妃寝宫来到皇帝的寝宫,寝宫里还是不见皇帝的影子。

"人呢?"皇太后问身后的潘妃。潘妃还是不敢声张,只是朝屏风方向抬了抬下颏。皇太后绕过金碧辉煌的镏金的孔雀开屏屏风后面,见到那里有一个暗门。

皇太后轻轻开了门,一股浓烈的麝香香味扑面而来。

皇帝元诩盘腿坐在卧榻上,蜜多道人坐在他的对面,正用胡语给皇帝元诩传授密功。皇帝元诩御内还是不行,潘妃多次向他哭诉。他不但要给皇帝炼制密丸,还要亲自教授他一些密功,增强他的御女能力。可是这皇帝,只对他和男色有兴趣,对女人总是难于起兴。

蜜多道人指手画脚,说到兴处,撩起自己的衣服。

皇太后勃然大怒,怨不得皇帝大婚两年还是没有子嗣,怨不得侄女皇后胡氏向自己哭诉,说皇帝从不诏她侍寝,原来是这妖道在蛊惑皇帝!

皇太后正想冲过去,转念一想,又停住脚步。不能这么打闹,传了出去,多丢皇帝和她的人啊!家丑不可外扬啊!

皇太后轻轻咬紧牙关,又蹑手蹑脚退出密室。

皇太后在嘉福殿受皇帝、皇后、嫔妃的朝拜。皇太后让皇后领着嫔妃退

沉河艳后：胡灵皇后

下，只留皇帝元诩在身旁。

"你坐过来。"皇太后招呼着元诩："我有事与你商量。"

元诩满心欢喜地坐到太后身边。毕竟是亲娘，她虽然强横，可还处处流露着对他的关心爱护。

"太后，商量什么啊?"元诩偏着头，像小时候一样问。他已经忘却对太后的不满，母子血肉相连，有多少不满都会化解在浓厚的亲情中。

"你那位会说胡语的道人还在不在?"太后温和地问。

"什么事?"元诩听母亲打探蜜多道人的下落，想起太后对蜜多道人的厌恶和限期让自己撵他出宫的命令，警觉地反问。

"是这样的。"太后开朗甜蜜地笑着："明日是三月三，我要去胡统寺见一个西域高僧，以超度我的姑母，我想让你陪我去。但那高僧只会说胡语，不会说汉语。我想让蜜多道人与你陪我同去，让他做通事，替我们翻话。"

原来如此! 元诩提起的心放了下去。胡统寺为太后姑母胡国华所建，胡国华去世，太后不忘姑母恩情，每逢三月三，她一定要去参加她的超度仪式。

胡统寺在永宁寺南一里地，有五重宝塔，金刹高耸，朱柱白墙，绿树掩映，很是清幽佳丽。这里是女尼寺，女尼很得太后喜爱，经常入宫与太后说法，太后赏赐这寺院的钱财，是其他尼寺无法比拟的。

"在，还在儿臣宫里!"元诩高兴地说。

"那你明天让他一早先到胡统寺等着我们到来。"皇太后还是笑吟吟地说。

"好，好，儿臣让他一早就过去。"元诩兴高采烈地说。太后终于不再坚持撵走蜜多道人，这让他非常高兴。他不能没有蜜多道人，蜜多道人不但给他炼丹，还教他密术，那些叫他心旷神怡，叫他忘乎所以的密术秘技。

"不要忘记了啊!"太后又不放心地叮嘱一遍。

"忘不了的。太后，你就放心好了。"元诩天真得意地笑着。

太后看到这笑容，心里一阵紧缩，很是感慨。多好的儿子啊，不是元叉和蜜多道人等奸佞的教唆，怎么会变成这样呢?

太后又问："最好让鸿胪少卿谷会和绍达陪蜜多道人一起去。"

元诩有些警觉，急忙问："谷会和绍达为鸿胪少卿，应该陪着儿臣才对。"

沉河艳后：胡灵皇后

"也是，我糊涂了，既然如此，就让蜜多道人先去吧。"太后急忙改口，同意元诩的说法。她又笑吟吟地问："你可曾幸临皇后？"

元诩脸一红，不好意思地说："皇后年纪还小，儿臣想再等几个月幸临。"

"现在还是潘妃侍寝？"

"是的。"

"也好，潘妃温柔可人，我也喜欢她呢。"说到这，皇太后嘴一抿，更甜蜜地笑着："你可要抓紧，我可是想抱皇孙了。你年纪不小了，该有皇太子做继承人了。等太子一落生，我们就册封他为嗣君。"

元诩尴尬地笑着。皇太后看到元诩这尴尬的笑容，想起他与蜜多道人的事情，心里的气开始升腾起来，她怕自己压抑不住，急忙挥手对元诩说："皇帝，我有些累了，你先回去吧。"

皇帝元诩一走，皇太后就叫来郑俨。郑俨作为崇训宫直寝将军，领有左右卫羽林。皇太后小声交代着，郑俨频频点头。

"陛下放心，臣一定会办妥。"郑俨郑重其事地向太后保证："他们一个也跑不了！"

"还要不露痕迹的好！"太后又叮嘱道。

皇帝元诩回到式乾殿，潘妃出来迎接。

皇帝元诩瞥了潘妃一眼，点点头，急急转向自己的寝宫。谷会和绍达守在寝宫外，等待皇帝归来。

"蜜多呢？"元诩问。

"密室里炼丹呢。"谷会趋步，回答道。

"几天了？"

"今天已经是七七四十九天了，他正在封炉。"绍达抢着回答，生怕落在谷会后面。

元诩大步流星地走进寝宫，绕过金碧辉煌的屏风，走进密室。密室其实很大，有里外两大间，外间是蜜多道人平常的起居地，内间是他炼丹的秘密场所，炼丹时，他就把自己关在里面，谁也不能进入。

元诩走进密室外间，大声喊："蜜多！"

蜜多道人在内间应着："陛下，我这就出来！"说着，蜜多道人捧着黑漆描金龙盘走了出来，一路走一路笑："陛下，这炉丹成色真好！"

蜜多道人来到元诩面前，把黑漆描金龙盘放到元诩面前的几上。黑漆描金龙的盘子里滚动着几十颗滴溜圆的鸽子蛋大小的药丸，红黄里透着银光闪闪。

"真漂亮！"元诩惊喜地抓起两颗，放在手心里欣赏着。那闪闪银光点缀在红黄中，分外好看。

"这是什么丸？"元诩抬起灼灼放光的眼睛，看着蜜多道人问。

"回陛下，这叫金枪战素女丹，用了以后，保证陛下一夜御百妃！"说到这里，蜜多道人嘿嘿地发出几声淫荡邪恶的笑声。他眯缝着眼睛，凑到皇帝元诩身边，小声问："陛下，要不要先服一丸，试试效用？"

"好！"元诩被蜜多挑逗得有些心旌摇荡，一时竟忘记前来找蜜多的原因。

蜜多把药丸掰碎，搓成十几粒，为皇帝倒了开水，让元诩服了下去。

"躺下吧，陛下。"蜜多搀扶着元诩让他倒在雕刻着金龙的卧榻上，自己坐在元诩身边，等着药力发作。

元诩躺在柔软温暖的散发着麝香香味的卧榻上，很有些晕眩。不过，药力没有发作之前，他还是相当清醒的。他拉着蜜多道人的手，抚摩着他那柔软滑腻的女人一般的手背，随意问："这金枪战素女丹，是用什么炼制的？能告诉朕吗？"

"臣怎敢向陛下保密？这金枪战素女丹，可是陛下老祖太宗道武皇帝的秘方，道武皇帝当年征战疲劳，御内有些吃力，特别是晚年，更难于抵御献明皇后妹贺氏的诱惑，就请道人为他研制了这秘方。服用之后，又纳几个新人，引起贺氏不满，以至招来儿子拓拔绍的嫉恨，可怜道武皇帝被儿子拓拔绍所杀。"

元诩当然知道自己祖先的历史，不过，年代久远，他也记不清祖先的那些事情，笑着说："你对朕祖先还知道的不少啊。说吧，是什么炼制的？"

蜜多估摸着药丸药力发作还得一时半刻的，便接着说："这药丸是用八石加康风子丹蜜炼而成的，即朱砂、雄黄、云母、空青、硫黄、戎盐、硝石、雌黄，外加入银汞、淫羊霍、虎鞭、鹿茸、羊乌、鹤卵、雀血，合少室天雄汁、内云母水，采用八卦炉炼法，七七四十九天，炼制而成。康风子丹可以长寿，服百

沉河艳后：胡灵皇后

日，寿百岁，八石间康风子丹，既长寿，又增御内力。陛下，感觉如何？"蜜多见元诩用手捂住下腹，急忙问。

元诩感觉下腹有团热气在腹内旋转，慢慢扩散，下体慢慢蠕动起来。"药力发作了！发作了！"元诩呻吟着，脸色发热，赤红，他一把抓住蜜多道人，急不可耐地把他按倒在卧榻上。

元诩呻吟着，痛快地发泄着。只有在这蜜多道人的身上，他才能找到男人这种痛快发泄的酣畅淋漓的快乐。

元诩伸开四肢，大汗淋漓，疲乏地一动不想动。

蜜多道人殷勤地替元诩擦着汗水，帮他穿好衣服。"这丸厉害吧？"蜜多笑嘻嘻地问。

"厉害，厉害！"元诩连声说："朕以后要日日服它一丸。"

"不可，不可！"蜜多道人急忙说："那太伤陛下元气！陛下不可任性，一定要听臣之指教！"

"好！朕听你的！朕之心肝宝贝！"元诩就势拉住蜜多的手，响亮地亲了一口。

蜜多为元诩穿好衣服，让他舒服地躺着，自己起身去收拾盘中药丸，把它们小心装入金樽中，密封起来，放在紫檀木雕刻镏金柜里。

迷糊中的元诩突然想起皇太后的嘱咐，他勉强睁开眼睛，含糊不清地说："皇太后诏你明晨卯时到城南胡统寺去见她。"

"为着何事啊？"蜜多大吃一惊，慌乱地问。他害怕太后，更害怕单独与太后在一起。

"去给她做通事，为一个西域来的高僧翻话。"元诩翻了个身，呼呼入睡了。

第二天清晨寅时，蜜多道人就起身，昨日皇帝的诏令让他睡不踏实。皇太后要让他做通事，也许就是接近太后的开始？凭他的秘技，凭他的长相，凭他的本事，只要能接近太后，代替郑俨和李神轨是必然的。他蜜多道人有这把握，只是他没有接近太后的机会，不得不委屈自己留在元诩身边，痛苦地做元诩发泄的工具，他多渴望让自己恢复伟男子的本事，酣畅痛快地在自己喜欢的女人身上发泄发泄啊！可是上天弄人，偏偏不让他实现自己的心愿。

胡思乱想了一夜,听到公鸡啼鸣,蜜多才迷迷糊糊睡了半个时辰,又惊醒过来,再也不能安心睡了。蜜多干脆起身,好好修饰打扮自己,对着镜子左右上下照了又照,对着镜子做出许多迷人的妩媚表情,猜想着如何打动太后的芳心。

蜜多道人怀揣着希望、激动、喜悦、憧憬,离开皇宫,带着两个便衣侍卫,匆匆走出阊阖门,向皇城外的胡统寺走去。

天已经大亮,可以并行九辆马车的九轨御道已经泼洒过清水,等待着皇太后和皇帝出行。

蜜多道人走在九轨御道外的人行道上,走过止车门向南,转入南大巷,过了南大巷,就是永宁寺。向南再走一里多,就是胡统寺。

蜜多道人走在南大巷里,南大巷出奇的安静,不见一个行人。他虽然有些奇怪,却也没有多想。皇太后和皇帝今日出行,这里已经提早戒严了。

蜜多道人哼着小曲,继续走着。突然,前面跳出一伙兵士,横枪挺刀,拦住了他们的去路。

"你们要干什么?"蜜多道人看到来人气势汹汹的样子,急忙大声喊着介绍自己的身份:"我是皇帝亲近蜜多道人,奉皇太后陛下诏去胡统寺等待拜见!我这里有皇帝陛下颁发的铁券!"蜜多道人亮出腰间的铁券。

来人并不答话,头领模样的人已经挺枪,搠倒蜜多道人身后的随从。另外几个士兵一拥而上,乱刀砍倒蜜多道人。不一会,蜜多道人已经像一团烂肉,倒在血泊中。头领模样的人摘了蜜多道人的铁券,把尸体收抬着用席子裹了起来,命士兵抬走。

皇帝元诩刚刚起身,还在寝宫里穿衣梳洗。鸿胪少卿谷会和绍达匆匆进来禀报,说皇太后直寝将军郑俨带人来,要他们二人出去商量要事。

"去吧。"皇帝元诩不经意地挥手说。

谷会和绍达走出式乾殿来到宫中御道旁,一伙不熟识的羽林兵士便涌了上来,捂住他们的嘴,七手八脚地把他们牢牢捆绑起来,抬着来到僻静处,套上绳套,一个一个勒死。

元诩等着谷会、绍达,却总不见他们回来。元诩派宫人去寻找,宫人很快跑了回来,脸色惨白,说谷会和绍达被人勒死,尸体躺在偏僻的角落里。

沉河艳后:胡灵皇后

元诩翻着白眼,愣怔着,想不明白是谁害了谷会和绍达。

这时,又有人慌里慌张地进宫,报告说蜜多道人的尸体被人发现扔在城墙脚下,侍卫正将其送进宫来。

元诩两眼发直,半天说不出话来,突然大叫一声,身子向后直直倒了下去,失去了知觉。

第十七章　狼烟烽火

1.宗室无能尔虞我诈　太后游移首鼠两端

广阳王元渊一身戎装,骑在高头大马上,望着眼前连绵起伏的群山,心情很激动。面对参合陂荡漾的碧波,他的脑海里出现了太祖皇帝当年鏖战参合陂大战慕容垂的宏伟惨烈的场面。作为太祖皇帝的子孙,他今日率兵前来抵御叛乱敕勒部,壮怀激烈。一定不辜负列祖列宗,他暗自发誓。自从被元徽表讼,坐与城阳王元徽妻子于氏通奸而丢了官职,以王归底,赋闲在家多日,现在终于得到朝廷任命,他当然想好好表现表现自己。他已经正式得到皇帝诏令,任命为北道大都督,受尚书令李崇节度,率大兵北征。

元渊站在山坡上遥望着山下那一片小平原。

那里就是他大魏国发迹的地方,是他元氏的祖地,那里有盛乐,有埋葬祖先的云中金陵,金陵里那五个耸立的高大陵墓,埋葬着大魏开国以来五位皇帝和他们的皇后,旁边那些低矮的墓群,埋葬着太子与大臣。

元渊遥望山下暗自想,战斗之余,他要亲自去拜谒列祖列宗的陵园。现在,他要在祖先的眼皮下与破落汗拔陵决一死战,让列祖列宗看看他们后代子孙的英勇与善战。

前些日子,他给朝廷上了一表,当他把自己写好的表递送到尚书省,长出了一口气,感到轻松了许多。朝廷若是接受他的建议,复镇为州,也许可以遏止六镇叛乱扩大。这是重提当年任城王元澄的建议。六镇将士怨愤,这情况他是知道的。六镇过去很受朝廷重视,镇守六镇的将士多是皇室高门子弟和朝廷重臣,俸禄优厚,又不绝仕宦之途,满朝文武以镇守六镇为荣耀。可是,自从定鼎伊洛,这情形一去不复返。二十多年来,因为六镇偏远,

生活条件艰苦，又因为朝廷重用文士清门，他们这些武将一生推迁，不过军主，不能入清流为朝廷命官，所以，高门子弟和朝廷重臣都不愿就任六镇。凡派遣镇守六镇的将士，大多是底滞凡才，到任之后，贪贿聚敛，搜刮六镇百姓。更有一些作奸犯科的奸吏，犯罪以后配守六镇，在六镇更是肆无忌惮，过弄官府，政以贿立。元渊建议朝廷，撤销六镇，复镇为州，让六镇将士与州同列，具有相同的待遇，不再遭受歧视。

若此建议被朝廷采纳，元渊估计，六镇不会再发生叛乱。表奏上去以后，便没有了下文，他朝朝暮暮等待着，总是没有音信。

就在他等待的时候，传来西部敕勒忽律洛阳反，接着又传来东部敕勒、朔州人鲜于阿胡和库狄丰乐反。元雍这才想起元渊的建议。他正准备让黄门侍郎、御史中尉郦道元以大使出使六镇，去考察复镇为州的情况。可是，郦道元成行不久，便传来六镇皆反的消息。

六镇相继反叛，朝廷先派河间王元琛和长孙稚北讨，二人失利奔还，被免官爵。皇帝元诩大惊失色，诏令内外戒严，车驾将亲自北讨。皇太后震怒，以为皇帝胡闹，自己亲自御咸阳殿，任命元雍为大司马，诏派他广阳王元渊为大都督，令他率都督章武王元融北讨鲜于修礼。

得到皇太后的信任，元渊感激涕零。国朝大难当头，他这皇室宗亲，一定要拼死为国效力。站在参合陂，元渊慷慨激昂，满腔热血沸腾。他一定要把叛贼消灭在长城以北，决不让叛贼兵马度阴山！

元渊总理军事以来，大漠蠕蠕进攻破落汗拔陵，破落汗拔陵避蠕蠕，在五原南移渡河。元渊抓住这个时机，率兵前往支援别将，准备在这一带遭遇敌人，也准备在列祖列宗的眼皮下，消灭敌人。

前方传来牛角号的呜呜声，传来大鼙鼓的震撼大地的咚咚声。

敌人的军队来了！元渊兴奋起来，他挥舞着长槊带领着千军万马冲下山坡。参合陂前，千军万马相遇，士兵呐喊着，战马鸣叫着，战鼓咚咚，兵器叮当，鏖战开始了。

战斗开始，元渊指挥着军队迎战在破落汗拔陵及其另外反叛部落的军队。叛军在朝廷大军的英勇反击前，不堪一击，纷纷投降。

元渊这一仗，前后降附二十万人。

元渊上表请求在恒州别立郡县安置降户。

竖排书名：沉河艳后：胡灵皇后

城阳王元徽见元渊打了大胜仗,又得朝廷重用,心里很是不服气。娘娘的!元徽暗自咒骂着。元渊没有像他希望的那样战死在恒州,居然还打了胜仗,又得重用,真令他气愤得要吐血了。

一定要搞倒元渊!元徽咬牙切齿地发誓说。不能让元渊白白给他戴了绿帽子,让他做了王八,这仇不报,他元徽誓不为人!

城阳王元徽来见皇帝元诩。

醉眼蒙眬的皇帝元诩见城阳王来拜,笑着问:"你是哪个王啊?"皇帝身边侍郎急忙伏身元诩耳边,提醒元诩:"城阳王元徽。"

城阳王元徽急忙自报家门:"臣城阳王元徽拜见陛下。"

元诩笑着:"卿有何事啊?"

元徽说:"广阳王元渊据恒州,纵容部下,致使定州中山失利,陛下不可不防。"

元诩问:"卿以为如何防范?"

元徽高兴地说:"臣以为调元渊离开恒州,褫夺其手中兵权,以防不测。"

元诩点头:"就依卿意,调元渊回京师。不过,朕准备征他为吏部尚书,兼中领军。而且,你与他都是宗室王,不该争斗。等广阳王元渊回到京师,朕要亲备酒席请你二人,你二人一定要和解为好。"

眼下局势这么危机,皇帝元诩不想让两个宗室王互相争斗不休,他要宴请二人,令其和解。

元徽见未能搞倒元渊,很是失望,便转向西林园,去向皇太后说元渊的坏话。

皇太后见城阳王元徽来拜,很是高兴,急忙命人请他进来。

"臣元徽拜见太后陛下!"

"城阳今日来见,可有事情禀报?"皇太后吹着手中的茶杯,笑吟吟地问。元徽偷眼看了看太后的脸色,心中安宁了许多。太后今日脸色不错,看来心境不错,他可以放心地提出自己的请求。

"太后陛下,臣有几天未来给太后请安,今日专程来问候陛下。"元徽笑嘻嘻地垂手站在太后面前。

太后笑着一挥手:"算了吧,你别净拣好听的说!要是没有事来求朕,你

沉河艳后:胡灵皇后

725

才不进西林园呢。朕还不知道你们这些王，平日里一个个公务繁忙，又花天酒地，有许多应酬宴会，哪能想起朕这老太婆啊？"

元徽笑嘻嘻地说道："太后陛下貌若天仙，年轻如二八佳人，哪里就是什么老太婆啊？"

太后笑道："别给我灌迷魂汤了。说吧，什么事？"

元徽不敢耽搁，急忙说："臣听说皇帝陛下厚赏河间王元渊，心存忧虑，特意向太后陛下禀报。"

"如何厚赏？"皇太后的语气马上透露出不快。

"皇帝陛下调他回京，封他为吏部尚书，仪同三司。"元徽偷眼看着太后，小心谨慎地说，生怕惹恼太后。这太后很有些小孩子脾气，一句话不和，立时变了颜色，让大臣各个胆战心惊。

皇太后咳了一声，问："这有什么不妥吗？"

元徽立刻说："臣觉得也没什么不妥。只是这河间王元渊大兵在握，都督大军在恒州平城，连章武王元融、右都督裴衍都受其节度，无人可以制衡他，他会不会恃大权而生异心呢？元法僧的教训，不可不防啊！"

元徽说得十分诚恳，全然是全心全意为朝廷和国家考虑的样子，令太后很是感动。大臣都像元徽一样，她不就用不着这么操心了吗？国朝不就有了希望了吗？

太后微笑了，赞叹着："城阳如此忠心，令朕感动。卿之提醒很是必要，防人之心不可无啊。特别是这些手中拥重兵在外的王，更是不得不防啊！"

"对，对！太后陛下明鉴！广阳以爱子握兵在外，不可测也。臣只是提醒陛下，广阳为人阴险狡诈，善于伪装，又会收买人心，听说他上表请求在恒州设左郡左县安置归降降户，这里有无其他用心？是不是想趁机扩大恒州势力？"元徽抬起眼，飞快地扫了太后一下，又恭顺地低下头，恭敬地等着倾听太后指示。

太后扬起眉毛，酒窝里盛着警惕与戒备："确有此事？"

元徽扬着手，指天画地："此乃丞相向皇帝陛下禀报的，臣怎敢乱说？"

"皇帝如何处置？"皇太后看着元徽。

"皇帝陛下好像要答应他的表奏。"元徽小心翼翼地回答，语气不敢太肯定。

皇太后想：皇帝是不是要笼络元渊，而元渊是不是想投靠皇帝？想到这里，皇太后有些气恼。"卿以为如何制衡元渊呢？"

元徽急忙说："太后陛下明鉴，臣以为不能答应元渊的请求。归降的鲜于修礼部众要分散安置于内地，另外，要密敕章武，以监视元渊动静，以防其二心。"

太后点头："朕知道了。你去吧。"太后挥手。

朝廷没有答应元渊在恒州设左郡左县安置降户的请求，派黄门侍郎前来分散降户到冀、定、瀛三州就食。

元渊叹息着对部下说："此辈一定会东山再起的，祸乱当由此生。"

果然，离散不久，鲜于修礼又叛于定州，杜洛周反于幽州。其余降户，还在恒州没有分离出去的，想推举元渊为主。元渊不敢答应，上表说："今六镇俱叛，二部高车，亦同恶党，以叛兵讨之，不必制敌。请简选兵，或留守恒州要处，更为后图。"

皇太后听信元徽谗言，不敢留元渊在恒州，在任命他为侍中、右卫将军的同时，撤了恒州刺史，委任为定州刺史。

皇太后同时敕章武王元融等，让他私下小心戒备防范元渊父子。元融把皇太后的敕拿给元渊看，元渊恐惧，事无大小，不敢自决。

不久，鲜于修礼与葛荣叛兵卷土重来，元渊的部队屡屡败退，毫无斗志，只好连营转栅，日行十里败退，在平城驻扎下来。

皇太后听元融禀报，说元渊事无大小不敢自决，致使军队屡屡败北，她便派人去询问元渊。

元渊让自己的部下，才子郎中温子升代笔，为自己写了一封有理有据的言辞恳切的表给皇太后，申诉吏部尚书元徽对他的攻击和陷害。表启说：

"往者元叉执权，移天徙日，而元徽托付，无翼而飞。今大明反政，任寄唯重，而元徽衔臣切骨。臣一疏滞，远离京辇，被其构阻，无所不为。然臣昔不在其后，自此以来，翻成陵谷。元徽一岁八迁，位居宰相；臣乃积年淹滞，有功不录。

"自徽执政以来，非但抑臣而已，北征之勋，皆被壅塞。将士告捷，终无片赏，虽为表请，多不蒙遂。前留元标据于盛乐，后被重围，析骸易

沉河艳后：胡灵皇后

子，倒悬一隅，婴城二载，贼散之后，依阶乞官，徽乃盘退，不允所请。而徐州下邳戍主贾勋，法僧叛乱，暂被围逼，固守之勋，比之未重，乃立得州，即授开国。天下之事，其流一也，功同赏异，不平谓何。又骠骑李崇，北征之日，启募八州之人，听用关西之格。及臣在后，依此科赏，复言北道征者不得同于陇西。定襄陵庙之至重，平城守国之要镇，若计此而论，功亦何负于秦楚？但以嫉臣之故，便欲望风排抑。

"然其当途以来，何直退勋而已，但是随臣征者，即便为所嫉。统军袁叔和曾经省诉，徽初言有理，又闻北征隶臣为统，应时变色。复令臣兄子仲显异端讼臣，缉缉翩翩，谋相诽谤。言臣恶者，接以恩颜；称臣善者，即被嫌责。甄深曾理臣屈，乃视之若仇雠；徐纪颇言臣短，即待之如亲戚。又骠骑长史祖莹，昔在军中，妄增首级，矫乱戎行，蠹害军府，获罪有司，避命山泽。直以谤臣之故，徽乃还雪其罪。臣府司马刘敬，比送降人，既到定州，幡然背叛。贼如决河，岂其能拥。且以臣府参僚，不免身首异处。徽既怒迁，舍其元恶。从臣者莫不悚惧。

"顷恒州之人，乞臣为恒州刺史，徽乃斐然言不可测。及降户结谋，臣频表启，徽乃执言此事，及向定州，远彼奸恶，又复论臣将有异志。反复如此，欲相陷没。致令国朝遽赐迁代。贼起之由，谁使然也？徽既优幸，任隆一世，慕势之徒，于臣何有？是故余人摄选，车马填门，及臣居边，宾游罕至。臣近比为虑其为梗，是以孜孜乞赴京阙。属流人举斧，元戎垂翅，复从后命，自安无所，偝俛先驱，不敢辞事。及臣出都，行尘未灭，已闻在后复生异议。言臣将儿自随，证为可疑之兆，忽称此以构乱。悠悠之人，复传音响，言左军臣元融、右军臣裴衍，皆受密敕，伺察臣事。徽既用心如此，臣将何以自安！

"窃以天步未夷，国难犹梗，今求出之为州，使得申其利用。徽若外从所长，臣无内虑之切。公私幸甚。"

皇太后读了元渊的表启，很是惭愧。用人不疑，疑人不用，这是兵法告诫的，如今她用着元渊，却又怀疑他有二心，暗地派人伺察他，确实是用兵之大忌。

皇太后派人安抚元渊，撤了私下给元融和裴衍的密敕，不再监视元渊，让他一心一意带兵布防，抵抗鲜于修礼等叛贼。

自视甚高的黄门侍郎徐纥受四方表启,答之非常迅捷,面对元渊的此表启却沉吟良久,不敢下笔做答复。皇太后奇怪,问他为何难于下笔,他笑着说:"彼有温郎中,才藻可畏,臣故而沉吟。"

皇太后笑道:"徐侍郎也有谦虚的时候。就答复个'悉'可矣。"

徐纥笑着:"陛下建议甚好。想温郎中也无可挑剔。"

2.元渊反间离散叛军　葛荣反水杀害宗室

元渊站在交津营地,看着隔河相望的鲜于修礼的阵地,苦苦思索着。使用什么办法打败鲜于修礼呢?

元渊终于在太后面前洗刷了元徽加给他的罪名,也算得到了皇太后的谅解,他现在没有了后顾之忧,可以放心地指挥军队对付叛乱,一定要尽快消灭对岸的鲜于修礼,实现他在金陵列祖列宗前的誓言。

偏将来报告鲜于修礼的情况。偏将说,鲜于修礼原来十分信任亲信葛荣,现在有一个叫毛普贤的将领逐渐代替了葛荣,得到鲜于修礼信任,葛荣十分嫉妒、不满。

"毛普贤?"元渊小声地重复了一遍,这名字怎么这么熟悉? 好像在什么地方听说过。"可有人知道这毛普贤的情况?"元渊问偏将。偏将摇头。

郎中温子升在一旁插话说:"毛普贤曾为大人统军,大人不记得了?"

元渊一拍脑门:"我想起来了,就是那个打仗很勇敢的统军吗? 我怎么给忘记了? 他什么时候投敌了?"

瘦高顾长的才子郎中温子升回答:"他与刘敬一起护送鲜于修礼到定州,鲜于修礼在定州反了,朝廷追究,杀了刘敬,他害怕朝廷惩罚,便降了鲜于修礼!"

"原来如此!"元渊沉思着。葛荣是鲜于修礼的狗头军事,计谋多端,曾在京师随尔朱世隆做过多年侍卫参军,对京师和朝廷军队如指掌,没有葛荣,鲜于修礼就成不了大气候了!

元渊一拍手,他笑着对温子升说:"温郎中,立刻替我修书一封给毛普贤,书中尽叙昔日情谊,越亲切越深厚越好! 要晓以大义,说服他归正。然后派人过河送给毛普贤。"

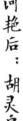

温子升笑了："大人可是要效仿三国周渝吗？下官立刻去写！"

河对岸，鲜于修礼陈兵的营寨里，叛军首领鲜于修礼与亲信葛荣、毛普贤一起，正在部署下一步军事行动。

鲜于修礼，五原鲜卑人，原本是杜洛周的部下。柔玄镇杜洛周于孝昌元年八月反于上党，号年真王，他在五原也率众反。沃野、怀朔、薄骨律、武川、抚冥、柔玄、怀荒、御夷等边镇这些年，灾荒不断，颗粒无收，百姓、牲畜大批死亡，而朝廷在孝昌元年八月下诏远近州郡镇贡献珍奇，若是贡献不到，朝廷必兴师问罪。他作为五原一个部落酋长，无法完成贡献珍奇的任务，只好效仿阿那瑰和杜洛周，聚众扯起反旗。后来，在元渊率领的朝廷大军的讨伐下，他走投无路，只好带领全部部落人口归降元渊，被送往定州落户。在定州，他又召集起人马，于孝昌二年春正月反，号鲁兴元年。鲜于修礼率领他的人马，从定州一路打到河边交津，想在交津渡河南下。

鲜于修礼与葛荣、毛普贤在营帐里商量着如何过河。

一个士兵在营帐门口向毛普贤招手。毛普贤急忙走了出去。

葛荣不满地看着走出去的毛普贤的背影，对鲜于修礼说："瞧他鬼鬼祟祟的，可是有什么秘密瞒着我们不成？"葛荣对刚归降不久就得到鲜于修礼重用的毛普贤很是不满，一有机会，就在鲜于修礼面前说他的坏话。

鲜于修礼瞪了葛荣一眼："你怎么像个婆娘一样小肚鸡肠？"

葛荣遭鲜于修礼抢白，很是愤怒。他拍了一下大腿，咆哮着："大王怎么说话呢？我这还不是为你好？万一他有异心，你我还想活命？"他一跺脚，甩手走出营帐。

鲜于修礼在他身后咆哮如雷地喊："奶奶的！你想反啊！敢这么跟老子说话！"

葛荣走出营帐，四下看看，没有看到毛普贤的影子。他在驻地营帐里到处走着，寻找毛普贤的下落，他断定，毛普贤一定有瞒着他们的秘密，他要找到证据，给鲜于修礼看。

偏僻的拐角处，毛普贤与那个参军正躲在一个营帐后面说话，两个人一面说，一面警觉地左右张望，鬼鬼祟祟的。

葛荣蹑手蹑脚地绕过帐篷，从另一面向毛普贤靠了过去。他贴在营帐上,侧耳倾听。

"谁送来的?"毛普贤小声问。

"广阳王。"

毛普贤问:"来人怎么说?"

"来人说,只要统军归正,一切既往不咎,还答应迁升统军为将军。"

毛普贤叹息了一声:"我们走到今天,也是万不得已啊。但凡有办法,但凡当时不杀司马刘敬,我们也不会走到今天这一步,毕竟是食国朝俸禄的啊!"

听到这里,葛荣抽出腰间配刀,大声喊着:"来人啊!有人要叛变啦!"他蹭地跳了出来,拦在毛普贤面前,挥舞着配刀,向毛普贤砍去。

毛普贤和部下被突如其来的葛荣惊吓得愣怔一下,葛荣已经挥舞着配刀,朝毛普贤部下的头砍了过去,一道血光,毛普贤部下的人头已经飞了出去,一股鲜红的冒着热气的鲜血喷涌而出,又四下飞溅,喷射在毛普贤的身上。

毛普贤惊慌地呼喊着,跳开来拔脚就跑,葛荣挥着大刀紧紧追赶。

毛普贤一身鲜血,跟跄地跑进鲜于修礼的大帐,喊着:"大王救命!"

鲜于修礼还没有明白过来,葛荣举着配刀冲进帐里,朝毛普贤砍去,毛普贤躲避不及,扑哧一声,被葛荣配刀搠了个正着,一股热血喷射出来。

鲜于修礼愣怔在大帐中。

杀得性起的葛荣已经红了眼睛,脸颊扭曲着,牙齿咬得咯蹦咯蹦直响。看见鲜于修礼怔在原地,他想起刚才的争执,一不做二不休,干脆连他也杀了算了!杀了他,自己做这大军的头领,也许能成大事!这草包,留他何用!

葛荣从毛普贤胸膛里抽出配刀,一句话不说,红着眼睛,正正地向鲜于修礼头上砍去。只听又是扑哧一声,鲜于修礼的头被劈了两半,白花花的脑浆和血红的鲜血混合在一起,飞溅着喷射到营帐里。营帐里弥漫着浓烈的血腥味,令人欲呕。

葛荣杀了毛普贤和鲜于修礼,立刻召集队伍,向队伍传达鲜于修礼和毛普贤想投降的消息。部下都愣怔了,这突如其来的巨变让他们全都失去了主张。

葛荣知道,部下虽然没有哗变,可是他刚杀了他们的主帅,人心难免不

沉河艳后:胡灵皇后

稳,眼下渡河攻打洛阳绝非良策。葛荣当即命令队伍动身,北上瀛州。

元渊见葛荣北上,自己也率大军北转,追踪葛荣。

葛荣在白牛逻(今河北省博野县一带)遭遇章武王元融的队伍,与元融在白牛逻展开一场恶斗。

章武王元融,字永兴,仪貌壮伟,衣冠伟丽。因为贪财,在州恣情聚敛,被御史中尉纠弹,曾免官学爵。山胡叛乱,诏复前封,以征东将军、都督出征讨叛,为胡所败。鲜于修礼反于定州,寇暴瀛、定二州,朝廷任命他为前驱左军都督,与广阳王元渊共讨鲜于修礼。听说葛荣在交津杀鲜于修礼而自立,指挥队伍北上,他带领着自己的军队坚守在白牛逻一带,等待着元渊的队伍,以便合兵消灭北上的葛荣。

葛荣听得探报说元融的队伍在白牛逻,便仰天哈哈大笑起来:"章武草包,何足惧哉!本王要打他个大胜仗以鼓舞士气!"葛荣知道元融不善打仗,领兵出征,多次受挫,多次失败。对付这样一个草包王,他游刃有余!

葛荣立即召集诸将部署战略,他亲自率领两千轻骑兵出击。两千轻骑兵狂飙般卷到白牛逻章武王营地。

白牛逻营地里,章武王元融毫无准备。他的队伍驻扎在白牛逻,准备接应元渊,以截断鲜于修礼的退路。前线的元渊还没有渡河,他的队伍驻扎在白牛逻无所事事,只是等待着。

葛荣的队伍冲进章武王元融的营地,营地擂响了战斗鼙鼓。章武王率领着队伍与葛荣展开殊死搏斗。战斗从早晨持续到晚上,章武王的队伍大败,终于抵挡不住葛荣轻骑兵的进攻,潮水般溃退了。

章武王大声阻止着,却阻止不住如山倒、似退潮般的大军的溃逃。

章武王愤怒地咆哮着、呐喊着,挥舞着长槊,阻止着队伍后退,可是潮水般的队伍汹涌澎湃,没有人听他的命令,依然疯狂般逃命。

"章武王!"葛荣惊喜地喊,指着前面的人对部下喊:"给我射箭!"部下一起向在马上挥舞长槊的章武王射出乱箭。

乱箭如飞蝗般射向马上的章武王元融。元融摔下马,死于白牛逻的阵前。

元渊见葛荣北上,自己也率领大军北转,追击葛荣。元渊不想追击得太紧,他慢慢地远远地跟在葛荣后面。元渊不清楚葛荣的用意,他想弄清楚葛荣的去向,以便更好地部署自己的作战策略。

还没等元渊看清楚葛荣的意图,葛荣已经在白牛逻大败章武王。这消息传到元渊耳朵,元渊大惊。为了保存自己的实力,元渊决定放弃追击葛荣的企图。不继续追击葛荣,自己到哪里安身呢?元渊决定带领队伍退到定州。

定州刺史杨津听说元渊率大军来到定州城外,非常惊慌。他紧闭城门不敢放元渊进城。元渊便驻扎在城南的佛寺里住了三天三夜。这三天三夜,元渊的队伍非常混乱,兵士听说元融惨败,纷纷逃离军队,元渊的队伍所剩不多。

忧虑没有去处的元渊召集部将毛谥等六七人,搭臂勾肩约定,如果遇危难则互相拯救,不得自行其是。毛谥怀疑元渊想抢夺定州,便偷偷派人报告定州刺史杨津。杨津以厚赏贿赂毛谥,让毛谥帮助他捉拿元渊。毛谥带着自己的兵士,前来捉拿元渊。元渊与左右几十人奋力搏斗得以逃脱,毛谥带人鼓噪大喊着追赶逃跑的元渊。

元渊和左右逃到博陵(现在河北省安平一带)郡界,正好遇到葛荣的巡逻兵士。巡逻兵士捉拿了这伙人带去见葛荣。

葛荣一见元渊就乐了。在京师做侍卫参军多年的他,当然认识广阳王元渊。

"广阳王,别来无恙啊?"葛荣哈哈笑着,来到元渊的身边,轻薄地拨弄着他的下颏问候着。

元渊用力甩开葛荣的手,愤怒地叱骂:"你这没有良心的小人! 朝廷待你不薄,你却背信弃义,叛逆朝廷! 你有什么资格和大魏堂堂广阳王说话!"

葛荣扬手,狠狠扇了元渊一个耳光!"死到临头,还摆什么臭架子! 推出去斩了! 割下他的头祭旗,庆贺我齐国建立! 庆贺我登天子大极!"

"齐皇万岁! 万岁! 万万岁!"

葛荣部下嗷嗷狂叫着,呼啸着,推元渊出去了!

这是孝昌二年九月。

沉河艳后:胡灵皇后

733

3.北地秀容豪杰壮大　边陲尔朱虎狼雄起

北秀容的一马平川上,一大队军队和牧民在一个将军的带领下,正进行着有组织的围猎活动。为首的指挥将军,叫尔朱荣,他肩背肩囊和弯弓,手里挥舞着亮晃晃的弯刀,英姿飒爽,骑在高头大宛马上,跑在队伍的最前面,指挥着队伍有秩序地围猎。不同颜色的旗帜,代表着不同的队伍,在各自首领的带领下依照军队阵法前进,谁也不敢乱动。

这种围猎,严格遵行着军队打仗的阵法,其实就是尔朱荣严格训练军队。他的这支队伍,组建不过三四年,大多都是他从自己的部落和附近镇里招来的牧民子弟,不进行严格训练,如何能够打仗呢?

高大、魁梧、白皙的尔朱荣勒马,得意地望着围猎的队伍,队伍按照他部署的阵法,挥舞着弯刀,风驰电掣般向目的地卷去。

尔朱荣白皙的面庞、笔直的鼻梁和有些凹陷的、微微发蓝的眼睛,都说明他的契胡血统。

尔朱荣,字天宝,北秀容人。其祖先居于尔朱川,以地名为姓氏。常领部落,世为酋帅。

尔朱荣高祖名羽健,登国初年(公元386年)为部落酋长,率领契胡武士一千七百人从太祖道武皇帝驾平晋阳,定中山。太祖拓拔珪论功行赏,拜为散骑常侍。太祖初,以南秀容川原肥沃,想让羽健迁居,尔朱羽健说:"臣家世奉国,给侍左右。北秀容既在疆内,差近京师,岂能因南秀容肥沃更迁呢?"太祖遵从尔朱羽健,以其世居尔朱川,诏割尔朱川方三百里封,长为世业。

尔朱荣的祖父名代勤,世祖敬哀皇后贺氏之舅。尔朱代勤以外戚随世祖太武皇帝拓跋焘多次征伐有功,封立义将军。高祖孝文皇帝赐爵梁郡公。以老致仕,每岁赐帛百匹成为规矩。年九十一卒。赐帛五百匹,布二百匹,赠镇南将军、并州刺史,谥庄。父亲尔朱新兴,太和中,继为酋长。

尔朱氏经过几代积聚,财货丰盈,传说尔朱氏家族丰盛,全在于白蛇保佑。据传,尔朱新兴行于马群,见一头有两角白蛇,迤逦行于马前。新兴非常诧异,对白蛇说:"尔若有神,令我畜牧繁盛。"白蛇点头摆尾而去。从此以后,尔朱家族的牛、羊、驼、马,一日比一日繁盛,尔朱氏以不同颜色分群,用谷计量。朝廷每有征讨,尔朱新兴则献私马,兼备资粮,以助军用。高祖嘉奖尔朱新兴,封右将军、光禄大夫。迁都洛阳以后,特诏许他冬朝京师,夏归部落。每入朝,诸王公朝贵争相以珍玩送他,他也慷慨以名马回报。新兴每年春秋二时,常与妻子到川泽阅畜牧,举行射猎娱乐。前几年,以年老请求朝廷传爵于儿子尔朱荣,临朝太后许之。

神龟二年袭爵以后,尔朱荣任直寝、游击将军,但他并没有进宫任职,而是同乃父一样,冬天朝阙,夏天回归部落。正光中,四方兵起,尔朱荣散畜牧,召合地方子弟组成义勇,给其衣马,组织了这支队伍。经过他严格地训练,如今这支骑兵已经非常有战斗力了。

带领这支队伍,尔朱荣已经参加过平息蠕蠕主阿那瑰的叛乱,参加过平息秀容内附胡民和南秀容牧子万子乞真的叛乱。前不久,南北敕勒忽律洛阳与费也头勾连,互相为犄角发动叛乱,尔朱荣率领自己这支剽悍的骑兵,风驰电掣般破忽律洛阳于深井,把费也头驱逐到河西大漠。

得到朝廷嘉奖进号平北将军、假安北将军、光禄大夫、北道都督的尔朱荣回到自己的封地北秀容,并不敢懈怠,依然定时举行以围猎为名的军事训练。

尔朱荣挥舞着弯刀,呐喊着跟着队伍冲向前面的高山。那山上有个名为天池的大湖,他的队伍要冲到天池畔,在那里结营过夜。

尔朱荣望着山头上这池碧水,想起少年时与父亲新兴游天池的经历。那一天,他与父亲来到这天池边上,父亲告诉他,天池过去叫祁连池,现在叫天池,天池里有神仙居住,神仙经常举行宴会,宴会上箫鼓齐鸣。但是,凡人听不到神仙的箫鼓音乐,只有那些将来要成为公卿的人,才能够听到神仙的箫鼓音乐。这故事让尔朱荣十分神往,也让他生出许多想望。他对父亲说:"儿子一定要听到神仙箫鼓。要不,儿子就不下天池!"

新兴笑了,抚摩着他头发夸奖他有志气:"有志者,事竟成!"

第二年秋天,他又与父亲新兴登山游天池,到了天池畔,风和日丽,白云悠然,他放马天池畔,与父亲尽情享受天池的美丽风光。突然,天池那边,传来缥缈的箫鼓音乐。

"听！阿爷！神仙箫鼓！神仙箫鼓！"尔朱荣惊喜地跳了起来，发疯似的向天池那边跑去。父亲新兴喊住他，语重心长地说："你是见不到神仙的，但是你已经听到神仙箫鼓，这就够了！古老相传，凡听到这声音的人一定会当公卿。我已经年老体衰，不可能有什么想望了，这声音是为你而响的，你可要勉力啊！"

尔朱荣激动地点着头。从那以后，他更加注意跟着父亲学习，学习父亲指挥围猎，跟着师傅学习读书写字，学习孙子兵法。由于喜欢学习，善于学习，尔朱荣从小就机敏过人，善于决断。长大以后，他更喜欢布军一样的射猎围猎。

尔朱荣的侄子尔朱兆骑马从山下上山来。

"叔父，"尔朱兆进营帐见尔朱荣。

"阿兆，你怎么来了？不是让你留守晋阳吗？"尔朱荣不大高兴地问。

"小侄给叔父送诏书来了。"尔朱兆小心翼翼地说。他十分敬佩又十分畏惧这叔父，虽然他自己骁猛过人、身手矫捷、善于骑射，可以徒手与猛兽搏斗，又能攀岩绝壁、跳跃山涧，无所不能，但是他依然敬畏他的叔父。他经常跟随尔朱荣射猎，很得尔朱荣赏爱，是尔朱荣最好的帮手。有一次，尔朱荣送朝廷使臣，路途遇母子二鹿，尔朱荣命尔朱兆上前射杀，以招待使臣。尔朱荣交给尔朱兆两只箭，说："今天要以此二鹿招待使臣。阿兆，此事交与你去办！"

尔朱兆搭弓射箭，一箭射中母鹿，母鹿倒在血泊里。小鹿围着母亲呦呦哀鸣，不肯离去。尔朱兆不忍心，另箭故意射偏，放过了小鹿性命。

尔朱兆得意地抓起母鹿去见叔父尔朱荣，他以为尔朱荣一定会夸奖他，谁知尔朱荣脸阴沉着，从鼻子里哼了一声，非常不满地问："为什么不尽取两鹿？妇人之仁，何以成就大事？来人！杖之五十！"

"什么诏书？"尔朱荣看着尔朱兆，慢条斯理地问。尔朱兆敬佩叔父，就佩服他从来不惊慌，从来不手忙脚乱，不管多么危急，他总是这么慢条斯理，从容不迫，绝不会流露一丝一毫的慌乱。

"朝廷送来赏封诏书，皇帝陛下进封叔父为安北将军、博陵郡公，增邑五百户。"尔朱兆简单复述了朝廷的诏书。

"这是谁的诏书？是皇帝的还是太后的？"尔朱荣皱着眉头问。眼下朝廷有两个主，一会儿这个下诏书，一会儿那个下诏书，他们这些臣子不知道该听谁的好。不过，在他尔朱荣的心里，还是以皇帝陛下的诏书为准。虽然以前的赏封也有太后的诏书，但是他尔朱荣并不大信服。一个女人，哪能治理好国家？他和妻子北乡郡长公主——元诩的妹子，经常这么私下议论，对胡太后所作所为并不敬佩。

"皇帝陛下的。"尔朱兆微笑着回答。

"这还行。"尔朱荣捻着浓密的须髯露出些微笑容。"皇帝陛下诏命我乐意接受。还有其他诏令吗？是不是又要我带兵出征啊？要不能这样重赏我？"尔朱荣拉尔朱兆坐在自己身边，接着问。

"杜洛周和鲜于修礼分别在定州、瀛州反，太后陛下派元渊和元融出征，并未诏命叔父出征。眼下朝廷这么重用叔父，无非是想让叔父为朝廷守卫恒州和金陵，以防六镇继续反叛而已。叔父如今可是朝廷北道倚重的唯一势力啊！"

尔朱荣点头，自负得意地笑着："可不是，北道安危确实系于我尔朱氏一族！皇帝想不重用我们都不行！"

尔朱兆和尔朱荣哈哈大笑起来。

"朝廷如何安排讨杜洛周？"尔朱荣问。

"听皇帝派来的黄门侍郎讲，太后已经部署，诏临淮王元彧为东道行台，征讨杜洛周。"

尔朱荣摇头叹息："这太后又在瞎部署。临淮王元彧这么个纨绔王，能担负这么重大的责任吗？他能抵挡了杜洛周？他根本就不是杜洛周的对手！"

说到这里，尔朱荣一拍大腿："这样不行！我得上表给皇帝，请求诏准我率领军队东讨，而且我希望皇帝能够亲自车驾出征，以鼓舞军民士气！"

尔朱兆说："我这就回去替叔父准备表文，立即派人送与朝廷。"

尔朱荣摇头："我明天便返回晋阳。你在这里过一夜吧。"

尔朱荣与尔朱兆从天池返回晋阳府邸，妻子北乡郡长公主带着十二岁的菩提、十岁叉罗、五岁文殊出来迎接。几个儿子见到阿爷回来，欢呼跳跃着跑了过来，扑到尔朱荣身上。尔朱荣抱住最小的儿子文殊，亲了亲放到地

沉河艳后：胡灵皇后

737

上，亲热地抚摩着菩提和叉罗的头，询问着他们的情况。三个儿子唧唧呱呱，争抢着向多日不见的父亲述说自己的事情。尔朱荣哈哈笑着，戳了戳二子叉罗的额头说："皇帝诏命阿爷的梁郡公爵号由你袭了，小梁郡公！"

长子菩提问："那阿爷现在是什么爵位呢？"

"阿爷现在是博陵郡公了。这封号以后就是你的了。"说着，拉起儿子进了厅堂。

北乡郡长公主微笑着迎了上来："官人，可回来了。"

一句话，说得尔朱荣心里热乎乎的，只想掉泪。这些年，经常出征，长公主难免担惊受怕。

"公主，叫你担心了。"尔朱荣紧紧握住妻子的手，深情地说。

"只要官人平安归来，妾就安心了。"长公主紧紧偎着尔朱荣向内室走去。

"二哥！"院子里响起洪亮的喊声。

尔朱荣站住脚步转过头。他的长史，堂弟尔朱彦伯，跑了过来，拿着朝廷诏令。"二哥，这是朝廷昨晚送来的，又加封二哥了！"

"是吗？"尔朱荣微笑着问，"又封了什么官衔？"

"太后陛下封二哥为征东将军，都督并肆汾广恒云六州诸军事，进大都督，加金紫光禄大夫！"

尔朱荣笑着："我现在可是集十几个官职于一身的大人物了！"

长公主笑着："祝贺官人！这是官人效力朝廷的报答！"

尔朱荣点头："是啊，朝廷眼下急需用人，我一定要报答朝廷的厚爱！"

"朝廷使者还带来什么信息？"尔朱荣问长史尔朱彦伯。

尔朱彦伯说："使者还说，杜洛周已陷中山！车驾将亲征，任命二哥为左军！"

尔朱荣跺脚："奶奶的！杜洛周！走！我们去书房商议商议！"尔朱荣说完，转脸抱歉地对夫人长公主说："事情紧急！夫人，你先进去吧。"

夫人依然微笑着："官人以朝廷的事情为重，妾心里感动。你去商议大事吧。"长公主对儿子招手："菩提，带弟弟回你们书房读书吧。一会阿爷会去检查你们读书的！小心阿爷责罚你们！"

菩提和叉罗噘着嘴，听话地离开父亲走进内院。长公主拉着小儿子文殊的手,向内院里去。

尔朱荣坐在中间,侄子尔朱兆,几个亲信大将,堂弟尔朱彦伯,本家侄子尔朱度律、尔朱天光,围着他坐了一圈。尔朱度律,为他的统军,英勇善战,却不善言语。尔朱天光,从小勇决,善弓马,有谋略。尔朱荣每有大事,他都参与谋策。

尔朱荣环视着自己的这几个亲信子侄兄弟,说:"皇帝陛下车驾出征讨伐杜洛周,诏我为左军,我将带军队赴京师,召你们来商议如何安排家事。"

尔朱天光眼睛灼灼放光,他大声说:"二叔,我跟随你东征!让度律坐守晋阳!"

口讷的尔朱度律急得口吃:"不……不……不……不要,还是我随二叔出……出征。"

"不,还是我随二叔出征!"尔朱天光坚持着,"你已经随二叔出征多次,该轮到我出征了。"

尔朱荣见二人争执不下,问堂弟长史尔朱彦伯:"彦伯,你说呢?"

尔朱彦伯看了看尔朱度律,又看了看尔朱天光,说:"依小弟之见,还是留尔朱天光留守晋阳牢靠!"

尔朱荣点头:"晋阳为你我老巢,决不能轻视,守好你我老巢,非天光不行!天光,你留守晋阳,巩固后方,让我放心出征!"

尔朱天光见尔朱荣发话,不再争辩,他目光灼灼地看着尔朱荣说:"二叔,你放心!既然二叔派小侄留守晋阳,我一定会在晋阳继续招兵买马,扩大军队力量,为二叔准备粮草、马匹、武器。二叔,你就放心去吧。"

尔朱彦伯迟疑地看着尔朱荣,嘴张了张,又闭上嘴。尔朱兆推了推尔朱荣,提醒着他:"二叔,彦伯叔好像有话说。"

"彦伯,有什么要说的,你就尽管说!"尔朱荣转向尔朱彦伯,和颜悦色地说。

"我弟弟世隆托人送来书信。他在信里说,皇帝车驾出征恐怕难以成行。曾经有过一次,被太后阻止了,此次怕是一样下场。他让我转告二哥,暂时先不要带兵进京,因为怕太后心生疑虑。太后现在疑心越来越重了。几个宗室反叛,让她草木皆兵。"

沉河艳后：胡灵皇后

尔朱颜伯说的世隆,就是京师里的尔朱世隆,在京师做直寝,已经升任直寝将军,加直阁将军,在皇帝身边行走。

"真是的!"尔朱兆焦躁地说,"一片好心,却被太后怀疑,真是好心没有好报!"

尔朱荣沉思片刻说道:"世隆这么说,绝非空穴来风。既然如此,那我就不请求带兵进京。皇帝车驾不能成行,我这东征将军也就空有虚名。东征不成,杜洛周若是南逼邺城怎么办?邺城危机,这京师不就更告急了吗?再说,杜洛周一旦攻陷邺城,势必会西进从井陉关入并州、汾州,那我晋阳不是很危险吗?"

"是啊,二叔分析得有理,该如何防范呢?"尔朱兆更加焦躁,干脆站了起来,在房里走来走去。

尔朱荣瞪了尔朱兆一眼,责备地说:"你坐下,不要走来走去,叫人心神不宁!兵来将挡,水来土埯,没什么可怕的,不要先自乱了方寸!"

尔朱兆吐了吐舌头,急忙乖乖地坐回原来的座位。

尔朱天光慢慢开口,说:"二叔,我以为可派一支队伍固守滏口,以防杜洛周或葛荣西来!"

"好办法!"尔朱荣拍手说,声音里流露出少有的惊喜。

尔朱天光见自己的提议得到尔朱荣的赞赏,很是得意,他目光炯炯地环视着在座的几个。

"就这么办,彦伯,立刻拟写表文请求恩准我带兵三千支援相州。等皇帝诏准以后,我便动身。"

4.萧宝夤败退长安 众部下劝说谋反

孝昌三年(公元 527 年)的六月,退回雍州的刺史萧宝夤,在长安府邸里与几个部下饮闷酒。关中天气燥热,他和两个部下都大汗淋漓,挥汗如雨。

萧宝夤,字智亮,南朝灭刘宋的大将萧鸾第六子,萧宝卷的同母弟。齐高祖萧道成于魏太和三年(公元 479 年)在南边建立齐,在位四年死,其子萧赜立,是齐武帝,在位十一年。萧赜死,其孙萧昭业立,昭业荒淫无行,父死大服,截壁为阁,于母亲房通妻子何氏房。萧昭业立为皇太孙以后,暗地通女巫为祷祝,求其祖父萧赜速死。即位以后,声色犬马,大肆挥霍,不理政事,朝事大小,都委以尚书令萧鸾。他自己日夜玩乐,与其父亲宠姬私通。萧鸾率众入宫,挥剑砍杀与宠姬相对的全身赤裸的萧昭业。萧鸾立萧昭业的弟弟萧昭文,不久废萧昭文为海陵王而自立。萧鸾在位四年,死后其子萧宝卷立。萧宝卷昏狂,政出群竖,不得人心。

景明元年(公元 500 年),萧宝卷雍州刺史萧衍兵克建业,部下杀萧宝卷投降,萧衍废其皇后太子,杀宝卷四个弟弟,把萧宝夤关在台城,以兵把守。萧宝夤的家人阉人颜文智与部下左右几个人偷偷密计,穿墙夜入,用钱收买把守士兵,把萧宝夤救了出来。家人在江边准备了一只小船,萧宝夤换上渔夫的乌布襦,腰里围着千许钱,戴上斗笠,穿着草鞋,徒步走了一夜,两脚走出串串水泡,全无脚皮。好不容易来到江畔,找到小船,上了船。把守兵士天亮以后发现萧宝夤逃跑,立刻派人追到江边。追兵看到江边有只小船上,船上有个渔夫,小船随波荡漾着。

"那船停下!船上人干什么的?"兵士在岸边大声喊话。

"钓鱼的!"小船上化装为渔夫的萧宝夤大声回答。

萧宝夤见岸边士兵不走,不敢径直向对岸划去,只好继续装着打鱼的模样在江上荡漾,随波逐流,上下来回,周旋了几个时辰。萧宝夤等岸上士兵不再怀疑全部撤走以后,才奋力向西岸划去,上岸投奔旧好华文荣。华文荣父子三人弃家,把他藏匿在山涧,又租赁一头驴让他乘,他昼伏夜行,景明二年到达寿春城。来到寿春的十六岁的萧宝夤衣衫褴褛,面黄肌瘦,头发蓬乱,好似被贩卖的人口。扬州刺史、任城王元澄热情地接待了他,以丧兄之制,给其齐衰,让他举行追悼仪式。

景明三年闰四月,世宗皇帝元诩诏萧宝夤进京师,待他甚重。萧宝夤苦大仇深,屡次请求世宗发兵南伐。也许是世宗不相信他,也许是世宗不想大动干戈,他的请求终没有实现。以后,他又请求守边,多次随大魏军队征讨南边,英勇善战,多次立功。被封为齐王,尚世宗妹南阳长公主。

正光五年(公元 524 年)六月,秦州城人莫折太提据城反,自称秦王,杀刺史。接着,南秦州孙掩等人也据城反,杀刺史,以响应莫折太提。太提死,其子莫折念生代立,自称天子,号年天建,置立百官。莫折念生便派其弟天生率众出陇东,一路攻没研城,陷岐州,大败朝廷军队,执拿朝廷宗室元志。

势如破竹的莫折天生准备寇雍州,屯兵黑水。西道行台,大都督,率兵西征。萧宝夤与大都督崔延伯击天生,大破之,斩获十余万,追奔至小陇。莫折念生内部纷乱,莫折念生败逃,诈降于萧宝夤。

而大都督元修义,停军陇口,没有抓住这大好时机举兵西进。莫折念生复反,重新结集部众,势力大增,萧宝夤难于控制局面,大败而归。

想起这次失败,萧宝夤的气就不打一处来,不是元修义无能和别有用心,他能败得如此惨痛吗?

吏部尚书元修义,为汝阴王天赐的五子。曾任命为齐州刺史,但齐州刺史屡屡短命,于任上死者数人,他坚辞齐州刺史任命。世宗诏曰:"修短有命,吉凶由人,何得过致忧惮以乖维城之系?违凶就吉,时亦有之,可听更立别馆。"元修义就职,移官府于东城,因为怕死,所以宽厚待人,在州四年,未杀一人。后迁秦州刺史,又迁吏部尚书。为吏部尚书期间,继承他历届前任作风,铨衡升迁,全在货贿。授官大小,皆有定价。当时有个叫高居的中散大夫,想当上党郡郡守,已经得到皇帝恩准,去找吏部上书元修义要求任命,元修义已私下将此职许以他人。高居非常生气,出言不逊。元修义令左右把他拖曳出去。高居仰天对大众大声呼喊:"有贼了!"众人惊讶地问:"白日公庭,何来贼人?"他指着堂上的元修义说:"此座上者,违天子明诏,物多者得官,抢劫京师,不是大贼吗?"元修义大惊失色。高居大声骂着离开。皇帝元诩听说,想议元修义罪行,被尚书左仆射萧宝夤劝喻。

二秦反,假元修义为尚书右仆射、西道行台、行秦州事,为诸军节度。可是元修义好酒,每饮连日,神明昏丧,致使贻误战机,令元志战没,贼至黑水。

皇帝又诏萧宝夤征讨。

孝昌二年初,萧宝夤从黑水进守平凉,与莫折念生周旋,保全了关中。四月,朝廷重新任命他为侍中、骠骑大将军、仪同三司、尚书令,给后部鼓吹,增封千户,权力达到极盛。

但是萧宝夤并不高兴。他当初投奔大魏,原是出于借兵为亲人复仇的心思,可是投奔大魏二十五年,不管是世宗元恪、第一次临朝听政的胡太后,还是小皇帝元诩,以至现在又重新摄政的胡太后,谁都没有真心帮助他,没有帮助他实现复仇的愿望。他忠心耿耿为大魏朝廷南征北战,出生入死,可是朝廷总不答应他南下复仇的请求。他希望领大兵守在国境南边,以等待合适机会挥兵南下过江,去消灭萧衍,为其几个惨死萧衍手中的兄弟报仇。可是,眼看着原本强大的大魏江河日下,日薄西山,气息奄奄,眼看着南边萧衍的军队越来越多地攻占了北边的城池土地。扬州失守,寿春沦陷,连冀州、定州都岌岌可危,他复仇的希望越来越渺茫。但是,他还是不甘心,只要太后和皇帝允许他的大军守在南边,他就一定要与萧衍血战到底,就一定要打进建业城去杀萧衍全家个片甲不留!

朝廷不允许他为自己的亲人复仇,把他从南调到西,让他西征,让他来抵御西边乱贼。他萧宝夤来了,也取得了大胜,几年的征战为朝廷保全了关中土地。

但是近来萧宝夤越来越感到孤掌难鸣,力不从心。朝廷将领不配合,让他进退维谷,几年的连续征战,将士已经疲惫不堪,叛贼势力越来越大,越来越强盛,让他感到难于抵抗。

孝昌三年正月,朝廷又任命他为司徒公,可是,就在这个月,萧宝夤大败于泾州,大陇都督、小陇都督等相与败退,东秦州刺史以城投降莫折念生。朝廷对他的失败大为恼火,御史中尉弹劾他出兵不力,说他延误战机,有司定他死罪。

回想自己投奔大魏这二十五六年的历程,萧宝夤不由得唏嘘泪下。他仰头又一口饮了一杯,烦躁地把杯子扔到地上。

亲信大将郭子恒与大将军卢祖迁互相对视了一眼,郭子恒说:"大人,听说山东也反了。"

卢祖迁也说:"蜀地南蛮全反了,定州反了,南豫州反了。到处揭竿而起,朝廷四面楚歌,自顾不暇。"

"广阳王元渊战死,章武王元融战死,大都督崔延伯战死。相州刺史、安乐王元鉴据州反,南豫州刺史元庆和据州反。"

萧宝夤默不作声地听着这两个亲信的一唱一和。他清楚他们的用意,这些话,他们已经说了许多遍,他们无非是怂恿自己起事,怂恿自己在关中自立。

这一年多,朝廷还是一塌糊涂,承接正光五年与孝昌元年叛乱迭起,孝昌二年、三年乱事越发频仍。

萧宝夤烦躁地回忆孝昌二年春正月以来的历次反叛。

沉河艳后:胡灵皇后

春正月五原降户鲜于修礼反于定州,号鲁兴元年。

三月,西部敕勒斛律洛阳反于桑乾,西与河西牧子通连。

四月,朔州人鲜于阿胡、库狄封乐据城反。

五月,燕州刺史崔秉率众弃城南走中山。

六月,绛蜀陈双成聚众反,自号始建王。

七月,杜洛周遣其别帅寇掠幽州,恒州陷。

九月,鲜于修礼的大将葛荣败都督广阳王元渊、章武王元融,元融没于阵。葛荣自称天子,号曰齐国,年称广安。

十一月,杜洛周攻陷幽州。齐州平原民刘树、刘苍生聚众反。萧衍攻寿春、新野,扬州刺史以城降。

国朝形势越来越险峻,越来越混乱,他看得很清楚。萧宝夤有些心动,如此多的叛乱,让朝廷手忙脚乱,他是不是也应该据雍州自立呢?萧宝夤犹豫不决,这样的念头也曾多次在他脑海里闪现,可是他总是强迫自己把它们挥去。

大魏待他不薄,他知书达理,如何能做出谋逆反叛这样的卑鄙事情呢?何况夫人是大魏公主,儿子是大魏驸马都尉,他怎么能反叛呢?而且,大魏军队还是相当强大的,相州刺史元鉴反叛不是被平了吗?元鉴不是已经被斩头了吗?他敢轻举妄动吗?

"我受大魏恩德,决不反叛!你等以后休得再来鼓噪!"萧宝夤怒喝着站了起来,挥手呵斥着两个部下,"都给我滚出去!"

喝退了部将的萧宝夤又拿起一个杯子,倒了满满一杯酒,举着酒杯,正要一饮而尽,酒杯却被人抓住。他抬起蒙眬的醉眼,看到夫人南阳长公主正抓着他的酒杯,不满地看着他。南阳长公主从后面走了出来,款步轻移,飘然来到萧宝夤身边,他并无察觉。

"官人,又饮闷酒了?"夫人从他手中夺过酒杯,放到桌子上,语气带出微微责备的意味问。

萧宝夤见夫人,急忙站了起来,拉着夫人坐下,谎言说:"没什么,只饮一两杯,夫人不必担心。"

萧宝夤很爱南阳长公主,南阳长公主跟他结婚以来,对他礼敬有加,多年来恪尽妇道,敬萧宝夤肃雍之礼,萧宝夤入室,公主必立以待之,除非母亲太妃生病,她从未归宁。萧宝夤性情温顺,温文尔雅,也奉敬公主如宾。夫妻二十年来,从未红过脸。夫妻二人有三个儿子,长子萧烈,次子萧权,少子萧凯。可惜萧权几年前在与少子萧凯射戏时,被少子凯射中而死。长子烈在京师,新近刚尚皇帝妹妹建德公主,为驸马都尉。少子凯跟在他们夫妇身边南征北战。

"官人,皇帝不是已经下诏重新任命官人为使持节,都督雍、泾、岐、南秦幽四州诸军事,又任命为征西将军、雍州刺史、假车骑大将军、开府、西讨大都督,自关以西,皆受官人节度,官人还有什么不开心的呢?朝廷如此信任官人,官人不必再饮闷酒了!"

萧宝夤笑着安慰夫人:"夫人所言极是。我这就撤了下去。"

夫人见萧宝夤这么顺从,拉着萧宝夤的手轻轻地抚摩着,看着他的脸,感慨地说:"官人二十多年征战,三十多岁已然生了白发。什么时候才能够安定下来啊?"

萧宝夤也抚摩着夫人的手:"让夫人也跟着我受累,真于心不忍。什么时候才能安定下来呢?"他呻吟似的重复着夫人的话。

征战二十多年,复仇的希望已经全然破灭,他打仗为什么呢?将士疲惫,怨声载道,眼看着大魏气数将尽,他何苦为大魏这么拼命呢?这话他不敢跟夫人说,夫人是大魏公主,世宗妹子,她怎么能容忍自己有这样大逆不道的想法?

萧宝夤想起部下的劝说。几个部下都在他耳边嘀咕,劝说他认清形势,与时俱进。识时务者为俊杰,眼看着大魏已经风雨飘摇,何苦为大魏做陪葬呢?南北边陲到处举兵反叛,朝廷四顾不暇,他现在拥四州兵力,都督关中全部军队,正是起事的好时机。关中长安,易守难攻,在长安宣布自立,朝廷奈何不得!

萧宝夤还是犹豫着,拿不定主意。

"官人,你想什么呢?"长公主见萧宝夤心事重重的样子,关心地问。

"没什么,没什么。"萧宝夤急忙掩饰着,随口问:"夫人,烈儿可有信来?"

"最近没有来信。娶了建德公主,新婚燕尔,忘了我们了。"夫人南阳长公主笑着抱怨。

萧宝夤也笑了:"不会吧,烈儿还是懂事的,他会经常写信来报个平安,

向我们报告点京师的情况。"

5.皇太后派使巡查西北　尔朱荣密谋决策晋阳

皇太后在嘉福殿坐着,紧皱眉头,看着手中的表文发呆。这是御史中尉郦道元弹劾萧宝夤罪状的表文。

前不久,萧宝夤大败于泾州的消息,让朝廷内外震惊。太后也是既恼火又震惊。她刚刚于孝昌三年正月任命萧宝夤为司徒公,又把建德公主许配给他的儿子,就是想倚重他捍卫陇地安危,原以为这么重用他萧宝夤,他一定会拼死保卫陇地,拼死平息叛乱,谁知他六月出战不久就大败奔逃回长安。接着,大陇都督、小陇都督等在他的示范下相与败退,东秦州刺史还以城投降叛贼莫折念生。

郦道元弹劾萧宝夤出兵不力,说他延误战机,御史台裁定他死罪。

皇太后沉吟着,萧宝夤大败,该不该处死他呢?她一时拿不定主意。

皇太后拿起另一封表文,认真地阅读着。这是北秀容尔朱荣的表文,请求准许他带兵三千去相州平定杜洛周叛乱。

这一两年,尔朱荣为朝廷没少出力,阿那瑰寇边,他率自己的四千新部随李崇出征大漠,不及而反。秀容内附胡民乞伏莫于反杀太守;南秀容牧子万子乞真发反叛,杀太仆卿;并州牧子素和作逆,都是尔朱荣前后带兵出讨,平息叛乱,稳定汾州、并州一带局势。南北敕勒反,更依靠尔朱荣和他的队伍平息。因为尔朱荣的功劳,皇帝和她分别多次赏封尔朱荣数十个官职和新爵位。

尔朱荣上表请求带兵到相州,能不能准许?皇太后思忖着。

皇帝什么看法呢?皇太后习惯性地先考虑这个问题。现在,她越来越担忧皇帝元诩擅权自重,担忧皇帝与她抢夺权力。

皇帝元诩又说要车驾亲自出征去东讨叛贼杜洛周,她又一次出面制止了元诩的胡闹。皇太后还听说元诩任命尔朱荣为左军,随驾出征。看来这尔朱荣很得皇帝重用。现在皇帝车驾出征已经被制止,尔朱荣上表请求率领三千骑兵到相州去,这里面有什么玄机呢?皇太后一时还想不明白。

一定有其用心的!皇太后转着明亮的眼睛,这么断定。有野心的尔朱

沉河艳后:胡灵皇后

荣大约是想迁回中山接近京师,势力越来越大的尔朱荣一定包藏祸心!他一定暗藏着自己的狼子野心!元法僧几个宗室的反叛,叫她不敢相信任何带兵在外的臣子将士。失败的萧宝夤不能相信,风头正劲、势力越来越大的尔朱荣更不敢相信!

需要派人去考察考察萧宝夤和尔朱荣!皇太后思忖着,万一他们有谋反的迹象,她一定要先发制人先下手为强,决不能手软!

黄门侍郎徐纥垂手立在远处,观察着皇太后的脸色,等着皇太后的询问。

皇太后招手,徐纥趋步过来。

"拟诏示尔朱荣,带兵去相州之事朕不答应,理由你自己想吧。"

徐纥转动着眼睛想了想,甜蜜地笑着说:"相州平定,杜洛周已被葛荣吞并,不需要尔朱荣将军出兵,陛下以为如何?另外,皇帝陛下那里准备派北海王元颢率兵二万出相州,这就更不需要尔朱荣出师了。"

"好,理由充分,就这么拟诏吧。对,传丞相、司徒、太尉、尚书令来宣光殿见朕,朕有要事商量。"

"是,陛下。"徐纥退了下去。

丞相元雍、太尉元悦、司徒皇甫度、元徽等匆匆赶到西林园宣光殿来见太后。

太后忧心忡忡地问丞相元雍:"眼下局势有无好转?"国朝局势越来越坏,虽然元雍等还是经常报喜不报忧,可是她还是从左右得知一些情况。

元雍急忙说:"请太后放心,局势大有好转。"

太后不满地白了元雍一眼:"这话朕听得耳朵都起茧了。真的好转了吗?"

元雍额头上沁出细密的汗珠,连声说:"回太后陛下,已经大有好转了。东部杜洛周叛乱已经平息,北部敕勒两部叛乱销声匿迹,西南蜀地诸蛮被傅竖眼安抚,南边萧衍也没什么动作。西部莫折念生被部下所杀。陛下,形势开始慢慢好转过来,无须担忧!"

"是吗?"皇太后抬起明亮的眼睛扫了元雍一眼,又垂下眼睑:"既然如此,皇帝为什么又提出要车驾亲征呢?不是形势严峻,他不会这么办的。"

沉河艳后:胡灵皇后

元雍求救似的看了元悦一眼,元悦急忙说:"陛下,形势确实好转,连皇帝陛下也已取消车驾亲征的诏令。"

皇太后满腹狐疑的目光从元雍脸上扫到元悦脸上,又落到皇甫度她侄子的脸上,追问了一句:"果真如此吗?"

"果真如此,果真如此!"皇甫度连声回答。

得到皇甫度肯定的回答,皇太后这才放心,她展开眉头,露出浅浅的笑意,说:"既然如此,朕就放心了。多亏诸卿努力,没有让事态扩大。今日召集诸卿商议对萧宝夤的处置。萧宝夤在陇东大败,御史台弹劾,朕以为处死以儆效尤。诸卿以为如何?"

孝昌二年被任命为太尉的元悦,私下一向不大喜欢萧宝夤,但这不喜欢是说不出的理由,他抢先说:"既然御史台以为应该处死,臣同意御史台议论。"

一向讨厌萧宝夤的城阳王元徽急忙附和着元悦的话说:"臣也同意御史台议论,处死萧宝夤是他咎由自取。"

城阳王元徽不喜欢萧宝夤是有理由的。元徽的妻子于氏与元渊私通,萧宝夤曾多次嘲笑他,令他气愤不已。萧宝夤还为元徽曾被任命为凉州刺史和西道行台,因为路途艰险而坚决不去就职的事情上书弹劾过他。城阳王元徽对萧宝夤耿耿于怀。眼下有这么好的报复机会,他怎么肯白白放弃?

太后微微皱起眉头,轻轻叹气说:"萧宝夤归顺本朝二十多年,战功显赫,朕不忍心处他以死。"

元雍对萧宝夤还是很有感情的,从他归来二十多年,二人相处得很是融洽。见太后语气松动,元雍急忙抓住这时机,说:"臣以为,萧宝夤战事失利,乃一时部署不周,孙子说胜败乃兵家常事,峻刑处置失利将士,怕是寒了在外征战多年的将士之心。不如宽大原宥,使他有感恩之心,谋求图报,戴罪立功为好。"元雍委婉地说。其实,皇帝元诩在一个多月前已经接受了他的意见,不仅下诏赦免元雍死罪,又下诏任命他许多官职,以安抚和笼络他。这情况,元雍一直瞒着太后,没有向太后和太后亲信透露,他担心太后一时性起与皇帝对着干,节外生枝,反害了萧宝夤。

皇甫度也顺着元雍的意思说:"臣同意丞相议论。还是免于一死的好。"

元徽心里很不痛快,可是也不敢公开反驳丞相和司徒的说法。

皇太后点头:"好吧,朕接受诸卿议论,免萧宝夤一死,朕诏恕其为民,暂时留守雍州刺史任上,以待委任。"

黄门侍郎徐纥和李神轨急忙记下太后的话语。

皇太后顿了顿,又接着说:"这第二件事情,是与诸卿商议派使臣巡视北道和西道事宜。北道尔朱荣势力越来越大,朕有些不放心。西道萧宝夤盘踞关中,又受如此处分,会不会心里生怨怒?这些都是朕所担心之处,朕有意派使臣去慰劳,另外顺便侦察其行动,诸卿以为有无必要?"

四个人沉默下来,思忖着太后的话。

元雍开口:"太后陛下很有远见。未雨绸缪,派使臣去巡视北道西道,臣以为可行。"

元悦正在想,这么明显的不信任的派使臣的做法,会不会激怒尔朱荣和萧宝夤,如今二人都拥重兵在外,若是激怒他们,反而不美。可是,见元雍顺从太后的心思,他也不想逆太后惹她不痛快。他微笑着点点头。

元徽心里一直不高兴,见太后提出派使臣去侦察萧宝夤,看出太后也不是真正信任萧宝夤,心里又高兴起来。"陛下高见!必须派使臣去亲自侦察一下,也能放心!否则,他们远在朝廷之外,谁知道包藏什么祸心呢。"

皇甫度也连声说可行。

"诸卿都同意朕之想法,诸卿以为可以派哪两位大臣充任使者呢?"皇太后像往常议事一样,在得到大臣一致拥戴时,就会抑制不住地流露出她那迷人的甜甜的微笑,两个圆圆的酒窝里盛满了甜蜜。

元雍说:"北道尔朱荣那里,可以委派他的堂弟、直寝将军尔朱世隆去,这样不会引起尔朱荣的怀疑。至于萧宝夤那里……"

元徽突然抢着说:"萧宝夤那里可以派御史中尉郦道元去。"

元悦惊喜地微笑了,他立时明白了元徽的用意。

郦道元提出处死萧宝夤,这事情不能不传到萧宝夤的耳朵里,如今派郦道元为大使巡视关中,能有他郦道元的好果子吃吗?他元悦至今一直在思谋着如何报郦道元捉拿他的相好丘念的仇呢,却是一直还没找到合适的机会,今天机会可是来了!

元徽与汝南王元悦关系密切,元徽父亲元鸾喜佛喜斋,与元悦爱好相同,元鸾生前经常与元悦切磋佛经,一起斋戒,元徽也就经常到元悦府邸,与

沉河艳后:胡灵皇后

749

他很是亲近。

元悦见元徽这么默契地助他一臂之力，心里很是感激，他对元徽一笑，急忙抢在元雍前面附和着元徽："对！对！城阳的建议非常好，关中大使非郦道元不可！臣同意郦道元为关中大使！你呢，司徒？"

元悦推了推皇甫度，他知道这皇甫虽然是太后的侄子，却是个老好人，不敢太逆他们这些宗室王的意见。

皇甫度连声说："臣同意，同意！"

皇太后微笑着扫视着各位："既然如此，朕就委任尔朱世隆为恒朔大使，去巡视慰劳尔朱荣极其部众，委派郦道元为关右大使，去慰劳巡视关中将士！"

三天以后，急使从京师奉敕回来。

"怎么样，皇帝或太后恩准了吗？"尔朱荣问长史尔朱彦伯。

尔朱彦伯把太后敕读给尔朱荣听："三辅告谧，关陇载宁，杜洛周已被部下葛荣所吞并。朝廷派北海王元颢率众二万出镇相州，卿之带兵入相事，暂缓动作。"

尔朱荣皱起眉头："怎么这么说呢？虽然葛荣吞并杜洛周，但势力并未减弱，反而更加强盛，怎么就说告谧了呢？我这带兵支援相州，全然为早日消灭杜洛周和葛荣势力，怎么就不见采纳呢？"

尔朱天光说："恐怕还是太后忌惮，怕二叔心生异志。"

"是啊，我拔肆州一事，吓怕了朝廷。"尔朱荣哈哈大笑起来。想起这件事，他还感到好笑。几个月前，尔朱荣带兵平南、北敕勒二部时，率众至肆州，肆州刺史尉庆宾惧怕尔朱荣占领肆州，紧闭城门不放尔朱荣入城。尔朱荣愤怒，老子替朝廷平叛，劳苦功高，凯旋路过，你这混账刺史居然连城门都不开！尔朱荣大怒，立即下令进攻肆州，虎狼般的尔朱荣队伍很快就攻陷了城池，尔朱荣任命其堂叔尔朱羽生为肆州刺史，捉拿原刺史尉庆宾到秀容，一直关押在自己衙门的牢狱里。此事传到朝廷，朝廷为之惊愕。听说太后很是愤怒，拍着桌子喊不像话。

尔朱荣沉思着，眼下各路英雄纷纷反叛，全都自立为皇帝，命名国号，建立年号，连宗室都反了。他尔朱荣雄霸北道六州，是不是真的该是思忖思忖自己未来的时候了。

既然朝廷心生疑虑，不如干脆反了算了！

尔朱荣拈着须髯，沉思着。夫人长公主的身影出现在他的脑海里。不行，不能反，长公主不会同意他反叛元氏朝廷的。何况元氏朝廷待他尔朱氏一族甚厚，他怎么能恩将仇报呢？他尔朱荣应该继承尔朱氏的光荣家风，效力朝廷。

尔朱荣连连摇头，摇去自己头脑里的荒唐想法。

"你们看，眼下我们该如何应付杜洛周的西侵？"尔朱荣问他的部下，更是问他自己。

"这样吧，还是要部署兵力在滏口，同时上表给朝廷，说明我的想法。"尔朱荣对彦伯说。这表文要详细说明理由。彦伯，你这就去写，一会儿拿过来让我过目。"

不一会，尔朱彦伯就拿着自己写好的表文出来，读给尔朱荣听：

"北海皇孙，名位崇重，镇抚邺城，实副众望。唯愿广其配衣，及机早遣。今关西虽平，兵未可役，山南邻贼，理无发召，王师虽众，频被摧北，人情危怯，实谓难用，若不更思方略，无以万全。如臣愚量，蠕蠕主阿那瑰荷国厚恩，未应忘报，求乞一使慰喻阿那瑰，即前遣发兵东引，直趣下口，扬威振武，以蹑其背；北海之军，镇抚相部，严加警备，以当其前；臣麾下虽少，辄尽力命，自井陉以北，滏口以西，分防险要，攻其肘腋。葛荣虽并洛州，威恩为著，人类诡异，形势可分。"

"好，很好，如此送达朝廷吧。"尔朱荣说。待表文送走，尔朱荣立即部署兵力，大肆扩招兵丁义勇，北捍马邑，东塞井陉。

"朝廷大使到！"外面大声喊着。

尔朱荣带着将士部属跑出大厅，来到院子中间迎接巡边大使。

大使在前呼后拥下走进尔朱荣的官邸大院。

尔朱荣上前，紧紧握住巡边大使尔朱世隆的手，尔朱世隆这边要给堂兄行礼，那边尔朱荣拉着他的手不放："算了，算了，你如今是朝廷大使，何况又是兄弟，免礼了，免礼了。"

尔朱世隆挣扎出来，给尔朱荣行礼问好："堂兄，接受小弟世隆一拜。"说

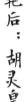

沉河艳后：胡灵皇后

751

着,郑重其事地撩起官袍,跪到尔朱荣面前,行叩头大礼。

尔朱世隆,字荣宗。自从神龟年秘密策划羽林军火烧张彝府邸暴乱以后,得到朝廷的重用,由参军校尉升任直寝将军,负责大内禁卫。他是尔朱荣的堂弟,尔朱彦伯、尔朱仲远的亲弟弟。

看到堂弟没有因为是朝廷使节就拿大,尔朱荣高兴得心花怒放,他弯腰双手搀扶起尔朱世隆,揽着他的腰,把他迎接到大堂上。

坐到大堂上,尔朱世隆的兄长尔朱彦伯、尔朱仲远,以及尔朱兆、尔朱度律、尔朱天光等都来见过,尔朱氏主要人物一起在大堂上坐定。

尔朱荣笑着问:"世隆此行,是代表皇太后呢,还是代表皇帝?"

尔朱世隆笑着:"此行为皇太后所差遣。"

尔朱荣关心朝廷局势,让尔朱世隆介绍着各地情形。尔朱世隆摇头叹息着说:"情形不大好。东西南北,战乱纷扰,难于平息。"

他掰着手指,详细给尔朱荣介绍东西南北各地反叛。

"从三年春正月起,又有徐州民任道凌聚众,袭据萧城反。不过很快为州军讨平。接着是葛荣陷殷州,刺史崔楷战死。萧宝夤败于泾州。又有高平房贼避岐州,城人执刺史魏蓝根以城投降。幽州刺史和行台羊深并退,北海王元颢亦败退,致使贼帅占据幽州。月底,南边萧衍派将围东豫州,诏散骑常侍元昞征讨。萧衍又派将数万比琅琊,诏青州、南青州二州征讨。"

"一个月里便有如此多战事,朝廷如何应付啊。"尔朱兆等人都叹息着。

"是啊,战事频仍,数不胜数。兄长,还要不要听?"尔朱世隆怕尔朱荣烦,恭敬地看着尔朱荣问。

"说,一定要说。我们在这里两眼一抹黑,什么也不知道,心中难免不安。你就接着一个月一个月地给我们数。"尔朱荣不动声色地说,"你们都给我耐着性子好好听。"尔朱荣睁大眼睛看着他的部属,严厉下令。

尔朱世隆接着说。

"二月,东郡民赵显德反,杀太守,自豪都督。萧衍派将寇彭城。三月,齐州、广州民刘军执清河太守聚众反,清河民房须反,屯据昌国城。四月、五月、六月,还算平静,没有新反。七月,陈郡民刘获郑辩反于西华,号年天授,州军讨平。最离奇的就是接着相州刺史、安乐王元鉴据州反。八月,平相州,斩元鉴。"

"元鉴为宗室王,为甚反?"尔朱兆忍不住插嘴问。

尔朱世隆打了个咳声:"一言难尽。这安乐王元鉴是元诠的儿子,当年检举揭发京兆王元愉谋反,在宗正寺声誉不佳。这元鉴继承元诠贪婪搜刮之本事,在相州为刺史,多方聚敛。委任为北讨大都督,让他与都督裴衍共同征讨葛荣救信都,他野心勃发,以为自己大权在握,便谋反,降附葛荣。"

尔朱荣愤怒地拍着自己的大腿,吼着:"朝廷怎么养这么些混蛋子孙?贪婪野心又不知廉耻,真该砍了他们的脑袋喂狗!"

大家都感慨,尔朱彦伯问:"元鉴下场如何?"

"八月,裴衍攻元鉴,斩首传洛阳,皇太后诏改其元姓。才庸性贪,自取灭亡而已。"尔朱世隆微笑着加以评论。

"接着说。"尔朱荣催促着。

"元鉴这里刚死,九月,东豫州刺史元庆和开城投降萧衍。"

"元庆和? 又是皇宗室吧?"不爱说话的尔朱度律突然插话问。

"那是当然的了,能为刺史的,哪个不是元氏宗室啊?"尔朱兆代尔朱世隆回答。

"奶奶的! 净养了些草包混蛋!"尔朱荣恨恨地咒骂,"这元氏子孙,没有一个好东西! 不是贪官,就是草包熊蛋!"

"可不是,元氏宗室已经没落腐朽得无可救药了。"尔朱天光插话说:"我听说元晖业因为时运渐谢,每日唯事饮啖,一日三羊,三日一犊,还作诗叹息说什么:昔居王道泰,济济富群英。今逢世路阻,狐兔郁纵横。"

"有几个能干的,又被他们自己争权夺利给灭了。现在只有元顺还有清河王遗风,还敢于直谏,为官也清正,不卖官鬻爵,家里只有几千册书籍,别无奢华他物。"尔朱世隆补充了一句。

尔朱荣皱起眉头自言自语:"这朝廷还有希望吗?"他转向尔朱世隆,"说完了吗?"

尔朱世隆歉疚地一笑,接着说:"九月是多事之秋,还有秦州民杀了莫折念生,自行州事。再就是南秦州民辛琛反,自行州事。以后还不知道有谁反呢。"尔朱世隆叹息着结束了自己详细的介绍。

大家沉默了,不知道说什么好。

尔朱世隆又说:"有些地方乱军势力越来越大,像滚雪球似的,越滚越大

沉河艳后:胡灵皇后

了。像东部相州,杜洛周与葛荣势力,眼看着在一日壮大一日,葛荣狼子野心,正得势呢。朝廷虽然派北海王元颢征讨,可元颢带兵无方,不善打仗,这失利是早晚之事。"

尔朱荣骋目:"既然如此,为何不允许我带兵三千去相州平息葛荣呢?"

尔朱世隆叹息着:"小弟已经带信回来给兄长,这原因自在其中。"

尔朱荣瞪着一双炯炯有神的眼睛,定定地看着尔朱世隆,皱着眉头问:"依你看,这朝廷气数如何?"

尔朱世隆只是摇头叹息,不直接回答堂兄的问题。

尔朱荣站了起来,在堂中踱着方步,踱了一会儿,他挥手对其他人说:"你们暂且退下,我与世隆有些事情商量。"尔朱荣与尔朱世隆进入内间书房,关上门。

尔朱荣与尔朱世隆分坐在椅子里,尔朱荣说:"这里只有你我二人,你把朝廷的实情实话说与我,让我心中有数。"

尔朱世隆说:"小弟以为,朝廷大约只能勉强维持个一年半载。皇太后与皇帝不和,各行其是,各下其诏,政出多门,难免自相抵牾,朝令夕改,将士大臣无所适从。而将士又多庸才蠢材,除了贪聚,领兵无能。小弟是不抱希望的。"

尔朱荣点头:"为兄也是同样的看法,你我所见略同。只是为兄不知道该如何应对今日局面,是偏守在我祖地以静观其变呢,还是走出秀容川,图谋更大发展呢,还是积极帮助朝廷,为朝廷效力?我想听听你的意见。"

尔朱世隆搓着手,为难地说:"兄长可是给我出了个难题。我们尔朱氏世代受朝廷隆恩,朝廷为难时理应不遗余力为朝廷排忧解难,效力于朝廷。可眼下这局面,不容你为朝廷效力。太后派遣我来,明里是慰问,暗里是侦察,太后对兄之不信任是难于改变的。兄若是带兵出秀容川,只能引起太后更大的怀疑,甚至还会招惹不必要的兵戎。但是,像杜洛周之流揭竿而起背叛朝廷,恐非我尔朱氏之选择。所以,依小弟之见,兄长只能据守尔朱川,静观局势变化。"

尔朱荣点头:"世隆分析言之有理。为兄采纳世隆见解,据守尔朱川,任凭天下风云变化,我只坚守我恒州、并州、汾州。"

尔朱世隆说:"兄长如此决策最好。小弟看,只要兄长坚守山西这数州,

沉河艳后:胡灵皇后

一定会积蓄力量,以应天下大乱!"

"你还反不反京师?是不是留到晋阳,你我兄弟一起图谋大事?"

尔朱世隆急忙摇头摆手:"这可使不得。太后原本就疑心兄长,故派小弟前来探视,若是留下不归,不正印证了太后的怀疑?太后起疑,必有内备,非善计啊。再者,小弟反京,可为兄长及时通报内情,兄长才好审时度势啊。"

尔朱荣拍着尔朱世隆的手背,夸赞着:"世隆考虑周全,为兄就不勉强你了。你就按时反京吧。望你及时通报朝廷内情回来照应。"

"兄长放心,小弟乃尔朱氏一员,小弟知道如何处事。"

"有你这话,我就放心了。"尔朱荣笑着站了起来,"家宴之后,送你上路。"

6.萧宝夤谋反雪上加霜　郦道元出使虎口遇难

"什么?朝廷派郦道元为关右大使来长安?"萧宝夤嚯地站了起来。他愕然地看着夫人,夫人刚得到洛阳长子来信,信上告诉他这么一个非常可靠的消息,这消息来自建德公主,是太后亲口对她说的。

萧宝夤离开座位,在堂上走来走去,他正在紧张地分析着这个消息,分析着朝廷派郦道元来关中的真实用心。

萧宝夤对郦道元一肚子怨恨。他知道郦道元上书罪死他的详情。那是汝南王元悦亲自通报的,他相信元悦的话。

长史又拿来元悦亲自写来的快信,元悦也向他通报了郦道元来关中视察的消息。

萧宝夤明白,朝廷并不信任他,是派郦道元来查他的动静了,看他是否有反意。既然朝廷如此不信任我,我干吗要为他卖命呢?反了吧,不反更待何时啊?难道等着郦道元回去上表再议他死罪吗?

想到这里,萧宝夤提笔写诗一首:

"走马山之阿,马渴饮黄河。

宁谓胡关下,复闻楚客歌。"

写完,萧宝夤掷笔,大声喊:"来人!"郭子恒应声而入,萧宝夤附耳郭子

沉河艳后:胡灵皇后

755

恒，小声交代着机密。

郭子恒喜笑颜开，听完之后，他正色向萧宝夤说："大人放心！我一定完成大人的吩咐！"

萧宝夤又叫来自己的部属，向他们交代了自己的决定，他的部将欢呼起来："好啊，大人终于决定了！"

萧宝夤开始让部属做起事的准备。

郦道元风尘仆仆，过了潼关，走在通向长安的大道上。对朝廷和皇太后此次委派，他很清楚地意识到这是元悦的报复，可是，他不能违抗朝廷的命令，虽然知道凶多吉少，但他也得冒着生命危险前行，谁叫他是朝臣呢？食皇帝俸禄，就得尽心尽力为朝廷效命，哪怕自己有生命危险。

在京师，他就听到各种传言，说萧宝夤据守关中，不回京师，说他已经有了反心，朝廷正是听到这各种传言，才派他以关右大使的身份带着人马去关中考察萧宝夤。万一萧宝夤有反心，他将要以大使身份问罪萧宝夤。可是，要是萧宝夤果真有反心，他和他的部下包括他的弟弟，还有两个儿子，还能安全地离开长安回到洛阳吗？

郦道元对国朝局势很是忧虑。六镇皆反，朝廷军队疲于奔命，如今这近亲宗室也屡屡反叛，国朝岌岌乎殆哉。想当初阿那瑰反叛，沃野镇人破落汗拔陵反叛，临淮王元彧征讨失利，诏元渊为北道大都督，受尚书令李崇节度，时东道都督崔暹败于白道，元渊上表，请求朝廷给八镇以优抚，撤镇改州，使八镇百姓将士能够得到与州相同的待遇。可是，朝廷刚刚下诏派遣他为大使出使八镇，派他到八镇考察，准备实施撤镇改州，便发生了怀朔等镇反叛，接着敕勒两部皆反。复镇为州的诏令不得实行。

可惜了。郦道元叹息着，国朝初年，八镇将士皆为宗室子弟和朝廷重臣精英，加之俸禄优厚，凡能够镇守边镇，无不感到荣耀异常。可是，朝廷自定鼎伊洛，便开始轻视八镇，守卫八镇的，大多是底滞凡才，不受朝廷重视，他们出为镇将，互相效仿，不思进取，唯为聚敛欺压边镇百姓。更有一些奸吏，犯罪配边，过弄官府，政以贿立，八镇百姓切齿痛恨。这些年，八镇灾荒，百姓更是民不聊生。高车、敕勒、山胡等部族，趁火打劫，寇边抢掠，更是让八镇百姓雪上加霜。八镇反，全是朝廷自己一手造成的啊。

郦道元骑在马上，想着，叹息着，看着关中风光。关中还是富庶景象，萧宝夤抗拒乱贼于陇西，保全了关中长安一带的繁荣和富庶，这萧宝夤还是有功的嘛。郦道元想，回去要向朝廷如实反映萧宝夤的功过，不能让萧宝夤蒙受不白之冤。

天色已晚，夕阳慢慢落下高耸的险峻的山峰，西边天空慢慢暗淡下来，昏黄的暮色正慢慢笼罩着山道和四野。

郦道元望着四野，发现山冈上的驿亭。

这个名为阴盘驿亭(今临潼县东)的驿站，是一个建在山冈上的小驿站，几间土屋，几个兵士，伺候着来往的官人。

"到驿站过夜吧。"郦道元命令随从。

郦道元引着队伍到了驿站，驿站士兵急忙上来，牵过郦道元和随从的马匹，迎接他们进了驿站，安置他们住了下来。

郦道元和随从吃过饭，正要歇息，听得外面一片鼓噪。郦道元抄起腰刀，带着随从出门观看，只见下面山道上闪烁着一队火把，正呐喊着呼啸着朝这里奔来。

"不好了，大人，来强人了！"驿站士兵惊恐地喊着。

火把队伍旋风般卷了过来，团团围住山冈。

郦道元命令自己的人马准备抵抗。

百十个来人果然都是强人打扮，头上裹着头巾，穿着各色衣服，明显的乌合之众。他们呐喊着，向山冈冲来。

郦道元和他的人马坚守在山冈上，紧紧把守着上山的唯一一条小道。

也穿着强人衣服的郭子恒，挥舞着大刀，高声呐喊着，指挥着自己的人马往山冈上冲。手举火把的士兵冲上小道，被守卫在小道上的士兵砍翻在地。

一次又一次的冲锋被把守山口的郦道元军队打退下来。从黑夜到天明，郭子恒无法让自己的队伍冲上山冈，双方僵持着。

一天一夜过去了，郭子恒的人马还是冲不上去。

驿站里的郦道元人马已经没有水饮，这驿站的水是靠士兵每日从山下挑上来的。郦道元命令队伍冲下山冈，可下山的路被郭子恒紧紧把守着，冲下来的士兵一个一个被郭子恒的兵士砍死了。驿站里的士兵又饥又渴，郦

道元心急如焚,命令士兵掘地寻水。士兵们满怀希望掘地十余丈,依然见不到水。郦道元和他的士兵被围困在山冈上,越来越虚弱。几天以后,郭子恒见郦道元的士兵已经东倒西歪,便命令士兵冲了上去,砍杀全部人马,包括郦道元和他的弟弟,以及他的两个儿子。

郭子恒按照萧宝夤的指示,把郦道元的尸体埋葬,回到长安。萧宝夤向朝廷上表,称郦道元路遇盗贼,被盗贼所害。

接着,萧宝夤杀害不肯依附的都督、平南王元仲冏。

几天以后,一切准备就绪的萧宝夤在长安举大旗,焚燎告天,即位称帝,国号齐,年号隆绪元年,立百官。

"什么?萧宝夤反了?"皇太后手中的杯子啪地掉到地上,摔得粉碎。

"怎么会呢?朝廷待他不薄,他怎么可以恩将仇报呢?"皇太后呻吟着,叹息着,很难相信这消息。"是不是错报了啊?有人误传了吧?"皇太后又问丞相元雍。

"没有错的,萧宝夤十月在长安自立,国号齐,年号隆绪元年,已经立百官,焚燎祭天,冠冕衮服,在长安升位了。"

"他原来一直念念不忘他的齐啊,真是狼子野心!"太后愤怒地拍打着桌子。

"这萧宝夤反叛,要立即派兵弹压!"元雍说。

"这可怎么好啊?派谁去征讨他?"太后呻吟着说。

"臣向陛下推荐一人。"尚书左仆射元顺说。

"快说,朕这里忧心如焚啊!"

"臣推荐长孙稚。平萧宝夤,非他不可。"元顺说。

"对,非长孙稚不可。"元雍急忙附和。他正不知道该派谁去,国朝眼下四处纷扰,能派出去的大臣将军都派了出去,简直已经到了山穷水尽的地步,无人可派了。

"好,好,我们现在就召见长孙稚!朕要亲自勉励他为国效力!"皇太后激动地说。

长孙稚应诏来拜见皇太后。

长孙稚与元琛迎战鲜于修礼大败被除名,不久,又有正平郡蜀反,元雍提议复长孙稚官职，为假征西大将军，讨蜀都督。他频战有功，为平东将军，复本封，又除尚书右仆射。讨蜀回来，长孙稚生病，蜀地湿热，瘴疠之气厉害，他背上发疽，一直没有痊愈，只好养病在家。这突然间传来萧宝夤反的消息，朝廷上下大惊，他也感到震惊，估摸着自己恐怕要带病出征了。

长孙稚见太后诏，知道自己出征难免，勉强扶杖进西林园面见太后。

太后看着长孙稚消瘦衰老的面容，凄然动容："卿病得如此严重，朕实在不忍心派卿出征，可是，满朝派不出将领，叫朕如何是好呢？"

长孙稚慷慨回答："陛下不必为臣难过。养兵千日，用兵一时，臣几代为国忠臣，臣愿意为国捐躯，死而后已！"

他的儿子子彦也患脚病，走路一瘸一拐，此时也拄着拐杖进宫辞行。

尚书左仆射元顺看着身边的官员，感慨地说："我等备位大臣，各居宠位，危难之日，病者先行，这算什么啊？"

大臣都低头，或看地面，或看外面，没有一个人接元顺的话茬，也都不接触元顺的目光。聪明的大臣已经清楚地意识到，只有傻瓜才谁愿意去送死，国朝眼看着岌岌乎殆哉了，他们才不会去白白送死！

皇帝元诩带着自己的随从走进宣光殿。

听说萧宝夤反，他震惊之至，只好前来见太后。

皇太后一见皇帝，气就不打一处来，不是他不听话，怎么会有今天的结局？

皇太后忍耐不住，气呼呼地问元诩："你来干什么？你不是炼丹就是饮酒，还知道来看看你母亲啊？"

本想与母亲说说萧宝夤反的事，一进来就遭到太后一通指责，元诩的气就冲上心头。"来干什么？来看你如何处理朝政大事啊？看你是如何逼反萧宝夤的啊！"

"怎么是我逼反他？他原本就怀二心，原本就想借我大魏军队复兴他被萧衍灭了的齐！怎么来指责我？"太后气得满脸通红，手都有些哆嗦。

"就是你！"元诩喊叫着，跺着脚。"我已经赦免萧宝夤，也任命了官职以笼络他的心，你却偏偏要派关右大使入关去考察他，这不是明白地告诉他说我们不信任他吗？既然朝廷不信任，他不反还更待何时？"元诩尖声喊着。

沉河艳后：胡灵皇后

自从皇太后设计除了他身边亲信蜜多道人、谷会和绍达,他对皇太后已经恨之入骨了,只是不敢发作,藏在心底。眼下,这仇恨如火山一样爆发出来。

"不是你赏他那么多、那么大的权力,他还不会反呢!"皇太后针锋相对,列举着元诩赏给萧宝夤的官职:"你让他任使持节,都督雍泾岐幽四州诸军事,又委任他为征西将军、雍州刺史、假车骑大将军、开府、西讨大将军,自关以西,皆受节度。你以为用这么多官职就可以笼络他的心了吗? 其实,正是你这些赏赐刺激起他更大的野心! 是你自己让他反叛的!"

元诩丝毫也不示弱,他用手指着太后的鼻子,大声说:"不是我的笼络,他早就反叛了! 正是我的恩赐,才让他感念朝廷的恩德,使他迁延至今,没有反叛! 不是你派郦道元为关右大使去侦察他,他才不会反叛呢!"

太后一巴掌打在元诩指过来的手上,又趁势扬起巴掌,朝元诩脸颊左右扇了两巴掌。元诩捂着被太后扇得火辣辣的脸颊,愣怔着。

"你有什么权力这么指责我? 不是你宠信元叉,大魏能有今天这局面吗? 不是你昏庸无能,这国朝能变成现在这景况吗?"

元诩一屁股坐到卧榻上,双手抱头,嘤嘤哭了起来。大魏如风雨飘摇的破船,他非常忧心害怕。

皇太后一撇嘴,不屑地说:"男子汉大丈夫,你哭什么? 来人! 传朕诏令,派侍卫把驸马都尉萧烈捆绑,就地正法! 萧赞呢? 也绑来见朕!"皇太后转过头问李神轨。

李神轨苦着脸说:"萧赞听闻叔父萧宝夤叛,吓得逃跑了,听说要奔白鹿山,臣派人追踪去了。"

胡太后挥手:"那就便宜他了,追回后再行朝议! 去绑萧烈!"

"他可是建德公主的夫婿啊!"元诩喊着,他与建德公主一直情谊深厚,想为妹子保住她的夫婿。"饶过他吧,他不过十七岁,又没有参与萧宝夤谋反!"元诩眼巴巴地看着太后,希望她大发慈悲,饶过萧烈。

"不行! 决不饶恕!"皇太后脸色铁青,一排雪白的牙齿咬着下嘴唇,下嘴唇出现几个清晰的牙印。

想到青春年少的萧烈,因为父亲萧宝夤反叛,即将被盛怒的太后处死,想到可怜的妹妹建德公主伤心难过,元诩感到浑身一阵一阵发冷。

"我再也不想见你!"元诩绝望地喊着,跺着脚,甩手恨恨地离开!

皇太后浑身簌簌抖动,望着元诩的背影,感到一阵阵的恐惧。这元诩,还不知仇恨她到什么地步,将来会如何对待她呢。

皇太后紧紧咬住牙。潘妃什么时候临产呢?她要让太医来一趟。

自立为齐皇帝的萧宝夤派大将郭子恒东进潼关,想攻占潼关要冲,以阻止朝廷大军入关。

长孙稚与儿子带兵进潼关,在潼关附近与郭子恒展开激烈的战斗,双方相持多日,分不出胜负。

萧宝夤没有想到,民间还是有忠心拥戴朝廷的百姓的,而这些百姓英勇的反抗,造成他的失败。关中北地有一个叫毛鸿宾的人与其兄毛遐,在萧宝夤反叛以后,自行决定纠集乡勇义士,讨伐反叛朝廷的萧宝夤。毛鸿宾与毛遐的乡勇兵丁,英勇顽强,大破萧宝夤大将卢祖迁,毛遐杀卢祖迁。萧宝夤损失一员大将,只好又召大将侯终德去攻打毛遐。

萧宝夤部署对付这边兵力,那边潼关传来消息,郭子恒在潼关被长孙稚所败,长孙稚又派遣儿子长孙子彦破萧宝夤的另一支队伍。

攻打毛遐的大将终德审时度势,知道自己抵挡不住长孙稚父子率领的朝廷大军的进攻,决心掉转军队向长安去进攻萧宝夤,想擒拿萧宝夤向朝廷邀功。

侯终德的队伍回到长安白门,毫无察觉的萧宝夤才察觉侯终德的反叛。仓促交战,萧宝夤人数不多的队伍很快就一败涂地,萧宝夤带着他的夫人南阳长公主、少子萧凯,与部下百余骑,从后门仓皇出逃,渡过渭桥,投奔丑奴。丑奴以萧宝夤为太傅,时为孝昌四年(公元528年)正月。

三年以后,永安三年(公元530年),都督尔朱天光破丑奴,追擒萧宝夤与丑奴,并送京师。诏置闾阖门外示众三天,庄帝下诏处死萧宝夤。南阳长公主携少子与之诀别,萧宝夤平静自持,只是叹息着:"推天委命,恨不能终臣节!"萧宝夤死,色貌不改,只是吟着自己的那首反诗:

　　　　走马山之阿,马渴饮黄河。

　　　　宁谓胡关下,复闻楚客歌。

此是后话。

沉河艳后:胡灵皇后

　　长孙稚出征大败萧宝夤的消息传到洛阳,让笼罩着失败和丧气情绪的皇宫稍微振奋,有了些欢愉。但此时的皇宫,却发生了更加惊人的一场闹剧,加速了原本已经摇摇欲坠的大魏皇朝的灭亡! 而这场闹剧的始作俑者,便是胡太后和她的几个亲信!

沉河艳后：胡灵皇后

第十八章　沉河红颜

1.不听劝谏一意孤行　避讳丑事远离忠臣

当！当！当！当！

皇宫里凝闲堂前的大钟敲了五下,嗡嗡地回响在洛京上空,向洛京报告癸时时辰来临。

皇太后微笑着倾听着这洪亮的钟声。她喜欢听这钟声,这钟声给她以安全,让她暂时忘却眼前的烦恼。所以,她特意命令徐纥把这原本立在建春门外阳渠北建阳里内高土台上的这口著名大钟,搬迁进皇宫,在西林园凝闲堂前建了一个高两丈的土台,专门安置这口大钟,让那些为她讲经的沙门专门负责敲钟报时。这口大钟,响彻五十余里,京城内外皆闻。

太后听到这钟声,就禁不住想起萧宝夤的侄子萧赞。当初,大钟初建,太后诏萧赞来见,萧赞见到这大钟,惊诧感慨不已,特意为此作诗三首,名为《听钟歌》,呈送太后。诗中那思乡悲秋的淡淡哀愁,很打动太后的心,太后喜欢,便让人抄了出去,赏赐大臣阅读。所以,萧赞的《听钟歌》一度在洛阳广为流传。

太后极力回忆着那三首诗,她曾经用心背诵了几遍,不知现在忘了没有。太后努力想着:

> 听钟鸣,当知在帝城。
>
> 参差定难数,离乱百愁生。
>
> 去声悬窈窕,来响急徘徊。
>
> 谁怜传漏子,辛苦建章台。

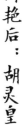

听钟鸣，听听非一所。

怀瑾握瑜空掷去，攀松折桂谁相许。

昔朋旧爱各东西，譬如落叶不更齐。

漂漂孤雁何所栖，依依别鹤夜半啼。

听钟鸣，听此何穷极。

二十有余年，淹留在京域。

窥明镜，罢容色，云悲海思徒演抑。

还好，没有忘记！太后快意地想，她还不老，记忆力还没有变差。这萧赞还曾写过《悲落叶》，也是这么悲切的情调，看来别离家乡的人都有这种悲愁，听说逃到南方的元氏族人也是这样的。

皇太后又努力回想着萧赞的《悲落叶》三首，她也曾努力背诵过的。背诵这些熟习的诗，可以叫她忘记许多烦恼和忧愁。所以近来，她一心烦，就让自己努力回想熟习的诗，极力背诵。

"悲落叶，联翩下重叠。重叠落且飞，纵横去不归！悲落叶，落叶何时还？凤昔共根本，无复一相关！"

"好一个无复一相关！"太后自言自语。

"太后陛下，丞相元雍派人来问，陛下可接见公卿议事？"李神轨趋前来到太后身边，伏在太后耳边用温柔甜蜜的声音问。

李神轨又说："丞相问，太后可想听朝议萧赞的结果？"

太后说："说来听听就行了，不必见了。"

徐纥趋前："报告太后，公卿朝议萧赞，以为萧赞为萧宝夤逃窜，罪在不赦。"

太后笑了，摆手说："算了，算了。萧赞毕竟不是萧宝夤至亲，萧宝夤反叛，他并无参与。害怕遭受牵连，皇皇逃窜出京城，想奔白鹿山，也是情有可原。朕以为既然其不相干预，也就暂且饶恕，慰勉慰勉，放其归第吧。"

徐纥听了大吃一惊。原来萧赞害怕受萧宝夤反叛牵连，仓皇出逃，跑到河桥，被士兵执拿，送回皇宫，太后下诏让元雍举行朝议，确定其罪。元雍及公卿以为太后对萧宝夤极为愤怒，既然连她心爱的建德公主的夫婿萧烈都不饶恕，怎么会饶恕萧赞呢？所以公卿朝议一致赞成处死萧赞，以迎合太后心愿。没想到太后居然又变得如此宽厚。

徐纥张嘴想辩解什么，被李神轨狠狠地瞪了一眼，他急忙说："遵太后诏，臣即行传达。"他匆匆退了下去，去前朝见元雍，传达太后意旨。

李神轨见徐纥退下，又小心翼翼地问太后："太尉来问，可否接见公卿？"

"不见！"太后厌恶地皱了皱眉头。见那些公卿干什么呢？什么事用得着跟他们商议？大事她自己完全可以做主，完全可以部署，何况她还有忠心的徐纥、郑俨、李神轨？她不想见那些公卿探究性的眼光，不想让他们在背后议论她，说三道四。

她刚刚撤换了元悦的太尉职务，因为听说元悦在背后议论她的私情，现在，她把太尉职务给了侄子皇甫度，身边就又少了一个讨厌的家伙。

"不见也好。"李神轨媚笑着说，"太后自行决断大事，省却许多麻烦。"

"是啊，见了他们，又得听他们喋喋不休的劝谏，像元顺，不知又会说些什么难听的话，令朕心烦。"

皇太后想起元顺侍坐，共同商议尚书卢同大败反贼的罪行的情景。侍中穆绍，多次托徐纥向皇太后求情饶过卢同，皇太后不便驳徐纥面子，想顺水推舟，以穆绍无罪提议为诏。谁知，太后还未说话，元顺就怒气冲冲地对太后说："卢同终将无罪，臣等议论皆属徒劳。"

太后诧异："卿怎么这么说？有何依据？"

元顺说："卢同借自己近宅给侍中穆绍居住，其实是用此宅贿赂穆绍为其求情，还顾虑什么呢？"

穆绍脸红脖子粗，不敢为卢同说好话。

徐纥已经摸清太后同意饶恕卢同的心意，急忙出来代穆绍说话："卢同虽然战败，可情有所原，请太后陛下从轻发落！"

元顺睁目，指着徐纥说："你算什么东西，竟然敢这么说？刀笔小人，只配为几案小吏，也敢执戟议论朝政，坏我彝伦！"

徐纥面红耳赤，唯唯退下，不敢多言。

此时，李神轨见太后厌恶地提到元顺，就势说："是啊，这元顺自从做吏部尚书来，执拗乖张，谁都敢顶撞，连丞相元雍也很不满意呢。"

"是吗，既然如此，传达丞相，撤换元顺的吏部尚书职务，命他为征南将军、右光禄大夫兼左仆射，带兵出征去吧，省却他在朕耳边聒噪。"

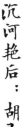

沉河艳后：胡灵皇后

　　"陛下英明!"李神轨抑制着满心的喜悦,又媚笑着问:"陛下,以为谁可为吏部尚书呢?要不任命太后从侄僧敬任此职?他是吏部郎中,曾遭元乂报复远徙边远,很是受过苦,也该提升一下了。"

　　太后厌恶地摆手:"算了,别提他了。他也是个好败人兴头的家伙。朕以家人礼节宴请家人,自家人嘛,朕不想摆什么皇太后威仪,大家说笑随便,他便一次又一次地进谏,提醒朕要注意太后威仪,少欢笑,少戏谑,你说扫兴不扫兴?亲人家宴,摆出太后威仪,有什么趣味?有什么欢乐?他要是当了吏部尚书,还不知要进谏多少次呢。他与元顺一个样的烦人!不用他!"

　　李神轨点头哈腰:"是,是,听陛下的。陛下以为,任用谁合适呢?"

　　"去征求丞相意见,看他那里有无合适人选。要是没有,你和徐纥、郑俨商议着推荐一个吧。"

　　"谢陛下!"李神轨退了下去。

　　丞相元雍听着李神轨传达太后免元顺吏部尚书职务,心里很高兴,他对元顺也早就产生了一肚子的不满。元顺为吏部尚书,居然敢顶撞自己提名的官员人选,瞧他多胆大妄为!

　　想起元顺旧事,元雍就来气。

　　元雍有个心腹部下,三公曹令史朱晖,忠心耿耿,鞍前马后,跟随侍奉他多年,元雍一直想替他谋个高一级的差使,后来看中御史台评议考课官吏的廷尉评职务,频频托元顺。可元顺坚持说,一定要以廷尉考课评议官吏为提拔官吏依据,不答应元雍请托。生气的元雍便行使自己录尚书事的丞相权力,下令给吏部尚书元顺以任用朱晖。元顺接到元雍命令,当着来人的面扔到地上,说:"不行!不能不经考课任用朱晖!"

　　元雍听后,大怒,不顾天色还不大亮,便在丞相府衙,召集各部尚书及丞郎到大厅里,等着见元顺。元雍想等元顺来了以后当众威胁他,逼他就范。可是,元顺就是不来,一直等到红日高照,元顺才姗姗而来。元雍攘袂拍几说:"身,天子之子,天子之弟,天子之叔,天子之相,四海之内,亲尊莫二,元顺你乃何人,竟敢把我之成命投弃于地!"

　　元顺听了元雍一席话,气得须鬓俱张。他仰面看着屋顶,愤气奔涌,长嘘不言。许久,他才平静下来,摇着白羽扇,慢慢说:"高祖迁宅中土,创定九流,官方清浊,轨仪万古。而朱晖小子,身为省吏,怎么能为廷尉清官!殿下既是先皇同气,更应遵守先皇成旨,怎么可以凭借手中权力逾越短垣呢!"

元雍说:"身为丞相、录尚书,如何不得用一人为官?"

元顺慢条斯理地答对元雍:"庖人虽不治庖,但尸祝不得越樽俎而代之!未曾听说有别旨令殿下参选吏部事!"

说到这里,元顺又提高声音厉声说:"殿下必如此行事,顺当依事奏闻上听!"

元雍见元顺不屈服,怕弄僵关系,只好和缓语气,尴尬地笑着说:"算了,算了!不必因为一个朱晖小人伤了你我和气!不用就不用吧,不必奏闻上听了!"元雍说着,站起身,招呼着元顺:"来吧,让我们一起痛饮几杯,算是和解。此事到此为止!"

元雍话是这么说,可对元顺总是耿耿于心,很有些芥蒂,早就想撤换他吏部尚书的职务,选择一个听话的宗室弟子任此职。

听李神轨传达了太后旨意,元雍哈哈笑着:"元顺元仆射,你这犟脾气也该改改了。你以为你是谁呢?你以为天下皆浊你独清呢?你以为天下皆醉你独醒啊?"

李神轨讨好着问:"殿下以为吏部尚书委与谁人啊?"

元雍想了想,一时没想出个合适人选。"等几天我再回复太后陛下。"元雍说。

李神轨微微冷笑了一下。他明了元雍用心,丞相一定是要先放出风声,然后姜太公钓鱼,看哪位想当吏部尚书的官员送礼多,他再予以委任。不过,李神轨对丞相元雍的做法并不反感,因为他清楚地知道,风声出去以后,他和徐纥同样可以收到大批厚礼。

2.太后怨怼思谋出路　皇帝受阻陡生二心

春香从外面进来,皇太后急忙挥手让身边人的退下。

"怎么样,打探出来了没有?"皇太后拉过春香,小声问。

"太医说,潘妃临盆就在这一两个月。"春香凑到太后耳边。

皇帝元诩在蜜多道人几个月前被皇太后处死以后,难过了许久,还大病

一场。皇太后只是命太医和皇后胡氏、嫔妃潘氏、李氏等小心守候侍奉，日夜寸步不离。皇帝慢慢从悲痛中恢复过来。经过太医细心调理，皇帝对女色有了些兴趣。侍寝的潘妃向太后私下透露，皇帝能够行房事了，而且还能持久坚挺。

皇太后便时时关注着潘妃，太医三天两天过来向她禀报潘妃的情况。终于，她得到潘妃妊娠的大好消息。

但她还是放心不下，又日日派遣春香亲自去式乾殿打探询问。

"太医说没说，是男是女？"太后又问。

春香擦了擦额头上的汗珠，说："太医拿不准。他说，从脉象看从潘妃身形看，像男娃的可能性极大，但是他也不敢说定。"

太后点头："是啊，这也难怪他，生男生女，是说不准的。当年朕怀皇帝的时候，太医也是说生男的生男，生女的生女。不过，朕坚定以为会生男娃的。朕看潘妃的身形与朕当年差不多，都不大明显，已经快临盆了，从后面还看不出来，看来生个男娃的可能极大。从现在起，你要到处宣扬潘妃要生太子了！"

"是，奴婢知道！奴婢已经对太医说过了。"春香笑着。

"你这死婢子，好像朕肚子里的蛔虫，从来都明白朕的心思，总是把事情办在前边。朕就喜欢你这聪明劲。"皇太后笑着，戳着春香的额头。

"不是有这么点小聪明，还能在太后陛下身边待这么多年啊？说不定早就被太后陛下开发了，或者乱棍给打死了！"春香撒娇般地说。

"看你这死婢子说的，好像朕打死多少人似的！"太后白了春香一眼，又叮嘱说："你得日日夜夜盯着点，这生孩子的事，可是没有固定日子的，说生就生了，不要弄得我们措手不及！"

皇太后现在朝思暮想盼着潘妃临产。她摄政以来，改年号为孝昌，以之纪念儿子元诩孝心孝道把朝政大权让给了她，指望着皇帝的孝心孝道为大魏带来繁荣昌盛。可是天不遂人心愿，这大魏眼看着一天比一天衰落，一天比一天混乱，她几乎要绝望了。但是，她不能绝望，她不相信天要绝她大魏。

可是，要想办法来改变眼下的困境啊。对，改年号！改个大吉大利的年号，一定可以拯救大魏！皇太后一拍手，高兴地自言自语。

除了改年号，她还有另外的办法。眼下之所以出现如此混乱的局面，就

沉河艳后：胡灵皇后

是因为她那不听话的儿子元诩不肯完全放权与她,元诩总想与她争权。

想到元诩,皇太后就生气。当年是亲儿子把自己幽禁起来,虽然他年纪小,可是要是他多少有些怜惜母亲的心,他也不会任元叉这么对待自己的亲生母亲!浑小子!现在依然这么浑!既没能力,又浑球一个!

皇太后对元诩已经忍无可忍。等有了皇孙,她要想办法让皇孙即位,然后剥夺皇帝元诩的权力,像当年文明太后剥夺高宗拓跋弘的权力一样,让元诩像拓跋弘一样去做太上皇。

元诩今年十八岁,显祖献文皇帝拓跋弘正是十八岁放弃皇位让位给高祖孝文皇帝,自己进北宫做太上皇的!多么相似的命运啊。皇太后微笑了。

皇太后天天盼着,盼着,盼着元诩的儿子降生。可是,假如生个女娃呢?这可能性是有的。如果是女娃,她要瞒天过海。总之,她要利用潘妃生子这大好机会,逼元诩退位,然后像文明太后一样大权独揽,来挽救大魏目前的困境!

所有这些想法,都秘密地藏在她的内心深处,谁也不知道,她不会透露给任何人!

皇帝在式乾殿里陪着潘妃。正月里,外面寒风阵阵,皇宫里暖融融的。潘妃身形臃肿,一看就是身怀六甲。元诩的脸色红润了许多,看起来精神好多了。蜜多道人被除,他不再服用丹丸,在太医的调理下,他的身体慢慢好了起来,除了房事有很大改善,他的精神也有了变化,人显得生气勃勃。

元诩抚摩着潘妃的腹部,爱怜地说:"爱妃可要受苦了。这生娃的事,听说很可怕呢,民间说是过鬼门关。朕真替你担心呢。"

潘妃温柔地笑着,拉住元诩的手,轻轻抚摩着:"陛下,不要为妾担心。哪个女人不生娃呢?不生娃的女人算什么女人呢?民间把她们叫不生蛋的母鸡。妾愿意替陛下生娃,尤其想替陛下生个男娃。只要能替陛下生个男娃,哪怕一死,妾也没有丝毫怨言!"说着,潘妃把脸轻轻靠在皇帝元诩的肩膀上,轻轻地蹭来蹭去。

元诩感到非常幸福和舒坦。这是与蜜多道人在一起完全不一样的感受,这是一种无比宁静的感受,是一种从心里舒坦到外的感受。过去为什么不喜欢妃子呢?与潘妃在一起才是真正的幸福啊!

感受到这种幸福的时候,元诩也就不由自主地有些感激母亲。不是母亲决然除去蜜多道人,他到今天还陷在蜜多道人的陷阱里不能自拔,到今天也不会品尝到潘妃给予他的快乐,更不会有潘妃将要给他生的这个娃。

不过,对太后的感激之情并不能久久占据他的心。当他听到太后不经过他,就擅自部署兵力,任命官吏下诏令,他就又气愤起来。太后太不把他这个皇帝放在心上了。不管怎么说,他还是大魏皇朝的皇帝,他允许皇太后摄政,并没有允许她永久替代自己啊。

皇太后权力欲望太强烈,简直已经替代了他这皇帝的位置!一想到这里,元诩就气愤起来,就对皇太后产生了强烈的仇恨。

一年前,他在朝堂明堂北面设立了募征格,凡是自愿报名上前线的羽林、虎贲、宿卫、宫人,一律拜旷野将军、偏将军、裨将军,组成一支明堂队。为了鼓舞士气,明堂队的将军编造了一个美丽的神话,说明堂队虎贲骆子渊,委托自己回京城度假的同营人樊元宝带信回家。骆子渊告诉樊元宝说:"家在灵台南,近洛河,你只要到那里,家人就会出来迎接。"樊元宝到灵台南,了无人家可寻。樊元宝正要离开,忽见一老翁拄杖而来,问他从何而来,为何徘徊于此。樊元宝问讯骆子渊家。老翁喜笑颜开,说骆子渊正是他的儿子。樊元宝急忙取书送上。老翁请樊元宝入,只见馆阁重叠,屋宇华美。老翁呼婢送来珍馐美酒,海陆皆备。老翁送樊元宝出来,说:"后会无期,再见艰难,请多保重!"樊元宝走了一段路,回头看出,刚才馆阁楼宇、庭院,全然没有踪迹,只见高岸江水,滔滔碧波,一个童子在碧波里飘荡。樊元宝回到军队,骆子渊已经渺无踪影。大家传开来,说洛水水神前来助战,于是将士更加勇猛。皇太后听说以后,却大发脾气,斥责为妖言惑众,责令处死樊元宝和将军,解散了明堂军。

皇太后干的是什么事啊,她只会与我拧着干,对着干!想到这里,元诩烦躁起来。

潘妃注意地观察着元诩的脸色,见元诩的脸色由开朗变为阴沉,知道皇帝心中又想起了不开心的事情。什么事情呢?潘妃猜度着,想替皇帝分担一些忧虑和痛苦,但是,她并不敢开口询问。元诩的脾气还是很暴躁的,惹他发火破坏眼前的平静,她可不愿意。

元诩继续想着心事。皇太后凌驾于自己之上,自己干什么都不能放开手脚,如此下去,如何能治理好国家呢？眼看着国朝衰败,他怎么面对祖先呢？

可是,又能怎么办呢？上面有皇太后压着他,他无法施展自己的抱负。除非……除非……想到这里,皇帝元诩不寒而栗。除非什么呢？他实在不敢往下想。

除非……这念头又顽强地浮现在脑海里,挥之不去。

除非除掉皇太后！这念头终于顽强地、清晰地出现在元诩的头脑里。

如何实现呢？元诩眼睛望着殿顶的藻井,沉思着。身边值得信任的大臣没有一个,几个亲信全被太后除掉了。当初蜜多道人曾暗示,如果皇帝有什么密旨,他可以代他传递,绝对走漏不了风声,因为他可以用胡语秘密传递。

谁能帮助自己实现这个愿望呢？元诩在心里思考着。皇室宗室他谁也不敢相信,他们都惧怕太后的势力,没有人肯帮助他。也许六镇新近崛起的枭雄,像尔朱荣,能够帮助他实现自己的心愿！

对,应该试探试探尔朱荣。

元诩起身。

"陛下,哪里去？"眼巴巴看着元诩的潘妃怯生生地询问。

"到东堂。"元诩温柔地说,又身手抚摩着潘妃:"朕一会儿就回来看你！"

元诩离开式乾殿,来到东堂。"朕要召见尔朱世隆。"皇帝元诩对东堂常侍说。通直常侍急忙去传唤尔朱世隆。

尔朱世隆听说皇帝召见,匆匆来到东堂。

"尔朱荣将军一切都好吧？"元诩赐座尔朱世隆,微笑着询问。

"尔朱荣将军感谢皇恩浩荡,感谢陛下关心。尔朱荣将军请臣转告陛下,尔朱氏为捍卫国朝,不惜家产和生命,坚决保卫北道安危。"

元诩点头,赞叹着:"难得尔朱荣将军这么忠心耿耿！"

元诩抬眼看着尔朱世隆,笑着问:"朕记得你尔朱氏乃祖曾追随太祖南征,平中山,克邺城,立了汗马功劳。"

尔朱世隆自豪地回答:"陛下记性很好。家祖确实曾追随太祖南征北战。"

元诩说："若是朝廷和朕有难,你尔朱氏家族可愿意效仿乃祖,为国朝征战,为国朝平定国难?"

尔朱世隆腾地站了起来,高举右手,宣誓般对元诩说："陛下放心! 若是陛下征尔朱氏,尔朱世隆可以对天盟誓:尔朱氏家族一定招之即来,来之能战,愿意为陛下赴汤蹈火,在所不辞!"

"好! 好!"元诩也激动得站了起来,走到尔朱世隆面前,握着他的手,用力摇晃着:"有尔朱氏股肱之臣,朕就有救了!"

尔朱世隆有些诧异,急忙问:"陛下,此话什么意思? 难道陛下遭遇危难了不成?"

元诩想了想,觉得现在还不是时候,只好掩饰着说:"四方有事,朕寝食难安。朕须尔朱将军援手。请你转告尔朱荣将军,朕必要时要召他进京勤王!"

尔朱世隆精神一振,又盟誓般说:"陛下放心! 尔朱荣随叫随到!"

元诩紧紧握着尔朱世隆的双手,小声嘱咐着:"朕与你之谈话不可向任何人泄露,尤其不可让太后知道!"

尔朱世隆郑重地点着头。

"等朕之诏命吧。"元诩轻声说。

元诩又回到式乾殿,去陪快要临盆的潘妃。等潘妃临盆以后,他就会立刻下诏书给尔朱荣,让他带兵进京前来勤王。到时候,他将宣布废除皇太后临朝摄政的权力,以挽救风雨飘摇的国朝。

元诩坐到潘妃身边,拉着她的手,轻轻抚摩着。

"陛下,公事处理了?"潘妃温柔地问,注意观察着元诩的脸色。看元诩脸色还算平和,她放心了。

元诩微笑着点了点头。

"陛下,妾若是生了儿子,你可要封他为太子?"潘妃笑着问。

"那是一定的了。朕一定封他为皇太子,将来继承大魏皇统!"元诩抚摩着潘妃的手,笑着说。

见皇帝露出笑意,潘妃这才把心放了下来。她笑着问元诩:"那要是生个女娃呢? 陛下会不会不高兴啊?"

"要是女娃，朕封她为长公主。怎么会不高兴呢？男女都是朕之血脉啊！"

"陛下，你真好。"潘妃把头靠在元诩的肩头，动情地说，"妾担心生了女娃，陛下会不高兴呢。妾还担心陛下以后会不喜欢妾了。"

"说哪里话？朕就喜欢你，就喜欢你一个。"元诩说着，温柔地亲了亲潘妃的脸颊，笑着划拉了一下她的额头："不过，要是生个女娃，你可还得努力给我生个太子，记住了没有？"

"只要陛下不嫌弃，还要妾身侍寝，妾一定听从陛下旨意，给陛下生个太子，还要多生几个儿子呢！"

"那我们可是说定了！"元诩高兴地拍手说。

潘妃面容闪过痛苦的抽搐。元诩着急地抱着潘妃："你怎么了？"

"可能是要生了！"潘妃呻吟着说，脸因为痛苦扭曲成一团。

"快去叫太医！"元诩大声喊。

皇帝寝宫乱了起来。

皇太后满脸怒色，问垂手站在面前的徐纥："没听见他们说什么？"

徐纥摇头。

"笨蛋！蠢货！"皇太后怒喝着，"这么点小事都办不了！"

"是，是！"徐纥连连答应着。

"你估计他召见尔朱世隆是何用心？"皇太后锐利的目光紧紧逼视着徐纥。

"据臣下估计，皇帝召见尔朱世隆，无非是询问他巡查北道之情况。"徐纥很谨慎地回答。

"就这么多？难道没有其他用意？"皇太后满脸狐疑，探究的目光在徐纥脸上打着旋儿，画出一个又一个问号，"朕看不这么简单吧？一定还有其他用心！"

太后说到这里，猛然拍手："朕想起来了。他是不是要诏尔朱荣进京？尔朱荣多次上表，要求进京，朕给驳了回去，而他却是力主尔朱荣进京的！"

太后看着徐纥，又看了一边站立着的郑俨，跺了跺脚，断然说："一定是这么回事！他一定是想诏尔朱荣进京！"

沉河艳后：胡灵皇后

徐纥轻声问:"诏尔朱荣进京干什么呢?"

"还能干什么?保卫他呗!他感到威胁了!他不放心了!从朕除了蜜多道人以来,他就有些惶恐不安!"

"会不会有更可怕的原因?"郑俨一旁说。

徐纥点头:"不怕一万,就怕万一啊!"

太后转动着眼睛,咬着嘴唇说:"要是这样,就怪不得朕无情了!你们再去打探,看能不能打听出些什么可靠消息?"

春香慌里慌张地从外面进来:"禀报陛下,潘妃要生了!"

"什么?要生了?"皇太后腾地站了起来,抬腿就往外走。

"等等!"春香喊着,抓起银狐大氅赶着给太后披上,又抓起手炉赶上去塞到太后怀里。

太后匆匆来到式乾殿,皇帝寝宫里正忙乱着。太医出出进进,宫女进进出出。皇帝元诩守在寝宫外面。

直寝侍卫大声喊着:"皇太后驾到!"

元诩心中一惊:太后信息如此灵通!他真不希望太后来,可是太后已经驾到,他只好勉强抑制着自己不快的心情迎接太后。

"生了吗?"太后虎虎生威地疾步来到元诩面前,劈头就问。春香轻手轻脚地取下太后的大氅,接过手炉。

"还没有。"元诩回答。

太后坐了下来,静静地等待着。元诩试探着对太后说:"看来还要等几个时辰,太后还是先回宫歇息吧。等生了以后,儿臣派人去禀告你老人家!"

"不!我要等候在这里!"皇太后断然说。说完,她又瞥了元诩一眼,不屑地说:"要是你顶不住,还是你先去歇息吧。我能守住,几个时辰都行!"

元诩不说话,走到一边,坐了下来,默默地守候着。

皇后胡氏听说,领着世妇李氏、卢氏、崔氏迤逦而入,见过太后、皇帝,也都等在一边。卢氏、崔氏在一边窃窃私语,被皇后胡氏用严厉的目光制止。

寝宫里不时响起潘妃痛苦的嚎叫声。

又过了半个时辰,寝宫里呜哇呜哇,响起清脆的婴儿啼鸣。

"生了,生了!"皇后胡氏跑到皇太后面前,惊喜地喊。皇太后起身,挑起寝宫内门帘径直走了出去。太医手中托着一个小小的婴儿,正踢腾着手脚,呜哇呜哇地哭喊着。

"男的还是女的？"太后问太医。

"恭喜太后陛下，贺喜太后陛下，潘妃为太后和皇帝生了个公主！"太医托着啼哭的婴儿给太后看。

太后皱着眉头看了一眼，厌恶地转过脸，小声却十分严厉地吩咐太医："不许传出生了女婴，对外一律说生了太子！"

太医诧异地看着皇太后，大张着嘴，半天说不出话来。

"怎么？没听到朕之话语?!"皇太后见迟钝的太医没有反应过来，严厉地看着他，追问一句。

"臣听到了，听到了！"太医总算醒悟过来，连声说。

"好！大声报告生太子的喜讯！"太后压低声音，吩咐太医。

太医急忙照办，他提高声音，大声唱着："恭喜皇帝！贺喜皇帝！潘妃生太子喽——"

躺在床上的潘妃，脸色虽然苍白，气息微弱，却很是清醒。婴儿一落地，太医就告诉她说生了个女娃，怎么太后进来这一瞬间太医就变了口风呢？她呆呆地看着太后，心里却紧张地思考着。太后到底想干什么呢？

太后回过身，阴沉着脸对着潘妃，压低声音严厉地说："你也听着，你生的是太子！记住没有？告诉皇帝也这么说！要不，你别想再看到这婴儿！"

说完，太后走出式乾殿，对郑俨说："围住式乾殿，不要让任何人出入！"

郑俨小声问："皇帝呢？"

"一样！"太后不动声色，冷冷地说。

这是孝昌四年(公元528年)正月乙丑。

3.太后偷龙转凤立太子　皇帝忍辱含悲失皇位

皇帝元诩听得太医大声宣布说潘妃生了个太子，高兴地抱头哭泣起来。他有儿子了，十八岁快十九岁的他已经有了自己的子嗣，这是多么叫人惊喜和激动的事情啊！

他送太后走出式乾殿，又急忙回到寝宫，他要亲眼看看自己的儿子，要亲一亲自己的儿子和潘妃！

沉河艳后：胡灵皇后

775

元诩怀着激动的心情忐忑不安地走了进去。太医已经把婴儿洗净,用金黄色的绣着龙凤的襁褓包了起来,放在潘妃身边。

元诩激动地扑到潘妃身边。"朕的儿子,朕的儿子!"元诩轻声喊着,挓挲着双手,不知道能不能抚摩这么小的婴儿。婴儿的脸不过巴掌大,粉红粉红的,皮肤薄的似乎一碰就会破。两个耳朵像猫耳朵一样,粉红透明,耳郭上长了一圈黑黑的软软的胎毛。婴儿紧紧闭着眼睛,上下眼泡浮肿着,嘴角上挂着一股涎水。

元诩犹豫了一会,终于下决心伸出手,轻轻地、轻轻地摸了摸婴儿的脸蛋,又急忙缩回手。

潘妃见元诩这般模样,禁不住笑了,虽然笑得勉强,带着几分苦涩。

元诩抬手,又摸了摸婴儿的小手,婴儿的手,那样小,小得像猫爪,小指头通体透亮。婴儿并不睁眼,只是不断地抽动着鼻子和小嘴。

元诩突然想亲眼看看他儿子的模样。他轻轻揭开黄帛襁褓,怀着兴奋不已的心情轻轻提起婴儿的双腿。元诩愣住了。婴儿不是男娃!

这是这么回事?元诩呆呆地看着潘妃。"太医不是说生了太子吗?怎么是女娃呢?"他问潘妃。

婴儿感受到寒冷,突然大声啼哭。潘妃招呼宫女过来,把婴儿包裹起来放进她的被窝。元诩还蹲在床边发呆,她轻轻拍着元诩的手:"陛下,起来吧。"

元诩这才站了起来,侧身坐到床边。

"这到底是怎么回事啊?"元诩又重复着问。

潘妃叹了口气,压低声音说:"这是太后的旨意,她让太医对外宣称生了太子,其实妾生的就是女娃。"

"这是为什么啊?她到底想要干什么?"元诩两眼发直。

"不知道,不过太后这么做一定有她的用意。也许是太后太想要个皇孙了。"潘妃小声说。

"不会吧?想要皇孙,也不会采用这种自己骗自己的办法啊。女娃怎么能变成男娃?她这么做一定有她的用意!"元诩说着站了起来,挥舞着拳头说:"朕不能让她欺骗天下!朕要去向百官宣布真相!"

"不要去,陛下!"潘妃焦急地喊着拉住元诩的手不放。

"为什么不要去?"元诩问。

"陛下并不清楚太后用意,这么去揭发她的谎言,一定会触怒她,让她生气! 妾以为还是不要招惹她的好! 等着看看她想干什么,再行决定对策。"潘妃吃力地说。

"不行! 还是趁现在向天下说明真相的好! 这样可以阻止她的一切计谋!"元诩挣脱潘妃的拉扯,抬腿要走。

"不要,陛下!"潘妃抬起身,想拉住元诩,一用力,眼睛一黑,又倒了下去。

元诩见潘妃晕了过去,急忙止住脚步,回过身扑到床边,大声喊:"充华,充华,你怎么了? 怎么了? 你醒醒啊!"

第二天,孝昌四年(公元 528 年)正月丙寅,太极殿大鼎香炉青烟袅袅,国乐高悬,太乐令指挥着乐师奏着雄壮的国乐,黄钟大吕,磬石铙鼓,琵琶丝竹,琴瑟筝箫,轮番合奏着《阿干之歌》《正声》。百官朝服,排班列于殿前,鸦雀无声,等待皇太后驾临。

皇太后金碧辉煌的画扇辇车停在太极殿宝座后,皇太后衮服冠冕,被女内侍春香和胡玉华左右搀扶着走下辇车。鸿胪卿大声唱了起来:"太后陛下驾临!"百官齐刷刷倒在丹墀下,叩头山呼:"太后万岁! 万岁! 万万岁!"

皇太后登上宝座,鸿胪卿大声唱:"太后陛下登宝!"

鼓吹大作,百官再跪叩首,山呼:"太后陛下万岁! 万岁! 万万岁!"

皇太后坐定,鸿胪卿大唱:"百官上殿叩见太后陛下!"

百官以次,由丞相元雍、太尉皇甫度各自领头,率领三公九卿郎令百官将士从左右台阶进入太极殿,恭手肃立在皇太后宝座前,等待鸿胪卿唱。

鸿胪卿见百官全部上殿,大声唱:"百官叩见太后陛下!"

百官齐刷刷又扑倒在太后宝座前,行第三次叩头:"太后陛下万岁! 万岁! 万万岁!"

皇太后衮服冠冕,坐在高高的宝座上,微微笑着,望着恭立面前的百官。这盛况真是令人陶醉,令人心花怒放。她一定要保住这个位置,她不允许任何人来抢夺,连自己的儿子也不能! 这至高无上的地位,只能永远属于她自己! 她能够把大魏国治理好,治理得国泰民安! 她有这信心!

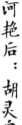

沉河艳后:胡灵皇后

777

皇太后微微笑着,开口说话,清脆的声音在大殿上回荡:"今天,朕在太极殿郑重向天下宣布:大魏国有了皇太子!"

话音刚落,大殿上立即响起震耳欲聋的喊声:"大魏万岁!万岁!万万岁!"

皇太后等喊声落了下来,又提高声音说:"为了庆祝皇太子的落生,朕宣布,从即日起改年,新年号为武泰元年!"

话音未落,大殿又想起雷鸣般喊声:"武泰万岁!万岁!万万岁!"

喊声平息,皇太后扬起双手,很优美地晃动着,清脆地喊:"为庆祝皇太子落生,朕宣布,大赦天下!"

百官第六次高呼万岁。

皇太后微笑着,尽情享受这至高无上的幸福。孝昌年号没有给大魏带来繁荣昌盛,她会让武泰年号以昌兴国运,她要运用太子武力来让大魏国泰民安。

皇帝在式乾殿,隐约听到前面太极殿传来国乐,怎么回事?太后御太极殿了?为什么啊?没有重大国事,她可是不会御太极殿的啊!

"来人!"元诩喊。散骑常侍匆匆跑来。自从谷会、绍达等他的心腹被太后除去,身边这些侍从都是新近任命的,一些阉人都是新近派来的。

"太后御太极殿了?"元诩瞪着眼睛问。

"臣不知道。"散骑常侍说。

"去看一看啊!"元诩不耐烦地挥手。

"臣……臣……"散骑常侍结结巴巴地说。

"怎么了?让你去前边看看,怎么不动呢?"元诩奇怪又愤怒,咆哮着:"去啊!去啊!"元诩见常侍还是不动,愤怒地飞一脚踹到常侍的大腿上。常侍还是不动。

元诩扬起巴掌,朝常侍扇了过去。

常侍后退了一步,胆怯地、可怜巴巴地说:"臣出不了式乾殿。"

"为什么?"元诩大吃一惊。他一直守在潘妃身边,不知道式乾殿外发生的事情。

"皇太后派郑俨把守式乾殿,所有的人都不许走出去一步。"

"啊？有这等事情？"元诩大喊："谁给她的权力？难道朕被她幽禁了不成？"说着，抬脚向寝宫外快步走去。

元诩来到式乾殿大门口，式乾殿的朱红大门紧紧关闭着，散骑常侍上前开门，却怎么也打不开。从门缝里，可以看到大门外面被铁链紧紧锁着。

"来人！来人！"元诩一边喊，一边擂着大门。两个羽林侍卫隔着门缝笑着说："皇帝陛下，省点力气吧。郑俨将军有令，谁也不给开门！"

元诩愤怒地无以名状，又是踢，又是擂，又是骂，但门外的士兵就是不给开门。其中一个还笑着说："几年前，我在西林园为皇帝看管过太后，现在又反过来为太后看管皇帝，看管起她儿子来，这事情可真好玩，真是风水轮流转啊。"

潘妃听到元诩在外面又喊又叫，不知道出了什么事情，便起身下地，走了出来。"陛下，出了什么事情？"潘妃远远便喊着问。

"太后把朕给幽禁了！"元诩哭着说。

潘妃趔趄了一下，勉强支撑着，来到大门前，果然，大门紧闭，铁链栓门。潘妃叹了口气，小声说："太后果然下手了！"

"这可怎么好？"元诩哭泣着问潘妃。

潘妃走到门口，趴在门缝朝外看去。她猛然一喜，大声喊："义父！义父！"她看到太后崇训宫卫尉卿成轨走了过来，急忙大声喊。

成轨听说昨天郑俨带着崇训宫卫兵到中宫去，不知道发生什么事情，便趁着太后御太极殿召集百官，抽空出来巡查。另外，他还听说自己认的干女儿潘妃生了孩子，也想前来探视探视。

听到干女儿潘妃在大殿里叫他，成轨急忙朝式乾殿跑来。式乾殿大门紧闭，还上着锁，让他大吃一惊。他跑到门口，大声责问侍卫："这是怎么回事，谁的命令？"

侍卫说："郑将军。"

成轨一听就火了。"打开，打开！"成轨喊。这郑俨，借着与太后不寻常关系，越来越专横跋扈，现在连他也不放在眼里。什么事情都是绕过他直接向太后报告，许多事情瞒着他这崇训宫卫尉卿。

侍卫不敢怠慢，急忙打开大门，成轨一脚跨了进去。

"陛下！陛下！"成轨见元诩立在门口，慌得一迭声喊着，趴到地上给皇

沉河艳后：胡灵皇后

帝叩头。

潘妃气息微弱地喊了一声："义父！"一头扎到皇帝怀里。成轨和散骑常侍急忙上前，帮着把潘妃搀扶进寝宫，让她躺到床上。

宫女和保姆慌忙给潘妃倒了红糖水，喂她喝了下去。

潘妃睁开眼睛，看着义父成轨，喘息着问："义父，皇太后临太极殿，为着何事啊？"

成轨看了元诩一眼，说："宣布诏书啊！"

元诩急忙问："什么诏书？"

成轨奇怪地看了看元诩："皇帝生了太子，宣布改年和大赦天下啊！"

元诩拍着大腿，哭喊着："朕生的是女娃，她为什么要欺骗天下？为什么要瞒着朕宣布改年？她想干什么？"

成轨大吃一惊，他看着潘妃，慌张地问："这是真的？你生的是女娃？"

潘妃凄然地点着头。成轨还是不大相信，他又转过脸，看了看保姆和宫女。保姆一句话不说，走到床前，默默揭开婴儿的褓褓，装作给婴儿换尿布，提起婴儿的双腿。

成轨默不作声看着保姆的动作，紧张地注视着婴儿。

成轨咳了一声，掉转目光。

"义父，太后这是为什么啊？"潘妃哭着问。

成轨不知道说什么。太后的心思，他怎么可能知道呢？太后现在所有的机密都是与郑俨、徐纥和李神轨商量，他什么也不知道。

"义父，帮帮皇帝吧！"潘妃拉住成轨的手，流着泪哀求着。

成轨默然，他一个阉人，虽然位居高官，可他能帮皇帝什么忙呢？

正说着，郑俨带着几个人来到式乾殿，见殿门大开，他非常愤怒。"谁给开的殿门？"郑俨咆哮着，扬起皮鞭，左右抽打着守卫。

守卫士兵被抽打得嗷嗷乱叫。成轨听到喊声，走到门口。"郑将军，是老夫我让他们开的门，要责怪就责怪我好了。"成轨不冷不热地说。

郑俨虽然骄横，可是面子上还不愿意与崇训宫卫尉卿成轨发生正面冲突。太后感念成轨忠心耿耿在西林园陪伴她五年，对成轨还是相当爱护和尊重的。他郑俨也慑于太后，不敢太顶撞成轨。

"成大人,小子不知大人来,得罪了!"郑俨傲慢地稍微弯了弯他那魁梧的身体,算是见礼。他斜了卫尉卿成轨一眼,皮笑肉不笑地说:"成大人,太后有诏,任何人不得出入式乾殿,还请成大人及早离开!小子要执行太后诏令,引领皇帝去咸阳殿。"

潘妃一听,就嘤嘤哭了起来。她本能地意识到,皇帝一到咸阳殿,她便永远不能再见到他了,这可能就是永诀!潘妃扑到元诩身上,紧紧抱住他,号啕大哭。

元诩也紧紧抱住潘妃痛哭起来。

看到义女潘妃哭得这么伤心,成轨眼睛发热,鼻子发酸。成轨是上谷居庸人,父亲犯罪,他少年行宫刑后入事宫掖,恭谨勤勉,宽厚待人,先伺候高祖,专进御食,聪明机敏,得高祖喜爱。又伺候世宗,任尝食典御丞。世宗见他老实厚道,忠心可靠,敕他入东宫服侍太子元诩。太后临朝,调他为崇训宫中尝食典御,光禄大夫。官职一路升了上去。他没有像刘腾一样娶妻。为排遣孤独与寂寞,他认领了一个义子、一个义女,他把义女送进宫做了元诩的嫔妃。义女潘妃得皇帝欢心,他感到非常高兴。他一个阉人,没有亲生儿女,这潘妃就是他的亲女儿。看着女儿如此伤心,自己却一筹莫展,无能为力,成轨的五内俱焚。

郑俨不耐烦地催促着:"陛下,请吧。"

成轨赔着小心的笑脸,恭谨地问:"请问郑将军,太后让皇帝陛下去咸阳殿,有什么事情交代啊?能不能晚几天再去?您看,这潘妃刚临盆不久,她离不开皇帝陛下的关照。请郑将军到太后面前美言几句,稍候两天,行不行?"

郑俨大眼睛一瞪,白了成轨一眼,没好气地说:"你也日日伺候在太后身边,这美言你去试试?老糊涂!"

成轨不敢再开口,唯有偷偷抹去眼角的眼泪。他试探着拉了拉潘妃,小声好言劝解着:"潘娘娘,不要难过,还是让陛下去吧,陛下很快就会回来的!"

潘妃突然尖声喊叫起来:"不!太后不会放皇帝陛下回来了!陛下再也回不来了!她要废掉皇帝!她说谎,她用皇女冒充皇子,就是为了废掉皇帝!"

成轨吓得脸色发白,浑身哆嗦起来。

郑俨也大吃一惊,他一把拨拉开潘妃,大声呵斥着:"你找死啊! 你胡说什么!"

元诩见一个卫将军居然狗仗人势这么呵斥他的爱妃,满头火气腾地升腾起来,他扬起巴掌,左右开弓,扇了郑俨几巴掌。他咆哮着:"狗奴才! 你敢再这么对待潘妃,小心我砍了你的狗头!"

郑俨被突然发火的皇帝一顿巴掌扇得愣怔了半天,不敢再猖狂,只是喃喃地说:"臣下只是尊太后诏命而来,陛下息怒!"

元诩轻轻抚摩着潘妃的脸颊,替她擦拭着脸颊上的泪水,尽量装出笑脸安慰着潘妃:"充华,不要伤心,你刚生过孩子,不能这么哭,小心哭坏眼睛! 保姆说,月子里落下的病,是要跟人一辈子的! 朕去去就会回来!"

潘妃只是紧紧抱着元诩,怎么也不放手:"不! 陛下回不来了! 妾知道! 妾知道太后的心思!"

元诩亲吻着潘妃的脸颊和嘴唇,喃喃地说:"爱妃放心! 太后毕竟是朕之生身母亲,她不会加害于朕的! 她下不了手! 朕去去就来! 你好好等着朕归来!"

元诩硬是扳开潘妃的手,擦干脸颊上的泪水,谁也不看,扭头大步向殿外跑去。郑俨急忙跟了去。

潘妃哭倒在床上,又一次晕死过去。成轨也忍不住老泪纵横,泣不成声。

4.丧天良太后忍心害亲子　受逼迫皇帝无奈吞毒酒

"怎么样? 他答应了没有?"皇太后问徐纥和李神轨。这是她这两天最关心的主要事情。她已经把皇帝元诩单独关在咸阳殿,让徐纥和李神轨轮番去劝说他放弃皇位让给太子,劝说他效仿显祖拓跋弘,去做太上皇享清福。

但是元诩坚决不答应。他拧着脖子坐在寝宫里,看也不看徐纥和李神轨,冷冷地说:"朕没生太子,如何可以让位给太子呢! 除非有太子,朕才让位!"

徐纥和李神轨无话可说。

"他这是要敬酒不吃吃罚酒啊!"太后恼怒地拍着桌子喊。她不想单独面对儿子元诩,她担心自己心肠太软,面对儿子,会把持不住。所以,她听取郑俨的劝告,自己不出面,只是让徐纥和李神轨轮流去规劝皇帝,希望可以通过规劝皇帝元诩回心转意,让他像拓跋弘一样自动提出让位给皇太子,提出自己当太上皇。要是那样,她就成全他,让他住进他自己想住的地方,让他想干什么就干什么,决不幽禁他,决不限制他!

可是,元诩居然不听她的劝告,不服从她的意旨,非要硬抗到底!

"他想干什么?"皇太后冷冷地问。

"他说,他要把生皇女的消息捅出去,大白于天下!"李神轨说。

"他敢!"皇太后咬牙切齿,从牙缝里挤出两个字。

皇太后说得那么阴森、可怖,令李神轨浑身起了一层鸡皮疙瘩。皇太后她想干什么?李神轨忧虑地看了皇太后一眼。这一眼,更叫他胆战心惊,皇太后全身笼罩着肃杀,笼罩着冷酷,笼罩着残忍。

李神轨又打了个寒战。突然,他觉得自己应该赶快抽身离开这里,离开皇太后,否则,他将是千古罪人,将是十恶不赦的罪人!

"已经单独关了一天了,还是没有结果!"皇太后烦躁地站了起来,在寝宫里走来走去。若是再拖下去,难免走漏风声。万一大臣们知道了真相,将如何是好?

不能再拖下去了!皇太后把右拳砸在左手手心里,下了决心。一不做二不休,事情到如今的地步,已经由不得她了!明天一定要了断此事!

李神轨轻轻地说:"刚才接到丞相文书,说萧宝夤已经被长孙稚父子平息,萧宝夤父子出逃,关内安定了。"

"好消息!"

李神轨又小心翼翼地说:"巩县以西,关口以东,公路涧以南,群盗烧杀抢掠,直接威胁洛京。陛下,臣愿意带兵去平乱。"

皇太后想了想,眼下能征善战的将领都分散在东西南北各道,真还派不出合适的将领去平息这么近洛京的叛乱。李神轨自愿请缨,足见其忠心可靠。

"好,你去吧。"皇太后平静地说。

沉河艳后:胡灵皇后

皇太后带着徐纥、郑俨，来到咸阳殿东堂见皇帝元诩。

元诩和衣倒在龙床上，迷迷糊糊的。从式乾殿被带到咸阳殿东堂，郑俨把他隔离起来。除了送膳食的尝食典御按时送来一日三餐，他见不到其他任何大臣。元诩没想到母亲竟如此狠心，把自己给幽禁起来。

李神轨和徐纥倒是过来见他，来劝说他放弃皇位让太子即位，说得口沫飞溅。

"哪里有太子啊？朕生的是女娃!"元诩大声喊叫着，抗议着。

僵持了一整天又一夜，元诩身心都非常疲累。

东堂门吱一声打开，一道强烈的阳光照进东堂，照到元诩的脸上。元诩睁开眼睛，床前站着太后。

"阿娘!"元诩翻身坐了起来，揉了揉眼睛，喊道。

元诩这一声发自内心的呼喊，突然让太后感动。"诩儿!"她扑到床上，抱住元诩，眼泪扑簌簌落了下来。

"让你受苦了!"皇太后揽着元诩的肩膀，替他擦拭着脸颊上的泪水，抽泣着说。

后面的郑俨和徐纥互相看了看，使了个眼色，他们谁都不想太后被元诩软化而改变主意。那样，他们的处境将是非常非常危险的。郑俨和徐纥紧张地注视着太后，脑子里各自想着应急的办法。

元诩靠在太后肩头，说："阿娘，你为何不来看我呢？"

太后擦去眼中的泪水，平静地说："为娘等着你的答复呢。你想通了没有？要是想通了，就立刻放你出去，你想住哪里就住哪里，任你挑选!"

元诩呻吟着："可是，我没有生皇子啊？怎么能让位于皇女呢？太后这瞒天过海的办法总是会被发现的啊。"

太后勃然大怒，她腾地站了起来，愤怒地挥舞着手说："你看看眼下这局势，不如此能巩固国朝吗？这样下去能行吗？"

元诩委屈地说："这局面又不是儿臣一个人造成的!"

太后一手叉腰，一手指着元诩，厉声说："你还不承认？正光以前，国朝安定富庶，国泰民安。正光以来，盗贼四起，叛逆遍地。这还不是你造成的？"

元诩嘟囔着："孝昌以来，不是太后临朝摄政吗？怎么能都怪怨儿臣一人呢?"

太后被元诩顶撞得有些理屈词穷,她指着元诩,嘴唇抖动,半天说不出话来。郑俨和徐纥急忙上前,搀扶住太后,郑俨给太后抚摩着前胸后背,帮她顺气。

徐纥趁机说:"太后还是先回宫去吧,其余的事情交给臣下办。"

"对,对,太后先回宫吧。"郑俨也怂恿着说。

太后点头,在郑俨和徐纥搀扶下走出东堂,上了画扇辇车,由成轨和春香陪伴着。

太后从辇车窗户里探出头,神色凄然地对徐纥和郑俨说:"要办得利索点,不要让……"说到这里,她猛然收住话,摆摆手,坐回座位。

"走吧。"她颓然靠在座位靠背上,闭上眼睛。

郑俨和徐纥看着太后辇车离开咸阳殿,转过御道,他们又转回东堂。

元诩见徐纥和郑俨又转了进来,不知道他们要干什么,只是呆愣愣地看着。郑俨端来一杯酒,走到元诩面前,冷笑着说:"陛下,这是太后赏赐陛下的酒,请饮了吧!"

"不,不!"元诩喊着,惊慌地向后退着。

郑俨端着酒,一步一步,逼近元诩。

"你不要过来!"元诩绝望地喊。这一呼百诺、风光无限的皇帝如今感到自己是那么孤独,那么渺小,那么可怜,没有人来保护他,没有人来帮助他。如云的仆从他一个也看不见,一个也呼唤不来。

郑俨狞笑着,向前逼近。

"你不能这样! 朕是大魏皇帝,是大魏天子啊!"元诩绝望地嚎叫,恐惧的声音撕裂着空气。

郑俨把元诩逼到墙根下,抓住元诩的衣服,用腿抵住元诩,让他无法挣扎。郑俨把一杯掺了椒盐的毒酒灌进元诩的嘴里。

元诩的嗓子里咕嘟嘟地流进了毒酒。元诩挣扎了半个时辰,倒在地上。

郑俨和徐纥把皇帝元诩抬到龙床上,盖上被子,收拾了收拾,又小心地关上门,悄悄离开东堂。

中午,尝食典御来送膳食,他和两个宫人走进东堂。

"来人啊!"东堂里响起凄厉恐惧的喊声:"皇帝驾崩了! 皇帝驾崩了!"

沉河艳后:胡灵皇后

外面,料峭的春风吹过东堂,带着皇帝突然驾崩的消息吹过皇城,吹向京城洛阳,吹向全国各地。

这是武泰元年二月癸丑,不足十九岁的元诩还没来得及过生日,便结束了年轻的生命。

第三天,皇太后宣布皇太子即位,大赦天下。

5.得意皇太后另择幼主　愤怒尔朱荣表抗朝廷

皇女冒充太子即位,胡太后创造了今古奇观。尽管太后费尽心计隐瞒,皇帝生女的消息还是在宫内不胫而走,大臣议论纷纷,将士惶惶不安。这今古奇观让风雨飘摇的大魏皇朝更加动荡不安。

皇太后只好另想办法。

她有的是办法。

皇女不能继承大统,她也无能为力。但是她脑子活络,办法多,她立刻与徐纥、郑俨谋了个新办法。重新选择一个不能抢夺她皇位和权力的幼儿来做皇帝,她依然可以临朝听政,继续维持她至高无上的权力和地位。

皇太后在宗室里挑选了一番,最后选择了临洮王元愉长子元宝晖的世子子钊为新皇。元宝晖已经去世,皇太后不必担心元宝晖会控制儿子,她可以随心所欲教养这三岁的幼子,正如文明太后从小教养高祖元宏一样。

皇太后立即发布诏书,宣布三岁的元子钊即位。

诏书说:

"皇家握历受图,年将二百;祖宗累圣,社稷载安。高祖以文思先天,世宗以下武经世,股肱唯良,元首穆穆。及大行在御,重以宽仁,奉养率由,温明恭顺。朕以寡昧,亲临万国,识谢涂山,德惭文母。属妖逆递兴,四郊多故。实望穹灵降祐,麟趾众繁。自潘充华有孕椒宫,冀诞储两,而熊黑无兆,维虺遂彰。于时直以国步未康,假称统胤,欲以底定物情,系仰宸极。何图一旦,弓箭莫追,国道中微,大行绝祀。皇曾孙故临洮王宝晖世子钊,体自高祖,天表卓异,大行平日养爱特深,义齐若子,事符当璧。及翊日弗愈,大渐弥留,乃延入青蒲,受命玉几。暨陈衣在庭,登策靡及,允膺大宝,即日践阼。朕是用惶惧忸怩,心焉靡洎。今丧君有君，宗祐唯固，宜崇赏卿士，爱及百辟，凡厥在位，并加陟叙。内外百官文武、督将征人，遭艰解府，普加军功二阶；其禁卫武官，直阁以下直从以上及主帅，可军功三阶；其亡官失爵，听复封位。谋反大逆削除者，不在斯限。清议禁锢，亦悉蠲除。若二品以上不能自受者，任授兒弟。可班宣远迩，咸使知之。"

皇太后以为这番辩解便可以消弭自己的过错，以为给大臣、将士加官进位便可以蒙蔽天下，让她按照自己的心意治理大魏了。

其实，她这是大错特错。

尔朱世隆一直静静地等待着皇帝诏书。皇帝秘密召见他，说了一番藏头露尾、吞吞吐吐的话语，让他隐约感觉到皇帝与太后的矛盾已经到了水火不相容的地步。皇帝想让尔朱荣进京干什么，他也能猜出七八分。可是，事情过于重大，他不敢随意行动，只想等到皇帝下了诏书，他再火速派人赶回晋阳向尔朱荣报告。

尔朱世隆还没有等到皇帝诏书，就传出皇帝驾崩的消息，接着又是皇太后立三岁幼子之事。

从皇帝召见他之后，尔朱世隆就被郑俨取消了入宫值勤资格，作为直寝将军，这些天不能入宫值勤，他就担心要出事情。咸阳、太极、式乾等几殿的侍卫，全部换了郑俨率领的西林园崇训宫羽林。一定要出大事了，可是，他又能怎么办呢？

尔朱世隆只能惴惴不安地等待着。突然传来皇帝驾崩的消息，尔朱世隆几乎不敢相信自己的耳朵。前几天皇帝召见他的时候，还是那么神采奕奕。自从蜜多道人死了以后，皇帝比过去胖了，人也精神了。尔朱世隆也看到皇帝这明显的变化。他还不到十九岁，三月才是皇帝十九岁的寿诞，宫里还正张罗着准备要庆贺呢。怎么会驾崩了？听闻皇帝驾崩时既没有太医在身旁，也没有皇后、妃嫔守护，大魏国堂堂皇帝天子就这么不明不白地孤孤单单地死了！

尔朱世隆急忙提笔给尔朱荣写秘信，他要把朝廷发生的这些大事连夜告诉尔朱荣，也把皇帝元诩秘密召见一事向尔朱荣和盘托出。

"星夜赶回晋阳！"尔朱世隆把秘信交给自己的心腹苍头王相。

沉河艳后：胡灵皇后

晋阳尔朱荣豪华的府邸里,灯火通明。虽然已经深夜,尔朱荣和他的几个亲信子侄谁都没有一丝倦意。刚才快马来人敲开府邸大门,尔朱荣就知道一定是洛阳皇宫出了大事。他披衣起来,立刻命令苍头去把几个子侄弟兄全部喊了起来,全部集中在大堂上议事。

尔朱荣披着羊皮大氅,坐在中间,他正专心致志地读着尔朱世隆星夜送来的秘信。看到皇帝驾崩的消息,尔朱荣不由得号啕大哭起来。

"发生甚事情了?"子侄纷纷站起身围到尔朱荣身边焦急地问。

"皇帝驾崩了!"尔朱荣甩着一把眼泪一把鼻涕。

"甚? 皇帝驾崩了?"

"这怎么可能?"

"皇帝年纪轻轻,又没听说他有病,怎么说崩就崩了?"

"是不是误传啊?"

尔朱兆、尔朱天光、尔朱度律、尔朱彦伯等都直瞪着眼睛,你看我,我看你,互相议论着。

"不是误传!"尔朱荣又甩了把眼泪鼻涕,指着手中的信:"世隆说得很详细。皇帝一人孤零零地死于咸阳殿东堂,身边既没有太医,也没有后妃,连最亲近的内侍都没有! 他说,宫中传说,是太后身边的宠幸郑俨和徐纥毒死皇帝的。那天,他们两个人去了咸阳殿。"尔朱荣复述着信上内容。

"奶奶的! 这两个奸贼! 居然敢害死皇帝!"尔朱兆跳了起来,咆哮着。

"大家别吵!"尔朱荣摆了摆手:"世隆信上说,皇帝在临死前两天,曾秘密召见了他,提出让我带兵进京。陛下说他要下诏书给我的!"尔朱荣带着哭腔。

有小诸葛之称的尔朱彦伯分析说:"皇帝陛下一定是意识到自己处境险恶,才秘密召见世隆,想通过世隆带信给二哥,让二哥进京勤王。可惜,皇帝还没来得及动手,就让太后先下手了!"

"是这么回事!"尔朱荣点头,"世隆也这么说。"

尔朱荣继续阅读着来信。他突然大喊一声:"奶奶的! 这叫甚事! 太后以皇女冒充太子即位,然后第二天又找了个三岁的男娃即位了!"

大家乱哄哄七嘴八舌地议论着亘古未闻的奇事。

"世隆最后怎么说?"尔朱彦伯问。

"他说,眼下皇城一片混乱,大臣人心不稳。他让我自己决定动向。不过,他说,如果想进京的话,现在倒是一个好机会!"

"是个好机会!"尔朱兆说,"皇帝不明不白地死了,二哥可以上抗表,同时带兵进京去讨伐害死皇帝的奸臣贼子!"

"你说呢?"尔朱荣转向尔朱彦伯。

尔朱彦伯沉思着,慢腾腾地说:"此是大事,须慎重计议!"

尔朱兆脸红脖子粗,大声反驳着说:"机不可失,时不我待,犹豫不得!我们有世隆叔送信,要比其他州郡早得到消息。要是犹豫不定,也许其他州郡会抢先进京了!那我们就悔之晚矣!"

尔朱荣点头:"阿兆言之有理!我要抗表进京!皇太后身边那些奸佞,想起来就叫我恨得牙痒!那徐纥,什么东西,仗着伶牙俐齿、巧言令色得太后宠信,就撺掇太后不要赏赐我不死铁券,又在太后面前说我小话,实在可恨!"

尔朱彦伯说:"抗表进京可以,可是,抗表就意味着我们要拥立新皇。可是,我们现在还没有合适的人选啊。"

尔朱荣点头:"这是个大问题。你们说谁可以做新皇呢?"

大家都沉默着。

尔朱彦伯想了一会,说:"我以为彭城王元勰德高望重,不妨从他的子孙中挑选一个持重的、修养好的,来担此大任。"

大家都同意。

尔朱荣沉思着,一边数着彭城王元勰的几个儿子:"长子元子直,已经病逝。嫡长子子劭,听说在青州为刺史,有异志,刚刚被征调到朝中为御史中尉,替代郦道元。如与之谋,怕是难一些。老三子攸,从小与皇帝陛下一起读书,与皇帝感情深厚,又兼黄门侍郎,常年直禁中,与世隆关系相善。他刚被举荐为侍中,封长乐王,名声很好。我以为他比较合适。"

尔朱兆说:"我见过这元子攸,风神秀慧,姿貌甚美,有帝王相。"

尔朱彦伯说:"这小伙子稳重儒雅,颇得乃父遗风。我也以为他是合适人选。"

"人选已定,我们立刻行动!彦伯,你去草拟抗表,我这里派天光带着奚毅,跟世隆苍头王相星夜赶回京城,去见世隆。天光,你去见世隆,把我们这

沉河艳后:胡灵皇后

里商议的事情与世隆议论，征求他的同意。然后与世隆在京城联络废立之事！事不宜迟，你们这就动身！"

尔朱天光立即起身，正要离去，尔朱荣又拉住他，叮嘱道："事关重大，你等一定要谨慎从事！"

"叔父，你放心！天光一定不辱使命！"

"好，你们去吧，一路小心！"尔朱荣又嘱咐再三。

尔朱彦伯写好抗表，让尔朱荣过目。

"你读吧。"尔朱荣挥手。

尔朱彦伯朗朗读着：

"伏承大行皇帝背弃万方，奉讳号踊，五内摧剥。仰寻诏旨，实用惊惋。今海内草草，异口一言，皆云大行皇帝，鸩毒致祸。臣等外听讼言，内自追测。去月二十五日圣体康健，至于二十六日奄忽升遐。即事观望，实有所惑。且天子寝疾，侍臣不离左右，亲贵名医，瞻仰患状，面奉音旨，亲承顾托。岂容不豫初不召医，崩弃曾无亲奉，欲使天下不为怪愕，四海不为丧气，岂可得乎？复皇后女生，称为储两，疑惑朝野，虚行庆宥，宗庙之灵见欺，兆民之望已失，使七百危于累卵，社稷坠于一朝，方选婴孩之中，寄治乳抱之日，使奸竖专朝，贼臣乱纪，唯欲指影以行权，假形而弄诏，此则掩眼捕雀，塞耳盗钟。今秦陇尘飞，赵魏雾合，宝夤、丑奴势逼豳雍，葛荣、就德凭陵河海，楚兵吴卒密迩在郊。古人有言：邦之不臧，邻之福也。且窃唯大行皇帝圣德驭宇，继体正君，犹边烽迭举，妖寇不灭，况今从佞臣之计，随亲戚之谈，举潘嫔之女诳百姓，奉未言之儿而临四海，欲使海内安逸，愚臣所未闻也。伏愿留圣善之慈，回须臾之虑，照臣忠诚，录臣至款，听臣赴阙，预参大议，问侍臣帝崩之由，访禁旅不知之状，以徐、郑之徒付之司收，雪同天之耻，谢远近之怨。然后更召宗亲，推其年德，声副遐迩，改承宝祚，则四海更苏，百姓幸甚。"

"很好！写得很好！"尔朱荣夸赞着，"就这么送上去吧，且看太后如何处置。"

"兄长要不要与元天穆大哥商议商议？"尔朱彦伯问。

尔朱荣一拍额头:"幸亏你提醒!我差点忘了。要去与他商议的,备马!我这就上刺史衙门去见刺史元天穆!"

尔朱彦伯笑了:"二哥不用去了。小弟已经派人去请元天穆大哥,他立时就到!"

尔朱荣赞许地拍着尔朱彦伯的肩膀:"彦伯办事周到,真让我放心!"

说话间,院子里已经响起响亮的声音:"二弟叫大哥来,何事啊?"

"说曹操曹操就到!"尔朱荣笑着迎了出去。"大哥,小弟有要事与你相商!快进来说话!"尔朱荣拉着元天穆的手,进了厅堂。

并州刺史元天穆,为神元帝平文皇帝的后代子孙,并非皇帝近支。六镇反,胡太后诏元天穆为使者出六镇巡视安抚慰劳诸军。路过秀容时,尔朱荣见元天穆队伍法令齐整,人又容貌伟壮,很有将帅风度,便有心结交。元天穆也喜欢尔朱荣豪爽义气,六镇反,尔朱荣不为所动,依然忠于朝廷,恪尽捍卫北道职守。二人一见如故,便焚香结为兄弟。

"你先看看这表,然后再说。"尔朱荣把尔朱彦伯写好的抗表交给元天穆。

元天穆嘟囔着:"什么事情,这么神秘?"边说边浏览着。刚浏览了几行,元天穆的脸色大变:"贤弟这是要对抗朝廷了!"

"小弟主意已决,请大哥来,想再征求大哥之意见。"尔朱荣目光炯炯地看着元天穆,他相信元天穆一定会支持他的决定。"皇帝晏驾,春秋十九,海内士庶,还说幼君。今奉一个尚不会说话之小儿临天下,还能指望天下升平?我尔朱氏世代蒙受国恩,不能坐看大魏成败。我想以铁马五千,赴哀山陵,兼问侍臣帝崩之缘由,大哥以为如何?"

元天穆思忖了一会儿,说:"贤弟世跨并州,雄才杰出,部落之民,控衔一万。若能行废立之事,大魏一定能重新兴盛。愚兄支持贤弟之决定,愚兄将不遗余力助贤弟一臂之力!这无道太后,早该如此!"

尔朱荣哈哈大笑,拍着元天穆的肩膀:"小弟知道兄长一定支持小弟的决定!此事还要请兄长仔细斟酌,出谋划策可是靠兄长啊!"

"你放心!愚兄一定与贤弟齐心协力,周全谋划。我们不鸣则已,一鸣则一定要惊人!"元天穆哈哈笑着说。

6.尔朱荣铸金人谋立新皇　元子攸潜大河即位兵营

尔朱天光带着亲信奚毅和苍头王相,偷偷进了洛京,来到尔朱世隆位于大夏门外的府邸。

尔朱世隆见尔朱天光这么快就赶进京城,知道尔朱荣已经下了决心。乱世出英雄,尔朱氏不趁这大好时机成就一番大事业,实在可惜了尔朱氏的名声。

"怎么样? 你二叔他下决心了?"尔朱世隆问尔朱天光。

"二叔已经下了决心!"

"准备怎么干?"

尔朱天光伏到尔朱世隆耳边小声嘀咕着。

"好! 我们晚上就约元子攸见面!"尔朱世隆笑着说。

尔朱世隆进宫城去见元子攸。元子攸作为散骑常侍、侍中,多数时间值勤在宫里。元子攸很像彭城王元勰,仪表堂堂。见到尔朱世隆,他高兴地把他让进自己的值勤房,笑着问:"尔朱将军何事见教?"

尔朱世隆小心地关好门,拉着元子攸坐到座位上,小声问:"贤弟对眼下局势有何看法?"

元子攸摇头,面露忧色:"局势不妙啊。皇帝暴崩,人心浮动,太后与幼主难以驾驭局面。"

尔朱世隆又试探地问:"贤弟一直在禁内当值,对先帝暴崩,可听闻些什么?"

元子攸谨慎地说:"道听途说,不足为凭。"

尔朱世隆轻轻笑着,拍着元子攸的肩膀:"贤弟是信不过愚兄,所以说话才如此吞吞吐吐,有所顾忌吧?"

刚刚二十岁的元子攸有些不好意思,急忙辩解:"哪里,哪里,小弟确实只是道听途说,不敢以讹传讹。"

"贤弟就把道听途说的说给愚兄听,愚兄不会传出去的。你难道还信不过我?"尔朱世隆又拍了拍元子攸的肩膀。

元子攸说:"听说先帝暴崩,与太后身边的徐纥、郑俨有关。"

尔朱世隆紧皱眉头："这愚兄也听说了。举朝上下，怨声载道。贤弟，你对太后扶立幼子为帝，以为如何？你以为可以稳定国朝吗？"尔朱世隆单刀直入，不再与元子攸兜圈子、绕弯子。

元子攸紧皱眉头，满面忧虑，连连摇头说："小弟不抱此希望。三岁幼童，还不是傀儡一个？太后如今被徐纥、郑俨、李神轨等迷惑，已经昏聩不堪，难有作为，这大魏江山江河日下，怕是成了定局，说不定什么时候这大厦就倾覆了。"元子攸一边说，一边叹气，还涌出满眼眶的泪水。

"你是元魏宗室，皇帝近支，显祖亲孙，难道就不想为皇室做点什么以挽救大魏江山？"尔朱世隆进一步试探。

元子攸圆睁双眼，看着尔朱世隆，很委屈的样子："谁说我不想做点什么？可是，我能做什么？我只能焦急而已，只能眼看着大厦将倾。"

尔朱世隆拍了拍元子攸的肩膀，安慰他："贤弟不要着急。要是有人愿意出兵声讨奸贼，匡扶贤弟，贤弟敢于担此重任吗？"

元子攸惊慌失措地看着尔朱世隆，结结巴巴地说："兄长是来诳小弟呢，还是来试探小弟？小弟可没有一丝一毫反叛之心啊！"

尔朱世隆郑重其事地说："你不用怕，我不是替太后来试探你！你就告诉我说，假如有愚兄所说情况发生，你敢不敢应承？"

"你真的不是来试探我？"元子攸又追问了一句。

"朝廷眼下这状况，我为什么要试探你？我又不是太后的人，这你难道不知道？"尔朱世隆面露愠色，声音里流露出极大的不高兴。"你要是还不相信，那我只好告辞，另选他人了。"尔朱世隆说着便要站起来。

元子攸急忙按住尔朱世隆："兄长不要生气，小弟相信了。"

"既然如此，你就直截了当地回答我，你敢不敢担当？"

"要是有这样的事情，小弟敢于担当！"元子攸回答得很干脆，掷地有声。

"好！"尔朱世隆用力拍了一下元子攸的肩膀："有种！不愧是彭城王的儿子！"尔朱世隆说着站了起来，"我这就去回复来人！这些天，你最好找个理由回家住，有人会随时联络你！"

尔朱世隆回府，把元子攸的话转告尔朱天光。尔朱天光说："为了稳妥，我还要再见见他。"

"我来安排。"尔朱世隆说。

沉河艳后：胡灵皇后

"什么？尔朱荣抗表？"皇太后惊慌失措，六神无主，"这可怎么好？这可怎么好？"她连连搓手，连声说。等了一会儿，她又问："尔朱荣是不是已经发兵了？"

"还没有。"徐纥说。

"丞相呢？叫他来谋事。"

"丞相元雍称病，已经不进宫了。听说躲到城外寺院，谁也不见。"李神轨回答。

"司徒元悦呢？"皇太后着急，瞪着惊慌的眼睛，看着徐纥，又看着李神轨。

"司徒元悦也不露面，像元雍一样，称病躲到城外别墅了。"

"这可怎么好啊？"皇太后呻吟着，"太尉呢？皇甫度，他该在吧？"

"太尉倒是坚守在大内，可是，他眼下也一筹莫展，急得团团转，一个将军都调遣不了。"李神轨叹息着说。

"只有再派你去了。"皇太后可怜巴巴地看着李神轨，"你虽然刚刚平息乱贼回来，可眼下情况紧急，没办法，只有派你了。"

李神轨说："太后放心，臣愿意以死报国，以死报太后恩德！"

徐纥见太后忧虑得六神无主，又以安慰奉迎太后为能事，他轻描淡写地说："区区一个尔朱荣，何足惧哉？太后请召王公卿，自有策略应对。"

"也好，也好。侍郎传诏，朕携皇帝于咸阳殿议事。"

太后于咸阳殿议事的诏旨传了下去，太尉皇甫度与各部尚书郎中卿，都陆续来到咸阳殿。丞相元雍、司徒元悦称病不来，也还有几个宗室王称病不到。

太后牵着虚岁三岁的皇帝元子钊坐到宝座上。太后甜甜地微笑着，用她顾盼自如的黑白分明的大眼睛脉脉含情地从皇甫度的脸上扫到各位尚书的脸上，再扫到郎中、卿丞的脸上，企图先打动各位大臣的心。

"诸位公卿，"太后尽量用温柔甜蜜的声音说，"请大家咸阳殿议事，全然国朝有难。"说到这里，太后提高声音威严起来，"北道尔朱荣，不恪守为臣之道，抗表在先，勒兵于后！是可忍，孰不可忍！公卿以为如何处置？"

公卿听了，面面相觑，又急忙做进曹营的徐庶，各自眼睛瞅着地面，都沉默着谁也不说话。大殿里死一样的沉寂。

沉河艳后：胡灵皇后

三岁的元子钊坐不住,在太后身边吭吭哧哧,哼哼唧唧地闹着要哭,太后小声哄着,小声威胁着,元子钊还是不为所动,嘴撇了又撇,终于憋不住哇哇大声哭喊起来。响亮的哭声回荡在大殿上空,让公卿哭笑不得。这哭声倒勾起太后对元诩当年情景的回忆。元子钊哇哇地继续大哭着。

　　皇太后叹了口气,这大家都扛着谁也不想开口说话的议事看来是议不下去了。元子钊哇哇的哭声叫人心烦。皇太后起身,拉着元子钊,一言不发,离开了大殿。

　　太尉皇甫度急急追了上去。"太后陛下,派谁去阻截尔朱荣啊?"他着急地问。公卿谁也不配合,他谁也指派不动。

　　徐纥赶了上来,谄媚地笑着对皇太后说:"尔朱荣马邑小胡人,人才凡鄙,不度德量力,长戟指阙,所谓穷辙拒轮,积薪候燎!陛下只要派出宿卫文武,守住河桥,观察尔朱荣动向。尔朱荣奔波千里来京,兵老师弊,陛下以逸待劳,破之易如反掌。"

　　皇太后点头:"卿言令朕心安!传朕诏令,命李神轨与郑俨领宿卫军队五千,镇守河桥!"皇太后对太尉皇甫度说。

　　尔朱世隆又安排尔朱天光在京师与长乐王元子攸见了几次面,经过多番密谈,得到元子攸的肯定答复,又与元子攸约好相会的时间、地点,便与奚毅从京城连夜赶回晋阳,向尔朱荣报告。

　　尔朱荣听了尔朱天光的禀报,依然有些迟疑。万一选错拥立之人,他不是搬起石头砸自己的脚吗?

　　见尔朱荣依然犹豫,元天穆出主意说:"贤弟要是还有犹豫,不如效仿国朝初年确立皇后的做法,以铸金人考验。谁之金人像成,即拥立谁!"

　　"也好!这样使我更心安一些。"尔朱荣点头。尔朱荣令部下以铜铸高祖及咸阳王元禧等六王子孙像。

　　尔朱荣在大厅里等着。

　　尔朱天光与元天穆等回来报告说,其他人的金像怎么也铸不成,唯有元子攸金像一次铸成。

　　"天意如此!我没有什么可犹豫的了!"尔朱荣一拳砸在桌子上,大声喊:"传我的命令!立即发兵京师!"

沉河艳后:胡灵皇后

795

尔朱荣一声令下,早就在营帐等待的尔朱荣的五千铁骑一色缟素,坐骑挽着白帛,打着白旗,由尔朱荣亲自带领,以尔朱兆为前锋,向京师洛阳卷去。

尔朱荣留尔朱天光和元天穆为他镇守并州、肆州、恒州。尔朱世隆已经偷跑出京师,在上党等待。

尔朱荣三军风驰电掣般来到大河边,攻克河内(今河南省沁阳南),驻军大河边的河阳,以等待元子攸到来。

元子攸与尔朱天光、尔朱世隆约定以后,又去见了自己的兄长彭城王元劭、弟弟始平王子正,密告了他与尔朱荣的密约。元劭与元子正答应与元子攸一起到河内去见尔朱荣,拥戴元子攸为帝。

元子攸与元劭、元子正弟兄三人,以清明出行祭拜父母为由,一起出了京师,来到河桥上游的高渚,找了条小船,趁着夜色,从高渚渡河,与尔朱荣会合在河阳(今河南省孟县以西)。

武泰元年四月九日清晨,元子攸弟兄三人来到河阳尔朱荣军营。尔朱荣率领着将士高呼"万岁",把元子攸迎进军营拥立为大魏皇帝。

第二天,尔朱荣大军挥师过河。

为太后守护河桥的李神轨、郑俨,见尔朱荣大军扑面而来,急忙撤退,闻风丧胆。尔朱荣大军顺利渡过河桥,驻扎在邙山之北,河阴之野。

四月十一日,尔朱荣在河梁,举行新皇帝元子攸即位大典。尔朱荣亲自搀扶元子攸履宝座,口称陛下万岁! 元子攸下诏,以尔朱荣为使持节、侍中、都督中外诸军事、大将军、尚书令、领军将军、领左右、封太原王,食邑二万户。

7.河阴剧变红颜沉河　北魏江山风雨飘摇

封为太原王、大都督、侍中的尔朱荣与几个亲信在河阴行宫里谋事。

尔朱兆小声嘟囔着说:"二叔,我真不明白,如今二叔大权在握,何必要拥戴一个无能皇帝呢?"

尔朱荣白了尔朱荣一眼:"你今天这是咋了? 像个老婆娘似的,车轱辘话说了又说,我都听腻了!"

尔朱兆说:"小侄确实觉得二叔冤枉得慌,你出兵,帮助别人坐朝廷,何苦呢? 还不如你自己坐呢。"

尔朱彦伯也点头。

"你呢?"尔朱荣转头问尔朱世隆。

尔朱世隆摇头:"小弟不以为然。当皇帝当然好,可这也许要引起很长时间的混乱,百官难以接受。"

"管他娘的他们同意不同意!"尔朱兆瞪着牛一样的大眼睛,"这些贪官污吏,没一个好东西! 他们若是不同意,全都宰了,看他们谁敢反对!"

尔朱世隆笑着摇头:"阿兆说得太轻松了。两千多宗室王公官吏,你怎么能一下子斩尽杀绝啊? 你不依靠他们执政了?"

尔朱兆还是不以为然,梗着脖子与尔朱世隆辩驳:"那还不容易? 别说二千,就是二万,只要把他们集中到这里,一个也别想活着离开!"

尔朱荣心里突然一动。他对朝廷里像徐纥那样的贪官污吏,那些草包混蛋早就恨得牙痒,也恨不得把他们斩尽杀绝。尔朱兆这话正说到他心底里。是不是该想办法杀了那些贪官污吏,而后自己当皇帝呢? 尔朱荣心里嘀咕起来。

尔朱世隆不想与尔朱兆争论下去,这尔朱兆是个杠子头,就喜欢和人抬杠,跟他争论,是争论不出个什么结果的。

尔朱荣沉思着。大家见尔朱荣不说话,也都静默下来。过了一会儿,尔朱荣问:"元子攸能同意吗? 他已经有了皇帝权力,他不同意,我们还是什么也干不成。"

尔朱兆见尔朱荣有些动心,急忙说:"这好办,杀了他不就行了。"

尔朱荣摇头:"不能这么干! 我们不能出尔反尔! 我们把人家请来,然后又杀了人家,太不仗义了! 这不是我尔朱氏所作所为!"

尔朱兆不敢言声,低头深思默想起来。

尔朱彦伯试探着说:"如果二哥确实下决心如阿兆说说,小弟倒有一个好办法,不知二哥可愿意听?"

"你快说来我们大家听听!"

"小弟以为,可以下令让洛京百僚前来奉迎皇帝,然后派新皇帝巡幸河洛一带,不让他与百官见面。等百僚来了以后,再看百僚的态度,如果他们

沉河艳后：胡灵皇后

797

肯于拥戴二哥,就留他们。若是不从,就一起除去,毫不费力!"

"好!好办法!"尔朱兆立即拍手叫好。

尔朱世隆只是摇头。可是见尔朱荣已经心动,也不好说什么。

"就这么着!"尔朱荣随即起身,对尔朱兆说,"立即派人进洛京送信给丞相元雍和皇太后,让皇太后携那个三岁的元子钊明日来河阴奉迎新皇!命令元雍携百官、有司,备法驾、携玺绂明日前来河阴奉迎新皇!我这就去见元子攸,派他巡幸河洛地区!"

尔朱世隆问尔朱荣:"你准备如何处置皇太后和那元子钊?"

尔朱荣说:"我对皇太后还是有好感的。她若是顺从,就让她活着吧,找个寺院让她落发,不是很好吗?"

尔朱世隆点头。

"不要让元顺来了。"尔朱荣对派去洛阳传达他的命令的尔朱兆说,他佩服这正气在身的元顺,不想加害他。

丞相元雍领着百官,入西林园见太后。半夜他被徐纥叫醒,徐纥说尔朱荣派人传令给洛阳皇宫百官,宣告废除元子钊,拥戴新皇帝即位,要求百官有司带玺绂、备法驾,于十三日到河阴,朝见和奉迎天子回洛阳皇宫。

元雍惊慌得不知如何是好,只好在屋子里转了半夜,好不容易挨到天亮,立刻去西林园求见太后。

西林园一片混乱和惊慌,侍卫、宫人听说尔朱荣过河,这两天已经陆续偷跑了许多,西林园各殿都没有侍卫守护。

太后正在寝宫里团团转。河桥失守这两天,宫里乱糟糟的,守卫、宫人不断逃跑,连身边的几个近侍也不见踪影。春香和成轨一大早就带来尔朱荣已经拥立新皇元子攸的消息,还告诉她,徐纥夜里假造诏令骗开殿门,偷了十匹骅骝马,带着家人东跑兖州了!徐纥逃跑时,还没忘记关照他的亲人,他派人告诉他的两个弟弟,青州长史献伯与北海太守季彦,让他们都带了家眷南逃。

后来,徐纥投靠泰山太守羊侃举并反,羊侃听从徐纥蛊惑举兵反,与徐纥一起围兖州。不久,被庄帝元子攸派兵讨伐,徐纥与羊侃一起奔逃南朝萧衍。此又是后话。

皇太后又急又气，她流着眼泪跺着脚骂着："王八蛋！都是这王八蛋坏朕的大事！"她后悔、懊恼，不该听信徐纥攻击尔朱荣的话。要是满足尔朱荣的要求，准许封王和赏赐他不死铁券，要是答应尔朱荣出兵相州捍卫国朝，也许尔朱荣就不会走到今天这一步！可是，都是这王八蛋徐纥，在她面前说什么尔朱荣不可靠，说什么尔朱荣有野心，不能信任他，更不能赏赐他不死铁券！

皇太后骂着，在宫里团团转着，六神无主。

"郑俨呢？"皇太后问春香。

春香摇头："不知道！没见到他！"

"是不是也独自跑了？这些王八蛋！平日里一个个装得比狗都听话，危难时刻，全都扔下朕，自己逃跑了！"

郑俨确实如皇太后猜测的那样，自己逃跑了。郑俨从河桥回来，知道大势已去，他害怕落到尔朱荣手里，便急惶惶地如漏网之鱼走归乡里，到荥阳投奔他的哥哥太守郑仲明。后来他劝说郑仲明据郡起众，被部下所杀，传首洛阳。

"李神轨呢？"太后又问。

成轨回答："他从河桥撤退回来，守在大夏门。"

"这还算个有良心的臣子！"太后太息着。

成轨心里暗笑：你还夸他呢。不是他拖延不肯去守河桥，也许尔朱荣还不至于这么快就过河来。前几天，李神轨见太后任命自己为大都督守河桥，心中十分害怕，可是又不敢违抗圣命，便想办法拖延，先派郑俨率领宿卫把守河桥，自己镇守在洛阳按兵不动。

眼看河对岸尔朱荣大兵驻扎，郑俨回京催促李神轨再派队伍支援河桥，李神轨无法推辞，才慢吞吞地带着队伍支援到河桥。他的队伍还没有到达河桥，就见前面守河桥的宿卫如兔子般从对面跑过来，一边跑一边喊："尔朱荣过河了，北中失守了！"

李神轨的队伍听见这喊声，看到逃跑的军队，立刻掉头向洛阳城跑去，北魏最剽悍的宿卫队伍立时做了鸟兽散。李神轨急忙下令撤退，好不容易才稳住队伍，撤回洛阳。他急忙命令关闭大夏门，死守洛阳。

"丞相元雍呢？"皇太后又问。

沉河艳后：胡灵皇后

成轨说:"丞相在外面等候陛下接见,他有要紧事情禀报。"

"快请进来!"

元雍走了进来,满脸惊慌,胡太后一看元雍战战兢兢的样子,浑身又抖个不停,怎么也抑制不住。

"什么事情?"胡太后声音颤抖着问。

"尔朱荣派人送信来,命令臣率领百官于明日去河阴奉迎新皇帝。臣来通报陛下。"

"要是不去呢?"胡太后浑身籁籁地颤抖着问。

"要是不去,他将带兵血洗洛阳皇城!"

"朕呢? 他如何发落朕与子钊啊?"皇太后壮着胆子问,心里却紧缩成核桃似的。

"他让太后与子钊同去。"元雍迟疑了一下,不得不说。

"不!"太后突然发作起来,她尖声喊着:"不! 朕宁愿落发寺院,也决不去见这叛逆贼子!"

胡太后跺着脚,挥舞着胳膊,发疯似的在殿里走着。她眼睛发红,头发蓬乱,神色张皇惊恐,一副走投无路的样子。

"不! 朕坚决不去见那贼子逆臣!"她不断地喊,整个人如同疯狂似的。

胡太后喊了一会儿,感到有些疲累,她颓然落座在椅子上,闭上眼睛,仰靠到椅背上陷入沉思。宁死也不能受尔朱荣贼子的这般侮辱! 不仅她不能受尔朱贼的侮辱,元诩的后妃更不能受他们的侮辱! 很可能有兵士以能够蹂躏皇帝后妃为得意、为快事。不行! 不能让元诩的后妃落入贼子之手!

皇太后努力让自己平静下来,她慢慢睁开眼睛,对元雍说:"为了保全洛阳,你就按尔朱荣所说,去召集百官,去做准备吧。"

元雍忧心忡忡,眼睛里含着满满的眼泪,声音颤抖地问:"太后陛下,你呢? 你准备怎么办?"

皇太后挥手:"去吧,先去召集百官吧。不要管我了!"

元雍流着泪,告别太后,去召集百官,准备动身去河阴奉迎新皇帝。

皇太后呆呆地看着元雍离去,神情木然地对成轨说:"去把后妃叫到宣光殿来。"

成轨答应着去了。

太后又对春香说："去找把剪刀来。"

春香哭着问："太后，你想干什么？"

太后神情黯然，却很平静："你去找剪刀吧，一会儿你就知道要干什么了。"

春香哭着去了。

太后站了起来，走进寝宫，让宫人给自己重新梳洗上妆，她换上冠冕礼服，神情庄严地来到宣光殿。

皇后胡氏带着元诩的几个嫔妃，李氏、崔氏、范氏、潘妃等来到宣光殿。胡太后看着站在面前的这几个如花似玉的女子，难过极了。

后妃也听说尔朱荣将要进城，一个个惶恐不安，脸上挂着泪珠串。

十五岁的侄女胡氏哭着扑到胡太后的怀抱里，哭喊着："姑姑，太后，我们怎么办啊？"

见皇后哭，这几个十五六岁的嫔妃全都哭了起来，有的号啕，有的嘤嘤，有的饮泣，全哭得头都抬不起来。

春香拿着剪刀来到宣光殿。胡太后推开胡氏，稍微提高声音呵斥着说："哭什么？都给我抬起头来！"

胡氏和嫔妃急忙止住哭声，抬起头来看着太后。

胡太后叹息了一声，放缓了语气，温和地说："大家都知道眼下的局势。尔朱荣带领塞外胡兵明天就要入京。那些贼子兵入城后不知会发生什么事情。你们是皇帝后妃，一个也不能落入敌兵手中！为了保护你们的清白和皇室荣誉，我要让你们落发入瑶光寺为尼。现在，你们就落发吧！"

胡太后对春香招招手："来给她们落发吧。落发以后，送她们进瑶光寺！"

胡氏和嫔妃都嘤嘤哭了起来。

"先给皇后落发吧。"胡太后对春香说。

春香来到皇后胡氏，散开她的头发，咔嚓剪去她一头青丝，露出青青的头皮。春香逐个剪去嫔妃的头发。

"把剪刀给我！"太后对春香说。

春香把剪刀交给太后，太后除去头上冠冕，嚓的一声剪去额前的一绺黑

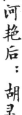

发。春香哭喊着扑了上去，抱住太后的手："太后，你这是干什么啊？陛下，不能啊！"

太后流着泪，推开春香，又嚓地一下，剪去另一绺，一边说："我早就有落发为尼的想法。现在好了，我的愿望可以实现了。"

春香还想阻拦，太后呜咽着说："你难道想见我受尔朱贼的侮辱？落发为尼，才是我最好的归宿！"说到这里，胡太后呜咽起来。没想到，当年她逼迫高莺莺的事情又落到她自己的头上，这是报应，还是轮回？

"我们走吧。"胡太后剪去满头黑发，露出青青的头皮，把剪刀交给春香，挥手对胡氏说："入了寺院，可以避免受辱！"

春香哭喊着："太后，等等我！我要跟你一起去！"说着用剪刀胡乱剪去头发。

胡太后叹息着："难得你这么忠心不渝！你大可不必如此，你还可以出宫去，找个好人家嫁了，做个平民百姓，图个后半生的安稳啊！"

"不！我要跟着太后！"春香胡乱剪去头发，走到太后身边，搀扶着太后慢慢向大殿外走去。

成轨慌张地从外面冲了起来："太后，太后！尔朱荣派的人一定要让太后去河阴！如果太后和子钊不去河阴，皇宫里谁也别想活着出去！他会立刻带兵打进宫来！"

太后无奈地看了看春香，苦笑了一下："看，你还是不能跟着我了。算了，我们的缘分到今日就算尽了！你带着她们一起去瑶光寺吧，我把她们托付给你照应了！好好替我照顾她们！她们太小，还自己照顾不了自己！你一定要替我好好照顾她们！我去见尔朱荣！"

太后转脸对成轨说："你要把她们安全护送进寺院，我去见尔朱贼派的人！"

太后说着，与春香拥抱了一下想转身离开，春香哭喊着，死活不放手。皇后胡氏也哭着上来抱住胡太后。胡太后静静地流着泪，平静地抚摩着春香的头发，又抚摩了胡氏脸颊一下，叹了口气，用力挣脱她们的拥抱和拉扯，转身快步向殿外跑去。

"太后！"

"太后！"

她的身后传来一片哭声喊声，震撼着宣光殿和西林园。

皇太后和三岁的元子钊被尔朱兆拉到车上，与元雍等率领的百官一起出了洛阳西阳门，向河阴方向赶去。

太后抱着三岁的元子钊，静静地坐在车上，她时而闭上眼睛，时而睁开眼睛看看怀立里的孩子，元子钊在她怀抱里已经静静地睡着了。

可怜的孩子！他什么也不懂，什么也不知道！什么样的命运等待着他，他一无所知！皇太后轻轻地、爱怜地抚摩着元子钊娇嫩的脸蛋。

来到河阴。皇太后下了车，元子钊揉着惺忪的眼睛，迷迷糊糊地问："太后，这是哪里啊？"

太后抚摩着元子钊的头发，小声说："这是大河，你瞧，那里那条波涛滚滚的河就是我们的母亲大河。"

元子钊拍手笑着喊："好大一条河啊！"

大河岸边是一片宽阔平坦的平地，碧草如茵，这里建着一处行宫。高大的邙山耸立在蓝天下。

尔朱兆带人过来，把太后和元子钊押到一个营帐里，看管起来。

元雍率领着百官陆续下车，集合在行宫前的绿草地上，等着尔朱荣安排。"元悦呢？"元雍问身边的元顺。

元顺回头在人群中找了许久，摇头说："没见到，可能住在城外别墅，没有人去知会他！"

元雍摇摇头，没有说话。

这时，元雍身后的军队响起一阵地动山摇般的欢呼："大将军万岁！大将军万万岁！"

只见尔朱荣一身戎装，手按佩剑，在尔朱兆、尔朱度律、尔朱彦伯等大将的陪同和卫兵的前后簇拥下，神气凝重、满脸威严地走出行宫，向百官走来。

尔朱兆跳到行宫高台基上，挥舞着佩剑向元雍率领的百官大声喊："百官拜见皇帝！百官叩首！"

元雍惊愕地看着尔朱兆。皇帝呢？皇帝元子攸在哪里？皇帝没有出现，为什么要叩首？向谁叩首？

百官都惊愕地呆立在原地，对尔朱兆的喊声没有一点儿反映。

沉河艳后：胡灵皇后

尔朱兆愤怒地挥舞着佩剑，继续大声喊：“拜见新皇帝！拜见新皇帝！叩首！叩首！听见了没有？”

元雍和百官还是静静地呆立着，没有一点反映。

站在百官前列的元雍大声问：“皇帝在哪里？”

尔朱兆脸红脖子粗，朝元雍挥舞佩剑，大声斥责：“你眼睛瞎了吗？没看见你前面站立着尔朱皇帝吗？”

元雍大声喊：“我没看见！我只看见尔朱大将军，没有看见你们拥立的元魏新皇帝元子攸！”

元子攸的哥哥彭城王元劭和弟弟元子正从行宫里跑了出来，一边跑一边喊：“新皇帝巡幸河洛去了，很快就会返回来的！”

尔朱兆见元劭和元子正从囚禁地跑了出来，非常恼怒。他冲上去，挥舞着佩剑砍翻了元劭和元子正，弟兄二人立时倒在血泊中。

百官都愣怔住了。

“叩首拜见皇帝，听见没有？”尔朱兆砍翻元劭和元子正，一边擦拭着佩剑上的血迹，一边转回头来威胁百官。

元雍还是没有动，静静地看着尔朱荣。

尔朱荣被元雍镇定又带着蔑视的目光注视得心里发毛，他恼怒地走到元雍面前，盯着元雍的眼睛。元雍还是镇定地看着他，并不移动自己的目光。

尔朱荣转了下眼睛，望着旁边，有些底气不足地问：“丞相为何不叩首？”

元雍静静地回答：“你不配！”

尔朱荣突然暴怒起来：“我不配？！谁配？你说！谁配！你配？”尔朱荣跳了起来，一把抓住元雍的前襟，咆哮着。

元雍静静地推开尔朱荣的手，镇定自若地说：“反正你不配！”

“说我不配，那是你配，还是你配？”尔朱荣从元雍面前疾步走到司空元钦面前，又走到东平王元略面前，走过广平王、常山王、北平王、赵郡王、中山王、齐郡王等元魏王，一个一个地反问着。

尔朱荣猛然转身，面对着元魏的这些王，咆哮着：“就你们这些草包混蛋王配当皇帝！是吗？你们把国朝搞成这模样，还说什么我不配！你们贪污受贿，你们巧取豪夺，你们欺压百姓，你们剥夺六镇权力，你们让六镇百姓饥荒连连！你们让国内边陲盗贼四起！不是你们这一群废物加一群草包混蛋，国朝绝不至于到今天这模样！你们还有脸说我不配！"

"还有你们！"尔朱荣又走到诸王后面一排公卿面前，慢慢走着，逐个巡视着这些以往高高在上，见了他们这些边镇将士总流露着高傲和鄙视的汉人公卿，巡视着这些因为读书，因为懂得点学问而能够夸夸其谈，因为清品而做了高官的公卿。眼下他们早就失去了傲慢，失去了尊严，在尔朱荣面前似乎突然矮了一截，一个一个都缩着身子，都躲避着尔朱荣的目光，簌簌发抖，恨不得找个地洞钻进去。

"你们以为你们读了几本书，以为你们手里握着圣人教导和周礼，便以为你们懂得礼义廉耻，有了操守品行！狗屁！你们满嘴仁义道德，满嘴为朝廷百姓服务，其实满肚子男盗女娼，满肚子自私自利！你们哪个真心为朝廷、为百姓利益着想了？你们说！是你，还是你?!"尔朱荣气势汹汹，一个一个点着公卿的额头。

"还有你！"尔朱荣突然抓出一个人，把他跟跄地推到大家面前，"你，李神轨！你仗恃着与太后的暧昧关系，爬上高位。你算什么东西？除了贪贿，你还有什么本领！"

尔朱荣说得兴起，突然拔出佩剑，向李神轨刺去。李神轨惨叫一声，扑通倒在地上，殷红的鲜血冒着热气汩汩从胸膛流出，流向碧绿的开着野花的草地。

王公大臣哇地喊了一声，又急忙收声，紧紧捂住脸，大气不敢出，浑身哆嗦着不敢再看。

尔朱兆见尔朱荣开了杀戒，大声呼喊着："二叔，何须与这班贪官污吏啰唆！全都杀了算球了！"

尔朱荣从还在抽搐的李神轨身上抽出佩剑，扬着还在滴血的佩剑走到丞相元雍面前，揪住元雍的衣服前襟，红着眼睛咆哮着："你说！是谁害了皇帝？说！"

元雍浑身颤抖得如秋风中的落叶，他语不成声，连连摆手。

尔朱荣把元雍拉出队列，咬着牙数落着："你作为丞相，连个皇帝也保护不了！要你这样的丞相何用？"说着，扬着佩剑朝元雍胸膛刺去。

元雍惨叫一声，倒在血泊中。

沉河艳后：胡灵皇后

百官凄惨地喊叫着，拔脚向四面八方逃散。

尔朱荣朝尔朱兆挥手："来人！把这些贪官污吏全给我砍了！"

早就在摩拳擦掌的尔朱荣带着他来自六镇的虎狼士兵一拥而上，把正在四散的官员全都拦截回来。这些对朝廷官员积聚了许多仇恨的士兵，团团围住那些官员，把来朝见新皇的两千多王、宗室公卿以及以下官员，砍的、戳的、刺的、劈的、捅的、搠的、剁的，一个不剩，全部结果在大河畔的碧绿草地上。

一时间，河畔的绿草地上堆积起小山似的尸体，空中弥漫着浓烈的血腥味。碧绿的草地上流淌着汩汩的血河，绿草地上一条又一条汩汩的血流，慢慢流进滔滔大河，染红了波涛滚滚的河面。

胡太后听到外面凄惨的哭喊声，急忙来到营帐门口探头向外观看，她腿一软，扑通一声跌坐在地上。

营帐外的绿草地上，尔朱荣的士兵正在追杀着跟随她来的百官，百官凄厉地呼喊着、挣扎着、逃跑着，被尔朱荣的士兵一个一个砍翻在地。在太后的眼前，司空元钦倒在血泊中，东平王元略被一个士兵挺起槊搠倒在地上，广平王、常山王、北平王、赵郡王、中山王、齐郡王等也都倒在血泊里。

胡太后大叫一声，身子一歪，跌倒在营帐门口，晕了过去。

元子钊跑了过来，趴在太后身上哭喊着："太后，太后！"他哇哇地大哭着喊着。

尔朱荣听到营帐里的哭声，提着佩剑快步走了过来。

"你哭喊什么？"尔朱荣从胡太后身上提起元子钊，厉声呵斥着。

元子钊被尔朱荣吓得立刻止住哭声，瞪着眼睛呆呆傻傻地看着尔朱荣。

太后听到喊声，清醒过来，她慢慢坐了起来。

尔朱荣见胡太后清醒过来，吩咐部下给她搬来马架让她坐下去。胡太后抱住被吓傻了的元子钊，流着眼泪。

尔朱荣自己也拉了个马架坐到太后对面，阴沉地看着胡太后。

"你这个贼，你怎么可以这么对待百官，对待元魏？元魏哪点亏待过你，你这么残忍地杀害他的子孙？"胡太后抬起眼睛，看着尔朱荣，斥责着。

尔朱荣冷笑了一声："杀害元魏子孙？我正要请教太后，到底是谁杀害了大魏皇帝？是不是太后你啊？"

胡太后有些惊慌，却还是很强硬地说："尔朱将军这是从何说起？皇帝龙体违和，突然升遐，朕五内俱焚，怎么说是朕加害的呢？尔朱将军杀我元魏子孙宗室王公卿令官员，如何对得起大魏啊？皇天在上，必要报应！尔朱荣，你逃脱不了皇天的惩罚！逃脱不了元魏列祖列宗的惩罚！"

"那你呢？你害死皇帝，就不怕皇天惩罚？就不怕元魏列祖列宗的惩罚？要惩罚，也是先惩罚你！因为你害死了元魏皇帝元诩，你的亲生儿子！"尔朱荣愤怒地拍了拍大腿，厉声说着，一脚踢开马架站了起来。"虎毒不食子！你居然连自己的亲生儿子都要谋害，你才应该受皇天的惩罚！"

元子钊终于从震惊中省过来，他抱住胡太后哇的一声哭了出来。

尔朱荣厌恶地瞅了胡太后和这乳臭未干的小儿一眼，带着满脸怒气走到营帐门口。

"怎么处置她们？"尔朱彦伯小声问。

"还她和那个娃个全尸吧。沉河！"尔朱荣冷着脸，背着双手，走出营帐。

兵士搬来竹笼，把太后和元子钊放了进去。

"他们干什么啊？"元子钊睁着明亮的眼睛，好奇地看着士兵把他和太后装进竹笼，清脆响亮地问太后。

太后脸色惨白，什么话也说不出来，只是紧紧地搂抱着元子钊，闭上眼睛。她的头脑里如波涛汹涌的大河一样翻腾着，她才四十岁，她还有那么多复兴大魏的雄心壮志，可是一切都来不及了，她年轻的生命即将结束在这滚滚的大河波涛中。

皇太后泪流满面。

士兵抬起竹笼，来到河边。元子钊还响亮清脆地喊着："太后，太后，大河！看大河！"太后耳边响着滔滔的波涛声，大河风在耳边吹过，大河水慢慢地涌了上来，淹没她的双腿。

太后紧紧地闭着眼，更紧地搂住元子钊。

苍天啊！救救我吧！皇太后在心里呼唤着：我才四十岁啊！我还年轻！我还想活下去啊！

皇太后在心里呼唤着皇天，呼唤着上苍，期盼着有人来拯救她。

温暖的河水正慢慢上升，慢慢地淹没她的腰部，慢慢地涌上她的胸脯。

沉河艳后：胡灵皇后

柔和的河水亲吻着她和怀抱里的孩子,让她感到很舒服。河水继续涌了上来,涌到她的脖子,她慢慢感到压迫,感到呼吸艰难。

元子钊在她耳边惊慌地喊:"太后,水!水!淹了我!"元子钊最后喊了一声。慢慢松开他的小手。

太后感觉到自己正在向河底沉去。

大河波涛滚滚,拍打着岸边,发出哗啦哗啦的声响,河面上吹过一阵大风,激起一阵波浪。风声,涛声,浪花拍岸声,汇成哀叹声,最后传到正在下沉的胡太后的耳朵里。她在心里发出最后的叹息,把自己融进大河的浑黄的波涛中。

洛阳城里,一片混乱,逃难的百姓扶老携幼,扛着行李,挑着担子,抱着孩子,提着包袱细软,如洪流般涌向城南的津阳门、宣阳门、平昌门和开阳门。四个城门洞开着,守卫早已不见踪影。人们要从这里逃往南方,去躲避马上来临的兵燹之灾。豪门大户的家眷坐着马车,马车上载着金银财富,男人骑着马,护送着马车,滚滚出城,向南方奔去。

在这车队里,有躲在城外别墅、没有得到消息去河阴的汝南王元悦,他听说河阴惨状,一边庆幸自己逃脱灭顶之灾,一边很快收拾着,踏上奔逃南梁之路。

在这滚滚的车队里,还有北海王元颢、临淮王元彧,带着家眷,急惶惶地向南逃去,逃到萧衍的国土,萧衍就会收留他们。萧衍这个菩萨皇帝对前来投奔的元魏宗室非常大度,不仅收留,而且给以高官厚禄。

逃难的人流嘈杂地、滚滚不断地向南方涌去。

十四日,尔朱荣的大军拥着皇帝元子攸进了洛阳。

洛阳的街道上空无一人,没有欢迎的人群,没有迎接的百官。尔朱荣拥戴着元子攸进了皇宫,登临太极殿。高大的宽阔的太极殿上,没有缭绕的香烟,没有大作的国乐,更没有山呼万岁的百官。元子攸在一片寂静中登上皇帝宝座,接受唯一没有逃离皇宫的散骑常侍山伟的朝觐。皇帝元子攸站在寂静的大殿上颁发诏令,宣布大赦改年,改武泰元年为建义元年。

"河阴之变",胡太后沉河以后,大魏更加风雨飘摇,名存实亡。以后六

沉河艳后：胡灵皇后

年的主要经过如下。

尔朱荣亲自拥立的皇帝元子攸越来越不满尔朱荣的专横跋扈,他不听劝阻,诏尔朱荣来洛阳朝见,诱杀尔朱荣父子与元天穆,尔朱世隆与尔朱荣妻北乡长公主率兵反于洛阳,尔朱荣的侄子尔朱兆由并州起兵攻进洛阳,俘获元子攸,带元子攸北归晋阳,不久杀元子攸于晋阳三级佛寺。二十三岁的元子攸临死时拜佛说,再有来生,永不为帝,宁愿做百姓终其一生。他写诗一首:

> 权失活路短,忧来死路长。
>
> 怀恨出京师,含悲入鬼乡。
>
> 隧门一时闭,幽庭岂通光。
>
> 思鸟吟青松,哀风吹白杨。
>
> 昔来听死苦,怎说身自当。

元子攸死之后,公元531年二月,尔朱兆立广陵王元恭为帝,此为节闵帝。六月,高欢起兵讨尔朱兆。十月,高欢立元朗为帝。为废帝。

公元532年,四月,高欢入洛阳,杀魏帝。立元修为帝。此为孝武帝。七月,高欢入晋阳,尔朱兆逃。

公元533年正月,尔朱兆自杀,高欢灭尔朱氏。

公元534年二月,宇文泰被推举为帅。七月,皇帝元修投奔宇文泰,入长安,是为西魏。

十月,高欢立清河王元善为帝,迁都邺城,是为东魏。高欢在洛阳建立大周。

闰十二月,宇文泰鸩杀西魏皇帝元修,西魏灭。

永熙三年,大魏分裂为东魏、西魏。大魏彻底灭亡,退出历史舞台。自武泰元年(公元528年)至永熙三年(公元534年),北魏苟延残喘六年,在纷争割据中走向灭亡。

永熙三年(公元534年)二月,永宁寺遭大火,大火熊熊,浓烟滚滚,烧了整整三个月。

胡太后效仿文明太后在洛阳建立的永宁寺,并没有给胡太后带来永宁。永宁寺自己就发生了五次大劫难。

永宁寺的第一次劫难在孝昌二年中,一场罕见的大风发屋拔树,吹落寺

沉河艳后:胡灵皇后

院刹上宝瓶，把地上砸了一个丈余深坑。皇太后不得不命人重新修造宝瓶装于刹顶。

第二次劫难在尔朱荣拥立元子攸进洛阳的时候，尔朱荣的大兵驻扎在永宁寺里，虎视眈眈地护卫着皇宫，警戒着皇帝的行动。

永安二年(公元529年)，北海王元颢举兵攻进洛阳，在永宁寺聚兵，永宁寺遭遇第三次劫难。

永安三年，元子攸设计诱杀朱荣，尔朱兆从晋阳举兵攻入洛阳，拘禁皇帝元子攸于永宁寺。这是永宁寺的第四次劫难。

第五次的劫难也是永宁寺最后归宿。

永熙三年(公元534年)二月，一场大火在永宁寺燃起，九层宝塔从第八层燃起，火光冲天，站在西游园凌云台观看的孝静皇帝派一千多人赶去救火。天打雷下雨，夹杂着雪珠，却无法扑灭大火。永宁寺三个僧人投身大火，与佛塔一起涅槃升天。洛阳官民一起出来观看，哭声、叹声、惊呼声，声振云霄。这场大火整整烧了三个月，彻底烧毁了胡太后亲自建立的永宁寺，也彻底烧毁了北魏。几个月以后，孝静皇帝被迫退位，迁徙长安，十月，京师迁于邺。

可惜泱泱大魏，由盛而衰，是红颜祸水胡太后之过呢，还是历史之必然？

胡太后，即位于大魏盛年，不过二十来年，把大魏领向衰败。这功过，千秋之后谁来评说？

魏收在《魏书》里评论她"手握王爵，轻重在心，宣淫于朝，为四方之所秽""朝政疏缓，恩威不立，文武解体，所在乱逆，土崩鱼坏"。又说："魏自宣武以后，政纲不张。肃宗冲龄统业，灵后妇人专制，委用非人，赏罚乖舛。于是衅起四方，祸延畿甸，卒于享国不长，抑亦沦胥之始也。"也算中肯。

> 2002年10月30日一稿
> 2002年11月13日二稿于飞鹅岭三闲斋
> 2015年10月定稿于广州独孤宅

附录一:大事记

高祖孝文帝元宏时期:

太和十四年,公元 490 年

九月癸丑,文明太皇太后崩。

太和十五年,公元 491 年

正月丁卯,帝始听政于皇信堂东室。

太和十六年,公元 492 年

正月,太华殿飨群臣,悬而不乐。

四月,班新律。秋七月,北讨蠕蠕。冬十月,太极殿成。十一月,依古六寝,权制三室,以安昌殿为内寝,皇信堂为中寝,四下殿为外寝。

太和十七年,公元 493 年

正月,飨百僚于太极殿。夏四月,立皇后冯氏。六月,立皇子恂为皇太子。八月,辞永固陵,乙丑,车驾发京师,南伐,步骑百余万。

九月,庚午,幸洛阳,周巡故宫基址。丙子,诏六军发轸。丁丑,戎服执鞭,御马而出,群臣稽颡于马前,请停南伐,帝乃止,仍定迁都之计。

冬十月,幸金墉城。诏司空穆亮、尚书李冲、将作大匠董爵等经始洛京。乙未,设坛于滑台城东,告行庙以迁都之意,大赦天下,起滑台宫。

太和十八年,公元 494 年

春正月,朝群臣于邺宫澄鸾殿。癸亥,车驾南巡,乙亥,幸洛阳西宫。

二月,壬寅,车驾北巡,癸卯,济河。甲辰,诏天下,喻以迁都之意。闰月,癸亥,次句注陉南,皇太子朝于蒲池。壬申,至平城宫。

三月,罢西郊祭天。壬辰,帝临太极殿,谕在代群臣以迁都之略。

秋七月,壬辰,车驾北巡,谒金陵。

八月,皇太子朝于行宫。甲辰,行幸阴山,观云川,幸阅武台,幸六镇(怀

朔镇、武川镇、抚冥镇、柔玄镇、诏六镇及北城人），慰高年，赏赐粟十斛。庚午，谒永固陵。辛未，还平城宫。

冬十月，戊申，亲告太庙，奉迁神主。辛亥，车驾发平城宫。

十一月，丁丑，车驾幸邺城。乙丑，车驾至洛阳。

十二月，发四路军南伐。壬寅，革衣服之制。中外戒严。

太和十九年，公元495年

春正月辛未，朝飨群臣于悬瓠，乙亥，车驾济淮。辛酉，车驾发钟离，将临江水。

三月，戊寅，幸邵阳。乙未，幸下邳。太师冯熙薨。

四月，庚子，车驾幸彭城。庚申，行幸鲁城，亲祀孔子庙。

五月，庚午，迁文成皇后冯氏神主于太和庙。甲戌，行幸滑台。庚辰，皇太子朝于平桃城。

六月，诏不得以北俗之语言于朝廷，若有违者，免所居官。甲午，皇太子冠于庙。癸卯，诏皇太子赴平城宫。丙辰，诏迁洛之民，死葬河南，不得还北。

八月，幸洛阳西宫。

九月庚午，六宫及文武尽迁洛阳。车驾幸邺。

十月，考官。十一月，行幸委粟山，议定圆丘。

十二月，引见群臣于光极堂，宣示品令，为大选开始。甲子，引见群臣于光极堂，班赐冠服。

太和二十年，公元496年

春正月丁卯，诏改姓为元氏。二月，帝幸华林。三月，丙寅，宴群臣及国老、庶老于华林园。七月，废皇后冯氏。

十二月，丙寅，废皇太子恂为庶人。丁卯，告太庙。

太和二十一年，公元497年

正月丙申，立皇子元恪为皇太子。乙巳，车驾北巡。二月壬戌，次于太原。癸酉，车驾至平城。甲戌，谒永固陵。癸未，行幸云中，三月庚寅，车驾至自云中。辛卯，谒金陵。乙未，车驾南巡。己酉，次离石。丙辰，车驾次平阳，遣使者以太牢祭唐尧。

夏四月，庚辰，幸伊阙山，祭夏禹。癸亥，行幸蒲坂，遣使者以太牢祭虞舜。辛未,行幸长安。戊寅,幸未央殿、阿房宫、昆明池。五月,乙丑,车驾东还。六月庚申,回洛阳。壬戌,诏发卒二十万,将南讨。

秋七月,甲午,立昭仪冯氏为皇后。庚辰车驾南讨。九月,辛丑,帝留诸将攻赭阳,引师而南。癸卯,至宛城。丁午,车驾发南阳,乙酉,车驾至新野。

冬十二月,破新野,俘斩万余。

太和二十二年,公元 498 年

春正月癸未,朝飨群臣于新野行宫。丁亥,拔新野。

二月,进攻宛城。甲子,拔之。

三月,大破沔,辛丑,行幸湖阳。乙未,次比阳。辛亥,行幸悬瓠。四月,发兵二十万。

九月,车驾发悬瓠。十一月,幸邺。

太和二十三年,公元 499 年

正月,朝群臣,大飨于澄鸾殿。乙酉,车驾发邺。三月,车驾南伐。庚子,帝疾甚,车驾次于谷塘原。甲辰,诏赐皇后冯氏死。诏司徒勰徵皇太子于鲁阳践阼。诏以侍中、护军将军、北海王祥为司空公,镇南将军王肃为尚书令,镇南大将军、广阳王嘉为尚书左仆射,尚书宋弁为吏部尚书,与侍中、太尉公禧,尚书右仆射、任城王澄等六人辅政,顾命宰辅。

夏四月,帝崩于谷塘原之行宫,时年三十三。至鲁阳发哀,还京师。上谥孝文皇帝,庙号高祖。五月丙申,葬长陵。

世宗宣武帝元恪时期:

世宗宣武皇帝,讳恪,高祖孝文皇帝第二子。母曰高夫人。

太和二十三年,公元 499 年

四月丁巳,即皇帝位于鲁阳,大赦天下。帝居谅暗,委政宰辅。

冬十月丙戌,车驾谒长陵。

景明元年,公元 500 年

春正月壬寅,车驾谒长陵。乙巳,大赦,改年。丁未,萧宝卷豫州刺史裴叔业以寿春内属,骠骑大将军、彭城王勰帅车骑十万赴之。二月戊戌,复以彭城王勰为司徒。

夏四月丙申,彭城王勰、车骑将军王肃大破南军,斩首万数。

六月丙子，司徒、彭城王勰进位大司马，车骑将军王肃加开府仪同三司。癸未，大阳蛮酋田育丘等率户内附。

秋七月，宝卷又遣陈伯之寇淮南。庚子，吐谷浑国遣使朝献。

八月乙酉，彭城王勰破伯之于肥口。乙未，高丽国遣使朝贡。

冬十月丁卯朔，车驾谒长陵。丁亥，改授彭城王勰为司徒、录尚书事。是冬，南萧衍起兵东下，伐其主萧宝卷。

景明二年，公元 501 年

春正月丙申朔，车驾谒长陵。庚戌，帝始亲政。遵遗诏，听司徒、彭城王勰以王归第。太尉、咸阳王禧进位太保，司空、北海王详为大将军、录尚书事。丁巳，引见群臣于太极前殿，告以览政之意。辛酉，高丽国遣使朝献。壬戌，以太保、咸阳王禧领太尉，大将军、广陵王羽为司徒。是月，萧衍立宝卷弟南康王宝融为主，年号中兴，东赴建业。

夏五月壬子，广陵王羽薨。壬戌，太保、咸阳王禧谋反，赐死。

秋七月乙巳，蠕蠕犯塞。壬戌，车骑将军、仪同三司王肃薨。

九月丁酉，发畿内夫五万人筑京师三百二十三坊，四旬而罢。己亥，立皇后于氏。

冬十月丁卯，吐谷浑国遣使朝献。丁酉，大将军、北海王详为太傅，领司徒。壬寅，改筑圆丘于伊水之阳。

十二月，高丽国遣使朝贡。是月，宝卷直后张齐杀其主宝卷降萧衍，衍克建业。

景明三年，公元 502 年

春三月，萧宝卷弟建安王宝寅来降。

夏四月，萧衍废其主宝融而立，自称曰梁。

是岁，疏勒、罽宾、婆罗捺、乌苌、阿喻陀、罗婆、不仑、陀拔罗、弗波女提、斯罗、哒舍、伏耆奚那太、罗般、乌稽、悉万斤、朱居般、诃盘陀、拨斤、厌味、朱涂洛、南天竺、持沙那斯头诸国并遣使朝贡。

景明四年，公元 503 年

秋七月，以彭城王勰为太师。

正始元年，公元 504 年

夏四月，高丽国遣使朝献。

五月,太傅、北海王详以罪废为庶人。

正始二年,公元 505 年

春正月,邓至国遣使朝贡。

二月,梁州氏反,绝汉中运路。刺史邢峦频大破之。

五月辛巳,氏率众降。

正始三年,公元 506 年

春正月丁卯朔,皇子生,大赦天下。

戊子,名皇子曰昌。

正始四年,公元 507 年

春二月,吐谷浑、宕昌国并遣使朝献。

夏四月,吐谷浑、鸠磨罗、阿拔磨拔切磨勒、悉万斤诸国并遣使朝献。

冬十月,高丽、半社、悉万斤、可流伽、比沙、疏勒、于阗等诸国并遣使朝献。丁卯,皇后于氏崩。戊辰,疏勒国遣使朝贡。庚午,淮阳太守安乐以城南叛。辛未,嚈哒、波斯、渴槃陀、渴文提不那杻杖提等诸国,并遣使朝献。乙酉,葬顺皇后于永泰陵。

永平元年,公元 508 年

三月戊子,皇子昌薨。己亥,斯罗、阿陀、比罗、阿夷义多、婆那伽、伽师达、于阗诸国并遣使朝献。

夏四月,阿伏至罗国遣使朝贡。

五月,高丽国遣使朝献。

秋七月辛卯,高车、契丹、汗畔、罽宾诸国并遣使朝献。甲午,以夫人高氏为皇后。

八月癸亥,冀州刺史、京兆王愉据州反。乙丑,假尚书李平镇北将军、行冀州事以讨之。丁卯,大赦,改年。

九月,李平大破元愉于草桥。壬辰,蠕蠕国遣使朝贡。定州刺史、安乐王诠大破元愉于信都北。戊戌,杀侍中、太师、彭城王勰。辛丑,诏赦冀州民杂工役为元愉所诖误者。其能斩获逆党,别加优赏。癸卯,李平克信都,元愉北走,斩其所署冀州牧韦超、右卫将军睦雅、尚书仆射刘子直、吏部尚书崔胐等。统军叔孙头执愉送信都。群臣请诛愉,帝弗许,诏送京师。冀州平。

永平二年,公元 509 年

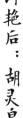

沉河艳后：胡灵皇后

十有一月，诏禁屠杀含孕，以为永制。

永平三年，公元510年

春二月，高昌、邓至国并遣使朝献。壬子，秦州沙门刘光秀谋反。州郡捕斩之。

三月丙戌，皇子生，大赦天下。高丽、吐谷浑、宕昌诸国并遣使朝献。

夏四月，平阳郡之禽昌、襄陵二县大疫，自正月至此月，死者二千七百三十人。

六月丁卯，名皇子曰诩。

闰月己亥，吐谷浑、高丽、契丹诸国各遣使朝贡。

秋七月己未，吐谷浑国遣使朝贡。

八月，勿吉国遣使朝贡。

九月，乌苌、伽秀沙尼诸国并遣使朝献。丙辰，高车别帅可略汗等率众一千七百内属。

延昌元年，公元512年

春正月乙巳，以频水旱，百姓饥弊，分遣使者开仓赈恤。戊申，疏勒国遣使朝献。丙辰，以车骑大将军、尚书令高肇为司徒公，光禄大夫、清河王怿为司空，司州牧、广平王怀进号骠骑大将军、仪同三司。

冬十月乙亥，立皇子诩为皇太子。

延昌二年，公元513年

春正月戊戌，帝御申讼车，亲理冤讼。高丽国遣使朝献。是春，民饥，饿死者数万口。

夏四月庚子，以绢十五万匹赈恤河南郡饥民。

五月，寿春大水。

六月乙酉，青州民饥，诏使者开仓赈恤。

冬十月，诏以恒、肆地震，民多死伤，蠲两河一年租赋。十有二月丙戌，丏洛阳、河阴二县租赋。乙巳，诏以恒、肆地震，民多离灾，其有课丁没尽、老幼单辛、家无受复者，各赐廪以接来稔。高丽国遣使朝献。

延昌三年，公元514年

夏四月，青州民饥。辛巳，开仓赈恤。

秋七月丙子，勿吉国遣使朝贡。

十一月,诏司徒高肇为大将军、平蜀大都督,步骑十万西伐。

延昌四年,公元 515 年

春正月甲寅,帝不豫,丁巳,崩于式乾殿,时年三十三。二月甲戌朔,上尊谥曰宣武皇帝,庙号世宗。甲午,葬景陵。

肃宗孝明帝元诩时期:

肃宗孝明皇帝,讳诩,世宗宣武皇帝之第二子。母曰胡充华。永平三年三月丙戌,帝生于宣光殿之东北,有光照于庭中。延昌元年十月乙亥,立为皇太子。

延昌四年,公元 515 年

春正月丁巳夜,即皇帝位。戊午,大赦天下。庚申,诏太保、高阳王雍入居西柏堂,决庶政。又诏任城王澄为尚书令,百官总己以听于二王。

二月庚辰,尊皇后高氏为皇太后。辛巳,司徒高肇至京师,以罪赐死。太保、高阳王雍进位太傅、领太尉,司空、清河王怿为司徒,骠骑大将军、广平王怀为司空。己亥,尊胡充华为皇太妃。

三月,皇太后出俗为尼,徙御金墉。丙辰,诏进宫臣位一级。

六月,沙门法庆聚众反于冀州,杀阜城令,自称大乘。

秋七月癸卯,蠕蠕国遣使朝献。丁未,诏假右光禄大夫元遥征北大将军,攻讨法庆。宕昌国遣使朝献。

八月,领军于登矫诏杀左仆射郭祚、尚书裴植,免太傅、领太尉、高阳王雍官,以王还第。丙子,尊皇太妃为皇太后。戊子,帝朝皇太后于宣光殿,大赦天下。己丑,司徒、清河王怿进位太傅,领太尉;司空、广平王怀为太保,领司徒;骠骑大将军、任城王澄为司空。庚寅,车骑大将军于登为尚书令,特进崔光为车骑大将军,并仪同三司。

九月乙巳,皇太后亲览万机。

十月,以安定公胡国珍为中书监、仪同三司。

熙平元年,公元 516 年

春正月,大赦,改年。

八月,以侍中、中书监、仪同三司、安定郡开国公胡国珍为都督雍泾岐华东秦豳六州诸军事、骠骑大将军、开府仪同三司、雍州刺史。

沉河艳后:胡灵皇后

817

熙平二年,公元 517 年

春正月,大乘余贼复相聚结,攻瀛州。刺史宇文福讨平之。甲戌,大赦天下。

夏四月,高丽、波斯、疏勒、嚈哒诸国并遣使朝献。以中书监、开府仪同三司胡国珍为司徒公,特进、汝南王悦为中书监、仪同三司。

秋七月,中书监、仪同三司、汝南王悦坐杀人免官,以王还第。诏侍中、太师、高阳王雍入居门下,参决尚书奏事。

冬十月,以幽、冀、沧、瀛四州大饥,遣尚书长孙稚,兼尚书邓羡、元纂等巡抚百姓,开仓赈恤。

神龟元年,公元 518 年

春正月,秦州羌反。幽州大饥,民死者三千七百九十九人,诏刺史赵邕开仓赈恤。

二月,嚈哒、高丽、勿吉、吐谷浑、宕昌、疏勒、久末陀、末久半诸国,并遣使朝献。己酉,诏以神龟表瑞,大赦改年。东益州氐反。

夏四月,司徒胡国珍薨。

秋七月,河州民却铁匆聚众反,自称水池王。

九月癸未朔,以右光禄大夫刘腾为卫将军、仪同三司。戊申,皇太后高氏崩于瑶光寺。

冬十月丁卯,以尼礼葬于北邙。

神龟二年,公元 519 年

二月,羽林千余人焚征西将军张彝第,殴伤彝,烧杀其子始均。吐谷浑、宕昌国并遣使朝贡。乙亥,大赦天下。

正光元年,公元 520 年

秋七月,侍中元叉、中侍刘腾奉帝幸前殿,幽皇太后于北宫,杀太傅、领太尉、清河王怿,总勒禁旅,决事殿中。辛卯,帝加元服,大赦,改年,内外百官进位一等。

八月,相州刺史、中山王熙举兵欲诛叉、腾,不果见杀。

正光二年,公元 521 年

春正月,南秦州氐反。

二月,驾幸国子学,讲《孝经》。

三月庚午,帝幸国子学祠孔子,右卫将军奚康生于劲内将杀元叉,不果,为叉矫害。以仪同三司刘腾为司空公。

正光三年,公元522年

春正月辛亥,帝耕籍田。

秋七月壬子,波斯、不汉、龟兹诸国遣使朝贡。

冬十月己巳,吐谷浑国遣使朝贡。

正光四年,公元523年

春二月壬辰,追封故咸阳王禧为敷城王,京兆王愉为临洮王,清河王怿为范阳王,以礼加葬。丁丑,河间王琛、章武王融,并以贪污削爵除名。己卯,以蠕蠕主阿那瑰率众犯塞,遣尚书左丞元孚兼尚书,为北道行台,持节喻之。司空刘腾薨。

夏四月,阿那瑰执元孚,驱掠畜牧北遁。甲申,诏骠骑大将军、尚书令李崇,中军将军、兼尚书右仆射元纂率骑十万讨蠕蠕,出塞三千余里,不及而还。

八月,追复故范阳王泽为清河王。

九月丁酉,库莫奚国遣使朝献。诏侍中、太尉、汝南王悦入居门下,与承相、高阳王雍参决尚书奏事。

正光五年,公元524年

三月,沃野镇人破落汗拔陵聚众反,杀镇将,号真王元年。诏临淮王彧为镇军将军,假征北将军,都督北征诸军事以讨之。

夏四月,高平酉长胡琛反,自称高平王,攻镇以应拔陵。

六月,秦州城人莫折太提据城反,自称秦王,杀刺史李彦。诏雍州刺史元志讨之。太提寻死,子念生代立,僭称天子,号年天建,置立百官。丁酉,大赦。

秋七月甲寅,诏吏部尚书元脩义兼尚书仆射,为西道行台,率诸将西讨。

冬十月,营州城人刘安定、就德兴据城反,执刺史李仲遵。城人王恶儿斩安定以降。德兴东走,自号燕王。

十一月戊申,莫折天生攻陷岐州,执都督元志及刺史裴芬之。

孝昌元年,公元525年

春正月庚申,徐州刺史元法僧据城反,害行台高谅,自称宋王,号年天

沉河艳后：胡灵皇后

启，遣其子景仲归于萧衍。

二月，以领军将军元叉为骠骑大将军、仪同三司。是月，齐州魏郡民房伯和聚众反。会赦，乃散。

夏四月，辛卯，皇太后复临朝摄政，引郡臣面陈得失。

六月，大赦，改年。诏文武之官，从军二百日，文官优一级，武官优二级。蠕蠕主阿那瑰率众大破拔陵。

秋八月，诏断远近贡献珍丽，违者免官。柔玄镇人杜洛周率众反于上谷，号年真王，攻没郡县，南围燕州。

冬十月，蠕蠕国主阿那瑰遣使朝贡。时四方多事，诸蛮复反。

十二月，山胡刘蠡升反，自称天子，置官僚。是月，以临淮王彧为征南大将军，率众讨鲁阳蛮。

孝昌二年，公元 526 年

春正月庚戌，封广平王怀庶长子、太常少卿海为范阳王。壬子，以太保、汝南王悦领太尉。是月，都督元谭次于军都，为洛周所败。五原降户鲜于脩礼反于定州，号鲁兴元年。诏左光禄大夫长孙稚为使持节、假骠骑将军、大都督、北讨诸军事，与都督河间王琛率将讨之。

夏四月，大赦天下。朔州城人鲜于阿胡、库狄丰乐据城反。

五月丁未，车驾将北讨，内外戒严。

秋七月，杜洛周遣其别帅曹纥真寇掠幽州，恒州陷。

八月，都督尔朱荣于肆州执刺史尉庆宾，令其从叔羽生统州事。

九月辛亥，葛荣败都督广阳王渊、章武王融于博野白牛逻，融殁于阵。荣自称天子，号曰齐国，年称广安。

冬十一月戊戌，杜洛周攻陷幽州，执刺史王延年及行台常景。齐州平原民刘树、刘苍生聚众反，州军破走之。刘树奔萧衍。衍将元树逼寿春，扬州刺史李宪力屈，以城降之。

孝昌三年，公元 527 年

春正月，以司空公皇甫度为司徒，仪同三司萧宝夤为司空，车骑将军、北海王颢为车骑大将军、仪同三司。徐州民任道棱聚众反，袭据萧城以叛。州军讨平之。

二月，东郡民赵显德反，杀太守裴烟，自号都督，立其兄子为太守。诏都督李仁叔讨之。

三月,诏将西讨,中外戒严。复潼关。齐州广川民刘钧执清河太守邵怀,聚众反,自署大行台。清河民房须自署大都督,屯据昌国城。

秋七月,陈郡民刘获、郑辩反于西华,号年天授,州军讨平之。相州刺史、安乐王鉴据州反。己丑,大赦天下。

冬十月,曲赦恒农已西,河北、正平、平阳、邵郡及关西诸州。辛亥,以卫将军、讨房大部都督尔朱荣为车骑大将军、仪同三司。甲寅,雍州刺史萧宝夤据州反,自号曰齐,年称隆绪。诏尚书右仆射长孙稚讨之。

十一月,葛荣攻陷冀州,执刺史元孚,逐出居民,冻死者十六七。

武泰元年,公元528年

春正月,皇女生,秘言皇子。丙寅,大赦,改元。丙子,长孙稚平潼关。丁丑,雍州城人侯终德相率攻宝夤,宝夤携南阳公主及子,与百余骑渡渭而走,雍州平。

二月,帝崩于显阳殿,时年十九。甲寅,皇子即位,大赦天下。乙卯,幼主即位。仪同三司、大都督尔朱荣抗表请入奔赴,勒兵而南。是月,杜洛周为葛荣所并。

三月癸未,葛荣攻陷沧州,执刺史薛庆之,居民死者十八九。甲申,上尊谥曰孝明皇帝。乙酉,葬于定陵,庙号肃宗。

夏四月戊戌,尔朱荣济河。庚子,皇太后、幼主崩。

四月辛丑,元子攸与尔朱荣入洛阳,御太极殿,大赦天下,改武泰元年为建义元年。

建义三年,公元530年

九月,皇帝元子攸杀尔朱荣父子及元天穆。

十二月,尔朱兆入洛阳,杀元子攸。

普泰元年,公元531年

二月,尔朱兆立广陵王元恭为帝。

六月,高欢起兵讨尔朱兆。

十月,高欢立元朗为帝。

普泰二年,公元532年

四月,高欢入洛阳。杀魏帝,立元修为帝。

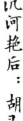

七月,高欢入晋阳,尔朱兆逃。

公元 533 年

正月,尔朱兆自杀,高欢灭尔朱氏。

公元 534 年

二月,宇文泰被推举为帅。

七月,皇帝元修投奔宇文泰,入长安,是为西魏。

十月,高欢立清河王元善为帝,迁都邺城,是为东魏。

闰十二月,宇文泰鸩杀皇帝元修。

附录二:《魏书·皇后列传》

宣武灵皇后胡氏,安定临泾人,司徒国珍女也。母皇甫氏,产后之日,赤光四照。京兆山北县有赵胡者,善于卜相,国珍问之。胡云:"贤女有大贵之表,方为天地母,生天地主。勿过三人知也。"后姑为尼,颇能讲道,世宗初,入讲禁中。积数岁,讽左右称后姿行,世宗闻之,乃召入掖庭为承华世妇。而椒掖之中,以国旧制,相与祈祝,皆愿生诸王、公主,不愿生太子。唯后每谓夫人等言:"天子岂可独无儿子,何缘畏一身之死而令皇家不育冢嫡乎?"及肃宗在孕,同列犹以故事相恐,劝为诸计。后固意确然,幽夜独誓云:"但使所怀是男,次第当长子,子生身死,所不辞也。"既诞肃宗,进为充华嫔。先是,世宗频丧皇子,自以春秋长矣,深加慎护。为择乳保,皆取良家宜子者,养于别宫,皇后及充华嫔皆莫得而抚视焉。及肃宗践阼,尊后为皇太妃,后尊为皇太后。临朝听政,犹称殿下,下令行事。后改令称诏,群臣上书曰陛下,自称曰朕。太后以肃宗冲幼,未堪亲祭,欲傍《周礼》夫人与君交献之义,代行祭礼,访寻故式。门下召礼官、博士议,以为不可。而太后欲以帏幔自鄣,观三公行事,重问侍中崔光。光便据汉和熹邓后荐祭故事,太后大悦,遂摄行初祀。

太后性聪悟,多才艺,姑既为尼,幼相依托,略得佛经大义。亲览万机,手笔断决。幸西林园法流堂,命侍臣射,不能者罚之。又自射针孔,中之。大悦,赐左右布帛有差。先是,太后敕造申讼车,时御焉,出自云龙大司马门,从宫西北,入自千秋门,以纳冤讼。又亲策孝秀、州郡计吏于朝堂。

太后与肃宗幸华林园,宴群臣于都亭曲水,令王公已下各赋七言诗。太后诗曰:"化光造物含气贞。"帝诗曰:"恭己无为赖慈英。"王公已下赐帛有差。

太后父薨,百僚表请公除,太后不许。寻幸永宁寺,亲建刹于九级之基,

823

僧尼士女赴者数万人。及改葬文昭高后,太后不欲令肃宗主事,乃自为丧主,出至终宁陵,亲奠遣事,还哭于太极殿。至于讫事,皆自主焉。

后幸嵩高山,夫人、九嫔、公主已下从者数百人,升于顶中。废诸淫祀,而胡天神不在其列。后幸左藏,王公、嫔、主已下从者百余人,皆令任力负布绢,即以赐之,多者过二百匹,少者百余匹。唯长乐公主手持绢二十匹而出,示不异众而无劳也。世称共廉。仪同、陈留公李崇,章武王融并以所负过多,颠仆于地,崇乃伤腰,融至损脚。时人为之语曰:"陈留、章武,伤腰折股。贪人败类,秽我明主。"寻幸阙口温水,登鸡头山,自射象牙簪,一发中之,敕示文武。

时太后得志,逼幸清河王怿,淫乱肆情,为天下所恶。领军元叉、长秋卿刘腾等奉肃宗于显阳殿,幽太后于北宫,于禁中杀怿。其后太后从子都统僧敬与备身左右张车渠等数十人,谋杀叉,复奉太后临朝,事不克,僧敬坐徙边,车渠等死,胡氏多免黜。后肃宗朝太后于西林园,宴文武侍臣,饮至日夕。叉乃起至太后前,自陈外云太后欲害己及腾。太后答云"无此语"。遂至于极昏。太后乃起执肃宗手下堂,言:"母子不聚久,今暮共一宿,诸大臣送我入。"太后与肃宗向东北小阁,左卫将军奚康生谋欲杀叉,不果。

自刘腾死,叉又宽惰。太后与肃宗及高阳王雍为计,解叉领军。太后复临朝,大赦改元。自是朝政疏缓,威恩不立,在下牧守,所在贪惏。郑俨污乱宫掖,势倾海内;李神轨、徐纥并见亲侍,一二年中,位总禁要,手握王爵,轻重在心,宣淫于朝,为四方之所厌秽。文武解体,所在乱逆,土崩鱼烂,由于此矣。僧敬又因聚集亲族,遂涕泣谏曰:"陛下母仪海内,岂宜轻脱如此!"后大怒,自是不召僧敬。

太后自以行不修,惧宗室所嫌,于是内为朋党,防蔽耳目。肃宗所亲幸者,太后多以事害焉。有蜜多道人,能胡语,肃宗置于左右。太后虑其传致消息,三月三日于城南大巷中杀之。方悬赏募贼,又于劲中杀领左右、鸿胪少卿谷会、绍达,并帝所亲也。母子之间,嫌隙屡起。郑俨虑祸,乃与太后计,因潘充华生女,太后诈以为男,便大赦改年。肃宗之崩,事出仓卒,时论咸言郑俨、徐纥之计。于是朝野愤叹。太后乃奉潘嫔女言太子即位。经数日,见人心已安,始言潘嫔本实生女,今宜更择嗣君。遂立临洮王子钊为主,年始三岁,天下愕然。

及武泰元年，尔朱荣称兵渡河，太后尽召肃宗六宫皆令入道，太后亦自落发。荣遣骑拘送太后及幼主于河阴。太后对荣多所陈说，荣拂衣而起。太后及幼主并沉于河。太后妹冯翊君收瘗于双灵佛寺。出帝时，始葬以后礼而追加谥。

沉河艳后：胡灵皇后

附录三:《高皇后墓志铭》

　　魏瑶光寺尼慈义墓志铭·尼讳英,姓高氏,勃海条人也。文昭皇太后之兄女。世宗景明四年纳为夫人。正始五年拜为皇后。帝崩,志愿道门,出俗为尼。以神龟元年九月廿四日薨于寺。十月十五日迁葬于邙山。弟子法王等一百人,痛容光之日远,惧陵谷之有移,敬铭泉石,以志不朽。其辞曰:三空杳眇,四果攸绵,得门其几,惟哲惟贤。猗与上善,独悟斯缘,出尘解累,业道西禅。方穷福养,永保遐年,如何弗寿,祸降上天。徒众号慕,涕泗沦连,哀哀戚属,载撝载援。长辞人世,永即幽泉,式铭兹石,芳猷有传。据《汉魏南北朝墓志集释》①

---

①赵超:《汉魏南北朝墓志汇编》,天津古籍出版社,1990 年,86 页(电子版)。

附录四:魏皇帝世系表(386—528)

(一)太祖道武帝拓跋珪—(二)太宗明元帝拓跋嗣—(三)世祖太武帝拓跋焘-南安王拓跋余—(四)高宗文成帝拓跋濬—(五)显祖献文帝拓跋弘—(六)高祖孝文帝元宏—(七)世宗宣武帝元恪—(八)肃宗孝明帝元诩

沉河艳后:胡灵皇后

后　记

　　写完大魏女主系列的这最后一部,心情一直很沉重。我一共写了六位中华少数民族女政治家,其中只有这胡灵皇后是一位失败的女政治家,可以说是丧国之女主。但是,我还是对她充满同情。我歌颂了孝庄皇后、满都海皇后、冼夫人,还歌颂了北魏女主献明皇后和文明太后,她们都是很出色的女政治家,为她们的皇朝建立了不朽的政治功勋。但是,对这胡灵皇后,我真的不知道如何评价她好。她很有性格特点,忽而坚毅,忽而软弱,忽而强硬,忽而怯懦,她敢于反叛礼教,敢于干自己想干的事情。她很活泼,又很有计谋,她老谋深算,又轻浮草率,在她身上,集合了太多的矛盾。

　　中华民族几千年历史中,女政治家如凤毛麟角。除了武则天、慈禧太后,还有不多的几位。我所写的,都是古代少数民族的女政治家。除了冼夫人以外,她们都生活在少数民族做皇帝的皇朝中,依照少数民族的习俗和传统,她们能够登上最高宝座,行使治国大权。她们自身没有受太多的汉族礼教束缚,能够自由发挥其治国才能。所以,她们大多成功了。

　　但是胡灵皇后不一样。她生活在迁都以后的北魏,生活在差不多已经全部汉化的北魏皇宫,虽然她依照鲜卑北魏传统临朝听政,但是受到更多的汉族皇权思想的制约,受到更多的汉族皇权思想的控制,她不能随心所欲。

　　北魏迁都以后实现了彻底的汉化,彻底抛弃了鲜卑与北方少数民族的习俗和传统,使皇室更快腐败和弱化,失去了鲜卑和北方民族的剽悍强劲与蛮勇,失去了原有的战斗力。失去了本民族民族性的同时,也就必然失去了本民族的人心。所以,原本是北魏皇朝起源地的北方六镇相继反叛,率先打起反叛的大旗。这不是胡灵皇后的悲剧,而是鲜卑民族的悲剧,这种悲剧加速了北魏皇朝的灭亡。

　　胡灵皇后自身的性格弱点和能力,是推进北魏皇朝灭亡的重要原因。

这当然是不可否认的。尽管我同情她,但还是不得不承认这一点。她的昏聩,她的专权,她的权力欲,她的淫乱,都是造成北魏衰亡的直接原因。

我不是历史学家,我对北魏的灭亡分析不出更多的原因。我只能以作家的视角,去塑造一个活生生的人,依据历史尽量真实地去再现历史场景。在我的六部历史小说中,这一部具有更多历史记载和历史依据。这部作品中,不仅主要人物是历史人物,次要人物也基本都有历史记载可寻。这要感谢魏收等人,是他们那详尽的、不朽的文字给后人留下历史记载。

中华民族是一个多民族的融合体,连汉族也是融会了许多民族而后逐步形成的,中华民族的历史,是多民族共同创造出来的,所以,讴歌古代少数民族女政治家,塑造历史上推动历史进步的少数民族女政治家,讴歌她们的政治功绩,也就是歌颂辉煌的中华文明。这也应该是主旋律。这就是我用数年时间专心致力于创造中华少数民族女政治家历史小说的主要原因。我想以我自己的创作,来丰富这一块基本上还是荒芜的园地。

首先,对历史上的女政治家的塑造非常有限,评价也多片面。大家所熟悉的不过是武则天和慈禧太后。她们给人留下的主要印象,不过是她们的昏聩无能、残暴淫乱,至于她们的政治功绩,则非常模糊。

我个人以为,不管是我笔下的几位女政治家,还是武则天,甚至是慈禧太后,她们都一定有她们作为政治家的特点,她们既然能够在位那么长时间,一定都具有自己政治上的功绩。这功绩,应该加以宣扬,应该加以实事求是和历史唯物主义地讴歌。

但是,我个人觉得,在过去的文学创作中,还做得很不够。有的作品,太多地渲染她们的私生活,有的作品,太多推诿过错给她们。有许多罪过,并不是她们自己单独造成的,那里还有着许多男人的原因。那些造成国家衰败的罪过,是整个统治集团一起决策的,难道那些全部为男性的为虎作伥的臣子,就不该担负一些责任吗?

其次,对历史上少数民族女政治家的塑造,就更为有限。

由于历史原因,对中华历史上有限的几个由少数民族建立的皇权皇朝的认识存在一些偏见和片面的认识,而对这些皇朝里的女人的研究和认识就更容易被忽视或有偏见。

其实,由于少数民族没有受汉族封建礼教和皇权思想的影响,古代少数

沉河艳后:胡灵皇后

民族妇女在她们的民族和皇朝中，具有比汉族后妃更高、更大的权力，所以，这更容易发挥她们自身的才智，让她们在治国中起更大的作用。所以，她们比汉族后妃具有更多的治国才能，具有更大的治国能力。

我自己在少数民族地区生活几十年，自以为对少数民族有更深刻的了解和认识，也有更多的感情。所以，我不遗余力，抛弃了正教授的职称，全身心投入了我的中华少数民族女政治家的系列历史小说创造，希望我能为中华文学画廊多增添几位面目新鲜的人物形象。

希望读者能够喜欢我的这个系列。

2002 年 11 月 14 日
于广州飞鹅岭下三闲斋

沉河艳后：胡灵皇后